서 강 한 국 학 자 료 총 서 | 0 1

이광수 초기 문장집 I
(1908~1915)

이 책은 2014년 정부재원(교육부)으로 한국연구재단의 지원(NRF-2014S1A5B5A02010569)과
2013-2015년 일본학술진흥회로부터 과학연구비의 지원(과제번호 25284072)을 받아 수행된 연구임.

서강한국학자료총서 01

이광수 초기 문장집 I
(1908~1915)

초판 발행   2015년 11월 10일

엮은이   최주한·하타노 세츠코
펴낸이   유재현
편 집   온현정
마케팅   장만
디자인   박정미
인쇄·제본   영신사
종 이   한서지업사

펴낸곳   소나무
등 록   1987년 12월 12일 제2013-000063호
주 소   412-190 경기도 고양시 덕양구 대덕로 86번길 85(현천동 121-6)
전 화   02-375-5784
팩 스   02-375-5789
전자우편   sonamoopub@empas.com
전 자 집   http://cafe.naver.com/sonamoopub

ISBN 978-89-7139-591-2   94810
     978-89-7139-590-5   (전2권)

책값 30,000원

이 도서의 국립중앙도서관 출판예정도서목록(CIP)은 서지정보유통지원시스템 홈페이지(http://seoji.nl.go.kr)와
국가자료공동목록시스템(http://www.nl.go.kr/kolisnet)에서 이용하실 수 있습니다.(CIP제어번호: CIP2015028485)

서 강 한 국 학 자 료 총 서 | 0 1

이광수 초기 문장집 I
(1908~1915)

| 최주한 · 하타노 세츠코 엮음 |

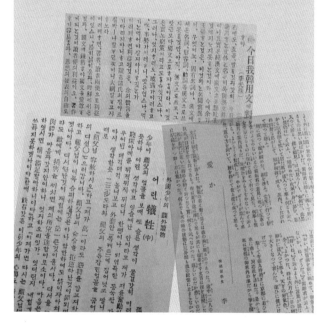

소나무

이광수 연구의 새로운 지평을 위하여

이광수의 초기 문장들을 두 권의 자료집으로 묶었다. 1908년에서 1919년 2월 독립선언서를 마지막으로 상하이 망명 직전까지 이광수가 쓴 모든 장르의 문장들을 망라한 것이다. 2000년을 전후하여 국내외의 다양한 신문잡지 매체들이 발굴·연구되고 또 일본의 한국문학 연구자들에 의해 한국 근대 작가들의 일본어 작품들이 발굴·소개되면서(大村益夫·布袋敏博 編,『近代朝鮮文學日本語作品集』, 綠蔭書房, 2001-2008) 그동안 빛을 보지 못했던 이광수의 작품들도 다수 쏟아져 나왔다. 새로 발굴된 매체 가운데 이광수의 문장들이 수록되어 있는 것만 해도『白金學報』(1909),『신한자유종』(1910),『아이들보이』(1914),『새별』(1915),『권업신문』(1914),『대한인정교보』(1914),『보중친목회보』(1914),『학지광』(1916),『洪水以後』(1916),『京城日報』(1917),『기독청년』(1918) 등 수종이 된다. 덕분에 이들 자료를 모두 갖추어 그간 이광수 연구에서 공백으로 남아 있던 중학시절에서 오산시절, 대륙방랑시절, 제2차 유학시절에 이르는 이광수의 초년시절에 관한 종합적인 연구의 기반이 마련되었으니,『이광수 초기 문장집』(1908-1919)의 간행이 이광수의 새로운 면모와 더불어 이광수 연구의 공백을 메우고 연구의 새로운 지평을 여는 데 기여할 수 있게 된다면 편자들로서는 더 바랄 것이 없겠다.

자료집의 체제는 크게 중학시절, 오산시절, 대륙방랑시절, 제2차 유학시절 등 시기별로 나누어 구성했고, 자료들 또한 발표 순서를 고려하기보다 가급적 집필순에 가깝게 수록했다. 이광수의 문장으로 추정되지만 좀 더 학계의 검증을 거쳐야 할 자료들은 참고자료로 따로 묶었다. 우신사판 전집 간행 당시 민족주의적 검열 탓인지 누락되거나 완곡하게 수정된 대목들이 더러 눈에 띄었는데 모두 원문대로 복구했다. 원문 입력은 애초에 현대어 표기로 바꾸어 착수했으나 결국 띄어쓰기와 구두점을 제외하고는 발표 당시의 것을 거의 그대로 따르게 되었다. 이 과정에서 당대 매체 간의 표기법의 차이를 한눈에 확인할 수 있었던 것, 그리고 평안도 방언들을 그대로 살려 입력할 수 있었던 것은 나름의 수확이었다. 일본어 문장에 대해서는 본문에서 번역문을 싣고 일본어 원문은 뒤에 따로 수록하였다.

　이번 자료집을 간행하기까지 많은 분들에게서 도움을 입었다. 원문 및 사진 자료를 이용할 수 있도록 도와주신 서강대 로욜라도서관, 경희대 한국아동문학센터, 인천근대문학관, 국립중앙도서관, 화봉문고, 아단문고, 메이지학원 역사자료관, 오무라 마스오 선생님, 근대서지학회의 오영식 선생님께 진심으로 감사드린다. 아울러 이번 자료집을 서강 한국학 자료 총서로서 간행할 수 있도록 주선해주신 최기영 선생님, 김경수 선생님께도 진심으로 감사드린다. 마지막으로 이번 자료집 작업을 하는 데 안정된 연구 환경을 마련해준 한국연구재단과 일본학술진흥재단, 기꺼이 원문 복구 작업을 도와준 국어국문학과 대학원생들, 그리고 까다로운 자료집 편집 작업에 애써주신 소나무출판사 여러분께도 진심으로 감사드린다.

2015년 9월 8일
최주한, 하타노 세츠코

메이지학원시절 웅변대회 참석자 및 임원들(1909).
셋째줄 오른쪽 세 번째가 이광수, 앞쪽 두 번째가 문일평이다.
(메이지학원 역사자료관 소장)

메이지학원중학 5학년 무렵(1909)
(『中學世界』 1910.2 소재)

메이지학원 신학부 교사 겸 도서관 앞에서(1909). 맨 뒷줄 맨 왼쪽이 이광수이다.
(메이지학원 역사자료관 소장)

明治学院中等部学籍簿

保證人	父兄	居所	族籍職業	生年月	姓名 生徒	保證人	父兄	居所	族籍職業	生年月	姓名 生徒
				明治　年　月		趙○○中久老ケ口リ　申海永		本竹ヒ丸山行々リ二十二四十リ	韓國平安北道定州郡	明治二十年二月一日	李寶鏡

備考	卒業年月	退學理由	退學年月	入學前履歷	入學級	入學年月	備考	卒業年月	退學理由	退學年月	入學前履歷	入學級	入學年月
居所卒業後	徵兵事故	退學級	試驗入學				新學籍簿ニ移ス	卒業後二所	徵兵事故	退學級	白山學舍	三年級	四十年九月十日　試驗入學有

메이지학원 보통부 학적부(大村益夫 제공)

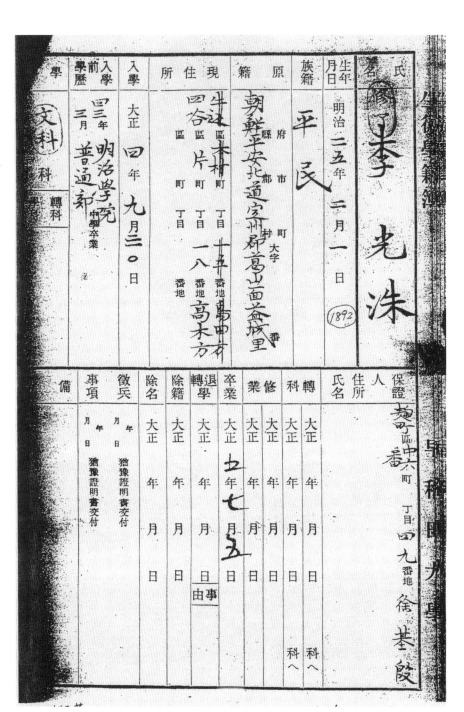

와세다대학 고등예과 학적부(大村益夫 제공)

와세다대학시절의 이광수와 허영숙
(『삼천리』 9, 1930. 10 소재)

와세다대학 재학 당시의 이광수. 앞줄 중앙에 자리한 것이 이광수이다.
(『조선일보』, 1937. 1. 4 소재)

『신한자유종』제3호(1910.4) 표제화.
'대한소년회'의 이름으로 간행되었고,
3호까지 이광수가 편집을 맡았다.

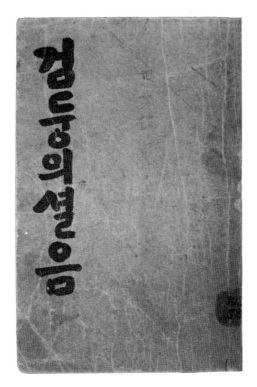

『검둥의 셜음』초판, 신문관 1913
(서강대 로욜라도서관 소장)

『무정』 재판, 신문관, 1920
(국립중앙도서관 소장)

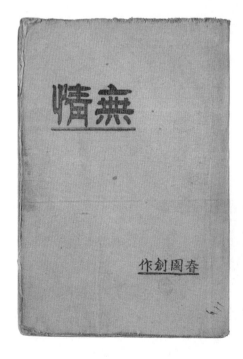

『무정』 6판, 회동서관, 1925
(인천근대문학관 소장)

『무정』 8판, 박문서관, 1938
(화봉문고 소장)

『개척자』 4판, 흥문당서점, 1924
(화봉문고 소장)

일러두기

1. 원문 그대로 수록하되 띄어쓰기와 구두점은 가독성을 고려하여 수정하였다.

2. 오식은 바로잡고 각주에 원문을 표기하였다.

3. 판독이 어려운 글자는 □로 표기하되, 추정이 가능한 글자는 괄호 안에 표기하였다.

4. 반복을 뜻하는 々 기호 등은 글자로 풀어 표기하였다.

5. 해당 글 제목의 각주에 필명과 출처를 밝혀두었다.

6. 일본어 원고는 제목의 각주에서 원문이 일본어임을 밝혀두었다.

7. 자료는 집필순에 가깝게 수록하였다.

차례

I. 중학시절
(1908~1910)

國文과 漢文의 過渡時代*

　　우리 聖祖가 亞細亞 東半島의 樂園을 開拓ᄒ샤 우리 民子로 ᄒ여곰 此에 居ᄒ며 此를 守ᄒ며 此를 발전케 ᄒ시니, 此土를 文明케 ᄒ며 此土를 守ᄒ야 萬一 外人이 此土를 犯ᄒᄂ 者 有ᄒ거든 生命을 犧牲ᄒ야셔라도 固守ᄒ야 一步라도 退ᄒ지 못ᄒᆯ 것은 大韓民族의 義務라. 然한 則 國民의 精粹되ᄂ 國語를 발달ᄒᆯ 거슨 不待多言이로ᄃᆡ 此를 有形ᄒ게 發表ᄒᄂ 國文을 維持發達흠도 亦是 國民의 義務가 아닌가.

　　昔我邦이 未開ᄒ야슬 時에ᄂ 國文이 無ᄒ얏기로 當時 文明의 域에 達ᄒ얏ᄂ나니, 此가 비록 彼國에ᄂ 適宜ᄒ더라도 風敎가 不同ᄒ고 國語가 全異ᄒ 我邦에ᄂ 不適ᄒ깃거든 ᄒ물며 點劃이 煩雜ᄒ고 數字가 頗多ᄒ여 此로써 一生을 費ᄒ야도 오히려 達키 不能ᄒ 者乎아. 大抵 文字의 要ᄂ 思想 及 智識을 交通ᄒ며 古來의 史蹟을 演繹흠에 在ᄒ거늘 文字만 學흠으로 金과 如ᄒ 一生을 費ᄒ면 何暇에 思想 及 智識을 交通ᄒ며 古來의 事蹟을 演繹ᄒ리오. 如此ᄒ 者ᄂ 實노 完全ᄒ 文字의 價値가 無ᄒ다 ᄒ리로다. 엇디 文物의 發達을 助흠이 多ᄒ리요. 顧念 我邦 五千年 彬彬ᄒ 歷史가 今日 慘憺ᄒ 黑雲中에 沈淪코쟈 흠이 비록 數多ᄒ 原因이 有ᄒ리로ᄃᆡ 此文字의 影響ᄒᄂ 비 多大ᄒ리로다.

　　惟 我叡聖ᄒ신 世宗皇帝ᄭ옵셔 如此히 多大ᄒ 弊端이 有흠을 看破ᄒ시샤 宵衣旰食의 勞를 冒ᄒ신 結果 優美便利ᄒ 文字를 製出ᄒ셧나니 卽 我國文이라. 數字가 母子 合ᄒ야 二十五요 各音이 具備ᄒ얏스며 點劃이 簡單ᄒ고 幾個月이 못ᄒ야 能히 萬卷書를 讀ᄒᆯ 슈 잇나니, 實노 宇內 各邦에ᄂ 다시 其類를 見티 못ᄒ깃고 我邦 歷史에 一大 燦爛ᄒ 光彩를 放ᄒ얏거늘 我邦人은 彼支那

* 李寶鏡,『太極學報』21, 1908.5.

文字에 惑醉ᄒ야 此優美 便利ᄒᆫ 文字ᄂᆞᆫ 輕忽에 付ᄒ야 現今의 狀態를 産ᄒ얏스니 엇디 可歎티 아니ᄒ리오.

現今의 我韓 形勢를 蠡測ᄒᆞ니 毋論 實業, 政治 及 其他 各種 事物이 한아도 過渡時代에 處치 안인 者 無ᄒᆞ니, 此時에 萬一 秋毫를 誤ᄒ면 難醫의 痼疾을 作홀지라. 엇지 貴重코 危險ᄒᆫ 時代가 아니리요. 우리 國文도 亦是 此時代에 參與ᄒ얏도다. 國文의 過渡關係ᄂᆞᆫ 如左 三者니

一, 國文을 專廢ᄒ고 漢文을 專用홀가

二, 國文과 漢文을 竝用홀가

三, 漢文을 專廢ᄒ고 國文을 專用홀가

以上 三者中 詳密히 利害關係를 斟酌 商量ᄒ야 一을 定치 아니치 못홀지라.

一, 國文을 專廢ᄒ고 漢文을 專用할가

此ᄂᆞᆫ 以上에 開論한 바이며 ᄯᅩ 日本 某學者ᄂᆞᆫ 言論ᄒᆞᄃᆡ 愛國精神의 根源은 國史와 國文에 在하다 하니 如何한 境遇로 論之하야도 不可홀 것이요

二, 國文과 漢文을 并用할가

現今 我邦 各教科書와 新報紙가 採用하ᄂᆞᆫ 者니 則漢文으로 經을 삼고 國文으로 緯를 삼는 者라. 此ᄂᆞᆫ 비록 漢文을 專用함보다ᄂᆞᆫ 優하리로ᄃᆡ 亦是「漢文 不可不學」의 廢가 有ᄒᆞ니 其宜를 得ᄒ얏다 하지 못하리로다.

假定한 三者中 二者ᄂᆞᆫ 이믜 否定되얏스니 不可不 第三을 採用하리로다.

國文을 專用하고 漢文을 專廢ᄒᆞ다 함은 國文의 獨立을 云함이요 絕對的 漢文을 學하지 말나 함이 아니라. 此萬國이 隣家와 갓치 交通ᄒᆞᄂᆞᆫ 時代를 當ᄒ야 外國語學을 研究홈이 學術上 實業上 政治上을 勿論ᄒ고 急務될 것은 異議가 無홀 바이니, 漢文도 外國語의 一課로 學홀지라. 此重大ᄒᆫ 問題를 一朝에 斷行ᄒᆞ기ᄂᆞᆫ 不可能ᄒᆫ 事라 할 듯ᄒᆞᄂᆞ 遷延히 歲月을 經ᄒ야 新國民의 思想이 堅固케 되고 出刊書籍이 多數히 되면 더욱 行ᄒᆞ기 難ᄒ리니, 一時의 困難을 冒ᄒᆞ야 我邦 文明의 度를 速ᄒᆞ게 함이 善策이 아닌가. 玆의 淺薄ᄒᆫ 意見을 陳ᄒ야 有志 同胞의 主意를 促ᄒᆞ며 幷ᄒᆞ야 方針의 講究를 願ᄒ노라.

隨病投藥*

嗟哉라. 三千里 錦繡江山에 四千餘年 彬彬훈 歷史를 有훈 我大韓民族이 今日 塗炭魚肉의 悲慘훈 暗黑洞中에 陷훈 거시 果然 何에 由호엿ᄂ가. 獨立旗를 놉히 달고 自由鐘을 크게 울일 方針이 果然 何에 在호뇨. 此를 講究홈은 實노 我韓 同胞의 急務라.

余ᄂ 淺見薄識훈 一個 書生이라. 如此히 重大훈 問題를 滿足히 解決키ᄂ 到底히 望키 不能호ᄃ 玆에 余의 所見과 外人의 批評을 參酌호야 數行의 拙劣훈 文으로 敢히 我二千萬 兄弟姊妹ᄭ 告호오니 庶幾 萬一의 補나 有호면 幸이로라.

油然히 作호야 沛然히 雨를 下호ᄂ 彼雲도 其始ᄂ 無形훈 水蒸氣로 從호야 生호엿고 渺茫한 大洋도 其始ᄂ 微微훈 一適水의 集會호야 成훈 바이니, 我邦의 現狀도 비록 極端에 達호여스되 其原因은 반다시 無形 微微훈 ᄃ 在호리며 自由의 回復이 비록 難호리로ᄃ 其端緖ᄂ 반다시 毫末에셔 出호리라. 然則 其原因과 方針이 何에 在호뇨. 曰 猜忌, 姑息, 依賴, 守舊 四者니 其危險홈과 難治홈은 實로 肺病에 比호깃도다. 今에 順序로 此四病症을 說明호깃노라.

一, 猜忌

貧者ᄂ 富者를 猜忌호고 賤者ᄂ 貴者를 猜忌호며 弱子ᄂ 强者를 猜忌호고 愚者ᄂ 智者를 猜忌호야 輒曰 渠의 富가 能히 幾日이나 亘호랴. 不日에 吾와 如히 되리라 호며 賤者之於貴도 然호고 弱者之於强과 愚者之於智도 亦然호니, 於是乎 樂人之惡 惡人之樂과 利己的 觀念만 腦髓에 深印호고 相救相濟호ᄂ 團合的 思想은 靡然히 消去호야 人人疾視호고 日日爭鬪호니 亂行之兵과

* 李寶鏡,『太極學報』25, 1908.10.

如호디라. 엇디 能히 內로 團欒의 幸福을 享호며 外로 列强의 寇를 防호리오. 다못 天賦의 自由를 失호고 人의 奴隷가 되야 山에 飢를 泣호며 野에 寒을 哭홈에 至홈이로다.

二, 姑息

朝飯만 喫호면 夕飯의 準備는 夢外로 視호며 夏衣만 有호면 冬服의 周旋은 度外로 置호야 一時의 飽暖만 是求호고 後日의 飢寒을 不思호며 一時의 安樂만 是圖호고 他日의 辛苦를 不慮호니, 嗚呼라 何其淺慮之甚也오. 於是乎 怠惰, 奢侈, 傲慢, 無節操 等 諸般 惡習이 漸長호야 甚至於 其身을 戮호고 其國을 亡홈에 至호리니 可不懼哉아.

三, 守舊

夫世間 億千萬物은 하느으로 步를 文明의 域에 進호디 아님이 無호느니 故로 此를 因호야 時代와 가치 趨進호는 者는 興하고 反之者─亡호는거슨 萬有의 歷史가 昭然히 證明호는 所以라.

然則 閉鎖保守時代는 已過호고 開放競爭時代가 屆至호야 弱肉强食이 日노 甚호거늘 唯獨 閉鎖保守로 保全을 試圖혼들 엇디 可히 得호리오.

廣大혼 土地와 數多혼 人民을 有혼 印度, 安南 等國이 西勢東漸의 渦裏에 沈淪혼 거슨 實노 時代의 趨移에 伴치 못혼 故가 아닌가.

時勢가 如斯호거늘 我邦人은 한갓 此世는 退步호는 줄노 思惟호야 此世로 호여금 太古의 狀態를 保케 호려 호는 支那 某哲學派의 言을 信호야 時勢의 何如는 全然 不知호는 是古非今만 爲事호니, 此乃 滅亡을 自招홈이 아니고 何리오.

四, 依賴

天이 吾人數를 生ᄒ시믹 五臟六腑며 四肢百體며 五官을 具授ᄒ엿고 兼ᄒ야 萬物에 長되ᄂ 神靈ᄒ고 高尙ᄒ 魂을 稟賦ᄒ시고 各各 職分으로ᄡ 任ᄒ시니 吾人類ᄂ 宜當히 此로ᄡ 各自의 生命을 保ᄒᆯ디며 此로ᄡ 各自의 職分을 盡ᄒᆯ지여늘 我邦人은 不然ᄒ야 子ᄂ 父를 依ᄒ고 兄은 弟를 依ᄒ며 婦ᄂ 夫를 賴ᄒ고 幼ᄂ 長을 賴ᄒ야 二千萬人이 皆是 依賴만 事ᄒ고 自主獨立의 氣象이 乏ᄒ니, 此二千萬人으로 組成된 我國에 엇디 自主獨立의 能力이 富ᄒ리요

以上 四者를 一寸利力로 快速히 斷去ᄒ고 猜忌에 和睦을, 姑息에 永遠을, 守舊에 進步를, 依賴에 獨立을 代入ᄒ야 舊來의 面目을 一新ᄒ여야 外人의 奴隸도 可히 脫ᄒᆯ디며 永遠의 沈淪도 可히 免ᄒᆯ디요, 獨立旗도 可히 建ᄒᆯ디며 自由鍾도 可히 鳴ᄒᆯ디니, 嗚呼라 自由를 叫ᄒ고 獨立을 號ᄒᄂ 我 靑邱 二千萬 兄弟姊妹아 猛省ᄒ고 猛省ᄒ라.

血淚*

(希臘人 스팔타쿠스의 演說)

君等이 余를 指호야 屠獸者의 首領이라 호눈도다. 然하다, 余눈 實노 屠獸者의 首領이며, 兼호야, 屠人者의 首領이로라. 余가, 或은 猛獸로 더부러, 或은 同胞로 더부러 格鬪홈이, 임의, 數十餘回에 至호딕, 일즉, 한번도, 敗혼 時가 無호고, 戰必勝, 攻心取라. 余의 此名을 得홈이, 엇디, 偶然호리요.

余눈 生來에, 이가티, 暴惡冷酷혼 놈일가. 아니라. 余의 父欵는 實노 尊敬홀 價値가 有혼 人物이라.

余가 故鄕에 在홀 時, 華麗혼 山麓, 潤美한 野邊, 淺淸한 河畔에셔, 數十頭의 羊을 保護홀 時, 暫時도 彼, 可憐한 獸의 寒暑飢渴에 注意티 아니홀 時가 無호고, 如恐 不及히, 彼等을 愛하기를, 余의 生命과, 가티, 하던, 余로라. 坯, 余의 隣家에, 余와 比等혼 兒가 有호야, 恒常 同器에 食호며, 同枕에 眠호며, 同野에셔 羊을 飼호야, 一種 秘혼 愛情이 兩兒間에 有호더니라.

一日은 例와, 가티, 羊을 牧호다가, 白日이 西山에 眷홈이 羊을, 우리에, 가두고, 家에, 도라와, 一家 團欒호야 夕飯을 畢혼 後, 余의 叔父의 古來 勇戰奮鬪談에 耽하였다가, 夜 已更에, 褥에 就하야, 眼을 閉호고, 잇눈데, 余의 慈母가, 速히, 오시샤, 더운 손으로, 머리를 어르만지시고 이윽히, 게시다가,「잘 자거라」눈, 一言과, 뜨거은, 사룽이, 사모친, 키스를,** 주시고, 물너가시눈지라. 余눈, 즐겁고, 깃거온, 마음으로, 잠이 들어, 野邊에서, 노니던 거슬, 夢호더니, 믄득, 馬蹄聲에, 醒호야, 본즉, 火光이 窓에 照호엿고, 來往하눈 馬蹄聲

---

* 李寶鏡, 『太極學報』26, 1908.11.
** 원문에는 '거스슬'로 되어 있다.

과 男女老幼의 哀哭聲이 耳에 聒ᄒ더라. 蒼茫히 起ᄒ니…….

　슬프다, 昨夜에 靜穩ᄒ든 此農村은 今曉에 濛濛ᄒ 火焰에, 싸인, 慘憺한 修羅場을 化作ᄒ엿도다. 어제밤, 余의게, 아러짜온, (키)스를, 주신, 慈母난 馬蹄에, 발펏고, 溫柔ᄒ신 父親은 創에 傷ᄒ야, 鮮血이 淋漓ᄒ도다. 此時, 余의 胸中에는 悲哀가, 充滿하야, 熱淚로 化하야, 兩頰에 垂ᄒᆯ 짜름이라. 이 ᄶᆡ에, 忽然, 一騎兵이 突入하야, 余를, 잡아가지고, 가니라.

　슬프다, 余의 父母는, 何處에셔, 余를 爲ᄒ야, 泣하시는가. 何處에셔, 余를 爲ᄒ야, 祈禱ᄒ시는가. 天國인가, 人間인가, 地獄인가. 當時 靜穩ᄒ든 農村을 修羅場으로 變ᄒ 者誰며, 余의 慈母를, 발분 者誰며, 余의 嚴父를 傷ᄒ 者誰며, 余로, 하여곰 父母를 離別케 ᄒ 者誰며, 余의 權利를 剝奪한 者誰며, 余의 自由를 拘束한 者誰며, 余로, 하여곰 惡魔되게 ᄒ 者誰뇨!

＊　＊　＊　＊　＊　＊　＊

　余가 今日, ᄯᅩ, 一人을 殺ᄒ엿노라. 彼는, 余의 創에 傷ᄒ야, 卒倒ᄒ엿는ᄃᆡ, 其顔을 視ᄒ 則, 슬프다, 엇디, 아라스리요, 余의 至愛至重ᄒ든 友人을. 彼도 余의 余임을, 知한듯, 土色이 된, 얼골에, 반가운 微笑를, 浮ᄒ니, 其微笑는 往昔 華麗ᄒ 山麓, 潤美ᄒ 野邊, 淸淺ᄒ 河畔에서, 牧羊ᄒᆯ 時엣, 그것과, 少異가 無ᄒ도다. 而已요, 彼의 血이 凝ᄒ고 肉이 冷함이, 余는 彼를 厚葬ᄒ기 爲ᄒ야, 彼의, 骸骨을 請求ᄒ얏더니, 惡冷血魔 等은 「犬馬와, 갓흔, 屍體라, 厚葬이 何益이리요. 獅子의 體를 爲하깃노라」 하는 言에, 冷酷ᄒ 嘲笑를 添하야, 此의 請求를 拒絶ᄒ는도다.

　同胞아! 勇士아! 希臘人아! 我等은 犬馬인가?! 彼의 肉은, 임의 獅子의 腸을 肥ᄒ여슬지며, 彼의 骨은, 임의 獅子의 齒에 粉碎ᄒ여시리라. 同胞여 我等도, ᄯᅩᄒᆫ, 明日에는, 如此히, 될 줄을, 不知ᄒᄂ냐?! 同胞여 彼狂吼ᄒᄂ 獅子의 聲을 不聞ᄒᄂ냐?! 彼等은 二三日 주린 者로 我輩의 肉을 貪ᄒᄂ 거슬 不知ᄒᄂ냐?! 我等도 性을 天에, 바다시니 堂堂ᄒ 權利와, 貴重ᄒ 自由가 有ᄒ

者 아닌가?!

同胞여! 諸君이 萬一 禽獸와 如ᄒ면 宜여니와 萬一, 人 의 性을 具ᄒ엿거든 우리의 生命을 爲ᄒ야 우리의 權利를 위ᄒ야 우리의 自由를 爲ᄒ야 起치, 아니 ᄒᄂᆞᆫ다!

然ᄒ다가 得ᄒ면, 우리 스팔타를 再見ᄒᆯ지요, 不得ᄒ면 我輩의 肉片은 萬古不朽의 寶玉이, 되깃고 我輩의 鮮血은 千秋不廢의 靑史를, 빗ᄂᆡ리로다.

勇士아!

義士아!

希臘同胞아!

我輩가, 萬一, 戰티 아니티 못ᄒᆯ던딘, 我輩를 爲ᄒ야 戰ᄒᆯ디여다.

我輩가, 萬一, 屠殺티 아니티 못ᄒᆯ던딘 自由의, 하늘 ᄋᆞ래, 美麗ᄒᆫ 川邊에셔, 勇敢ᄒᆫ 獨立戰에 死ᄒᆯ디어다.

(譯者曰) 로마國은 西曆 紀元 一世紀頃 其全盛에 達ᄒ야 所向에 敵이 無ᄒ며 各處 文明이 混雜함의, 로마 固有의 純粹ᄒᆫ 美風은 漸次 消靡ᄒ고 外邦 腐敗ᄒᆫ 風習이 國內에 蔓延ᄒ야 人民의 頭腦에 高尙ᄒᆫ 理想은 無ᄒ고 殘忍ᄒᆫ 娛樂을 是好ᄒ야 公開ᄒᆫ 觀覽場에셔 或은 猛獸를 格鬪시기며, 或은 捕虜 奴隷로 ᄒ여곰 武器를 執ᄒ야 相鬪케 하며, 或은 飢한 猛獸로 더부러 相搏케 하ᄂᆞᆫ 光景을 婦人조차 觀而樂之함에 至ᄒᆷ 西曆 紀元 二三世紀頃이라. 此스팔타쿠스도 當時 로마에 捕虜되야 腕力이 絕人하므로 百戰百勝에 로마人의 喝采를 受ᄒ더니 一日은 余의 愛友를 殺하고 悲哀ᄒ던 中 幼時의 生活相態를 思ᄒ며 將來의 運命과 同胞의 情狀을 思하고 偶然 一掬 血淚로 同胞를 猛省하야, 드듸여, 글나디예톨戰爭을 起한 者니 彼의 心誠은 演說을 讀ᄒ시샤 推知하시려니와, 有性有淚ᄒᆫ 人類야, 뉘라셔 同情淚를 不洒ᄒᆯ 者 有ᄒ리요 草木禽獸라도 오히려 悲感히, 녀길이로다.

日記*

十六年前에 東京의 某中學에 留學하던 十八歲 少年의 告白

隆熙三年十一月七日(日曜)

陰. 晴. 寒.

釜山驛에서 半年間의 悲劇을 긔록한 日記를 일허버림으로부터 日記를 廢한 지가 벌서 三個月이나 되엇다. 그 동안에 닐어난 事件도 만타. 인제는 내 生涯도 더욱 재미잇게 되엇스니 또 日記를 시작해 볼가.

내가 日記를 쓰는 데 主眼으로 삼는 것은 나의 心中에 닐어난 또는 나를 깁히 感動식힌 여러 가지 事件을 가장 確實하게 가장 率直하게 記入하는 것이다. 나는 日記를 쓰는 目的을 모른다. 다만 쓸 싸름이다. 또 世上에 有爲한 靑年들이 하는 모양으로 改過遷善을 目的으로 하는 것은 아니다. 모르괘라 自今 以後로 엇더한 變幻이 나의 胸中에 닐어나랴는가. 或은 이 日記가 將來 世人의 愛讀物이 될는지도 모르고 또는 嘲弄物이 될는지도 모르고 또는 永永 篋中에서 마를는지도 모르는 것이다.

昨夜에는 H兄에게 싸이론의 傳記를 낡어들리노라고 늦게야 자리에 들엇스나 새벽 한 시 頃에 寒氣의 께움이 되어 激烈하게 性慾으로 고생을 하엿다. 아아 나는 惡魔化하엿는가. 이러케 性慾의 衝動을 밧는 것은 惡魔의 捕虜가 됨인가. 나는 몰라 나는 몰라.

아직 밝지도 아니 하엿는데 나는 「노예」를 쓰기를 繼續하엿다. 이것은 二週年前부터 시작한 것이니 나의 處女作이다.

나는 싸이론에게서 배혼 것이 만타. 그러나 나는 그를 본바드려고는 아니

---

* 春園, 『朝鮮文壇』 6, 1925.3. 1909년 11월 7일에서 11월 28일까지의 일기.

한다.

나는 엇던 少女를 사랑한다. 그를 사랑하는 지 벌서 오래다. 이것이 내 외짝 사랑인 줄을 잘 안다. 그러나 그도 或是 나를 생각할는지 모른다. 人生이란 그럴 것이닛가. 나는 그에게 편지를 보내랴다. 社會는 반드시 攻擊하리라, 이것은 冒險이다. 나는 社會의 攻擊을 안 두려워하랴다. 그래도 두려우니 엇지랴.

나의 오늘까지의 日記는 基督教的인 얌전한 日記일러니 오늘부터의 日記는 惡魔的인 우락부락한 日記로고나.

十一月八日(月曜)
雨. 寒.

午後에 演技座에서 「不如歸」를 보앗다. 新舊道德의 衝突, 軍人의 義氣, 小兒의 天眞. 서로 소기고 속는 것이 사람의 길인가.

靑山墓地에 초라한 戰死大尉의 무덤을 보다. 未亡人이 그 어린 아들을 다리고 省墓를 왓다가 그 幼兒더러 「아버지는 名譽의 戰死를 하섯스니 너도 자라거든 아버지의 뒤를 니으라」고 訓戒한다. 아버지가 名譽로운가. 그가 彈丸을 맛고 鮮血을 흘리면서 呻吟하는 瞬間에 그이 感想이 果然 엇더하엿슬가. 아마 그 아들이 軍人되기를 두려워하지 아니하엿슬가.

나는 工夫가 실혀젓다. 그만두어 버릴가. 에라 五個月만 참아라.

나는 돈을 要한다. 그런데 그것이 업고나. 아모리 하여서라도 나는 돈을 벌어야 한다.

나는 旅行을 조와한다. 全地球上을 밟고 십다. 이 생각이 난 것은 三年級 地理時間인데 그로부터 漸漸 强해진 것이다.

實로 朝鮮人은 걱정이로다. 大人物이 업고나. 어제부터 感氣 스귀운이 잇다. 不快하다. 꿈자리 사납다.

H군은 다소 朝鮮人臭를 脫하엿다. 그러나 멀엇다.

十一月九日(火曜)

陰. 小溫.

오늘은 참 單調하고나.

보아오던 湖上美人을 보다.

午後에 C君이 왓다. 무엇을 생각하는 얼굴이다. 沈着한 그의 검은 얼굴에는 一種의 煩悶의 빗이 浮動하거니와 그 속에도 장차 나타나랴는 엇던 힘이 잠긴 것 갓다. 그는 우리 年輩中에 가장 高尙한 靑年이다. 나는 甚히 그를 조와한다. 그러나 그가 본래 沈黙을 조와함으로 나도 만히 말치 아니거니와 엇던 힘이 잇서서 彼我의 心情을 通하는 듯하다.

나는 그와 맘을 가티하야 무엇을 할는지도 모른다.

「失樂園」을 닑다. 조타. 魔王의 不屈의 勇氣는 나의 가장 사랑하는 바다. 恨홉건댄 엇지하야 一擧에 上帝의 寶座를 衝하지 아니하고 못생기게 에덴의 兒女子를 속엿던고

나는 天才인가. 나는 모르노라. 다만 하여볼 싸름이로다.

東洋의 偉人은 모도 奴隸다!

十一月十日(水曜)

風. 微雨. 陰. 寒.

가지 썩은 듯한 더러운 구름이 하늘을 덥고 惡魔의 입김 가튼 바람이 미처날뛰니 金色으로 늙은 銀杏닙히 펄렁펄렁 썰어지어 굴른다. 사람의 발에 밟혀서 찟겨서 흙투성이가 되어서 쌍에 무치어버린다. 이것이 造物主의 일이다. 지어서는 바스고 바스고는 쏘 지어. 아아, 能力도 만흔지고

十一月十一日(木曜)

晴. 寒.

어제ㅅ밤 숨이 우수엇다. 나는 朝鮮人을 煽動하엿다는 罪로 死刑의 宣告
를 바닷다. 째는 午前인데 形의 執行은 午後란다. 나는 생각하기를 죽는 것은
두렵지 아니하나 오직 胸中에 품어두엇던 엇던 힘을 써보지 못하고 이 世上
을 써나는 것이 슬프다고 이 째문에 나는 괴로워하얏다. 執行 當時의 모양
을 想像하는 中에 喜報가 왓다, ─ 死刑은 中止한다고

十一月十二日

溫. 寒.

校庭의 銀杏樹는 쎠만 남고 路傍의 丹楓은 피에 저젓다. 밤에 C君 오다. 그
는 剛勇한 男子인저. 그는 主義를 爲하야 父親에게서 學費를 拒絶하고 父子
의 倫紀를 쓴헛다고. 이는 朝鮮人中에 稀罕한 일이다. 깃버라. 그는 世界 無錢
旅行을 한다고 壯해라. 朝鮮아 너는 幸福되고녀, 이러한 男兒를 나핫도다.
나도 이 일을 憧憬한 지 오랜지라 同行할 쓰이 타는 듯하도다. 明春을 期하야
하여볼가나.

十一月十二日(土曜)

晴. 寒. 陰. 寒.

둘째 時間에 누이의 편지를 밧다. 아마 그의 最初의 書인 것이다. 나는 그
天眞爛漫한 愛情이 깃벗다. 그는 天才다. 外國에 낫섯더면 詩人이 되엇슬 것
을 아아 앗가워라.

「湖上美人」을 씃내다.

十一月十四日(日曜)

晴. 風.

R君을 보다. 別로 늣긴 바 업다. 밧븐 까닭이다.

十一月十五日(月曜)

陰. 寒.

禮拜時間은 참으로 실타(註曰 敎會學校인 까닭에 每日 祈禱會가 잇다). 그 祈禱는 모도 하나님을 붓그러우시게 하는 것쑨이다. 「大日本帝國을 愛護하시옵소서. 伊藤公 가튼 人物을 보내어 주시옵소서.」 滑稽. 滑稽. 그리고도 그들은 基督信者라고 한다. 서ㅅ바닥은 아모러케 도는 것이다.

밤에 M君을 차잣다. 업다. 들어가 기다려도 아니 온다. 管絃의 소리를 마초아 女聲의 노래가 들린다. 엇던 사람이 잘 노는고 맘이 웃슥한다. 그러나 곳 가라안젓다.

歸路에 「奴隷」에 關하야 생각하다. 이것은 長篇되기에는 不適當하다. 至今까지 쓴 것을 슫허서 短篇 여러 개를 만들자.

아아 나도 게으른 者로다.

十一月十六日(火曜)

晴. 寒.

野球로 네 時間이나 보내다. 밤에 「愛か」를 쓰다. 아름다운 少女를 사랑하야 그를 안고 키스하는 꿈을 싸다. 하하.

十一月十七日(水曜)

晴. 寒.

心緖 極히 散亂.

밤에 「愛か」를 繼續해 쓰다. 나는 이것을 ○○學報에 내랸다. 그러나 내 줄는지 말는지.

十一月十八日(木曜)

晴. 寒.

밤에 「愛か」를 完結하다. 日文으로 쓴 短篇小說. 내가 作品을 完結한 것은 이것이 처음이다.

十一月十九日(金曜)

晴. 寒陰.

近來에 드믄 치위다. 모도 목을 움추리고 하얀 입김을 吐한다. 工場의 少女들의 입설이 검푸르게 썰린다.

島崎藤村의 「破戒」를 닑다. 平凡한 듯하다.

요새에는 空想이 주는 듯하다.

十一月二十日(土曜)

晴. 寒.

品川海에 씌워노흔 로셋다호텔(註曰 日露戰爭 째에 아라사에게서 쌔아슨 破軍艦을 바다에 씌어노코 料理店 兼 旅館을 만든 것)에서 五年級의 親睦會가 열리다. 壯觀이러라. 余도 偶感이란 題로 演說하다.

나는 亦是 言論은 拙하다.

나는 호텔 體鏡에 비초인 내 얼굴의 아름다움에 暫時 恍惚하엿다. 내 얼굴은 멀리고 바라보아야지 갓가히 보아서는 안 된다.

十一月二十一日(日曜)

晴. 溫.

正히 春日과 갓다. 말른 百草도 今時에 엄 도들 쯧. 웬 아츰 안갠고.

P君 오다. 그는 나의 사랑하는 벗. 그를 볼 째마다 나는 깃브다. 그는 나의 눈물을 씨서주는 벗이다. 漢城樓에서 술을 마시다. 진실로 술은 달고나. 나는 前日의 내 글을 보고 반가웟다. 아아 어느새 追憶인가.

二本○町에서 一刀로 五人을 慘殺한 事件이 잇다. 卽死만 햇더면 그들은 幸福되리로다. 一瞬間에 人生의 모든 苦惱를 니즌 것을.

웨 사나. 무엇하러? 그러치만 사는 재미도 업지는 안타. 이것저것 보기도 하고 듯기도 하고 하기도 하니 재미가 아니랴 하랴. 나는 이 재미를 爲하야 病 나거든 藥 먹으랴네. 나는 남에게 親愛받은 卦라고 易者의 말.

자는 것이 앗가워라. 想像이나 하고 누엇자.

十一月二十二日(月曜)

晴. 溫.

다쎄상たけ樣의 送別會가 열리다. 그는 우리 下人으로 잇던 시골 老婆다. 진실로 그는 貴賓이다. 國家의 大使 大勳보다도 그는 貴賓이라고 나는 熱誠으로 말하엿다.

十時를 지나서 술을 먹다. 머리가 핑핑 돌고 神經은 鈍하여진다. 實로 醉觀醒觀은 다르고나.

同席 諸友가 무어라고 짓거리는 모양이나 나는 한 마듸 못 알아들으리라.

十一月二十四日(水曜)

陰. 溫. 雨. 寒.

早朝에 ○慾으로 고생하다.

셋재 時間後에 몸은 아프고 學課는 실혀서 집에 돌아와 자다.

「虎」를 完成하다. 이것이 第二의 完成이다. 나는 이것을 完成할 쌔에 큰 抱負와 喜悅과 滿足을 늣겻다.

十一月二十五日(木曜)

陰. 溫.

昨夜 K君을 보다. 나는 그를 볼 쌔에 無限히 깃벗다. 그도 그런 듯하다. 彼我 手를 握하며 歡笑 넘칠 듯하다. K는 大人物이다. 깁흔 人物이다. 親할 수 잇서도 狎할 수 업는 人物이다. 그는 歡笑 戲謔中에도 一種의 威嚴을 가초앗다. 나도 그를 敬愛한다. 그가 불에 데엇다는 소문을 들을 쌔에 나는 여간 슬퍼하지 아니하엿다.

十一月二十八日(日曜)

晴. 溫.

早稻田에서 東, 稻의 野球戰을 보다.

歸途 洪君을 찻다. 그는 나와 臭味를 가티하다. 나는 그를 즐기다.

崔君의 文과 詩를 보다. 確實히 그는 天才다. 現代 우리 文壇에서 第一指를 屈할 만하다.

十八歲 少年이 東京에서 한 日記*

十二月一日(水)

十二月二日(木)

파란 하늘에는 구름 한 점 업다. 찬 달은 물과 가튼 빗을 졸고 잇는 만물에 던진다. 생명업는 길ㅅ가ㅅ 구루마는 종일 쓸려다니기에 피곤하야 얼굴을 씹흐린 것 갓다. 이것을 보고 그 주인을 생각하니 인생은 괴롭고나. 그러나 살아잇는 동안 모든 쓴 것을 다 할타보는 것은 한 재미다. 榮枯盛衰는 나의 알 바이 아니라. 다만 힘이 잇는 데까지 하고 십흔 일을 다 하다가 목숨이 다하거든 죽어버리자.

十二月三日(金)

「獄中豪傑」이란 시를 「興學報」에 보내다.

十二月四日(土曜)

十二月五日(日曜)

晴. 寒. 陰.

벌서 금년도 메칠 안 남앗고나. 아아 세월은 과연 쌔르게도 흐른다. 생각하면 눈이 둥글에어진다.

그런데 나는 지난 일 년에 무얼 햇노? 여러 가지 변동도 잇섯다, 인생에서

---

* 春園, 『朝鮮文壇』7, 1925.4. 1909년 12월 1일에서 1910년 1월 15일까지의 일기.

첨으로 맛본 것도 잇섯다, 그러나 아아 모도 뉘웃쳐지는 것쑌이 안인가.

웨 사람이란 이러케 약한고? 하나님은 웨 우리를 지어노코는 사방에다가 덧을 노핫는고 이리로 가도 죄, 저리로 가도 죄, 발만 내듸되면 죄니 엇전단 말인고.

十二月六日(月曜)

晴. 不寒.

生物學 선생은 참으로 실혀. 둔하고 게다가 품격이 나자. 그러치만 아희놈들이 그를 못 견듸게 구는 것을 볼 째에는 불상한 생각이 나. 나는 웬 일인지 엇던 사람을 대하면 불상한 생각이 잘 나. 오늘도 체플에서 물리 선생을 볼 째에는 엇더케 슬픈지 가슴이 다 답답해지고 그 겻헤 젠 드시 버틔고 안즌 수학 선생, 영어 선생, 이런 것들이 모도 미웟다.

山崎군은 참 친절해, 일긔에 그의 말을 한 마듸라도 안 쓰면 미안한 듯하다.

오후에 洪군을 만나다. 칭찬 바닷다.

李군을 차잣다. 진실로 僞善者다!

전차 속에서 안드리엡*의「深淵」을 닑다. 응 안 쓰랸다, 안 쓰랸다.

十二月七日(火曜)

밤에 그와 함께 靑山(지명)으로 가다. 가티 가고 십흔 까닭이다.

돌아오는 길에 文군을 찻다. 나는 크게 그를 조와한다. 그도 나를 조와한다. 그는 참된 사람인 듯하다. 나는 얼마나 참된 사람을 구하는고.

---

* 레오니드 니콜라예비치 안드레예프Leonid Nikolayevich Andreyev(1871-1919). 러시아의 문학가. 초기 단편소설에서는 주로 소외된 계층에 대한 관심을 표명하였고 이후 혁명과 정치이데올로기에서 벗어난 자유로운 문학예술을 추구하였다. 1902년에 발표된 「심연Bezdna」(1902)은 「안개 속에서V tumane」와 더불어 노골적이고 대담하게 성性을 다루어 소설가로서의 명성을 얻는 동시에 광범위한 논쟁거리가 된 작품이기도 하다.

十二月十四日(火曜)

晴. 寒.

어제와는 딴판으로 오늘은 분명히 겨울이다. 길 가는 사람들은 모도 고양이 모양으로 동구러타.

오늘부터 시험이다. 그래도 시험 째가 되면 아조 안심은 아니된다. 낫븐 성적은 밧고 십지 안타. 이것이 사람의 상정일 것이다.

밤 열 시다. 땅땅 종ㅅ소리가 난다. 절에서 치는 소린가 햇더니 불 종이다.

「에그 저를 엇재요!」하고 하녀가 제 집이나 타는 드시 야단을 한다. 이층에 올라가 보니 과연 검은 연긔가 하늘에 다코 무서운 불ㅅ결이 밤을 비최어서 집들의 반면이 타는 듯하다.

「아아 쾌하다, 시베리아 대삼림에 불이 부트면 얼마나 조흐랴」하고 나는 부르지젓다. 네노 왕에 로마에 불을 노흔 것도 이 장관을 보랴고 한 것이다. 나는 바이론을 생각햇다.

十二月十六日(木曜)

밤에 재미잇고도 무서운 꿈을 꾸었다. 아버지의 무덤이 열리며 그 밋헤 반드시 누어잇든 아버지가 벌쩍 닐어나면서 어머니와 나를 잡으려고 한다. 나는 鄭군과 함께 혼이 나서 다라낫다. 꿈에도 나는 생각햇다. ―「응 아직도 죽는 게 무서운 게로다」하고

十二月二十一日(火曜)

陰. 寒.

시험 끗낫다. 모두 옥에서나 나온 것처름 조와라 한다 ― 나도 조타.

내 처녀작이라 할 만한 「사랑인가」가 ○○學報에 낫다. 깃브다. 꽤니 깃브다. 부질업는 깃븜이다. 나는 사람들이 나를 칭찬해 주지 안는 것이 불만햇

다. ― 아아 결점이다.

밤에 여러 사람들에게 「햄렛」 니야기를 하엿더니 다들 조와하는 모양이다. 나는 웬 일인지 사람들에게 문예 니야기하는 것을 조와한다.

十二月二十二日(水曜)
李完用이 죽엇다!

十二月二十三日(木曜)
晴. 寒.
오늘은 감긔로 아주 불쾌하다. 아모 데도 안 가고 「情育論」을 썻다.
李寅O가 오섯기로 정육 니야기를 햇다. 아마 아니꼽게 생각햇슬 것이다. 그러나 그것이 내 본성인 걸 엇지랴.
밤에 韓군이 날더러 교만하다고 충고하엿다. 과연 나는 교만하다. 누구에게든지 내 재능을 자랑하고 십고 남이 나를 칭찬해주지 아니하면 불쾌하다. 이 째문에 남들이 나를 실혀할 것이다. 그러나 나는 자랑하는 것이 아니라 내가 내 속에 생각하는 대로 정직하게 말하는 것이다. 정직이 내 결점이다. 거즛말로 쑤며만 대면 일이 업슬 모양이다. 그리하면 그들은 나를 교만하다고도 아니하고 칭찬만 할 것이다.
그러면 엇져나. 나는 일부러 겸손한 모양을 쑤며서 세상ㅅ사람의 환심을 살가. 이것은 참말 고통이다 ― 나는 못할 고통이다. 참 걱정이다.

十二月三十一日(金曜)
晴. 陰. 雨.
隆熙 三年도 오늘이 마즈막이다. 지나간 한 해를 돌아보면……
지난 해에 닑은 책이나 적어볼가(문예만)

虞美人草, 海賊, バイロン, プーシキン, ゴルキイ, ゴルキイ短篇集, 春, 思出の記, 復活, アンナカレンナ, イカモノ. 蘇生の日, 建築師, 自然主義, 天魔の怨, 破戒, 沙翁物語集, 湖上の美人, 野の花, ナポレオン言行錄, 詩人の戀, 病間錄, 藤村詩集, 靈か肉か

隆熙 四年 一月一日(土曜)

雨. 晴溫.

오늘부터 隆熙 四年이다. 내가 日本 온 지 륙 년재다. 그 동안 내게 닐어난 변천이야 얼마나 한가. 실로 생리상으로 보든지 심리상으로 보든지 경험도 만히 싸핫고 변천도 만히 하엿다. 단순하든 나는 인제는 좀 복잡해젓다. 이 압흐로 엇지나 될는고? 흉중에 타는 리상(기실 아직 그러케 일정한 것도 아니지마는 그대로 리상은 리상이다)은 달해질넌지. 가자, 가자, 그저 가기만 하자.

山崎군이 왓다.

一月二日(日曜)

晴. 微雨. 晴. 溫.

本鄕座에서 오델로 劇을 보다. 쉬는 틈에는 「三四郞」을 닑엇다.

文군을 방문하엿다. 그는 나와 가슴을 서로 통하기를 청하엿다. 나도 쾌히 허락하엿다.

그는 나를 「파격의 남아」라고 일컬엇다. 이대로 가면 반다시 세상을 놀내리라고, 한반도의 일홈이 너 째문에 놉하지리라고 사람들은 다 너를 교만하다고 하고 조치 안타고 하지마는 그것은 당연한 일이다. 거즛된 자 아니고는 세상에서 환영밧기 어려운 법이다. 그런데 너는 거즛을 실혀한다, 그러닛가 그들이 너를 실혀하는 것이다. 그러나 나는 그대를 밋는다, 대인물은 흔히 세상에서 배척을 밧는 것이다 ― 이러케 말햇다. 그는 만날 적마다 나를 칭찬한다. 그러나 그것이 모도 진정인 것 갓다. 듯기에 실치 아니하엿다. 기실은 나도 지금까지 그러케 생각은 햇던 것이지마는 남이 그러케 말하니 더욱 맘이 든든해지는 심인지 만족해지고 또 용긔를 어덧다.

나는 어듸까지든지 裸體生活을 하자. 아니 나는 아직 다 裸體가 되지 못하엿다. 더욱더욱 裸體가 되도록 힘쓰자. 세상이야 무에라고 하든지 그것을 상관 말어라. 셰상이 네게 무슨 권위냐, 세상을 다스릴 자가 네가 아니냐.

一月四日(火曜)

年賀狀이 왓다.

「熱沙 漠漠한 사하라ㅅ길을 가는 사람도 째째로 단 샘이 솟고 푸른 나무 그늘이 서늘한 오아씨스에 죽을 쯧한 괴로움을 쉬는 수도 잇다건마는, 사람은 세상에 쩔어저서 무덤에 들어갈 째까지 겨오 사랑이라는 맑은 샘 한 목음으로 한째 永久한 하늘을 쑴쑬 쑨이다. 그러나 한번 쌔면 여전히 괴로온 길을 걸어야만 하고 다시는 오아씨스도 만나 보지 못하고는 사랑의 흐르는 물을 그리워하면서 地平線下에 잠겨버리고 마는 것이다」(國木田獨步*).

一月六日(木曜)

晴. 寒.

洪군을 차자 이야기하다가 가티 자다. 그도 오아씨스를 구하는 모양이다. 그런데 그는 오아씨스에 들어갈 수 업는 사람이다. 가엽서라. 새벽 일즉 닐어나 「靑い小猫」, 「社の一夜」 등을 넑다. 재미잇다. 다섯 시에 洪군ㅅ집을 써나서 집으로 오는데 아직 어둡다. 下弦ㅅ달이 싸늘하게 반공에 걸리고 市街

---

* 구니키다 돗포國木田獨步(1871-1908). 일본 메이지시기의 대표적인 자연주의 작가의 한 사람. 워즈워스식의 자연관이 깊이 배어 있는 단편소설을 발표해 일본 문단에 새로운 인간관을 제시한 것으로 평가받는다. 대표적인 단편으로 「무사시노武藏野」(1898), 「고기와 감자牛肉と馬鈴薯」(1901), 「겐 삼촌源叔父」(1897) 등이 있다.

ㅅ집들은 반은 어두움ㅅ속에 녹아버럿다.

武內 군과 길게 니야기하엿다. 나더러 自然主義化햇다고

一月十一日(火曜)

雪. 寒.

첫눈이다, 잘도 온다. 순식간에 만물이 하얘젓다. 나는 눈을 보면 시베리
야를 생각한다. 시베리아의 일망무제한 광야에 서서 雪景을 바란다 하면 얼
마나 유쾌할가. 이런 도회에 오는 눈은 마치 그 莊嚴한 맛을 일허버리는 것
가탓다.

어서 내일이 왓스면……내일은 그가 온다고 약속한 날이다. 나는 다시
쓰거운 지경에 들어가는 것 갓다.

一月十二日(水曜)

寒. 晴.

아츰에 닐어나 보니 왼 천하가 하야타.

학교에 갓더니 그 넓은 쓰라운드에 눈이 쌀렷는데 아직도 「언트러든」이
다. 얼마 아니하면 사람의 발에 밟혀서 더러워질 것을 생각하면 슬펏다. 학
과가 실타 — 그러타고 그만둘 수도 업고

나제는 눈이 녹기를 시작한다. 아이들은 눈싸흠을 하고 나무ㅅ가지에 안
젓던 눈들도 철석철석 소리를 내며 썰어진다.

밤에 洪군을 차잣다. 전차ㅅ속에서 나는 文學者가 될가, 된다 하면 엇지나
될는고 조선에는 아직 文藝라는 것이 업는데, 日本文壇에서 긔를 들고 나설
가 — 이런 생각을 하엿다.

一月十三日(木曜)

雨. 寒.

새벽부터 비가 온다. 찬바람이 비ㅅ발을 가로 불어날려서 헌 양복이 칩다. 싸힌 눈은 어름이 된다. 그리고는 녹는다. 그는 안 온다. 비는 안 그친다. 그는 안 온다! 못 온다는 엽서가 왓다.

一月十四日(金曜)*

花袋集을 닑고 그 용긔에 감복하엿다. 그런데 내게는 비평의 재능이 업는 모양인지 花袋**의 것이 그리 조흔 줄을 모르겟다.

一月十五日(土曜)***

陰. 雨. 寒.

아츰에 닐어나 보니 첩은첩은한 눈에 안 부튼 데가 업다. 교실 창에서 내다보면 눈ㅅ송이가 펄펄펄 나라 나려온다. 나무들이 무거운 드시 눈을 이고는 그것이 쩌러질서라 가만가만히 머리를 흔들고 개들은 제 세상이나 만난 드시 조와라하고 쮜어다닌다. 아름다운 경치다, 재미잇는 경치다. 그러치만 밧게 나가면 치우니 自然의 美도 身體의 苦痛은 이긔지 못하는가 하엿다. 나는 自然의 美에 미처버릴 사람은 못 되랴 하엿다.

山口君에게서 엽서가 왓다. 藤井시가 그립다.

퍽도 오늘은 닑엇다. 「人形의 家」, 「蒲團」以下 數十篇을 讀破하엿다. 나는 점점 깊이 文藝로 들어가는가 보다.

---

* 원문에는 '十月十四日'로 되어 있다.
** 타야마 가타이田山花袋(1872-1930). 일본의 대표적인 자연주의 작가의 한 사람. 대표적인 단편으로 「이불蒲團」(1907), 「시골선생田舍教師」(1909) 등의 작품이 있다.
*** 원문에는 '十月十五日'로 되어 있다.

사랑인가愛か*

　　문길文吉**은 시부야澁谷로 미사오操를 찾아갔다. 무한한 기쁨과 즐거움과 희망이 그의 가슴에 넘치는 것이었다. 도중에 한두 친구를 방문한 것은 단지 구실을 만들기 위해서다. 밤은 으슥하고 길은 질퍽했지만, 그런 것에 개의치 않고 문길은 미사오를 방문했던 것이다.

　　그가 대문에 이르렀을 때의 심정이란 실로 무어라 말할 수 없었다. 기쁜 것인지 슬픈 것인지 부끄러운 것인지, 심장은 다급한 종을 울리는 듯하고 숨결은 거칠어졌다. 여하튼 그때의 상태는 잠시도 그의 기억에 머물지 못하는 것이다.

　　그는 대문을 열고 들어가 격자문 쪽으로 갔지만, 심장 박동은 더욱 빨라지고 몸은 벌벌 떨렸다. 덧문은 닫혀 있고 사방은 쥐 죽은 듯이 조용하다. 벌써 자는 것일까, 아니 그렇지 않다, 이제 겨우 9시를 조금 지난 시각이다. 게다가 시험 중이니 아직 잠자리에 들지 않았을 것이 뻔하다. 아마 한적한 데라 일찍 문을 닫았을 것이다. 문을 두드릴까, 두드리면 반드시 열어줄 것이 틀림없다. 그러나 그는 문을 두드릴 수가 없었다. 그는 목석 모양으로 숨을

---

* 원문 일본어. 韓國留學生 李寶鏡, 『白金學報』19, 1909.12. 3인칭 서술자의 비인격적인 언문인치체 어말어미 'た'와 더불어 인격성이 묻어나는 어말어미 'のである'가 빈번하게 사용되고 있다. 이러한 문체가 작품에도 영향을 미치고 있다고 판단되어 다소 딱딱함을 무릅쓰고 어말 어미를 살리고 가급적 구두점도 그대로 살려 번역했다.

** 원문에 분키치ぶんきち라는 루비가 달려 있지만, 필자 '이보경'의 이름 앞에 '한국유학생'이라고 부기되어 있는 까닭에 독자들은 자연스레 문길을 조선인이라고 여겼을 가능성이 크다. 번역문에서 분키치로 번역해버리면 역으로 한국 유학생의 위치가 소거되어 버릴 우려가 있어 '문길'이라는 이름으로 번역해 두었다. 참고로『중학세계』(1910.2)의 「토쿄도 중학 우등생 방문기」 인터뷰 기사 말미에는 「사랑인가」의 본문 일부가 발췌되어 실려 있는데, 이름 옆에 루비가 달려 있지 않은 것은 물론 루비가 달려 있는 단어에도 차이가 있다. 미루어 짐작건대 원고에 달린 루비는 편집자에 의한 것이었을 가능성이 높다.

죽이고 우뚝 서 있다. 무슨 까닭일까? 어째서 그는 멀리 친구를 찾아와서 문을 두드릴 수 없는 것일까. 문을 두드린다고 해서 책망받을 것도 아니고 누가 두드리려는 손을 제지하는 것도 아니다, 다만 그는 두드릴 용기가 없는 것이다. 아아, 그는 지금 내일 있을 시험 준비에 여념이 없는 것일 게다. 그는 내가 지금 이곳에 서있을 것이라고는 꿈에도 상상하지 못하는 것일 게다. 그와 나는 오직 이중의 벽을 사이에 두고 만 리 밖의 생각을 하는 것이다. 아아, 어찌할까, 모처럼의 희망도 기쁨도 봄눈 녹듯 사라져버렸다. 아아, 이대로 이곳을 떠나지 않으면 안 되는 것인가. 그의 가슴에는 실망과 고통이 끓어올랐다. 할 수 없이 그는 발길을 돌려 조용히 그곳에서 물러났다.

우물가로 나오자 온몸에 땀이 줄줄 흘러 코쿠라小倉 학생복* 상의는 마치 물에 젖은 것 같다. 그가 휴 ― 하고 한숨을 쉬자 여름의 밤바람이 빨갛게 달아오른 그의 얼굴을 가볍게 스쳤다. 그는 발걸음을 떼지 못했다. 그는 다시 뒤를 돌아보았지만, 역시 덧문은 닫혀 있고 등불이 희미하게 어둠 속에서 새어나오고 있을 뿐이었다. 이제 끝이다. 그가 할 수 있는 것은 다했던 것이다. 그는 결심한 듯 한눈팔지 않고 척척 걸어나갔다. 그는 대문을 나와 언덕을 내려가 보았다. 그런데 아까는 아무런 어려움 없이 슬슬 올라왔던 언덕이 이번에는 내려가기가 꽤 어렵다. 그는 두어 번 비틀거렸다. 언덕을 반쯤 내려가다가 그는 무엇을 생각했는지 우뚝 섰다. 이대로 가고 싶지 않기 때문이다. 뭔가 좋은 방법을 생각했기 때문이다. 눈앞 큰길의 전봇대 끝에 외로이 빛나고 있는 붉은 전등은 여름밤의 고요함을 더하고 있는 것이었다.

그는 그곳에 서서 생각하고 있는 것이다. 나는 내일 귀국하지 않는가. 내일 돌아가면 다음 학기가 되어서야 그의 얼굴을 볼 수 있는 것이다. 아아, 어쩌나? 아니! 여기까지 와서 만나지 않고 돌아갈 녀석이 있을까. 나는 약하

---

* 당시 코쿠라(현재 북큐슈시)에서 생산된 무명 직물이 학생복의 옷감으로 많이 사용되었다고 해서 붙여진 이름.

다, 약하지만 이런 일을 할 수 없어서야 무엇을 할 수 있겠는가. 이제부터 좀 강해지자. 좋아, 이번에는 반드시 문을 두드리자. 물론 들어간댔자 재미있는 이야기를 할 것도 아니고 용건이 있는 것도 아니다, 오직 그의 얼굴을 볼 작정이다. 그래서 그는 다시 발길을 돌렸다. 이번에는 용기가 하늘을 찌를 듯이 발걸음이 가볍고 빠르다. 너무 빨라서 그만 대문을 지나쳤다. 우스꽝스럽다면 우스꽝스럽다고 할 수 있으리라.

서너 걸음 되돌아와 그는 대문을 들어섰다. 이번에는 짐짓 정원의 징검돌을 딛어 뚜벅뚜벅 구둣발 소리를 냈다. 이것은 수단인 것이다, 자신에게는 수단이지만 다른 사람에게는 알리지 못하는 수단이다. 그는 이번 수단에 성공을 기대했지만 격자문 앞까지 이르러서도 아무런 기척이 없다. 몇 번 더 구둣발 소리를 내보자고 생각했지만 더 갈 곳이 없는 것이다, 그렇다고 해서 체조시간 모양으로 제자리걸음을 할 수는 없다. 아아, 또 실패했다. 이번에야말로 정말 돌아가지 않을 수 없는 것이다. 그는 재차 한숨을 쉬었다.

그러나 궁하면 통하는 것이어서, 그는 또 하나의 계책을 생각했던 것이다, 그것은 돌아가면서 더욱 크게 구둣발 소리를 내는 것이다. 그러면 혹시 집안사람이 그 기척을 듣고 문을 열어줄지도 모른다. 실로 궁여지책이다. 그는 실행해 보았다, 그러자 과연 안에서 하녀의 잠이 덜 깬 목소리가 들렸다, "미사오 씨"라고 부르는 모양이다. 그는 얼마간 성공을 기대했지만 소용없었다. 그는 잠시 숨을 죽이고 서 있었다. 만약 순사에게라도 발각되는 날이면 도둑의 누명을 쓸지도 모른다. 그는 마지막 모험을 시도했다 ― 그렇다, 모험이다. 이번에는 발소리를 죽이지 않는다, 그는 당당하게 뒤꼍으로 돌았는데 과연 빛이 환했다, 이는 실로 암흑 속의 한 줄기 광명! 목마른 호랑이에게 단샘!

"누구세요"라고 누군가가 툇마루에서 묻는다.

"저예요"라고 대답한 그의 목소리는 떨리는 것이었다. 그는 자기가 누구

인지 알리기 위해 짐짓 얼굴을 빛 쪽으로 돌려

"벌써 주무시는가 해서⋯⋯."

"여! 당신이었습니까, 어두운데, 자, 올라오세요."

주인이 권하는 대로 그는 구두를 벗고 마루에 올라갔다. 주인은 방석을 권했으나 그는 고맙다고 생각지도 않는 모양이다.

"시험은 끝났습니까"하고 주인은 읽고 있던 잡지를 책꽂이에 꽂으며 물었다.

"예, 오늘 아침에 끝났습니다. 그런데 당신들은?"

이것은 인사치레에 지나지 않는 것이다. 이러한 대화는 본래 그가 좋아하는 바가 아니다, 오히려 싫어하는 편이다. 그는 단도직입적으로 '미사오 군은 있습니까?'라고 묻고 싶었다, 그러나 그는 할 수 없다, 애써 자기 마음속을 상대에게 들키지 않으려 한다, 그러나 얼굴은 마음이 밀정이라 아무리 태연한 척하려 해도 반드시 드러나는 것이다. 주인은 의아한 듯이 그의 옆얼굴을 뚫어져라 쳐다보고 있었다.

"우리들은 아직 멀었어요. 이번 주 토요일까지는. 아주 지긋지긋하군요" 하고 조금 얼굴을 찌푸린다. 모기떼가 습격해 온다, 땀이 흐른다.

"아무래도 올해는 유난히 덥군요"라고, 문길은 '미사오에게 내가 온 것을 알리고 싶다, 그러나 알리는 것은 부끄럽다'고 생각하면서 대답했다. 직접 알리지 않고 저절로 알게 하는 것이 그의 희망인 것이다. 미사오는 미닫이를 한 장 사이에 두고 옆방에 있다, 문길은 머릿속으로 미사오의 모습을 그리면서 '벌써 알았을 것이다, 내가 와 있는 것을 알면서도 나오지 않는 것일까'라고 생각했다.

이윽고 그와 같은 방을 쓰는 학생이 들어왔다. 문길은 왠지 모르게 기뻐서 짐짓 목소리를 높여 "공부하십니까?"라고 물었다. 그는 "예"라고 대답하고 자기 방으로 돌아갔다, 아마 내가 온 것을 알리기 위해서일 것이라고 문길은 생각했다, 그래서 기뻤다, 그런데 아무런 기척도 없다, 그는 방에 없는 것일까 의심해 보았다. 그러나 누군가 있다, 지금 뭔가 두런거리고 있는 것을 들었다. 그는 분명히 있는 것이다. 그런데도 그는 모르는 척하고 있는 것일까, 무슨 일일까, 인간으로서 어떻게 이런 잔혹한 짓을 할 수 있는 것일까, 실로 잔혹하다.

그는 부들부들 떨었다. 그의 몸은 열탕에 들어간 양 숨은 점점 거칠어지고 눈은 살기를 띠었다. 주인은 더욱 의아스러운 듯 그의 얼굴을 뚫어지게 쳐다보고 있다. 그는 더 이상 머물러 있을 수 없었다. 아아, 가슴아 찢어져라, 피여 솟구쳐라, 몸이여 식어져라, 나는 너를 위해 피를 흘렸다, 너는 나에게 얼굴도 내비치지 않는 것인가.

그가 주인의 만류도 듣지 않고 그곳을 나온 것은 열 시를 조금 넘은 무렵이었다.

그는 실망, 비애, 분노 때문에 멍해지고, 광기에 젖어 귀로에 올랐다. 어둑어둑한 동네는 쥐 죽은 듯이 조용히 잠들었고, 애달픈 안마사의 곡조에 맞지 않는 피리 소리만이, 눅눅한 여름밤의 공기를 흔드는 것이었다.

문길은 열한 살 때 부모를 여의고 홀몸으로 세상의 신산함을 맛보았다. 그는 친척이 없는 것은 아니었지만, 그의 집이 부유했을 때나 친척이었지, 일단 그가 영락한 몸이 되고부터, 누구 한 사람 그를 돌봐주는 이가 없었다. 그의 몸에 붙어 있는 가난의 신은, 그로 하여금 일찍 덧없는 세상을 맛보게 했던 것이다. 그가 열네 살 무렵에는 이미 어른다워져, 홍안紅顔이던 그의 얼굴에서 천진난만한 빛깔은 바래고 말았다.

그는 총명한 편이라, 그의 부친은 그에게 소학小學 등을 가르치며 그가 빨리 깨우치는 것을 더 없는 기쁨으로 여겨, 종종 가난의 고통도 잊곤 했다. 그가 부모를 여의고 난 뒤 이삼 년간이란 동으로 서로 표류하는 실로 가련한 것이었다, 그러나 그런 가운데서도 그는 친구에게 서적을 빌려 읽었고, 제대로 된 학교교육은 받을 수 없었지만 그 나이 또래의 소년에게 지지 않았다. 그는 가정의 영향과 빈고의 영향으로 성품이 온화한 소년이었다, — 차라리 약한 소년이었다. 그럼에도 불구하고 그는 비상한 야심을 품고 있었다. 뭔가 이루어서 한번 세상을 놀라게 하고 싶다, 만세 후의 사람으로 하여금 자기 이름을 흠모케 하고 싶다는 것이 항시 그의 가슴에 깊이 잠겨 떠나지 않는 것이었다, 이것 때문에 그는 한층 더 괴로운 것이다. 그는 아무것도 이룬 것 없이 죽는 것을 두려워했다. 여기에 한 줄기 광명이 그에게 비쳤다, 그는 어떤 고관高官의 도움으로 동경에 유학하게 되었던 것이다. 실로 그의 기쁨은 여간이 아니었다. 그는 이상에 이르는 문을 발견한 것처럼 기뻐 날뛰었던 것이다.

그는 당장 동경에 와서 시바芝에 있는 어느 중학 3학년에 입학했다. 성적도 좋은 편이라 누구나 유망한 청년으로 여겼다. 말하자면 그는 암흑으로부터 광명으로 나온 셈이다. 그러나 사실 그는 행복하지 않았다, 그는 차차 적막과 고독의 생각이 싹텄다, 매일 몇십 몇백 사람을 만나도 한 사람도 그에게 벗되어 주는 사람은 없었다, 그 때문에 그는 탄식했다. 울었다. 비애의 종류가 많다고 해도, 벗을 갖지 못하는 비애만한 것도 없다는 것이 그의 비애 관이었다.

그는 필사적으로 벗을 찾았다, 그러나 그에게 오는 이는 한 사람도 없었다. 간혹 없는 것도 아니었지만 한 사람도 그에게 만족을 주는 이는 없었다, 즉 그의 마음속을 들어 주는 이는 없었다. 그의 갈증은 더욱 심해지고, 괴로움은 더욱 그 정도를 더해갈 뿐이다. 십육억 남짓한 인류 가운데 나의 마음을 들어 주는 이는 없는가, 하고 그는 탄성을 내질렀다. 이리하여 그는 더욱 약해지고, 더욱 침울해져, 이야기 나누는 것을 좋아하는 그도 점차 입을 열지 않게끔 되고, 다른 이와 만나는 것조차 꺼리게 되었던 것이다. 그는 일기장에 그의 마음속을 털어놓고, 가까스로 자신을 위로하는 정도이다. 그는 단념하자고 생각했다, 그러나 단념할 수가 없었다. 여기에 무한한 괴로움이 있는 것이다. 이렇게 2년이 지났다.

금년 1월 그는 어떤 운동회에서 한 소년을 보았다, 그때 그 소년의 얼굴에는 사랑스러운 빛깔 넘치고, 눈에는 천사의 미소가 떠돌고 있었다, 그는 황홀하여 잠시 자기를 잊고 그의 가슴속에 타오르는 불꽃에 기름을 부은 것이다. 이 소년이 곧 미사오다. 그는 이 사람이야말로, 라고 생각했다.

그는 편지로 자기의 마음속을 미사오에게 이야기하고, 또 사랑을 구했다, 그러자 미사오도 자기가 고독하다는 것, 그의 사랑을 알아차렸다는 것, 자기도 그를 사랑한다는 것을 적어 보냈다. 이 글을 받았을 때 문길의 심경은 어떠했는가. 문길은 기뻤다. 무척이나 기뻤다, 그러나 마음속의 번민은 사라지지 않고, 사라지기는커녕 새로운 번민이 더해졌던 것이다. 미사오는 지극히 말이 없는 편이다. 이것을 문길은 더 없는 고통으로 여기고 있다. 문길은 미사오가 자기를 사랑해 주지 않는 모양이라고 여겼다, 아무래도 그에게는 냉담한 것처럼 여겨졌다, 그는 미사오를 의심해 보기도 했지만, 의심하고 싶지 않아서, 억지로 그는 자기를 사랑하고 있다고 단정하고 있었다. 거기에 고통이 있는 것이다. 그는 미사오를 목숨이라고까지 생각하고 있었다. 밤낮 미사오를 생각하지 않을 때가 없고, 수업시간에조차도 생각하지 않을 수 없었다.

그는 생각했다, 그는 괴로웠다, 생각하면 괴롭고 괴로워하면서도 생각한다, 이것이 그가 미사오를 만나고 있지 않을 때의 상태이다. 1월 이후 그의 일기 내용에는 미사오의 일을 빼면 아무것도 없었다. 또 미사오의 얼굴을 보면 기쁜 것이다. 이 무슨 까닭일까, 무엇 때문일까, 그 자신조차도 이해할 수 없었다. '나는 무슨 까닭에 그를 좋아하는 것일까, 무슨 까닭에 그에게 사랑받는 것일까, 나는 그에게 아무런 요구도 없는데.' 이것은 그의 일기의 한 구절이다. 그는 미사오와 만나면 제왕 앞에라도 불려간 것처럼 얼굴도 들지 못하고, 입도 열지 못하며, 지극히 냉담한 척 꾸미는 것이 보통이다. 그는 또 그 이유를 알지 못한다. 오직 본능적인 것이다. 그래서 그는 붓으로 입을 대신했다. 3일 전 그는 손가락을 베어 혈서를 보냈다.

1학기 시험도 끝나고, 내일 귀국도 앞두고 있으니, 필사의 용기를 내어 오늘밤 그는 미사오를 방문했던 것이다.

그는 무감각하게 걸음을 옮기면서 생각하고 있는 것이다. 아아, 죽고 싶다, 이제 이 세상을 떠나고 싶다, 타마가와玉川 전차 선로인가, 벌써 11시 ㅡ, 이미 전차는 다니지 않는다, 좋아, 기차가 있다, 덜컹덜컹거리는 소리 한번 울리면 나는 이미 이 세상에 없을 것이다. 나도 자살을 경멸했던 사람의 하나다, 자살 기사를 보면 언제나 침을 뱉었던 사람의 하나다. 그런데 지금은, 나 자신이 자살하려고 한다, 묘하지 않은가. 나는 커다란 이상을 품고 있었다, 이것을 이루지 못하고 죽는 것은 실로 유감이다, 내가 죽으면 늙은 조부와 어린 누이는 얼마나 탄식할까, 그러나 이 순간 나의 죽음을 만류하는 이 없으니 하는 수 없는 것이다. 지금 죽고 사는 것은 전혀 나의 힘 밖에 있는 것이다.

그는 시부야 철도 건널목을 향해 급히 서둘렀다. 어둠속에서 뚜 ㅡ 하고 기적이 들린다, 이거 잘 됐다고 뛰어드는데 시커먼 사람이 나와 철커덕 철커덕하고 차단기를 내려 통행을 제지했다. 어이없군, 죽는 순간까지도 사악한 악마가 따라다닌다. 기차는 무심히 덜커덩 덜커덩 소리를 내며 지나갔다. 그는 선로를 따라 3간間* 남짓 걸어가서, 동쪽 레일을 베고 누워 다음 기차가 오기를 이젠가 저젠가 기다리며, 구름 사이로 흘러나오는 별빛을 응시하고 있었다. 아아, 18년 간의 나의 생명 이것으로 끝인 것이다. 부디 죽은 후에는 스러져 버려라, 그렇지 않으면 무감각해져라. 아아, 이것이 나의 마지막이다. 작은 머릿속에 품고 있던 이상은 지금 어디에. 아아, 이것이 나의 최

* 1간間은 약 1.8m.

후다. 아아, 쓸쓸하다. 한번이라도 좋으니 누군가에게 안겨보고 싶다. 아아, 단 한번이라도 좋으니. 별은 무정하다. 기차는 어째서 오지 않는 것일까. 어째서 빨리 와서 나의 이 머리통을 부숴뜨려 주지 않는 것일까. 뜨거운 눈물은 멈추지 않고 흐르는 것이었다.

獄中豪傑*

(一)

板壁 鐵窓 좁은 獄에, 가쳐잇는 저 브엄은, 굴ㅅ고 검은, 쇠사슬에, 허리를 억미여서, 죽은 듯, 조는 듯, 꾸부리고, 눈樣 可憐토다. 石澗에 水聲가치, 돌돌 ᄒ는 그 소리는, 썌삼마다, 힘쏠마다, 電氣갓히 잠겨잇는, 굿센 힘, 날닌 기운, 흐르는 소리잇가. 眞珠갓히 光彩 잇고, 彗星갓히 도라가는, 홰ㅅ불 갓흔 兩眼에는, 苦悶 안기 썻도다. 그러나, 그 안기ㅅ속에 빗나는 光明은, 숨은 勇氣, 숨은 힘이 中和ᄒ 번기ㅅ불! 前後左右 쌀닌 남게 쇠인 듯ᄒ, 가는 줄은, 獄에 미인, 뎌 豪傑의, 煩悶 苦痛 자최로다. 自由를 쟈랑ᄒ던, 뎌 豪傑— 브엄의, 좁은 獄에 가쳐서, 束縛 밧는 이 生活! 사람 손에, 죽은 고기, 한 뎜 두 뎜, 엇어먹고, 嘲弄과 禁錮**中에, 生命을 니여가니, 피는 쓸코, 고기 쮜고, 煩悶 苦痛 가삼에 차! 自由로 生活ᄒ며, 노닐고, 싸호던, 過去를 回想ᄒ니, 이뇌 몸은 썰니고, 憤怒에 猛火가치 쮜놀고 소리질너, 뎌 豪傑의 말만 듯고, 우는 아히, 우름 막고, 뎌 豪傑의 像만 보고, 두려ᄒ고, 치썰든, 弱ᄒ고 미욱ᄒ, 죽어 가는 사람 무리, 前後에, 鐵窓으로, 뎌 豪傑을 엿보며, 自己보다 弱ᄒ 것을 볼 씌에ㅅ 態度로, 嘲弄ᄒ며, 우스며, 批評ᄒ며, 말ᄒ도다. 누어 잇던, 뎌 豪傑은, 머리를 들어서, 無心히 사람 무리, 이윽히, 보더니, 이뇌 羞恥, 이뇌 苦痛, 검은 날기 黻黻ᄒ며, 雙雙히, 쎄를 지여, 가삼에 나ᄅ드러, 크고 굿센, 그 날기로, 활활활 부쳐서, 이 맘 속에, 숨은 불, 焰焰히, 닐도다. 鐵窓 밧게, 웃고 섯던, 얼골 불근, 졀믄 사람, 손에 잇든, <u>스티크</u>로, 뎌 豪傑을 한 번 티니, 누어

---

* 孤舟生, 『大韓興學報』 9, 1910.1
** 원문에는 '禁고'로 되어 있다.

잇던, 저 豪傑은, 憤慨ㅎ고 激怒ㅎ야, 나는 드시, 번기가치 「흑」 소릭, 한 마듸
에, 嗚呼無殘, 날닌 발톱, 머리에, 깁히 박아, 두 번직 「흑」 소릭에, 頭蓋骨이,
갈나더서, 腦漿은, 흐늑흐늑, 발톱에, 튀여디고, 鮮血은, 淋漓히, 싸에, 써러디
는도다. 無殘悽慘, 뎌 사람의, 蛛絲 갓흔, 목숨 줄은, 電光一閃, 뎌 불톱에, 맥
업시도, 슨어젓네. 미에, 놀닌 꿩과 갓치, 蒼皇失色 다르나는, 사람 무리 景狀
보소, 앗싸스 氣慨 只今 어듸? 殺氣 怒氣 번기가치, 두 눈에 騰騰ㅎ며, 文彩
잇는, 그 全身은 프룩프룩 떨니도다, 발톱에, 끼인 腦漿, 원슈갓히 보더니, 한
번, 다시 「프룩」 떨며, 窓 밧게, 던디도다. 山 흘들든, 大暴風이, 나종에, 자는
듯, 스르륵, 다시 눕고, 조는 듯, 눈 감쏜다. 슬프도다, 저 豪傑아, 自由 업는,
저 豪傑아! 너는, 임의, 生命 업는, 고기와, 쎼, 쑨이로다.

(二)

하늘에, 다은 드시, 으승그린,* 멧부리는, 구름, 안긔, 옷을 삼아, 열 겹, 빅
겹, 둘너싸코, 百歲 묵은, 늘근 松柏, 鬱鬱ㅎ고, 蒼蒼ㅎ여, 밤이나, 낫이나, 금
음이나, 보름이나, 어두운 빗 맑근 긔운, 서리워 잇스며, 돌 사이로, 소사나
와, 썩은 닙헤 숨어 흘너, 흘너가는, 말소, 찬 물, 潺潺ㅎ고, 浚浚타가, 싹스은
듯흔, 벼룽에서, 늬려쒸는, 그 소릭는, 雷霆인가, 霹靂인가, 靜寂 江山 찌여질
듯. 自然中에, 生活ㅎ며, 自然中, 즐겨ㅎ는, 나는 식와, 즘싱밧게, 노니는 者,
全혀 업는, 山中이여, 이, 豪傑의, 노니던 故鄕일셰. 구름 밧게, 으승그린, 萬
疊峯巒 너머가며, 地獄으로, 通흔 듯흔 萬丈壑을, 건너쒸며, 풀ㅅ속으로, 올
라와서, 풀ㅅ속으로, 드러가는, 一望無際 大平原을, 번기갓히, 건너가며, 한
번 對敵 맛느거든, 두렴 업시, 退治 안코, 그 니쌀과, 발톱으로, 그 勇氣와, 그
힘으로, 鬼神가티 變幻ㅎ며, 霹靂가치, 소리 질너, 싸호다가, 익의거든, 敵의
고기로, 빅 불니며, 凱旋歌를 놉히 불너, 즐겨ㅎ고, 쒸놀며, 지드르도, 怨恨 업

---

* 으승그리다. '춥거나 두려워서 몸을 좀 우그리고 수그리다'는 뜻의 북방 방언.

시, 이 生命이, 잇기까지, 그 힘, 니빨, 발톱, 勇氣, 다ᄒᆞ도룩, 싸홀 ᄯᅡ람. 一夜千里, 疲困ᄒᆞ면, 이ᄂᆡ 元氣 回復ᄒᆞ려, 이슬 ᄆᆡ친, 푸른 풀에, 평안히, 누어 쉬고, 돌ㅅ 사이로, 오ᄂᆞᆫ 물에, 목 적씨고, 몸 씨스며, 피 흐르ᄂᆞᆫ 鮮肉으로, 주린 ᄇᆡ를 ᄎᆡ우도다. ᄂᆞᆯ카라온, 그 니빨에 鮮肉이, 뭇어 잇고, ᄂᆞ카라온, 그 발톱에, 鮮血이, 뭇어 잇셔, 뉘라셔, 命令ᄒᆞ며, 뉘라셔, 禁ᄒᆞᆯ숀가? 다믄 自由, ᄂᆡ 마음ᄃᆡ로, 다믄 自由, ᄂᆡ 힘ᄃᆡ로! 이, 니빨이, 잇스니, 이ᄂᆞᆫ, ᄂᆡ의, 쓸 거시오, 이, 勇氣가, 잇스니, 이ᄂᆞᆫ, ᄂᆡ의, 쓸 거시오, 이, 힘이, 잇스니, 이ᄂᆞᆫ, ᄂᆡ의, 쓸 거시오, 이, 발톱이, 잇스니, 이ᄂᆞᆫ, ᄂᆡ의, 쓸 것이라. 이, 니빨이, 달토록, 이, 발톱이, 무듸도록, 이 힘이, 다ᄒᆞ도록, 이 勇氣가, 衰토록, 물고, 찟고 ᄯᅱ고, 놀며, 싸호고, 즐기다가, 이ᄂᆡ 목슴, 다ᄒᆞ거든, 고기 몸을 버셔나셔, 無窮無限, 이 空間과, 渾然, 冥合ᄒᆞ리니, 이거시 이ᄂᆡ 天國! 이거시 이ᄂᆡ 天國! 니와, 발톱, ᄂᆞᆷ겨두고, 힘과, 勇猛, 쓰지 안코, ᄀᆡ와 ᄀᆞ치, 生活타가, 이 世上을, 바림은, 弱ᄒᆞ고, 미욱ᄒᆞ며, 天國을, 모르나니! ᄯᅳᆯ가에 성, 한 닙을, 泰平ᄒᆞᆫ 집을 삼고, 먹다 ᄂᆞᆷ은, 고기 ᄲᅧ와, 쉬고, 셕은, 밥과, ᄯᅳ물, ᄆᆡᆨ인 것을, 고마와셔, 깃거ᄒᆞ고, 반기며, 主人 보면, 반가온 듯, ᄭᅩ리치고, 도라가며, 블, 흘트며, 숀 흘트며, 主人의 歡心 사기를, 이 우에, 업ᄂᆞᆫ 드시, 光榮이라, 즐겨ᄒᆞ며, 主人의, 어린 兒孩, 조고마ᄒᆞᆫ, 쥬먹으로, 엇어맛고 「찡이찡이」, ᄶᅩᆺ겨가ᄂᆞᆫ, ᄀᆡ 무리! 그, 큰 몸과, 힘으로도, 굴네에, 억ᄆᆡ여여, 사람의, 命令ᄃᆡ로, 자고, 닐며, 먹고 ᄯᅱ며, 장등에, ᄎᆡ직 자리, 구데기의 王國되고, 잘 대에도, 허를 ᄆᆡ워, 눕지도 못ᄒᆞ고, 오줌 누고, ᄯᅩᆼ 싸기 外, 自由 업ᄂᆞᆫ, 말과 쇼! 天賦ᄒᆞᆫ, 그 自由를, 사ᄅᆞᆷ(저보다도 弱ᄒᆞᆫ)에게, ᄲᆡ앗기고, 奴隷된, 져 무리여, 살고도, 生命 업ᄂᆞᆫ, 져 무리여!

(三)

可憐할사, 져 豪傑아, 살고, 쥭은 저 豪傑아! 나ᄂᆞᆫ ᄉᆡ며, ᄯᅱᄂᆞᆫ 즘ᄉᆡᆼ, 음자기ᄂᆞᆫ, 온갓 물건, 黃金 갓헌, 네 눈빗과, 霹靂 갓흔, 네 소ᄅᆡ에, 놀ᄂᆡ여서, 喪魂ᄒᆞ

며, 두려워셔 失魄터니, 오늘늘에,네의 景狀, 可憐코도 서를시고, 山 넘고, 골 뛰던, 그 氣槪는 只今 어딕! 三千獸族 慴伏ᄒ던, 그 威嚴은 只今 어딕! 一夜에, 千里 가던, 그 勇氣는, 只今 어딕! 農家에 쌀탄 긔, 네 압흐로 지나갈 쌔, 두려움은, 姑舍ᄒ고 嘲弄 트시, 즛지 안나! 좁고 좁은, 우리ㅅ 속에, 쇠사슬에, 억민여셔, 사름 숀에, 죽은 고기, 한 졈 두 졈, 엇어먹고, 가는 목슘, 니여가는, 너— 브엄아, 서를시고! 늘늬고도, 굿세인, 山中의, 豪傑노셔, 奴隷에 自安ᄒ는, 긔와 닭과 갓히 되니, 너— 브엄아, 셔를시고 너— 부엄아, 서를시고! 싇어어라, 네 니쌜노, 너를, 얼맨 쇠사슬을! 너 니쌜이, 다라져셔, 가루가, 되도록! 깃더려라, 발톱으로, 너를 갓운, 굿은 獄을! 네 발톱이, 다라져셔 가루가, 되도록! 네 니쌜과, 네 발톱이 다라져셔, 업셔지고, 네 勇氣와, 네의 힘이 衰ᄒ여셔, 업셔지면, 네 心臟에, 잇는 피를, 쏙리고 족어이라!

嘯印生評曰 畵出眞境讀不覺長[*]

---

[*] '嘯印生'은 조소앙趙素昻(1887-1958)을 가리킨다. 소인생의 평은 그림이 참된 정경에서 나왔으니 읽어도 지루한 줄을 모르겠다는 내용으로, 그만큼 실감 있게 읽힌다는 뜻인 듯하다.

今日 我韓青年과 情育[*]

智育, 德育, 体育 三者는 教育의 主眼이라. 此三者가 具히 發達하면 教育의 理想을 達하리라 함은 今日 我韓 教育家의 共通한 思想일 쑨 아니라 世界 教育家의 共通한 思想이라. 然而 我韓 教育家 諸氏에 其尤甚함을 見하겟도다.

大抵 植物에 肥料를 施함은 楊柳를 松柏으로 變케 하며 蘆萩를 竹篠로 變케 하고자 함은 안이오 쏘 비록 變케 하고져 흔들 엇지 得하리오. 肥料를 施함은 楊柳로 하야곰 其質을 完全히 發育케 하기 爲함이며 蘆萩로 하여곰 充分히 其質을 發育케 하기 爲함이라. 故로 楊柳에는 楊柳의 質에 適合한 肥料를 施하며 蘆萩에는 蘆萩에 適合한 肥料를 施하여야 비로소 其效를 得할지니, 楊柳에 米飯을 施하며 蘆萩에 肉汁을 灌흔들 何等 效用이 有하리요. 教育도 此와 異함이 無하니, 人으로 하여곰 神이 되게 함은 안이오 可及的 完全한 人이 되게 함이며, 動物性의 人으로 하여곰 植物性의 人이 되게 함은 안이오 其動物性의 理性을 十分 發揮케 함이니, 故로 人의 性質을 詳考하며 能力을 審査하야 其性質과 能力에 適合한 者를 選擇하야 쎠 教育의 標準을 立하며 教育의 材料를 삼지 안니치 못할지라. 西哲이 有言호디 人의 理想은 其性質에 符合하며 其能力에 適當한 者 一 라 하니라. 斯言이여! 狗子를 아모리 教育한달 엇지 文字를 書하며 木片을 아모리 鍛鍊흔들 엇지 金石을 斷할가. 狗子는 文字를 書할 性質이 無하며 木片은 金石을 斷할 性質이 無한지라. 是故로 吾人의 性質에 不合하고 能力에 不適한 者를 教育코져 하면 空然히 時日과 勞力만 費할 而已오, 決코 效果를 收키 不能할 쑨 아니라 도로혀 吾人의 本性을 傷하며 吾人의 能力을 損할지니라.

---

[*] 李寶鏡, 『大韓興學報』 10, 1910.2.

人은 智識을 是好ㅎ며 健康을 是好ㅎ며 道德을 是好ㅎᄂ 好홈은 樂홈만 갓지 못ㅎ지라. 智識에 其是홈을 知홀 쑨이오 能히 滿足ㅎ며 悅樂치 못ㅎ고, 健康에 其必要홈을 知홀 쑨이오 能히 滿足ㅎ며 悅樂치 못ㅎ고, 道德에 其合홈을 知홀 쑨이오 能히 滿足ㅎ고 悅樂치 못홈으로 於是乎 知而不行이란 句語가 吾人 平凡者流의 言行을 表示ㅎᄂ니, 試思ㅎ라. 父母에 孝ㅎ며 君國에 忠홈이 可ㅎ 것은 匹夫匹婦의 良智良能으로 足히 判斷홀지로디 忠孝를 實現홈 者—古今에 其人이 稀貴ㅎ며, 夙興夜寐로 體力을 攝養ㅎ고 慈悲 一念으로 愛人如己홈이 可ㅎ 것은 樵童牧豎*도 其智有餘ㅎ되 慈悲와 衛生을 兼備ㅎ야 心廣體胖ㅎ 者—東西에 幾人이 有ㅎ가. 且夫 窮村僻巷에 生於長於ㅎ야 文字의 知識과 道德의 涵養이 蔑如ㅎ 者라도 能히 眞正ㅎ 孝心으로 父母를 事ㅎ며 熱烈ㅎ 同情으로 鄰里를 待ㅎᄂ니, 鄰里에 同情을 表ㅎᄂ 心法은 擴而充之ㅎ면 社會를 愛홀 것이오 國家를 愛할 것이오 又ᄂ 世界人類를 다—愛護ㅎ리니, 此ᄂ 余의 妄言이 안이어니와 又ᄂ 此에 反ㅎ야 聖經賢傳에 其頭가 長大ㅎ 者도 不孝薄德의 行이 比比有之ㅎ니 何로 以홈인고 卽是 情的 觀念의 深淺厚薄 如何에 在홈이로다. 前者ᄂ 自然히 發達ㅎ야 深切ㅎ 情이 有홈이오 後者ᄂ 敎育을 受ㅎ야 智識이 有ㅎ 것마는 情的 發達이 比較의 靡少홈이라. 吁라. 烈女孝婦가 辛酸慘毒ㅎ 苦楚를 冒하고 貞觀을 不變홈과 忠臣烈士가 死生을 意에 介치 안니코 立節死義로 泰然自若홈이 다—何로 由홈인가. 智力의 所然인가, 健强의 所致인가, 道德의 所然인가. 曰 毋論 道德과 智慧와 健强이 有ㅎ려니와 此이 原動力이 안이며 但 情의 力이로다. 可히 畏홈다, 情이여. 情의 勢力은 金石을 可히 鎔ㅎ며 釖戟을 可히 凌ㅎᄂ니, 精神的 方面에 對ㅎ야 情이 오직 其發動機의 樞要가 되리로다.

人은 實로 情的 動物이라. 情이 發ㅎ 곳에ᄂ 權威가 無ㅎ고 義理가 無ㅎ고 智識이 無ㅎ고 道德, 健康, 名譽, 羞恥, 死生이 無ㅎᄂ니, 嗚呼라 情의 威여, 情

* 원문에는 '樵童牧叟'로 되어 있다.

의 力이여, 人類의 最上 權力을 握ᄒᆞ얏도다.

　現時 吾人 狀態를 觀察ᄒᆞ건ᄃᆡ, 上下貴賤을 勿論ᄒᆞ고 所謂 義務라 道德이라 ᄒᆞ야 一時 社會의 制裁와 公衆 面目에 左右흔 바이 되야 거의 塞責的 又는 表面的으로 苟且히 行動흘 ᄲᅮᆫ이오, 能히 自動自進으로 自由自在ᄒᆞ야 自己 心理를 不欺ᄒᆞ고 道德 範圍內에 活動ᄒᆞ는 者이 無ᄒᆞ고 社會制裁의 奴隸가 되야 神聖흔 獨立的 道德으로 行動을 自律치 못ᄒᆞᄂᆞ니 그 一 煩悶ᄒᆞ고 苦痛흠이 如何흘가. 萬一 如此흔 狀態로 一向 繼續ᄒᆞ면 必竟 心神이 疲憊ᄒᆞ고 顏色이 蒼白ᄒᆞ야 更起흘 餘力이 無ᄒᆞ리로다. 오히려 社會와 先輩는 暫時 間斷이 無ᄒᆞ고 秋毫의 假借이 無ᄒᆞ니 怨聲이 自發ᄒᆞ고 怒氣가 自騰ᄒᆞᄂᆞ도다. 嗚呼라. 人類를 爲ᄒᆞ야 組織흔 社會國家가 도로혀 人의게 苦痛을 與ᄒᆞᄂᆞ 機械를 作ᄒᆞ며 人을 爲ᄒᆞ야 成立흔 法律道德이 도로혀 人을 誤ᄒᆞᄂᆞ 網과 穽을 作ᄒᆞ엿ᄂᆞ니, 如斯코 엇지 社會國家가 安保흠을 得ᄒᆞ며 法律道德이 彰然흠을 期ᄒᆞ리요. 猶尙 社會國家는 此를 察치 못ᄒᆞ고 다못 人의게 義務의 念만 灌注키를 是務ᄒᆞ며 法律道德에만 服從키를 是求ᄒᆞ니 俗談에 壁을 門이라고 開ᄒᆞ랴는 類며 腹瘡背藥의 愚를 學흠이로다.

　情育을 其勉ᄒᆞ라. 情育을 其勉ᄒᆞ라. 情은 諸義務의 原動力이며 各活動의 根據地니라. 人으로 ᄒᆞ여곰 自動的으로 孝ᄒᆞ며 悌ᄒᆞ며 忠ᄒᆞ며 信ᄒᆞ며 愛케 흘 디여다. 盲理性의 統御指導 無코는 君子되디 못흔다 ᄒᆞ니 其或然흘디나, 眞正ᄒᆞ고 深刻흔 事業을 情에셔 湧할 者일딘며.

　이제 二人이 有ᄒᆞ니 一人이 曰 「我는 韓土에 生ᄒᆞ며 韓土에 長ᄒᆞ며 韓土에 死ᄒᆞ리니 我는 韓土를 愛흠 義務가 有ᄒᆞ다」 ᄒᆞ며, 他一人은 「韓土 韓土여, 爾果其何완ᄃᆡ 憶爾懷爾에 思慕戀戀ᄒᆞ며 傷爾哀爾에 熱淚滂沱오」 ᄒᆞ니, 此二者 中 뉘 能히 韓山을 爲ᄒᆞ야 血을 濺흘ᄉᆞ. 情育을 其勉흘디여다. 新韓靑年은 高雅深厚흔 情을 有흔 者일딘며. 余의 如斯히 論來흠은 다못 情만 育ᄒᆞ라 흠이 안이라 다못 本에 反ᄒᆞ야 情育을 勉勵ᄒᆞ라 흠이라. 今日 敎育制度를 看ᄒᆞ라.

情의 發育에 資ᄒᄂᆞᆫ 課目이 有ᄒᆞᆫ가 無ᄒᆞᆫ가. 如此ᄒᆞ고 完全ᄒᆞᆫ 效果를 收ᄒᆞ려 ᄒᆞᆷ은 眞實노 緣木求魚이 類라. 玆에 愚見을 敢陳ᄒᆞ야 今日 我韓 敎育家의 一顧를 願ᄒᆞ노니 空然히 外國 事物에만 沈醉치 말고 再三 熟考ᄒᆞᆯ디여다.

어린 犧牲*

(上)

「아바지가 언제쎄나 도라오실는지요」 十六七歲나 되엿즉흔 少年이 銀 갓흔 鬚髯이 半面이나 가리운 老人더러 뭇난다.

「언제 도라올지 알겟니. 죽을 지 살 지도 모르는데」

「아라사ㅅ 놈들을 만히 죽엿시면……」 少年은 조고마한 두 주목을 쏵 부르쥐인다. 쌔는 西紀 一千七百七十三年 十一月 十四日. 녹다 남은 눈이 여긔 저긔 남아 잇고 北氷洋으로 부러오난 바람이 살을 어이난 듯한 저녁이라.

이쌔에 門 두다리난 소리 들니거늘 少年이 분주히 門을 열더니 엇던 電報 한 張을 밧아다가 머리 숙이고 안젓난 老人씌 드린다. 老人이 쌈쌕 놀나난 듯 머리를 번쩍 들고 썰니난 손으로 그것을 쯧어보니 「으룻친스키 — 今朝戰死」

老人은 그릇 보지난 안엿난가 하야 다시금 보더니 電報를 국여 주이고 눈이 둥굴하야 왼편 억개에 손 집고 섯난 少年을 본다. 少年도 그 적은 몸이 불불 썰니며 눈에 이슬이 매쳐 사람이 아모 말도 업시 서로 보고 잇난 것이 精神 일흔 것 갓더라. 老人이 少年을 안으면서

「네 아비가 죽엇다…… 나라를 爲하야! 同胞를 爲하야!」

「아라사ㅅ 놈의 손에?!」

「오냐 아라사ㅅ 놈의 손에…… 우리 대덕」

「아라사ㅅ 놈의 손에…… 아라사ㅅ 놈의 손에 아바지가 죽엇서요?!」

「응, 아라사ㅅ 놈의 손에…… 우리 대덕 아라사ㅅ 놈의 손에」 少年은 머리를 돌녀서 나려다 보난 老人의 흐린 눈을 본다.

---

* 孤舟 譯, 『少年』 3-2·3·5, 1910.2·3·5. 원문에 '外國少年의 課外讀物'이라는 표제어가 달려 있다.

「한아바지 아바지가 다시 도라오시겠소…… 다시…… 집에?」少年의 어엿븐 눈에 매첫든 이슬은 깁흔 눈ㅅ섭을 숨기며 소사난다. 老人의 가슴은 鍾치난 듯. 少年 안은 팔에 힘을 쓰면서

「네 아비가 죽엇서…… 하나님헌테 갓서. 나라 위해…… 同胞 위해」

「아바지, 아바지」少年은 할 일 업난 듯 흘ㅅ쥔흘ㅅ쥔 늣긴다.

「네 아비는 名譽 잇게…… 나라 爲해, 同胞 爲해……」

「아라사ㅅ 놈의 손에……」

기둥갓치 밋던 다만 외아들이 永遠히 못 도라오난가 생각하면 가슴이 터져와서 발 구르고 솔이질너 울고 십흐나 무릅 우에 잇난 어린 孫子를 보고 울지도 못하고 목에까지 밀녀온 우름을 즈르잡고 우난 孫子를 慰勞하난 老人의 心中!

「울지 마라. 울지는 안아도 잇지를 아니 하여야 한다. 어서 工夫 잘 하여서…… 커서…… 怨讐 갑게……」머리를 뒤로 잣키고 길게 한숨지우면서 「네 아비, 네 나라, 네 同胞, 怨讐 갑게……」老人은 感情이 자아친 듯 더 힘썻 孫子를 안으면서 볼그려한 孫子의 얼골에 數업시 「키쓰」한다. 이째에 門밧게 馬蹄ㅅ 소래 들니거늘 안겻던 少年이 祖父의 팔을 치우고 벌썩 닐어서면서

「한아버지 나, 나, 저놈들, 쥐, 쥐이겟습니다」하고 입을 감물고* 몸을 흔들면서 馬蹄ㅅ 소래에 귀를 기우리더니 아못 말도 업시 門쎄를 쮜여 나간다. 老人은 놀나 닐어나 孫子를 붓들고

「애, 工夫 잘 하구, 큰 담에……」

「크기 前에 죽으면…… 이제, 이제 한 놈이라도 싸, 싸려 죽여야!」

「너보다 더 세인 네 아비도 죽엇거든……」

少年은 쮜여나가려고 몸을 흔든다.

* '입술을 감아 들여서 꼭 물다'는 뜻의 북방 방언.

「아이고, 노와주, 주세요! 한 놈이라도……」

「얘, 너보다 더 세인…… 그래야 쓸데업다」

少年은 머리를 흔들면서

「노아 주세요, 노아……, 한 놈이라도…… 아버지 주, 죽인…… 대덕, 원수」

少年은 여러 번 부드치고 쮜여나가려 하다가 그 祖父의 간절한 말을 드름애 自然 쮜난 마음이 적이 까라안저 椅子에 도라와 脉업시 안난다.

바람은 여긔뎌긔 白堊이 써러져서 불긋불긋 벽돌이 낫하낫스며, 室의 中央에는 어늬 十年前 것인지 오래지 안해 다 부서질 듯한 四方 막힌 「테이불」이 노엿고, 그 우에는 접시, 콥프, 칼, 洋墨, 鐵筆 等이 어즈러히 노엿스며, 그 周圍에는 손바닥만 한 나무판에 세 발 단 椅子가 三四個 놓엿으며, 門을 들어서서 왼 편에는 老人의 儉素한 寢牀이 잇난데 재ㅅ빗 갓흔 毛氈이 덥헛고, 오른 편에는 벽장이 잇스니 日用家具가 잇더라.

十一月 三五月*은 흐르난 듯한 찬 빗흘 더러온 琉璃窓으로 드려보내여 悲憤하난 두 사람을 朦朧히 비최고 살을 버이는 듯한 北氷洋으로서 오난 찬바람은 마당에ㅅ 나무를 잡아 흔드러 窓에 그린 나무를 動搖하난데 老人은 아모ㅅ 말도 업시 안자서 속절업슨 눈물과 한숨만 지운다. 骨髓에 사모친 敵愾心은 잇다감 發動하야 니를 살여물고** 身體를 썬다.

少年은 적은 가슴에 슬픈 생각과 憤한 생각이 뒤석거 니러나 큰 바다에 물셜갓히 쮜놀며, 老人은 여러 가지 생각이 次序 업시 무럭무럭 소사나서 엇지할 줄을 모르고 그린 드시 안젓더니 웃던 생각이 낫던지 손씰을 비틀며 으흐흑 늣긴다. 이 으흐흑 소래는 大颱風 갓흔 힘으로 少年의 心海에ㅅ 물셜을 니르켜 가만히 안젓던 우리 勇少年이 후닥닥 니러서서 나는 듯 寢床 우에 걸닌 獵銃을 벗겨 가지고 나가려 하거늘, 老人이 놀나 걸안젓던 椅子를 너머치

---

* 음력 보름달. '삼오야三五夜'는 음력 보름날 밤을 가리킨다.
** 사려물다. '입술이나 이를 악물다'는 뜻의 북방 방언.

면서 나가려 하난 孫子를 붓들고 銃을 아스려 하나, 孫子는 몸을 흔들며 銃을 안이 쌔앗기려 하야 寢床에 덧업혀 너머젓다.

「쏘, 쏘 그러는구나」 老人이 원망하난 듯 아레 깔닌 손자의 變色한 얼골을 나려다보면서 「네가, 네가, 아, 암만, 그래, 그럿타, 암만 그, 그래야! 아, 아」

「노아 주세요, 노, 노아 주세, 요」

兩人의 숨소래는 차차 놉하간다.

「얘, 쓰, 쓸 대 업서, 저 놈, 저 놈들의, 칼에 피, 피나 발낫지」

「노아 주세요, 하, 한 놈이라도 쏘, 쏘와 죽이게, ……한,」

「얘, 웨, 그다지도 내, 내 말을 안이 듯는단, 말이냐」

「총, 초, 총 마저도 안 죽겟소, 총 마저도」

「못해, 모, 못해, 한 놈도, 못해」

이째에 더운 한 방울이 少年의 니마에 써러진다. 이 한 방울이 무슨 힘을 가젓던지 少年의 銃 부르쥔 손이 맥업시 스르를 풀니며 이제껏 먹엇던 마음이 봄쳘 눈갓히 차차로 스러지고 새 슬품과 새 同情이 새얌 갓히 소사나서 어름ㅅ속에 무쳣던 몸이 갑작히 불ㅅ 가운데로 드러온 듯. 老人은 銃을 아사 가지고 이러서서 이런 것이 잇서서는 孫子의 목숨이 危殆하리라 하야 씽씽하면서 쩍거바린다.

이에 老人은 安心한 듯이 길게 한숨지으면서 벽장으로 가 洋燭에 불을 붓쳐 「테이불」에 붓쳐놋코 마른 면보*ㅅ 덩이와 「쌧터」를 내여놋코 너머젓던 椅子를 바로 놋코 걸안자서 少年을 불너 안치니, 이는 대개 自己는 가삼이 꽉 차서 들어갈 데도 업거니와 생각이나 잇을 理 업스나 孫子나 먹일 양으로 夕飯을 차림이라.

老人은 칼에다 쌧터를 뭇쳐 孫子게 주면서

「얘, 내가 그처럼 말해주엇난데도 모른단 말이냐, 네가 그래야 아모것도

---

* 면포麵麭. 빵의 중국어 번역어 '미엔바오麵麭'의 한자를 그대로 음독한 말.

못하고 죽기만 할 싸름이지. 난들 생각하면 가슴이 쏘지마는……」老人은
여긔까지 말하여 오다가 문득 가슴에 무엇이 밀녀 올나와서 말을 끈코, 少年
은 祖父가 주신 면보를 意味업시 밧낫는데 그 손은 썰니고 그 눈에는 눈물만
連方 솟난다. 밧기는 주시난 것을 웃지하지 못하야 받앗스나, 목이 겹겹으로
메인 터이라 먹지를 아니한다, 아니 못한다. 祖父도 다시는 權하난 말도 업
시 길다라케 느러진 鬚髥을 흔들흔들 흔드더니 머리를 돌녀 孫子를 보면서
「애, 넌들 여복해 그러겠나냐, 마는 只今 그래야 쓸쎼업서」 쥐엿던 칼을
노흐면서
「어서 工夫나 잘 해가지고 크게 한번 원슈를 갑게 마음 먹어라」
孫子는 듯난 듯 아니 듯난 듯.
彼此에 無言히 各其 아래를 精神 업시 보더니 얼마 잇다가
老人이 다른 洋燭에 불을 붓쳐 孫子에 주면서
「네 房에 가 자거니 쌔거니 하여라 空然히 쓸쎼업난 생각은 말고」
少年은 祖父의 「키쓰」를 밧고 (習慣으로) 洋燭을 밧아 가지고 제 방으로 드
러가다가 가고 십흔 것은 아니나 먹은 마음이 잇서셔.
老人은 孫子의 드러가난 것을 우둑허니 보고 섯더니 寢床에 걸안저 손씰
을 뷔틀며 孫子 쌔문에 참앗던 눈물을 솟난다. 孫子 쌔문에 아들 죽은 슬픔
은 쑥 참고 잇더니, 孫子가 업서진 則 기다리고 잇던 것갓히 여러 가지 생각
이 한쎄번에 쓸어들어 슬프기도 하고 忿하기도 하야 주목으로 가슴도 치며
니도 부득부득 갈고 안젓더니, 너무 속을 썩여서 몸이 疲困하야진 듯 「다시
는 못 도라오겟지」 하고 길게 한숨지으면서 거꾸러지난 듯 毛氈을 쓰고 눕더
니 얼마 안여서 슬그면히 잠이 든다. 少年은 제 房에 도라와 毛氈을 쓰고 눕
기는 누엇스나 잠이 와야지.
마음 갓하서는 쒸여나가서 돌멍이라도 한 箇 집어서 아라사스 兵丁의 머
리를 쌔치고 십흐나 알뜰히 挽留하난 祖父를 생각하면 그도 못하겟고, 그러

타고 감안히 잘 수도 업고, 엇지하면 조흘난지, 全아라사ㅅ 놈들을 다 잡아서 쌔를 갈아 가루를 만들고 고기를 탕쳐 젓을 당거도 오히려 滿足치 못할이 怨讐를 안 갑고야 엇지해! 우리 사랑하난 아바지가 저놈의 손에 죽고 또 우리의 피를 난혼 全同胞가 저놈들의 奴隷가 되야 개와 도야지갓히 虐待를 밧게 되얏난데. 우리는 쌍도 업고 집도 업고 自由도 업고 權利도 업서 살고도 죽은 模樣이야. 사라서 잇슬 쎄가 업고 죽어서 뭇칠 쎄가 업스니 이에서 더한 不幸이야 人類에 우리밧게 더 잇겟나. 도로여 죽음만도 갓지 못하여 죽기나 하얏스면 이러한 虐待는 안이 밧으련만. 勇敢한 이 少年의 가슴은 삼* 갓히 어즈러워 암만하여도 풀니지 안이한다. 그러나 到底히 평안히 자고 잇지 못할 것은 누가 와도, 엇더한 힘으로도 움작이지 못할 決心이요, 다만 그 方法을 硏究할 짜름이라, 될 수 있난 대로 敵에게 큰 損害를 닙힐 計策을 생각하나 엇지하여야 조흘난지 一定한 생각이 안이 난다. 少年은 암만하여도 憤한 마음이 가라안지 안이하야 한숨도 쉬고 니도 갈아보며 가슴도 처보고 잇다감 밋친 드시 후닥닥 니러낫다가는 맥업시 눕기도 하더니, 또 무슨 생각이 낫는지 번쩍 니러나서 外套 입고 帽子 쓰고 샛지직 샛지직 타난 洋燭을 쎼여들고 가만 가만히 祖父의 자난 房으로 나려가 燭을 祖父의 머리맛헤 나려놋코 祖父의 자난 얼골을 보니, 잠은 비록 깁히 들엇스나 苦悶의 빗흔 眉宇에 널녓고 哀痛의 긔운은 얼골을 휩쌋구나.

(中)

少年이 祖父의 얼골을 보매 또 슬픈 생각이 물결갓히 미러와 全身이 녹난듯하나 이런 생각하고 잇슬 째난 안이라고 제가 저를 奮勵하야 가만가만히 寢床 아레를 뒤적뒤적 뒤더니 한쌤이나 되염즉한 동욱싼 가위를 엇어내여

* 뽕나뭇과의 한해살이풀. 온대에서 3미터 정도 자라며, 잎은 5~9갈래로 갈라져 손바닥처럼 방사상으로 붙은 겹잎으로 되어 있다.

두어 번 데걱데걱 놀녀보고 外套 안 「폭케트」에 집어넛코 쌜니 문쎄로 가더
니 다시 생각한 듯 二三步 도라와 祖父의 주름잡힌 얼골을 굽어보고 가는 목
소래로

『祖父님 容赦하시오』하고『제가 萬一이라도 怨讐를 갑고져 하야 아
라사ㅅ 놈의 뎌션 ○ ㄴ으러 감니다. 祖父님의 命令을 拒逆하난 것이
罪되며 그것은 姑舍하고 祖父님이 여복 슬퍼하실 것은 아나 암만하여
도 情이 자아쳐 누루지 못하겟나이다. 뎌션 쓴난 것이 제 힘에는 第一
큰 것이올시다. 뎌션을 쓴어서 조곰이라도 敵에게 損害를 끼치면 제의
所望은 達함이로소이다. 마음은 크지마는 이 肉體가 마음과 갓지 안이
하니 엇지 하오리잇가. 엇더턴지 내 힘에 밋난 대로나 하엿시면 情에
滿足할까 하나이다』하고『이제 가면 다시는 祖父님씌 안기여 「키쓰」
하지 못하겟나이다』함애 鐵石 갓흔 이 勇少年의 心腸도 녹아 눈으로
쏘다지난도다. 행혀 紀念이나 될까 하야 쌔 뭇은 祖父의 눌은 목도리
를 제 목에 휘휘 잡아 두르고 寢床 겻혜 쑤러안져 드리워 잇난 褐色 갓
흔 祖父의 손에 「키쓰」하니 祖父는 이 줄도 모르고 팔을 거드친다.*

『祖父님 이거시 永遠한 離別이올시다. 제가 죽엇다고 그다지 슬퍼 맙시요,
아바헌테 가서 祖父님 오시기를 기다리고 잇겟습니다』우리 勇敢한 少年은
다시금 祖父의 얼굴을 보고 섯더니 決心한 드시 홱 도라서서 門을 열고 한
거름 나서니 찬 바람과 찬 달그름자가 흘너 드러와 燭불이 춤춘다. 나서기는
하얏스나 어미도 업슨 나 하나를 제 몸보다 더 사랑하야 주시든 늘그신 祖父
며 이 世上에 썰어저서 十餘年間 사라오던 집을 永遠히 써나난가 생각하면
굿게 한 決心도 어름가치 녹아서 다시 도라드러가 祖父를 안고 실컨 울고도
십흐며 險相스러운 「테이블」이며 여긔저긔 써러진 壁조차 정다히 보여 나
를 보고 울며 나를 잡아쓰난 듯. 少年이 偶像갓히 섯더니 안연듯 달은 行動

* '걷어 올리다'는 뜻의 북방 방언.

이 마음에 드러와 홋허젓든 精神을 다시 收拾하야 『다시 사라 도라오면 보고』하고 門도 안이 닷고 쒸여 나간다.

앗가 불던 바람은 죽은 드시 자고 둥글한 三五月이 西으로 기울어져 山이며, 들이며, 집이며, 남기며, 地球上에서 萬物이 다 그 빗헤 잠겨 半이나 녹은 듯 꿈갓히 朦朧한데, 勇敢한 이 少年도 月光에 감기여 두루번 두루번 살피면서 집 뒤스 솔밧 그늘로 숨난다. 처음에는 祖父며 집 생각이 나더니 五分이 못하야 그런 생각은 다 업서지고 다만 엇더케 올나가서 엇더케 끈을까 하난 생각쑨이라. 슬프다. 누라서 이 少年의 이 마음을 알니오. 宇宙는 默然하야 아모스 소리도 업고 다만 이 勇少年의 精神만 自由自在로 無窮한 空間을 飛翔할 쑨. 집에 누어잇난 老人은 엇더한 꿈을 쑤난가.

얼마 안이하야 勇少年은 엇던 행길에 나서서 웃둑 서서 四方을 보더니 東으로 向하야 쒸여가니 그림자가 압섯더라. 左右에 섯난 적은 나무 큰 나무는 닙히 다 썰넛고 쎄만 남아서 달빗헤 죽은 빗치 되얏고, 바람도 안 불건만 電線 우난 소래 으릉으릉 悲憤한 勇兒의 懷抱를 돕난 듯. 勇少年은 새로 세운 電柱 압헤 머물너 우러러 보면서 無心히 웃난다. 勇少年은 躊躇치 안코 다람쥐 가치 電柱에 긔여 올나간다. 이째에서 이 힘은 全혀 이 少年의 힘은 아니라. 砂器筒 박은 쇠를 붓잡고 外套에서 가위를 내여 弱한 힘을 다하야 두 줄을 다 끈으려 한다. 少年의 손이 거의 다려 할 새 東方으로 달녀오던 三騎! 使者! 少年의 最後!

電柱 아래에 말을 세우고 各各 짜에 나려 少年을 치여다보면서

『이놈, 電線 끈으려 하난고나, 나려오나라』

『이놈, 쌜니』

『죽일 놈, 쌜니 나려와』 세 범이 한 토씨를 다토난 듯. 그러나 제가 토씨인 줄은 몰낫스리라.

少年이 이 소리를 듯난 刹那에 웃더케 그 속이 傷하얏슬까? 그가 아직 目

的을 達하지 못하얏다. 그러나 이제는 엇지 하난 수 업시 되얏고나. 『이놈』
소리가 귀에 들어오난가 하얏더니 今時에 뒤로서 옷깃을 잡아다나난 者가
잇다. 그리하난 者는 鬚髥 만흔 騎兵이라. 무쇠 몽둥이 갓흔 팔노 屛弱한 그
를 남게 붓흔 것을 쎄난 듯 힘껏 잡아 쓰으니 少年은 일이 이믜 틀닌 줄 알고
조곰도 抵抗치 못 한다, 못 하난지 안 하난지?

굿은 주먹이 無數히 少年의 몸에 쩌러지더니 겻헤 섯든 키 큰 騎兵이 서리
갓흔 긴 칼을 휙 잡아 쌉으니 달ㅅ그림자에 反射하야 불쯱가 나난 듯. 危機
一髮, 霜刀이 少年의 목에 쩌러지려 하난도다.

『죽여라, 나는 다만 너의가 이 줄 쓴으랴 것을 안 것이 冤痛하다. 죽여라.
이놈들. 내 아바지, 아바지를 죽이고 내 同胞를 죽인 아라사스 놈들아!』少年
은 다시 잠잠하여지고 몸도 움자기지 안난다. 그림자가 한아이 되엿다 셋이
되엿다 여러 가지로 變한다. 三人이 冷笑하난 듯 씩 웃더니

『애, 칼노 죽일 것 무어 있느냐, 요 아가 電線에 손을 대이려 하얏스니 그
것으로 동여매여 죽이세그려』 이것은 鬚髥 많은 者의 말.

『그게 조희. 저 電柱에다, 응.』劒을 집어 도로 쏘즈면서.

『하하, 쇠줄노 감장을 하나, 별일도 잇고, 하하하하』三人이 다 웃난다. 사
람 죽이면서 우슴은 엇던 쯧일쇼?

三人은 우리 어린 勇소년을 電線이 쓴어저라 하고 잔뜩 結縛하야 댕글하
게 電柱에 다라매고 자미잇난 듯 한 번씩 흔들어 보고 웃더니 말쎄 올나 西
로 向한다.

우리 어린 勇少年의 몸은 刻一刻으로 식어가고 精神만 『自由, 自由』(쯰리,
쯰리)를 불으면서 空中에 나난도다.

이리하야 어린 아해의 크지 못한 報復 手段은 한갓 몸만 일헛도다.

(下)

이째에 老人이 惡夢에 놀나여 째여본즉 머리맛헤 燭불이 잇고 門이 열넛 난지라. 盜賊이나 드러왓난가 하야 두리번두리번 삷히되 아모 形跡도 업서 暫時 疑訝하더니 안연듯 孫子ㅅ 생각이 난다. 老人이 펄쩍 니러어나서 寢牀 을 나려온다. 洋燭을 본則 果然 孫子의 것이며 半이나 너머 탓더라. 老人이 가슴이 설넝설넝 갑작히 쮜놀아 그 燭을 들고 孫子의 房에 드러가 보니, 아 아 孫子는 간 곳 업고 자리만 차게 남엇도다. 미친 듯 自己 房에 도라와 門으 로 내여다 보니 달ㅅ빗과 나무쑨이로다. 아아! 내가 왜 잣던고! 내가 자난 째를 타서 어대로 갓난가 보구나. 갓시면 무슨 일을 할난지 아마도 다시는 못 도라오리라. 꿈에 그 兒가 와서 말도 못 하고 나를 붓들고 우난 樣을 보앗 더니 그것이 죽은 靈魂은 안이든가. 蒼天아! 無情하도다. 나의 사랑하난 아 들을 앗고 오히려 不足하야 孫子ᄭ지 앗난가. 老人이 입을 감물고 주먹을 부 르쥐고 문 밧을 바라보면서 電氣 마즌 것갓히 프들프들 썬다. 이째에 제걱제 걱 드러오난 騎兵 三人. 이것은 이 압흘 지나가다가 추음을 못닉여 술이나 엇어먹으려고 드러온 것이라. 老人이 이런 줄은 모르고 孫子일노 온 줄노만 생각하고 憤하야 하며 쏘 두려워한다. 그러나 幸혀 사랑하난 孫子를 잡아나 가지고 오난가. 그러기나 하얏스면 죽을 째엔 죽어도 한 번 보기는 하렷마 는. 그러나 아아! 드러온 것은 다만 騎兵 세 사람. 세 사람쑨이라.

「애. 이놈아 술 내라. 술 내여」 하고 少年에게 향하여 칼 쏩든 者가 손쯩으 로 老人의 쌤을 철썩 싸린다. 세 사람이 「테이불」을 싸고 돌아 안자서 안개 를 푸우푸우 吐한다.

老人이 생각호대 이놈들은 우리 怨讐! 우리 孫子도 아마 이놈들의 손에 죽 엇난지 모르겟다…… 우리 아달도. 아아! 물어쯧고 십허. 그러나 이제 拒逆 하면 다못 저놈들의 칼에 피나 발낫지. 내 孫子가 죽엇시면 죽어도 아쌉지 안이하나 萬一 사라잇고 보면 내가 죽어서야 될 수 잇나. 제 아모리 어른스 러운덜. 차라리 저놈들의 하라난 대로 服從하다가 다행이 醉하던지 하야 조흔 機會가 잇거던 한놈이라도 째려죽이난 것이 上策이다.

「이놈아. 어서어서. 술 가저와. 술 가저오라 하면 어서 가져왓지」 하면서 鬚髥 많은(上官인 듯) 者가 목에 감앗든 눌언 목도리를 풀어 팩 소리가 나도록 老人의 상에 던진다. 老人은 더욱 憤心이 撑中하야 죽드라도 한놈 마조 치려 하다가 다시금 생각하고 목도리를 寢牀에 노코 벽장에 가서 한 되나 드럼즉한 사긔병과 고기를 내여 테이불 우에 노은대, 세 사람이 老人의 얼골을 믈끄름히 보면서 빗죽빗죽 웃더니 칼 쌥든 者가 老人의 쌔만 남은 놉흔 코를 잡아 흔들면서 자미잇난 드시 우스니 다른 사람들도 웃난다. 老人은 受侮하난 줄노 생각하되 三人은 無心이라. 저의들도 집에 잇슬 째에는 敬長하난 法도 알앗고 쏘 實行도 하엿시나 저의들의 닙은 옷과 찬 칼은 저의들노 하여곰 이것을 이저바리게 한 것일너라.

三人이 찬 술을 盞에 펑펑 부어 졸졸ㅅ 소리가 나고난 목이 뒤로 넘어간다. 三人은 어 ― 어 ― 하난 소리밧게 아모ㅅ 말도 안이한다. 老人은 寢牀에 걸어안저 孫子의 生死만 생각하기에 房안에 누가 안젓난지도 모르고 잇더니 不意에 상 마즌 목도리를 들어 보더니 老人이 깜짝 놀내여 고개를 번썬 들고 두어 번 보더니 고개가 움츠러진다. 이것이 어인일고! 이것이 나 가젓든 목도리ㄴ데. 암만 보아도 分明히 나 가젓든 목도리야! 아마도 우리 孫子가 이것을 둘으고 갓다가 저놈들의 손에 죽고 이것을 앗긴 것이로다. 老人이 暫時도 참을 수 업서 隣村에 갓다 오겟노라 핑계하고 쮜여나간다. 어대로 갈넌지를 모르고 躊躇하더니 孫子 간 길로 쮜여간다. 갓흔 달빗치오 갓흔 길이연마는 前에 가든 사람과 後에 가든 사람과는 全혀 別人이로다. 前에 가든 사람은 希望을 達하려 가고 後에 가난 사람은 絶望을 達하려 가난도다. 老人이 아뭇 생각도 업시 그저 쮜더니 문득 발에 걸니난 것이 잇거늘 본則 이것이 어인일고 이것은 疑心할 찟 업시 우리 사랑하난 孫子의 帽子로다. 老人이 예서 비로소 精神이 들어 그 帽子를 가지고 죽은 孫子를 차자간다.

其電柱下에 다다르니 電線은 끈어저 싸에 써러젓난대 最愛하난 孫子는 電線에 얼매여 덩그러니 매달녓고나. 앗가까지 불든 그 피리는 只今 어대. 달ㅅ빗헤 눈은 번쩍번쩍하나 벌서 아모ㅅ 表情도 업난 눈이라. 老人이 그 아래 써러진 가우를 들어 썰니난 손으로 달아맨 줄을 끈코 孫子를 안아내려 蒼白한 그 얼골에 無數히 「킷스」하면서

「아아! 산해롭게 죽엇다. 네가 비록 죽엇지마는 네 精神은……그 굿세고 맑고 더운 精神은 이 宇宙와 갓히 하나님 압헤 永遠히 빗나리라」 이러케 말은 하엿시나 쏘한 슯흔 마음이 장마에 구름갓히 가슴 하날에 써올나와 눈물이 압흘 가리운다. 老人이 다 식은 少年을 안人고 지축지축하면서 집으로 도라와 고人간에 드려누이고 다시 「킷스」하고 울고 안난다.

老人이 술ㅅ병을 하나 내여 그 가온데 毒藥을 타서 손에 들고 少年의 가슴에 얼골 대이고 산 사람에게 對話하난 態度로

「잠깐만 기다려다구. 응. 잠깐만」 마음이 너머 자아처* 울지도 못하고 「내, 이제 가서 쥐 째려 죽이듯 저놈들 죽이고 올 것이니」 老人이 다시 「킷스」하고 미친 사람갓히 房으로 드러간다. 그 얼골은 앗가ㅅ 거와는 全異하더라. 三人은 대강 醉하야 말ㅅ소리도 쏙쏙지 안케 되얏난데 老人 오난 것을 보고

「어대 갓다 오나」 鬚髯 만은 者의 醉聲이라.

「에. 헤. 술이 다 업서젓기에 건너ㅅ 말 술 사러 갓다 왓소」

老人은 웃난 소리라.

「아. 거 수고하엿구먼」 칼 쏩던 者

「자. 엇잿든지 부어라」 鬚髯 만은 者

老人이 구부리면서 세 盞에 毒酒를 채운다.

「너. 수고 햇난데 한 잔 먹지」 이것은 가만히 안젓든 者

* '잦게 치다'는 뜻의 북방 방언.

「안이올시다. 나는 술 먹을 줄 모릅니다」

「이놈 잔소리 말고 이 잔을 들어」 칼 쏩던 者는 넘을넘을하게 붓난다. 老人의 마음에는 「天罰」이라난 소래 이러나더니 업서지고 술人잔을 들고 썰기만 한다. 세 사람은 한숨에 쭈욱 듸리마시더니 老人이 아직 안이 먹고 섯난 것을 보고 칼 쏩던 者는 「이놈!」하면서 軍刀人집으로 老人의 팔을 치니 술人잔이 싸에 써러저 부스러진다. 세 사람이 멈춤 업시 마시더니 鬚髥 만은 者는 瓶나발을 분다. 老人의 마음에 쪼 한번 「天罰」이 얼는한다. 이윽하더니 세 사람은 毒藥人 긔운이 나타난다. 칼 쏩던 者는 「이놈 毒藥을 멕엿고나」 하면서 칼을 쏩아 老人을 지르려 하나 四肢가 痲痺하야 任意로 안이 된다. 老人이 문 밧게 나가서 낡은 鎗을 가저다가 「이놈들!」하면서 세 사람을 질너 쩍쑤러치니 鮮血은 淋漓하야 房人바닥에 찬다. 老人이 피가 쑥쑥 써러지난 鎗을 들고 굽어보더니 달아나가 孫子의 죽엄을 안아다가 테이불 우에 잇던 물건을 밀고 뉘여 노으면서

「자. 네 원수를 갑핫다. 이 光景을 보아라. 웨 대답이 업너냐. 아, 어두어서 보이지가 안난가 보구나. 자. 이제난 보이지. 그래도 對答이 업구나. 오냐, 謝罪식히지」 老人이 그 孫子의 죽은 줄을 모르난 것갓히 니약하더니, 次第로 한 사람씩 쓰러다가 굿어진 고개를 억지로 숙이면서 「이놈. 謝罪하여라」

「자, 謝罪하엿다」

「왜. 그래도 대답이 업서. 왜. 왜. 아! 너는 죽엇지. 아이고 산 줄 알엇구나. 죽엇지」

老人이 失性하야 우둑하니 죽엄들을 보고 섯더니

「아아 너의ㄴ들 무삼 罪가 잇기에. 못된 놈들 째문에 너의도 父母妻子를 바리고 멀니 나왓지. 너의도 元來는 사람 죽이기 조와하지난 안엿겟구나. 뭿 놈 째문에……너의 境遇가」 老人이 다시 本性이 든 듯이 주머구*를 가슴에

---

* '주먹'의 옛말.

다이고 하날을 우러보더니

「내가 너의들을 怨望한 것갓히 너의 父母妻子가 이것을 보면 얼마나 나를 怨望할까?」老人이 새 슯흠이 또 생겨서 이째껏 업든 騎兵들의 屍體가 孫子의 屍體와 갓히 情다와진다. 老人이 「아아」「아아」하고 머리를 숙엿다 들엇다 하더니

「造物主여. 왜. 全知全能하신 손 가지고 이럿케 서로 죽이고 서로 미워하게 맨드럿소 오 으―ㄱ.」하면서 썩꾸러진다.

테이불 우에 잇던 洋燭은 다 타고 불이 씀벅씀벅.

無情*

一

六月 中旬, 지지는 듯하는 太陽이 너머가고, 안기 갓흔 水蒸氣가 萬物을 잠가 山이며, 川이며 家屋이며, 모든 물건이 모다 半이나 녹난 듯. 어두운 帳幕이 次次次次 늬림애 쓸는 듯하던 空氣도 얼마큼 식어가고, 서늘하고 부드러운 바름이, 쎅쎅흔 밤나무ㅅ 닙을 가만가만히 흔들어서, 靜寂흔 밤에 바삭바삭ㅎ는 소리가 난다.

處所는 博川松林. 朦朧흔 月色이 숨가티 이 村落에 비치엿는뒤 기와집에 舍廊門 여러 노은 生員님들은, 濛濛한 쑥ㅅ뉘로 蚊群을 防備ㅎ며, 어두운 마루에셔 긴 뒤** 털며 쓸쎄업는 酬酌으로 時間을 보뉘, 핏쌈을 쥭쥭 흘니면셔, 田답에 김미던 가는한 農夫와 힝랑 사름이며, 풀 쓴기와 잠쟈리 쉬녕***에 疲困흔 兒童輩는 벌셔 世上을 모르고 昏睡ㅎ는데, 이 村中 中央에 잇는, 四五 치 瓦屋 뒤문이 방싯ㅎ고 열니더니, 그리고, 한 二十歲나 되여실 만한 졀문 婦人이 외인 편 손에 자그마ー한 砂器瓶을 들고 나온다. 늘근 밤나무닙ㅅ 사이로 흐르는 月光이 그 몸을 繡 놋더라. 몸에는 식로 지은 듯흔 生苧 젹삼과, 가는 베 치마를 닙엇고, 흰 그 얼골에는 深痛흔 悲哀가 낫타낫더라. 夫人을 짜라느오는 검은 강아지를 「쉬! 쉬!」하야 되려 쫏고, 다시금 朦朧한 집을 듸려다 보더니, 소리 안이 나게 門을 닷고, 도라선다. 그 두ー 눈으로는 머춤업시 눈물이 흐르더라. 婦人은 쑥이며 으악이가 기ㄹ노 자린 풀을 혀티고,

---

* 孤舟, 『大韓興學報』11·12, 1910.3·4.
** 긴 담뱃대.
*** 새영. '사냥'의 북방 방언.

캄캄한 솔밧을 向하야 올느가면셔, 쩍쩍로 머리를 둘너 自己의 집을 도라본다. 밤이 이미 기페시민 바람 한 덤 업고, 푸른 하늘에 물 먹은 無數혼 星辰만 반쯧반쯧 下界를 瞰下한다. 婦人은 거의 理性을 일은 듯, 들편들편하면셔 발을 옴겨 놋난데 目的은 다못 콤콤한 데로 가는 것이라. 只今이 婦人의 마음에는 希望도 업고, 恐怖도 업고, 甚至에 悲哀조차 업게 되엿도다. 처음에 집을 써날 째는 무슨 目的도 이셧깃고, 計劃도 이셧깃디마는, 一步一步로 漸漸 消去하고, 第一 어두운 수폴ㅅ 속에 니르러실 째에는 全혀 아못 感想도 안이 나게 되엿더라.

아름이나 넘는 소나무가 썩썩이 드러써고 叢生혼 가지며 닙이 하날을 가리워 별도 잘 아니 뵈이고, 濕혼 地面에셔는 눅눅한 臭氣가 나며 쎅쎅혼 소나무ㅅ닙 사이로 흐르는 月光은 無數혼 金針이 地面에 散혼 듯하더라. 婦人은 미친 듯 五六步나 쮜더니 꾸부러진 소나무에 맛딜녀 깜짝 놀늬여 웃둑 셔면셔 머리를 들어 우러러 보더니, 痙攣的으로 힛죽 웃고, 압흐로 거꾸러지는 듯 그 나무를 안고 얼굴을 나무에 뷔빈다. 婦人은 이러ᄒ고 한참 잇더니, 무엇에 놀닌 듯 프륵 썰면셔 물너셔셔 손에 든 瓶을 보고 퍽석 주져 안는다. 한 춤이나 머리를 슉이고 안즈니 理性이 얼마큼 싱긴다. 혼자ㅅ말노,

「아아, 그럴 쎄가 웨 이슬꼬? 그럴 쎄가 웨 이슬꼬? 아이고, 분히라! 아이고 切痛히라! 그럴 쎄가 웨 이슬꼬?」婦人은 瓶든 손으로 싸을 덥고, 몸을 외인 편으로 쯰우려티고, 바른 손으로 가슴을 누르면셔 머리를 흔든다.

「너가 이 집에 시집오기만 잘못이야, 이럴 줄 알아시면, 一生 싀즙이라구는 안이 가고, 어마님과 함씌 잇슬 썰, 흥, 흥.」니마을 치마로 가리우고 압흐로 써꾸러진다.

「무어이니, 무어이니 하야, 다 — 쓸쎄잇나……쓸쎄업서. 슬컨 셔방질이나……, 그릭 그릭 쓸쎄업셔, 쓸쎄업디!」

「계딥 아히 하나 밋구 살까? 죽어시면 편안ᄒ디. 이놈, 어듸, 얼마느, 잘

사나 보쟈!」하고 婦人은 머리를 들고 억기ㅅ 춤을 추으면서 겻헤 누가 셔끼나 한 것가티, 피 션 눈으로 견주어 보더니,

「네, 이놈, 얼마나 잘 사나 보쟈!」하고 甁에 너은 藥을 훌걱훌걱 마시고 입을 접접 다시면서 甁을 늬여 던딘다. 길게 한숨딥고 누으면서,

「그럴 쩨가 워 이슬고? 그럴 쩨가 워 이슬고? 이놈 어듸 얼마나 잘 사나 보쟈, 늬가 죽어셔 鬼神만 되얏단 보아라, 그제, 쿨을 가지구 와셔, 그년, 그놈을 이러케……」팔노 디르는 形容을 하면셔,

「아이고, 어마니, 난 죽노라!」하고 빗앗는 드시 우닌다. 두─合이나 먹은 거슬 긔우이 動脈, 毛細管을 조차, 各器官과, 細胞에 펴디니, 心臟의 기능도 漸漸 鈍ᄒ게 되고, 呼吸도 困難ᄒ여디며 全身에 虛汗만 솟는다.* 精神도 次次 朦朧ᄒ게 되야 作用이 漸漸 單純ᄒ여지면셔 怨望**과 肉身의 苦痛밧게 感應티 안이ᄒ드라. 처음에는 「이제 죽깃다」ᄒ고, 눈을 감고 가만히 누엇더니, 바르고, 바르는 죽음은 안이 오고, 오는 거슨 苦痛쑌라. 苦痛이른 놈은 우리의 一生을 안쇼 돌다가 그것도 오히려 不足ᄒ디 죽을 쩨 一瞬時에 늠은 苦痛 全體가 우리의 肉體와 精神을 싸는 거시라. 可憐헌 이 婦人은 只今, 殘酷, 無情, 沈痛흔 苦痛에 쌔와 「아이고 빅야, 이놈!」ᄒ는 소릭로 이거슬 버셔나려 하디도 못하고 부엄의 입에 물닌 토끼와 가티 「苦痛」의 하릭는 듸로만 하고 목슴 슨어디기만 기다리는도다. 「아이고 빅야, 아이고 아이고 으마니, 이놈.」하면서, 곱을낙, 닐낙 팔과 다리를 드럿다, 노앗다 하더니 約一時間이나 디느니, 긍긍갑는*** 소리와, 잇다금 흑흑 늣기는 것밧게 업게 되더라.

나무는 依然히 셧고, 밤은 依然히 어두우며, 宇宙는 依然히 黙黙하도다. 自然(天地萬物, 但人類는 除ᄒ고)은 無情ᄒ고 冷酷ᄒ여, 우리야 슬허하던, 즐거

---

* 원문에는 '소는다'로 되어 있다.
** 원문에는 '怨罔'으로 되어 있다.
*** 끙끙거리는. '갑다'는 형용사를 만드는 접미사.

워하던 잠잠히 잇고, 또 그뿐 안이라 其法則은 極히 嚴峻ㅎ야 우리로 하여곰 決코 一步도 其外에 나셔게 하디 안이ㅎ나니, 卽우리가 슬퍼한듸야 慰勞하는 法 업고, 우리가 一分一秒의 生命을 더 엇으려 하야도 許티 안이ㅎ디 안는가. 그런데, 사람이른 動物은 孤獨을 슬여하는 故로 恒常 其「동무」를 求ㅎ며, 求ㅎ야 엇으면 깃버ㅎ고, 幸福되며, 얻디 못하면 슬퍼ㅎ며 不幸되느니라. 然而 其「동무」에는 條件이 이스니 卽「情다아운 者」, 「사룽스러운 者」라, 萬一 此條件에 不合ㅎ는 者면 비록 百萬의 「동무」가 이셔도, 오히려 無人曠野에 호을노 션 것 갓ㅎ야 깃븜과 幸福이 업스되 萬一 一人이라도 此條件에 合ㅎ는 者 이스면 깃븜과 幸福이 마음에 充滿ㅎ야 全宇宙間에 萬物이 하나도 美 안님이 업고, 하나도 愛 안님이 업느니 前者는 人類에 가장 不幸ㅎ며 可憐ㅎ 者요, 後者는 가장 福되며 運 됴흔 者니라. 帝王, 富貴 그 무엇인고?

前者에 屬ㅎ는 可憐ㅎ 뎌 婦人은 孤獨의 悲哀가 其極點에 達ㅎ야, 愛를 失홀 時에 其幸福과, 깃븜을 일코, 甚至에 其生命신지 바리려 하는도다. 이 婦人으로 ㅎ여곰 ― 容姿, 淑德을 無備ㅎ 이 婦人으로 ㅎ여곰 이 地境에 니르게 ㅎ 者, 그 누구? 한 스람의 生命을 破滅ㅎ 者,가 누구? 「아이고 빅야, 이놈!」 하든 소리는 空氣에 波動을 作ㅎ야 어듸신지나 펴젓는지 只今은 아모 소리도 업고 음즈김도 업는 生命 업는 一物體로다.

村家에셔 닭의 소리 한두 마듸 나더니, 뎗은 녀름ㅅ밤이 벌셔 디나가고 東편 하날이 희여디며, 별이 조는 듯 次次 읍셔디는듸 村中이 북적 쒸놋터니 燈ㅅ불이 여긔뎌긔 왓다갓다 ㅎ더라.

*   *   *   *   *   *

以上, 婦人이라 ㅎ여온 사람은 松林 韓座首의 子婦라. 本是 同郡 某齋長의 獨女로셔 일즉 父親을 여의고 母親과 老祖母 下에 其아우 하나로 더부러 길너는 사람이라. 家勢도 有餘ㅎ야 女婢男僕에, 물 길어 본 적 읍스며, 또 其母는 五十 너문 喪妻ㅅ골에 싀즙와 二十五에 寡婦가 되야 다문 두 子息을 바라

보고 白髮이 되도록 사라 왓느니, 別노 敎育 잇는 이도 안이요, 다못 「무던흔
사름」이러라. 그럼으로 이 婦人도 其母의 感化를 입어 그져 「무던흔 사름」이
라, 學校에서 先生의 講義를 드른 바도 읍고, 書籍에서 物理며, 人情을 硏究흔
바도 읍고, 外界 卽社會의 影響이라고는 其家庭과 親戚의 狀態, 言語, 行動 等
의 디나디 못ᄒ난 單純흔 婦人이라, 卽韓國 模型的 婦人이라. 別노 特質도 읍
고, 能力도 읍스나, 簡單히 그 性質을 說明ᄒ건딘 압이 무겁고, 行實이 단정
ᄒ고, 아못 일이고 삼가고 삼가ᄒ며 絕對的 父母와 지아비의 命令에 服從홈
이라.

二

뎌가 韓明俊의 안히가 된 것은 去今 八年前, 卽 뎌가 十六, 明俊이가 十二적
이라. 이 婦人의 母親은 二個年이나, 그 딸을 爲ᄒ야 隣近 村里를 微行ᄒ면서
사위될 지목을 고르던 結果로 韓明俊을 엇은 거시라. 뎌가 사위를 고를 째에
무어슬 標準으로 하엿는고, 曰 一에 門閥, 二에 財産, 三에 家族, 四에 當者며,
쏘 自己의 家庭이 외롭다 ᄒ야 勢力 잇는 韓座首와 査頓되는 것이 한굿 의지
가 된다 함이라. 婦人은 其母만 밋고 어린 마음에 新郞의 얼골 보기만 苦待ᄒ
고, 남 모르게 깃버ᄒ며, 아모도 업슬 쩌에는 「韓明俊 韓明俊」하고 즐겨ᄒ며,
쏘 新郞의 畵像을 여러 가지로 마음에 긔려보고, 그 가온디 第一 風采 됴코
天才 잇는, 情 잇는 少年을 選擇ᄒ야 「韓明俊」이라는 이름을 짓고는 즐겨ᄒ
며, 쳘업신 아오가 「야 一, 韓明俊이 싀시」 하면서 억기를 집흘 쩌에도 가장
식그려온 듯 몸은 흔드나 깃분 우슴이 목젓신지 말녀 나오고, 귀ㅅ결에 新郞
의 缺點이 듯기면, 한굿흐로는 怒ᄒ고, 한굿흐로는 무섭기도 ᄒ야, 아못됴
록 否認ᄒ려 ᄒ더니 於焉間 十一月 十七日이 왓더라. 婦人은 밤들기를 苦待
ᄒ야, 깃붐과 붓그러움과 疑心을 셕거 가지고 煒煌한 燭光에 비최어 新郞의
房에 드러가, 즁옷 속으로 屛風에 의지ᄒ여 섯는 新郞을 보니 키는 十歲 누는

兒孩 갓고 곰은 갓 아래로 겨우 보이는 죠곰안 얼골에는 피빗 하나 업고 멀쑥멀쑥하는 그 두 ― 눈, 죠말죠말한 그 態度. 얼골에는 죠곰도 사량스럽거나 정다은 表情이 읍더라. 婦人의 가슴에 잇든 아름다은 마음은 다 ― 스러지고, 悲哀와 絶望만 물들문들 소사나와 울고까지 십도다.

因ᄒᆞ여셔 겻헤셔 싁싁, 자는 新郎의 숨스소리를 드르ᄆᆡ, 至今것 꼿밧헤셔 노니다가, 여호한테 홀니여셔 여호의 窟에 드러온 것 갓기도 하고, 지미잇는 ᄭᅮᆷ을 ᄭᅮ다가 ᄭᅢ친 것 갓기도 하고.

「아아, 이것이 닉 一生에 갓치 사ᄅᆞᆯ 굘 지아빈가」, 싱각ᄒᆞ면 가심이 막히여, 엇디ᄒᆞ야 어머니가 이런 사람을 골낫든고? 싀집가는 데는 어미도 밋지 못홀 것이로다, 아아, 이거시 닉의 지아비 ㄴ가? 난싱 처음 한심이오, 난싱 처음 슬품이며, 난싱 처음 歎息이라.

以後 一年許나 本家에 잇다가 싀집이라고 가보니, 모다 낫 모르는 사람이요, 다못, 하나, 아는 사람은 지아비나 남보다 더 冷淡ᄒᆞ고 舅姑는 첫 며나리라 ᄒᆞ야 甚히 鍾愛*하나, 정즉 사랑헐 져아비는 「옷 닉라」 「버션 기워라」 하는 소리밧개 안이하니 父母의 사룽이나 밧을야면 本家에 잇는 편이 나―ㅅ디 안이홀까.

남모르게 눈물노 디ᄂᆞᆫ 지나는 中 흐르는 歲月이 一年이나 디나가는데 明俊이는 漸漸 疎遠ᄒᆞ여뎌셔 父母의 말도 안이 듯고 舍廊에셔 獨居ᄒᆞ게 되니 婦人의 悲哀와 寂寞은 날노 깁허가는디라. 그 和氣 잇고 아름답든 얼골은 漸漸 여워가고, 活潑ᄒᆞ던 精神은 漸漸 沈鬱ᄒᆞ게 되야 듯디도 못ᄒᆞ고 보디도 못ᄒᆞ던 人生問題ᄭᅥ지 싱긴다. 韓座首는 恒常 밧개 잇는 故로 仔細히 家内事情을 몰나, 안에 잇고 이런 方面에 注意ᄒᆞᄂᆞᆫ 母親은 딕단히 걱정ᄒᆞ야, 잇다금 그 아들을 불너셔 訓戒ᄒᆞ나 아들은 馬耳東風으로 듯지 안이코 情이 漸漸 더 疎遠히 되야 其妻를 보기만 하여도 미운 싱각이 나는 故로 죠금한 일에도 팔싹

---

* 따뜻한 사랑을 한데 모아준다는 뜻.

팔싹 怒ᄒ더라. 明俊이도 次次 힘이 들어옴이 잇다금 其妻를 어엿비 녀기는 情이 싱기나 이는 暫時라, 自己도 웨 미워ᄒ는디 其理由는 모르나 그저 미운 것이라, 누라셔 能히 이 情을 업시 하리요, 다못 發現티 안이케 制御헐 싸름이다.

婦人은 처음에는 愛情과, 肉慾의 飢渴에만 悲歎ᄒ더니 年齡이 二十이 넘음이 子孫ㅅ 걱정ᄭ지 싱겨서 悲歎에 悲歎을 加하더라, 雪上加霜은 此를 닐음인지? 其母親의 일즉 늙은 理由를 비르소 쌔닫드라.

明俊이도 十七이 넘쟈 亦是 孤獨의 悲哀를 씨다라 其妻에 對ᄒ 愛情을 回復ᄒ려 힘쓰더니 힘스면 힘쓸소록 더욱 疎遠ᄒ여 가는디라. 맛참ᄂ 外泊이 頻繁ᄒ며 城中 出入이 잣고, 얼마 안이하야 鄕人의게 「외입장이」라는 稱號를 엇고, 酒商, 娼妓의 債人이 韓座首의 門에 자조 出入ᄒ며, 田畓文券이 날마다 날아나게 되니, 婦人의 唯一 同情者되는 싀母도 漸漸 冷淡ᄒ게 되야가더라.

이렁져렁 二年이 디는 後 하로는 韓座首이 明俊을 불너, 「너, 이놈, 왜 그닷 못된 즛을 하여서 네 집안을 ᄂ케 헌단 말이냐.」하고 其罪를 ᄭ지즈ᄆ,

「그러면 妾을 하나 엇게 ᄒ 주시오」明俊이는 외입에 團練이 되야, 죠곰도 붓그러옴 업시 對答하거늘 座首도 열어 말노 ᄭ지저도 보고, 얼너도 보다가 할일업시

「그러면, 네 妻다려 물어봐라」하고 입을 쎡쎡 다시면서 담빅ㅅ듸를 쩌 - 니, 「졍말삼임닛가.」明俊은 喜色이 滿顔이라.

　　　　＊　＊　＊　＊　＊　＊

七年만엣 夫婦同寢이라!

婦人은 무슨 일인디를 모르고 쑴가티 싱각ᄒ나 죠곰도 깃분 情은 업더라. 婦人의 熱烈ᄒ던 情은 六七年間 哀愁 悲歎에 다 ― 식어 冷灰가 되엿도다.

무슨 일인디 明俊이가 그날은 가댱 親切ᄒ며 至今것 疎遠하던 罪를 誠心으로 하는 것 가치 謝ᄒ며 各色 行動이 明俊이는 안인 듯하더라. 엇디 알아시

리요, 일이가 羊의 가죽을 쓰고 羊의 무리에 석기는 것은 羊을 害히려 함일 줄을,

「여보게, 나, 願할 쎄 하나 잇는데.」

婦人은 드른 듯 못드른 듯 잠잠흐고 잇다.

「여보게, 나, 願할 게 하나 이셔.」

「안이, 願홀 쎄라니, 닉게 무슨 願홀 쎄 잇깃소?」婦人은 溫順흔 音聲으로 對흐면셔 「무슨ㅅ 소리를 하랴는고?」하고 싱각흔다.

「안이, 그러케 말홀 쎄 안이야.」

「……」

「드러주깃나? 이건, 곡, 자네가 드러주어야 헐 쎄야.」

「무엇인디 말슴하시구레.」

「안이, 이건 참 드러 주갓듸야 허깃는데……」

「말씀을 하시구레.」

「임자, 컬* 닉디 마르시. 나 妾 하나 엇으라나?」

婦人도 이 말을 듯고는 憤이 벗석 나셔 「에, 이, 긔 가튼 자식 것흐니……」하고 辱흐고 십흔 마음이 무력무력 싱기며 辱이 목젓ㅅ지 밀어오느 「무던흔 사람」이라 그도 못흐고, 「나도라 딘니면셔 父母님 걱정 안이 싀이기시면 엇구레.」 이것은 참 억지로 억지로 나오는 말이라. 이 말ㅅ속에 얼마나 悲哀와 怨痛이 숨어시리요.

「구리두 나를 바리디는 안티요.」婦人은 오리오릭 싱각하다가, 必死의 勇을 다하야 이 말을 하엿다.

「그럴 슈가 잇나 빅리다니……」

妾을 다려온 後에는 또 前과 가티 疎遠흐여디더라. 婦人은 그 속음을 알고 더옥 憤흐며, 더옥 切痛흐며, 더옥 悲哀흐야, 以前에는 다못 明俊이만 怨흐엿

* 컬. 컬기. 못마땅한 것을 참지 못하고 성을 내거나 왈칵 행동하는 것.

더니, 좀 디누셔는 全男子를 怨ᄒ게 되며, 甚至에는 全人類를 怨ᄒ게 되고, 마츰ᄂᆡ 自己의 存在를 怨ᄒ개 되더라.

婦人은 孕胎ᄒᆫ다라. 이 줄을 안 後로는, 自然, 좀 깃붐이 싱기며 이것이 아들인가 짤인가 하는 問題로 날마다 窮究ᄒ면서 八九年前 明俊의 畵像을 그리던 法을 再用ᄒ며 全혀, 스러젓던 空想이 漸漸 생겨, 다시 즐거온 時代를 맛날 컷 갓흔 希望도 생기여 그 兒孩 나기만 苦待하더니 生父의 祭日에 本家에 갓다가 엇더ᄒ 巫女의개 問占ᄒ 則 女子라 ᄒᆞ는다라, 空中에 지엿던 樓閣이다 ― 문어디고 失望落膽ᄒ야 시家에 도라와본 則 自己 잇던 房에는 自己의 器具는 하ᄂ도 업고 엇던 눈ㅅ숩 짓고, 粉 바르고, 卷煙 퓌우는 게집이 잇더라. 이거슨 六月十七日이러라.

(作者曰) 此篇은 事實을 敷衍ᄒ 것이니 맛당히 長篇이 될 材料로ᄃᆡ 學報에 揭載키 爲ᄒ야 梗槪만 書ᄒ 것이니 讀者 諸氏는 諒察하시요.

特別寄贈作文*

(…상략…) 일체 이러한 잘못된 생각을 하게 된 것은 '인간은 만물의 영장이다'라는 그릇된 자만심이 동기인 까닭에, '인간은 만물의 영장이다'라고 말하는 대신 만물과 다른 점이 없어서는 안 된다. 그래서 도덕이라는 것을 만든다. 율법이라는 것을 만든다. 집이라는 것을 만든다. 기계라는 것을 만든다. 그러고는 문명이다, 야만이다 떠들어댄다. 그로부터 신성하다, 비열하다, 선하다, 악하다 등등 제멋대로 판단을 내리고, 제멋대로 이름을 붙이고, 제멋대로 의미를 붙여 골계적인 흉내를 내기 시작한다. 그래서 가난한 자가 생긴다. 부자가 생긴다. 성욕의 만족이 줄어든다. 인생의 생명인 쾌락이 줄어든다. 그래서 (즉) 괴로워하고, 울고, 신음한다. 이른바 자업자득이다. 무엇을 선악의 표준으로 세웠던 것일까. 신성과 비열의 표준으로 세웠던 것일까. 실로 가소롭지 않은가. 만약 신의 뜻을 행하는 것이 생의 본연의 임무라면, 그들은 점점 죄악을 짓고 있는 것이다. 그리고 신이여, 신이여를 외치는 그 신을 등지고 달아나면서 신을 부르는 골계이다. 나는 본능에 따르면 고통이라는 것은 없고 행복만 있다고 말하는 것이 결코 아니다. 다만 이것이 우리들의 자연이고, 그래서 마음껏 길게든 짧게든 쾌락을 맛볼 수 있는 것이라고 말하는 것뿐. 쾌락은 우리들이 생존하는 최대, 아니 목적의 전부이기 때문이다. 그런데 인간은 동물이면서 동물이 아니고자 한다. 여기에 보다 큰 고통이 있는 것이다. 극기 ― 과연 어떤 가치가 있는가. 마치 개구리가 사람의 흉내를 내어 두 다리로 걷는 듯한 모습이 아닌가.

---

* 원문 일본어. 李寶鏡, 『富の日本』 2, 1910.3. 글의 앞뒤에 부기된 '상략'과 '하략' 표기로 미루어 짐작건대 전체 글의 일부분인 것으로 보인다.

'자연으로 돌아가라!' 이곳은 우리가 거처할 만한 곳이 아니다. 이곳은 우리의 자유를 속박하는 곳이다. 천부의 본성을 훼손시키는 곳이다. 자연으로 돌아가라! (…하략…)

文學의 價値*

「文學」은 人類史上에 甚히 重要흔 거시라. 이제 余와 ᄀᆞ흔 寒書生이 「文學의 價値」를 論흔다 ᄒᆞᄂᆞ 거슨 자못 猥越흔 듯ᄒᆞᄂ 至今ᄉᆞ것 我韓文壇에 한번도 此等 言論을 見티 못ᄒᆞ엿ᄂᆞ니, 이ᄂᆞ, 곳, 「文學」이라ᄂᆞ 거슬 開却한 緣由一로다. 夫 我韓의 現狀은 가장 废業ᄒᆞ야 全國民이, 모다 實際問題에만 齷齪ᄒᆞᄂᆞ 故로 얼마큼 實際問題에 疎遠흔 듯한 文學 等에 對ᄒᆞ야ᄂᆞ 注意혈 餘裕가 無ᄒᆞ리라. 然이나 文學은 果然 實際와 沒交涉흔 無用의 長物일ᄉᆞ, 此ᄂᆞ 진실노 先決홀 重要問題로다. 於是乎 余ᄂᆞ 淺見薄識을 不顧ᄒᆞ고 敢히 數言을 陳코자 ᄒᆞ노라.

本論에 入ᄒᆞᄂ 階梯로 「文學이라ᄂ 것」에 關ᄒᆞ야 極히 簡單히 述ᄒᆞ깃노라.

「文學」이라ᄂᆞ 字의 由來ᄂᆞ 甚히 遼遠ᄒᆞ야 確實히 其出處와 時代ᄂᆞ 攷키 難ᄒᆞ나, 何如턴 其意義ᄂᆞ 本來 「一般學問」이러니 人智가 漸進ᄒᆞ야 學問이 漸漸 複雜히 됨애 「文學」도 次次 獨立이 되야 其意義가 明瞭히 되야 詩歌, 小說 等 情의 分子를 包含흔 文章을 文學이라 稱ᄒᆞ게 至하여시며(以上은 東洋)

英話에 (Literature) 「文學」이라ᄂᆞ 字도 쏘흔 前者와 略同흔 歷史를 有흔 者一라.

東洋은 氣候不調ᄒᆞ고, 土地不毛ᄒᆞ야 生活이 困難흔 土地(邦國이나 地方)가 多흔 故로, 衣食住의 原料를 得흠에 汲汲ᄒᆞ야 智와 意만 重히 녀기고 情은 賤忽히 ᄒᆞ야 此를 排斥ᄒᆞ며 蔑視하여온 故로 情을 主ᄒᆞᄂ 文學도 한 遊戲踈開에 不過하게 알아온지라, 그럼으로 其發達이 遲遲ᄒᆞ엿스나, 彼歐洲ᄂ 反此ᄒᆞ야 其大部分은 氣候溫和ᄒᆞ고, 土地肥沃ᄒᆞ야 生活에 餘裕가 多흔 故로 人民이

* 李寶鏡, 『大韓興學報』 11, 1910.3.

智와 意에만 汲汲티 안이ᄒ고 情의 存在와 價値를 覺한다라. 그럼으로 文學
의 發達이 速히 되야 뻐 今日에 至ᄒ얏ᄂᆞ니라.

此를 讀ᄒ시면 諸氏ᄂᆞ 「然則 文學이라ᄂᆞᆫ 거슨 生活에 餘裕가 多한 溫帶 國
民의게 必要할다나 生活에 餘裕가 無ᄒᆞᆫ 我韓(我韓도 亦是 溫帶에ᄂᆞᆫ 處하나 寒帶
에 近ᄒᆞᆫ 溫帶니라) 國民의게야 무슴, 必要가 有하리요」 하ᄂᆞᆫ 質問이 起ᄒᆞᆯ지나,
此ᄂᆞᆫ 不然ᄒᆞ도다, 生活에 餘裕가 多ᄒᆞᆫ 國民에ᄂᆞᆫ 比較的 더 發達이 된다 함이
요 決코 文學은 此等 國民에만, 必要하다 하ᄂᆞᆫ 거슨 안이라. 人類가 生存하ᄂᆞᆫ
以上에 人類가 學問을 有ᄒᆞᆫ 以上에ᄂᆞᆫ 반다시 文學이 存在ᄒᆞᆯ디니 生物이 生存
ᄒᆞᆷ에ᄂᆞᆫ 食料가, 必要ᄒᆞᆷ과 가티 人類의 情이 生存ᄒᆞᆷ에ᄂᆞᆫ 文學이 必要ᄒᆞᆯ디며,
ᄯᅩ 生ᄒᆞᆯ디라. 更言컨된 人類가 智가 有ᄒᆞᆷ으로 科學이 싱기며 ᄯᅩ 必要ᄒ 것과
갓치 人類가 情이 有ᄒᆞᆯ던된 文學이 싱길디며 ᄯᅩ 必要ᄒᆞᆯ디라. 故로 其進步 發
展의 度ᄂᆞᆫ 土地를 조차, 國民의 程度를 조차, ᄯᅩᄂᆞᆫ 時勢와 境遇를 조차 遲緩盛
衰의 差異가 有하리로되 文學 그거슨 人類의 生存ᄒᆞᆯ 째까지ᄂᆞᆫ 存在ᄒᆞᆯ디니라.

그러면 「文學」이라ᄂᆞᆫ 거슨 무엇이며, ᄯᅩ 何如ᄒᆞᆫ 價値가 有ᄒᆞ뇨?

文學의 範圍ᄂᆞᆫ 甚히 넓으며 ᄯᅩ 其境界線도 甚히 朦朧ᄒᆞ야 到底히 一言으로
蔽之*ᄒᆞᆯ 슈ᄂᆞᆫ 無ᄒᆞ나 大槪 靜的 分子를 包含ᄒᆞᆫ 文章이라 하면 大誤ᄂᆞᆫ 無ᄒ
리라. 故로 古來로 幾多 學者의 定義가 紛紛ᄒᆞ되 一定ᄒᆞᆫ 者ᄂᆞᆫ 無ᄒᆞ고 詩, 歌,
小說 等도 文學의 一部分이니 此等에ᄂᆞᆫ 特別히 文藝라ᄂᆞᆫ 名稱이 有ᄒᆞ니라.

元來 文學은 다못 情的 滿足 卽 遊戱로 싱겨나실디며 ᄯᅩ 多年間 如此히 알
아와시나 漸漸 此가 進步 發展ᄒᆞᆷ에 及ᄒᆞ야ᄂᆞᆫ 理性이 添加ᄒᆞ야 吾人의 思想과
理想을 支配ᄒᆞᆫ 主權者가 되며 人生問題 解決의 擔任者가 된지라. 此를 譬하
건된 熱帶에 住ᄒᆞᆫ 者 一 一日에 林檎을 食ᄒᆞ다가 其核을 地中에 埋하엿더
니 幾十年을 디닌 後에ᄂᆞᆫ 其林檎樹가 枝盛葉茂ᄒᆞ야 如燬ᄒᆞᆫ 陽炎에 淸凉ᄒᆞᆫ
蔭을 成ᄒᆞ야 其子 其孫이 燬死를 免ᄒᆞᆫ 處所가 된 것과 如ᄒᆞ도다. 故로 今日

* 원문에는 '弊之'로 되어 있다.

所謂 文學은 昔日 遊戲的 文學과는 全혀 異하느니, 昔日 詩歌小說은 다못 銷閑遺悶의 娛樂的 文字에 不過ᄒ며 ᄯ 其作者도 如等ᄒ 目的에 不外ᄒ여시나(悉皆 그러하다 흠은 안이나 其大部分은) 今日의 詩歌 小說은 決코 不然ᄒ야 人生과 宇宙의 眞理를 闡發ᄒ며 人生의 行路를 硏究ᄒ며 人生의 情的(卽 心理上) 狀態 及 變遷을 攻究ᄒ며 ᄯ 其作者도 가장 沈重ᄒ 態度와 精密ᄒ 觀察과 深遠ᄒ 想像으로 心血을 灌注ᄒ느니, 昔日의 文學과 今日의 文學을 混同티 못홀 디로다. 然ᄒ거늘 我韓同胞 大多數는 此를 混同ᄒ야 文學이라 ᄒ면 곳 一個 娛樂으로 思惟ᄒ니 참 慨歎홀 바—로다.

以上 槪論ᄒ 데셔 文學의 普遍的 價値는 딩강 了解ᄒ여시리라, 以下附論가티 我韓의 現狀과 文學과의 關係를 暫言ᄒ깃노라.

西洋史를 讀ᄒ신 諸氏는 아르시려니와 今日의 文明이 果然 何處로 從ᄒ야 來ᄒ엿는가. 諸氏는 陬曰「뉴―톤의 新學說(物理學의 大進步), 다윈의 進化論, 왓트의 蒸氣力 發明, 이며, 其他 電氣 工藝 等의 發展 進步에셔 來ᄒ엿다」하리라. 實노 然ᄒ도다. 누가 能히 此를 否認하리요, 만은 한번 더 其源을 溯求ᄒ면 十五六世紀頃「文藝復興」이 有흠을 發見홀지라. 萬一 이 文藝復興이 無ᄒ야 人民이 其思想의 自由를 自覺디 안이 하엿든덜 엇디 如此ᄒ 發明이 有ᄒ엿스며 今日의 文明이 有ᄒ여시리요. 然則 今日의 文明을 否定ᄒ면 以無可論 이어니와 萬一 此를 認定ᄒ며 此를 讚揚하면 文藝復興의 功을 認定홀디요, ᄯ 近世文明의 一大 刺激되는 驚天動地하는 佛國大革命의 活劇은 演出흠이 佛國 革新 文學者 一 룻소 一(Roussau)의 一枝筆의 力이 안이며 ᄯ 北米 南北戰 爭時 北部 人民의 奴隷 愛隣ᄒ는 情을 動케 ᄒ야 激戰 數年에 多數 奴隷로 하여곰 自由에 歡樂케 ᄒ 者 스토―, ᄯᅩ스터氏 等 文學者의 力이 안인가.

大抵 累億의 財가 倉廩에 溢ᄒ며 百萬의 丙이 國內에 羅列ᄒ며 軍艦 銃砲 劍戟이 銳利無雙ᄒ단덜 其國民의 理想이 不確ᄒ며 思想이 卓劣ᄒ면 何用이

有ᄒ리요. 然則 一國의 興亡盛衰와 富强貧弱은 全히 其國民의 理想과 思想 如何에 在ᄒᄂ니, 其理想과 思想을 支配ᄂ 者ー 學校敎育에 有ᄒ다 ᄒ다나 學校에셔ᄂ 다못 智나 學ᄒᆯ디요 其外ᄂ 不得ᄒ리라 ᄒ노라. 然則 何오. 曰 文學이니라.

우리 英雄*

月明浦에, 밤이, 깁헛도다.

連日 苦戰에 疲困한 將士들은,

깁히, 잠들고, 코ㅅ소리, 놉도다.

깁고, 검은, 하날에 無數한 星辰은.

잠잠하게, 반ㅅ반ㅅ, 빗나며.

부드러온, 바람에, 나라오난, 플내까지도,

날낸, 우리 愛國士의, 피ㅅ내를, 먹음은 듯.

浦口에, 밀어오난, 물ㅅ결 소래는,

철썩철썩, 무엇을 노래하난 듯.

軍營에, 누어 자난, 우리 英雄 —

古今에 업고, 世界에 다시업난, 우리 英雄!

얼골에는, 날냄과 憤慨함과, 근심이,

금을금을하난, 燭光에 나며,

西便을 向하야 慟哭하던, 눈물ㅅ 자최 —

鐵石 갓고 眞珠 갓흔, 肝腸 흘너나온,

쓰겁고, 貴한, 그, 눈물ㅅ 자최!

이 누군가?

우리 英雄 — 忠武公 — 李舜臣!

---

* 孤舟, 『少年』3-4, 1910.4.

平和로온, 그, 呼吸에도,

赤心 熱情, 알배엿고,

쪽쪽, 쮜난, 그, 心臟의 鼓動에도,

生命, 自由가, 넘치난도다.

父母, 兄弟, 姊妹 ― 한 피, 난흔 同胞가,

塗炭, 魚肉에 苦痛하며,

生命, 自由 품은, 이 싸― 내 나라의 運命이,

危機가, 一髮이며,

神聖 文武하옵신, 우리 皇上 ― 우리의, 큰아바지가

烟塵을, 무릅쓰시고, 龍의 눈물을, 洞仙嶺

저편에, 쌜리시게 되니,

우리 英雄의, 마음, 엇더할가?

사랑하난, 父母妻子, 故鄕에, 두고,

써날 쌔에, 그도 斷腸의, 눈물, 흘넛고,

향긔로온, 家庭의 幸福을,

그도, 몰으난 것은, 안이라.

그러나, 나의 先朝가, 나고, 자라고

죽어서도, 그 몸을, 뭇은, 이 싸― 내 나라!

내가, 나고, 자라고, 活動하고

죽어서도, 이 몸을, 뭇을 이 싸 ― 내 나라!

이내 天賦의 生命, 自由

父母, 兄弟, 姊妹 ― 同胞의 生命, 自由를

품으며, 기르난, 이 싸 ― 내 나라에, 비기면,

어늬 무엇이, 이에서, 더 重할소냐.

五尺 短軀 이 몸이, 비록, 적으나,
生命, 自由 품은, 이 짜ー 이 나라의 守護者!
썌ㅅ쌈마다 細胞마다 電氣갓히, 잠긴 것은,
山이라도, 흔들고, 바다라도, 뒤집으며,
天地間에, 꽉 차서, 永遠히 不滅하난,
貴하고, 쏘, 重한, 그 精神ー
우리 祖上부터의, 큰 抱負를 담아가진, 이 나라를,
完全하게 가지고 가난, 쓰거운 정성!

生命, 自由 품은, 이 짜ー 내 나라 爲하야,
五尺 短軀 이 몸, 가루를, 만들고,
心臟에 슬, 으며, 全身에, 도라가난,
맑고, 밝고, 쓰거온, 이 내 피로,
三千里 靑邱를, 물듸리리라!
父母, 兄弟, 姊妹ー 한 피, 난흔, 우리 同胞,
生命, 自由 품은, 이 짜ー 내 나라의 運命이,
危機一髮한 이째 오날날ー
赤心, 熱誠을, 甲胄로, 우뢰, 갓흔 號令에,
날내고도, 굿센, 愛國하난 將士를, 모라,
『읔! 읔!』 皷喊으로, 즛쳐 나갈 째,
汹湧하난 波浪도 行進曲을 부르난 듯,
赤心, 熱情…… 날낸 배…… 살, 向하난 곳에,
정의를, 어그러치난, 賊의, 무리는,
奔蕩하난, 물껼ㅅ 속에, 써지난도다!
크도다, 壯하도다, 우리 英雄의 精神이여!

이 精神 — 忠君, 熱誠, 愛國, 熱情, 잇기에 —

自由, 獨立의 表象되난 白頭의 뫼가,

靑邱의 北天에, 소사, 잇슬 째, 까지,

永遠, 平和의 表象되난 漢江의 물이,

靑邱의 中央을, 흘를 째싸지,

父母, 兄弟, 姊妹 — 한 피를, 난흔, 우리 民族이,

靑邱의 樂園으로부터, 큰 使命을 다할 째싸지,

讚揚하고, 노래하리라 —

우리 英雄 — 忠武公 — 李舜臣!

日本에 在흔 我韓留學生을 論흠*

今日 日本 東京에 留흐는 我韓 留學生의 數는 其正確흔 數는 未知흐나 거의 五六百에 達흘디라. 其中에 或은 專門學術의 硏究에 盡心흐야 寸陰을 是競흐는 者도 有흘디며, 或은 語學과 普通으로 高等흔 學校에 入學흘 準備에 孜孜흐는 者도 有흘지라. 然흐느 余의 玆에 論코져 흠은 其勤怠와 學術의 如何가 안이오 全혀 留學界의 思想에 在흐노라.

新韓 建設者로 自任흐는 學界 諸君, 大政治家, 大法律家, 大實業家, 大文學家로 自任흐는 諸君의 思想은 果然 如何흔가. 余는 此를 論흐려 함이 沈痛흔 悲哀의 胸腔에 소사음을 禁티 못흐노라.

一, 은 學問을 博히 흐며 智識을 廣히 흐야 塗炭에 嗷嗷흐는 半島 同胞를 自由의 福樂에 引導흐며 自己의 芳名을 萬代의 歷史에 彰흐게코져 흐는 者니, 留學生中에 가장 思慮가 多흐고 理想이 高尙흔 者오

二, 는 무엇이던 一箇 專門을 修了흐야 自己의 衣食을 豊饒히 하려 하는 者니, 前者는 稍히 破壞的 建設의 觀念이 有흐느 後者에 至흐야는 此等 觀念은 全無흐고 其社會의 風潮를 從흐야 自己의 生存의 位置는 保持코져 하는 者오

三, 은 아못 自動的 思考力과 行動이 無흐고 다못 受動的 器械的으로 歲月을 送흐는 者니, 譬컨댄 余는 學校에 在한 故로 不得已 通學하며 不得已 工夫한다 하는 者의 類라. 以上 所陳흔 者는 다못 日本 留學生界에 流흐흔 思潮의 異同흔 點을 模形的으로 極히 簡單히 分類흔 者나, 此外에 全留學生界에 共通흔 思潮가 有흐니 此가 余의 論흐려 흐는 主題라.

一, 은 狹見이니, 自己의 理想으로 人의 理想을 批評흐며 自己의 倫理觀 道

* 李寶鏡, 『大韓興學報』 12, 1910.4.

德觀으로 直히 人의 思想과 行動을 判斷하려 ᄒᆞᄂᆞᆫ 것이 是라. 大抵 吾人 人生은 何로 從ᄒᆞ야 來ᄒᆞ며 何를 向ᄒᆞ야 往ᄒᆞ며 吾人의 絶對的 目的 卽 理想이 何인디, 約言ᄒᆞ건딘 人生이 何인디를 未知ᄒᆞᄂᆞᆫ 故로 吾人의 行路와 目的이 到底히 一致티 못ᄒᆞ야 時代와 境遇를 從ᄒᆞ야 善惡의 標準이 變異ᄒᆞ며 個人, 個人을 從ᄒᆞ야 理想과 思索이 各異ᄒᆞ거늘 自己 一個의 定見으로 直히 人을 批評 判斷코져 ᄒᆞ나니 엇지 그르디 안이하리오. 如斯ᄒᆞᆫ 觀念이 有ᄒᆞᆷ은 我韓 古來에 胚胎ᄒᆞᆫ 自是의 陋習에셔 流傳ᄒᆞᆫ 所致며

二ᄂᆞᆫ 學校敎育 萬能主義니(此ᄂᆞᆫ 學生의 最히 陷溺키 易ᄒᆞᆫ 病弊), 學校에셔 學ᄒᆞᄂᆞᆫ 딕로만 行ᄒᆞ면 萬事가 無缺無滯ᄒᆞ며, 學校에셔 學ᄒᆞᄂᆞᆫ 智識이 世界 또ᄂᆞᆫ 人類의 智識의 總數로 思惟딕야 敎科書 以外의 書籍은 거의 讀ᄒᆞᆯ 價値가 無ᄒᆞ다 ᄒᆞ며, 또 此를 讀ᄒᆞᄂᆞᆫ 者는 閑暇ᄒᆞᆫ 者, 墮落ᄒᆞᆫ 者라 稱ᄒᆞ니, 此ᄂᆞᆫ 狹見偏識에셔 出來ᄒᆞᆫ 者라. 人文의 發達은 到底히 限際가 無하야 瞬息之間에 變遷 進步ᄒᆞ나니, 今日의 學制가 아모리 昔日보다ᄂᆞᆫ 發達ᄒᆞ엿다 ᄒᆞᆫ들 亦是 一時의 制定에 不過ᄒᆞᆯ디오 決코 理想的 完全은 안이며, 또 學校의 目的은 學生으로 ᄒᆞ여곰 讀書力과 硏究力과 理解力을 修養케 ᄒᆞᆷ에 不過하거늘 我韓 學生은 學校ᄂᆞᆫ 最高의 學府라. 完全無缺ᄒᆞᆫ 者라 ᄒᆞ야 學校만 卒業ᄒᆞ면 紳士가 된 줄노 思惟ᄒᆞ며 學者가 된 줄노 思惟ᄒᆞ니 幼穉하기 如此ᄒᆞᆫ가. 於是乎 他人의 糟粕만 吸收ᄒᆞᆷ으로 上乘을 슴고 스사로 나아가 思索ᄒᆞ며 硏究ᄒᆞᄂᆞᆫ 心力이 缺乏ᄒᆞ야 다못 模倣만 ᄒᆞ고져 ᄒᆞ니, 此ᄂᆞᆫ 自我를 沒却ᄒᆞ고 自己를 한 器械로 되게 하ᄂᆞᆫ 者라. 如斯ᄒᆞ고 엇디 完全ᄒᆞᆫ 人物이 되리오.

三은 自負心이 너머 强ᄒᆞᆷ이니, 自己의 識見이 最高ᄒᆞ며 自己의 意見이 最當ᄒᆞ다 ᄒᆞ야 自己의 識見에 不合ᄒᆞ면 非라 判斷ᄒᆞ며 自己의 意見이 不立ᄒᆞ면 此는 他人이 無識ᄒᆞᆷ이라고 憤慨ᄒᆞᄂᆞᆫ 者라. 此도 亦是 狹見의 一種이라. 要컨딕 自負心이 全無ᄒᆞ야 人의 指揮에만 從ᄒᆞᆷ도 不可할디나 空然히 自己만 英雄인 톄 豪傑인 톄함은 狗가 虎라 自稱ᄒᆞᆷ과 異ᄒᆞᆷ이 無할디라. 大抵 如斯ᄒᆞᆫ 觀念

이 生홈도 스사로 思索호는 力과 硏究호는 力이 無홈에셔 出來호도다. 卽 自己의 才能을 鮮티 못호고 다못 書籍에셔 讀혼 디로 學者의게 聞혼 디로만 時勢며 境遇도 察티 못호고 卽時 應用호려 홈에셔 生호는 過誤라. 詳言컨딘 某는 英雄이니 渠의 言文을 學호기만 호면 自己도 渠와 가치 되리라 호는 誤解에셔 生호는 것이라. 學호야 知홈도 眞理어니와 天才도 亦是 否認티 못할 者라. 余는 天才가 無호니 學호여야 無用이라 할 거슨 안이나 大人物이 됨에는 天才도 無티 못할 거슨 眞理니, 能히 自己를 考察호야 天才의 有無를 檢호며 또 何方面에 天才가 有혼디를 深察하여야 할디라. 天才에도 方面이 有호니 譬컨딘 政治에는 大天才가 有혼 人이로딘 實業에는 凡人에 不及호는 者ー有호며 數學에는 鈍혼 人이로딘 文學에는 大天才가 有혼 類가 是니, 自己의 天才 有無며 또 其何方面에 有혼 것을 檢察홈은 實노 世에 立호려 호는 者의 急中 急務라 호리로다. 故로 自己가 政治邊에 天才가 無혈딘딘 天才 有혼 者를 조츰이 맛당호며 自己가 哲學邊에 天才가 有혼 줄을 確認홀딘딘 어딘싯지던지 自己의 所說을 主張할 것이라. 然이나 知己는 極難호니 此에는 周密혼 考査를 要혈 것은 不俟多言이로다.

　以上 所陳혼 것은 我韓 日本留學生의 精神的 缺點의 가장 重要혼 줄노 自認호는 者를 槪論홈에 不過호느니, 此는 決코 全体가 안이며 또 我韓 留學生은 모다 如此하다 함도 안이며 또 美點은 無호고 缺點만 有호다 홈도 안이라. 다못 余一個의 管見혼 觀察을 發表호야써 新韓建設노 自任호는 我韓 留學靑年의 一省을 促혈 而已로다.

여행 잡감旅行の雜感*

◎ 3월 23일 오후 3시, 차 안에서

지금은 카이다시海田市를 지나 히로시마廣島를 향하는 길이다. 하늘은 활짝 개었고, 뜨거운 태양이 여름처럼 차창에 내리쬔다. 하룻동안의 날씨 변화라고 하기에는 어처구니없을 정도다.

나는 아침나절엔 꽤 기운이 났지만, 벌써 진절머리가 나버렸다. 어떻게 시베리아 여행을 할 수 있을까 싶었다. 토쿄에 있을 때부터 몹시 건강을 상한 탓일 것이다. 이래서는 정나미가 떨어져버린다.

그 유명한 세토나이카이瀬戸内海**의 경치도 그다지 내 흥미를 끌지 않았다.

— 아아, 벌써 히로시마에 도착했으니 이만 쓰련다. 오늘밤 탑승할 예정이다.

◎ 3월 23일 오후 8시 반, 시모노세키下關에서

너무 자주 펜을 드니 필시 성가시게 생각되겠지. 하지만 이번 길은 내게 가장 기념할 만한 여행이라서.

어, 바다가 보인다. 짙푸른 바다다. 새파래서 검어 보일 정도다. 잠이 덜 깨어 어리둥절한 사람의 얼굴이 이따금 남쪽을 향한다. 미야시마宮島라고 얘기해주었다. 우스워서 못 견디겠다. 뭔가 바보 같다는 기분이 든다.

'코이こい'라는 역이 있다. 이곳에 도착하니 아이들이 만세를 불러준다. 역 이름을 사랑戀, こい으로 해석하니 재미있다. 과연 논밭 가운데는 작은 집이 많이 있고, 사랑하기에 적당한 듯하다. 아아, 바보 같은 말을 하고 있네—.

---

* 원문 일본어. 孤舟,『新韓自由鐘』3, 1910.4.
** 혼슈本州·시고쿠四國·큐슈九州로 둘러싸인 안쪽 바다.

시모노세키 부두의 달빛이 푸르다(아, 언제 또 볼 수 있을까)

◎ 24일 부산역에서

쾌청한 아침이다. 하늘은 한없이 새파랗고 '산뜻한' 햇빛이 천지에 가득 넘치고 있다. 그런데 멀리 희미하게 안개 낀 한산韓山이 눈에 들어올 때 내 기분은 어떠했는가. 뭐랄까, 한산에는 햇빛도, 우주에 가득 넘치는 햇빛도, 이 한산에는 내리쬐지 않는 듯하다.

◎ 같은 날 24일 경부선 열차 안에서

오늘은 부산진의 장날이라서, 흰옷 입은 사람들이 소를 끌고 모여드는 것이 많이 눈에 띕니다. 흰옷은 입었지만, 마음은 밝지 않아 보입니다. 또 특히 느끼는 것은 소와 우리나라 사람에 대해서입니다. 소는 우리나라 사람들의 상태, 성질(모두 오늘날의)을 잘 표현하고 있는 듯합니다. 바꾸어 말하면 소는 우리나라 사람들의 상징으로 생각되는 한심함 자체입니다. 아아, 소의 상징을 버리고 호랑이의 상징을 얻는 것은 어느 때나 되어야 할까. 일어나라! 우리 소년 제군!

대한의 산은 노쇠해졌습니다. 그래서 푸른빛은 누른 털로 변하고 누른 털조차 벗겨지게 되었으니, 얼마 못가 수많은 한산韓山은 모조리 붉은 모래로 변할 것이 틀림없습니다. 이리하여 결국 한토韓土는 뜨거운 모래로 가득한 사막이 되고, 청구靑丘는 허무한 역사적 명칭이 되어 후인後人의 호기심이나 자극하는 데 불과하게 될 것입니다. 조선 민족의 생명은 한산에 있는 초목과 생사흥망을 함께 할 것입니다. 총총.

◎ 소년 제군아. 이 말을 들으니 어떤 느낌이 드는가. 천제天帝가 인간人生을 만들 때 모두 똑같이 두 눈과 두 손, 두 다리를 주지 않았는가. 무엇이 부

족해서 저 왜국倭國 때문에 압제를 받는가. 이목구비를 모두 갖춘 신한新韓 소년 제군은 이것을 생각하여 세월을 헛되이 낭비하지 말고, 자기의 목적과 자기의 천재를 발휘하여 저 목적지를 향해 서두르라. 신대한을 어깨에 짊어진 대한소년들아.

II. 오산시절 전반기
(1910~1913)

곰(熊)*

太古로부터, 자라오난 수풀이 잠쑥 드러서서,
안이 빗최난 데 업난 해도 이곳에는 안이 빗최여.
어대서 나난지는 모르겟스나,
凄凉히 그러나 한가로히 우난 부흥의 소래,
『부흥, 부흥』― 너는 무엇을 호올노 노래하나냐?

天柱갓히 수풀 위로 쌔여난 엇던 한 바위ㅅ돌,
幾千年 風霜에도 儼然한 그 威儀를 依然히,
安保하여 나려옴 그 枯燋한 얼골에 나타나도다.
無限한 時間의 흘음ㅅ 가온대,
조고마한 목숨 ― 怪常한 물건을 가지고 왓다가,
無限에 比하면 空이나 다름업난 時間을,
苦悶慟哭! 아아 苦悶慟哭으로 보내고,
그도 不足하야 沉通殘酷한 苦悶을 一瞬時에 모든,
『죽음』(滅亡인가?)을 맛난 이 얼마나 보앗난가!

『흐윽』怒吼하난 소래 쏘『흐윽』……
……그 소래에 수풀이 썰니난 듯하도다.

두 눈엔 번개ㅅ불이 번쩍번쩍.

---

* 孤舟, 『少年』3-6, 1910.6.

머리에서 흐르난 붉고 쓸난 피!

『흐윽』하면서 몸을 한번 쩌날 째 — 그째에,

피ㅅ바래* 피ㅅ방울 바위ㅅ돌과 흙을 물듸려,

怒氣가 騰騰한 그 두 눈으로 이윽히,

바위ㅅ돌을 보더니 쌛드득 니 가난 소래……

풀 피 쌛리난 소래를 鼓喊으로,

『흐윽』쏘 한번 밧난다 쏘 한번 — 번개갓히,

그러나 그러나 바위ㅅ돌은 움쑥도 안이해,

쏘 흐윽 — 피ㅅ바래…… 쌛드득 니 가난 소래,

머리엣 고기는 쩌러저서 頭骨이 나타나고,

홰ㅅ불 갓흔 그 두 눈에는 붉은 안개 돌도다.

쏘 한번 흐윽 — 피ㅅ바래…… 頭骨은 쌔여저,

흰 腦漿이 비죽히 나타나도다 — 아아!

쏘 흐윽! 피ㅅ바래는 如前호대,

다시 바들 氣力은 이믜 消盡하야,

四肢가 나른해 썩꾸러지도다,

숨ㅅ소래만 놉히 殺氣는 騰騰하나,

고기ㅅ 몸은 이믜 調節을 일헛스니 웃지해 웃지해,

心臟 ㅅ속에 쓸난 피가 創口로 퍼붓난 듯.

부릅떳든 눈도 次次 가느러지고,

목숨 업난 고기ㅅ덩이만 痙攣으로 썰녀,

이것이 이 英雄의 最後로다 이것이 —

---

* 물보라처럼 핏물이 바위 따위에 부딪쳐 사방으로 흩어지는 모양을 가리키는 북방 방언.

그러나 저 바위ㅅ돌은 依然해.(自然은 다아)

다른 動物들은 — 조고마한 목숨 가진 怪物들은

이것을 보고 비우스리라 미욱다 하리라,

아아 그 조고마한 목숨이 앗가와 自我를 썩난,

너의들 卑怯한 動物들아 네가 도로혀 그를 우서?

네가 비록 네 목숨을 앗긴다 한들 그 멧 해나 될가?

無限한 時間에 비길 째에야 五十年 이나 百年이나

이와 갓흔 목숨이 앗가와 貴重한 自我를 썩거?

自我! 自我! 이 곳 업스면 목숨(사름) 안이오 機械라.

이 곰이 수풀을 단이다가(自由로 自在로)

倨然히 섯난 저 놉흔 바위를 보매

문득 제가 그의 壓迫을 밧난 듯하야 — 貴重한 自我가 그의 壓迫을 밧난 듯

하야,

목숨을 내여 부치고 싸홈이라 — 힘이 잇난 째까지 氣力이 잇난 째까지

목숨이 잇난 째까지.

그러나 그는 成功을 期함은 안이오,

다만 自我의 勸力을 最高点에까지 伸長함이라.

다시 말하노라 그는 決코 成功을 期함은 안이오,

다만 自我의 勸力을 最高点에까지 伸長함이라.

그는 죽엇도다 그럿토다 그는 죽엇도다.

그가 이리하지 안이엿든들 그의 목숨은 더 좀 길엇스리라.

그러나 좀 더 긴 그 목숨은 목숨이 안이라 機械니라.

그가 비록 短命하게 죽엇스나 그러나 그러나,

그의 그 짧은 一生은 全혀 全혀 自由니라

그는 일즉 自然의 法則 以外에는 自我를 썩근 적 업나니라.

곰아! 곰아!

今日 我韓靑年의 境遇*

今日 我韓靑年은 果然 읏더한 境遇에 잇난가? 大抵 靑年時代는 곳 修養時代니, 吾輩 靑年學友는 맛당히 父老와 先覺者의 引導 敎育을 밧을지며, 吾輩의 義務 곳 할 일은 그 引導와 그 敎育을 恪勤히 遵奉함에 잇슬지라, 換言하면 靑年은 自立하난 時代가 안이오 導率 밧난 時代라. 그러면 今日의 我韓靑年도 亦是 이와 갓히 할 수 잇겟난가?

만일, 이와 갓히 할 수가 잇고만 보면, 우리 靑年은 實노 幸福이 되리라, 그러나, 그러나 그럿치 못하니 읏지하리오.

우리들의 父老는 悉皆라고는 할 수 업겟스나, 大多數는 거의 「앎이 업난 人物」, 「함이 업난 人物」이니, 그 「앎이 업난 人物」, 「함이 업난 人物」 되난 우리 父老가 읏지 우리들을 敎導할 수 잇스며, 或 잇다 한들 그런 父老의 敎導를 밧아 무엇에다 쓰리오? 今日 我韓靑年은 他國이나 他時代의 靑年과는, 그 할 바 職分이 다르니, 他國이나 他時代의 靑年으로 말하면 그 先祖와 父老의 하여 노은 것을 繼承하야 保全發達함이 職分이려니와, 今日 우리들 靑年으로 말하면 不然하야, 하여 노은 것 업난 空漠한 곳에 各種을 創造함이 職分이라. 그 職分의 差異가 이믜 如斯하고 그 職分의 輕重이 이믜 如斯하니, 싸로혀, 우리들이 將次 드릴 努力도 他國이나 他時代의 靑年이 將次 드릴 努力의 幾十幾百倍나 될지며, 싸로혀, 그 準備도 他國이나 他時代의 靑年의 그것과는 다를지라. 然則 이와 갓히 重大한 職分을 가진 우리들을, 이와 갓히 重大한 準備를 要하난 우리들을 敎導할 父老를 가지지 못한 우리들 靑年의 境遇는 읏더할꼬?

* 孤舟, 『少年』 3-6, 1910.6.

우리들이 如斯한 境遇에 處하게 된 것이 幸인지 不幸인지는 姑舍勿論하고, 웃더하던지, 우리는 이 境遇에ㅅ 할 일을 하여야 하리라, 再言컨댄, 우리들은 現實에 잇스니, 現實에서 할 일을 講究함이 우리들의 맛당히 할 일이며 現實에서 할 일을 함은 우리들의 맛당히 할 일이니, 이럼으로 余는 余의 自覺한 바, 今日 我韓靑年의 境遇와 할 일을 말함이로라.

앗가, 말함과 갓히, 우리들 靑年은 우리들을 敎導하여 줄 父老를 가지지 못하엿도다. 그러면, 우리들을 敎導할 만한 社會나 잇난가, 先覺者나 잇난가, 學校나 잇난가, 毋論 그런 社會도 업슴은 안이며, 그런 先覺者도 업슴은 아니며, 그런 學校도 업슴은 안이리라, 그러나 果然 그런 것이 몟이나 될가? 爲先, 우리 學友들의 受敎하난 學校를 보라. 今日 我韓에 잇난 學校의 十分之九는 完全히 우리를 敎導할 만한 資格이 업슴은 밝은 事實일지라. 然則 우리들은 우리들을 敎導하여 줄 만한 父老를 가지지 못한 同時에 우리들을 敎導하여 줄 만한 學校도 업난도다.

그러면 엇지할고?

우리들 靑年은 被敎育者 되난 同時에 敎育者되여야 할지며, 學生되난 同時에 社會의 一員이 되여야 할지라, 詳言컨댄, 우리들은 學校나 先覺者에서 배호난 同時에 自己가 自己를 敎導하여야 할지오, 學校나 其他 敎育機關에 通御함이 되난 同時에 此等 機關을 運轉하난 者가 되여야 할지라, 人格修養上에도 그러하고, 學藝學習上으로도 그러하고, 무엇이던지 그러하지 안임이 업나니, 우리들은 造次顚沛하난 사이에라도, 이를 닛지 마라서 消極的으론 反省으로 自己의 精神을 墮落하지 안이케 注意하며, 積極的으론 修養으로 우리의 精神을 向上發展케 注意하야, 自己가 自己를 敎養하야써 新大韓 建設者될 第一世 新大韓國民이 될 만한 資格을 養成치 안이치 못할지라.

우리들 靑年의 境遇가 이믜 이러하거니, 이를 自覺지 못하고, 한갓, 우리들 靑年의 修養을 父老·社會·學校 等에만 全然히 맛기고 다만, 그들의 敎導만 바라고서 自修自養치 안이하면 우리들 靑年의 夢裡에도 恒常 생각하고 바라고 사모하난 大皇祖의 理想發展 — 新大韓 建設이란 理想은 한 空想으로 되고 말스지며, 싸로혀, 우리 民族은 永遠히 史上에 劣敗民族의 列에 參與할스지니, 우리들 靑年이 自己의 境遇가 이러한 줄을 自覺하고 안이 하난 것은, 곳, 朝鮮民族이 榮하고 枯하난 境界리로다.

그러나, 靑年期는 아즉, 志가 서지 못ᄒ고, 精神이 定치 못하엿난 故로 한 번 決定하엿든 것을(아모리 처음에는 굿세게 決定하엿다 할지라도) 變하기 容易하고, 肉體의 慾望도, 苦楚로 因하야 精神을 墮落하기 쉬우며, ᄯᅩ 精神을 無限히 向上하기도 쉬우니, 그러면, 이 時代는 靑年의 精神의 向上하며 墮落하난 分界線이라. 이곳에서, 一步를 옴겨노음에 精神의 墮落도 달녓고, 向上도 달녓스니, 진실노 重要한 時代며, 兼하야 危險한 時代라. 이럿케 重要하고 危險한 時代에 잇난 우리들 靑年이 完全한 指路를 가지지 못하엿스니, 우리는 우리로 우리의 精神과 밋 온갓을 保全發展치 안이치 못하게 되엿도다.

그러나, 한 마듸, 더, 말할 것은 以上 말한 바는 決코 온것을 우리들의 任意로만 하자 하난 것은 안이오, 우리의 父老나, 社會나 學校나, 先覺者나의 敎導를 밧으면서, 그것에 未足한 것을 우리들이 채우자 함이라. 그런데 未足한 것이 已備한 것보다 만흔 것을 닛지 마를지어다.

그런則 우리들 靑年은 個人 個人으로 自修自養할까? 毋論 個人 個人으로 自修自養함이 가장 必要할지나, 一人으로는 한 가지스 特長은 가지기 能하되, 여러 가지를 兼全하기는 到底히 不可能한 事며, ᄯᅩ, 一個人의 判斷한 것보다, 여러 사람의 判斷한 것이 比較的 精確할지니, 그럼으로 同志하난 우리들 靑年은, 서로, 智識을 換하여야 우리의 自修自養하난 目的을 完全히 達할 수 잇슬지라, 하물며 團合은 事業을 이루는 根本인데야…….

以上에 말한 바를 槪括하면, 今日 我韓靑年은 自修自養할 境遇에 잇스며,

自修自養함에는 個人的 自修自養과 團合的 自修自養의 二者가 잇다 함이라.

이러한 境遇에 잇난 우리나랏 靑年은 幸인가, 不幸인가?

或은, 이러한 時代에 생겨난 것을 不幸히 녁여 가삼을 두다리며 慟哭할 이도 잇스리라, 哀泣할 이도 잇스리라, 失望할 이도 잇스리라, 그러나 余는 不然하노라, 毋論, 누라서 이 갓흔 境遇에 잇기를 즐겨하리오, 누라서 和樂한 時代에 잇기를 바라지 안이 하리오, 마는, 이는 한아를 앎이오, 둘을 모름이라 하노라. 왜? 霜雪이 안이엿든들 松柏의 節槪를 몰낫슬 것이오, 그런 時代가 안이엿든들 나폴네온이 나폴네온 되지 못하엿슬 것이오, 그런 時代가 안이엿든들 와싱톤이 와싱톤 되지 못하엿슬지니, 이러한 時代가 안이면 우리들 新大韓 建設者가 되지 못할지라. 우리들이 이런 境遇에 잇게 된 것이 不幸이라 할 수도 잇겟스나, 實노, 우리들의 鐵腕石拳을 試用할 萬年無多의 조흔 째라, 그럼으로 余는 우리들의 이런 境遇에 잇난 것을 悲觀하지 안이하고, 도로혀, 樂觀하야 춤추난 바로라.

우리 靑年學友 諸君이여, 諸君의 自覺은 읏더한가. 余는 생각호니, 諸君도 依例히 各各 自覺이 잇스리라. 만일 自覺이 업슬진댄, 그는 생각이 업난 사람일지라. 오늘날에ㅅ 韓國의 靑年이 되야서야, 엇지 境遇의 自覺이 업스리오. 余는 諸君의 自覺한 것을 듯고저 하난 이며, 諸君의 自覺함을 바라난 이로라.

뭇노니, 余의 自覺(自修自養)이 適宜한, 올흔 自覺이라 하면, 그 自修自養할 標準은 무엇일까 — 仁愛일까, 智識일까?

各各 생각하세.

(本編은 『靑年學友會報』中 揭載할 것이나 便宜上 此欄으로 編入하다)

今日 我韓用文에 對ㅎ야*

一.

今日 我韓에 무삼 一定흔 것이 잇스리오. 過渡時代에 잇는 나라의 過常으로 무엇이든지 地方 地方이 다 — 달으며, 個人個人이 다 — 달은 것은 免치 못홀 바이라. 故로 余는 이러흔 現象을 그닷이 悲觀ㅎ는 이는 아니오, 다만 將次 엇더케 될는지 ㅎ는 것이 근심이로라. 쏘, 언제ㅅ지든지, 이디로 갈 수는 업스니, 이 근심은 決코 無用흔 근심은 아닐 뜻ㅎ도다. 就中 文章으로 말ㅎ면 諸般것 中 가장 重要흔 것이니, 그 文의 엇덤으로써 足히 其國의 將來의 文化를 占홀 수 잇깃스며, 그 榮枯를 判斷홀 수 잇슬지라. 昔日에도 오히려 그러ㅎ얏깃스니, ㅎ물며 今日일까.

昔日에는 一日 百里의 徒步로도, 오히려 餘裕가 잇셧거늘, 今日에는 一日 千里의 汽車로도, 오히려 奔忙ㅎ며, 昔日에는 二十餘年을 文字 빈ㅎ기에 虛費ㅎ고도, 오히려 社會에서 活動홀 날이 잇셧스나, 今日에는 一年을 文字 빈홈이 虛費ㅎ야도, 오히려 밧븜이 잇는도다. 如斯히 忽忙흔 今日에 잇서셔, 엇지 貴重흔 時日을 文字만 빈홈에 虛費ㅎ고야 競爭에 劣敗者 아니 되기를 엇으리오. 然ㅎ거늘 今日의 新聞雜誌의 用文을 보라. 名은 비록 國漢文이나 其實은 純漢文에 國文으로 懸吐흔 디셔 지느지 못ㅎ며, 쏘 其用語는 康熙字典이나 펴노코셔 골나내엿는지 數十年 漢學에 修養 잇는 이고야, 비로소, 아를 만흔 難澁흔 漢字 쓰기를 競爭삼아 ㅎ니, 我韓國民이, 모다 이에 相當흔 修養이 잇고만 보면 其或 몰느깃스되, 實則 不然ㅎ야 大多數는 그런 修養이 업는지라 (1910.7.24).

* 李光洙, 『皇城新聞』, 1910.7.24.-7.27.

二.

故로 如斯흔 新聞雜誌는 極히 적은 部分에밧게는 닑이우지 못ᄒ니, 엇지 其效力의 넓히 밋츰을 바라며, ᄯ라로혀 報館의 職務를 다흔다 ᄒ리오. ᄯ 今日은 다토아 他를 模倣ᄒᄂ 쩌라, 가장 靑年學生들은, 一定흔 文法을 배호지 못홈으로, 體를 新聞이나 雜誌에 밧으려 ᄒᄂ 이 만ᄒ며, 彼等도 如斯흔 文體를 쓰기를 죠아ᄒ며, ᄯ 難澁흔 文字를 만히 써셔 有識흔 쳬ᄒ기를 名譽로 알게 되니, 그러면 漸次로 자리가 잡히어, 아조, 이런 文體 아니고는, 아니 쓴다 ᄒ게 될지며, ᄯ 讀者도, 이런 文體로 쓰지 아닌 것은 文章이 아닌 것갓치 싱각ᄒ게 되리니, 萬一 이러케 되면 其損益이 果然 엇더흘까.

이것이 利益이 된다 ᄒ면, 다만 贊成흘 ᄯ름이오, 깃버흘 ᄯ름이오, 勸獎흘 ᄯ름이라. 그러면 이것이 果然 益이 되깃ᄂ냐 ᄒ면, 누구시든지 常識이 苟有흔 이는, 아니라 ᄒ리라. 그러면 損될 것이 아닌가. 其理由는 右에도, 얼마콤, 말흔 것이고, ᄯ 必要도 업슬 ᄯᄒ도다. 然則 엇던 文體를 使用흘까.

純國文인가, 國漢文인가.

余의 마음딕로 흘진딕, 純國文으로만 쓰고 십흐며, ᄯ ᄒ면 될 쥴을 알되, 다만 其極히 困難흘 쥴을 아름으로 主張키 不能ᄒ며, ᄯ 비록 困難ᄒ드릭도 此는 萬年大計로 斷行ᄒ여야 흔다는 思想도 업슴은 아니로딕, 今日의 我韓은 新知識을 輸入흠이 汲汲흔 쩌라, 이쩌에, 解키 어렵게 純國文으로만 쓰고 보면, 新知識의 輸入에 沮害가 되깃슴으로 此意見은, 아직, 잠가두엇다가, 他日을 기다려 베풀기로 ᄒ고, 只今 余가 主張ᄒᄂ 바 文体는, 亦是 國漢文幷用이라. 그러면, 무엇이 前과 다를 것이 잇깃ᄂ냐고, 讀者 諸氏는 疑問이 싱길지나, 그는 그럿치 아니로다(1910.7.26).

三.

右에도, 죠곰, 밀흔 것과 갓히, 今日에 通用ᄒᄂ 文体는 名은 비록 國漢文

幷用이나 其實은 純漢文에 國文으로 懸吐흔 것에 지느지 못흐는 것이라. 今에 余가 主張흐는 것은, 이것과는 名同實異흐니, 무엇이뇨. 固有名詞나, 漢文에셔 온 名詞, 形容詞, 動詞 等 國文으로 쓰지 못홀 것만, 아직, 漢文으로 쓰고, 그 밧근 모다 國文으로 흐쟈 홈이라. 이것은 實노 窮策이라고도 홀 슈 잇깃스나, 그러나, 엇지흐리오. 境遇가 이러흐고, 쏘, 事勢가 이러흐니, 맛은 업스나, 먹기는 먹어야 살지 아니흐깃는가.

이러케 흐면 利益될 것은, 余의 贊言을 기다리지 아니흐고 讀者 諸氏의 잘 아르실 바ㅡ나, 말흐던 次이니 大綱 말흐고쟈 흐노라.

이러케 흐면, 著者, 讀者 兩便으로 利益이 잇스니, 넓히 넑히움과, 理解키 쉬은 것과, 國文에 鍊熟흐야 國文을 愛尊흐게 되는 것이 讀者便의 利益이오, 著作흐기 容易홈과, 思想의 發表의 自由로음과, 複雜흔 思想을 仔細히 發表홀 슈 잇슴이 著者便의 利益이며, 짜로혀, 國文의 勢力이 오를지니 國家의 大幸일지라. 이만흐면 余의 主張도, 그닷 沒價値일 것은 아닐지라.

如斯히 흐면 毋論 少數의 漢文 熟鍊흔 讀者에게야, 얼마콤, 릭기 어려오리라마는 多數를 爲흐야 將來를 위흐야 不得不 犧牲이 되여야 홀지며, 그러나, 그 犧牲은, 오릭갈 것은 아니오, 멀어도 二朔만 지나면 自由로 릭게 될지니, 너머, 걱정홀 것은 업슬지며, 쏘, 作者로 말흐야도 漢文으로, 짓더니들은, 쳐음에는 如干 困難치 아님도 아닐지나, 一은 報筆 줍은 者의 큰 責任을 싱각흐며 二는 其困難의 길지 아닐 것을 싱각흐야 此를 實施흐여야 홀지라. 本論은 이믜 右의 맛쵸앗스나, 두어 마딕 붓쳐 말홀 것이 잇스니, 듯던 次에, 좀, 더, 들으시라.

我國人은, 아젹도 複雜흔 思潮에 건들녀 본 젹이 업슨 緣故인지 感受性이 甚히 鈍흐야, 무슨 말을 듯든지 別노히 感動됨이 업스며, 쏘 잇드라도, 다만 「그럿치」 홀 짜름이오, 此贊成도 아니하고 反對도 아니흐고, 쏘, 마암으론 贊成흐드릭도, 내 입 더홀 싱각은 아니흐니(아니흐는지, 못흐는지) 엇지 進步나

改革ᄒ기 쉬으리오. 그런則 讀者 諸氏는 이를 볼 ᄢ에, 만히, 싱각ᄒ사, 이러
ᄒ 弊端이 업게 ᄒ시기를 바라며, ᄯ, 한 마듸, 붓쳐 말ᄒ 것은 此篇은 全혀 報
筆을 잡는 諸氏에게만 對ᄒᆷ인 것 갓흐나, 此는 다만 例를 들어 말ᄒᆷ이 지나지
못ᄒ며, ᄯ 報紙는 가장 重要싱 것인 故로 此를 例로 쓴 것이나, 決코 報筆 잡
는 이들에게만 對ᄒᆷ이 아니오, 敎育家와 靑年學生을 머리로 ᄒ야 一般讀者에
對ᄒᆷ이로라. (1910.7.27.)

余의 自覺한 人生*

허허! 젓꼭지 갓 더러진 어린 兒孩가 人生에 關한 自覺이 다 무엇인고?

그러나 나도 十九年이나 이 世上ㅅ 空氣를 마시고 六七年이나 이 世上의 쓴맛 단맛을 맛보앗노라. 그러고 보니 주제넘은 마음에 웃던 것이 달다든지, 웃던 것이 쓰다든지 하난 判斷도 할 것 갓고, 또 단 것과 쓴 것과 어느 것이 내게 對ㅎ야 웃던 關係가 잇난지도 알 것 갓고, 또 이것을 밋을 수도 잇고 그럼으로 나는 이러노라 하고 諸君에게 말할 마음도 생기난지라. 이것이 곳 나의 닐은바 「余의 自覺한 人生」이라난 것이로라.

그러나 나는 諸君다려 이리하라 저리하라 勸하난 것도 아니오, 내 意見이야말로 前無今無한 가장 完全한 解決이라 함도 아니오, 다만 나라난 사람은 이러케 生覺한다, 밧고아 말하면 이 世上에 一 特히 우리나라에 이러한 사람이 잇다 함에 지나지 못함이라.

그러나 너는 나이 어리거니 네가 무슨 一定한 意見 一 하물며 크나큰 人生 問題에 關한 意見 一가 잇단 말이냐고 우슬 이도 잇슬난지는 모르되, 그는 그럿치 아니하도다, 無限한 時間의 一滴만도 못한 人生의 一生으로야 二十年이나 五十年이나 무엇이 그다지 다름이 잇스리오, 싸로혀 十九歲되난 나 갓흔 어린 兒孩의 말이나 銀絲 갓흔 鬢髮을 나려쓰난 老學者의 말이나 무엇이 그다지 다름이 잇스리오. 그러나 아조 다름이 업다 하면 좀 妄發일지로다, 비록 큰 差異는 업다 하더라도 한 살이나 두 살이나 먹으면 먹으니만콤 그만콤 經驗도 만히 싸앗슬지며 좃차 그 判斷도 比較的 精確할지며 意見도 比較的 一定하다고 할 수 잇스리라, 마는 그럿타고 반드시 精確하고 一定할 것은

---

* 孤舟, 『少年』 3-8, 1910.8.

아니리니 그러면 어린 나의 말도 다만 코우슴ㅅ 거리만 되지난 아니하렷다 ─ 나는 이럿케 생각하노라 ─ 이럿키에 말하노라.

大抵 人生이란 무엇인고?

이는 人類의 歷史가 비로소 잇슴으로부터 今日에 이르기까지의 疑問이라, 其間 이를 研究하난 이가 업서서 至今토록 疑問대로 남아 잇난 것이 아니라. 다른 모든 科學을 研究한 것과 갓치 이도 研究는 하여나려 왓나니라. 이 疑問을 풀랴고 여러 達人才士가 腦漿을 썩엿더라, 그리고 各自의 定見도 만드럿더라, 그러나 아직껏 한아도 人生의 普遍한 不易할 解決은 엇지 못하얏더라. 다만 研究하던 그 사람만에 適用할 解決을 엇음에 지나지 못하얏더라. 現在에도 쏘한 그리하도다, 未來에도 亦是 이러할 것 갓흐도다 ─ 이 疑問은 永遠한 疑問인 듯하도다.

人生은 어듸로부터 왓난가, 어듸를 向하야 어느 길노 가난가, 갈까, 갈 것인가?

歲月도 오래엿고, 其間에 賢哲才士도 만핫고, 쏘 그들이 努力도 만히 드럿것마는, 그럿컨마는 너는 依然히 疑問이로고나. 너는 얼녀도 말업고, 울어도 말업고, 매달녀도 말업고, 두다려도 말업고……. 그저 沈黙이로고나! 네가 벙어리냐, 내가 네 말을 듯지를 못하냐, 내가 네 말은 들을 資格이 업나냐?

그제야 簡單한 對答 ─ 「그럿치. 너는 資格이 업서!」

地球는 크도다, 그 半徑이 一萬五千餘里로다, 그러나 이를 宇宙의 無限無邊함에 比較하야 보아라, 滄海의 一粟도 넘어 크도다, 그리고 우리들 人生은 그 위에다 六分에 五以上이나 남겨두고도 二十億이나 蠢蠢히 生息하지 아니하난가, 그러면서도 오히려 좁아서 못살겟다난 말을 들어본 적이 업도다 ─ 우리들의 적음이 果然 얼마나 하뇨. 쏘 우리 生命도 거긔 맛게 짧은지라.

그러면 우리는 宇宙의 적은 一部分 위에 生息하난 쏘 적은 一部分에 지나지 못하며, 짜로혀 그 智識도 宇宙ㅅ 智識의 적은 一部分 되난 地球ㅅ 智識의 쏘 적은 一部分일지라. 그러면 그러한 적은 智識으로 無窮히 큰 宇宙의 全秘密을 알고자 함은 愚者가 아니면 狂者일지라. 그러코 「人生」의 온 데 가난 데·갈 곳은 宇宙의 全秘密에 屬하난 者 — 니, 그러면 吾人의 智識으론 解決키 不能할 것이 아닌가.

쏘 萬若 造物者(하나님 神·上帝 God)라난 것이 잇서서 이 宇宙를 創造하고 攝理한다 하드라도 그러면 吾人은 이믜 被造物이니 造物者의 쯧을 웃지 알니오. 이를 알려 함은 오히려 領率 맛난 卒兵이 그 指揮하난 上官의 쯧을 알려 함과 갓흐리로다.

아아! 그만이로구나! 吾人 人生은 到底히 人生의 온 데 가는 데·갈 데를 알 수가 업단 말이냐. 不幸은 하다만는 毋論 업다난 것으로 그 對答을 삼지 아니치 못하겟도다.

그러면 우리는 우리의 온 곳을 몰으도다, 갈 곳을 몰으도다. 싸로혀 갈 길을 몰으도다. 웃지하면 조흘ㅅ고? 우리는 生命을 가진지라, 그러고 어듸까지든지 이를 니어가랴난 本能的 慾望 — 生存慾이라난 것을 가젓스며, 쏘 그 慾望은 다른 무슨 慾望보다도 굿세여서 이 慾望 압헤는 온갓 慾望이 顔色을 일흐며, 顔色을 일흘 쑨만 아니라 屈伏하며, 屈伏할 쑨만 아니라 犧牲이 되난도다.

그러하니 우리는 不得不 살아가야 하겟스며 살아감에는 쌕쌕히 길이 잇서야 할지라, 그러하거늘 우리는 이 길을 몰으니 웃지해?

釋迦牟尼가 이 길노 가라기에 멧칠을 갓더니 耶蘇가 저 길노 가라더라, 그 길노 멧칠을 갓더니 孔子가 저 길노 가라난도다. 우리는 이에 方向이 아득하야져서 荒涼한 벌판에서 彷徨하니라, 그리하야 우리는 人生에는 共通(一定한)한 行路가 업슴을 아랏고, 갈 곳이 어듸인지 몰으난 줄을 째다랏노라. 그래서 우리는 처음에는 造物主를 怨望하얏고, 두 번채는 내 生을 怨望하얏고, 세 번채는 웃지할 줄을 몰으고 두리번두리번 하얏더니라. 그러나 生命은 그대로 잇고 生存慾은 그대로 굿세더라. 이럼으로 우리는 할일업서 至今토록 온 길이나마 다시 取하려 하얏노라 — 속난 줄도 알앗고, 알아도 잘 알앗스나 그러나 달니는 웃지할 수 업섯던 까닭이러라.

이째로다! 霹靂 갓흔 소래는 우리 귀의 鼓膜을 쑬어져라 하드시 싸리더라. 우리는 처음에는 두려웟고, 다음에는 놀내엿고, 마조막에는 깃벗노라 — 속 달 째에 찬 氷水 맛일싸! 갈온,

미욱한 놈들아! 밧게서 엇으랴고 삶히지 말고 안을 보아라! 너희들의 갈 ㅅ 方向을 가라치난 磁針과 갈ㅅ 힘을 너희들의 안에 담아주지 안앗나냐 — 手足도 주엇고, 耳目口鼻 等 必要機關을 주엇스며, 게다가 그들을 總察指揮할 만한 精神을 주지 아니하얏나냐. 그리고 그들은 모다 알마자 過不及이 업스니라. 또 너희들의 온 곳은 온 곳이다, 갈 곳은 갈 곳이다 — 너희들의 아를ㅅ 바 아니며, 또 아를 必要가 업나니라. 그저 가거라! 너희들의 안에 잇난 磁針은 어긤업시 너희들의 갈ㅅ 方向을 가르치리라, 그리고 너희들의 안에 잇난 힘은 쪽 目的地에 到達할 만하니라. 걱정이 무엇이냐, 다만 아니 나가지만 말아라, 나아가기만 하면 고만이니라.

그러면 우리들의 안에 잇난 磁針과 힘은 모다 갓흐냐 하면 그는 그럿치 아니하야 그 온 데와 갈 데는 갓흘난지 알ㅅ 바이 아니로되 그 磁針과 힘은 반드시 한갈갓지는 아닌 듯하도다. 마는 다만 共通한 한 물건이 잇스니 各各 磁針의 가르치난 바를 좃차 잇난 힘을 다하야 努力할 것이라. 故로 앗가 孔子·耶蘇·釋迦를 例로 쓸 째에 저마다 길이 달으다 하얏스나 이에 와서 비로소 거긔 가장 큰 共通點이 잇던 줄을 쌔다랏노라 — 磁針의 向하난 바를 좃차 가진 힘을 다하야 努力한 点에는 共通한 줄을 쌔다랏노라.

그런則 우리는 우리 人生의 온 데 갈 데는 암만 보채여도 알 수 업고 또 아를 必要도 업스며 다만 우리의 웃던 데서 稟賦된 바 精神의 號令을 좃차서 右向右하면 右로, 左向左하면 左로 나아감 쑨이며, 또 그리하면 우리는 人生의

目的하난 곳에 다다를지라(그 目的地야 世所謂 至善이나 至惡이나 아른 체 업고 다만 精神의 命令대로). 그럼으로 自己의 精神의 하고자 하난 바를 쌀아 잇난 힘을 다하야 努力 곳 하면 ― 徹頭徹尾 ― 自己의 天職은 다하얏다 하겟스며, 그럼으로 自己의 生은 完全하얏다 할 수 잇슬지니, 모름즉히 精神의 하라난 대로 잇난 힘을 다하여라, 그리할 쌔에는 압헤 山도 업고, 물도 업고, 銃도 업고 釼도 업겟서라 ― 나의 나아가난 데 그것들이 다 무엇이란 말이냐. ― 이러케 우리는 쌔다랏더니라, 그러고 確實히 밋엇더니라.

그리하야 무엇이든지 내 精神이 하라난 대로만 하려 하얏스며, 또 하기도 하니라. 그러나 읏지 알앗스리오, 다만 이대로만은 못 하게 될 理由가 생길 줄을.

이 世上에 사난 사람은 나만이 아니여 社會라난 것도 잇고, 國家라난 것도 잇도다. 나는 國家라난 것의 成立이 올흔지 글은지는 몰나, 또 알랴고도 아니하노라, 그러나 그것이 나의 生存에 密接한 關係 잇난 것을 쌔다랏노라, 더욱 密接이란 程度 以上 ― 國家의 榮枯와 나의 個性의 榮枯와, 國家의 生命과 나의 生命과는 그 運命을 갓치하난 줄을 쌔다랏노라, 그리하고 나는 榮을 조아하고, 枯를 슬혀하며, 生存慾의 굿세임을 아난지라. 이에 나는 前에 쌔다른 것과 後에 쌔다른 것이 모다 올흔 줄을 알앗고, 이 二者를 直線으로 비기면 이 二直線 相交하난 交點이 完全한 우리의 行路임을 쌔다랏노라, 곳 前者에만 좃차서도 아니 되겟고 後者에만 좃차서도 아니 되겟고 前者에도 맛고 後者에도 맛난 方向을 取하여야 될 줄을 쌔다랏노라. 또 이밧게 將來에 다른 故障이 생길난지는 몰으되 只今에는 이로 滿足하노라.

또, 한아 異常한 것은 처임에는 다만 榮枯·生存慾 이것들만으로 나라이란 것을 생각하게 되얏더니, 얼마 아니된 今日에 와서는 나라이라 하난 것이 나의 한 熱烈한 사랑의 對象物이 됨이라.

이리하야 나는 일홈만일망정 極端의 「크리스틴안」(基督信者)으로, 大同主義

者로, 虛無主義者로, 本能滿足主義者로 드듸여 愛國主義에 淀泊하얏노라.

나를 弱한 놈이라고, 俗 된 놈이라고 웃지 말아라. 너희들도 사람인 바에
야 이를 — 이 굿고, 튼튼한 오라ㅅ줄을 버서날 줄노 아느냐? 못 한다! 사람
이란 그럿케 굿세이고 能力 만흔 물건은 아님을 닛지 말아라.
잇다금 너희들의 空想으로나 이를 버서나거라!

天才*

天才라 하니까 무슨 엄청나게 큰 소리ㄴ 줄노 아르실는지 몰으겟소마는 只今 내가 말하려 하난 것은 그런 것이 아니오, 가장 平凡한 것이오, 들어보시면 알니이다.

이 말하난 나는 母論 天才라난 것을 밋난 사람이오 ― 밋기에 이런 소리를 하지오. 그런데 只今 내가 말하난 天才는 過眼不再讀하난 것만 닐음이 아니요, 詩成泣鬼神하난 것만 닐음도 아니요. 아무렴, 이것도 天才야 天才겟지요, 만은 그런 것만을 가르쳐 닐음은 아니라난 말이요. 이것이 짠 사설 갓히 들니겟소마는, 그러치 아니하오, 우리나라ㅅ 사람들은 普通 이런 것만을 天才라고 하기로 말이요. 그러면, 네가 말하난 天才는 무엇을 가르침이냐고 물으시겟지오?

내가 말하랴난 天才는 여러분의 通常 말에 잘 쓰시난 長技라난 것과 갓흐오, 아니, 갓흘 뿐 아니라 天才卽長技·長技卽天才올시다.

이제, 여긔, 한 큰 솔나무가 잇다 합시다, 甲은 그것을 보고『에, 그, 크기도 크다, 그 가지의 붓흔 貌樣이며, 그 입의 盛한 貌樣이며……참 아름다외』하고. 乙은『에, 그 솔나무 크기도 크다, 그 놈을 찍엇스면 보이나 하나하고 기둥이나 두어 감 날싸 보군』하고, 丙은『야아 壯하다. 霜雪에도 變치 안난 네로구나』하면 이 三人의 性情이 各各 엇더할까요? 아마도 갓다고는 할 수 업겟지요? 이것을 나는 天才가 잇난 緣故라, 그리고 各各 달은 緣故라 하오. 甲이란 사람은 藝術에 天才를 가젓습이요, 乙이란 사람은 工業에 天才를 가젓습이요, 丙이란 사람은 倫理에 天才를 가젓습이라 하난 말이요. 甲은 到底히

---

* 孤舟, 『少年』 3-8, 1910.8.

乙의 한 말은 못할 것이오, 乙은 到底히 甲의 한 말은 못할 것이오. 設或 한다 더라도 그의 眞情으로 나옴은 아닐 것이며, 쪼, 眞情으로 나왓다 하더라도 참말 長技는 아닐 것이오. 그럼으로, 사람이란 것은 各各 天才(卽 長技)가 잇 난 同時에 두 가지를 兼할 수난 업다난 말이오.

그리고, 天才도 달은 온갖 물건과 갓히 大小가 있난 것이오. 大小라난 것 은 엇던 種類의 天才는 大오, 엇던 種類의 天才는 小라 하난 것이 아니라, 갓 흔 種類의 天才에 大와 小가 잇다난 말이오 — 앗가스 比論로 말하면 甲은 大 天才오 乙은 小天才라든지, 乙은 大天才오 丙은 小天才라든지 하난 것이 아 니라, 갓흔 甲의 種類에도 大·小가 있고, 갓흔 乙, 갓흔 丙의 種類에도 各各 天 才의 大·小가 잇다난 말이오. 그런 故로 갓흔 法律家나 政治家로도 크게 事 業 일은 者도 잇고 적게 事業 일은 者도 잇난 것이오. 그러나 大天才라고 반 드시 큰 事業을 일은다 하면 그는 거짓이오. 或은 修養으로, 或은 境遇로, 가 슴에는 不世出의 大天才을 품고도 이것을 發揮치 못하고 永遠히 消滅하난 者 도(者도가 아니라 者가라) 만흡니다. 우리나라에는 古來로 아마도 이러한 사 람이 만흘 것이올시다. 그러기에 그 사람의 顯不顯으로 곳 그의 天才를 批評 判斷할 수난 업스오, 마는 사람이란 숨은 것은 조곰도 아지 못하고, 드러난 것밧게는 알 수 업스니 顯不顯으로 批評하난 것이 不公平한 줄은 아난 나로 도 이런 批評을 하난 것이오. 그러나 大天才는 아조라고야 하겟소마는 凡人 갓게는 世人의 批評에 울거나 웃거나 하지는 아니하니 좀 安心이오.

그만 하얏스면 내 所謂 天才라난 것은 무엇이며 엇더한 것인지는 大綱 알 으섯슬 듯하오.

그러면 우리들은 엇지할까오? 不可不 各自의 天才를 檢查하여야 하겟소 그럿치 아니코 萬一 父老의 식이난 대로라든지 쪼는 一時의 慾望으로라든지 로 一生의 目的을 定하여서 아니될 것이오. 사람이 여러 가지스 天才를 혼자 서 다 가젓다 하면 아모나 그만이겟지오, 마는 앗가도 말한 것과 갓히 사람이란 혼자서는 한 가지스 天才밧게 업난 데야 그리하여서야 되겟소? 하니까 우리들은 오래오래 自己의 天才가 어대 잇난가를 생각하야 그것으로 一生의 目的을 삼아야만 하겟소. 거듭 말하난 것 갓소마는 數學은 잘 하면서 作文에는 조곰도 못하난 者도 잇고, 思想은 썩 용한 사람이라도 實地에 나서면 벌벌 긔난 사람도 잇지 아니함닛가? 그러니까, 自己가 數學을 잘하면 곳 數學에 天才가 잇스면 數學으로 一生의 目的을 삼어야 그 사람이 功을 일울 것이지, 萬一 그 사람이 作文으로 一生의 目的을 삼고 보면 아조 말슴 못되게 썩어질 것이오. 우리나라에는 親權이 넘어 專制的이 되야서 이러케 썩어져 바린 天才가 만핫슴니다. 過去에만 그러한 것이 아니라 現在와 未來에도 우리들이 天才라난 것을 못 깨닷난 限에는 언제든지 이런 — 이러케 앗갑고 寃痛한 일이 늘 생길 것이올시다. 이럼으로 우리들은 크게 이에 注意하여야 할 것이오. 어늬 나라스 사람이든지 다 이러하여야 하겟거든 하물며 우리들!

그러면 父老의 命令이라도 拒逆하여야 하겟고나, 하고 내 말을 反對하실 이도 잇슬난지 몰으겟소. 母論 그런 분도 계시겟지오, 마는 父母는 나의 肉身은 나아주셧스나 精神까지는 못 나으시나니 엇더케 우리들의 天才를 알 수가 잇겟소? 하니까 우리들의 天才는 우리들밧게니 알스 사람 업서오. 그럿타고 全혀 내 任意대로만 하라난 것은 아니오, 不得不 經驗 만흔 父老나 先覺의 指導는 밧아야 하겟소, 그러나 이 指導는 命令的은 아니오, 顧問의 意見에 지나지 못할 것이오. 싸로혀 우리들은 이에 복종할 것은 아니오, 參考할 것이올시다.

이리하야 우리 各自의 天才를 아른 다음에는 엇더케 할까오?

「나아가라, 휘살피지 말고 나아가라!」가 그 對答이겟소.

한번, 自己의 天才를 알아 이로 目的을 定한 以上에는 그리로 나가야 하오, 躊躇 안코 나가야 하오, 人生의 行路는 平坦한 것이 아니오, 別에 別 障碍가 만흔 것이오, 마는 이를 다 쓸어젓치고 미욱스러히 나아가야 하오, 나아가난

期限은 우리 속에ㅅ 心臟의 運動이 쉬난 날까지오. 그러나 우리들의 나아감은 成功을 바라기는 할망정 期約지난 못하오, 아니 期約할 것이 아니오, 그저 내 天職을 다함이라고만 생각할 것이오. 果然 말이지 나도 本國史(나아가서는 萬國史) 한 「페지」에나마 내 寫眞과 記事로 채이고 십소, 마는 期約은 아니하오, 다만 나의 天才이니 그리로 나아갈 짜름이라 하지.

中學校나 小學校에 잇서서 普通敎育을 밧으시난 여러분은 各課에 다 忠實하여야 하지오, 마는 언제든지 自己의 天才에 關하야 暫時도 마음을 놋치 말으시오. 쏘한 힘을 여러 곳에 난화서 쓰면 그 各곳에 가난 힘은 온 힘을 곳의 數로 分한 것 갓지 아니함닛가? 比喩하건댄 物理와 化學과의 二課를 二日 工夫하면 物理만에 간 工夫의 效力은 物理 하나만을 一日에 한 것과 갓흘 것이오. 數學的으로만는 이러키나 하되 實地로는 이러케 하면 마음이 專一하지 못하난 故로 이만도 못하나니, 物理와 化學이 다 나의 할 것이라 하면 不得已 이러케라도 하여야 하겟거니와 나의 目的은 다만 物理化學中 하나일 것이여늘, 二者에게 갓히 나의 힘을 난홈은 나의 天才 發揮上에 大損이 될지라. 故로 普通科을 배홀 째에 不得不 自己의 天才를 알아내고 얼마큼 그 發展을 힘스다가, 一旦에 이를 맛초거든 決然히 自己의 天才 잇난 곳에만 從事하여야 될지라, 어름어름하야 조흔 歲月만 보내면 그간 歲月에 比例하야 우리들의 天才 發揮上에 損害가 될지라.

그럴진댄 왜 普通敎育이란 것을 밧느냐 하실 이도 잇겟소, 이 對答을 내가 아니 하야도 여러분은 들으섯스리이다마는 말하든 次니 한 마대 對答하겟소. 사람이란 앎이 좁으면 固陋하기 쉬운 것이오, 우리나라ㅅ 以前ㅅ 사람들의 固陋함은 이로 말믜암음이올시다. 故로 우리들은 相當한 普通敎育을 밧아야 이런 弊를 덜고 思想과 判斷이 自由롭고 公平될 것이오. 그런데 애달프다, 오늘날 우리나라ㅅ 靑年까지도(內外에 在한 者를 勿論하고) 以前ㅅ 사람의 固陋를 밟으랴고 普通敎育은 重히 녁이지 아니하고 퀴퀴한 法律專門이나(그도 잘은 못) 맛초아 나면 紳士야 하고 큰 기침하기를 조아하니, 엇지 慨歎할 바 — 아니겟소? 마는 靑年도 오히려 舊時代의 餘韻이 잇난 者니 이런 靑年이야 그러하단들 무엇이 그다지 疑訝로음이 잇스며 걱정됨이 잇스리오, 健壯하고 가장 새로은 우리들 少年이 잇거니. 우리들은 아못조록 普通智識을 넓히 엇고 天才 發揮를 잘 합시다.

한아 더붓쳐 말할 것은, 엇던 種類의 大天才는 或 넘어 亂行으로 社會의 道德을 不顧하난 者 — 잇나니, 젊은 사람中 이것을 본밧아 스스로 天才인 체하난 者 — 적지 아니하오 이것이야 말할 것 업시 글은 것 아니오? 그 사람이야 自己가 그 種類에서 天才이기에 그리한 것이오 그리하기에 天才임은 아닌 故로 우리는 그의 天才를 讚頌하겟거니와 이리하기만을 본밧난 者야 들일 것이라고는 춤밧게ㄴ 업슬 것이오.

朝鮮ㅅ사람인 靑年들에게*

本論에 드러가기 前에 爲先 問題를 解決할 必要가 잇겟도다.

余가 日本에 잇슬 째에 日本人들이 余를 朝鮮人이라고 稱呼하면 余는 侮辱을 받난 것갓히 不快하고, 韓人이라 하면 優待를 밧난 것갓히 快足하더라. 當時에는 다만 無意識的으로 그러하얏거니와 今日에 와서 생각하야 본則 左와 갓흔 理由로러니라.

大抵 우리의 大皇祖 檀君끠옵서 이 無窮花世界에 처음 國家를 세우실 째 그째엣 國名이 무엇이더냐, 朝鮮이러니라. 이리하야 우리 民族은 다른 民族들이 아직 野蠻의 狀態에 잇서 일홈도 업던 四千二百四十三年前부터 朝鮮民族이란 일홈을 가젓섯도다. 國家의 名稱은 비록 千으로 變하고, 萬으로 變한다 하더라도 朝鮮民族이란 일홈은 永劫無窮히 變치 아니하리라, 變하랴고도 하지 아닐 것이오, 設或 變하고저 하야도 엇지 못할 것이라. 朝鮮民族이란 일홈, 實로 우리 民族에게는 情답고 榮譽로은 일홈이니라. 나로 하야곰 죽게는 할 수 잇슬지언정 朝鮮民族이란 일홈은 벗기지 못하리라. 朝鮮民族이란 四字는 正義를 表象하고, 自由를 表象하고, 剛毅를 表象하고, 希望을 表象하고, 光明을 表象하나니라. 아아, 이러하거늘 余로 하야곰 朝鮮人이란 소리를 侮辱갓히 알게 함은 그 엇던 惡魔이냐? 그러케 榮譽로은 일홈을 실혀하게 한 것은 그 엇던 惡魔이냐?

第一朝鮮도 榮譽로왓더니라, 第二朝鮮도 榮譽로왓더니라, 第三朝鮮도……, 아아 그 아랫 마듸는 못 쓰겟도다, 쓰고 십기야 山 갓흐되, 못 쓰난 것이 絶痛하고 冤痛ㅎ되, 그러나 事實이 그러치 못할 것을 엇지한단 말이

* 孤舟, 『少年』3-8, 1910.8.

냐? 第三의 朝鮮은 榮華롭지 못하얏도다. 勇壯하던 祖先의 피와 事業을 바든 第三朝鮮國의 朝鮮ㅅ 사람은 참 말씀이 아니엿더니라. 天의 試驗이던가, 恒常 도와주시던 하날도 第三朝鮮國의 朝鮮ㅅ 사람은 바렷섯도다.

睿聖文武하옵신 여러 皇祖의옵서 大皇祖 檀君부터로의 크신 理想을 達하시랴고 無限히 勞心하시고 努力하셧스나 그 썩어진 民族들은 조곰도 應함이 업고 晝夜長天에 「사랑 사랑 내 사랑 술과 놀기 내 사랑」으로 醉生夢死의 못생긴 뜻에 그 累를 우리들에게까지 밋첫도다. 그리하야 錦繡 갓흔 無窮花世界 朝鮮民族의 歷史의 四千 멧재 頁에 똥을 발낫난도다. 아모 생각 업시 남에게 눌려서 사라오던 第三朝鮮國의 朝鮮民族의 後를 니은 우리들이 번썩 눈을 쓰니 코에는 똥내가 바치고 입에는 쉰 물이 돌지 아니하리오.

이러한 理由가 우리로 하여곰 朝鮮人이란 일홈을 붓그러히 알게 하난 惡魔가 된 것이로다. 余는 이러케 생각하고 비로소 숨이 쌘 듯키 朝鮮人(民族)이란 名稱의 가장 情답고 榮譽롭다난 眞意를 깨다랏노라. — 이러한 理由로 하야 朝鮮民族이라 하얏고,

쏘 特別히 「朝鮮ㅅ사람인 靑年」이라 함은,

朝鮮에 나고 자라고 흰옷 닙은 젊은 사람이라고 다 「朝鮮ㅅ사람인 靑年」일 것은 아니라. 日本人으로도 如斯할 수는 잇겟고, 支那人으로도 如斯할 수는 잇스리라, 그러면 저들도 「朝鮮ㅅ사람인 靑年」이라 하겟나냐, 못 한다, 못 하나니라, 이들의 條件外에 大皇祖로부터로의 큰 抱負를 바다 지고, 이를 成就하려 하난 이에게야 비로소 「朝鮮ㅅ사람인 靑年」이라난 貴重한 稱號를 줄 수 잇나니라. 肉身의 血統보담 精神의 血統의 더 重한 것일 줄을 알아두렷다! 이만 하면 問題의 뜻은 아랏스리니 이로부터 붓을 本論으로 옴기겟노라.

諸君은 젊엇도다, 胷腔에 熱血이 쓸코 팔쑥과 주먹이 불쑥불쑥할 쌔라. 그리하고 洋洋한 希望은 바다 갓고 勃勃한 氣力은 霹靂 갓흔지라, 그럼으로 責任이 무겁고 싸로혀 할 일이 만흔지라. 自古及今히 老人의 大事業하엿단 말

을 드러보지 못하얏고 老人의 去舊革新의 大業을 成就하얏단 말을 드러보지 못하얏도다. 成吉思汗*도 젊엇더니라, 알넥산더 大王도 젊엇더니라, 佛國의 大革新도 젊은 사람의 한 바 — 러라, 日本의 維新事業도 젊은이의 한 바 — 러니라, 새世上 建設의 偉業도 쏘한 젊은이의 손으로 될 것이 明瞭하지 아니하냐.

쏘 今日의 大韓靑年은 他國이나 他時代의 靑年과는 다르니라, 他國이나 他時代의 靑年으로 말하면 그들은 그들의 先祖가 이믜 하야 노흔 것을 繼承하야 이를 保持하고 發展하면 그만이언마는 今日의 大韓靑年 우리들은 不然하야 아모것도 업난 空空漠漠한 곳에 온갓 것을 建設하여야 하겟도다, 創造하여야 하겟도다. 싸로혀 우리들 大韓靑年의 責任은 더욱 무겁고, 더욱 만흐며, 싸로혀 우리들의 價値도 더욱 高貴하도다, 人生의 價値는 努力에 正比例하야 오르난 것인 故로. 우리들은 참 조흔 時機에 稟生하얏난도다, 아아 千古無多의 조흔 時機란 말을 이에 비로소 適用하겟도다, 靑年이여, 靑年이여!

우리들은 조흔 時機에 稟生하얏도다, 그러토다, 조흔 時機에 稟生하얏도다, 그럼으로 우리들은 責任이 만흐고 쏘 무거운지라. 나무를 씩으랴면 먼저 독긔를 가라야 하고 고기를 잡으랴면 먼저 그물을 써야 하나니라, 將次 큰 일을 하려 하난 이는 맛당히 먼저 큰 準備가 잇서야 할지니라. 그런데 우리들은 將次 큰 일을 하려 하난도다, 새 세상을 만들려 하난도다, 그런 故로 우리들은 큰 準備를 하여야 하겟도다.

우리들보담 적고, 가븨야운 責任을 가진 他國 靑年들은 그 準備에 對하야 온갓 便宜와 機關이 잇난도다, 그리하야 그들은 그 機關으로, 그 便宜로 着實히 하기만 하면 그다지 어려움 업시 準備를 마초고 便安히 社會의 門으로 드러감을 엇난도다. 그러하거늘 그네들보담 몟 千倍나 만흐고, 몟 百倍나 무거

---

* 칭기즈칸의 음역어音譯語. 칭기즈칸Chingiz Khan(1167-1227). 역사상 가장 유명한 정복왕 가운데 하나로, 1206년 몽골을 통일하고 제위帝位에 올라 몽골의 영토를 중국에서 아드리아해까지 확장시켰다.

운 責任을 擔當할 만한 準備를 要하난 우리들에는 그런 機關도 업고, 그런 便宜도 잇지 아니토다. 우리들을 敎導할 만한 父老가 잇겟나냐, 學校나 잇겟나냐, 社會나 잇겟나냐, 報誌나 잇겟나냐, 毋論 그런 것이 아조 업난 것이 아니라, 잇서도 만히 잇나니라, 마는 完全히 우리들을 敎導할 만한 資格을 가진 父老가 어대 잇스며, 또 잇으면 그 멧치나 되리오, 學校도 잇도다, 잇서도 百이나 千으로 헤일 만하게 잇도다, 그러나 우리들의 必要하난 精神下로 完全하게 우리들을 敎導할 만한 學校가 果然 어대 잇스며, 設或 잇다 한들 그 멧치나 되리오. 社會도 그러하고, 報誌도 그러하니, 아아 우리들은 準備할 아무 機關과 便宜도 가지지 못하얏고, 設或 가젓다 하더라도 完全치 못한 것이로다. 아아, 하날은 엇지하야 우리들을 이와 갓흔 不幸한 境遇에 두섯난고, 이러케 생각함애 余는 가슴을 두다리고 하날을 우러러 慟哭하려 하얏노라. 이째에 엇던 소리가 雷聲갓히 余의 耳膜을 싸려 가로대 「이 弱한 놈아, 미욱한 놈아, 너는 幸과 不幸을 가리지 못하난 놈이로구나!」

余는 쌔엿노라, 꿈에서, 曚昧에서, 미욱에서. 그리고 喉頭에까지 미러 나왓던 慟哭은 도로 쫓겨드러가 깃븐 우슴으로 變하야 顏色에 나오더라.

아아, 余가 몰낫도다, 미욱하얏도다. 그러하기에 — 우리들이 그러한 機關도 업고 便宜가 업기에 價值가 高貴하다, 함이니라. 조흔 機會에 稟生하얏다 함이니라. 우리들은 한푼어치 남의 힘도 업시 穩全히 우리들의 힘만으로 온갓을 建設하고 創造하겟난 故로, 이러한 重한 責任을 가젓기에, 이러한 큰 抱負를 가젓기에 우리들의 價值가 高貴하다 함이니라, 조흔 時機에 稟生하얏다 함이니라.

우리들은 失望할 것이 全혀 업고, 悲感할 것이 全혀 업고 도로혀 希望만 洋洋하고 질거움만 胷腔에 꽉 차서 팔이 너플너플하고 억개가 웃슥웃슥함을 禁치 못겟고나.

그러면 우리들은 우리들 自身으로 우리들을 敎導하여야 할 것은 아랏스나 그 方法의 엇던 것인 것을 알면 그만이로다.

時代가 잇나니라, 그리하고 眞理는 時代의 産物이니라, 그럼으로 時代와 갓히 업서지나니라, 짜로혀 倫理도 그러할 것이니라. 一世紀의 倫理는 一世紀의 倫理니라 二世紀에는 沒價値니라, 昔日의 倫理는 昔日의 倫理니라 今日에 와서는 沒價値니라. 今日에는 不得不 今日의 倫理가 잇서야 할지니라. 그럼으로 우리들은 구태여 昔日의 倫理의 糟粕을 할틀 必要는 업스니 今日에 適當한 倫理면 그만이니라. 아무렴 昔日의 倫理라고 반드시 廢物은 아닐지니 其中에서도 今日에 適當한 者면 自由로 取할 것이나.

그러면 엇던 것으로 今日의 倫理를 삼아야 하겟난가. 엇지하야 우리들은 自修自養하겟난가? 余와 갓흔 丁年* 못된 어린 書生이 今日에 適當한 倫理를 云云하난 것은 壯히 주저넘고 우수운 듯하나, 그러나 어린 나무가 매즌 果實이라고 期必코 果實 노릇 못 한다난 法은 업슬지라, 쏘 余는 靑年의 價値를 甚히 貴重히 보는 故로, 이러한 두 가지 핑계로 玆에 數言을 베풀지니, 이것이 取할 만한 것인지 못한 것인지는 알 수 업스나 비록 取할 만한 價値가 업다난 限이라도 한번 생각할 必要는 잇스리라 하노라. 그러나 여러 가지 事情으로 속에 잇난 바를 吐盡치는 못하겟고, 簡之又簡하고, 略之又略하야 그 大綱에 大綱만을 거두어 말하겟노니, 其餘는 다시 吐할 期會도 잇슬지며, 쏘 諸君의 銳敏한 想像과 推理力에 一任하노라.

倫理에는 반다시 標準이 잇슬지라, 標準 잇서가지고야 비로소 善과 惡과의 區別을 세울지니라, 詳言컨댄 標準이 잇서가지고야 엇던 것은 할 일이며 엇던 것은 못할 일이라든지, 엇던 일은 아니 하야서는 아니 된다든지, (엇더케 하여야 우리의 義務를 다한다든지)를 區別할 수 잇스리로다. 그러면 엇던 것으로 倫理의 標準, 卽 思行의 標準을 삼을고?

倫理라난 것은 사람을 爲하야 잇난 것이니 죽기 爲한 倫理도 업슬지며, 害

* 장정이 된 나이. 남자의 나이 20세를 이른다.

롭기 爲한 倫理도 업슬지오. 依例히 살기 爲한 倫理일 것이며, 利롭기 爲한 倫理일 것이니라. 何特 倫理만에만 이러하리오, 무엇이든지 사람의 손으로 사람을 爲하야 된 것 두고야 모다 「生」에서 풀어나오지 아닌 것이 잇스랴. 「生」이라난 것이 잇기에 善도 잇고 正義도 잇고, 惡이며 不義가 잇난 것이니, 生을 써나서는 그런 것들은 모다 업서지나니라, 또 되지도 아니 하얏스리라.

그런 故로 標準으로 할 것은 다른 아모것도 아니오, 오즉 「生」일지니라. 天賦된 良心의 命令을 쪼차 「生」의 保持發展에 必要한 事爲의 온갓에 對ㅎ야 精誠스러히, 잇난 힘을 다하야 생각하고 努力하면 그는 모다 善이라, 正義니라, 이와 갓히 하면 「朝鮮ㅅ사람인 靑年」이라난 貴重한 일홈에다가 英雄이라난 빗나난 冠을 씨울지며, 또 우리들의 晝宵蒙昧에 닛치난 쌔 업난 理想의 對象物인 新大韓도 建設되나니라. 此에 反하야 「生」에는 沒交涉한 것을 생각하고 行하면 이는 惡이며 不義니라, 善惡도 둘이 업고 正義 不義도 둘이 업나니 그런 것들은 맛당히 사라잇슬 資格이 업스니, 國家의, 나아가서는 社會의 公敵으로 하야 依例히 撲殺하여야 할지라, 엇지 「朝鮮ㅅ사람인 靑年」이란 貴重한 일홈을 주리오, 萬一 억지로 일홈을 주려 할진댄 싸려 죽일 놈, 즘생 갓흔 놈, 쏭 먹일 놈 等의 일홈으로써 하겟난도다. 이런 廢物만 잇고 보면 새世上 만들긴커냥 滅亡이 잇슬 쑨이리라.

이만 하얏스면 넉넉히 우리들 靑年의 倫理의 標準(思行의 標準)이 되리라 하노라, 이 위에 넘을 標準은 암만 엇어도 업슬 줄 아노라.

去舊就新함도 生의 保持發展을 爲함이며, 新大韓의 建設도 生의 保持發展을 爲함이라, 그럼으로 이들은 善이니라, 正義니라, 우리들의 하여야 할 일이며, 하지 아니치 못할 일이니라. 그리하고 우리들의 할 일을 하랴면 아라야 한다, 생각하여야 한다, 아르되 잘 알고 생각하되 잘 생각하여야 한다, 그리하고 그 아난 것을, 그 생각한 것을 運用할 만한 勇氣와 精誠이 잇서야 한다, 卽 넓은 智識이 잇서야 한다, 周密하고 健全한 思想이 잇서야 한다. 쓰거운 精誠과 굿세인 勇氣가 잇서야 한다.

이 위엣 것들을 가지고 쓰님업시 努力하고 活動하여라, 그리하면 抱負는 成就되고, 希望은 達하리니라, 設或 못 되난 限이 잇드라도 아조 못 되난 그 날까지는 하여야 하나니라, 努力의 갑은 決코 虛스 되난 法이 업나니라.

여러 靑年中 學員인 靑年은 더욱 그리하여야 하나니라. 그러하거늘 目下 學員인 靑年의 多數는 참 孟浪하도다. 그네들은 二二는 四니, 술이 얼마에 물 얼마를 混合하면 엇더케 되거니, 東京은 日本의 首府니, 밋구멍으로는 쫑이 나오느니 하난 것으로만 職分을 삼난도다, 卒業證書 한 張으로 最高理想을 삼난도다. 毋論 數學에도 熱心하여라, 온갓을 배호기에 熱心하여라, 그리하고 卒業證書도 엇어야 된다, 마는 이들은 全体는 아니라 一部分이며, 主人은 아니라 從僕이며, 體幹은 아니라 枝葉이니라. 우리가 學校에서 배호난 것은 如干한 普通이거나 그러치 아니면 研究力, 讀書力과 一斑의 倫理에 지나지 못하나니, 그런 故로 그것을 世界 總智識에 比하면 果然 몟 千萬分之一이나 될난지 實로 微小한 것이니라, 毋論 이것이 왼 思行의 基礎는 되난 것이니라. 쏘 이것들은 棹며 帆이니, 棹며 帆은 그것 自身만으로는 아모 價値도 업고 船體라는 것이 잇서 이것을 運動하기 爲하야 잇난 거와 갓히 學識이란 것도 精神 或은 主義를 運動함에 쓰기 爲하야 잇난 것이니, 이것이 업고 다만 學識만이야 白頭山갓히 잇다 한들 썩어져 구덕이나 쓰럿지 무삼 쓸 데가 잇스리오. 그러하거늘 今日 學員인 靑年의 大多數는 이를 모르니 엇지 慨歎할 바 一 아니리오.

「朝鮮스사람인 靑年」이 되랴면 主義를 세워라, 그리하여 學識으로 하야곰 主義의 奴隷가 되게 하여라.

그러나 갑작히 主義를 세우난 수는 업스니 먼저 낡고 생각하여라, 그리할 때에 「生의 保持發展은 今日 倫理의 絶對標準」이란 것을 닛지 말고 만히 낡고 만히 생각하여라, 이러한 낡음과 생각함과는 너희들로 하여곰 朝鮮스사람인 靑年이라난 資格을 줄지니라.

朝鮮ㅅ사람인 靑年이 되난 條件을 左에 表示하겠노라.

一, 生의 保持發展으로 倫理(或 法敎)의 絶對標準을 삼음.

二, 倫理에 適合한 良心의 命令은 勇敢히, 精誠스러히, 또 根氣 잇게 行호대 努力으로써 함.

三, 主義는 堅確, 學識은 可及的 該博, 思想은 恒久하고 또 周密함.

獻身者*

여긔는 平安道 어늬 地方, 私立學校事務室이라. 장판한 東向 두 간ㅅ 房 아레ㅅ목에 젊은 學生 六七人이 돌아안젓소. 그 가운데는 웃던 限 五十쯤 되얏슬 만한 老人이 누엇난데, 아마도 대단히 몸이 편치 아니한 模樣. 周圍에 안즌 學生들은 그의 四肢를 주물음이라.

方今 試驗中이라, 一刻이 三秋 갓흔 이쌔에 試驗準備는 아니 하고도 이럿트시 終日토록 웃던 病人을 看護하니 이 看護를 밧난 이는 果然 웃던 사람인가. 讀者는 次次로 알으시리라.

『日本서도 中學校 卒業式에 禮服 입소?』

누어 잇든 老人은 方今 들어오난 젊은 敎師를 보고 뭇난 말이라.

『禮服이오…… 洋服 말씀임닛가』

『아니오. 禮服이라고 못 보섯소? 두루마기 갓흔 것 말이오』

젊은 敎師는 머리를 기우리고 섯더니,

『아니오. 別노 禮服이라난 것은 아니 닙어요』

『그러면 通常服인가요…… 式場에?』

『녜, 學校制服을 입읍니다…… 말하면 制服이 學生의 禮服이니까요』

『그러면 ○○學校에서는 잘못햇군, 그럿켓지, 大學校 卒業式이면 그도 몰으되……』

『中學校를 卒業한다야 아직 學生 아님닛가』

『글세. ○○學校 卒業式에 禮服을 썻다기에 뭇는 말이요. 外國서도 그런 것 갓트면 아모리 돈은 업서도 맨들어 볼나구요』

---

* 孤舟, 『少年』3-8, 1910.8.

『무어, 그럴 必要는 업습니다, 그것 해서요?』

『그래도. 달은 데서도 다 하는 것 갓흐면. 紀念도 되겟구…… 우리나라스 生紬로 맨들어 볼나구요』

『아니올시다. 무어, 그럴 必要는 업습니다』

두 사람의 닙에서는 暫間은 아무 말도 없다.

老人이 눈을 감고 괴로은 드시 얼골을 씽그리더니,

『여보, 漁翁. 放學前에 學生들 발 좀 벗겨봅시다. 여러 先生쎄 議論해 보시오』

「平和旺盛 表象하난」 하고 노래하난 소래 한가로히 들닌다. 젊은 敎師는 생각 만흔 낫빗으로 나아간다.

괴로와서 닐지도 못하고 눈도 잘 쓰지 못하면서도 오히려 이러한 일을 생각하난도다. 아마도 이가 잠꼬대를 하여도 이런 말일 터이오, 헛소리를 하드라도 이런 말일 터이오, 臨終 瞬間에 하난 말이라도 依例히 이런 말일지라.

이가 事務室에 누엇스니 客地에 난 사람인 故일까, 집 업슨 사람인 故일싸? 아니! 아니! 그는 이 學校 近傍에 집을 두엇스니, 집에는 妻子도 잇고 兄弟도 잇고 또 집도 깨끗하고 財産도 有餘해. 그러면, 왜? 왜 이 사람은 이곳에 누어서 呻吟하난고? 世上ㅅ 사람은 모다 客中에 病나서 집에 가 눗지 못하난 것을 無上한 不幸苦痛인 줄노 아난 터인데. 하물며 韓國ㅅ사람으로!

나는 이 사람의 歷史를 말하기를 大端히 조와하난 者오. 내가 이러케 말하니까 讀者 諸氏는 내가 그의 親戚이라든지, 은혜를 입은 者라든지, 또 그러치 아니면 마음과 主義가 갓흔 者라든지도 생각하시겟지오, 마는 나는 그를 안 것이 昨年이오, 싸로혀 그의게 진 恩惠도 업고 또 나와 그와는 한가로히 안자서 心肝을 吐露하야 본 적도 업스니, 仔細히 그의 마음이나 主義를 直接으로 알 수는 업서. 그러나 나는 그의 드러난 마음과 事蹟으로 能히 그의 마음과 主義의 大部分을 아난 者로 自認하오. 내가 이러케 아난 것이 萬一 올코만 보면 그와 나와는 마음도 달고 主義도 달은 사람이야. 그러면 그가 學問이나 넉넉한가, 門閥이나 貴한가, 왜 너는 그의 歷史를 말하기를 조아하난고 하고 疑心하난 이도 잇스리이다마는 아니오 그럿치도 아니하오.

그는 原來 가난하고 門閥노 말하야도 所謂 校生이라. 어려서 그가 어늬 商店의 房使喚이 되야 잇다가 若干한 資産을 엇어가지고 今日과 달나 剝匠과 갓치 아난 襨商을 業으로 삼아 그의 兄으로 더부러 一意專心 家産 만들기를 가슴에 색여 밤이나 낫이나 이 마음을 풀은 적이 업섯고, 또 兄弟가 一樣으로 忠實하야 商界에 信用을 엇엇슬 쑨더러 所謂 村兩班에게『그놈, 참 正直한 걸』,『어, 상놈에도 사람이 잇서』라난 말을 듯게 되얏소. 이를 보시는 여러분은 그것이 무슨 特筆 大書할 일이겟느냐고 우스시겟지오마는 그쌔에서 所謂 상놈으로 所謂 兩班에게 이런 말 듯기는 實로 村ㅅ사람이 宰相하기만콤이나 어렵던 것이오. 이러하야 次次 信用 範圍가 넓어짐애 顧客도 次次 만하지고 資本主도 次次 생겨나서 한 村ㅅ 장사로 한 고을 장사에, 한 고을ㅅ 장사로 한 道ㅅ 장사에, 한 道ㅅ 장사로 全國에 팔을 펼 만콤 되얏소. 참 商人과 信用의 關係가 얼마나 重한가 보시오, 信用은 商人의 生命이지오.

이러하야 金光浩라 하면 아난 사람이 만케 되얏소. 그 兄은 어대까지든지 質朴淳厚함으로 主旨를 삼아 百年이 하로갓치 勞動者와 갓흔 生涯를 보내엿스나, 光浩는 天性이 좀 銳敏하야 얼마콤『京種의 態度』가 잇섯슴으로 相當히 財産도 모은 中年에는 平壤 薛水堂洞 花柳村에 단 肉의 快樂을 耽함도 잇섯스며, 一生을 安閑히 남부럽지 아니케 살랴고 自己의 本村에 새로이 깨끗하게 집도 짓고 田畓도 만히 사서 一洞里에서 一等의 待遇를 밧게 되니, 이쌔는 鬚髥이 가슴에 나리고 孫子가 무릅에 안길 째라, 호을노 孫子을 안꼬 아직 어린 次子와 次女의 노난 樣을 보면서 至今까지를 생각하니 쑴ㅅ결 갓기도, 깃부기도 하야『나는 八字 조흔 사람이로다』ㅅ 소리가 목에까지 올라오게 되얏드람니다.

그만이냐? 그게니 무슨 奇特할 것이 잇느냐고 얼골을 찡글이시겟소 왜,

이것이니 여복 奇特함닛가. 赤手空拳으로 이만콤이라도 된 그 奮鬪야말노 歎服할 바 아니오? 이의게 萬一 將次 말하랴난 事蹟이 업다 하면 이것만 하여도 크고 아름다운 일이라고 할 수 잇고, 쏘 模範할 만하다고 할 수 잇겟소. 마는 이의게 이보다 멧 倍나 더 큰, 놀날 만한 아름다운, 썩지 아닐 事蹟이 잇슴으로 前에 말한 그 事蹟은 이의게 빗흘 아인 것이오. 쏘 내가 말하기를 즐겨한다던 이의 歷史도 大部는 이것이오.

한번은 이가 무슨 일노 平壤을 갓다가 平生 발ㅅ길도 아니하고 말만 하여도 씩하고 코우슴하던 學校에를 들어가 보앗소. 그날은 그 學校의 紀念式인가 하야 엇던 紳士의 一場 大演說이 잇섯난데, 그째에 忽然히 그 原來가 銳敏한 이의 마음에 크게 刺激되고 感動된 것이 잇서서 當場에서 머리를 싹고 볼 일도 못 보고 집에 돌아왓소.

爲先 一族 隣人을 모아 다리고 울다십히 激切히 削髮 設校를 勸告하얏소. 會衆들은 이가 머리싹금과 異常한 소리 하난 것을 보고 밋치지나 안녓난가 하여 모다 눈이 둥굴하얏소. 누가 처음붓허 이의 말을 들을납더닛가, 마는 이는 날마다 저녁에는 規則的으로 이런 말을 하얏소. 原來 이는 學識이 過人한 터도 아니오, 言論의 練習을 싸하서 雄辯이 능히 사람을 울니며 웃게 할 能力이 잇난 이도 아니라, 다만 쓰거은 참스러운 마음을 그 不足한 말노 發表할 싸름이라. 거긔다가 原來 西北ㅅ사람이란 野하고, 굿고, 그런 우에 배홈좃차 업서 항용ㅅ 動物과 갓히 本能으로나, 習慣으로나 겨오 活動하여가난 人民들이라, 웃지 感羨하난 마음이 잇스며 判斷하난 마음이 잇스리오마는 이가 하도 그러코 쏘 平素에 이를 밋던 者들인 故로 「그럿타면 그대의 말대로 하야보세」 하야 그 洞里에 조고마한 집을 새로히 짓고 四五 兒童을 모아 쭐갓지는 아늘망정 學校라난 것을 始作하얏소. 이것이 곳 이가 敎育事業에 獻身하던 初頭오. 이로붓허는 不事家人生業하난 몸이 되야 學校라면 집도 몰으고 財産도 몰으고 몸도 몰으게 되얏소. 말하자면 學校狂·敎育狂이 된 것이오.

이後로는 過家門不入ᄒᆞ난 態度로 이리저리로 돌아다니면서 새 知識, 새 風潮을 얼마콤 마심애 敎育熱은 더욱 더욱 놉하왓소. 그러나 同情하야주난 사람이 잇섯겟소, 도와주난 사람 한아이나 잇섯겟소? 同情이나, 도아줌은 업서도 미워함과 妨害나 아녓스면 조흐렷마는, 되지 못한 것들이 아모ᄉ 생각도 업스면서도 削髮, 設校라 하면 니를 악물고 미워하고 妨害하난구료. 或돈에 잡히여 學校役事나 하게 되면 다른 데서는 하로에 三十錢 밧을 것이면 六十錢이나 달나고 하지오. ᄯᅩ 所謂 兩班들은 이가 敎生인 것을 거리로 百般沮戱를 다하야소. 그러나 이는 固執이 굿센 사람임으로 한번 하겟다 한 일은 무가 무어라고 하든지 웃더케 되든지 바람쎽이라도 門이라고 욱이고 나가난 사람이오. 말하면 이러할 쌔에는 이는 미욱다고도 할 만콤 固執이 굿센 것이오. 이럼으로 이는 그 가운데서도 能히 처음 마음을 직혀가고 ᄯᅩ 이를 드러내일 수가 잇슨 것이오. 만일 이가 이 말에도 뒤를 기웃 저 말에도 귀를 기웃 밧삭해도 躊躇하난 이엿던들 아마도 멧 날이 못하야서 거꾸려졋슬 것이오.

이리하야 그는 그 洞里에 잇든 엇던 公舍을 엇어 不日노 修理할 것은 修理하고, 新造할 것은 新造하야 적이 廣大한 規模의 學校를 形成하야소.

그러니 크지는 아녓스나 全學校의 經費를 自擔하엿스니 그니 적겟소? 그럼으로 巨額의 빗을 젓습니다. 이에 이는 決然히 自己의 田土를 賣却하야 이를 淸帳하야소.

쌔의 힘이란 커서 그러케 暗黑하던 이곳에도 文明ㅅ 바람이 불어와서 學生도 漸漸 불엇소. 이쌔에ㅅ 이의 깃븜이야 어대에나 비기겟소?

ᄯᅩ 多幸히 이와 갓흔 敎師 멧 분이 기서서 學校가 쐐 整頓하게 되야 他處와 通涉도 되고 規模도 一定하고 學校의 精神도 생겨서 말할 것 업시 어리석고 어둡고, 몰으난 數百 靑年을 그러나마 사람다웁게 맨들어 내임에 니르럿소. ᄯᅩ 現在하난 學生이 中小 合하야 거의 二百餘에 니르게 되야소. 이는 이 學校

밧게 달은 學校에도 힘을 쓰고 또 實業有志며 여러 社會에도 參與하야 信仰과 敬慕를 밧으오. 그러나 그 信仰과 敬慕를 밧난 바탕은 學識도 아니오, 言論이나 文章도 아니오, 다만 그 참스럽고 쓰거운 마음과 한번 定한 以上에 미욱스러히 나가난 精神과요.

＊　＊　＊　＊　＊　＊

이는 어대 나그네 하다가 도라와도 바로 집으로 가난 法은 업고, 爲先 學校로 옵니다. 學校압, 버들나무ㅅ 그늘노 들어올 째에는 困하얏슬 째거니 괴로울 째거니 喜色이 얼골에 넘치난 것이오. 學生들이 모다 奔走히 나가마즐 째에는 웃지할 줄을 몰을 쯧시 깃버함니다. 쏘 學生들의 나가마즘도 形式에서 나옴은 아니오 참마음에서라. 이는 校門만 들어서면 自己의 樂家庭(Sweet home)에 들어온 듯하야 무엇이라고 形言키 어려은 깁흔 깃븐 感情이 나서 校舍, 敎員, 學生으로붓허 些少한 器具에 니르히 하나도 깃분 빗 안 쯴 것 업고 반기지 안난 것 업서해. 그러기에 이는 이에서 먹고, 자고 하난 것이라(잇다금 돌아오면).

죠곰이라도 내 學校ㅅ 學生을 남의게 지지 아니케 하랴 하야 無限히 애쓰고 힘쓰난 터이라. 이러한 精誠이 밋츰인가 學生의 精神 程度로 말하면 아마도 國內에ㄴ 第一은 몰으되 第二론 갈 것이며, 쏘 各色이 날노 擴張하여 가오. 그럼으로 이의 마음을 아난 이는 누구든지 이를 重히 녁이며 特別히 該校 學生으로 말하면 모다 이를 사모하고 사랑하난 것이오.

漁翁이란 者도 새로 外國으로 돌아온 어린 敎師인데 이의 無識함과 밋 性情의 不合함을 잘 알면서도 오히려 이를 사랑하고 仰慕하난 터이오. 只今도 卒業式에 남보다 지지 안케 하랴고 漁翁의게 日本서 하난 法을 물은 것이오.

漁翁은 제 房에 돌아가 머리를 숙이고 이윽히 이에게 對하야 限量 업난 感想을 둘으다가 맛참내 눈물이 흘넛소.

(孤舟曰) 이는 寫實이오. 다만 人名은 變稱. 이것은 한 長篇을 맨들 만한 材料인데 업슨 才操로 쓸 못된 短篇으로 만드럿스니 主人公의 人格이 아조 不完全케 나타낫슬 것은 勿論이오. 이 罪는 容赦하시오.

참英雄*

우리들의 절믄 가슴에 항상 씀는 慾望이 무엇이냐. 누구든지 英雄되려 함이라 하리라. 英雄! 참 우리들로 하야곰 웃게 하며,** 울게 하며, 닐게 하며, 안세 하는 者로다.

世上에 만일 英雄되는 書籍이 잇다 하면 方今 배호는 敎科書를 팔고 五分利子의 빗을 어더서라도 한 卷 사보고 시프도다.

大抵 英雄이란 엇던 것이완대 能히 우리 靑年의 마음을 左右하는 無上의 能力을 가젓는고? 英雄이라 하면 문득 成吉思汗, 나폴네온, 워싱톤을 例로 쓰니, 이런 사람들은 엇지하야 英雄이란 冠冕을 어더씻는고. 余도 쏘한 靑年이라 가장 慾望 만히 가진 靑年이라. 그럼으로 英雄이라는 것을 寤寐에 憧憬하던 結果에 英雄의 定義을 어덧노라. 그러나 이것은 아직 머리에 피도 아니마른 一寒書生의 私見이니 이것이 참인지 아닌지는 나는 모르노라. 마는 나는 이를 (今日엔) 참으로 밋는 故로, 하야 이제 여러분씌 말하랴 하는 것이로라.

英雄이란 무엇이뇨? 가론

「生을 榮華로히 保持하고 잇는 힘을 다하야 生을 發展한 사람을 니르오」

이것이 余의 英雄 定義라. 設或 英雄은 이런 것이 아니라고 抗議하시는 이가 잇다 하더라도 余의 英雄은 이런 것이라.

力拔山氣盖世***만이 英雄이 아니오 任意로 風雲을 니르키며 鬼神을 부리

---

* 孤舟, 『普中親睦會報』 2, 1910.12.31.
** 원문에는 '웃게 하게'로 되어 있다.
*** '힘은 산을 뽑을 만하고, 기개는 세상을 덮을 만하다는 뜻으로, 용기와 기상이 월등하게 뛰어난 것을 비유하는 말.

는 이만이 英雄이 아니며, 其釼을 한번 셈ㅣ 天下가 慴伏하고 其말을 한번 몰매 草木이 비씨는 이만이 英雄이 아니라, 이믜 우리가 生을 人類에 바닷슴애 이를 保持호대 榮華로히 하고 그 남는 힘을 다하야 他人에게 미치기만 하면 이는 다 英雄이니, 農夫中에도 英雄은 잇고 賤工中에도 英雄은 잇는지라. 다만 그 天才와 能力에 自然히 大小가 잇서 그 發하야 되는 바 事業에 大小가 잇슬 짜름이라. 그러나 火木이라고 松栢이면 松栢 아닐 理가 업스며 아미바* 라고 生命 잇서 음즈기는 以上에야 動物 아닐 理는 업스리니 만일 업지로 階級을 가리랴면 그 事業을 標準하야셔 大英雄과 小英雄과의 區別은 잇슬지로대 決코 大事業을 이룬이만이 英雄될 理는 업스리라.

「그러면 모도 다 英雄이게」 하고 나를 우스시리도 잇스리다마는 여보시오, 제 生을 榮華로히 保持하고 잇는 힘을 다하야 그 生을 發展하는 者가 그 멧 개나 되겟는가. 爲先 여러분의 겻헤 잇는 사름들을 보라. 저프건대** 二千萬의 적지 아니한 사름 가온대 열 손까락을 다 고블 만이나 할는지 나는 壯談 못하겟노라.

英雄이란 이런 것이니라!

우리가 英雄을 싱각할 씩에 그는 무슨 大神通力이나 大自大力이나를 特別히 가진 사람인 것가치 하나 그러나 이는 잘못이라. 다만 져들은 凡人보담 좀더 큰 天才와 能力과를 가지고 이를 遺憾업시 이를 發揮하얏슴에 지나지 못하나니, 나풀네온도 이러ᄒ고 워슁톤도 그러한지라. 그럼으로 누구든지 그 가진 天才를 잇는 能力을 다ᄒ야 發揮만 ᄒ면 大小는 그 가진 天才와 能力과를 조차 다르다 ᄒ더라도 英雄되기는 어들지니라.

英雄이란 이런 것이니라.

여러분은 英雄되기를 바라는가. 그러커든 하라. 네가 가진 能力을 다ᄒ야

---

* 아메바.
** 저프다. '두렵다'는 뜻의 옛말.

네가 가진 天才를 다 發揮하라. 그리하면 너는 英雄이니라. 이러케 말하니까 甚히 쉬은 것가치 싱각하나 아아 이것이 쉬워 보이면셔도 미오 어려온지라. 이리하랴면 克己도 하여야 하깃고, 그리하고 한번 붓들고는 써러지지 아니하는 忍耐力과 물가치 나아가랴는 進步心과 불가치 올나가랴는 向上心에 쇠라도 쑤를 만한 情誠으로 역근 精神이 잇서야 하나니, 이는 修養으로써 豊足히 어들 슈 잇나니 이를 가지고 努力만 하면 아름다은 情다은 英雄의 事業은 나올지오니, 社會는 그에게 榮光스러은 英雄의 桂花冠을 씨우리라.

어느 曜日부터 月曜日*

十一月五日. 日曜. 맑.

첫눈이 오다. 보스락 눈이로다.

들어가기 실흔 會堂에 억지로 들어갓다. 실증나면 살작 나오량으로 門 미테 안젓다가 聖經工夫에 자미가 나서 긋까지 잇섯다. 오늘 工夫는 예수의 審判과 死刑을 宣告하야 十字架에 못 박는 데로다. 빌라도의 「眞理란 무엇이냐」는 千古의 疑問이요 萬人의 疑問이로다. 사람은 번접스럽은 動物이로다. 언제는 밉다 하야 별에 별별 지랄발광을 하야 그 사람을 죽이고는 쏘 무슨 생각이 나서 그 사람을 왓작 밧들어 놉혀 「主여 主여」 하고 눈물을 흘리는고 要컨댄 그 사람이 살앗슬 째에는 저보다 새롭은 저보다 갸륵한 소리를 하는 것이 밉다가도 정작 죽여 노코 본즉 올흔 사람을 죽인 것이 未安하야 그 罪풀이로 야단을 함이로다. 혹 사람의 마음이 아조 열리어 제법 公平하게 사람을 判斷할 날이 올는지 말는지? 더욱이 열나고 얄밉은 것은 當時 猶大놈들이 예수 한아를 죽이기 爲하야 「예수가 왕이라 自稱함은 僭濫한 말이외다. 우리 임금은 오즉 「카이사르」이시외다」 하며 속에도 업는 사설을 짓거림이라. 고런 야식야식한 놈들의 속알머리는 개도 아니 먹으리라 하얏다. 만일 그런 속알머리를 개가 아니 먹으리라 하면 세상에는 퍽 개도 아니 먹을 속알머리가 싸히엇스리라 하얏다.

아모러나 예수 審判하는 대목은 한 劇으로 보아도 不朽의 大價値가 잇슬 悲劇이요 人情劇이라 하얏다. 아모러나 會堂이 늘 이만치만 자미잇스면 늘

* 『靑春』6, 1915.3. 무기명으로 발표되었으나, 1926년 박문서관에서 간행된 단편집 『젊은 꿈』에 수록되어 있어 이광수의 글이라는 것을 알 수 있다. 날짜와 요일을 검색해 보면 1911년 11월 5일과 6일 이틀에 걸쳐 쓴 오산시절 일기의 일부라는 것을 알 수 있다.

들어오리라 하엿다.

午后에는 O長老의 講道가 잇섯다. O長老! 이름만 들어도 그 卑劣하고 번질번질한 人格과 함께 툭 버스러지고 싱글싱글한 보기만 하여도 구역이 나랴는 얼굴이 보인다. 어제 밤 오앗다는 소리를 듯고 골信者 체信者派들은 그 어두운 中에 쓸어 오아서 굽신굽신 하건마는 나는 이웃房에 잇스면서도 가 보지도 아니하엿다.

그러나 躰面에 못 이긔어 쏘 會堂에 들어 오앗다. O長老는 발서 들어 오아서 講壇 뒤 놉흔 椅子에 걸안져 싱글싱글 어제밤 未參하얏던 敎會 職員과 男女 敎人의 拜謁을 밧는다. 가장 親切한 듯이 허리를 異常하게 굽신거리는 樣도 밉거니와 제 親戚과조차 내외를 하다십히 하는 젊은 女人과 特別히 억개를 비비며 무슨 付托이나 傳하는 듯하는 꼴이 더욱 밉고, 이웃에서 밤낫 만나는 사람과는 「잘 잣나」 소리도 할 줄 모르던 것들이 바로 만날 사람을 이제야 만난 듯이 가즌 아양을 다 부리는 꼴은 눈이 싀어 못 볼레라.

小學徒들도 어른 숭내를 내어 날마나 애쓰어 가르치어 주는 제 先生보다도 더 親한 듯이 더 놉히는 듯이 한다. O先生님이 어느 學徒다려 「帽子를 좀 잣기어 쓰라」 하신대 「O長老께서 수기어 쓰라시는데요」 하고 말 안 듯는 것을 보고 終日 속이 傷하야 授業을 廢하신 적도 잇섯다. 毋論 學生을 感服 못 식히는 先生도 先生이려니와 長老의 威風이 쏘한 大哉 大哉라 하리로다. 長老는 입을 열엇다. 洋牧師에게서 보고 배흔 動作과 抑揚을 畵虎爲狗格으로 두 팔을 내어 두르기만 하면 되는 줄 알고 야릇한 文字와 엉뚱한 自作格言을 쓰어 가며 滔滔 數千言이 나온다. 겻헤 안젓던 「씩씩」이라는 別名 가진 ㅂ兄이 내 녑구리를 찌르면서,

「再湯이야 再湯」 하고 두 손으로 입을 부르쥐고 祈禱하는 모양으로 업덴다. 내 이 편에 안젓던 곰보 ㄹ兄이 고개를 기우리고

「무엇? 응 무엇이야?」

「再湯이야 再湯」

「再湯이라니?」

「邑內 會堂에서 前主日에 하던 소리를 쪼 한단 말일세」하고 썩썩君은 쪼 처웃는다.

「응, 補藥은 再湯도 하느니 三湯 四湯인지 모르지」

「五湯 六湯인지 뉘아나」하고 숨이 막히도록 웃는다. 長老는 우리가 웃는 것이 당신의 滑稽的 譬喩의 成功인 줄만 밋고 더 긔운이 나서 허리를 굽혓다 폇다 하며 村中 無識한 牧童들이나 할 만한 卑劣한 소리를 어더들은 대로 쓰 집어 내어 人生과 宇宙의 眞理를 闡明하느라고 야단이 낫다. 平生 會堂에 아 니 쌔지기로 有名하고 會堂에 오아서 졸지 아녀 본 적 업기로도 有所聞한 ㅎ 老人은 장차 華胥*에 가노라고 코를 골고 조무락이 小學徒들은 무엇을 속 살속살 하고는 쌔득쌔득 웃는다. 精誠 잇스려 하고 公會中에서 더욱 잇스려 하는 ㅅ先生과 敎會 職員들은 아니 듯고 信徒 警察하노라고 눈을 휘휘 두르다 가 조무락이派에 니르러서는 고개를 한번 흠춧하며 威脅警戒의 暗號를 한다.

長老는 아직도 절반도 다 못한 모양 그 소리가 매우 疲困한 모양이나 아직 도 野卑한 汁談이 無限量 나올 모양이라. 北壁下에 兀坐하엿던 당신은 큰 기 츰을 하면서 남 기츰하는 것은 限死코 실혀하는 ㄷ先生님이 괴벽한 그 성미 에 참다 못하야

「응」하고 몸즛을 하고 혀를 털며「神聖한 講堂 안헤서 저게 다 무슨 소리 란 말인고」一同의 視線은 長老의 몸즛에서 소리나는 편으로 오앗다. ㅅ先生 과 敎會 職員의 威脅하는 눈도 그리로 오앗다. 여러 엇던 입바른 學生은 同門 會 辯論時에 하던 버릇으로「올소」한다. 사람의 얼골에는「同感 同感」하는 우슴이 보이면서도 점지안키 爲하야 그를 책망하얏다. 그러나 그는 眞理를

---

* 낮잠 또는 좋은 꿈을 일컫는 말. 『열자列子』의 '황제편黃帝篇'에 나오는 말로, 고대 중국의 황제가 낮잠을 자다 꿈을 꾸었는데 화서라는 나라에 가서 그 나라의 어진 정치를 보고 깨 어나 깊이 깨달았다는 일화가 전한다.

말하엿다. 長老는 그만 긔운이 막키어 速히 말을 마치고 不快한 낫츠로 壇에서 나리어 서랴더니 다시 올라서 고개를 수기고 「하나님이시여, 頑惡한 兄弟의 마음을 感化하여 주소서. 하나님의 길을 버서나는 불상한 兄弟를 도로 引導하야 주소서」 썩썩이 ㅂ君이 다시 녑구리를 찌르며

「골도 나고 성치 안키도 하닛가 저 소리야」

한참 沈默하엿다. 一同은 무슨 變故가 나려나 하고 期待하엿다.

과연 ㅅ先生은 남 다 보선발로 단니는 자리에 네 번이나 창갈이 한 못 박은 구두 소리를 콰드둥거리면서 壇에 올라 男女席을 한두 번 俯瞰하더니

「이게 무슨 일이오. 學徒들이 무슨 버르장이란 말이오. 하나님의 聖殿에 오와서 웃고 怪惡叵測한 소리를 하고」 하고 얼골이 붉애지며 소리를 놉히어 「그 싸위로 배호아 먹어서 무엇 한단 말이오. 찰하리 이 자리로 다 제 집에 돌아가 잣바젓기나 하지! 그싸위 學徒가 百萬名 잇스면 所用이 무엇이란 말이오」 하고 今時에 慟哭이 나올 듯 나올 듯하다.

이째에 앗가부터 눈을 힐긋힐긋하던 ㅊ氏가 벌덕 닐어나며

「하나님의 거륵한 神殿에서 그러케 사람을 叱辱하고 咀呪하는 법이 잇습닛가. 쏘 學校 여러 先生님네도 계신 바에 그러케 學徒를 책망하시면, 先生네는 엇더케 생각하겟습닛가. 쏘 一個 敎會의 下級職員으로서 아모리 敎會學校라 하더라도 한 公共한 團體를 그러케 詬辱하는 법이 어대 잇습닛가. 敎會는 사람을 忠告善導하는 職分이 잇스되 咀呪責罰하는 職權은 업스니, 예수께서도 당신을 背叛하는 유다를 愛惜은 할망정 責罰은 아니 하시엇습니다. 오늘 敎會에서는 長老 以下로 큰 失手 ― 말하자면 하나님과 主께 對하야 큰 罪를 지으신 것이니 速히 눈물을 쑤리고 悔改하는 것이 맛당한가 합니다」

웃고 사실 즐기는 ㅂ君도 씨걸씨걸하며 주먹을 부르쥐고 小學徒들싸지라도 憤慨로 잠잠하엿다. 다만 熱할 줄도 모르고 冷할 줄도 모르는 ㄱ兄이 「시언하다. 두 번재 眞理를 들엇다」 할 섄. 나도 憤하기도 壯快하기도 하야 「올

소」하고 소리를 칠 번하엿다. 잠수러기 령감도 눈을 비비며 「무슨 일인고」 하고 살피는 모양에 會堂에 계시던 聖神은 달아나시엇다. 애초부터 오신 적은 업지마는. 한참이나 서로 말쯔르미 보기만 하다가 슴겁게 禮拜를 畢하엿다.

十一月六日. 月曜. 맑. 차.

어제밤 消燈鍾 친 뒤에도 두어 時間이나 地獄會議(舍監이 무서워 불을 못 켜 노코 니불 속에 누어서 會議하는 것이니, 이 會議가 우리에게 잇서서는 가장 興味 잇고 重要한 會議라. 先生의 別號도 대개 이 會議에 決議되고 食主人 批評과 우슴 거리 작만도 대개 이 會議에 하는 것이라)를 하던 까닭에 정말 눈이 안 썰어지 는 것을 닐어낫다. 平生에 起床 鍾소리 조하 본 적은 업지마는 오늘 가티 미 워본 적도 업섯다. 오늘 열나는 양하야서는 當場에 깨두들러 부시고 십다. 좀더 잣스면 하는데도 쌩그렁 쌩그렁……제일 미운 것을 지고 오라면 한 억 개에 ○長老허고 한 억개에 鍾허고 둘을 지고 가리라 하엿다. 오늘 아츰 勤 務로 마당 쓸기가 참 죽기보담 실타. 게다가 남은 잇는 힘을 다 쓰어서 쓰는 데, 늘큰이 ○先生은 팔장을 씨고 벌벌벌 써는 주제에 잘 쓰느니 못 쓰느니 잔소리를 한다. 저는 책망하러 난 사람, 우리는 책망 들으러 난 사람인 줄 아 는 게다. 당신 자는 房조차 제 손으로 못 쓸고 세수 물도 우리를 시키는 處地 에 무슨 面目으로 우리를 책망하는고 元來 校內에 有名한 미움바디언마는 오늘 아츰에는 더 미워진다. 鍾과 ○長老는 내어 노코라도 ○先生을 지고 갈 가보다. 아츰 祈禱會에는 校長 어른의 톡톡한 책망이 나온다.

검둥의 셜음*

머리말

이 칙은 세계에 일홈난 『엉클 톰스 캐빈』의 대강을 번역흔 것이라.**

그리 크지도 못흔 한 니야기 칙으로서 능히 인류사회의 큰 의심 노예문졔를 해결흐고 인류 력스에 큰 스실인 남북젼징을 니르켜 몟 쳔만 노예로 흐여곰 즈유의 사람이 되게흐야 이 디구 우에셔 길히 노예의 자회를 끈허바리게 흐엿다면 누가 곳드르리오. 하믈며 글이라 흐면 음풍영월인 줄만 알고 칙이라 흐면 세닙 자리 신소셜이라는 것으로만 녀기는 우리 죠션 사람들이리오.

그러나 이는 스실이라, 아니 밋으랴도 엇지흘 수 업는 스실이라.

마음 ㄳ하셔는 이 큰 글을 옹글게 우리 글로 옴기고 십흐나 힘과 셰가 허락지 아니흐야 겨오 대강에 대강을 번역흐야 여러 졂은이에게 들이노니, 이 굉장흔 책이 엇던 것인 줄이나 알고 글의 힘이 얼마나 큰 줄이나 알면 내 소원은 이룸이로라.

옴긴이

---

* 피쳐 스토우 원져, 리광슈 초역, 『검둥의 셜음』, 新文館, 1913.2. 단행본은 서강대학교 로욜라도서관에 소장되어 있다.

** 사카이 토시히코堺利彦가 편집하고 그의 종형제인 시츠노 마타로志津野又郎가 역술한 『인자박애의 이야기仁慈博愛の話』(내외출판협회, 1903)와 모모시마 레이센百島冷泉이 초역한 『노예톰奴隷トム』(內外出版協會, 1907) 두 권의 저본을 토대로 초역한 것이다.

셔문

지을 수 잇ᄂᆞᆫ 글 잇고 지을 수 업ᄂᆞᆫ 글 잇스며 ᄒᆞ여셔 될 말 잇고 ᄒᆞ여셔 못될 말 잇ᄂᆞ니, 이럼으로 우리의 붓은 가다가 뫼라도 문질을 힘으로 나가야 쓰겟것마는 모래 한 알도 굴녀보지 못ᄒᆞ고 마ᄂᆞᆫ 일이 잇도다.

내 이 ᄎᆡᆨ에 셔문을 짓게 되야 붓을 들고 조희를 림ᄒᆞᆷ애 이 늣김과 이 한이 더욱 깁고 간절ᄒᆞ도다. 그러나 나는 그를 ᄭᅳᆺ까지 슬허 ᄒᆞ지 아니ᄒᆞᄂᆞᆫ 자로니, 대ᄀᆡ 이 ᄎᆡᆨ의 주ᄂᆞᆫ 바ᄂᆞᆫ 셔문 한아 잇고 업슴으로 ᄒᆞ야 두텁고 엷어질 리 없스며 ᄯᅩ 닑으시ᄂᆞᆫ 이에게ᄂᆞᆫ 더군다나 털ᄭᅳᆺ만치라도 덜님이 업스실지니, 여러분의 총명이 응당 아모 것으로고 우리의 셜명을 기ᄃᆞ리실 것이 업스실 것임이라. 셥셥ᄒᆞ나 엇지ᄒᆞ며 셥셥ᄒᆞ기로 엇더ᄒᆞ리오.

다만 바라노니, 여러분의 총명이 아모 것 아니ᄒᆞᆫ 가운ᄃᆡ 더으사 못ᄒᆞᆫ 글이 ᄒᆞᆫ 글보담 큼과 만흠과 굿음을 나케ᄒᆞ시ᄋᆞᆸ소셔.

* * * * * *

억만 사람의 잠자ᄂᆞᆫ 마음을 ᄭᆡ우치고 억만 의론의 도라갈 외길을 만드러 마츰ᄂᆡ ᄉᆞ백만의 쇠사실을 한거번에 ᄭᅳᆫ흠이 엇더ᄒᆞᆫ 큰 힘이라야 능히 ᄒᆞᆯ 일이라 ᄒᆞ겟ᄂᆞᆫ가. 이 말ᄒᆞᆯ 것 업시 지극히 어려운 일이어ᄂᆞᆯ 놀납다. 이 적은 ᄎᆡᆨ이 ᄒᆞ고 이룬 바라 ᄒᆞᄂᆞᆫ고나. 거짓말 갓흔 졍말이로다.

쳐음 이 ᄎᆡᆨ을 본 지 지금 륙칠 년이라. 그러나 이ᄯᅢᄭᅡ지 『엉클 톰』 소리만 드르면 그 가운ᄃᆡ 몃 구절은 반ᄃᆞ시 번개갓치 마음 우에 ᄯᅥ나와 이샹ᄒᆞᆫ 늣김이 이샹히 가슴 안에 가득ᄒᆞᄂᆞᆫ지라. ᄯᅢ와 셰상이 달은 우리도 이러ᄒᆞᆷ을 보아 그ᄯᅢ 그 셰상 사람의 엇더ᄒᆞ얏슬 것을 짐작ᄒᆞ건대 이 ᄎᆡᆨ이 그만ᄒᆞᆫ 공젹을 세우고 그만ᄒᆞᆫ 기림을 밧을 것이 ᄯᅩ한 당연ᄒᆞᆫ 줄 ᄭᆡ다를지로다.

셔문 ᄃᆡ신 몃 구절 ᄲᅢᆸ기를 이갓치.

검둥이 장사 — 갈오ᄃᆡ,

『흥, 츙직히요. 그놈들도 츙직흔 것 잇나요』

『톰에게 덤으로 식기 한 마리만 언져 주시구려.』

『그럼, 그것을 다 슬어다가 무엇에다 쓸나고. 계집 싱각이 나면 새것 하나 엇엇스면 그만이지. 어듸를 가면 계집 업는 듸 잇슬나구.』

* * * * * *

죠지 ― 갈오듸,

『쟈, 봅시오. 나도 사람 모양으로 걸어안질 줄도 아지오. 내 얼골이 남만 못ᄒ오닛가, 손이 남만 못ᄒ오닛가, 지식이 남만 못홀가오. 이래도 사람이 아닐가오.』

* * * * * *

톱시 ― 갈오듸,

『오베리안지 보베리안지 ᄒ는 것이 나를 짜렷다. 암만 마지면 누가 무서워ᄒ나. 쥐불이 엇던고 난 피 나도록 매 맛는 것은 식은 쥭 먹기다.』

* * * * * *

그제야 다 희여진 버선에 싼 뭉텅이를 내여보이는지라, 헤쳐 본즉 에바가 림죵에 준 머리털과 죠희에 싼 죠고마흔 칙이라.

* * * * * *

톰이 갈오듸,

『아니올시다, 그러치 안습늬다. 령혼까지는 못 사십니다. 세샹업슨 짓을 ᄒ셔도 이 령혼은 하느님의 것이야요.』

스토우 부인 세샹에 오신 지 백 년 되는 해 열재 달, 오래 두고 번역ᄒ기를 쇠ᄒ다가 ᄆᆞᆺ내 외배의 손을 빌어 한 부분이나마 우리 글로 옴기기를 마촌 날에

최남션 씀

스토 부인 ᄉ젹*

밋음의 힘! 졍셩의 힘!

사회의 진보가 이로붓허 나오고 인류의 력ᄉ가 이로써 ᄭ미우지도다.

천만억 긴긴 셰월, 천만억 만흔 사람은 다 몟몟 사람의 맑고 ᄯᅳ거온 가슴에서 흘너나오는 이 힘 속에서 살고 움즈기ᄂᆞ니, 이 힘이야말로 하ᄂᆞᆯ이 사람을 다스리는 대주권이며 이 힘이야말로 하ᄂᆞᆯ이 사람을 기르는 대능력이로다.

올흔 일을 밋으니 그의 마음이 하ᄂᆞᆯ이오, 밋는 바를 졍셩으로 힝ᄒᆞ니 그의 힘이 신이로다.

그 힘이 한번 움즈기는 날에 문명이 나오고, 그 힘이 한번 쓺는 날에 일만 악이 슬어지고, 그 힘이 한번 솟는 날에 올흔 것이 나도다.

호ᄒᆗ알이 커서 매음이 아니니 비록 그 젹은 몸에라도 매을 만흔 속살이 찻슴이라. 이 힘을 오래동안 싸앗다고 반다시 보람이 클 것이 아니오, 이 힘을 여러 고데 쓴다고 반다시 영향이 넓은 것이 아니니, 한번 반쟉ᄒᆞ는 번ᄭᆺ불이 오히려 늘 잇는 반듸불보담 더 널리 더 굿세게 셰상을 비최리로다.

힘쓸 동안이 길지 못ᄒᆞ기를 웨 한탄ᄒᆞ리오, 오즉 쓸 만흔 큰 힘을 빗지 못ᄒᆞ기를 걱졍ᄒᆞ라, 인싱이 오십 년이라 ᄒᆞ면 ᄉ십구 년 동안 호ᄒᆗ알 ᄀᆺ히 매온 힘을 길너 남아지 일년 동안에 그 힘을 펴도 그만이니라.

우리 스토 부인의 ᄉ젹은 그가 셰상에 기친 보람의 굉장ᄒᆞᆷ과 텬하에 울닌 일홈의 위대ᄒᆞᆷ에 비겨 넘우 흔 일이 쓸쓸ᄒᆞ고 슴슴ᄒᆞ도다.

다만 무즈러진 붓 한 자루로『엉클 톰쓰 캐빈』이라는 그리 크지 못흔 니야기책 하나를 남겻슬 ᄲᅮᆫ이라. 그러나 이 크지 못흔 니야기책 하나이 인류의 발젼에 밧힌 바 보람은 대 나폴네온의 일싱 동안에 셰운 대졔국보담도

---

* 번역 저본 가운데 하나인 모모시마 레이센百島冷泉의『노예톰奴隷トム』(內外出版協會, 1907)에 수록된 부록 '스토우 부인'을 번역한 글이다.

컷도다.

부인이 림종에 곁헤 잇는 사람을 시겨,

『하ᄂ님을 밋고 올흔 일을 ᄒ여라.』

이 한 마듸를 쓰게 ᄒ엿다 ᄒ니 올토다, 부인의 일싱의 력ᄉ는 이로써 다 ᄒ얏다 ᄒ리로다.

하리에트 비쳐 스토 부인은 예수 긔원 일천팔빅십일년 어느 녀름날, 미국 리츄먼드라는 거리 질소ᄒ 엇던 집안에 첫 울음소리를 내엇더라. 아바지는 라이만 비쳐라는 유명ᄒ 신학쟈니, 리츄먼드 근쳐에서 하ᄂ님 나라를 펴기로 힘쓰는 이오, 어머니 로키사나 부인은 감정이 고상ᄒ 이라, 잘 그 지아비의 ᄉ업을 돕더라.

부인의 동싱은 도합 열셋이니 부인은 그 닐곱재 ᄯᅡᆯ이라. 본래 학쟈의 집안이라 가세가 넉넉지 못ᄒ 즁 부인이 날 ᄯᅢ에 그 맛동싱이 겨오 열한 살이라. 할일업시 죠곰ᄒ 학교 하나를 세우고 량쥬가 프랑쓰말과 그림 그리기며 바느질 수노키를 가르쳐 거긔서 들어오는 돈으로 겨오 이럭져럭 살어가더라.

게다가 부인이 아직 어린 적에 그 어머니가 돌아가시니 남과 ᄀᆺ히 밧으리만ᄒ 교육도 밧지 못ᄒ엿스나, 글짓기는 아마 그의 텬재런지 열두살 적에 벌서 『령혼의 썩지 아니홈을 ᄌᆞ연의 빗으로 증명ᄒᆯ 수 잇슬가』ᄒ는 어른도 ᄒ기 어려온 글을 지어 셰샹 사람을 놀나게 ᄒ고, 그후 즁흑교를 졸업ᄒ 뒤에는 그 형 캐사린이 ᄒ여가는 할트포드 학교에 다니다가 업을 마촌 후에 제풀에 그 학교에 교ᄉ가 되고, 그 다음 그 아바지가 렌이라는 신학교에 교장이 되매 캐사린과 함ᄭᅴ 오하이오도에 가서 학교를 세우고 교육일을 보더니, 그로부터 ᄉ 년 뒤 스물다섯 살에 렌 신학교 교수 캘빈, 이, 스토씨와 아름다온 인연을 매즈니라.

이는 마츰 노예해방 문졔가 아메리가 새쳔지를 휩쓸던 ᄯᅢ라. 켄터키도와 졉경ᄒ 오하이오도, 그 즁에도 신시나티시에는 더욱 노예졔도 폐지론이 물 ᄭᅳᆯ

틋ᄒ야 다른 도에 잇던 종들도 보호를 밧으랴고 도망ᄒ야 오는 이가 만터라.

이럼으로 부인의 아바지가 ᄒ여가는 신학교도 이 물결에 휩쓸녀 교ᄉ 학싱 홀 것 업시 모다 극렬ᄒ 노예 폐지론쟈가 되니라.

그ᄯᅢ 보스톤에 잇던 부인의 형되는 에드와드 부인의 편지에 노예제도의 참아 볼 수 업는 챰상을 말ᄒ 끗헤,

『내가 만일 너만ᄒ 글 재조가 잇고만 보면 한ᄉ고 노예제도의 올치 못ᄒ 줄은 전국 사람에게 알녀주련마는…….』

ᄒ는 구결을 보고 부인이,

『쓰오리다, 쓰오리다, 내 목숨이 ᄭᅵ키지만 아니ᄒ면 내가 이를 쓰오리다.』

일천팔빅오십일년 부인의 나이 마흔살 적에 하로는 회당에서 성찬례에 참여ᄒ엿다가 문득 이 소설거리가 싱각이 나서 곳 닐어나 집으로 돌아와 그 자리에 지은 것이 엉클 톰의 죽는 데라. 즉시 열 살 된 아들과 열두 살 된 아들을 불너노코 그 글을 닑어 들넛더니 두 아희가 몹시 감동되여『에그, 어머니. 세상에 노예졔도보담 더 악ᄒ 것이 다시는 업지오』

하고 슬피 울더라.

그해 류월 초 닷새날붓허 석달에 ᄭᅳᆺ나일 작정으로『녜슌앨, 에라』라는 신문에 내엇더니 과연 웬 셰상이 뒤ᄭᅳᆯ을 쌘 아니라, 쓰면 쓸ᄉ록 가슴에 불이 닐어나고 싱각이 ᄭᅳᆯ어솟사 열달 만에야 겨오 ᄭᅳᆺ히 나니, 이것이야말로 노예쥬의의 극악ᄒᆷ을 셰상에 울니고 노예해방의 공명정대ᄒᆫ 것을 인류에게 가르친 셰계 문학상에 썩지 아니 홀 것의 하나인 이『엉클 톰스 캐빈』이라.

그 뒤에 이것을 한 책으로 만들어 츌판ᄒ엿더니 열흘이 못ᄒ야 만여 벌을 다 팔고 불과 일년에 일빅이십 판이 낫스며, 미국ᄲᅮᆫ 아니라 영국 론돈에서도 반년 동안에 삼십여 판을 박앗고, 론돈 여섯 극장에서 한거번에 연극으로 ᄒ여도 모다 구경군이 드리 밀니더라.

그후 일년이 못ᄒ야 삼십여만 벌이 팔니고, 이십여 나라 말로 번역이 되

니라.

얼마 잇다가 남편과 흠씌 영국에 노닐 세 니르는 곳마다 대환영을 밧아 부인의 영광이 더홀 수 업게 되엿스나, 그러나 일싱 처음 가장 깃버ᄒ기는 부인이 다년 품엇던 희망이 일너져 수빅만 노예가 조유를 엇게 되는 날이러라.

남편이 죽은 뒤에는 하르포트에 숨어 잇서 남은 세월을 보내더니 일쳔팔빅구십륙년 칠월 초하룻 날에 셰상을 바리니, 시년이 마흔다섯이오 남편 죽은 후 십년이라. 안도바에 장ᄉᄒ니 여긔는 사랑ᄒ는 지아비와 아들 헨리의 몸이 뭇힌 데라.

『하ᄂ님을 밋고 올흔 일을 ᄒ여라.』

『쓰오리다, 쓰오리다, 내 목숨이 ᄭᆫ키지만 아니ᄒ면 내가 이를 쓰오리다.』

이 밋음과 이 졍셩이 연연ᄒᆫ 오녀조의 일홈으로 쳔츄에 썩지 아니ᄒᆯ 보물이 되게 ᄒ엿도다.

밋음의 힘! 졍셩의 힘!

一

미국 켄터키도 엇던 고을에 한 사람이 잇스니 일홈은 셸비라. 학식도 매우 잇고 사람도 단졍ᄒ며 가세도 유여ᄒ야 조흔 집에 살고 죵도 만히 부리더니, 무슨 일에 랑픽ᄒ야 빗을 만히 젓는 고로 홀일업시 집에셔 부리든 죵을 팔아 그 빗을 갑흐려 ᄒ더라. 쌔는 이월이라, 이 산 져 산에 아즉 녹다남은 눈이 잇고 치운 바람이 옷속으로 솔솔 불어들어오는 날에 셸비가 하레라는 사람을 다리고 썩 화려ᄒ게 ᄭ우며 노흔 식당에 마조 안져서 단 포도쥬를 마시며 무슨 니야기를 ᄒ더라. 하레라는 사람은 보매 어듸셔 주어먹던 것이 갑쟉이 픗돈푼이나 모은 듯ᄒ야 잘 싱기지도 못ᄒᆫ 주제에 샤치ᄒᆫ 옷을 닙고 보기도 실흔 손에 금반지를 씨고 ᄒ는 말 ᄒ는 힝동이 아모리 보아도 쳔ᄒᆫ

사람이라. 점잔코 밋근ᄒᆞᆫ 셸비와는 비길 수도 업더라.

『엇더케 돈 쳔이나 더 주시게 ᄒᆞ시구려』ᄒᆞ는 셸비의 말에 하레가 술잔을 들고 상스럽게 우스면서,

『그게야 말이 됩닛가, 그러케 빗사서야 되겟습닛가.』

『아니야요, 그러치 안습니다. 톰이란 놈은 다른 놈과는 달나셔 몹시 츙직ᄒᆞ고 령리ᄒᆞ고 아모 일이나 제 일ᄒᆞ듯 ᄒᆞ는 걸요 그만ᄒᆞᆫ 갑슨 확실히 갑니다.』

『흥. 츙직히요 그놈들도 츙직ᄒᆞᆫ 것 잇나요.』

『아니오. 다른 놈은 모르겟소마는 톰 이놈은 참 착ᄒᆞᆷ니다. 또 예수를 잘 밋지오. ᄒᆞ닛가 거즛말이라든지 남을 속히는 법은 털씃만큼도 업습니다.』

『여보, 말 마시오. 그놈들에게 종교가 다 무엇이요. 종교 밋ᄂᆞᆫ 놈이 더 흉 칙ᄒᆞ다오.』

『아니야요. 나는 그 놈을 깁히 밋습니다. 이젼에도 신신나티에 가셔 돈을 한 쳔 원 차자 오라고 힛지오. 「네가 예수를 밋으닛가 나는 너를 밋는다」 ᄒᆞ얏더니 한푼 축내지 안코 가지고 왓지요. 그째에도 엇던 안된 놈이 「얘, 이 미친 놈아. 그 돈을 가지고 가나다*로 다라나기나 ᄒᆞ지 무엇ᄒᆞ러 긔어들어 온단 말이냐」 ᄒᆞ드라지오. 그러나 톰은 「그게 무슨 말이냐. 우리 쥬인이 나를 깁히 밋으시는데 내가 엇더케 그를 배반ᄒᆞ겟느냐」 ᄒᆞ드랍니다. 그런 것을 내가 팔랴는 것은 나붓험 안된 놈이오마는 녕감 엇더케 내 빗이나 다 갑게 ᄒᆞ야 주셔야 ᄒᆞ지 안소.』

『그쳐럼 말슴ᄒᆞ시는데 내니 엇더케 아주 못ᄒᆞᆫ다고야 ᄒᆞ겟소. ᄒᆞ닛가 톰 에게다 덤으로 싀기 한 마리만 언저 주시구려. 쟈 그러케 ᄒᆞᆸ시다.』

이째 네다섯 살 되염즉ᄒᆞᆫ 령리ᄒᆞ게 싱긴 퇴기 아희가 들어오거늘 셸비가 과즈를 집어주며 『할니야, 손님쎄 춤 좀 추어 보여드려라』 ᄒᆞᆫ딕 그 아희가 즈미잇게 춤추는 것을 보고 하레가 우스면셔,

---

* 加那陀. 캐나다Canada의 음역어音譯語.

『고놈 쐐 쓰겟습니다. 고놈을 쎠줍시오.』

이쌔에 할니의 어미 엘니사가 들어와셔 할니를 다리고 가는듸 하레가 보고,

『그게 쐐 쓸 만ᄒ오. 져것을 팔으시오, 녜, 녕감.』

『져것을 팔 수 업소. 돈을 져것만큼 싸ᄒ아준대도 집사람이 말을 아니드를 걸요.』

『그런 게야 엇지ᄒᆞ닛가. 그러면 고 싀기나 엇더케.』

『싀기도 팔기는 어렵습니다. 참아 제 어미게서 쎌 수가 업서요.』

『그러키도 ᄒ겟소. 그 싸윗 것을 억지로 다려갓다가 엉엉 울기만 ᄒ야 도로혀 어미ᄭᆞ지 못쓰게 되면 엇더케 ᄒ오. 올치 죠흔 수가 잇소. 그 어미를 어듸로 보내지오. 그리ᄒ고 업슬 쌔에 팔아바리면 그만 아니겟소. 그러고 어미가 설허 울거든 닙던 옷이나 한 가지 주면 됩닌다. 그것들은 우리 사람과는 다르닛가.』

밤 안으로 확실ᄒᆞᆫ 회답을 ᄒ기로 ᄒ고 하레가 돌아간 뒤에 셀비는 혼잣말로,

『내 져런 무정ᄒᆞᆫ 놈은 당초에 처음 보앗다. 골 틀니는 ᄉᆡᆼ각ᄒᆞ야셔는 당쟝에 쌔려 쫏고 십지마는……. 마누라가 드르면 얼마나 놀날는고. 톰과 엘니사도 이런 줄을 알면 얼마나 슬퍼ᄒᆞᆯ가. 참아 못ᄒᆞᆯ 일이언마는 돈이 업스니 엇지ᄒᆞ나』

ᄒ고 길게 한숨을 쉬더라.

엘니사가 문 밧게 셔셔 이 말을 듯고 할니를 안고 셀비의 부인 에밀니의 방에 들어가 눈물을 흘니면셔,

『마님, 마님. 할니를 팔으신답니다.』

『무어, 할니를 팔아, 그게 말이 되느냐. 그런 일 ᄒᆞ실 녕감이 아니실 줄은 넨들 모르겟느냐. 어셔 그런 걱정 말고 이 옷이나 개여라. 이 다음붓허는 남의 말을 엿듯거나 그리ᄉᆞ셔는 못쓴다.』

ᄒ고 에밀니는 조곰도 걱정업는 드시 말을 ᄒ나 엘니사는 그리도 마음이 노히지 못ᄒ야,

『마님, 마님ᄭᅴ서는 그러면 허락ᄒ시지 아니ᄒ시지오.』

『그게야 말ᄒᆯ 게 잇느냐. 그럴 것 ᄀᆺ흐면 내 아들을 팔지.』

이 말을 듯고야 엘니사도 겨오 안심을 ᄒ는 모양이러라.

二

엘니사가 아희적붓허 에밀니의 손에셔 극진ᄒᆫ ᄉᆞ랑을 밧고 자라남으로 얼골이 아름다오나 남에게 팔니지도 아니ᄒ고, 활발ᄒ고 ᄌᆡ조 잇는 죠지라는 퇴기로 더불어 아름다은 인연을 매잣더라.

죠지는 하리스라는 사람의 죵으로 가방 제조소에서 일을 ᄒ더니, 매오 눈치 잇는 사람이라, 대단히 죠흔 직공이 되야 여러 가지 긔계도 발명ᄒ고 ᄯᅩ 사람도 죠ᄉᆞ셔 여러 동모의 ᄉᆞ랑도 밧으나 몸이 죵이 되고본즉 법률샹으로는 사람이 아니오 물건이러라.

하리스는 마음이 좁고 속이 흉악ᄒ더니 죠지가 긔계 발명ᄒᆞ얏단 말을 듯고 공쟝에 가본즉 죠지가 저보담 용ᄒᆫ 양ᄒᆫ지라, ᄉᆡ기ᄒᆞ는 마음을 못이기어 쥬인의 말도 아니듯고 억지로 죠지를 붓들어다가 가쟝 어려운 농ᄉᆞ일을 맛기고 입에 담지 못ᄒᆞᆯ 욕을 담아붓더라. 죠지는 드른 체도 아니ᄒ고 ᄒᆞ라는 ᄃᆡ로는 ᄒᆞ얏스나 그러나 그의 눈에 력력히 들어나는 불평을 보아도 그는 「물건」은 아니러라.

그후에 가방 제조소 주인이 와셔,

『쟈, 죠지를 한번 더 빌녀줍시오, 그게 불샹ᄒ지 아니ᄒᆷ닛가.』

ᄒ나,

『내 물건 가지고 내 마음ᄃᆡ로 ᄒ는데 댁이 걱정이 무슨 걱정이요.』ᄒ고 듯지 아니ᄒ더라.

하레가 돌아간 뒤에 에밀니 부인이 엇던 친고를 차자가거늘 엘니사가 문에 의지ᄒ야 부인 탄 마챠가 다라가는 것을 보고 섯더니, 누군지 뒤에 와셔 엇게에 손을 집는 쟈가 잇거늘 선득 들어셔 보니 ᄉ랑ᄒ는 지아비 죠지라, 깃버 우스면셔,

『에그, 난 누구라고. 그러케 사람을 놀나게 ᄒ요, 쟈 들어갑시다. 마님도 어듸 가시고 지금은 한가ᄒ니.』

ᄒ면셔 바로 겻헤 잇는 적은 방으로 들어 가더라.

『웨 그러케 편치 아니ᄒ신 모양입닛가. 이 싀기도 컷지오.』

할니는 어미의 옷을 잡아 다니면셔 붓그리는 듯 그 아비의 얼골을 치어다 보고 웃거늘, 엘니사가,

『요것이 어엿브지 아나요.』

ᄒ고 그 니마에 늘어진 머리털을 글어올니고 입을 마초며 즐기나 죠지는 조곰도 즐겨ᄒ는 빗을 아니 보이고,

『얘나 나나 아니 낫던 편이 죠앗지.』

ᄒ는 말을 듯고 엘니사가 놀나여 그 지아비의 가슴에 머리를 다이고 소리를 내며 운다.

『얘, 울지 마라. 내가 잘못ᄒ엿다. 내가 너를 이초에 맛나기가 잘못이로다. 안 맛낫더면 이런 셜은 일이야 아니 싱곘슬 터이지.』

『여보 웨 오늘 새삼스럽게 그런 속샹ᄒ는 말슴을 ᄒ시오.』

『언제는 아니 그릿드냐, 속이야 늘 샹ᄒ엿지.』

ᄒ고 할니를 무릅 우에 올녀 노코 머리를 쓸면서 할니의 반쟉반쟉ᄒ는 눈을 보다가,

『얘가 참 무던이도 너를 닮앗고나, 쏙 너와 ᄀᆺ다. 나도 쾌 만히 보앗지만 는 너ᄀᆺ치 아름다온 사람은 처음이로다. 그러나 다 쓸데 잇느냐. 당초에 서로 몰낫더면 죠앗지.』

『글세 웨 오늘 새삼스럽게 그런 말슴을 ᄒᆞ서오.』

『애, 너도 싱각ᄒᆞ야 보아라. 내가 공부는 무엇ᄒᆞ러 ᄒᆞ며 일을 히셔 다 무엇ᄒᆞ느냐. 살아잇는 것보담 하로밧비 죽는 것이 낫지, 세샹에 나온 것이 잘못이오 오늘ᄭᆞ지 살아온 것이 잘못이지.』

『그런 싱각 먹지 말으시오. 이 편이 고ᇰ스럽고 속샹ᄒᆞ는 줄이야 낸들 모르겟소마는, 엇더케 ᄒᆞᆸ닛가 이 괴로온 세샹에 괴로온 사람으로 싱겨낫스니 그저 참는 것이 뎨일이지오.』

『참아! 오늘날ᄭᆞ지 참기나 얼마나 참앗겟니. 남 지지 안케 일도 ᄒᆞ고 돈도 밧는 ᄃᆡ로 다 바쳣건만, 그ᄅᆡ도 무엇이 부족ᄒᆞ셔 잡아 오도고나. 그런 것ᄭᆞ지도 나는 찍소릴 아니ᄒᆞ고 참앗다. 이만침 참앗스면 쐐참앗지.』

『그야 넘어 악착ᄒᆞ지오마는, 아무러나 그가 우리 샹뎐이닛가…….』

『내 샹뎐이야! 허허, 누가 그 사람으로 내 샹뎐이 되게 ᄒᆞ엿스며 나로 그 사람의 종이 되게 ᄒᆞ엿다드냐. ᄯᅩ 그 사람이 내게 무슨 권리가 잇서? 나도 그 사람과 ᄀᆞ치 싱긴 사람이야, 도로혀 그 사람보담 잘난 사람이다. 내가 장ᄉᆞ를 ᄒᆞ면 그 사람만 못ᄒᆞ겟느냐, 글을 닑으면 그 사람만 못ᄒᆞ며 지으면 그 사람만 못ᄒᆞ단 말이냐. 그 사람이 내게다 글ᄌᆞ 하나 가르친 것 아니고 다 내 손으로 나 혼자 배혼 것이야, 나는 그 사람에게 신세 하나 진 것 업다. 그 사람이 무슨 권리가 잇관ᄃᆡ 내가 죠아ᄒᆞ고 잘ᄒᆞ는 일을 못ᄒᆞ게 ᄒᆞ고 말이나 소나 홀 일을 시킨단 말이냐. 나는 지금 가장 더럽고 하등되고 괴로온 일만 ᄒᆞ고 잇다.』

『에그, 그런 말슴 말으셔요. 웨 이젼에는 아니 그러시더니 그런 말슴을 ᄒᆞ셔요. 만일 ᄯᅩ 분김에 무슨 일을 ᄒᆞ실는지, 참 걱정이외다, ᄒᆞ기야 그러치마는 나와 할니를 보아셔라도 경솔ᄒᆞᆫ 짓은 맙시오, 녜.』

『나도 견ᄃᆡᆯ 수 잇는 ᄃᆡ로 견ᄃᆡ어 보기도 ᄒᆞ얏고 참을 ᄃᆡ로 참기도 ᄒᆞ얏다마는 이제는 홀 이만치는 다ᄒᆞ엿다. 더 견ᄃᆡᆯ 수는 업서.』

『그러면 엇더케 ᄒ신단 말이얘오.』

『어적게도 죽을 번ᄒ얏다. 마챠에다 돌을 싯노라닛가 작은 아기가 와셔 칫죽을 둘으고나. 말이 놀나서 쒸랴기에 「제발 잠간 참아 줍시오. 짐을 못 싯겟습니다」 ᄒ얏더니, 그 칫죽으로 나를 후리도고나. 그리 내가 손목을 좀 잡앗더니 발로 차고 소리를 질느고 야단를 ᄒ겟지, 제 아비ᄒ테 쒸여가셔 내가 저를 싸린다고 아니힛겟니. 아비가 열이 나셔 오더니만 「이놈 내가 누군지 알고」 ᄒ면셔 나를 남게다 동여매고 나무가지 하나를 썩거셔 아기를 주면셔 「팔이 압ᄒ도록 이 놈을 싸려라」 ᄒ야 나는 그놈ᄒ테 죽도록 죽도록 엇어마졋다.』

ᄒ는 죠지의 눈은 불붓는 듯 번적이더라.

『그러나 나는 엇더ᄒ 일이 잇더라도 쥬인 냥쥬의 말을 듯겟습니다. 그러치 아니ᄒ면 무엇으로 예수를 밋는다 ᄒ겟습닛가.』

『너야 그럴 터이지, 어려서붓허 ᄉ랑밧고 길녀나고 교육도 잘 밧고 ᄒ얏스닛간 너야 안 그러켓느냐마는 나로 말ᄒ면 밤낫 엇어맛고 발길로 치엿슬 ᄲᅮᆫ이라. ᄉ랑커녕 나를 내다바리는 것이 뎨일 내게는 복이로다. 나는 내가 쥬인ᄒ테셔 엇어먹은 돈을 빅곱시나 ᄒ야 바쳣다. 이제는 하늘이 싸이 되여도 더 참을 수는 업는 것이다.』

『그러키도 ᄒ시겟지오마는 그저 마음을 바로 가지고 하ᄂ님만 밋읍시다. 하ᄂ님씌셔 구원ᄒ야 주시기만 꽉 밋읍시다.』

『나는 암만히도 하ᄂ님을 밋을 수가 업다. 내 가슴에는 괴로옴과 슬픔이 꽉 차셔 하ᄂ님 들어안질 자리가 업다.』

『그것이 잘못이야요. 그런 마음을 잡수시기에 괴로옴이 싱기는 것입닌다.』

셀비의 집안에셔는 다 예수를 밋어 마음이 착ᄒ으로 하리스는 죠지가 그네의 착ᄒ 마음을 본밧을 념려가 잇다 ᄒ고 죠지가 셀비의 집에 감을 금ᄒ고져 ᄒ야 죠지와 엘니사의 새를 쩨고 더럽고 미욱ᄒ 미나라는 계집과 결혼

을 시키려 ᄒ더라. 죠지가 분흔 목소리로,

『너와 갓가히 ᄒ면 내가 죠흔 사람이 될가 보아 작고 미나와 혼인을 ᄒ라고 ᄒᄂ고나. 제 말을 아니 드르면 남방 목화 농ᄉᄒᄂ 데 나를 팔아먹는다고 어르면셔.』

『그게 말이 되나요. 우리 둘은 벌서 목ᄉ님 압헤셔 혼인례식을 ᄒ지 아넛소』

『아! 마소게도 혼인례식 잇느냐. 쥬인의 마음ᄃᆡ로 아모 데나 부쳐셔 싀기만 만히 쳣스면 그만이지. 쥬인이 우리를 부쳐 두기를 실혀ᄒ닛가 우리 둘은 써러질 수밧게 잇니. 그러기에 ᄋᆡ초에 너ᄒ고 나ᄒ고 맛나지 아넛던 편이 낫단 말이다. 이졔는 다시 엇졀 수가 업스닛가 나는 멀니로 다라나랸다. 이게 마조막 보는 것이로다.』

『에그, 멀니가 어듸야요?』

『가나다지. 가나다밧게야 우리 짐싱놈의 ᄌᆡ유홀 곳이 잇느냐.』

ᄒ고 벌덕 닐어나면셔,

『아모러케 ᄒᆡ서라도 내 너 하나는 살닐 터이다. 그것밧겐 바라는 것이라는 업다.』

『이게 무슨 말슴이요, 그러다가 붓들니면 엇더케 ᄒ랴고.』

『아니 붓들닐 걱정은 업셔. 설혹 붓들닌다면 엇더냐. ᄌᆡ유를 못 엇으면 죽는 게지.』

『그러나 ᄌᆞ슈 ᄀᆞ흔 것은 ᄒ지 마시오, 녜.』

『ᄌᆞ슈홀 ᄶᅡ닭이 잇니. 붓들니는 날이면 내가 ᄌᆞ슈ᄒ기 전에 잘 죽여 줄 터이닛가.』

『에그, 엇젼단 말인가. 아모러나 잘 싱각ᄒᆞ셔셔 하ᄂ님 쯧에 어그러지는 일을난 마시요. 암만히도 가셔야 ᄒ겟스면 나도 말니지는 안켓습니다마는 압뒷일을 잘 싱각ᄒᆞ셔셔 ᄒ십시오. 하ᄂ님ᄭᅴ 긔도나 잘ᄒ고.』

『엘니사. 나 위히 잘 긔도히다고, 나는 가!』

ᄒ면서 엘니사의 손을 잡고 잠잠히 셔셔 셔로 쓰거온 눈물을 흘니다가 마츰
니 이 니외가 손을 난호더라.

三

그날 밤에 셸비가 침실에셔 그날 온 편지와 신문을 볼 셰 에밀니 부인이
머리를 비스면셔,

『앗가 왓던 손님이 누구야요.』

이 말을 듯고 셸비ᄂ 얼골이 훅근훅근 ᄒ야 어두은 데로 고개를 돌니면셔,

『응, 그 사람 말이야 져…… 어 하레라는 사람이야.』

『녜. 그리요? 그게 져 죵 쟝수 아닌가요?』

셸비ᄂ 이 말을 듯고 무된 칼로 가슴을 우귀는 듯ᄒ야 한참은 엇지 못ᄒ
다가,

『이제야 길 수 잇소』ᄒ고, 좀 쉬여셔『응, 그리 죵 쟝수야. 암만 싱각ᄒ여
야 엇지ᄒᆯ 수가 업서 뎨일 조흔 놈을 팔기로 ᄒ엿지오…… 져 톰을.』

『그게 무슨 말슴이야요. 톰을 판다는 게. 엇져면 그런 짓을 ᄒ시게 되셧소.
어려셔붓허 츙직ᄒ게 일ᄒ던 톰을 판다는 게 웬 일이오닛가. 또 당신ᄭᅵ셔
쟝ᄎ 량민이 되게 ᄒ여 주신다던 약속은 엇더케 ᄒ시고 그런 무졍ᄒ 짓을
ᄒ셧습닛가. 아모리 돈에 열이 낫기로 하고만흔 사람에 톰을 팔 것이야 무
엇입닛가. 톰도 톰이어니와 할니도 안 그럿습닛가.』

『나는 톰에게 여러 가지 니야기를 ᄒ여왓습니다. 부모게는 엇더케 ᄒ며
쳐ᄌ게는 엇더케 ᄒ다든가 남을 ᄉ랑ᄒ다든가……. 이제 무슨 낫츠로 져것
들을 보겟소. 돈보담도 무엇보담도 ᄉ랑의 령혼이 즁ᄒ다고 ᄒ 내 남편이
얼마 안 되는 돈에 귀ᄒ 령혼을 팔앗구려. 내 힘으로 될 수만 잇스면 아모런
일을 ᄒ야셔라도 져것들을 건져주겟지만.』

『이편이 슬퍼ᄒ실 줄도 알앗고 져것들이 불샹도 ᄒ지마는 그러케 아니ᄒ

면 우리는 몸만 남고 지산이란 지산은 다 업서지겟스니 엇지ᄒ오. 그리셔 엇지ᄒᆯ 수 업시 빗갑세 그 둘을 주엇구려.』

『그러컬랑 내 몸에 잇는 것을 모도다 내여들일 것이니 그 둘은 팔지 안케 ᄒ시요. 둘 다 못ᄒ면 할니 하나만이라도. 할니가 업서지면 엘니사가 엇더케 살겟소.』

『이제는 그런 말 ᄒ야 쓸 데 업소, 벌서 약속을 다 ᄒᆞ노코 래일 아홈 일즉이 하레가 다리러 온다고 ᄒ얏스닛가. 나는 참아 그것들이 쓸녀가는 쏠을 못 보겟스닛가 아츰 일즉 말이나 타고 어듸 갈가보오. 부인도 엘니사나 다리고 어듸 나가 잇구려.』

『나는 못ᄒ요, 나는 그런 짓은 못ᄒ요. 이제 톰도 가 보고 샤쥐라도 ᄒ럅니다. 또 나는 래일 아츰 져것들이 쓸녀갈 적에 집에 잇셔셔 위로엣 말 한 마듸라도 ᄒ야 주럅니다.』

엘니사는 앗가 부인의 말을 듯고 얼마큼 마음이 노혓스나 그릭도 가슴에 걱정의 구름이 아니 것기고 암만 자려 ᄒ야도 잠이 아니 들다가, 셸비의 침실 밧게 와셔 가만히 귀를 기우리고 량쥬의 말을 드르믹 가슴이 믜여지는 듯ᄒ야 문을 열고 들어가랴다가, 그리ᄒ면 도로혀 ᄉᆞ랑ᄒ야 주는 쥬인 량쥬의 슬픔을 더을가 두려ᄒ야 두 손을 들어 속으로 에밀니 부인씌 감샤ᄒ고 제 방에 들어오니, 어스름ᄒᆫ 등불 빗체 그 ᄉᆞ랑ᄒ는 할니가 입을 조곰 벌이고 아조 령화롭게 손을 내어노코 부드러온 숨소리로 잠이 들엇는지라. 엘니사가 입살을 꽉 물고 그 겻헤 안저 할니의 자는 얼골을 보면셔,

『아아, 할니야 네가 불샹ᄒ고나. 너는 팔닌 줄 모르지. 그러나 내가 너를 건져내겟다.』

ᄒ고 슬픔에 겨워셔 눈물도 아니 나오더라.

엘니사는 에밀니 부인에게 오늘날ᄭᅵ지 ᄉᆞ랑을 밧아 감샤ᄒ다는 말과 지금 쥬인의 쯧을 거슬이고 도망ᄒ는 죄을 용셔ᄒ라는 쯧으로 간단ᄒ게 유셔

를 써노코, 할니의 옷과 평거에 할니가 ᄉ랑ᄒ던 작란거리를 싸셔 허리에
둘너믜고 할니를 흔들어 니르켜 옷을 닙히고 저도 옷을 갈아닙을 세, 할니
가 토실토실ᄒ 주먹으로 졸닌 눈을 비비며,

『엄마, 어듸가요.』

『얘, 써들지 말어라. 래일 아츰에는 무서온 사람이 와셔 너를 잡아간단다.
그리셔 내가 너를 다리고 지금 도망ᄒ는 것이란다.』

ᄒ고 할니를 업고 문 밧게 나오더라.

아즉 이월이라, 살을 버히는 찬 바람이 쌀쌀히 불어오고 싀팔앗게 맑은
하늘에는 별들이 반쟉반쟉 속살거리는 듯ᄒ다. 이 불샹ᄒ 두 싱명은 쟝ᄎ
어느 편으로 가랴는고

셸비의 집에 담을 련ᄒ야 톰의 집이 잇스니 나무도 다듬지 아니ᄒ고 지어
노흔 조고마ᄒ 오막스리나, 압헤는 쓸이 잇셔 녀름이 되면 여러 가지 치소
와 꼿들을 심고 아츰마다 톰의 안히되는 크로가 일즉이 닐어나셔 싱글싱
글 웃는 얼골로 한 벌 돌아봄을 더ᄒ 수 업는 즈미로 알더라.

크로는 음식을 잘 만드는 고로 셸비집 부엌 차지라는 직분으로 날마다 츙
실ᄒ게 보삷히는 터이라. 오늘도 큰집 일을 다ᄒ고 제 집에 나와셔 저희 먹
을 음식을 만들며, 겻헤서는 형 되는 두 아희가 말재 어린 것이 지츅지츅 거
름을 배호다가 넘어지는 것을 보고 손벽을 치며 웃고, 져 편 난로 겻헤는 절
눔발이 테블에 여러 가지 그릇이 노혓스며, 그 압헤 톄격 튼튼ᄒ고 얼골 빗
은 쩌머나 다졍ᄒ 쯧ᄒ 녕감이 안졋스니 이는 곳 셸비집 복덩어리 톰이라.
지금 그 울툭불툭ᄒ 손에 석필을 잡고 셸비의 맛아들 죠지가 써준 례를 보
고 글시를 닉히며 열세 살 된 죠지는 선싱인 톄ᄒ고, 이 글시가 굵으니 져 졈
이 쳐졋느니 ᄒ고 톰의 겻헤서 가르치고 안졋더라.

이째는 바로 셸비가 죵 쟝ᄉ 하레로 더불어 톰과 할니 파는 계약을 ᄒ고
문셔에 도쟝을 찍을 째라.

저녁을 먹고 크로가 만든 과즈를 씹으면셔 여러 가지 니야기를 홀 세, 니
웃 사람들이 모여 안져 찬미도 부르며 죠지가 셩경도 보아 들니고 즈미잇는
니야기도 ᄒ야 밤이 깁는 줄을 모르다가, 열두 시가 지나셔야 모다 졔 집으
로 돌아가고 톰과 크로도 세 아기를 겻혜 두고 자려 ᄒ더니, 이째에 엘니사
가 할니를 업고 문 밧게 와 부르는지라. 크로가 나가 마자들이고 톰도 자리
에셔 나오더라. 엘니사는 얼는얼는 톰과 할니가 팔닌 니야기를 ᄒ고,

『나는 이것을 다리고 다라납니다. 당신게셔도 ᄀᆺ치 가시지오.』

크로가 이 말을 듯고 깜작 놀나면셔,

『여보 녕감, 어셔 다라나시오, 여긔 잇지 말고 어셔 다라나요.』

톰은 머리를 흔들고,

『엘니사는 가는 게 죠치, 나도 말니지는 아니ᄒ지마는 나는 갈 수 업셔.
내가 다라나면 상뎐될 세간은 한푼 안 남고 다 쎅앗기실 터인데. 내몸 하나
팔녓스면 그만 아닌가. 마누라, 자네도 녕감 마님을 털긋 만치도 원망을랑
말게.』

ᄒ고 북두 갈쿠리 ᄀᆺ흔 손으로 얼골을 가리우고, 훌적훌적 울더라. 엘니사
도 홀일업시 혼자 가기로 ᄒ고, 크로다려,

『아즈면이 죠지를 보시거든 내가 가나다에 갓다고 즈셰히 닐너줍시오.』

ᄒ면셔 크로를 안고 한참이나 울다가 가만가만히 대문으로 나가더라.

四

셸비 량쥬는 어제밤 오릭도록 니야기도 ᄒ고 자리에 누어도 조름 오지 아
니ᄒ야 늦게 잠이 들엇다가 오늘 아츰에는 닐곱 시나 되여셔야 닐어낫더라.
세 번이나 쵸인종을 눌너도 엘니사의 대답이 업슴으로 안데라는 사나히 종
을 불너,

『애, 엘니사 좀 불너라, 세 번이나 불너도 대답이 업고나.』

ᄒ얏더니 안데가 엘니사의 방에 갓다가 눈이 둥글ᄒ야,

『엘니사의 방에는 문도 열어노코 아모도 업서요. 방바닥에는 옷가지를 벌여노코요. 아마 다라낫나 보올시다.』

량쥬도 그럴 줄은 알고 잇던 것이라,

『년, 엇더케 알고서 다라낫고나.』

『에그, 하ᄂ님쎄서 도아주셧고나. 잘 다라낫다.』

『그게 말이라고 ᄒ나 ᄉ셜이라고 ᄒ나. 만일 내가 도망이나 시킨 줄 알면 그 놈이 오죽 트집을 ᄒ겟소.』

십오 분 동안이나 안팟그로 야단을 ᄒ고 찻는 동안에 크로는 알은 체도 아니ᄒ고 아츰 준비를 ᄒ더라.

이럭져럭ᄒ는 사이에 하레가 말을 타고 달녀 오더니, 인ᄉ도 아니ᄒ고 객실에 쮜여셔 들어오면 소리를 놉혀서,

『셸비 씨, 이 일을 엇젼단 말이오?』

『여보, 안악에셔도 잇는데 넘우ᄒ시구려』ᄒ는 셸비의 말에, 하레는 허리를 굽실굽실ᄒ면셔,

『잘못되엿습니다, 용서ᄒ옵시오. 그런데 그게 졍말이야요, 졍말 다라낫서요.』

『참 안 되엿습니다. 그년이 아마 문 밧게셔 엿듯고 섯셧던 모양이야오.』

『그럴 줄도 알앗지오.』

『엇재서요?』

『아니올시다. 그거 적지 아니ᄒ 것을 일허바렷단 말이야요.』

『글세, 참 대단히 미안ᄒ올시다. 마는 만일 나를 의심ᄒ시던가 ᄒ시고 보면 나도 가만히 잇슬 수는 업스닛가 어듸ᄭ지든지 도아는 들이겟습니다. 나도 그럴 의무가 잇스닛가 말도 빌녀들이고 사람도 들일 것이니 위선 조반이나 잡수시고 봅시다.』

ᄒ고 안데라는 죵과 삼이라는 죵을 불너 말게 안장을 지어 하레를 모시고

엘니사를 따라가라고 명령ᄒ더라. 그러나 두 죵은 불힝히 엘니사가 잡힐가 넘려ᄒ야 일불어 모든 쥰비를 늘이게 홀 세 에밀니 부인이 두 죵다려,

『너희들 조심히서 하레 씨를 모셔라. 그 말이 발이 좀 샹ᄒ야셔 쌜니 것지는 못ᄒᄂ니라.』

『네이, 알아차렷습니다. 걱정 맙시오.』

하레는 시각이 밧버셔 덤븨건마는 죵들은 엘니사가 잡히기를 두려워ᄒ야 말을 놀내어 다라나게도 ᄒ고 하레를 말게셔 썰어지게도 ᄒ며, 말을 잡으려 가셔는 일브러 잡을 것도 못 잡는 듯, 또 저희도 이리 넘어지고 져리 쓰러져 옷도 바리고, 말을 잡아 가지고 와서도 말게 흙이 뭇엇느니 빅가 곱흐니 별에 별 핑계를 다ᄒ야 시간을 늣게 ᄒ며, 에밀니 부인도 크로를 다리고 부억에서 졈심을 차리면셔 쌔다 그릇도 업지르고 다 닉은 고기를 고양이게 먹이고는 새로 고기를 지지며, 것츠로는 속이 다는 듯 분주히 돌아다니나 속으로는 될 수 잇는 ᄃ로 하레를 붓들어 엘니사로 ᄒ여곰 한 거름이라도 더 멀니 가게 ᄒ려 ᄒ더라. 이리ᄒ야 오후가 훨신 지나서야 일힝이 쩌나갈 세 죵들은 짐짓 길을 잘못 들엇다가 돌아나오기도 ᄒ며, 길 가온데셔 말을 세우고 북두를 조르기도 ᄒ야 여러 시간을 허비ᄒ 뒤에 져녁째야 비로소 엘니사를 맛낫더라.

五

엘니사는 톰의 집에셔 쩌나셔 홀로 찬 바람을 쏘이면셔 서리 찬 먼 길을 한 거름 두 거름 다라날 세, 어렷슬 째 죠지와 함쯰 손목을 마조잡고 노니던 나무 그늘이며 양의 쎼를 몰던 풀밧츨 바라보고 그쌔 세상의 괴로옴을 모르고 즐겁게 자라나던 싱각을 ᄒ고, 오늘날 즘승과 ᄀᆺ치 죵으로 팔니랴는 어린 아들을 다리고 지향 업시 다라나는 일을 싱각ᄒᄆᆡ 가슴이 터져나며 눈물이 비오듯 ᄒ더라.

나고 자란 정든 고향을 영원히 리별ᄒ거니 ᄒ면 풀 한 포기 나무 한 가지라도 안고 입을 마초고 십흐나 이러케 급흔 자리에 그런 싱각홀 겨를도 업슴으로 입을 꽉 담고 언 손으로 눈물을 시치면셔 압만 바라보고 다라나더라. 언 길 위 제 발자최 소리에도 사람이 짜라오ᄂ 것이나 아닌가, 새벽 바람에 나무닙 갈니는 소리에도 몸을 썰면셔 쌔르던 거름을 더 쌔르게 ᄒ니, 이런 쌔에는 아희가 무거온 줄도 모르고 엇던 다른 힘이 몸을 바쳐주는 듯ᄒ야 몸에 무게가 업는 듯. 속으로 『하ᄂ님이시여, 불상흔 져의를 건지여 주옵소셔』 긔도를 올니더라.

　할니는 하도 이샹ᄒ야 잘 홀 줄도 모르는 말을 가지고 멧 마듸 ᄒ다가 그 어머니의 꾸지람을 듯고 토실토실흔 손으로 어머니의 목을 안고 한참이나 가다가 그만 잠이 들어 셰샹을 모르더라. 그러나 목에 다은 짜뜻흔 손까락 쯧흐로 형용홀 수 업ᄂ 힘이 흘너 엘니사의 피줄로 돌아가는 듯ᄒ야 동틀머리에 四五十리 길이 나왓더라.

　오하이오 강가에 에밀니 부인의 친척이 잇셔 여러 번 부인을 모시고 와본 일이 잇는 고로 그 길로 가셔 오하이오강을 건너 가나다로 건너셜 작뎡이라.

　츠츠츠츠 구루마 소리도 나고 말 소리와 사람의 말도 들니는지라. 엘니사는 남의 눈에 이샹히 보일가 녀겨 아희는 걸니고 져도 될 수 잇는 듸로 마음을 놋는 드시 거르려 ᄒ나 어린 것이 마음듸로 것지를 못ᄒ니 엇지 ᄒ리오. 보통이에셔 능금을 내어 길에 던지면 할니는 그것을 집노라고 쒸여간다. 이 모양으로 어린 것을 닛글면셔 젹지 아니흔 길을 걸어 엇던 수플 속에 다다르니, 쳘 업ᄂ 할니는 뒤에 저를 죽이랴는 사람이 짜르는 줄도 모르고 배가 고프다고 발악을 흔다. 홀일업서 길에셔 아니 보일 만흔 수플 속 개천가에 들어가 과즈도 내여 먹이고 물도 써 마시울 세, 할니는 그 어머니가 아모것도 아니 먹는 것을 걱졍ᄒ야 과즈를 집어다가 어머니의 입에 틀어넛코 그릭도 아니 먹으면 목에 매여달녀 울랴고 ᄒ더라. 엘니사는 할니를 꽉 쓸어안

고 눈물을 흘니면셔,

『나는 아모 것도 못 먹는다, 네가 아조 살아나기 젼에는 아모 것도 못 먹어! 어셔 밧비 이 강을 건너가야 우리 둘이 살아난단다.』

여긔셔 써나 三十리쯤 걸어 엇던 촌즁에 다다르니 이제는 아는 사람도 업겟고 셜혹 아는 사람을 맛난다 ᄒ야도 셸비집에셔 다라날 줄로는 싱각지 아니홀지며, 쏘 할니의 얼골은 빅인죵ᄀᆺ치 싱겻슴으로 아모도 이샹히 녀기지는 아니ᄒ리라 ᄒ야 엇던 촌가에 들어 져녁을 식혀 먹은 후에 다시 써나 해 지게 틱촌에 다다르니, 다리는 아프고 발이 부르터 한 거름도 옴겨노키가 어려오나 마음은 더욱 밧부더라. 쌜니 강가에 니르러 본즉 마귀 갓흔 푸른 물에 우으로 흘너오는 어름장들이 강ᄉ가로 숫쳐 흘너 찌구덕찌구덕 서로 마조치면셔 물결을 조차 흘너 나려가며 타고 건널 배조차 업스니 이를 엇지ᄒ잔 말고 엘니사는 기가 막혀 한참이나 졍신을 일코 셧다가 겻헤 잇는 쥬막에 들어가 그집 로파다려,

『나루배가 안 써납닛가.』

『강이 막혀 못 써납니다. 에그, 거 참 아니 되엿네. 무슨 급흔 일이 잇나요.』

『아기가 병이 낫다기에 가는 길이야요. 어제 져녁식지는 당초에 몰낫다가 오늘 아츰에야 일고 죵일 달녀왓더니…….』

『누가 좀 건너들일 사람 업겟소.』

『어듸 봅시다. 아마 잇겟지.』

『아모러나 좀 이리로 들어오시오. 아기가 얼마나 칩겟나.』

ᄒ고 침상 잇는 방으로 마자들이거늘 엘니사는 할니를 침상에 누이고 저도 겻헤셔 몸을 녹히면셔 나루배 건너주기만 기다리더니, 문득 창 밧게 삼의 얼골이 보이는지라, 깜쟉 놀나 엇지홀 줄을 모를 제 삼이 일부러 모즈를 날니면셔 소리치는 것을 듯고 엘니사는 얼는 방안에 숨고 하레의 일힝은 그 쥬막 마당에셔 말을 세우더라.

엘니사는 할니를 안고 혼이 쌔져 다라나 강가으로 나간다. 하레가 엇지 ᄒ다가 그것을 보고,

『삼아, 안데야, 져년 져긔 잇다.』

ᄒ고 사냥개가 짐승을 본 듯 싸라 오거늘, 엘니사가 강가에 다다라 뒤에 싸라오는 무리를 보고 싱각ᄒ되 할니를 죵으로 주는 것보담은 내 품에 안겨 ᄀᆞ치 고기밥이 되는 편이 나흐리라 ᄒ야 터드럭터드럭 무서운 소리를 내며 흘너 나려오는 어름쟝에 성큼 올나서니, 이는 미친 사람이나 죽으랴는 사람 아니고는 ᄒᆞ지 못홀 일이라, 실로 이 불상ᄒ 두 목숨은 바람마지에 노흔 등불과 ᄀᆞ도다. 하레의 일ᄒᆡᆼ은 이것을 보고 다만 『져것, 져것』홀 ᄯᅳ름이오 엇지홀 줄을 모르더라.

엘니사가 한참이나 흘너가는 어름쟝을 타고 섯더니, 그 어름쟝이 한편으로 기울며 버걱버걱 소리가 나매 『사람 살니오』 소리를 치며 ᄯᅩ 다른 어름쟝에 옴겨 타더라. 이러케 한 어름쟝이 기울면 다음 어름쟝으로, 그것이 ᄯᅩ 기울면 ᄯᅩ 그 다음 어름쟝으로 밋글어지며 업들어지며, 한 발이 물에 쌔졋다가는 한 손이 어름에 집히는 양은 겻혜 섯는 사람도 몸이 썰니더라. 어느새에 구두는 버서져서 발에서 소사 흐르는 붉은 피는 무졍ᄒ 어름쟝을 물들이더라. 그러나 하늘은 이 두 목숨을 아니 바리사 마츰내 그 강 져편에 다다르게 ᄒ시고 눈물 잇고 피 잇는 사람으로 ᄒ여곰 졍신 일흔 두 몸을 건지게 ᄒ시니, 건진 이는 곳 엘니사와 ᄀᆞᄒ 인형을 써도 사람 아닌 사무이러라. 엘니사가 간신히 졍신을 차려

『나는 할니의 ᄌᆞ유를 위ᄒ야 다라나는 길이니 살녀주시오.』

ᄒ고 젼후 니야기를 다ᄒ야 들닌대, 사무이도 눈물을 흘니면서 아조 친졀ᄒ 목소리로,

『내니 엇지ᄒ오. 내가 무슨 힘으로 살녀들이겟소. 내 한 군듸 지시ᄒ여 들 일 것이니 그리로 가시오. 거긔만 가시면 긔어코 살아나리다.』

六

　메리라는 인ᄌᆞ흔 부인의 지아비 바아드는 오하이오도 원로원 의원이라. 마츰 이째 워로원에셔 도망ᄒᆞ는 죵 보호ᄒᆞ는 쟈에게 죄를 주쟈는 법률을 의론ᄒᆞ더니 메리 부인이 이 말을 듯고 남편 돌아오기를 기다려,

　『그런 법률이 어듸 잇단 말이요, 그것은 하ᄂᆞ님의 ᄯᅳᆺ에 어그러지ᄂᆞᆫ 법률이 아니오닛가』

ᄒᆞ고 극렬ᄒᆞ게 원로원을 공격ᄒᆞ다가,

　『그 약ᄒᆞ고 불샹흔 것들을 못 살게ᄒᆞᄂᆞᆫ 픠려ᄒᆞ고 괴악흔 법률이 생기거든 내가 맨 졈져 그 법률을 ᄶᅢ터리겟소이다.』

　『여보, 그러케 감졍으로만 생각ᄒᆞ여셔야 무슨 일이 되오. 큰 공공흔 리해를 싱각ᄒᆞ여야지.』

　『공공흔 리익? 사람을 못 살게 ᄒᆞᄂᆞᆫ 공공흔 리익이 어듸 잇셔요 남을 잡아먹고라도 제 배를 불니랴ᄂᆞᆫ 그러흔 법이 어듸 잇겟습닛가.』

　ᄒᆞ고 눈물을 ᄲᅮ리며 ᄒᆞ는 말에 바아드도 다시 되답홀 말이 업셔ᄒᆞ는 즈음에 크죠라는 사나희 죵이 들어와셔,

　『마님, 부억에 좀 와보셔요.』

ᄒᆞ는지라. 바아드는 그졔야 마음이 노혀 그날 신문을 보더니 한참이나 잇다가 부인이 돌아와셔,

　『령감, 이리 좀 오십시오.』

ᄒᆞ기로 부인을 ᄯᅡ라 가본즉 엇던 쇠쇠 마른 안악네가 물 뭇고 어름 언 옷에 어린 아희를 안고 긔졀ᄒᆞ엿는데, 발에셔는 피가 ᄯᅮᆨᄯᆨ ᄯᅥ러지거늘 메리 부인과 죵 데나는 부인을 구완ᄒᆞ며 크죠는 아희를 무릅 우에 놀녀노코 저진 보션을 벗기고 언 발을 비벼주더라.

　얼마 잇다가 엘니사가 그 크고 검은 눈을 반쯤 ᄯᅳ고 메리를 보거늘

　『에그, 이런 변이 잇나』

ᄒ는 메리의 말은 듯지도 못흔 듯 그 얼골에는 근심ᄒ는 빗치 나더니,

『할니야 할니야, 할니가 어딀 갓나.』

ᄒ고 벌덕 닐어남이 할니도 크죠의 무릅헤서 쒸여 내려와 그 어미의 목에 매달니더라. 엘니사가 할니를 쓸어안고,

『오니야, 네가 여긔 잇고나. 잡혀가지 아니ᄒ고 여긔 잇고나.』

ᄒ고 메리 부인을 치여다 보면셔,

『마님 살녀 줍시요. 이것을 쌔앗기지 안케 ᄒ야 줍시요.』

『오냐 걱정 마라. 걱정 말고 여긔 잇거라.』

ᄒ니 엘니사는 깃브기 그지 업셔ᄒ면셔,

『황숑홉니다』

ᄒ고 싸에 업드려 눈물을 흘니더니, 여러 가지로 위로ᄒ여 주는 말에 마음이 노혀 난로 졋헤 잇는 침상에 눕더니 곳 잠이 들면셔도 제 아희는 노치 아니ᄒ더라.

이 광경을 보고 바아드 량쥬가 즈긔방에 돌아와 여러 가지로 의론을 홀 시 계집죵 데나가 오더니,

『그 사람이 닐어서 마님끠 엿줄 말슴이 잇다 ᄒ옵니다.』

ᄒ거늘 량쥬가 가본즉 엘니사는 악가갓치 황망ᄒ던 모양은 조곰도 업고 아모 싱각도 업는 듯이 난로불만 보고 안졋더라.

『내게 무슨 홀 말이 잇느냐, 좀 낫긴ᄒ지.』

그러나 엘니사는 다만 슬프게 메리의 얼골을 치여다 보고 한숨만 쉬이거늘 메리 부인도 구슬픈 마음이 싱겨 눈물이 고이며,

『걱정홀 것 업다. 여긔 잇는 사람들은 다 네 편 아니냐. 대관졀 너는 어딀 살며 가기는 어듸를 간단 말이냐.』

『저는 켄터기에서 도망ᄒ야왓습니다. 나를 잡으려고 ᄒ는 사람들이 조차 와서 졍신 업시 오하이오강을 건너 왓습니다.』

『그러면 너도 죵인 게로고나. 네 샹뎐이 뭅슬 이더냐.』

『아니올시다. 제 샹뎐은 두 분 다 참 죠흔 어른이시지오.』

『그런데 웨 죽는 것도 안 혜아리고 도망을 ᄒᆞ느냐.』

엘니사가 뒤답은 아니ᄒᆞ고 물구름이 메리 부인을 보면서,

『마님 아기 업스심닛가.』

이 말에 바아드 량쥬는 몸이 썰닌다. 메리 부인의 가슴에는 새로온 슬픔이 소사나셔 썰니는 목소리로,

『에그 두어 날 뎐에 죽엇단다.』

바아드는 슬픈 모양을 아니 보일 양으로 문게로 가고 메리 부인은 눈물을 씨스면서,

『웨 그런 소리를 ᄒᆞ느냐. 아아』

『마님게셔도 아기 싱각을 ᄒᆞ시고 그리 슬어ᄒᆞ시니 져도 불샹히 보아 주십시오. 져도 둘은 죽여 바리고 이제는 이것 하나쑌인데요, 이것ᄭᆞ지 업스면 무슨 ᄌᆞ미에 살겟슴닛가. 그저 이것 하나를 ᄌᆞ미로 살아가는데 그것을 쎄아서 가럄니다그려. 이런 어린 것을 사다가 무엇에나 쓰겟슴닛가마는 긔왕 팔넛스니 엇지ᄒᆞ닛가, 그래셔 밤에 이것을 다리고 도망ᄒᆞ야 나왓더니, 이것을 산 사람과 쥬인집에셔 ᄯᅡ라오지 아니ᄒᆞ닛가. 넘어도 무셔워셔 죽기를 긔쓰고 오하이오강 어름쟝을 탓슴니다. 그러고는 엇더케 되엇ᄂᆞᆫ지 졍신 업다가 엇던 죵이 살녀주어셔 이러케 살아 잇습니다.』

말ᄒᆞ는 사람은 눈물조차 다 말나셔 남의 말ᄀᆞ치 ᄒᆞ건마는 듯는 이는 누구던지 다 얼골을 가리우더라. 바아드도 밧것흘 내다보며 눈물에 흐린 안경을 닥더니,

『쥬인이 그러케 무던ᄒᆞᆫ 인데, 웨 그 애를 팔앗단 말인가.』

『착ᄒᆞ신 이지마는 빗을 만히 지셔셔 엇지ᄒᆞᆯ 수 업시 팔으셧셔요. 마님게셔는 이것을 살녀주시려고 애를 쓰십듸다마는 령감게셔 엇지ᄒᆞᆯ 수 업다 ᄒᆞ

시는 말슴을 듯고는 그만 이것을 다리고 다라낫습니다. 이것을 노코야 엇더케 살겟습닛가.』

『셔방은 업섯니.』

『녜. 잇긴 잇습니다마는 쥬인이 짠 쥬인이고, 또 그 쥬인이 몹슬어서 서로 맛나지도 못ㅎ게 ㅎ고 새새 틈틈 맛나는 것이 미워셔 남방에다 판다닛가 일싱에 다시 맛날 날이 잇슬가 십지 아니ㅎ니다.』

『그런데 가면 어듸를 간단 말이야.』

『글세요, 가나다에나 갈가 ㅎ옵니다마는 가나다가 쇄 멀지요.』

『무어, 가나다엘 가, 그러케 멀니?』

『이것이 죵만 아니 된다면 아모 데나 가겟습니다.』

『가만 잇거라. 엇지힛스나 오늘은 여긔서 자고 어듸 잘 되도록 싱각ㅎ야 보쟈고나. 애, 데나야 네 방에 자리 펴 주어라.』

七

오늘은 하레가 톰을 다리러 올 날이라. 크로 할미는 톰이 죠아ㅎ는 음식을 맨들며 가져갈 옷을 차리노라고 새벽붓허 돌아가다 조반을 먹고 나셔 좀 쉬려홀 즈음에 에밀니 부인이 얼골에 슬픈 빗을 씌고 들어오거늘 크로가 얼는 닐어나 의즈를 들인대 부인이 덜퍽 의즈에 걸어 안지면서, 방안을 한번 둘너보고

『에그, 톰아, 엇지ㅎ면 죠흐냐.』

ㅎ고 손수건으로 눈을 가리우며 흑흑 늣기거늘 크로 할미도 팔에다 얼골을 대고,

『웨 우십닛가, 울지 맙시요.』

이것을 보고 방안에 안젓던 사람들은 다 눈물을 흘니더라. 에밀니 부인이 고개를 들면셔,

『암만 너를 건져 주랴도 홀 수가 업고나. 쏘 아모것도 줄 것이 업다. 돈을 주면 죠켓다마는 돈이 잇스면 네가 쓰겟니, 쌔앗기거나 ᄒ지. 이제 가면 얼마나 고싱을 ᄒ겟느냐마는 그저 참아다고 내 아모련 짓을 ᄒ야서라도 너 잇는 데를 알아두엇다가 도로 너를 차자올 것이니 응, 닛지 말고』

이리홀 제 즘승 ᄀᆺ흔 하레가 말 채쭉을 들고 들어오면셔,

『얘, 이놈아 아즉도 차비를 아니ᄒ얏단 말이냐. 썩썩 나서라.』

ᄒ다가 졋헤 에밀니 부인이 안젓는 것을 보더니 갑쟉이 겸지 안하지면셔 인ᄉ를 ᄒ다.

크로는 무거온 보퉁이를 들어가다 톰에게 주면셔 원망스러이 하레를 흘겨보더라.

톰이 보퉁이를 둘너메고 하레의 뒤를 싸라 나갈 제 크로는 세 아희를 다리고 울며 나가고 니웃사람들도 모다 모여와셔 마챠를 둘너셔더라. 톰은 속이 착ᄒ야 여러 졂은 종들을 ᄉ랑ᄒ야 부릴 쑨더러 예수를 잘 밋어 여러 종에게 뎐도를 ᄒ야 교회에 션싱이 되엿슴으로 항상 톰을 ᄉ랑ᄒ고 공경ᄒ던 그들이라, 톰이 팔녀가는 것을 슬퍼ᄒ는 마음은 졍히 간졀ᄒ던 즁에

『어서 올나 타라.』

ᄒ며 짐 구루마 ᄀᆺ흔 마챠에다가 톰을 모라싯고 자리 아레셔 썰넝썰넝ᄒ는 고랑를 내여 톰의 다리를 채우ᄂᆫ 것을 보고, 둘너셧던 사람들은 주먹을 부르쥐고 니를 갈더라.

『여보시요. 그러케 아니ᄒ셔도 걱졍업습니다. 톰은 결단코 다라나거나 그런 일은 홀 사람이 아니외다.』

ᄒ는 에밀니의 말에 하레는 빙긋 우스면셔,

『그러키도 ᄒ겟지오. 그러나 나도 그런 말슴 듯다가 四五百원 돈이나 밋졋는데 쏘야 속겟슴닛가.』

셸비는 하레의 셩화를 밧기도 실코 쏘 슌실ᄒ게 제 말을 좃는 부쳐 ᄀᆺ흔

톰의 얼굴을 딕ᄒ기가 붓그럽기도 ᄒ야 여간ᄒ 일을 핑계로 싀벽에 어듸로 나가셔 아니 들어오고, 그 아들 죠지도 마츰 놀너 나가고 아니 보이더라. 톰은 죠지를 맛나보지 못ᄒ고 ᄯ나는 것이 하도 섭섭ᄒ야 마챠 우에서 손을 두루면서,

『도령님을 못 보입고 가는 것이 섭섭ᄒ야 못 견듸겟소이다. 돌아오시거든 그 말슴이나 ᄒ야 줍시요.』

주먹으로 눈물을 씨슬 제 벌서 말은 발굽을 울니며 ᄲᆞᆯ니 달아, 보늬는 사람의 얼골들이 ᄎᆞᄎᆞ 희미ᄒ여지더라.

한참이나 오다가 엇던 대쟝간 압헤 다달아 말을 세우고 마챠에서 녹쓴 수갑 하나를 내여 들고 들어가더니 한 손으로 톰을 가르치면서,

『져놈의게 채울건데 좀 적어셔 못 쓰겟네, 얼는 고쳐주게.』

대쟝장이가 하레의 가르치는 데를 보더니 깜쟉 놀나며,

『져게 누구요, 셀비 댁에 잇던 톰씨 아니오닛가.』

『웨 아니야.』

『아, 령감게셔 사가시는 길입닛가.』

『응, 삿네. 쾌 빗사게 삿네. 밋지지나 아니ᄒᆞᆯ지.』

『령감. 톰이 ᄀᆞᆺᄒ면 슈갑은 희셔 무엇히요 톰이 ᄀᆞᆺ히 츙직ᄒᆞᆫ 사람은 업는데.』

『여보게 말 말게. 져런 것이 츙직이 다 무엇이란 말인가. 쟈, 어셔 슈갑이나 ᄒᆞ여 주어야지.』

대쟝은 슈갑을 들고 이리 뒤젹 져리 뒤젹ᄒ면셔,

『아니야요, 톰은 예수도 진실히 밋고 참…….』

『흥. 죵이란 것은 틈만 잇스면 도망ᄒᆞ랴는 놈이나 되여야 그래도 제 구실을 ᄒᆞ지, 도망ᄒᆞᆯ 줄도 모르는 놈이야 무엇에나 쓰겟나.』

『계집과 싀기들은 다 두어두고 오나요.』

『그럼. 그것을 다 ᄭᅳᆯ어다가 무엇에다 쓸나고 계집 싱각이 나거든 새것을

하나 엇으면 그만이지. 아모 데를 간들 계집 업는 데 잇슬나고』

톰은 하레와 대쟝의 문답ᄒ는 말을 듯고 홀로 슬퍼홀 제 문득 뒤에 달녀 오는 말발굽 소리가 나더니, 죠지가 마챠 졋헤 와서 말게 나려 톰을 쓸어안고 울거늘 톰은 고맙기도 ᄒ고 슬프기도 ᄒ야,

『아이고 도령님 오셧구려. 아이고 반가워라. 이러케 한번 다시 도령님을 맛나 보앗구려.』

ᄒ고 발을 들엇다 노흘 제 죠지가 그 고랑 찬 것을 보더니 왈칵 셩을 내여,

『이게 무슨 짓이야. 이 개ᄌ식 쥐어박아 줄가보다.』

ᄒ고 주먹을 싹 부르쥐고 쮜여 나려가려 ᄒ거늘 톰이 울며 손을 잡고,

『도령님, 이게 무슨 말슴이요. 져 사람을 셩내면 톰은 엇더컵닛가.』

『네 말이 올타. 참으마. 애, 우리 집에셔도 넘어 ᄒ시는구나, 내게는 아모 말도 업시 이게 무슨 짓이란 말이냐. 내 이제 집에 가면 실컨 야단을 칠 터이다.』

『웨 그런 말슴을 ᄒ셔요 부모님 걱정시키는 것이 효도가 아니라고 제 식기ᄒ테 늘 말슴ᄒ시든 도령님의 입으로.』

죠지는 얼는 대쟝간을 들여다 보고 호주머니에서 금돈을 내여 들면서, 가만히,

『톰아, 내 너 주랴고 돈을 좀 가져 왓다, 쟈.』

『아니오. 내가 돈은 ᄒ셔 무엇ᄒ나요.』

ᄒ고 돈은 밧지 아니ᄒ나 마음으론 몹시 깃버ᄒ는 모양이라, 그러나 이것은 금을 보고 그러홈이 아니오 죠지의 짜쯧흔 졍이 이 불샹ᄒ고 눈물 찬 톰을 깃브게 홈이러라.

『쟈, 어셔 밧아 두어라. 내가 크로게 이 말을 ᄒ얏더니 돈에다 구녕을 쭐코 실을 쐬여 목에 달랏기에 그러케 ᄒ야 왓스니 쟈, 어셔 밧어라. 져 하레 놈 볼나.』

『아니오, 그것 가지면 내가 씁닛가. 마음만 희도 죽도록 못 닛겟습니다.』

『그런 소리 말고 어서 밧어. 이것을 볼 쩌마다 내가 다리러 오겟거니만 싱각ᄒ고 잇거라. 정말 내가 다리러 갈 터이야, 만일 아부지게셔 말을 아니 드르시거든 내가 죽기로써 간구ᄒ려 ᄒ다. 어서 밧어.』

ᄒ고 돈을 톰의 옷속에 너허 주거늘 톰은 다시 ᄉ양을 아니ᄒ고난

『도령님. 아부지를 섭섭히 알으시지 말고 공부를 잘 ᄒ시여 일홈(난) 사람이 됩시오, 녜. 아부지 모양으로 죠흔 량반이 되시고 어머님과 ᄀᆺ히 예수를 잘 밋으서야 ᄒᆸ니다. 녜. 제 말을 닛지 말으서요.』

『오냐. 긔어코 내 유명ᄒᆫ 사람이 되마, 응.』

이리ᄒ는 즈음에 하레가 새로 고친 수갑을 들고 오거늘,

『톰. 나는 간다. 부듸 잘 가거라.』

ᄒ고 하레한데 가셔 인ᄉ를 ᄒ고,

『나는 당신이 엇더케 톰을 대접ᄒ시나 보고 부모님게 엿주랴고 왓습니다.』

『그 참 잘 왓고나.』

『당신은 사람을 즘승 모양으로 묵거다가 돈을 밧고 팔아먹고도 붓그러온 줄도 모르시오.』

『그러면 엇지ᄒ야. 남들이 다 ᄒ는 일이닛가. 남들이 이 쟝ᄉ를 그만 두면 나도 말지마는……』

ᄒ고 썰썰 웃더니 챗죽을 들어 말을 몬다. 말게 올나 말 머리를 돌니면서,

『톰아, 부듸 잘 가 잇거라. 앗갓 말 닛지 말고, 응.』

『녜에, 안녕히 겝시오, 하ᄂ님이시여 죠지의게 복을 내려주옵소셔.』

톰은 고개를 돌녀 죠지의 탄 말이 몬지를 닐희면서 달니는 양을 보다가 산 모루로 돌아서 아니 보일 젹에 낡은 셩경을 내여

『ᄯᅡ 우에 모든 것이 다 업서지리로되 오즉 ᄉ랑은 영원ᄒ리라』는 구졀을 보고 즐거운 듯이 우슬 세, 하레는 신문을 ᄯ집어 내여 톰을 빗사게 팔 양으

로 죵의 시셰와 죵 사쟈는 광고를 찻더라.

八

켄터키도에 엇던 촌 쥬막에 이러흔 광고가 붓헛더라.

『내 집에 잇던 퇴기 죵 죠지가 지나간 아모 날붓허 간 곳을 알 수 업스니 그 놈을 잡아오거나 죽은 줄을 확실히 알게 ᄒ여 주시는 이에게는 돈 四百원을 들이오리다. 그 놈의 키는 여섯 자나 되고 얼굴빗 희고 회식 머리털이 곱실곱실ᄒ고 말이 졈지안코 글도 보고 지을 줄을 아오니 빅인으로 힝세홀 듯ᄒ외다.』

벌서붓허 엇던 늙은 신소가 그 광고를 ᄌ세히 보더니, 엇던 마챠가 문 밧게 와 서며 그리로서 키는 크고 눈은 검고 샛별 ᄀᆺ흐며 코마루 놉고 입 꽉 다문 훌륭흔 젊은 신소가 나려와 죵의게 가방을 들니고 쑤벅쑤벅 졈지안케 방으로 들어와셔 턱으로 하인의게 짐 노흘 데를 가르치고, 객도긔에는 『오클닌드에 사는 헨리』로라고 단 뒤에 한 팔로 뒤짐을 지고 그 광고를 보더니,

『애, 우리가 이러케 싱긴 사람을 벨난에서 보지 아녓니.』

다리고 온 죵의게 이러케 말ᄒ고 쥬인을 향ᄒ야,

『내가 지금 곳 무엇을 좀 써야 홀 터이니 얼는 방을 하나 내여 주게.』

ᄒ는듸, 앗가 광고를 보고 섯던 신소는 암만히도 그 신소가 낫치 닉은 듯ᄒ나 썩 싱각이 아니나서 한참이나 의심을 ᄒ는 ᄎ에 ᄉᆡ로 들어온 신사가 갓가히 오면서,

『이게 누구요, 월손 형 아니오, 넘어 보인 지가 오ᄅᆡ셔 얼는 몰낫습니다그려. 모르시겟습닛가, 나는 헨리요.』

『녜. 그러십닛가.』

월손은 웬 심인지도 모르고 ᄒ는 듸답이라. 이ᄯᅥ에 하인이 와셔 방을 다 치엇다고 고ᄒ거늘 새 신소가 다리고 온 죵을 시켜 짐을 들여가게 ᄒ고 늙

은 신수의 손을 잡으면셔,

『좀 엿줄 말슴이 잇스니 제 방으로 와 주실 수 업겟습닛가.』

늙은 신수가 새 신수를 따라 엇던 방에 들어간딕, 새 신수는 문을 잠그고 열쇠를 제 양복 주머니에 너흔 뒤에 늙은 신수의게 의즈를 권ᄒ고 저도 마조 걸어안져 아모 말도 업시 팔장을 끼고 늙은 신수의 얼골만 치어다 보거늘, 월손이 그제야 소리를 나즉이 ᄒ야,

『아, 이게 죠지 아니냐, 난 당초에 몰나 보앗고나.』

『엇지히요. 쇄 사람 ᄀᆺ흡닛가.』

ᄒ고 썰썰 웃는다.

『웨 그런 짓을 흔단 말인가. 난 네 속을 모르겟고나.』

『웨요, 쇄 사람ᄀᆺ히 보이지오.』

월손이라 흠은 죠지가 전에 일ᄒ던 가장 제조소 쥬인이라. 매오 마음이 착ᄒ야 불샹흔 죠지를 구원ᄒ야 주고 십흔 마음은 불ᄀᆺ히 나것마는 또 한편으로는 싱각ᄒ야 본즉 나라 법률도 어긜 수 업슴으로 엇지흘 줄을 모르다가,

『얘, 너 도망ᄒ얏고나, 응. 그러키도 ᄒ겟지, 마는 웨 그런 짓을 흔단 말이냐.』

『웨, 제가 무엇을 잘못흔 게 잇서요?』

『잘못이라니, 위선 네가 제 나라 법률을 범ᄒ지 아녓느냐.』

『내 나라? 내 나라이 어된 지 아십닛가, 쌍속이랍니다. 쌍속에를 들어가야 내 나라이 잇서요!』

『글세 그러키도 흘 터이지. 그야 고싱인들 안 되며 분ᄒ긴들 안켓느냐마는 우리 하ᄂ님의 쯧대로 조차가야 ᄒ지 안켓니. 너도 그러케는 싱각흘 터이지.』

『말슴이라고 ᄒ심닛가, 무어라고 ᄒ심닛가. 만일 령감게서 검둥이흔테 잡혀가서 종이 되면 그것이 하ᄂ님의 쯧이라고 흘 터이오닛가. 그씌에 만일 타고 도망흘 말 하나이 잇스면 그야말로 하ᄂ님의 은혜라고 ᄒ실 터이지오.』

월손이 그만 말이 막혀 고개를 수기고 양산 자루만 만지더니,

『너도 알다십히 내야 이째껏 너를 위ᄒ야 싱각ᄒ지 아니ᄒ얏느냐. 마는 이번 일은 정말 위태ᄒ다. 잡혓다만 보아라, 그만 죽도록 엇어 맛고 남방으로 팔녀갈 터이니.』

『젠들 그럴 줄이야 모릅닛가. 그러닛가 이것을』

ᄒ면서 외투 단추를 그르고 륙혈포 두 자루와 큰 칼 하나를 내여 보이면셔,

『이것이 잇스닛가 텬하에 업서도 남방에는 아니 가지오 불힝히 가게만 되는 날이면 그만 이리ᄒ야 켄터키에 한줌 흙이 되여 바리면 그만 아니오릿가.』

『그게 무슨 쳘 업슨 소리냐, 제 나라 법률도 모르고.』

『그래도 제 나라 법률이라 ᄒ십니다그려. 령감게서는 나라도 잇고 법률도 잇지오마는 나ᄌ히 죵년의 배속으로 나온 놈에게 나라이 다 무엇이며 법률이 다 무엇입닛가. 우리는 법률 만드는 데 참여ᄒ는 힘도 업고 아모 권리라는 것도 업고, 법률이라는 것은 다만 우리를 못 잡아먹어 ᄒᄂᆞᆫ 당신네가 마음대로 우리를 잡아먹기에 죠토록 만든 것 아닙닛가. 당신네 위ᄒ야 만든 법률이 져의게도 유익ᄒᆯ 듯ᄒ오닛가. 령감게서도 언젠지 미국 독립긔념날에 이런 말슴을 ᄒ셧지오. 「우리 조샹은 이러ᄒᆫ 악ᄒᆫ 법률을 반항ᄒ야셔 칼을 잡고 닐어섯다」고 아니 ᄒ셧습닛가.』

월손의 마음은 더욱 어즈러워지고 죠지에게 ᄃᆡᄒᆫ 동졍도 더욱 깁허지나 죠지로 ᄒ여곰 나라 법률을 지키게 ᄒᆞᄂᆞᆫ 것이 가장 죠흔 일이오 또ᄒᆫ 제 의무로 아는 고로,

『법률이 그르기야 ᄒ지마는 그러나 국법을 지키는 것은 우리 사람의 의무닛가.』

죠지가 이 말에는 ᄃᆡ답도 아니ᄒ고 벌덕 닐어서셔 월손의 겻헤 잇는 의ᄌ에 걸어안지면셔,

『쟈 봅시오, 나도 사람 모양으로 걸어안질 줄도 알지오. 내 얼골이 남만

못흡닛가, 손이 남만 못흡닛가, 지식이 남만 못흡닛가, 이래도 사람이 아닐
가요.』

흐고 몸을 한번 흔들고 나셔

『내 아바지는 켄터키에 살던 신수엿습니다. 죽을 쩐에 아모 말도 업셔 어
머니흐고 우리 륙남매는 경민로 팔녀셔 모도 다 여긔 져긔 흣허졋습니다,
강아지나 난회 드시. 우리 어머니는 넘어 셜어셔 그 쥬인다려 져 하나이나
쩌 사셔 함끽 잇게 흐야 달나다가 쥬인의 구두발에 가슴을 치여 죽엇답니다.
바로 이 눈으로 내 어머니 죽는 것을 보앗셔요.』

『응, 그랫던가.』

『제 샹뎐은 무슨 싱각인지 제 누이 하나를 삽듸다그려. 제 누의는 예수도
잘 밋고 마음도 착흐고 교육도 잘 밧은 사람입니다. 저는 누이와 ᄀᆞ치 잇게
되여셔 한참이나 질거이 지냇지오마는 멧 날이 아녀셔 더 슬픈 디경을 당흐
얏습니다. 내 누의가 올흔 싱각과 바른 힝실을 흐야 쥬인의 말듸로 되지 아
니흔 죄로 죽도록 엇어맛고 발길로 채우고 쇠사슬에 얽어매여셔 남방으로
팔녀가고, 나만 혼자 남아셔 이러케 자랏지만 누의님은 그후 어듸 가 살앗
는지 죽엇는지 알 수 업지오, 그 후에야 누가 나를 돌아보겟소, 배가 곱하도
먹을 것이 업셔셔 개가 물고 가는 쎅다귀도 할타 보앗고 어머니와 동싱들이
하도 그리워셔 밤새도록 울고 지낸 적도 잇셧습니다. 수랑이라든가 편안이
란 맛은 쑴에도 본 적이 업소. 령감게서 져를 불샹히 녀기시여 글도 가르쳐
주시고 힝실도 가르쳐 주신 은혜는 과연 죽어도 못 닛겟습니다.』

흐고 한숨을 휘 쉰 뒤에 다시 말을 니어,

『그리고 그 착흐고 얌젼흔 엘니사와 함끽 살게 된 뒤에야 비로소 세상에
ᄌᆞ미란 것이 잇는 줄도 알고 수랑이란 맛도 보앗습니다. 그런데 지금 우리
둘은 다시 맛나지도 못흐게 되엿스니, 이것이 내 나라 법률이야요! 나는 이
런 나라는 업는 것이 죠하요, 우리를 보호흐야 주는 가나다로 다라나셔 그

나라 법률이나 지키겟소이다. 나는 ᄌ유를 위ᄒ야셔는 죽기도 무서워 아니
ᄒ니다. 내 목슴이 잇는 날ᄭ지는 내 ᄌ유를 위ᄒ야 싸홀 터이올시다. ᄌ유
를 엇으라는 싸홈이 당신네 조샹의게 거륵한 싸홈이던 모양으로 이 싸홈도
내게는 가장 거륵한 싸홈이올시다.』

ᄒ는 죠지의 눈에는 불꽃이 날더라. 월손이 견듸다 못ᄒ야 슈건으로 눈물을
씨스면셔,

『가거라, 어서 가거라. 잘 조심ᄒ야셔 함부로 사람을 해ᄒ지 말고 응, 어
서 가거라, 가셔 ᄌ유를 엇어라.』

ᄒ고 돈 얼마를 내여 준대,

『아니올시다, 돈은 제게도 넉넉ᄒ니다.』

『어서 그러지 말고 밧아 두어라, 이것도 졍표니.』

『그러면 밧겟ᄉ니다마는 이것은 가지는 것이 아니오 ᄭ우는 것이올시다.
다시야 남의 것을 엇어 먹겟ᄉ닛가.』

『그러면 부듸 조심히 가거라.』

ᄒ고 층층대에 나려설 제 죠지가 다시 부르더니 앗가 모양으로 문을 잠그고
죠고마흔 비녀 하나를 내여 주면셔,

『령감ᄭ의 아니면 이런 말슴을 ᄒ겟ᄉ닛가, 될 수 잇거든 엘니사를 보시고
이것을 주시고 가나다로 도망ᄒ야 오라고 닐너 주십시오. 암만 샹뎐 마님이
보고 십더라도 다시 집으로 들어가들란 말나고 ᄒ여 줍시오. 죵이란 아모리
죠흔 데셔라도 죽은 날ᄭ지 싸라지 목숨이니 즐거오라거든 어셔 죵의 굴네
를 버셔나라고…… 이 말슴을 젼ᄒ야 주십시오.』

九

하레가 ᄉ방에서 사온 죵들을 싯고 미시십피강으로 나려갈 셰 다른 죵들
은 모다 슬퍼ᄒ고 괴로워ᄒ는 모양이 보이나 톰은 죠곰도 그런 빗이 업고

언제던지 늘 즐겨ᄒ더라. 하레도 ᄎᄎ 톰을 신용ᄒ야 이제는 고랑도 아니 채오고 ᄌ유로 노아주어 배 우에서는 아모 데나 마음ᄃ로 가게 ᄒ는 고로, 분주ᄒ 쎄에는 ᄉ공도 도아주며 아모 일도 업슬 적에는 한편 구석에 안져셔 정성스럽게 성경을 보더라. 글 배혼 것도 얼마 아니되고 ᄯᅩ 늦게 시작을 ᄒ엿슴으로 줄줄 나려 볼 줄은 모르고 한ᄌ 한ᄌ 북두갈퀴 ᄀᆺ혼 손가락으로 집허 가더라. 그 성경에는 나려 그은 줄도 잇고 뎜도 잇고 동구람이도 잇스니, 이것은 다 톰이 혼자 발명ᄒ 표니 제가 보다가 ᄌ미잇게 ᄉ각ᄒ던 데와 죠지가 닑어줄 적에 몹시 감동ᄒ던 곳을 표ᄒ 것이라. 이것을 볼 쎄마다 지나간 날 질겁던 것을 ᄉ각ᄒ고는 홀로 웃더라.

이 배에 늬유, 올네안으로 가는 젊은 신ᄉ가 잇스니 일홈은 크렐이라. 여섯 살쯤 되는 ᄯᆯ 하나와 ᄉ집간 누의 오베리아 부인과 함ᄭ 탓더라. 그 ᄯᆯ은 매오 얌전ᄒ고 령리ᄒ 계집아히니, 성질이 온슌ᄒ고도 활발ᄒ야 잠시도 가만히 안젓지 아니ᄒ고 늘 이리져리로 돌아다님으로 톰도 여러 번 맛나 보더니, ᄌ연히 날마다 졍이 들어 이 계집아희가 압헤 와 선 것을 보면 성경에 잇는 텬ᄉ나 ᄯᅱ여 나온 듯ᄒ야 마음이 항상 깃브더라.

엇던 쎄는 과ᄌ와 감ᄌ를 만히 들고 와서 불샹ᄒ 종들에게 난호아 주고 그 맛잇게 먹는 것을 보고는 혼자 질겨 ᄒ더라. 톰은 이 계집아히를 긔특이 녀겨 ᄌ미잇는 니야기도 ᄒ야 주고 함ᄭ 놀기도 ᄒ야 점점 졍숙ᄒ야 가더니 한번은,

『젹은 아씨, 일홈이 무엇이오닛가.』

『나? 내 일홈은 에반졔린 크렐인데, 아버지는 날 에바, 에바 그래. 네 일홈은 무어냐.』

『내 일홈은 톰인데요. 아기들은 톰 령감, 톰 령감 ᄒ지요.』

『그럼 나도 톰 령감, 톰 령감 홀가. 나 너ᄒ고 놀기 죠하. 너 어듸 가니.』

『나도 모릅니다. 난 어듸 가는지 몰나요.』

『무어, 네가 모르고 누가 안단 말이야, 정말 어듸 가.』

『내가 엇더케 가는 데를 알겟소. 어듸든지 갓다 파는 데가 가는 듸닛가 미리는 모릅니다.』

『너 팔니러 가는고나. 그럼 내 아버지흔테 가셔 너 사라고 엿줄가. 내가 그러면 아버지가 사실 터인데.』

『그러케 되면 작히 죠켓습닛가.』

홀 즈음에 배가 장작을 실으려고 엇던 션챵에 다커늘 에바는 아버지 잇는 데로 가고 톰은 사공들을 도와 짐을 싯더라.

에바가 그 아버지의 손을 잡고 배쌈에 붓허서 배 써나는 것을 보다가 배가 돌아가는 서슬에 몸의 중심을 일허 걱구로 물에 써러지는 것을 보고 아버지도 조차 써러지랴다가 다른 사람이 붓잡기로 소리만 지르더니, 이썩에 갑판 우에 섯던 톰이 에바가 물에 잠기는 것을 보고 옷도 아니 벗고 뛰여들어 한참이나 헤엄을 치다가 물속으로 소사나오는 에바를 안고 배에 올나오거늘 그 아버지가 얼는 밧아 안고 부인실로 다려 들어가더라.

이튼날은 배가 늬유올네안에 닷는 날인 고로 배 탄 사람들이 나릴 준비를 흐노라고 야단이라. 에바는 어적게 일로 얼골 빗은 좀 죠치 아니흔 듯흐나 여전히 즈미잇게 뛰여다니더라. 크렐이 짤의 쎄에 못이겨 톰을 사랴고 하레를 차자 흥졍을 홀 세 에바는 증인 모양으로 그 겻헤 텬연히 섯더라. 하레는 돈을 만히 밧을 양으로 별말을 다흐야 톰을 칭찬흐다가,

『져 놈은 예수도 잘 밋고 글도 알고 셰흘 줄도 알지오, 참 일만삼천 량이면 싸지오.』

크렐은 이 말을 듯고 우스면서,

『예수가 돈에 팔닌단 말은 처음 듯는구려.』

『아버지, 어서 사 주셔요. 아버지 돈 만히 잇스면셔도.』

『글세, 그건 사셔 무엇을 흔단 말이냐. 말 대신에 타고 다니랴니.』

『잘 살게 히줄나고요.』

『응, 네 말이 그러컬랑 사주지.』

이리ᄒᆞ야 톰은 일만삼쳔 량에 팔니고, 산 이 판 이ᄂᆞᆫ 문셔와 돈을 셔로 밧고더라. 하레는 돈을 보고 넘어 깃버서 빙긋빙긋 웃더라.

크렐이 에바의 손을 잡고 톰 잇는 데 와서,

『엇더냐, 깃브지. 오냐, 그럴 터이지. 너 말 부릴 줄 아느냐.』

『녜. 말은 아주 닉습니다.』

『오. 그러면 마부노릇이나 ᄒᆞ여라. 그런데 한 쥬일에 한 번씩밧게는 술은 못 먹으렷다.』

『녜, 쇼인은 술이라고는 한 방울도 아니 먹습니다.』

『오. 그거 참 긔특ᄒᆞ고나. 그러면 아모 걱정 말고 잇거라.』

에바가 톰을 보고,

『아버진 아모 게나 ᄉᆞ랑ᄒᆞ신단다. 늘 웃기만 ᄒᆞ시고.』

『어, 에바 씨의 칭찬을 밧아서 감사ᄒᆞ구려, 하하.』

十

올네안에 배를 나려 마챠를 타고 멧 십리를 가셔 엇던 훌륭ᄒᆞᆫ 집에 다다르니 여러 종과 하인들이 반가이 나와 맛더라. 에바는 곳 어머니 방으로 달아 들어가 목에 매여 달니며 입을 마촌대 어머니는 귀치 아니ᄒᆞᆫ 드시 눈살을 씨그리고,

『에그, 실타. 쏘 두통이 나셔 죽으라고 그러니.』

ᄒᆞ면셔도 딸이 어엿버셔 살작 쓸어안고 입을 마초더라.

에바는 곳 그 방에셔 나와 하인이나 종이나 맛나는 대로 악수도 ᄒᆞ고 입도 마초거늘 ᄀᆞᆺ히 온 오베리아 부인은 눈이 둥글ᄒᆞ야지면셔,

『에그머니. 져 애들 보게.』

『무엇이오.』

『죵에게도 친졀히는 ᄒ여야 ᄒ지마는 입이야 엇더케 마초나.』

『에바 말슴이오닛가.』

『져것 보게나. 져 시컴흔 죵년과 입을 마초지.』

크렐은 하하 웃고 나서면셔 에바 모양으로 여러 죵들과 악수를 ᄒ더니 문간에 나아가 톰을 다리고 들어와셔 부인(마리아)다려,

『이편 여보, 죠흔 마부 사왓소, 쟈 보시오.』

마리아는 기치 아니흔 드시 톰을 보고 별로 깃버ᄒ는 양도 아니 보이더라.

마리아는 큰 부쟈의 ᄯᅡᆯ이라, 어려셔붓허 남의 칭찬 속에 졔 마음대로 자라낫슴으로 크렐 부인이 된 뒤에도 무엇이던지 졔 마음에만 맛게 ᄒ려 ᄒ야 남편을 위로ᄒ다든가 집안일을 보살필 줄은 젼혀 몰으더라. 에바를 나흔 뒤에는 얼마콤 이 못된 버릇을 고친 듯ᄒ더니, 크렐이 하도 에바를 ᄉᆞ랑흠으로 여긔 싀기가 싱겨 밤에 잠도 잘 못자고 늘 마음이 불평ᄒ야 마츰내 몸이 약ᄒ야지고 두통증이 싱겨 요사이에는 한 쥬일이면 四五일이나 자리에 누어 알는 소리만 ᄒ는 터이라. 이번 길에도 크렐이 십여 일이나 묵으면셔도 엽서 한 쟝밧게는 편지도 업셧다고 그것이 분ᄒ야 바가지를 긁는 판이러라.

마리아가 이러흠으로 크렐은 홀로 된 맛누의를 쳥ᄒ여 에바의 교육과 집안 살님을 맛기랴는 터인ᄃᆡ, 마리아 부인은 셩미가 몹시 ᄭᅩᆨᄒ고 쳬면을 즁히 녀기며, 졔가 홀 일이면 쉬은 일이고 어려온 일이고 남의 손을 빌지 아니ᄒ는 셩미러라.

十一

크렐이 집에 돌아온 지 사흘만에 여럿이 모여 안져 조반을 먹을 세,

『누님이 오셔셔 집안일을 다 맛흐셧스닛가 이편은 좀 편안ᄒ겟소 어셔 좀 몸이 소복되여야 아니ᄒ겟소』

『글세올시다. 나는 편안ㅎ겟지마는 형님게서 걱정이십니다. 녀편네 ㅎ는 일이란 죵이나 다름 없서요.』

『죵은 웨 죵이야.』

『아, 져 죵년들이야 아모 거나 흔답딋가, 그져 나 혼자 고싱이지. 그따윗 년들 다 싸려 내조차 버렷스면.』

에바가 턱을 밧치고 어머니의 얼골을 보다가,

『그러면. 웨 죵은 두엇셔요, 어머니.』

『내가 안다드냐. 에그 그년의 계집년들 귀찬하셔 못 견듸겟다. 내 병도 다 그년들 째문이지.』

『쏘 그런 소리를 ㅎ네. 그래도 맘미가 업셔 보아, 하로도 못 견닐 터이니.』

『그야. 그년은 쇄 쓸만ㅎ지마는. 아니 그년도 요새 와셔는 못된 버릇이 생 것셔요.』

『그거 안되엿구려.』

『내가 몸이 편치 아니ㅎ면 일이 만흔 줄은 알면셔도 쿨쿨 쟙바져 자기만 흔다오. 암만 쌔우니 닐어나기나 ㅎ나. 무어 그년도 쌔우는 줄 알기야 ㅎ지. 알면셔도 밉살스럽게 못 들은 척ㅎ고 쟙바졋구려. 어제 저녁에도 속이 타셔 죽을 번 힛지오.』

『그년이 요새 밤마다 늣도록 잇다 잣다는데요. 어머니.』

『네가 엇더케 아니. 그년이 그랫구나.』

『아니야요. 맘미가 그런 말을 ㅎ는 것이 아니라 어머니게서 밤이 들도록 괴로워ㅎ시더라고 그러든데요.』

크렐이 웃고 안젓다가,

『그러컬낭, 졔론이나 로사로 밧고아 두지.』

『무엇이 엇지히요.』

ㅎ고 원망스러이 낫츨 씨그리고,

『그짜위 년들이 곁혜 오면 내가 곳 죽게.』

ᄒ고 오베리아를 향ᄒ야,

『맘미년도, 그래요, 그만힛스면 먹여둘 만ᄒ지마는, 그년이 고집이 세여셔 제 셔방 생각만 ᄒ답니다.』

『셔방도 검둥인가요. 져와 ᄀᆞᆺ히.』

『겸둥이 아니면 누가 그런 걸 다리고 살아요. 그놈은 내 아버지 집에셔 대쟝쟝이 노릇을 ᄒ는데, 집에셔 내놀 수 업대셔 이년만 끌고 왓지오. 년이 아직 나도 졂고 하기에 다른 셔방을 엇으라닛가, 하ᄂᆞ님 쯧이 엇져니 무엇이 엇져니 주제넘은 사셜만 ᄒ고 들어를 주어야지요.』

『색기도 잇나요.』

『에그, 잇셔도 두 개나 됩니다.』

『그러면 그것, 얼마나 보고 십겟소.』

『에그. 그런 개색기 ᄀᆞᆺ흔 더러온 것들을 끌어다가 엇더케 ᄒ게요. 게다가 어미년이란 것은 잠시를 써나랴나.』

이쌔에 크렐은 길게 한숨 쉬면셔,

『그 생각을 ᄒ면 불샹ᄒ야셔 못 견듸겟네.』

그러나 마리 부인은 불샹흔 마음은커녕 종 미운 생각에 셩이 밧삭 올나셔,

『그야, 낸들 얼마나 ᄉᆞ랑ᄒ여 주겟소마는 이제는 아주 사람인 체ᄒ고 가피차에다가 흰 사탕까지 너허 자신답니다. 내가 이층에 잇셔셔 보지를 못ᄒ닛가 저의 마음대로 놀겟다. 여복ᄒ면 이 당신게 입에 쉰물이 돌도록 말을 힛겟소.』

『그만 두시오. 나는 귀에셔 쉰물이 쏘다지도록 들엇소.』

ᄒ고 모으로 돌아 안지면셔 신문을 들거늘, 마리 부인은 속도 샹ᄒ고 원망스럽기도 ᄒ야 두어 번 슬적 크렐을 흘겨 보더라. 에바가 어머니의 억개에 한 손을 집고 고개를 숙여 그 얼골을 보면셔,

『어머니, 내 맘미 대신에 하로 밤 새올가요. 나는 졸니지 아니ᄒ᷉ᆫ데요.』

『무엇이 엇지히, 그게 말이라고 ᄒ᷉ᄂᆫ냐.』

『그래도 맘미는 늣게 자면 두통이 난다는데요.』

『그런 년들의 말 누가 들으랴드냐. 죠곰만 아프면 아이고 아파, 아이고 아파 ᄒ᷉ᄀᆨ 금시에 뒤여질 쓰시 그러지. 난 그런 소린 듯기 실타.』

ᄒ᷉ᄀᆨ 다시 오베리아다려,

『난 그년들 ᄒ᷉ᄂᆫ 말은 하나도 안 듯기로 작정이지오. 형님게셔도 좀 계시면 알으시오리다마는 그년들의 말을 듯다가야 무엇이든지 다 내 손으로 ᄒ᷉여야 ᄒ᷉ᄌᆞ오. 나는 잔사셜이라고는 ᄒ᷉여본 적이 업셔요, 내가 그런 줄은 다 알지오.』

오베리아는 처음이라, 참으로 들으나 크렐은 하도 우수어셔 소리를 내여 웃는지라. 마리 부인은 낫치 밝아지면셔,

『내가 무슨 말을 ᄒ᷉면 언제든지 우스시것다. 이 담에 생각나실 날이 잇슬 터이니.』

ᄒ᷉ᄀᆨ 손수건으로 원망의 눈물을 싯더라.

얼마 동안 잠잣고 안젓다가 크렐과 에바가 나아가거늘 마리 부인이,

『글세, 져럿습니다그려, 내 생각이라고는 한 쌈도 아니ᄒ᷉ᄌᆞ오. 내가 여러 사셜을 ᄒ᷉면 령감게셔는 속이 편치 아니ᄒ᷉실가 보아서 쉴덕 소리도 아니ᄒ᷉ᄀᆨ 참지마는.』

오베리아는 ᄃᆡ답ᄒ᷉ᆯ 말이 업셔 엇지ᄒ᷉ᆯ 줄을 모르고 안젓는데, 마리아는 집 안일을 제 짠은 자세히 말ᄒ᷉노라는 모양이나 압뒤 맛는 말이라고는 한 마듸도 들을 수 업더라. 그러나 마리 부인은 져 ᄒ᷉ᆫ 말을 다 알아 들엇거니, 나 ᄒ᷉ᆯ 말은 다 ᄒ᷉얏거니 ᄒ᷉ᄀᆨ,

『에, 내일부터는 편안이 좀 쉬겟습니다. 그러나 져 에바년이 말을 잘 아니 들어셔.』

『아니오, 아희가 대단히 얌전흔데요.』

『녜, 얌전은 ᄒ지오 마는 져 검둥이년들과 함쯰 놀아서 걱정이야요. 별로 잘못될 것은 업지마는, 나도 어려서는 그것들과 굿치 놀기도 ᄒ엿지마는 져 년은 남 달니 죵년들과 죠하ᄒ여요, 아 글세 그년들을 저와 동등으로 녀김니다그려. 나도 여러 번 잔사셜을 ᄒ지오마는 들어를 주어야지오. 모도 다, 아버지가 바려주는 것이야오.』

ᄒ고 후이 한숨을 쉬다가,

『우리 댁 령감이라고는 나 하나만 못 견듸게 굴고는 다 제 마음대로 ᄒ게 ᄒ지오. 죵이란 것은 눌너 부리는 것이 데일이야요. 나는 어려서붓허 그리히 왓건마는 에바년은 죠곰도 그런 생각이 업셔요, 져것이 접이나 잡게 되면 엇더케나 홀는지 걱정이외다. 그야 ᄉ랑ᄒ는 것도 죠치마는 제일에 디쳬라는 것이 잇지 안습닛가, 져것들은 죵이고 우리는 사람이로구려. 앗가도 그러지 안하요, 제가 맘미 대신에 밤을 새온다고 에그, 엇더케 ᄒ면 죠흔가.』

『죵년들도 사람이닛가 자야 살지오.』

남지지 아니ᄒ게 죵을 미워ᄒ는 오베리아도 마리 부인의 간사스러온 말에 도로혀 반항ᄒ는 마음이 생긴 것이라.

『글세, 그것들이 자지 안코야 살겟습닛가마는 여간 잠구럭이야지오. 이건 바느질ᄒ면셔도 자고 불을 쌔면셔도 자고, 언제든지 졸지 안는 것을 본 적이 업습니다그려. 자다가도 쌔여주기나 ᄒ면. 한번 잠만 든 다음에는 별 야단을 자 쳐도 모르지오. 여간ᄒ면 잔사셜 아니ᄒ는 내가 이런 말을 ᄒ겟소』

ᄒ고 갑 가는 향수병을 잡아 당기더니 이번에는 남편 치기를 시작흔다, 오베리아는 셩가신 드시 쓰다 두엇던 양말을 내여 들고 바늘만 옴기나 마리 부인은 그것은 보지도 아니ᄒ고,

『글세, 그게 무슨 일이겟습닛가. 죵 년놈들은 내가 가지고 왓는데도 넘어 부리느니 ᄉ랑을 아니ᄒ느니, 그것들의 잘못은 우리 잘못이니 엇져니 흔답

니다.』

오베리아가 듯다 못ᄒᆞ야,

『검둥이는 사람 아닌가요. 그것들의 몸에도 우리와 ᄀᆞ히 피가 돌아다닌답니다.』

『엇지히 ᄀᆞ단 말슴이오, 그것들의 피는 더러온 피닛가 우리와 ᄀᆞ지 안치오.』

『그러나 하ᄂᆞ님이 주신 령혼은 잇지오.』

『잇기는 그것들에게도 잇는 것 ᄀᆞ습듸다마는 우리것과는 어듸 대여 보기나 ᄒᆞ겟습닛가. 제 서방을 그러케 ᄯᅥ나 잇셔도 내가 령감 그리워ᄒᆞᄂᆞᆫ 만큼 그리워ᄒᆞᆯ 줄 모르ᄂᆞᆫ 모양입듸다.』

아아, 이런 졍 업는 사람은 다만 아메리카에만 잇는 것인가.

十二

톰은 무슨 일이던지 츙실히 ᄒᆞ고 부즈런히 홈으로 처음에는 마구를 지키는 종의 두목에 지나지 못ᄒᆞ더니, ᄎᆞᄎᆞ 더욱 크렐의 신용을 엇어 얼마 아니ᄒᆞ야 크렐집의 세간차지 ᄀᆞᄒᆞᆫ 직분을 맛게 되엇더라. 날마다 ᄒᆞᄂᆞᆫ 일은 아츰에 닐어나 집을 한번 돌아다니며 여러 종의게 각각 홀 일을 닐너주고, 그 후에는 다만 에바로 더불어 ᄌᆞ미 잇는 니야기도 ᄒᆞ고 성경도 들으며 혹간 찬미를 홀 ᄯᅡ름이러라.

하로는 크렐이 오베리아 부인으로 더불어 니야기를 홀 세, 마당에서 우슴소리가 나기로 내여다 본즉 마당 쟌듸판 바위돌 우에 톰이 걸어 안고 에바가 그 무릅헤 기대셔 실로 역근 쟝미ᄭᅩᆺ 화관을 톰의 머리에 올녀 씨우고, 손벽을 치고 우스면셔,

『톰아. 엇더냐. 죠치.』

톰은 에바가 ᄒᆞᄂᆞᆫ 대로 빙긋빙긋 웃고 안졋더라.

오베리아가 크렐을 보고,

『져래셔야 될 수가 잇나. 에바가 바려지면 엇더컨단 말이냐.』

『무엇 걱정홀 것 없소 톰으로 말ㅎ면 죵일망졍 매오 졍실흔 놈이닛가.』

『암만 그러타 ㅎ더라도 검둥이와 함씌 놀녀셔 관계치 아니홀가.』

『그게 무슨 걱정이야오. 아희들은 개와도 함씌 놀니는데 톰으로 말ㅎ면 감졍도 잇고 수랑도 잇고, 또 우리나 다름 업시 썩지 안는 령혼ᄭ지 잇지 아니ᄒᆞᆸ닛가.』

『그것들도 령혼이 잇기는 잇지마는…….』

『누의님쳐럼 그러케 죵을 사람으로 아니 보시고 그져 욕만 ᄒᆞ시면, 엇지 ᄒᆞ쟌 말슴이오. 그것들을 다 한데다 몰아 보내고 거긔다 젼도ᄉᆞ나 보내면 죠탄 말슴입닛가.』

『내 생각 ᄀᆞᆺ ᄒᆞ셔는 그랫스면 죠겟소.』

『그ᄲᅢᆫ 아니라, 에바는 하로라도 톰이 업셔셔는 못 견딜 데요.』

요셉이 애급에 팔녀간 모양으로 톰은 ᄉᆞ랑ᄒᆞ는 안희를 써나고 아들딸은 보지 못ᄒᆞ나, 에바 하나이 그에게는 더홀 수 업는 죠흔 벗이오 텬국의 복락을 갓다 주는 텬ᄉᆞ러니라.

그러나 그 쥬인 크렐은 사람은 더홀 수 업시 죠컨마는 셩경도 아니 보고 긔도도 아니 ᄒᆞ고 잇다감 술도 먹고 노리터에도 다니는지라, 톰이 항상 이를 걱정ᄒᆞ더니, 하로는 크렐이 일이 잇셔 부르거늘 그 방에 들어가 아모 말도 업시 눈물을 그리고 셧는지라, 크렐이 이샹히 녀겨,

『너, 웨 그러느냐. 무슨 걱정이 잇느냐.』

『녜, 져는 요사이 걱정이 되여셔 못 견듸겟습니다.』

『응. 무슨 걱정.』

『쇼인은 령감마님이 참 죠흔 량반이신 줄로만 알앗더니, 이제 본즉 참 그러치 아니신 듯히요.』

『오, 내가 무엇 잘못흔 일이 잇단 말이냐, 네게다가.』

『천만에 말슴이올시나. 참 마님게셔야 쇼인을 참 지극히 참 불샹히 녀겨 주시지마는. 마님게셔 참 쪽 하나 잘못ᄒ시는 것이 잇는 것 굿하요』

『응. 내가 잘못ᄒ 것. 그게 무엇이냐.』

『녜, 참, 어적게도, 어제밤에도 두 시나 지나셔야 돌아오시기에 제가 참, 소인이 울엇습니다. 여러 번 그러케 ᄒ시면 몸이 샹ᄒ심니다.』

크렐은 얼골빗이 변ᄒ여 크게 감동되는 바가 잇는 듯ᄒ더니 썰썰 우스면셔,

『응, 그것 말이냐.』

『녜. 참.』

ᄒ고 크렐의 발 아레 업듸여 눈물을 흘니며,

『녜. 이것이 잘못ᄒ시는 일이야오. 하ᄂ님 말슴에도 방탕ᄒᄂ 것은 독샤 모양으로 육신과 령혼을 글거먹는다고 아니 ᄒᄋ얏습닛가.』

그 눈물과 셕거 나오는 썰니는 말에,

『아, 참 너는 착ᄒ 사람이다. 쟈, 알앗다. 닐어셔라, 응, 닐어셔.』

그래도 톰은 발 아레 업딘 대로 어이어이 울기만 ᄒ거늘 크렐도 가만히 눈물을 씻고,

『오냐. 알앗다. 네 말이 올타. 내 다실낭 그러지 아니ᄒ마. 쟈, 어셔 닐어셔 갓다 와, 응.』

그제야 눈물을 씻고 닐어셔 나가거늘 크렐이 문 밧게ᄭ지 따라 나가며,

『이제는 걱정 마러라, 내 다시는 결단코 그런 짓을 아니ᄒ 터이니.』

톰은 이 말을 듯고 깃븐 마음이 새음솟 듯ᄒ야 갈퀴 굿흔 쥬목으로 눈을 비비면셔 시기는 데로 가더라.

이로부터는 다시 술도 아니 먹고 노리터에도 아니 가고 과연 새로온 크렐 이 되엿더라.

十三

어느날 오후에 키 크고 얼골 우둥퉁둥흔 검둥이 계집이 면보* 광쥬리를 뒤쳐 이고 투덜거리면서 들어오더니 부억 바닥에 펄석 주져 안즈면서,

『에그, 졔기를 홀 것, 어셔 죽기나 ᄒ얏스면 죠켓다.』

오베리아가 그 졋흐로 가셔,

『웨. 쏘 엇어 마진 게로고나.』

『자고 나면 맛지오. 어셔 쌍속으로 긔어 들어가기나 ᄒ여야 이 고싱이 업셔지겟는데.』

이쌔에 졋헤 안졋던 퇴기 아희가,

『웨 그러케 날마다 술만 먹어요. 그러닛가 엇어 맛지.』

『배라먹을 ᄌ식. 네놈은 안 먹을 법ᄒ냐. 술이나 쳐먹고 취ᄒ기나 하여야 좀 닛고 살아가지.』

오베리아가 면보 몟 덩어리를 삿더니 죵 데나가 쪽지 한 쟝을 내여 주면셔,

『베루야, 예 잇다, 표지 밧아라.』

오베리아는 그것을 보고 이상히 녀겨,

『그 표지는 무엇 ᄒ는 것이냐.』

『그거요. 면보 갑시지오. 만일 집에 가셔 이것이 한 쟝만 부족힛다가는 즉살을 당ᄒ지요. 모도 다 들어붓혀셔 한 개씩은 싸려 보지오, 아주 죽지나 아니리 만큼.』

졋헤 셧던 계집죵 하나이,

『술을 좀 작작 먹지. 그러케 늘 쳐먹으닛가 웨 아니 엇어마질고.』

『그것도 아니 먹으면 아주 죽고 말게.』

ᄒ고 미친년 모양으로 빙긋 웃는다.

『글세, 그게 무슨 짓이란 말이냐, 상뎐의 돈을 훔치다니. 그런 짓을 ᄒ닛

---

* 면포麵麭. 빵의 중국어 번역어 '미엔바오麵麭'의 한자를 그대로 음독한 말.

가 되겟니.』

ᄒ는 오베리아 말에 베루가 썰썰 우스면셔,

　『올흔 말슴이지오, 잘못인 줄이야 누가 모르나요. 그래도 ᄒ지오. 아니ᄒ
면 무엇ᄒ오.』

ᄒ고 광쥬리를 뒤쳐 이면셔,

　『에그, 웨 죽지를 안나, 빌어먹을 것. 어셔 뒤여져 썩어졋스면 좀 편안ᄒ
기나 ᄒ지.』

ᄒ고 덜네덜네 문 밧게로 나가더라.

　톰이 이 말을 듯다가 베루를 ᄯᅡ라 나아가,

　『내 좀 들어다 줄가.』

　『아니, 그런 소리 마오. 내가 이고 갈 터이야. 제 몸에 당흔 고싱도 다 못ᄒ
겟는데, 부질업슨 소리 작작ᄒ소.』

　『그래도 아마 몸이 편치 아니ᄒ가 보구려. 무슨 걱정이 잇소.』

　『아니. 아프기는 쥐방귀가 아파. 튼튼히셔 걱정이라오.』

　『들으닛가 술을 넘어 먹는다는데, 이후에는 단졍코 그만두소. 술이란 것
은 육신과 령혼을 다 썩이는 것이라오.』

　『나는 그런 소리는 듯기도 실소. 아모리 ᄒ면 사람 노릇 ᄒ다가 죽을라고
나 ᄀᆞᆺ흔 년이나 디옥불 구덩이로 긔어들어가야지 디옥도 뷔지 아니ᄒ지.』

　톰은 이 무셔온 말을 듯고 소름이 ᄭᅵ치면셔 무거온 목소리로,

　『하ᄂᆞ님이시여 불샹히 녀기시옵소셔.』

ᄒ고 굵은 눈물을 ᄯᅮᆨᄯᅮᆨ 썰어터리면셔,

　『예수 그리스도님 말슴 들어 보셧소.』

　『예수라는 게 다 무엇 말나죽은 것인고.』

　『우리들의 참 쥬인이십니다.』

　『올치. 쥬인이라는 소리는 나도 들엇지. 져 늘 ᄯᅡ려주는 냥반 말이지.』

『아니오, 그 쥬인이 아니라 우리 죄 만흔 것들을 건지시랴고 십즈가에 못 박히신 이 말숨이오.』

『몰나. 난 그짜위 소리는 들어본 적도 업소 내 셔방 죽은 다음붓허는 나 스랑ᄒ는 놈이라고는 죵즈도 업셔. 아이구 죽겟다, 제길홀.』

『길녀 나긴 어듸셔 길녀 낫소.』

『나 말이오. 켄터키라는 데셔 낫지. 쥬인이란 것이 어듸셔 개막난이 놈이 되여셔 내 색기라는 색기는 모도 다 주어 팔아먹고, 마조막에는 나신지 팔아 먹엇다오.』

『져런 변이 어듸 잇나. 그 다음에는 소싱이 업셧소.』

『웨요. 이 집에 와셔도 한 개 나앗지. 긔가 막혀. 마나님 병구완 ᄒ노라다가 내가 그만 염병을 붓들넛지오. 젓이 나야 먹이지. 그래 마나님게 그 말을 ᄒ얏더니 밥을 먹이라겟지, 글세 엇그제 난 아희가 밥을 엇더케 먹는단 말이오. 밤낫 울지 안켓소, 그째 내 속이 엇더힘즉 ᄒ오 그래도 마님인지 막걸닌지 ᄒ 것은 그짜윗 것은 뒤여지는 것이 낫다고 나를 우는 아희 겻헤도 못 가게 ᄒ는구려. 하로 져녁에는 이것이 드립다 우는데 그 소리야 듯겟습딋가. 그래 하도 속이 샹ᄒ야셔 그째에 쳐음 술이란 것을 먹어 보고는 날마당 쳐 먹지. 흥, 마님이란 것은 날다려 디옥에 간다고. 내가 디옥에 간 지는 벌셔 녯적이야.』

『에그. 그럴 릴가 어듸 잇겟소.』

ᄒ고 눈물을 씨스면셔,

『이런 괴로음을 다 버셔 바리고 예수님 모양으로 하ᄂ님 압헤 가셔야 아니 ᄒ겟소.』

『그런 데가 잇고만 보면 나도 갓스면 죠켓지만은. 만일 샹뎐님네가 가는 데 ᄌ흐면 난 찰하리 디옥에 갈가 보오.』

ᄒ고 한참이나 투덜거리더니 뒤도 돌아보지 아니ᄒ고 달아나더라.

이째에 에바가 쮜여 나오면셔,

『난 어듸 갓는가 ᄒ고 한참이나 차잣는데, 여긔셔 무엇을 ᄒ고 잇니.』

『녜. 시방 베루ᄒ고 니야기 ᄒ얏습니다.』

ᄒ고 베루의 니야기를 ᄒ대 에바는 얼골이 ᄎᄎ 푸르러지며 열심으로 듯더니 말이 긋난 뒤에 길레 한숨을 쉬면셔,

『얘. 엇더케 ᄒ면 이런 일이 다 업셔지고 착ᄒᆫ 셰상이 되겟니.』

十四

『누의님, 나려 오십시오. 죠흔 것 하나 들일 것이니.』

오베리아 부인의 이 말을 듯고 아레층에 나려가 본즉 八九세나 되엿슴즉ᄒᆫ 검둥이 계집아희 하나이 섯더라.

그 아희는 검둥이 즁에도 제일 검은 편이라. 아조 캄캄ᄒᆫ 얼골이 두 눈만 반쟉반쟉ᄒ고 머리털은 너리 먹은 개쇠리 모양으로 엉킈고 비틀어젓스며, 몸에는 쌔 뭇고 이 슬는 누덕이를 걸엇더라. 방 안에 잇는 보지 못ᄒ던 물건을 보고 얼째진 놈 모양으로 눈을 휘휘 두루고 입을 헤 버리고 섯스나 그 얼골에는 능글능글ᄒ고 음흉ᄒᆫ 빗이 보이더라.

『에그, 이게 무엇이야. 어듸셔 이 독갑이 ᄀᆺ흔 것을 주어왓셔.』

는 오에리아 부인이 문에 들어서셔 깜쟉 놀나며 ᄒ는 말이라.

『무엇 ᄒ랴고 이런 것을 다 쓸고 들어왓단 말인가.』

『웨, 교육 좀 ᄒ여 보시라고요. 어듸 누의님 마음대로 한번 가르쳐 보시요, 무엇이 되나 보게.』

오베리아는 흑인죵은 아즉 사람이 다 되지 못ᄒ얏스니 한편 구석에 몰아다 두고 젼도ᄉ나 두어 가르치쟈는 사람이라. 그것이 업셔도 검둥이 셩화에 살이 나리려 ᄒ거늘 쏘 이 괴물을 맛하가지고 엇지 ᄒ랴 ᄒ야 처음에는 말을 잘 듯지 아니ᄒ더니, 크렐이 텬리와 인도를 가지고 여러 가지로 달내는

정셩스러온 말에 그만 다시 거졀홀 수가 업셔 맛게 되엿더라.

『톱시야, 어듸 소리도 ᄒ고 춤도 좀 추어라.』

ᄒ고 챵시군들이 개나 잔납이를 시키ᄂᆞᆫ 듯ᄒᆞᆫ 말에 톱시가 들어보지 못ᄒ던 목소리로 우수운 노래도 ᄒ고 손발도 들엇다 노앗다 ᄒᆞ며 재조넘이도 ᄒᆞᄂᆞᆫ 양은 누가 보아도 아니 웃고는 못 견딜 만큼 우습기도 ᄒ고 흉물스럽기도 ᄒ더라. 오베리아는 하도 긔가 막혀 아모 말도 업시 우둑ᄒᆞ니 섯더라.

크렐이 빙긋이 우스면셔,

『톱시야, 이 어른이 네 상뎐이시다. 알앗니.』

『응. 이게 내 상뎐이야.』

ᄒᆞ는 그 보기 실흔 눈으로 오베리아의 얼골을 볼 째 오베리아가 얼골을 찌그리고 돌아서면셔,

『에그, 맙시사. 져게 다 무엇이야.』

『넘어 그러시지 마시요, 가르쳐 보기도 젼부터. 져것도 잘 가르치면 사람 ᄀᆞᆺ흔 것이 될는지 압닛가.』

엇지 ᄒᆞ얏스나 긔왕 맛하 노앗스니 다시 마다홀 수도 업슴으로 위선 하인을 시겨 몸을 씻기고 새옷을 내여 닙히고 당긔도 새것을 들여 노코 보니 얼마콤 사람의 색기 다웁게 되엿더라. 오베리아가 톱시를 압헤 세우고,

『너, 몟 살이냐.』

『난 몰나아.』

ᄒ고 질알쟝이 모양으로 쳐 웃는 것을 보고,

『몰나? 제 나이도 모르는 년이 어듸 잇단 말이냐. 네 어미가 나도 아니 가르쳐 주더냐.』

『난 다 몰나아. 어미가 다 무엇인고 아비가 다 무엇인고 난 다 몰나아, 히히히히히.』

『무엇? 어미도 몰나? 그러면 어듸셔 낫니.』

『난 다 몰나아. 난 아모 데셔도 아니 낫셔.』

『이년. 그런 듸답법이 어듸 잇단 말이냐. 어미가 누군지 아니가 누군지 바로 말히라.』

『난 다 몰나아. 난 아무 데셔도 아니 낫셔. 히히히히.』

『그러면 자라나기는 어듸셔 자라낫단 말이냐.』

『죵 쟝ᄉ네 집에셔 자라낫지 어듸셔 자라나.』

『거긔는 멧 해나 잇섯니.』

『뉘가 아니아. 나 먹을 거나 좀 주어, 히히히히.』

『너, 하ᄂ님 아니.』

『하ᄂ님이 엇더케 싱긴 것인고.』

『하ᄂ님을 몰나? 하ᄂ님이란 말을 못 들어 보앗니.』

『난 몰나아.』

『그러면 넌 누가 만들엇니.』

『누가 만들엇는지 엇더케 알고.』

ᄒ고 하하하 우스면셔,

『나 혼자 되엿지 만들긴 누가 만들어.』

암만 물어 보아도 그져 『몰나아』ᄒᆯ 쑨이라. 엇지ᄒᆯ 수 업셔 뭇기를 그만두고 그후붓허 오베리아가 방에 두어 두고 가르치더라. 검둥이라면 개보담도 더러워ᄒ는 오베리아라, 젼 ᄀᆺᄒ면 죵의 발길도 못 들여 노케 ᄒ얏슬 것이지마는 이믜 교육ᄒᄂᆫ 책임을 맛하 노코 본즉 싸로 두어 둘 수도 업셔셔 실흔 마음을 쑥 참고 제 방에 두어 둠이라.

하로는 첫 과졍으로 자리 펴는 법을 가르쳐주고 그날 져녁에 시겨 보앗더니 매우 잘 ᄒ는지라. 이만 ᄒ얏스면 가르칠 보람이 잇스리라 ᄒ야 밤낫 눈쌀을 찌그리던 오베리아도 얼만큼 마음을 노터라.

잇흔날 아츰에 오베리아가 옷을 갈아 닙다가 당긔와 쟝갑을 방바닥에 썰

어터렷더니 톱시가 그것을 보고 얼는 집어 감초다가 부인의 눈에 들켜,

『이년, 그게 무슨 짓이냐. 남의 것을 흠쳐.』

ㅎ고 톱시의 몸을 뒤여 당긔와 쟝갑을 쎄아서 들고 호령ㅎ는 소리로,

『이것은 후리의 당긔요, 이것은 내 쟝갑이야. 이년 지금 네가 흠쳣지.』

『아니야. 내가 언제 흠쳐.』

『여긔 이게 잇는데 아니야, 이년 그게 무슨 거즛말이냐.』

『아니야. 나 안 흠쳣셔.』

부인은 하도 긔가 막혀셔 톱시의 억개를 잡아 흔들면셔,

『애, 이 계집애야. 바로 말히. 그러치 아니면 싸릴 테야. 어서.』

『싸리겟건 싸리지. 모르는 걸 안달가.』

『톱시야. 그러지 말고 바로 말만 ㅎ여라. 말만 ㅎ면 아모러케도 아니 홀 터이니.』

ㅎ고 어르기도 ㅎ고 달내기도 ㅎ야 겨오 톱시를 휘여 바른 말을 ㅎ게 ㅎ엿더라.

『너. 쏘 다른 것은 흠친 것 업니. 쌔리지 아니 홀 것이니 어서 말만 히라.』

『쏘 적은 아씨 목도리요.』

『쏘 그 다음에는?』

『쏘…… 져 로자의 귀엣 고리.』

『져런 계집년 보앗나. 그래 그것은 다 어듸다 두엇니.』

『다 불에 태엿지.』

부인이 깜작 놀나 소름이 끼치면셔,

『이년, 쏘 거즛말 ㅎ는구나. 거즛말 그러케 ㅎ면 정말 싸리겟다.』

『싸리면 싸렷지, 태운 거야 엇더케 ㅎ나. 내가 이러케 작난 잘 ㅎ는 줄을 몰낫던가 보이.』

이째에 에바와 로자가 들어오기로 톱시가 도적흔 물건을 물어 본즉 모도

다 거줏말이라, 한번도 일흔 적이 업고 당장에 몸에 가지고 잇는지라. 부인이 더욱 열이 나셔 톱시에게 질문ㅎ나 톱시는 무셔워ㅎ는 빗도 업시 웃고만 섯더라.

졋헤 섯던 에바가 극히 졍다온 말로,

『애 톱시야, 너 웨 그런 짓을 ㅎ느니? 도적질을 ㅎ여셔야 쓰나. 가지고 십걸낭 날다려 달나지, 아모 거나 줄 터인데. 이담엘낭 그러지 말어. 응, 톱시야.』

이런 졍다온 말은 톱시가 이 셰샹에 난 후에 쳐음이라. 그러케도 말 안 듯던 톱시도 이 말에는 깁히 감동이 되는 듯 눈물조차 그렁그렁 ㅎ더니, 쏘 엇더케 싱각이 들어 갓던지 다시 그 보기 실흔 우슴을 ㅎ더라.

『암만 히도 싸릴 수밧게는 업셔. 싸리지 안코야 말을 들어 주어야 가르치고 무엇이고 ㅎ지.』

『그야. 쌔려야 되겟거든 싸리시지오. 엇더케 ㅎ시여든지 누의님 마음대로 그것을 어듸 사람답게만 만들어 보십시오그려. 싸리는 것도 역시 징계ㅎ는 방법이 아닌 것은 아니닛가.』

『글세 말이야. 엇더케 ㅎ면 죠탄 말이냐.』

『그게 문뎨지오. 누의님도 생각ㅎ야 보십시오. 사람을 싸려만 가지고 거ᄂ릴 수가 잇슬가요.』

『별소릴 다 ㅎ네. 그겨 검둥이는 싸리는 수밧게 업느니.』

『히도,…… 글세 그게 문뎨야요.』

ㅎ고 문뎨라는 마듸에 힘을 주더라.

오베리아도 얼마쯤 크렐의 말에 감동이 되엿든지,

『ㅎ기야 그러치. 그것을 싸리기만 ㅎ면 츳츳 더 마음이 빗둘어져셔 마조막엔 싸려 죽여야 홀 터이닛가.』

ㅎ고 그후붓허 매스에 시간을 뎡ㅎ고 글 닑기와 글쓰기며 바느질ㅎ는 법을 가르켯더니, 글ᄌ와 글씨는 매오 졍신 잇게 배호는 모양이나 바느질 하나는

배암궃치 실혀ᄒ야 부인이 업기만 ᄒ면 바늘을 분질으기도 ᄒ고 옷감을 ᄭᆞᆫ키도 ᄒ야 암만 일너도 고칠 줄을 모르더라.

그러나 얼마 뒤에는 ᄎᆞᆷᄎᆞᆷ 그런 못된 버릇이 업셔지고 무엇이든지 시기는 대로 슌슌히 잘 ᄒ는 고로 부인도 매오 깃버ᄒ야 ᄒ더니, 어듸를 갓다가 돌아와 본즉 니불이며 여러 가지를 넉마젼 모양으로 방바닥에 버려 노코 ᄯᅩ 공교히 가방 열쇠을 닛고 나갓던 고로 가방 속에셔 부인의 즁히 녁이는 옷 져고리를 내여 뒤쳐 쓰고 매음도ᄂᆞᆫ지라. 부인이 하도 속이 샹ᄒ야 그 죄를 책망ᄒᆞᆫ대 톱시는 두리는 빗도 업시 쌘쌘스럽게,

『나 ᄀᆞᆺ흔 계집년은 싸려야 되여요. 생겨먹기를 작난이나 ᄒ게 되여셔 매 맛기 전에는 일ᄒ야 본 적이 업쇠.』

『누가 너를 싸린다드냐, 다시는 그러지 말란 말이지.』

『그 말 히셔 무엇ᄒ게. 어셔 싸리기나 ᄒ오 매 맛기에는 판이 박엿다오.』

부인이 참다 못ᄒ야 손을 들어 싸리는 체ᄒᆞᆫ대 톱시가 악ᄒ고 울며 방바닥에 업들어지거늘 부인이 죠흔 말로 달냇더니 마당에 나아가 아희들을 보고,

『오베리안지, 보베리안지 ᄒᆞᆫ 것이 나를 싸렷단다. 암만 마지면 누가 무서워 ᄒ나, 쥐불이 엇던고, 난 피 나도록 매 맛는 것은 식은 쥭 먹기다.』

十五

톰이 크렐에게 팔녀온 후 잇해만에 에바와 의논ᄒ야 죠흔 쥬인을 맛나 편안히 지낸다는 말과 죠지씨가 오시기만 기다린다는 ᄯᅳᆺ으로 집에 편지를 ᄒ얏더니 얼마 아니되여 죠지의 글씨로 회답이 왓더라. 그 글에 ᄒ엿스되,

『크로는 톰의 몸갑슬 모을 양으로 엇던 과ᄌᆞ집에 가셔 일을 ᄒ야 거긔셔 엇은 돈은 에밀니 부인이 맛하 두옵ᄂᆞᆫ 바, 달니 돈이 생기면 그것과 합ᄒ야 곳 그대를 다리러 가겟ᄂᆞ이다. 그대가 팔녀간 뒤로는 에밀니 부인게셔 하로도 마음 놋는 날이 업셔 ᄒ시다가 하도 속이 답답ᄒ야 음악교ᄉᆞ가 되여 그

대의 몸갑슬 엇으려 ᄒ셧스나, 량반의 쳬면에 그럴 수 업다고 녕감게서 못
ᄒ게 ᄒ심으로 그도 못 ᄒ시고 다만 하ᄂ님의 도아 주심만 기다리ᄂ이다.
엇지 ᄒ얏스나 하ᄂ님게셔 우리를 사랑 곳ᄒ시면 그대에게 ᄌ유를 주실 줄
밋고 긔도나 늘 ᄒ시며 상면의 은혜나 잘 갑도록 힘쓰시옵소셔. 아희들도
아모 탈 업시 잘 자라가ᄂ이다. 다시 맛날 날만 기다리고 그만ᄒᄂ이다.』
ᄒ엿더라.

　톰이 이 편지를 밧아볼 쌔의 깃븜은 다시 비길 데가 업더라. 그 당쟝에 네
다섯 번이나 닑엇거니와 그후에도 틈만 잇스면 내여 보며 하도 그것이 정답
고 깃븜으로 에바와 의논ᄒ고 틀에 너허 걸어 두랴고ᄉ지 ᄒ엿더니, 안팟그
로 씨엿는 고로 그도 못ᄒ고 밤이나 낫이나 품에만 품고 잇더라.

　그러나 그후 다시 잇해를 지내도 다리러 오는 사람은커녕 아모러ᄒ 긔별
조차 업더라.

　톰과 에바 사이의 정은 갈수록 깁허가며 지날수록 싸쯧ᄒ여져셔 에바는
둘도 업는 동무로 톰을 쩌나지 못ᄒ고, 톰은 힝복과 평화를 지고 오는 텬ᄉ
로 에바를 ᄉ랑ᄒ야 혹 어듸 심ᄇᄅᆷ을 갓다올 제면 반드시 곱고 향긔로온
ᄭᅩᆺ을 사셔 여러 가지 모양으로 정셩을 들여 묵거다가 에바를 주고는 혼쟈
질기며, 에바는 문에 서셔 톰의 돌아오기를 기다려 ᄭᅩᆺ뭉치를 밧고는 얼골에
ᄉ랑스러온 우슴을 씌여 톰의 마음을 즐게게 ᄒ며 ᄯᅩ 그 갑스로 셩경을 닑
어 주더라.

　ᄎᄎ 녀름이 되여 일긔가 더워감으로 크렐은 집안 식구를 다리고 폰챨이
라는 호슈가에 잇는 뎡ᄌ로 피셔를 가니, 이 ᄯᅡ는 경치가 매우 아름답고 ᄯᅩ
그 집이 호슈 견면을 나려다 볼 만ᄒ 놉흔 두던에 잇슴으로 톰과 에바가 매
일 란간에 걸어 안져 그 아름다온 산빗 물빗을 실컷 구경ᄒ면셔 졍셩스럽고
ᄭᆡᄭᅳᆺᄒ 마음으로 찬미도 부르고 셩경도 보더라.

　그러나 한 가지 걱정은 우리 고은 에바의 병이라, 여긔 오기 젼붓허도 얼

골이 햇슥ᄒ여 가며 기츰을 콜녹콜녹 ᄒ는지라. 오베리아 부인은 나이 만코 병인을 구완ᄒᆫ 경험이 잇는 고로 벌서붓허 에바에게 병이 잇는 줄을 ᄭᆌ다라 여러 번 크렐에게 권고를 ᄒ엿건마는 크렐은 사나히라 그리 마음에 두지 아니ᄒ고 다만,

『무엇. 아희들이 자랄 ᄯᆡ에는 흔이 그럿슴닌다.』

『아니야요, 기침이 나는데요.』

『그러면 아마 감긔 긔운이 잇는 거지오.』

ᄒ여 왓스나 그래도 아조 걱정이 업지는 못ᄒ야 하로도 멧 번씩 에바를 불너 보고,

『걱정 업슬 터이지.』

ᄒ기는 ᄒ나 그러나 날마다 파리히 가는 ᄯᆞᆯ의 얼골과 깁히 나는 기침을 드를 ᄯᆡ에는 바늘로 가슴을 ᄶᅳ시는 듯ᄒ야 자나 ᄭᆡ나 마음을 노치 못ᄒ더라.

하로는 에바가 그 어머니를 보고,

『어머님, 웨 죵들에게 글을 아니 가르쳐 주십닛가.』

『이애 보게. 쓸데업는 소리도 다 ᄒ네. 누가 그런 한가ᄒᆫ 일ᄒᆞᆯ 겨를이 잇더냐. 난 너밧게 그런 소리 ᄒ는 아희는 못 보앗다.』

『웨 다른 사람들은 그런 말을 아니 ᄒ나요 그것들은 글을 배면 못 쓰나요』

『암, 그러치. 그것들이 글은 ᄒᆡ셔 무엇ᄒ나.』

『웨 그래요. 그것들은 셩경을 아니 보나요.』

『그런 것들이 셩경은 보아셔 무엇ᄒ니. ᄯᅩ 마음만 잇스면 아는 사람다려 닑어 달나지도 못ᄒᆡ..』

『셩경은 제 눈으로 보아야 ᄒ지오. 남이 늘 것헤 직혀 서셔 닑어 줍닛가.』

『이 애가 참 홀 소리가 업는가 보고나.』

『그럼, 웨 고모님게셔는 톱시를 가르치시나요.』

『네 그것 보아라. 암만 가르치면 나아지는 것 잇더냐.』

『그래도, 맘미도 그러케 셩경을 보고 십허 ᄒᆞ는데요. 내가 닑어 주고 ᄒᆞ면 엇더케 깃버ᄒᆞ는지. 그러다가 낫지도 못 닑어 주게 되면 엇지ᄒᆞ단 말인고』 ᄒᆞ며 한숨을 쉴 새, 마리는 듯기 실흔 드시 죠고마흔 가방을 뒤지고 안졋더니 여러 가지 갑 가는 보셕을 내여 보이면셔,

『에바야. 너도 지금이니 그러치, 좀 더 잇스면 그런 쓸데업는 소리 ᄒᆞᆯ 새도 업ᄂᆞ니라. 그러ᄒᆞ고 네가 교졔사회에 나서게 되면 이 죠흔 노리개를 다 네게 주지.』

에바가 옥함에셔 금강셕 노리개를 내여들고,

『어머님, 이것이 다 빗산 것들이지오.』

『응, 빗사고 말고, 아버지게셔 파리에 부탁ᄒᆞ야 사오신 거란다. 이것 하나만 ᄒᆞ야도 여간 부쟈 노릇은 ᄒᆞᆯ데.』

『그것 나 주셧스면, 나 쓸 데가 잇는데요.』

『이제 이것을 널 주면 무엇을 ᄒᆞᆯ 터이냐.』

『나, 이것 팔아셔 죵법 업는 나라에 가셔 쌍을 만히 사지오. 그리ᄒᆞ고는 우리 죵들을 다 다리고 가셔 션싱이나 하나 두고 글 가르치지오.』

『올치, 너는 그 시컴흔 것들을 모아 노코 거믄고도 가르치고, 응.』 ᄒᆞ고 긔가 막힌 드시 하하 웃거늘,

『그럼은요. 셩경을 닑어 주고 편지 쓰는 법도 가르펴 주고 ᄒᆞ지오. 그랫스면 톰이나 맘미가 얼마나 죠하ᄒᆞ겟습닛가.』

『얘, 그만 두어라. 멋도 모르고 죠곰안 계집년이. 네가 무엇을 알기에 어머님 애를 태니.』

그 잇흔날은 쥬일이라. 톰이 에바를 다리고 호슈가에 안져 노닐 세 에바가 한참이나 져녁 햇빗에 붉은 호슈의 아름다온 경치를 보다가 묵시록 십오쟝 이졀을 차자,

『내가 ᄯᅩ 불길 잇는 바다를 보니……』

ᄒ고 톰의 소매를 쓸어 호슈를 가르치면셔,

『져것 보아라, 응. 져것 보아.』

『무엇 말슴이야요.』

『져긔,…… 내가 불길 셧긴 류리 바다를 보니…… 응, 난 이제 얼마 아니 ᄒ야셔 져긔 간단다.』

톰이 이 말을 듯더니 금시에 몸이 썰니고 가슴이 셜넝셜넝ᄒ야 두 눈에 눈물이 핑 돌면셔 참아 말도 못ᄒ고 가만히 에바의 얼골을 본즉, 열이 나는지 그 푸르런 얼골이 쟝미꽃 모양으로 샛밝애졋더라.

이후로붓허 에바의 병이 날로 깁허 감으로 톰의 슬픔은 말ᄒ 것도 업거니와 왼 집안에 질거온 빗이라고는 볼 수도 업고 컴컴ᄒ 근심의 구름이 가득히 찻더라.

十六

마리는 제 몸이 병에 눌녀 에바가 날마다 쇠ᄒ여 가는 것도 아지 못ᄒ고 여젼히 셰상에 불샹ᄒ 사람은 져쑌이어니, 져와 ᄀᆺ치 괴로워 ᄒ는 사람이 다시 둘도 업거니 ᄒ야 각금 오베리아가 에바를 위ᄒ야 걱정을 ᄒ여도,

『무엇. 병이 무슨 병이야요, 져러케 펄펄 쮜여 다니는데. 나도 자라날 적에 더러 그랫지마는 그만 것은 아프단 말도 아니ᄒ야 보앗소이다.』

오베리아는 그 번이 보이는 가짓말을 속으로 우스면셔,

『그러나 기침이 나는데요.』

『기침? 기침 ᄀᆺ흔 것을 무얼 다 걱정ᄒ겟소. 나도 자라날 적엔 늘 기침을 하야셔 폐병이나 아닌가 ᄒ 적도 잇셧는데. 곳 날 터이지오. 그런 걱정을 다 ᄒ랴셔야.』

ᄒ고 아모 걱정도 아니 ᄒ더니, 정작 에바가 자리에 눕고 의원이 오게 된 뒤에야 방금 죽기나 할 쯔시 야단을 ᄒ고 웨 지금ᄭ지 정신을 아니 썻는가고

크렐에게 대여들어 못 견듸게 굴더라.

보름 동안이나 정신도 못 차리고 알터니 ᄎᄎ 병이 덜녀 마당에 나와 놀게 된 것을 보고 크렐은 엇지 ᄒᆞᆯ 줄을 모르도록 깃버ᄒᆞ나, 의원은 벌셔 틀닌 줄을 알고 얼골을 찌그리며, 에바 져도 오래 세샹에 잇지 못ᄒᆞᆯ 줄을 아르나 죽는 것은 하ᄂᆞ님 나라에 올나감인 줄을 굿게 밋는 고로 죠곰도 슬퍼ᄒᆞ는 마음이 업스되, 다만 한 가지 마음 노흘 수 업고 섭섭ᄒᆞ여 ᄒᆞ는 것은 그러케 ᄉᆞ랑ᄒᆞ여 주시던 어머님 아버님과 그리도 조아ᄒᆞ던 톰을 여의고 감이니, 하ᄂᆞ나라의 영광을 싱각ᄒᆞ고 혼자 질기다가도 이 싱각이 날 째는 그 빗나고 맑은 얼골에 흐린 빗이 써돌더라.

하로는 에바가 톰에게 셩경을 닑어 주다가 책을 덥허 가슴에 다이고,

『나 이제야 그리스도게셔 우리를 위ᄒᆞ야 돌아가실 째 마음을 알앗셔. 그 째 베루의 니야기를 드를 적에 만일 내가 죽어셔 베루를 살닐 수만 잇셧더면 벌셔 그째에 죽엇슬데.』

ᄒᆞ다가 아버지의 부름을 밧아 이층에 올나간 뒤에 톰과 맘미가 마조 안져,

『에그, 져런 말슴 ᄒᆞ시는 것 보니 암만ᄒᆡ도 오래 살아 계시든 못ᄒᆞ시겟는 게야.』

ᄒᆞ고 어이어이 울더라.

크렐이 쌀을 부름은 나갓다가 사온 셕샹을 주려 흠이러니, 에바의 얼골빗이 이상ᄒᆞ게 달나진 것을 보고 그만 가슴에 쓸어 안으면셔,

『에바야, 오늘도 ᄯᅩ 어듸가 압흐냐.』

『아버지』

ᄒᆞ고 졍답고 힘잇는 목소리로 부른 뒤에,

『나 언제던지 아버지게 엿주랴는 말슴이 잇는데요. 병이 더치여셔는 안 될 터인데 지금 말슴 엿주어요.』

크렐은 무슨 말인지 모로건마는 가슴이 답답ᄒᆞ야 몸을 썰면셔

『오니야, 무슨 말이냐.』

『아버지, 나 암만히도 얼마 더 살지는 못ᄒ겟서요.』

ᄒ고 머리를 아버지의 가슴에 다이고 훌젹훌젹 울면서,

『아버지, 나 이제 가면 다시 못올 터인데. 아아, 엇더케 아버지를 써나나. 아버지, 나 힘껏 안아 주십시요.』

크렐은 썰니는 팔에 힘을 주어 밧삭 써안흐면서,

『얘, 에바야. 웨 그런 소리를 ᄒ느냐.』

ᄒ고 굵은 눈물을 어린 쌀의 눌흔 머리에 썰어터리면서,

『내가 너를 노코야 엇더케 산단 말이냐…… 아, 울지 말어, 울긴 웨 우느냐……. 내 보배라고는 이 셰상에 너 하나밧게 업지 아니ᄒ냐. 쟈, 무슨 말이던지 다 ᄒ여라, 너 ᄒ는 말이면 무엇이던지 다 들어주마.』

『아버지. 아버지.』

『웨. 쟈, 울지 말고 이 셕상이나 보아라, 응.』

『아버지 제 말슴 들어 주셔요? 무슨 말이던지.』

『네 말이면 무엇이던지 다 들을 것이니 어셔 말ᄒ라.』

『우리 죵을 다 노아 주십시요, 녜. 난 불상히셔 못 견듸겟는데요. 녜 아버지.』

『그러기에 네 말듸로 죵들을 ᄉ랑ᄒ여 주지 안니.』

『아니오, 다 노아 주십시요, ᄌ유로온 사람이 되게.』

『노아 주다니, 엇더케 ᄒ면 죠탄 말이냐.』

『다 우리와 굿흔 ᄌ유로은 사람이 되게 흔단 말슴이야요. 아버지, 죵이란 것을 아주 업시 ᄒ게 ᄒ시지오.』

『그야. 낸들 죵 부리는 것이 올치 아니흔 줄은 알지마는 나 하나만이냐, 다른 사람들도 다 그런데 노아 주긴들 엇더케 다 노아 주느냐. 무슨 힘으로 그 법을 업시 ᄒ겟니.』

『ᄒ랴면 되지오 녜, 아버지게셔도 ᄒ시랴는 마음만 잇스면, 정셩만 잇스

면 됩니다.』

『엇더케. 내가 무슨 힘을 가지고?』

『돌아 다니면셔 이 사람 져 사람게 말을 ㅎ지오. 그래셔 그 사람들 마음을 돌니면 되지 아니 ㅎ오릿가.』

『하고 만흔 사람에 나 혼자 엇더케 흔단 말이냐.』

『아버지 힘 벗는 데싯지만 늘 ㅎ시면 되지오. 아아, 내가 좀더 오래 살앗 스면 죽는 날싯지 ㅎ여 보지마는.』

『얘. 웨 그런 소리를 ㅎ느냐. 텬하를 다 주어도 너와는 밧골 수 업는데.』

에바는 살쪅 머리를 들고 그 눈물 그렁그렁흔 고은 눈으로 아버지의 얼골을 보면셔,

『베루도 그러코 톰도 그러탑니다, 다 제 즈식을 그러케 스랑흔답니다. 톰도 멀니 잇는 아들쌀을 밤낫 싱각ㅎ고 혼자 운답니다. 셰상에 그런 사람이 멧 만이나 되는지 알으십닛가.』

『오니야, 네가 ㅎ라는 일이면 무엇이던지 다 홀 터이니 어서 그런 소리 말고 낫기만 ㅎ여다고, 응, 에바야.』

『아버지. 그러면 톰을 노아 주십시오, 네, 즈유로온 사람이 되게 ㅎ여 주십시오. 네. 나가……』

ㅎ고 죠곰 쥬져ㅎ다가,

『제가 가거든 곳. 네.』

『오니야, 알앗다. 네 말대로 다 히주마.』

『톰도 나ㅎ고 함씌 갓스면 죠켓지만……』

『으? 가기는 어듸를 가?』

『하ᄂ님 겻혜요. 예수님 품에요.』

ㅎ고 생긋 우스면셔,

『아버지도 나 간 다음에 얼마 아니 잇다가 오실 터이지.』

크렐은 이 말을 듯고 간이 스는 듯ᄒ야 쓰거운 눈물을 흘니며 에바를 쫙 쓸어 안고 그 쌤에 힘셧 키쓰를 ᄒ면셔 자리에 들어다 누이더라.

十七

이 일이 잇기 바로 몟칠 젼이라, 오베리아가 톱시를 다리고 들어와셔 크렐다려,

『여보게, 난 이제는 홀 수가 업네. 텬하에 업는 짓을 다 히도 이이 사람은 못 만들겟네.』

『웨요. 쏘 무슨 작란을 ᄒ엿슴닛가.』

『작란이 다 무엇인가. 암만 닐느니 말을 들어 주나. 가르쳐 주는 것을 오이기를 ᄒ나…….』

『그게야 그러케 얼는 되겟소. ᄎᄎ…….』

『응, ᄎᄎ가 다 무엇인가. 오늘도 내 모ᄌ를 말씀 쯪어셔 각신지 막신지 만드노라고 하나토 못쓰게 ᄒ엿네그려. 난 참 잇는 정셩에 잇는 힘을 다 들이건만…….』

크렐이 톱시다려,

『너 엇지히셔 그리 말을 아니 듯고 못된 작란만 ᄒ니.』

『마음 안 되게 먹어셔 그러치오.』

ᄒ고 톱시는 두려워ᄒ는 눈치도 아니 보인다.

『져것 보게. 져런 것이니 텬하에 업스면 엇더케 사람을 만들겟나. 난 던 못ᄒ겟네.』

『이 아희 하나도 사람이 되게 ᄒ지 못ᄒ는 하ᄂ님 쯪이면, 이런 짜위가 몟 쳔인지 몟 만인지 모르는 아프리가 ᄀᄎ흔 데다가 목수를 하나이나 둘을 보낸다기로 무슨 효험이 잇겟슴닛가. 그래도 거긔도 밋난 이가 싱긴답듸다그려.』

이 말에는 뒤답홀 말이 업서 흐더라.

에바가 겻헤 서셔 이 말을 듯다가 손짓으로 톱시를 불너 아바지의 셔실로 들어가는지라. 크렐이 무엇을 흐는가 보랴고 가만 가만히 창 밧게 가 들여다 본즉 에바가 몸짓으로 톱시를 불 압헤 세우고 쓰거운 졍으로 붉은 얼골에 졍셩슬어히 나오는 눈물을 흘니면셔,

『톱시야, 너 웨 그다지 말을 안듯고 못된 짓만 흐느냐.』

『나 ᄀ흔 년은 그럴라고 싱겨낫스니 그러지오.』

흐고 여젼히 밉살스럽게 웃기만 흐다.

『너는 조하흐는 사람도 업는 게로고나.』

『조하흐긴 무엇을 조하흐여. 난 다 실여. 조하흐는 게라고는 ᄉ탕*밧게 업소다.』

『넌 아바지 싱각도 아니 나고 어머니 싱각도 업니.』

『난 그짜윗 것은 하나도 업소다. 아모 것도 다 업소다. 내가 오베리아 부인게 그랫는데, 다 알면셔도 공연히…….』

『응, 그 말은 듯기는 들엇다. 그러면 옵바도 업고 형님도 업니. 아즈면이도 안 계시고?』

『아모 것도 다 업소다. 난 조하흐는 사람도 업고 나를 고아흐는 사람도 업소다.』

『그야, 네가 잘만 흐면 누가…….』

『별말 다 마오. 마음이 암만 착히져도 검둥이야 검둥이지오. 그도 이 검은 겁더기가 버셔지기나 흔다면 나도 좀 잘히 보기도 흐련만.』

『암만 살은 검히도 마음만 죠흐면 다 ᄉ랑흐야 주시지, 고모님도 잘 ᄉ랑흐실 터이고.』

---

* 원문에 'ᄉ랑'이라 되어 있으나 원전과 번역 저본에 '사탕'이라 되어 있는 것으로 보아 오식인 듯하다.

톱시는 빙긋빙긋 죠롱ᄒ는 우슴으로,

『그게 다 쓸데업는 소리오다. 오베리아 마님도 내가 겻헤만 가도 뱀이나 본 드시 상이 새팔히 지면셔 「져리 가라」 ᄒ신답니다. 검둥이는 텬하에 업서도 누가 곱게 보지 아니히요. 그러면 엇대, 나는 내 멋대로 논다오.』

이 말을 듯고 에바의 가슴에는 불샹ᄒ 마음이 싱겨 손으로 톱시의 억개를 집고,

『에그, 불샹도 ᄒ여라. 아비도 업고 어미도 업고 친척도 업고 동모도 업고 아조 외롭고 불샹ᄒ 네로고나. 셰샹 사람이 다 너를 미워ᄒ더라도 나, 이 나는 너를 ᄉ랑ᄒ다. 응, 나는 너를 ᄉ랑히.』

ᄒ고 다른 편 손으로 톱시의 너리 먹은 개쏘리 ᄀᆺᄒ 머리채를 만지면셔,

『애, 톱시야, 너 이 다음붓허는 좀 죠흔 사람이 되여다고 나도 몸이 이러케 약ᄒ닛가 산들 얼마나 살겟니. 네가 그러케 사람 노릇 못ᄒ는 것을 보고야 죽은들 눈이 감기겟니. 죽는 나를 보아주는 줄 알고 이제붓허 ᄎᄎ 죠흔 사람이 되여다고 내가 네게 이런 소리 ᄒ는 것도 아마 몟날 되지 못홀가 보다.』

이 말에 톱시의 낫빗이 갑작이 변ᄒ며 그 동굴ᄒ 눈으로 쓰거운 눈물이 썰어져 에바의 손등을 적시다가 몸을 던지는 듯 에바의 무릅헤 니마를 다이고 훌젹훌젹 늣기면셔, 썰니는 목소리로,

『젹은 아씨. 젹은 아씨. 이후붓험은 사람 노릇ᄒ겟습니다, 다시는 아니 그러겟습니다. 녜, 젹은 아씨.』

에바가 톱시의 몸을 쓸어 안고 등을 어르만지며 위로ᄒ고 가르치는 모양은 이 차고 괴로온 셰샹에서 죄에 울고 부르짓는 무리를 건지랴고 하늘에셔 나려온 텬ᄉ와 ᄀᆺ더라.

이 광경을 본 크렐은 얼는 창 휘쟝을 두루고 눈물 흐르는 얼골을 돌녀다이더라.

오베리아가,

『나는 져 애 모양으로 져러케 톱시의 살이 다으면 웃슥 몸에 솔음이 끼치네. 톱시 저야 모르겟지마는.』

ᄒ는 말에 크렐이 엄정ᄒᆫ 낫빗흐로,

『제 마음에 실타는 싱각 잇기신지는 아모런 짓을 다ᄒ야도 고마은 싱각이 아니 나는 법입닌다.』

『암만 그러터라도, 나는 슬ᄒᆫ 싱각 안 날 수가 업서.』

『웨요. 져 에바를 못 보십닛가.』

오베리아 부인이 마음이 뒤집히는 듯ᄒ야,

『올희. 아모 것이나 ᄉᆞ랑 업시는 아니 되는 것이로다. 난 오늘이야 하ᄂᆞ님의 뜻을 ᄭᅵᆫ달앗네.』

十八

에바의 병은 날로 더ᄒ야 살이란 한 졈도 업셔지고 밤낫 자리에만 누어 잇슬 ᄲᅮᆫ이오 이제는 마당에도 나오지 못ᄒ게 되엿더라.

하로는 톱시가 마당 화분에 심은 ᄭᅩᆺ을 썩거 가지고 에바의 문 밧게 다다를 세 마리 부인이 보고,

『이 빌어먹을 계집년 ᄀᆺᄒ니, 쏘 ᄭᅩᆺ밧흘 다 녹이는가 보고나.』

『아니올시다. 제가 가지랴는 것이 아니라, 적은 아씨 들이랴고 썩거 왓습니다.』

『엑기 ᄲᅢ려 죽일 년, 거짓말만 ᄒ겟다.』

방 안에 잇던 에바가 이런 말을 듯고 벌덕 닐어나 문을 왈각 열면셔,

『어머님, 웨 그러케 책망을 ᄒ십닛가. 난 ᄭᅩᆺ이 보고 십흔데.』

『네 방도 ᄭᅩᆺ밧이도고나, 무슨 ᄭᅩᆺ이 쏘 보고 십허.』

『아니야요. 더 보고 십허요.』

ᄒ고 고갯짓으로 톱시를 부르면셔,

『어듸, 이리 가져 오나라, 곳치 참 곱고나.』

톱시는 누구를 두리는 듯 가만가만히 에바의 겻헤 가 서셔 곳뭉치를 들인대 에바가 깃븐 듯이 밧아보며,

『에그, 참 곱기도 희라. 네가 이러케 잘 섯거 묵것니. 이 다음에는 날마다 썩거다가 이 화병에 소자고, 응.』

톱시는 고맙고 정다온 마음을 이긔지 못흐야 주먹으로 눈물을 씨스면셔 문을 열고 나아가더라. 에바가 겻헤 안진 어머니다려,

『어머님. 나 이 머리 좀 버혀 주십시요.』

『웨, 머리는 웨 버힌다느냐.』

『동무들과 죵들에게 긔념으로 난호아 주랴는데요. 네. 아즈먼이 흐고 죵들 흐고 다 이리 오게 흐야 주십시요.』

마츰 오베리아 부인이 들어오거늘 에바가 자리에 닐어 안져 츠렁츠렁흔 머리를 풀어 훗치고,

『고모님. 양의 털 아니 깍가 주시랍닛가.』

흐고 롱담인 드시 우슬 세 크렐이 과즈를 사가지고 들어오다가 이 꼴을 보며 깜쟉 놀나 뒤로 물너서면셔,

『이것 웨 이러니. 응, 무엇을 흐노라고……。』

『아니야요. 머리가 넘어 허부룩흐기로 고모님더러 버혀 줍시사고 흡니다. 그리흐고 그 버힌 머리는 모도 다 긔념으로 난호아 주랴 흡니다.』

『그러쿨낭 보기 흉흐지 안케 밋흐로 속가 냅시오. 이제 병만 나흐면 형님 계신 데 다리고 갈 터인데.』

에바는 다시 나하 보지 못홀 줄을 알매 아바지의 이 말에 가슴이 뮈여지는 듯흐나 얼골에는 나타나지 아니흐고 싱긋싱긋 웃고 안졋더라. 여러 죵들도 모도 불녀 와셔 눈물을 먹음고 에바의 고은 털이 오리오리 무릅헤 떨어져 굼실굼실 서리는 양을 보고 섯다. 에바가 머리털 멧 오리를 집어들고 근

심스러온 낫빗흐로 아바지의 얼골을 치여다 보다가,

『아바지. 이런 말슴을 들이면 아바지게셔 슬퍼ᄒ실 줄은 압니다마는 암만ᄒ야도 오래 살 수는 업겟서요.』

크렐은 이 말을 듯고 아모 말 업시 달아와셔 한 팔로 에바를 쓸어 안고 한 팔로 눈을 가리오며, 둘너션 모든 사람들도 혹은 손으로 혹은 치마쟈락으로 눈을 가리오며 방 안이 무덤속ᄀ치 고요히진다. 에바도 눈물 그린 눈으로 방 안을 둘너 보다가,

『나는 참말 너희들을 ᄉ랑흔다. 그러나 내가 오래 세상에 잇슬 수가 업시 얼마 아녀셔 리별을 홀 터이다. 내가 죽기 전에 너희게 말ᄒ여 줄 것이 잇셔셔 불넛다. 내 말을 닛지 말아다고, 응.』

이 말을 듯쟈 훌젹훌젹 ᄒ는 소리가 난다.

『……너희들도 나를 ᄉ랑ᄒ야 줄 터이지. 그러컬랑 울지만 말고 내 말을 들어다고. 너희들은 이 세상 일만 생각ᄒ기에 그러코나. 이후에 오는 영원흔 하ᄂ님 나라에셔 우리가 다시 반가히 맛날 것 아니냐. ᄒ닛가 만일 너희가 하ᄂ님 나라에 가셔 반갑게 서로 맛나보고 십걸낭 예수를 잘 밋고 무슨 일이든지 삼가셔 잘못되지 안케 ᄒ여야 흔다. 알아 들엇니. 늘 계을니만 지내면 평싱 가야 사람 구실 못ᄒ고 소나 도야지 모양으로 남의 종 노릇만 흘 것이니 부대부대 긔도 잘 ᄒ고 성경 잘…….』

ᄒ다가,

『아아, 내가 니졋고나. 너희가 글 볼 줄을 모르지.』

ᄒ고 자리에 업들어져 벼개에 니마를 다이고 훌젹훌젹 우는 양을 보고 종들이 그만 방바닥에 업들어져 울더라. 이윽고 에바가 얼골을 들어 빙그레 우스면셔

『무엇 걱정홀 것 업다. 정성으로 원ᄒ기만 ᄒ면 예수게셔 도으시여 죠흔 사람이 되게 ᄒ여 주실 터이닛가. 성경을 못 보면 엇던가. 될 수 잇는 대로

죠흔 일들만 ᄒ고 날마다 예수님게 빌기만 ᄒ면 되느니라, ᄯᅩ 각금 가다, 누구더러 셩경을 좀 보아 달나지. 그리ᄒ면 얼마 잇다가 우리 다시 반가히 맛나 볼 터이니.』

이ᄱᅢ 업들엿던 죵들이 졍셩스러온 목소리로 「아멘」을 부르더라.

『아아, 고맙다. 너희들도 그러케 나를 ᄉᆞ랑ᄒᆞ여 주는고나. ᄯᅩ 그리고 내가 너희게 이것을 긔념으로 주는 것이니, 이것을 두어 두고 내가 보고 십거든 내여 보아라.』

ᄒ고 제 손으로 머리털을 다 난호아 준대 죵들이 모다 그것을 가슴에 다이고 슬피 울더라. 겻헤셔 보던 오베리아 부인이 에바가 넘어 슬퍼ᄒᆞᆯ가 근심ᄒᆞ야 모도 다 내여 보내고, 톰과 맘미만 주먹으로 눈물을 싯고 안젓더라.

『톰아. 내가 지금 아바지도 바리고 어마니도 바리고 너도 두고 죽는 것이 섭섭ᄒᆞ여 못 견듸겟다. 쟈, 이것을 긔념으로 알고 두어 두어라. 그러나 그리 슬퍼ᄒᆞᆯ 것이야 잇느냐. 얼마 잇다가 하ᄂᆞ님 나라에셔 반갑게 다 맛날 터인데.』

ᄒ고 다시 맘미를 향ᄒᆞ야,

『맘미야, 너도 여태ᄭᅥᆺ 나를 잘 ᄉᆞ랑ᄒᆞ야 주엇지.』

ᄒ고 맘미의 목을 쓸어 안으면셔,

『너도 이 다음에 하ᄂᆞ님 나라에 가셔 맛나쟈, 응.』

맘미는 다만 늣기는 소리로,

『에그, 적은 아씨.』

ᄒᆞᆯ ᄯᅡ름이라. 오베리아가 이 두 죵을 내여 보내고 본즉 어듸셔 나왓는지 톱시가 눈물을 흘니고 셧거늘,

『이년 어듸 잇다가 긔어 나왓니.』

ᄒ고 소리 지르는 소리에,

『져도 져 구석에 잇셧습니다. 적은 아씨 져 ᄀᆞᆺ치 못된 계집년에게도 긔념 머리털을 좀 주십시오.』

『주고 말고. 내가 얼마나 너를 사랑하는지 알거던 아못죠록 말 잣 듯고 죠흔 사람 되여야 흔다.』

『녜. 저도 적은 아씨 말슴을 들은 다음붓허는 좀 잘 흐노라고 제 짠엔 힘을 씁니다. 암만히도 갑쟉이 잘 됨닛가, 그래셔 남 보기에는 아모 것도 아니흐는 것 굿하요.』

『남이야 아니 알아주면 엇더냐, 하ᄂᆞ님이 다 알으시지. 늘 정셩껏 흐여 가기만 흐면 하ᄂᆞ님게셔 도아 주셔셔 잘 되게 되느니라.』

톱시는 에바가 주는 머리털을 쏨찍흐게 가슴에 품고 치마쟈락으로 눈물을 씨스면셔 오베리아 부인을 쌀아 나가더라.

十九

메칠 동안 아바지나 톰의 품에 안겨셔 마당에도 나와 안고 톰의 주미잇는 니야기와 노래를 듯던 우리 에바는 날로 더욱 쇠약ᄒᆞ야, 엇던 날 한밤즁에 사랑ᄒᆞ는 아바지의 가슴을 비고 잠들 드시 셰샹을 쩌나 고은 령혼이 영원ᄒᆞ신 하ᄂᆞ님의 품으로 날아들어 갓더라.

이날 밤에 크렐은 아모 정신 업시 뒤짐을 지고 방 안으로 돌아다니기만 ᄒᆞ고 오베리아 부인이 모든 일을 맛하 일변으론 렴습홀 준비를 시기며 일변으로는 로자를 시겨 에바의 죽은 방에 쏫을 돌녀 쏫게 홀 제, 이윽고 문이 열니며 톱시가 치마자락에 무엇을 싸고 들어오거늘 로자가 눈짓 손짓으로 오지 말나는 형용을 ᄒᆞ나 톱시는 본 듯 못본 듯 에바의 죽엄 겻흐로 오는지라, 로자가 셩가신 소리로,

『이년아, 여긘 너 올 데 아니다, 져리 비켜라.』

톱시가 치마에셔 반씀 핀 붉은 쟝미쏫을 내여들고,

『내 쏫도 거긔 하나 쏘자 주시오, 이것 보시오, 이런 쏫이 고은데 이것도 하나 쏘자 주시오.』

로자는 앗가보담도 셩을 더럭 내여셔,

『져리 가라는데 그러네, 가라면 가지 안코…….』

이쌔에 크렐이 발로 방바닥을 구르면셔,

『웨 공연히 그러느냐. 톱시야, 이리 온.』

쥬인의 말에 로자가 혼이 나셔 물너셔고 톱시는 셩큼셩큼 죽엄 겻헤 가셔 손에 든 쏫을 에바의 발 겻헤 쏫더니, 그만 으악ᄒ고 울며 침상 밋헤 것굴어져 크렐이 암만 여러 말로 달내고 닐으키려 ᄒ나 죵시 듯지 아니ᄒ다가 쇠 소리 ᄀᆞᆺ흔 목소리로,

『우, 우. 젹은 아씨, 나도, 나도 함꾀, 다려 가셔요.』

푸르 희던 크렐의 얼골에 다홍빗이 들고 강파르던 그의 눈에 쯔거온 눈물이 고이더라. 이것은 에바가 죽은 뒤에 크렐의 처음 흘니는 눈물이러라.

겻헤 셔셔 보던 오베리아 부인이 부드러온 말로,

『톱시야, 닐어 나거라, 어셔. 그러케 울어셔는 못쓴다. 젹은 아씨는 텬ᄉᆞ로 이 셰샹에 나려 오셧다가 지금 하ᄂᆞ님ᄒᆞᆫ테 올나 가셧느니라.』

『히도, 다시는 젹은 아씨를 못 뵈옵겟스니 이를 엇지ᄒ나. 다시는 뵈올 수 업지오.』

ᄒ고 한참이나 쳐 울다가 울음을 쑥 그치며,

『젹은 아씨게셔는 참 나를 ᄉᆞ랑ᄒᆞ여 주셧셔요. 아이고, 이졔야 누구가 나를 ᄉᆞ랑홀나고 텬하에 나 ᄉᆞ랑ᄒᆞ여 주시는 이는 젹은 아씨 한분밧게 업스셧는데.』

크렐도 눈물을 흘니고 셧다가, 오베리아 부인다려,

『참 그럿소이다. 누님게셔나 이 아희를 곱게 녀겨 줍시오.』

톱시는 혼잣말로,

『나 ᄀᆞᆺ흔 것은 당초에 나지를 아녓셔야 죠핫지. 나 ᄀᆞᆺ흔 것이 무엇ᄒᆞ러 셰샹에 생겨난단 말인고.』

오베리아 부인도 마음에 깁히 감동이 되여 톱시의 손을 끌고 제 방으로 들어가 톱시를 압혜 세오고,

『톱시야, 참말 너 ㄱ치 불상ᄒ 것이 다시 어듸 잇겟니. 에바 ㄱ게는 못 ᄒ 더라도 이후붓허는 내가 너를 ᄉ랑ᄒ야 주마.』

ᄒ고 목소리를 떨니면셔,

『이로붓허는 진졍으로 너를 ᄉ랑ᄒ고 사람이 되도록 내 마음껏은 힘을 쓰마.』

ᄒ고 말삿헤 굵은 눈물이 주줄이 톱시의 손에 떨어지더라.

그의 진졍으로 나오는 말은 과연 사람을 늣기게 ᄒ며 그 말보담도 떨니는 목소리가 더옥 사람을 움즈기며, 쏘 그보담도 — 다른 것 아모 것보담도 사 람의 마음을 늣기게 ᄒ고 움즈기게 ᄒ는 것은 쑥쑥 떨어지는 쓰거온 눈물일 너라. 이 쓰거온 눈물은 부인게 듸흔 돌 ㄱ흔 톱시의 마음을 움즈겨 그후붓 허는 오베리아 부인의 말을 잘 듯게 되더라.

에바가 죽은 뒤로는 크렐의 마음에 락이란 한 푼엇치 업고, 보는 대로 에 바의 생각이 나며 더옥 에바가 날마다 노니던 자리며 가지던 물건을 볼 쌔 마다 가슴이 답답ᄒ야 다시는 그 졍쯔에 잇슬 마음이 업셔, 불치듯 차비를 ᄒ야 가족을 다리고 늬유올네안 본집으로 돌아오니라.

이로붓허는 에바가 항상 ᄉ랑ᄒ야 보던 셩경도 써들어 보고 ᄒ더니, ᄎᄎ 셩경에 ᄌ미가 남을 짜라 오늘날ᄭ지 ᄒ여온 생각과 힝실이 붓그럽기도 ᄒ 고 어리게 보앗던 에바의 말이 큰 션싱의 엄슉흔 가르침을 듯는 듯ᄒ며, 더 옥이 죵 부리는 데 관ᄒ야는 젼에 올흔 줄 알고 ᄒ던 것이 도로혀 붓그러온 마음이 생겨 첫재 톰을 ᄌ유로 ᄒ는 것이 저와 에바에게 듸ᄒ야 큰 책임인 듯ᄒ야 법률 결ᄎᄉᄭ지도 실힝ᄒ려 ᄒ엿스나, 하로도 몟 번식 졍셩으로 위로 ᄒ여 주는 톰에 새삼스럽게 졍이 들어셔 참아 내여 보내고 십흔 마음이 업 셔 ᄒ더라.

그날 크렐이 톰을 보고,

『애, 내가 이제는 너를 노하 줄 터이닛가, 어서 켄터키에 갈 쥰비나 ᄒ여 두어라.』

『참 황송ᄒ올시다. 감사ᄒ옵니다.』

ᄒ고 두 손을 놉히 들고 깃버ᄒ는 양을 보매 문득 불쾌ᄒ 마음이 생겨,

『그러케 깃브냐, 내 집에 잇는 것이 몹시도 실턴 게로고나.』

『그러치 안습니다. 그레 무슨 말슴이오닛가. 나도 남과 ᄀᆞ치 사람 구실ᄒ게 된 것이 깃버셔 그럽니다.』

『너, 그것이 그러케 깃블 것이 무엇이냐. 나는 여태껏 너를 ᄌᆞ유로온 사람들보담도 잘 ᄒ여준 줄 아는데.』

『아니올시다. 그러치 아니ᄒ올시다…….』

『그래, 네가 혼자 나가 벌면 내 집에 잇는 이만큼 먹고 입을상 부르냐.』

『그야 그럿습지오. 령감마님게셔는 참 저를 불샹히 녀기셔셔, 녜, 그저 참 평안ᄒ게 지냇습니다마는 남의 조흔 것이 더러온 제것만 못ᄒ여요. 아마 이것이 인정인 줄 아옵니다, 녜.』

『응, 네 말도 그럴 쯧ᄒ다. 엇지 힛스나 한달 안으론 가게 ᄒ여 주지.』

ᄒ고 좀 불쾌ᄒ 드시 안으로 들어가려 ᄒ거늘,

『아니올시다. 령감마님게셔 슬픈 마음이 업셔지시기 젼에는 저는 아모 데도 아니 가겟습니다.』

크렐이 긴 한숨으로 하늘을 우럴어 보면셔,

『슬픔이 업셔져. 내 슬픔이 업셔질 날이 잇슬가.』

『녜, 령감마님게셔 예수님을 잘 밋게 되시는 날이 곳 그 슬픔이 업셔지는 날이올시다. 녜.』

『아아, 나도 이제는 예수님이라는 이를 ᄎᆞᆺ 알게 되나 보다.』

『그러셔야지오. 저도 령감마님게셔 아조 잘 밋는 날ᄭᆞ지는 모시고 기다

리겟습니다. 그째에야 제가 마음을 노켓습니다.』

『참 고맙다. 네가 그러케신지 나를 생각ᄒ야 주는 것이.』

ᄒ고 벌덕 돌아서서 톰의 억개에 팔을 올녀 놋터니,

『그러치마는 내가 너를 엇더케 더 붓들어 두겟니. 어서 가서 쳐즈를 반가히 맛나 보아야지.』

이째에 마츰 손이 온 고로 크렐이 객실로 들어 가더라,

그 날 로자가 오베리아의 명령을 밧아 가지고 톱시를 브르러 가 본즉 톱시가 무엇을 분주히 감추면서 방 안으로 나오는지라. 로자가 그것을 보고,

『이년, 쏘 무슨 도적질을 흔 게로고나.』

ᄒ고 톱시의 팔을 붓잡거늘,

『아니야요, 이것은 내 거야요.』

ᄒ면셔 주먹으로 로자를 쎼밀어 젓긴대,

『이년, 암만 소기랴 보아라. 내가 지금 보앗는데, 이년 멀졍ᄒ게.』

ᄒ고 톱시의 품에 손을 너흐려 흔대 톱시가 울며 불며 손발을 버둥거리고 야단을 ᄒ거늘 오베리아와 크렐이 이 소리를 듯고 달아와 물어본즉 로자가,

『이년이 쏘 도적질을 ᄒ셔 그럽니다.』

『죠타. 어듸 내가 도적질 힛다고 거짓말만…….』

『어듸, 무엇이든지 내여 보여라.』

ᄒ고 오베리아가 암만 달내여도 듯지 아니 ᄒ거늘,

『웨 아니 보이니. 어서 내여라, 어듸 보쟈.』

ᄒ고 더욱 박졀ᄒ게 조린대, 그제야 품에셔 다 ᄒ여진 버션에 싼 뭉텅이를 내여 보이는지라, 헤쳐 본즉 에바가 림죵에 준 머리털과 죠희에 싼 죠고마흔 책이라. 크렐이 졍신 업시 보고 섯다가,

『톱시야 너 웨 이 책에다 검은 션을 둘넛니.』

『그거요. 젹은 아씨 것이닛가 그러케 ᄒ지오. 아이고 이거 쎄앗지 말으십

시오.』

ᄒ고 마루에 업들어져 그것을 꽉 안고 울거늘 빙긋빙긋 웃고 섯던 크렐이 눈에 눈물을 그리면서,

　『쟈, 울지 말고 닐어나라. 이 성경은 네 것이다.』

ᄒ고 오베리아 부인과 ᄀᆺ치 방으로 돌아가다가 손으로 뒤를 가르치면서,

　『누의님게서는 엇더케 생각ᄒ십닛가. 참말 슬픔을 알 만ᄒ면 참말 조흔 것도 알 터이지오. ᄒ닛가 아모러케 ᄒ여서라도 져것을 잘 가르쳐 주십시오.』

　『참 그러허이. 나는 그져 그것들은 우리들보담 멧 층 썰어지는 동물들인 줄로만 알앗더니 그러치 안은 줄을 이제야 ᄭᅢ달앗네. 우리네게 잇는 감정은 그네게도 잇고 우리네게 잇는 리셩은 그네게도 잇는 것이로다.』

　『무론 그러치오. 다만 우리들이 그것들은 사람이 아니거니 ᄒ기에 그러치, 우리보담 나은 데도 잇습니다.』

　『아모러나 내 힘껏은 ᄒ여 보겟네마는 톰시를 아조 내게 줄 수는 업겟나.』

　『웨 그런 말슴을 ᄒ십닛가. 내가 누의님게 들인다 아니 ᄒ엿습닛가, 그런데 이제 다시…….』

　『아니로세. 그러킨 ᄒ지마는 아주 법률상에ᄭᅵ지도…….』

　『어려울 것 잇습닛가, 그러지오.』

ᄒ고 그 날은 신문을 보거늘,

　『여보게 그러ᄒ겟걸랑 오늘이라도 그러케 ᄒ여 주게기려.』

　『그러케 급ᄒ실 거야 잇습닛가. 츠츠 ᄒ지오.』

　『그야 그러치마는 사람의 일이야 알겟나. 그러다가 자네가 엇더케 신고 ᄒ던가 ᄒ여도, 만일 자네 하나만 업서지면 져것들은 쏘 다 경매장에 가셔 팔닐 터일세그려.』

　『그러면 지금이라도 ᄒᆸ시다그려.』

ᄒ고 톰시를 오베리아 부인에게 준다는 쯧으로 증셔를 쓰고 마리 부인이 보증이 되더라. 오베리아가 이 증셔를 밧아들고 한참이나 보더니,

『여보게, 자네 다른 죵들도 다 노아줄 쥰비를 ᄒ여 두엇나.』

『아니오. 아즉 아니ᄒ엿습니다, ᄎᄎ로 ᄒ지오.』

『아니로세. 하로라도 밧비 다 ᄒ여 두어야지 만일…….』

크렐이 빙긋빙긋 우스면셔,

『누의님, 내게 무슨 곳 죽을 병이나 잇는 것 ᄀᆺᄒ닛가, 그러치 아니ᄒ면 웨 그리 급ᄒ게 구십닛가.』

『에그, 그런 소리를 웨 ᄒ나. 그런 긱담은 말고 글세 그러치 아니ᄒ가, 사람의 일이란 모르는 것이닛간.』

크렐은 「죽음」이라는 말에 이샹히 불쾌ᄒ 생각이 나셔 마당에 나가 돌아 다니며 「죽음」이라는 말을 련히 부르고 생각ᄒ더라.

바로 그날 밤에 크렐이 신문을 본다고 근쳐에 잇는 차집에 가고 톰이 혼자셔 달빗을 쓰고 못가에 안져 제가 얼마 아녀 ᄌ유로온 몸이 되면 집에 돌아가 오래 그리던 안히와 아들딸과 ᄉ랑ᄒ여 주던 죠지를 맛나 보리라 ᄒ고 깃븐 생각에 깃븐 꿈을 꾸더니, 문득 문 밧게 사람들의 쩌드는 소리가 들니거늘 나가 본즉 여러 사람이 피 흐르는 크렐을 들것에 담아 가지고 오는지라, 톰이 하도 놀나고 긔가 막히여 다만 「으악」소리 한 마듸를 칠 짜름이러라.

집 안에셔 이 말을 듯고 부인들이며 죵들이 모도 나와 엇지ᄒᆯ 줄을 모르고 울고 불며 그 즁에도 마리 부인은 미친 사람 모양으로 난데업는* 소리만 지르고 돌아 다니는디, 톰과 오베리아가 겨우 크렐을 방 안으로 안아 들이고 여러 가지로 구원을 ᄒ더니 얼마 잇다가 크렐이 졍신이 들어 눈은 썻스나 말도 못ᄒ고 휘휘 돌나 보기만 ᄒᆯ 쑨이라. 의원이 와셔 ᄒᆯ 수 잇는 짓은 다

* 원문에는 '단데업는'으로 되어 있다.

ᄒᆞ여 보앗스되 본래 몸이 약ᄒᆞᆫ데다가 녑구리에 상쳐가 즁ᄒᆞ야 ᄎᆞᄎᆞ 긔운이 함ᄒᆞ야* 가더니 겨오 손을 들어 톰의 손을 잡고 쪽쪽지 못ᄒᆞᆫ 목소리로,

『톰아, 긔도, 긔도.』

ᄒᆞ고 말이 아니 나와 고개짓만 ᄒᆞ는지라. 톰이 그 압헤 업들여 눈물 석근 긔도를 열심으로 들일 세 졍신 업슨 크렐도 열심으로 듯는 모양이더니, 그 긔도가 긋나쟈 얼마 아녀 숨이 ᄭᅳᆫ치더라.

二十

그러나 톰은 그 ᄉᆞ랑ᄒᆞ는 쥬인 크렐의 령혼이 하ᄂᆞ님 나라에 들어가 에바와 반가이 맛날 줄을 굿게 밋는 고로 그리 슬퍼ᄒᆞ지 아니ᄒᆞ더니, 하로는 생각ᄒᆞ야 본즉 제 ᄌᆞ유를 맛흔 크렐의 몸이 이믜 ᄯᅡ 속에 무쳣스니 이제 누라셔 나에게 ᄌᆞ유를 주리오 ᄒᆞ야, 다만,

『하ᄂᆞ님이시여. 모든 것을 하ᄂᆞ님의 ᄯᅳᆺ대로 ᄒᆞ셔지이다.』

ᄒᆞ고 하ᄂᆞ님의 쳐분만 기다릴 ᄲᅮᆫ이더라.

크렐이라는 방패가 세샹을 ᄯᅥ나쟈 무졍ᄒᆞᆫ 마리 부인의 혹독ᄒᆞᆫ 욕과 매가 대패 모양으로 죵들의 살을 ᄭᅡᆨ고 송긋 모양으로 죵들의 마음을 ᄶᅵ르나, 다시는 돌아가 의지ᄒᆞᆯ 바가 업스매 살얼음 우에 달음질ᄒᆞ는 모양으로 죽을 날만 기다릴 ᄲᅮᆫ이라.

로쟈가 대단치 아니ᄒᆞᆫ 일에 부인의 말ᄃᆡ답을 ᄒᆞ엿다가 죵 ᄶᅢ리기로 벌어먹고 사는 집으로 잡혀갈 졔, 오베리아 부인은 참아 그 불샹ᄒᆞᆫ ᄭᅩᆯ을 못 보리라 ᄒᆞ야 별말을 다ᄒᆞ야 마리 부인을 권ᄒᆞ되, 고집센 부인이라 듯지 아니ᄒᆞ고 가긍ᄒᆞᆫ 로쟈가 무졍ᄒᆞᆫ 아픈 매에 피를 뭇치기 위ᄒᆞ야 잡혀 가니라.

이삼 일 후에 톰이, 마리 부인이 크렐의 형과 엇던 변호ᄉᆞ와 의논ᄒᆞ야 집과 죵을 다 팔아가지고 제 친졍으로 돌아간단 말을 듯고 한참은 숨이 막힐

---

* 함하다. '긔운이 ᄲᅡ져 축 늘어져 있다'는 뜻.

듯ᄒ더니, 도리켜 생각ᄒ야 본즉 이제 밋을 데는 오베리아 부인이라. 좌우 간 부인게 이 말을 ᄒ야 도음을 엇으리라 ᄒ고 곳 부인의 방에 가본즉 한참 돌아갈 준비에 분주ᄒ 모양이라.

『마님. 이것을 엇더케 ᄒ면 죠켓습닛가. 령감마님게셔 저를 노하주신다 고 이러케 증명싀지 써 주섯는데요. 마님게셔 잘 말슴을 ᄒ셔셔 저를 살녀 주십시오. 이러케 령감마님 유언이 계시다면 아마 들어주실는지오…….』

『응, 말슴ᄒ여 보지. 힘 잇는 데싀지는 힘써 보겟네마는 마리 마님이닛가 들을지 엇덜지는 알 수 업네.』

ᄒ고 마리 부인의 방에 가셔, 톰의 이야기를 ᄒ고 나셔,

『엇더케 잘 생각을 ᄒ여셔 그것을 노아주게 ᄒ게.』

『에그, 누님도. 내게는 그런 말슴을낭 ᄒ지도 맙시오. 그게 졔일 돈 만히 밧을 것인데 그것을 노하 주어요.』

『그러나 톰이 불상ᄒ지 아니ᄒ가. 그러케 ᄌ유를 바라는데.』

『별 말슴 다 맙시오. 그것들에게 ᄌ유는 히서 무엇ᄒ나요. 그져 실컨 째려 부려 먹기나 ᄒ엿스면 그만이지. 나는 죵 노하주는 데는 대반듸외다.』

『자네 생각에는 그러켓지마는 져것이야 얼마나 ᄌ유를 엇고 십겟나. 오 늘날싀지 일도 잘 ᄒ엿고, 또 져것이 낫븐 쥬인이나 맛나게 되면 그런 불상 ᄒ ᄃ어듸 잇겟나.』

『에그, 웨 그래요. 나도 남부에셔 잘아낫습니다마는 남부 사람은 다 죠탑 니다. 잘못ᄒ는 게야 싸려 주기도 ᄒ지마는 져것들이 어듸를 가면 아니 맛 나요.』

『그러타 ᄒ더라도 크렐도 죽기 전에 그런 말을 ᄒ엿고, 에바도 그러케 톰 을 노하 주랴 ᄒ얏는데, 그 생각도 좀 ᄒ여야 아니 ᄒ겟나.』

ᄒ대 마리 부인이 몹시도 분ᄒ 드시 수건으로 눈물을 짜면셔,

『에그, 나 ᄀᆞ치 팔ᄌ 사납고 불상ᄒ 것이 다시야 잇슬라고. 외쌀이 죽쟈,

남편이 또 죽고 누구 하나 나를 불상이 녀겨주는 사람이 잇나. 그저 내 말이면 누구든지 다 아니 듯겟다. 이러케 불상흔 것을 누님조차 그다지 못 견듸게 구십닛가.』

흐고 아이고 머리가 아파, 더이고 가슴이 아파 흐고 일변으로 맘미을 불너 자리 쌀아라, 물을 들여라, 일변으로는 의원을 불너라, 정신이 업서진다 흐는 야단에 오베리아 부인도 엇지흘 수 업시 물너나와 마조막 수단으로 셀비 부인에게 편지를 흐야 톰을 물너가라기로 흐더라.

그러나 이도 다 허수라. 셀비 부인에게 이 편지가 가기도 전에 그 이튼날 톰의 몸이 벌셔 죵 쟝수의 손에 들어가 다른 죵 오륙인과 함끠 죵 경매터에셔 밤을 새오니, 잠시 동안 톰의 눈에 보이던 즈유의 빗은 다시 캄캄흔 구름 속으로 들어가고 한참 써러젓던 디옥 마귀가 다시 유순흔 톰의 목덜미를 쏙 잡아 누름이러라. 이튼날 경매에 톰은 열다섯 살쯤 된 어엿븐 퇴기 계집과 루시라는 계집 아희와 사나희 죵 둘과 함끠 레그리라는 사람에게 팔니니, 이 사람은 산 사람의 고기라도 긁어먹을 만흔 흉악흔 사람이라. 이것도 사람이라 흘가 즘승이라 흘가, 흉악한 즘승이 사람의 쌉더기를 쓴 것이라 흘 건가. 하레는 여긔 대면 과연 대인군즈라 흐겟더라.

레그리가 톰의 짐을 뒤지다가 젼에 셀비의 집에셔 닙던 죠흔 옷을 보고 톰의 옷을 가르치며,

『더럽다, 그게 다 무엇이라고 닙는단 말이냐. 쟈 어서 밧고아 닙어라. 그것은 버셔 노코』

톰은 레그리의 말대로 옷을 갈아닙고 닙엇던 옷을 버셔 주엇더니, 이번에는 톰의 몸을 뒤다가 셩경과 찬미가를 보고,

『미친놈, 이게 다 무엇이냐, 하……. 이놈, 너도 예수 믿는 게로고나. 응, 하……, 우습다.』

『녜, 전 예수님을 밋습니다. 누구든지…….』

『엑, 이놈. 주제넘은 소리 말아라. 이제 내 예순지 베순지 못 밋게 홀 터이니, 내게셔는 례배라든가, 찬미라든가 긔도라든가 ᄒᆞ는 것은 엄금ᄒᆞ는 것이다. 이놈, 너도 내 말을 잘 들어야 될 줄 알지. 어듸 다시 예수 말을 ᄒᆞ엿단 보아라. 당장에 뒤여질 터이니.』

ᄒᆞ고 톰의 가방을 들고 갑판에 나아가,

『후리 아들놈. 주제넘게시리 가방이 다 무엇이야.』

ᄒᆞ고 그 속에 잇는 물건은 다 내여 팔고 그 가방에는 제것을 넛터라. 톰은 이 말을 듯고 이 모양을 보고 혼잣말로,

『아모러ᄒᆞᆫ 명령을 ᄒᆞᆫ들 내 밋음이야 쎄며, 내 살을 싹가 판들 내 령혼이야 팔나고.』

ᄒᆞ고 마음속으로 하ᄂᆞ님게 긔도를 올니더라.

레그리가 톰의 가방을 쎄앗고 나셔 어엿븐 에메리게로 가니 이 에메리는 퇴기요 얼골도 곱고 글도 알고 성경공부도 ᄒᆞᆫ 계집아희라.

『애, 어듸 좀 보자.』

ᄒᆞ고 억개에 손을 언거늘 에메리가 몸을 피ᄒᆞ며 얼골을 붉힌대,

『흥, 되지 안흔 년이로군. 아주 졈잔은 체 ᄒᆞᆯ 것다. 내가 무슨 말을 ᄒᆞ거든 좀 웃기나 ᄒᆞ려무나.』

ᄒᆞ고 성나는 김에, 주먹을 내여들고,

『이 계집년, 이것이 무엇인가 좀 보아.』

ᄒᆞ고 졋헤 섯는 톰의 억개를 부셔져라 ᄒᆞ드시 싸리고,

『이만 ᄒᆞ면 너희 ᄀᆞᆺ흔 년들은 단개에 싸려 죽여……. 하하하하하.』

배를 내려 뭇흐로 갈 새, 젊은 계집 둘은 수레에 실고 레그리가 함씌 타고 톰과 다른 사나희 종들은 마챠 뒤에 달녀 가이업는 벌판길로 한 걸음 한 걸음 참혹ᄒᆞᆫ 시몬의 무명밧흐로 향ᄒᆞ야 가더라.

얼마쯤 가다가 레그리가 웃는 낫츠로 돌아보면셔,

『어듸 에메리야, 이리 좀 오나라.』

ᄒᆞ며 무릅 우에 노흔 에메리의 손을 잡고,

『이제는 얼마 아니 가셔 집이다.』

그러나 에메리는 조하ᄒᆞ는 빗이 업고 도로혀 무서은 드시 얼골빗을 변ᄒᆞ고 손을 잡아 채며 겻헤 안진 죵에게로 몸을 의지ᄒᆞ거늘, 레그리의 얼골에 셩나는 모양이 보이더니 다시 웃는 낫츠로 에메리의 블그레ᄒᆞᆫ 귀를 만지며,

『너, 귀쇼리 씨여 보앗니.』

『아니오.』

ᄒᆞ고 쩌는 듸답에,

『응, 그러면 하나 사주지, 흥, 매우 곱게 생겻는데. 이제는 나ᄒᆞ고 살지.』

이렁그렁홀 즈음에 벌서 마챠가 레그리의 문 밧게 다달앗더라.

레그리의 가대가 처음에는 매오 조핫스나, 죵을 넘어 몹시 부림으로 죵들이 하나도 졍셩껏 돌아보지 아니ᄒᆞ야 밧헤는 잡풀이 욱어지고 집들은 기울어젓더라.

마차가 레그리집 문간에 다챠 마당에 누엇던 무섭게 생긴 개가 서너 마리나 지즈며 마조 나오더니, 누덕이 입고 험상스럽게 생긴 죵 둘이 이상ᄒᆞᆫ 소리로 그것을 말니거늘 레그리가 새로 사오는 죵들을 돌아보며,

『이놈들, 너희가 도망을 ᄒᆞ, 어듸라고. 이 개가 잇는데. 너희놈들이 도망을 ᄒᆞ여도 이 개가 짜라가셔 금시에 찻는다, 이놈들.』

누덕이 닙은 죵은 하나은 산보요 하나는 퀸보니, 무명밧헤셔 일ᄒᆞ는 죵의 패쟝이오 한 바리에 실흘 만ᄒᆞᆫ 몸슬 놈들이라.

레그리가 산보다려,

『산보야, 너 줄라고 새악시 하나 사왓스니 쟈, 가져 가거라.』

ᄒᆞ고 늙은 계집을 산보에게 밀어 주면셔,

『쟈, 이게 네 게다.』

늙은 계집은 빗슬빗슬 ᄒᆞ면셔,

『서방님, 이게 무슨 말슴이십닛가. 쇼인네게는 늬유올네안에 서방이 잇습니다.』

『무엇이 엇지 희, 내 말을 아니 들을 터이야.』

『다른 말슴은 무엇이든지 좃겟습니다마는 서방을 둘씩이나 엇더케 가집닛가. 제발…….』

『이년, 무슨 주제넘은 소리냐, 내 말을 안 들어.』

ᄒᆞ고 말 채쭉을 들어 힘껏 싸리니, 로파가 정신을 일허 싸에 걱굴어지더라. 그러나 레그리는 이것을 보지 못ᄒᆞᆫ 체ᄒᆞ고, 에메리의 겻헤 가 웃는 낫츠로,

『쟈, 나ᄒᆞ고 가쟈, 응, 아씨야.』

ᄒᆞ야 에메리는 레그리에게 씰니어 가고 톰은 산보의 뒤를 싸라 우리로 들어가니, 집 생긴 뒤로는 한번도 쓸어보지 아니ᄒᆞ엿는지 이 구석에는 쌈에 썩는 누덕이오 져 바람에는 말나붓흔 코라. 보기만 ᄒᆞ여도 구역이 나려 ᄒᆞ나 몸에 타인 운명이라. 엇지홀 수 업시 위션 여간ᄒᆞᆫ 것을 치우고 품에셔 성경을 내여 션반에 올녀 노코는 산보에게 씰녀 일터로 가더라.

二十一

그날 일을 마초고 져녁 먹으로 돌아와 본즉 먹을 것이라고는 흙도 채 아니 썰닌 반쯤 닉은 감자 멧 알이라. 원만ᄒᆞᆫ 집에서는 즘승도 아니 먹일 것이언마는 그래도 목슘은 앗가와 맛잇게 이것을 먹고 나셔 곤흠을 못 이긔어 그만 잠이 들엇더니, 슈몽비몽간에 몸이 폰다톤 호수까 돌 우에 걸어 안젓고 겻헤는 어엿븐 에바가 성경을 낡더라.

『물에셔나 불에셔나 나는 너희와 ᄀᆞᆺ치 잇스리라. 너는 내 쥬시오 이스라엘의 여호와, 나를 구원ᄒᆞ실 이시로다.』

ᄎᆞᄎᆞ 이 소리가 가늘어지더니 어듸로션지 모르나 아조 청아ᄒᆞᆫ 풍악소리

가 들니며 에바가 하늘을 우럴어 화평흔 긔도를 올니더니, 이윽고 에바의
몸에 빗나는 날개가 나며 훌훌 날아 놉흔 하늘 위 거륵흔 하느님의 보좌로
올나가는지라. 톰이 마음에 즐거옴을 못 이긔어 ㅎ더니 문득 쌔여본즉 한
쑴이라.

아마 외롭고 슬픈 톰의 마음을 즐기랴고 하늘나라를 쩌나 셰상에 내려온
에바의 령혼인가 보다.

레그리도 톰의 모든 일에 가감ㅎ고 츙실흔 것을 스랑ㅎ야 츠츠 패쟝 ㄱㅈ흔
직분시지라도 주려 ㅎ나, 다만 한 가지 흠은 톰이 넘어 착ㅎ야 여러 사람에
게 친절ㅎ게만 ㅎ고 욕흘 줄과 싸릴 줄을 모름이라. 이럼으로 아모러케 ㅎ
여셔라도 톰을 저와 ㄱㅈ게 만들 양으로 수란 수, 힘이란 힘을 다 들이나, 우리
톰은 죠곰도 그 쥬인의 가르침을 본밧지 아니ㅎ고 오즉 하느님의 쯧을 굿게
밋을 싸름이러라.

하로는 톰이 다른 죵들과 함씌 밧헤셔 목화를 쌀 세, 곗헤 엇던 보지 못ㅎ
던 부인이 나는 스십이나 되엇슬 것 ㄱㅈ고 무서운 주림과 과도흔 로동에 살
이 다 싹기고 얼골에는 피긔운이 한 쌈도 업스며, 게다가 무슨 깁흔 병이 들
넛는지 금시에 푹 쓸어질 쯧흔데, 곗헤셔 목화 싸는 젊은 죵놈들은,

『져 년 그만이야 왓고나.』

『에그, 꼴앗산이 보게.』

『져것이 무엇을 쌀가.』

『오늘 져녁에야 제가 뒤어지도록 엇어마질 터이지.』

ㅎ고 온 가지 욕셜을 다 담아 부으나, 다 죽어가는 그는 들은 체 못 들은 체
탄ㅎ려 ㅎ지도 아니ㅎ고 잇다금 가는 소리로 소곤소곤 긔도ㅎ는 소리만 나
ㄴ지라. 톰이 더욱 불상흔 마음이 생기여 제 그릇에 잇는 목화를 집어 그 부
인의 그릇에 너흔대 부인이,

『에그, 말으시요. 패쟝이 보면 엇더케 ㅎ실라고…….』

아니나 다를가 멀니셔 보던 산보가 혁편을 둘너 메고,

『이 개색기들 무슨 짓을 힉.』

ᄒ고 부셔져라 ᄒ드시 로파를 차 쎄밀고 혁편으로 톰의 면샹을 치니, 톰은 튼튼ᄒ 몸이라 피나는 얼골을 가지고도 가만히 물너셧스나 본래 몸이 약ᄒ 로파는 그만 비쓸거리고 걱굴어지거늘, 산보가 호주머니에셔 바늘을 내여 들고,

『이년, 내 고쳐줄 것이니 가만히 잡바졋거라.』

ᄒ고 달아 들어와 머리를 푹 지르니 졍신 업슨 로파가 아픈 김에 소리를 지르고 닐어나거늘,

『이년 냉큼 닐어나셔 일 ᄒ여라.』

이 말에 아픈 거슬 참고 쏘 목화를 싸더니,

『이년 알아 차려라. 오늘 져녁에는 뒤여질 터이야.』

ᄒ는 산보의 말에,

『제발 덕분에 이제 죽여 줍시요.』

ᄒ고 하늘을 우럴어,

『여보 ᄒ ᄂ님. 웨 나를 아니 건져주오.』

ᄒ더라.

이째 산보는 벌셔 져리로 간지라. 톰이 쏘 제가 싼 목화를 로파에게 너허 주니, 로파가 쌈쟉 놀나며,

『글셰, 웨 이리ᄒ오. 여긔 법도 모르고 이러다가 경을 칠라고 제발 그만 두시요.』

『나? 내 걱졍은 마오. 난 튼튼ᄒ 놈이닛가 여간 마즈면 엇덧소. 내 걱졍은 말으시오.』

그날 져녁에 산보가 레그리에게 톰과 로파를 먹엇더니 레그리도 긔회를 기다리던 터이라, 오늘 져녁에야 톰 이놈을 길을 들이리라, 톰으로 ᄒ여곰

로파를 싸리게 ᄒ리라 ᄒ고 혼자 조하ᄒ더라.

종들이 모다 밧헤서 돌어와 제 각금 목화 그릇을 레그리 압헤 들여노코 엇던 놈은 매를 마즐가, 엇던 놈은 칭찬을 밧을가 마음을 조리고 섯고, 레그리는 공책을 들고 안져 여럿의 짠 근수를 적을 세, 톰은 언제든지 남보다 만히 싸는 터이라 그 날은 로파에게 반 그릇이나 넘어 주엇건마는 그래도 다른 놈들보담 만히 짠 고로 아모 책망은 업스나, 하나 걱정은 로파의 일이라 행여 엇어 맛지나 아니홀가 ᄒ야 매우 걱정ᄒ는 즁에 로파가 죽어가는 걸음으로 목화 그릇을 들이거늘, 레그리가 그것은 보지도 아니ᄒ고 왈칵 성을 내여,

『네 년은 좀 일이 잇스니 여긔 섯거라. 박살을 홀 년.』

로파는 무슨 영문인지도 모르고 명령대로 그 자리에 쑤그리고 안젓더니 검사를 다 ᄒ고 나셔 레그리가,

『톰아. 이리 와. 이놈, 내가 너를 사기는 패쟝을 시기랴고 산 것이야. ᄒ닛가, 이놈 마수거리로 네 이년을 오늘 져녁에 두들겨라.』

『그게야 엇더케 ᄒ겟슴닛가. 다른 말은 다 ᄒ라는 대로 ᄒ겟슴니다마는, 이것 하나는 참 못ᄒ겟슴니다.』

『무엇이 엇지해. 쟈, 내 가르쳐 줄가.』

ᄒ고 혁편을 들어 톰의 얼골을 함부로 치면셔,

『이놈, 이제도 못ᄒ.』

톰이 두 손으로 낫체셔 흐르는 피를 밧으면셔,

『그저 제가 사는 날ᄭ지는 무슨 일이든지 힘껏 할 것이니, 이 일 하나은 아니ᄒ게 ᄒ여 주시오. 첫재, 이 일은 올치 아니ᄒ 일이 아니오닛가. 제 몸이 가루가 되어도 그것은 못 ᄒ겟슴니다.』

본래 톰은 온슌ᄒ 사람이라, 무슨 말이든지 거슬이지 아니ᄒ는 것을 보고 오늘도 단 대마듸에 들을 줄로만 녁엿더니, 의외에 톰의 침착ᄒ고 긔운찬

말을 들으매 본래 즘승 아닌 레그리의 마음에도 얼마큼 감동되는 마음과 붓그러온 마음이 생겻스나, 져 즘승만도 못한 종에게 질 수 업다 하야 쌘즐쌘즐하게 썰썰 우스며,

『엇겨고 엇지히. 이 개색기야. 내가 그른 말을 하여. 이놈, 내가 누군 줄 알고. 올치, 이 당신이 아주 신스시닛가, 어, 아니소은 놈 ス흐니. 엇겨니 이년을 못싸려.』

『이 로파는 늙기도 하고 게다가 병신지 잇는데, 이것을 싸리다니, 인정을 가지고야 엇더케 참아 그러겟습닛가. 바로 이 로파 대신 저더러 죽으라시면, 달게 죽겟습니다마는 세상 업셔도 싸릴 수는 업습니다.』

고양이가 먹으려는 쥐를 한참 놀이는 모양으로 레그리도 놀일 수 잇는 대로 톰을 놀인다.

『흥, 과연 성인이시로고, 밋음도 굿으시고 마음도 착한 신스시겟다. 그런데 성경에 「종이어든 쥬인에게 슌죵하라」 한 말은 웨 모르시는고 내가 녕감의 쥬인 아니오. 이놈아, 이 시컴한 몸둥이가 일만이천 랑쟈리야. 일만이천 량에 네놈의 몸과 혼을 내가 삿서.』

구두발로 힘껏 녑구리를 차고 말소름이 톰의 얼골을 들여다 보면서,

『엇덧습닛가, 알아겝시오.』

톰은 조곰도 두리거나 성내는 빗 업시,

『아니올시다, 그러치 안습니다, 령혼신지는 못 사십니다.* 세상 업슨 짓을 다 하셔도 이 령혼은 하느님의 것입니다.』

『무엇? 령혼은 못사? 내가? 어림 업다. 이놈 어듸 내가 네놈의 령혼을 사나 못 사나 보쟈.』

하고 벌덕 닐어나면서,

『산보야, 퀸보야, 네 이놈을 아가리로 피가 푹 쏘다지도록 죡여라.』

---

* 원문에 '못 사십십니다'로 되어 있다.

곁헤셔 춤을 꿀덕꿀덕 삼키던 두 놈은 의긔양양ᄒ야 톰을 잡아 끌고 문 밧그로 나가고, 로파는 그 자리에 업들어져 슬피 통곡ᄒ더라.

二十二

톰의 몸은 한곳에 셩ᄒᆫ 데 업시 가죽이 터지고 피가 흐르더라. 레그리는 그도 오히려 부죡ᄒ야 아조 싸려 죽이고도 십흐나, 만여 량이나 들여 사온 것을 부려먹지도 못ᄒ고 싸려 죽임도 앗갑다 ᄒ야 다시 오는 날을 기다리기로 ᄒ고 그 날은 끓는 분을 참아 반 넘어 죽은 톰을 대패밥 들인 헛간에 내여바리니, 샹쳐는 아프고 목은 마르고 녀름밤 내려 누루는 듯ᄒᆫ 공긔에 ᄉ정 업는 모긔 무리ᄭ지 죽다 남은 톰의 혼을 고로히 ᄒ더라.

이삼 일을 지나 젼신 샹쳐에 겨오 더데*가 안즐 만ᄒᆯ 제 벌셔 목화밧헤 나셧더라. 그러나 악독ᄒᆫ 매에 진 어혈이 아직 풀니지 아니ᄒ고 게다가 건강을 회복ᄒᆯ 만ᄒᆫ 보ᄒᆯ 것도 먹지 못ᄒ니, 제 아모리 튼튼ᄒ다는 톰인들 엇지 견듸리오. 게다가 아츰부터 져녁ᄭ지 잠시도 쉬일 새 업시 과도ᄒᆫ 로동을 ᄒ다 보니, 건강이 ᄎᄎ 쇠ᄒ야지고 긔운이 날로 소진ᄒ야 톰 저도 그 목숨이 쟝ᄎ 오래지 못ᄒᆯ 줄을 알더라. 그러나 그는 죽기를 두리는 이가 아니요 도로혀 이 죄악이 차고 더러온 마귀만 쮜노는 쌍을 써나 영원ᄒ고 올흔 하ᄂᆞ님 나라에 들어가게 됨을 더ᄒᆯ 수 업시 고마이 녀기더라. 그럼으로 몸은 비록 참혹ᄒ게 약ᄒ야지고 파리ᄒᆯ망졍 그의 마음은 항샹 춘풍 ᄀᆺ하야 언제든지 그의 얼골에는 화평의 우슴이 잇고, 그의 말에는 쳥아로은 하ᄂᆞᆯ 풍악의 소리가 나더라.

그러케 눈 쁠 수 업는 분주ᄒᆫ 즁에 잇스면셔도 불샹ᄒᆫ 이를 보면 위로의 말을 들니며, 약ᄒᆫ 이를 보면 도움의 힘을 빌니며, 혹 곤ᄒ야 ᄒ는 이에게 제가 싼 목화도 너허주며, 혹 아파ᄒ는 이에게 제가 덥는 담요도 덥허주니, 여

* 부스럼 딱지나 때 따위가 엉겨 붙은 조각.

러 해 혹독한 압제와 즘승 ᄀ흔 살님에 리셩이 무듸고 감졍이 슬어졋스나 그래도 사람이라, 톰의 이러틋 지극한 졍셩과 ᄉ랑에는 모다 감동이 되여 매말나 풀 못 나던 쌍에 큰 비가 내려 부어 일시에 각식 화초가 엄을 도피는 모양으로 이 즘승 ᄀ흔 사람들에게도 ᄎᄎ 슬퍼홀 줄도 알아오고 고마와 홀 줄도 알게 되더라.

이것을 봄은 톰에게 더 홀 수 업는 깃븜이라.

목화 쌀 쌔도 거의 지나셔 쥬일 하로는 죵들이 다 놀게 되매 그 날마다 모도 한방에 불너 노코 예수의 니야기와 여러 셩도의 니야기를 ᄒ여 들니니, 모다 톰의 이 말에 귀를 기울이며 한 사람 한 사람 예수를 밋는 이도 생기더라.

난 날부터 오늘ᄭ지 인싱의 비참이라ᄂ 비참을 가초 맛보아 무엇이든지 귀치 아니치 아니홈이 업는 캇시조차 날로 얼골에 화긔가 돌더라.

캇시의 말을 ᄒ면 길지라. 그러나 흔들 무엇ᄒ리오. 다만 눈물의 력ᄉ인 줄로 알면 그만이라. 지아비는 쌔앗기고 아들쌀을 팔니우고 제 몸도 이리 굴고 져리 굴어 가지고 나온 경력과 마음은 개, 도야지의 일에 다 써바리고, 이제ᄂ 아모 생각도 업고 졍신도 업는 몸이 된 것이라, 이쯤 알면 그만이리라.

벌셔부터 에메리에게 불측ᄒ 마음을 품고 잇던 레그리라. 잠시 동안은 이 핑계 져 핑계로 피ᄒ여 왓스나 요사이에 와셔는 밤낫 으르고 조르고 각금 입에 담지 못홀 말로 욕셜도 ᄒ며 미구에는 완력으로 겁박이라도 ᄒ랴는 긔미가 보이매, 캇시가 이를 알고 가련ᄒ 에메리를 건져내여 ᄌ유로온 사람이 되게 ᄒ랴고 무진히 애를 쓰나, 곳 도망을 ᄒ다가는 잡힐 것은 분명ᄒ고 잡히고만 보면 수얼치 안케 경칠 줄도 아는 고로 아모리 싱각ᄒ여도 엇지홀 줄을 모르다가 겨우 한 계책을 엇어 나이니, 이 계책이 과연 엇더ᄒ 결과를 나흘는가.

레그리의 집에 한 방이 잇스니, 그 방에는 무셔온 귀신이 잇다 ᄒ야 아모도 감히 들어가지를 못ᄒᄂ 데라. 그 즁에 레그리는 참되신 하ᄂ님은 두려

워ㅎ지도 아니ㅎ고 밋지도 아니ㅎ되 이 귀신을 무셔워ㅎ는 마음은 여간이
아니라. 캇시는 이를 리용ㅎ야 여러 날 동안을 두고 조곰식 조곰식 그 방에
먹을 것을 날나둔 후에 하로밤은 거짓 도망ㅎ는 체ㅎ야 레그리를 놀내고 둘
이셔 귀신 난다는 방 안에 들어가 숨으니, 대개 얼마 동안 차자 보다가 레그
리가 졀망ㅎ는 새를 기다려 멀니 가나다로 ㅎ여 다라나게 ㅎ려 홈이라.

그날 밤 레그리가 죵과 개를 쓸어 가지고 밧 가온데 나무숩흐로 바늘이라
도 차질 만큼 수탐ㅎ나 업슨 사람이 어듸셔 나오리오, 이러케 이틀 동안이
나 뒤여도 마츰내 찻지 못ㅎ매 레그리의 가슴속에는 동여 노흔 불덩어리가
핑핑 돌아다니더라.

톰은 무론 캇시의 의론도 들엇스매 두 사람의 잇는 곳을 아나 그곳을 가
르쳐 붉은 두 사람의 목숨을 쓴흠이오, 찻는 체ㅎ면셔 아니 찻는 것은 쏘흔
레그리와 다른 죵들을 소김이라. 이럼으로 혹독흔 경을 칠 줄은 알면셔도
참아 올치 못흔 일은 홀 수 업다ㅎ야 저 혼자 방 안에 박여 잇셔 레그리의 매
에 이 목숨을 쓴키기만 기다리더라.

아나나 다를가, 화가 쎠오른 레그리가 톰에게 의심이 생기고 쏘 셩풀이로
톰을 불너내여,

『이놈. 네놈이 두 계집년을 감초앗것다. 괘씸흔 놈 굿흐니. 쪽바로 아뢰오
면 이어니와 그러치 아니ㅎ면 박살을 홀 터이야.』

톰은 속으로 『하ㄴ님 아버지시어, 이 몸을 밧치오니 밧아 주시옵소여.』ㅎ
고 텬연흔 스식으로,

『네, 알기는 흡니다. 마는 엿줄 수는 업습니다.』

『엇지히, 이놈. 알고도 말을 아니 ㅎ여.』

『제 몸이 죽어도 그 말은 못 아뢰겟습니다.』

『올치 이놈. 이젼에 한번 살녀주엇더니 쏘 살녀줄 줄 알고 능굴능굴ㅎ고
흉악흔 놈 굿흐니. 이번에는 네놈이 바른 말을 ㅎ도록 쌔릴 터이다.』

톰이 말 쑤름이 레그리의 얼골을 치어다 보면셔,

『제 피가 흘너셔 만일 녕감마님의 죄를 씨슬 수가 잇고만 보면 저는 언제
든지 달게 죽겟습니다. 마치 우리 쥬 예수게셔 만국만민을 위ᄒ야 십ᄌ가에
못 박혀 도라가신 모양으로…….』

말이 쑷나기도 젼에 톰을 차 넘어쎠리고 발길과 주먹으로 함부로 싸리며,

『이놈, 주제넘게. 내가 잘못ᄒ? 죄를 지여?』

『제 몸은 목숨만 쓴허지면 그만입니다마는 이리ᄒ시는 녕감마님게셔는
마음이 편안ᄒ실 날이 업스실 터이올시다. 어셔 어셔 죄를 뉘우치시고 참된
사람이 됩시오.』

이 말에 레그리가 더옥 분이 나셔 말도 잘 못ᄒ면셔,

『산보야, 퀸보야. 네 이놈 뒤여지도록 흠쳐라.』

그러나 톰은 육신의 괴로움은 생각도 아니ᄒ는 듯. 나도 예수님의 뒤를
싸라 올흔 피를 흘니고 하ᄂ님 나라로 올나가는 것이거니 ᄒ고 아조 텬연
ᄒ지라. 디옥에 마귀 ᄀᄒᆺ흔 산보, 퀸보도 이것을 보고는 마음이 감동되여 참
아 싸리지를 못ᄒ고,

『벌셔 글넛습니다.』

『엑, 이놈 아가리로 피를 쏫도록 쳐라, 이놈 안 쳐.』

ᄒ고 발을 동동 구루며,

『그놈이 계집년들 잇는 데를 말ᄒ기ᄉᄌ 쳐라.』

이째에 톰은 겨오 반쯤 눈을 쓰고,

『아아, 불상흔 레그리야. 네 힘은 이만이로다, 내 령혼은 털ᄀᆺ만큼도 못
건더리ᄂ고나. 그러나 나는 죠곰도 너를 원망치 아니ᄒ고 어셔 회개ᄒ기만
기다린다.』

『응. 이제는 뒤여지나 보고나. 어듸.』

ᄒ고 톰의 겻헤 가셔 들여다 보면셔,

『다 되엿다. 입싯지 다믈엇다. 에그 시원ᄒ다.』

ᄒ고 얼마콤 속이 시원ᄒᆫ 드시 방으로 들어가더라.

그러나 겻헤 서서 싸리며 보던 종들은 톰의 말에 무슨 큰 힘이 잇셔 저희게 명령을 ᄒᆫ 듯 무서은 마음이 생기여,

『아마 우리가 안된 짓을 ᄒ엿나.』

ᄒ고 가만이 톰을 들어다가 거젹 자리 우에 누이고 일변 술을 가져다가 상쳐를 씻고 일변 솜으로 온몸을 싸매나, 가슴만 죠곰 다사ᄒᆯ 싸름이오 살아날 희망은 털긋만도 업더라.

二十三

셸비가 병이 침즁ᄒ야 오늘일가 래일일가 걱졍ᄒ는 즁에 톰의 편지가 오니, 에미리 부인과 죠지는 심히 황황ᄒ야 하로가 밧비 톰을 다려오고 십기는 ᄒ나 방금 집안에 죽어가는 어른이 잇고 본즉 그리ᄒᆯ 수도 업고, 오늘 래일 셸비의 병 낫기만 기다리나 죠곰도 낫는 양은 아니 보이고 날이 가면 갈수록 더욱 더쳐 메칠만에 그만 세상을 써나니, 그 뒤에 장례를 ᄒᆫ다, 집안 졍리를 ᄒᆫ다 ᄒ기에 쏘 한 달이나 지나고,

마츰 볼 일이 싱겨 죠지가 남방에 가게 되거늘 죠지는 이 틈을 타셔 톰을 다려올 양으로 늬유올네안에 와본 즉 톰이 임의 그곳에 잇지 아니ᄒᆫ지라. 빅방으로 차즈나 어듸 간 지를 알 수 업더니, 두어달 만에 비로소 레그리의 집에 팔니어온 소문을 듯고 성화긋치 말을 몰아 레그리의 집에 오기는 톰이 죽도록 마진 뒤 이틀만이러라. 그 다름으로 레그리를 차자보고, 톰을 도로 팔아달나 쳥ᄒᆫ대 레그리가 얼골을 붉히며,

『응, 내가 사기는 삿지오. 마는 아조 못된 놈입듸다. 계집년 도망을 시기고 모른다고 ᄒᆸ니다그려. 하도 열이 나기에 난싱 처음 실컷 싸려 주엇더니 아마 뒤여졋나 봅듸다.』

ᄒ거늘 죠지가 흘ᄭᅵᆫ 레그리를 보면셔,

『그런데 지금 어듸 잇나요. 좀 보여나 주시구려.』

레그리는 눈만 부릅ᄯᅳ고 아모 말이 업ᄂᆞᆫ듸 죠지의 말 곱비를 들고 섯던 아희가,

『져 헛간에 잇습듸다.』

ᄒᆫ듸, 레그리가 왈칵 셩을 나이며,『이놈.』ᄒ고 발길로 그 아희의 녑구리를 차니 아희가 그 자리에 업들어져 졍신을 못 하리러라.

죠지가 곳 헛간으로 달아들어가 톰의 가슴에 몸을 기대고,

『톰아, 톰아.』

ᄒ고 눈물을 좍좍 흘니면서,

『에그. 그만 ᄂᆞ젓고나……아아, 그만 죽게 ᄒᅌᅥᆺ고나, 얘, 내로다……죠지야. 눈을 좀 ᄯᅥ라. 말 좀 못ᄒ니.』

톰이 겨오 눈을 ᄯᅥ셔 맥업시 휘휘 두르다가 죠지가 온 줄을 알고 반가온드시,

『하ᄂᆞ님이시여, 고맙소이다. 이제는 죽어도 한이 업습니다……엇더케 와 주셧습닛가. 다 안녕ᄒ심닛가. 마음 노코 죽겟습니다.』

『그게 무슨 소리야, 죽지 아니ᄒᆫ다, 아니 죽어.』

『아니오, 벌셔 글넛습니다. 이제는 예수님이 나를 ᄭᅳᆯ으시고 하ᄂᆞ님 나라으로 올나가십니다.』

『그게 다 무슨 소리냐, 네가 죽어서 엇더케 ᄒ게. 아이고 가슴 아프다.』

『져는 불상ᄒ지 안습니다. 슬퍼ᄒ시지 맙시오. 이젼에는 불상ᄒᅌᅥᆺ지마는 이제는 예수님게셔 내 손에 익임의 긔를 들녀주십니다.』

ᄒ고 다 식은 손으로 죠지의 손을 잡고,

『그러고 제 안히와 아희들 ᄒᆫ테 이런 말슴은 말아 줍시오, 들으면 또 얼마나 셜어들 ᄒ겟습닛가. 그저 저는 예수님과 늘 함ᄭᅴ 잇다가 제 ᄶᅢ가 되여셔

하ᄂ님의 영광 속으로 들어갓다 ᄒ시고, 너희들도 나 잇는 데 오도록 ᄒ라
고 그러케 말슴ᄒ여 주십시오.』

　이째에 무엇을 ᄒ는가 ᄒ고 레그리가 와보고 가거늘 죠지가 주먹을 부르
쥐고 니를 갈면서,

　『이놈, 알아 차려라. 네가 곱게 살 줄 아ᄂ냐』

ᄒ는 것을 톰이 팔을 둘너 막으며,

　『웨 그런 말슴을 ᄒ시오. 그게 다 불상ᄒ 사람입니다. 나야 엇덧습닛가,
나로 두고 보면 그 사람이 나 위ᄒ야 하ᄂᆯ 문을 열어준 세음이지오.』

　반가온 김에 한참 정신이 들엇던 톰이 다시 정신을 못 하리게 되더니 눈
을 스르를 감고 쪽쪽치 못ᄒ 소리로,

　『그저 ᄉ랑ᄒ시오. ᄉ랑 속에 잇는 우리는 쎌 놈이 업습닌다.』

ᄒ고는 그만 불너도 돌아오지 못ᄒᆯ 손님이 되여 아름다온 령혼이 ᄌ유로온
날개를 치고 영원ᄒ 하ᄂ님의 영광 나라로 날아 들어가더라.

　죠지는 톰의 신체를 거두어 후이 장ᄉ하고 눈물 그린 눈으로 다시금 뒤를
도라다 보면셔 말 머리를 돌니더라.

二十四

　캇시는 이스파니아 부인 모양으로 차리고 에메리는 그의 계집하인이 되여
멧 날을 가다가 쥬막에 들어 잘 세, 공교로히 죠지도 그 집에 ᄀ치 들엇더라.
캇시는 죠지가 톰을 차자 왓다가 후ᄒ게 장ᄉ신지 ᄒ여 쥬엇단 말을 들은 고
로 심히 그를 ᄉ모ᄒ고 밋어 ᄌ긔네 래력을 다 말ᄒ니, 죠지도 몹시 그들을
불상히 녀겨 어듸ᄉ지든지 힘 잇는 대ᄉ지는 도아쥬기로 약속을 ᄒ더라.

　또 그 겻방에 도두라는 프랑스 부인이 들엇더니 그가 죠지가 켄터키에셔
왓단 말을 듯고 인ᄉ를 ᄒ 뒤에,

　『켄터키에 계셧스면 죠지라는 사람을 알으십닛가.』

『알고 말고요.』

『지금 켄터키에 잇나요.』

『벌셔 가나다에 갓는 걸요. 간 뒤에는 소식을 모르지만.』

『하느님 감샤ᄒ옵니다. 가나다에 갓셔요.』

ᄒ고 엇지홀 줄을 모르는 듯이 깃버ᄒ는 것이 하도 수샹ᄒ야 죠지가,

『부인게셔 죠지를 엇더케 알으심닛가.』

『죠지요. 그게 제 동싱이올시다. 죠곰앗슬 적에 서로 써나서, 그 뒤에 저는 이리 져리로 팔녀 다니다가 셔인도에 건너가셔 다힝이 즈유의 사람이 되여서 프랑스국 사람과 혼인ᄒ야 살앗슴니다. ᄒ다가 두어 달 전에 홀로 되엿슴니다. 그래 죠지를 차자셔 즈유 사람을 만들어 줄 양으로 가는 길임니다. 아, 졍말 가나다로 갓슴닛가. 이것 참…….』

『녜, 그러십닛가. 죠지는 아조 사람이 조하셔 공부도 만히 ᄒ고 누구든지 조하ᄒ지 아니ᄒ는 이가 업섯슴니다. 그래셔 저이 집에 잇던 엘니사와 혼인ᄭ지 ᄒ여 가지고 살다가 가나다로 간 지가 벌셔 오륙 년이나 되엿지오.』

『녜. 그래요. 그러면 그 엘니사라는 계집은 엇던 인가요.』

『아조 녁고 슙ᄉᄒ고 글도 잘 아는 얌젼ᄒ 사람임니다.』

이째에 겻헤셔 듯던 캇시가 고개를 기우리고 무슨 생각을 ᄒ는 모양이더니,

『아, 그 엘니사가 당신네 댁에셔 낫슴닛가.』

『아니오. 사이몬이라든가 ᄒ는 사람네 집에셔 사왓다나 보든데요.』

이 말을 듯자 캇시가 으아 ᄒ고 소리를 지르면셔 업들어져 긔졀을 ᄒ거늘, 세 사람이 엇지ᄒ 신닭인지를 모르고 다만 눈이 둥글ᄒ야 여러 가지고 구원ᄒ니 그제야 겨오 졍신을 차리며,

『그게 내 ᄯᅡᆯ이야요, 엘니사. 어린 것을 내여 노코는 여태ᄭᅥᆺ 맛나 보지도 못ᄒ엿슴니다그려.』

이 말을 듯쟈 죠지도 몹시 감동되여 엘니사의 문서를 캇시에게 내여주고

그 뒤에 몟 날을 동힝ᄒ다가 죠지는 켄터키로 돌아오고 도두와 캇시와 에메리는 가나다로 향ᄒ야 가니라.

그러나 가나다는 넓은 데라, 어듸를 가셔 죠지 닉외를 차자 보리오. 세 사람이 방향 업시 되는 대로 차자 돌아다니더니, 요힝이 죠지를 건져준 엇던 목스를 맛나 죠지의 집으로 들어가니 그 깃븜이 얼마나 ᄒ엿스리오.

죠지는 이곳에 와셔 그 목스의 도음으로 집도 잡고 일도 붓들어 벌어먹기에는 걱졍이 업스며, 할니는 벌셔 튼튼흔 작란군이 되여 쇼학교에 다니고 여긔 온 뒤에 ᄯᅩ ᄯᆞᆯ 하나를 나하 그ᄯᅢ에는 벌셔 ᄶᅡᄶᅡᄶᅡ ᄒ고 엉금엉금 긔어 다니더라.

죠지는 일을 ᄒ면셔도 열심으로 책을 보며 생각도 만히 ᄒ야 한ᄭᅩᆺ흐로는 저와 ᄀᆞᆺ치 불상흔 수쳔만 죵을 건져 나이며, ᄯᅩ 한ᄭᅩᆺ흐로는 문명ᄒ엿다는 백인죵에게 흑인죵도 너희게 지지 아니흔다는 것을 보이려 밤낫에 마음을 노치 아니ᄒ더니, 도두 부인이 돈을 내여 죠지 량쥬를 프랑쓰에 류학케 ᄒ랴고 캇시와 에메리ᄭᅵ지 다리고 마르세유로 가는 배에 오르니라.

에메리는 배에서 엇던 신스의 사랑을 밧아 하륙ᄒ쟈마쟈 혼인을 맷고, 죠지는 즉시 파리에 잇는 엇던 대학교에 들어 공부를 ᄒ고, 도두와 캇시는 손ᄌ 손녀가 ᄶᅡ에 노힐세라 번갈아 업어주고 안아주며 아조 질겁게 살아가더니, 스 년만에 죠지가 대학교를 졸업ᄒ쟈 프챵스에 란리가 닐어남으로 잠시 아메리카에 돌아와 잇더니, 아메리카는 원수의 ᄯᅡ이라 오래 잇지 못홀지라 어서 졍다온 아프리카에 돌아가 수쳔만 어리석고 불샹흔 동포를 가르치고 ᄭᅢ우쳐 남과 ᄀᆞᆺ흔 문명흔 사람을 만든 후에, ᄌᆞ유롭고 거룩흔 나라를 일희켜 셰계샹 다른 나라와 ᄀᆞᆺ치 되고 다른 민족과 ᄀᆞᆺ치 되여 국졔회의에 말 내ᄂᆞᆫ 권리를 엇으며, 한 걸음 더 내켜셔는 우리 민족으로 ᄒ여곰 셰계 민족을 잇글고 먹이는 목쟈가 되게 ᄒ리라, ᄒ는 큰 리상을 품고 위션 새로 조직된 리베리아 공화국으로 가는 배표를 사니라.

*   *   *   *   *   *

에바의 말에 마음을 바로잡은 오베리아 부인은 졍셩을 다ᄒᆞ야 톱시를 사랑ᄒᆞ고 가르치며, 톱시도 그 가르침을 잘 밧아 공부도 잘 ᄒᆞ고 교회에 들어가 세례를 밧은 후에 디옥 속에 부르짓는 불샹ᄒᆞᆫ 동포를 하ᄂᆞᆯ나라 즐거음 동산으로 잇글어 들이랴고 살기 조코 문명ᄒᆞᆫ 아메리카를 바리고 캄캄ᄒᆞ고 야만스러온 아프리카 고국에 돌아가 잇는 힘을 다ᄒᆞ야 예수의 말슴을 펴더라.

*   *   *   *   *   *

죠지가 톰을 장사ᄒᆞ고 집에 돌아온 지 한 달 뒤 어느 날에 죵들을 한데 모아 세우고,

『이로부터는 여러분은 ᄌᆞ유로온 사람이오. 아모 데나 가고 십흔 데 가실 수 잇고 무엇이든지 ᄒᆞ고 십흔 일을 ᄒᆞ실 수도 잇소이다. 여러분이여, 이제는 ᄌᆞ유의 사람이 되엿스니 지식도 잘 닥고 인격도 놉히여 문명ᄒᆞᆫ 사람들이 되게 ᄒᆞ시오. 그러나 이것이 모도 다 톰의 은혜인 줄을 닛지 마시오.』

이 말에 여러 사람들이 모다 눈물을 흘리며,

『비록 져희를 노하 주시더린도 젼과 갓치 뫼시고 잇게는 ᄒᆞ여 주십시오』

죠지가 깃븜으로 여러 사람을 둘너 보더니,

『그러면 우리 다 ᄀᆞᆺᄒᆞᆫ 사름으로 한데 모여 잇습시다.』

ᄒᆞ고 싸에 업들여,

『하ᄂᆞ님 아바지시여, 크신 은혜 감사ᄒᆞ옵ᄂᆞ이다. 이 셰샹 불샹ᄒᆞᆫ 죵들에게 지혜와 총명을 주옵시며, 목숨의 ᄌᆞ유를 골고로 주시옵소셔. 아멘.』

III. 대륙방랑시절
(1914)

이샹타*

어름바다에 쇠배를 저어
안기속으로 휘몰아들어
가만히보니 블라디보라

엉긔엉긔 누덕이지고
이거리 져골목 우리지게군
눈으로 안저렷더면
금시 다 썩을랏다

어름도 썩고 눈조차 쉬는
블라디보에
이샹타 안 썪는 것 太白**의 靈

---

 * 외빈,『勸業新聞』94, 1914.1.18.
** 원문에는 한자 '白' 위의 첨자가 '빅'으로 표기되어 있다.

독립쥰비ᄒ시오*

一, 돈이 잇서야 ᄒ오

　셔양사ᄅᆞᆷ 의 말에 ᄌᆡ졍은 국가의 혈익이라 ᄒᄂᆞ니 모든 동물이 목슴을 니어가고 활동함이 다 이 혈익 잇음으로 됨과 ᄀᆞᆺ히, 한 가족이ᄂᆞ 한 국가도 ᄌᆡ졍이 업스면 동물의 혈익이 마름과 ᄀᆞᆺᄒᆞ야 곳 업서지거나 그러치 안이 ᄒᆞ면 남의 노예가 되리니, 녯날 샤회가 아직 유치ᄒᆞ고 경제가 열이기 젼에ᄂᆞᆫ 무력으로 남의 나라를 업시 ᄒᆞ고 또 그 업시 ᄒᆞᄂᆞᆫ 목뎍도 다만 그 님금이나 국민의 졍치뎍 야심을 치우람에 지나지 못ᄒᆞ엿거니와, 사회 상틱가 크게 열니고 경제가 크게 발달된 오늘날에ᄂᆞᆫ 국가의 흥망셩쇠와 민족의 떨치고 못 떨침이 또ᄒᆞᆫ 이 ᄌᆡ졍에 잇다 ᄒᆞ여도 과언이 아닐지라. 보라, 이급이 영국의 손에 들미 또ᄒᆞᆫ 국치 ᄯᅥᄆᆞᆫ이 안이며 즁국이 이 ᄀᆞᆺ흔 곤경에 빠짐이 또ᄒᆞᆫ 그러ᄒᆞ고, 멀니 구흘 것 업시 내 나라이 원수의 손에 들미 또 몟 분 안이 되ᄂᆞᆫ 국치 ᄯᆡ문이 아니뇨.

　어느 시대 어느 누가 돈 귀흔 줄을 몰낫스리오마ᄂᆞᆫ 참 오늘날은 금력만능 시틱라, 죽고 살기도 돈에 잇고 잘되고 못 되기도 돈에 잇으며 죵 되고 상뎐 되기도 돈에 잇ᄂᆞ니, 돈이 잇으면 능히 나라와 나라끼리 싸흠도 부칠 수 잇고 부쳣다 뗄 수도 잇ᄂᆞᆫ지라. 나라 일허ᄇᆞ린지 이쳔여 년에 아직도 제 나라를 찻지 못ᄒᆞ고 돌아ᄃᆞ니ᄂᆞᆫ 못싱긴 유대 죵ᄌᆞ 로스챠일드가 능히 부엄 ᄀᆞᆺ흔 나라들을 손에 쥐밀음이 또ᄒᆞᆫ 돈의 힘이라. 셔양ᄉᆞᄅᆞᆷ들은 이 금력을 찬양ᄒᆞ고 져주ᄒᆞ여 돌오네. 아아, 크다. 네 힘이여. 알넥산더, 나파룬 ᄀᆞᆺ흔 광고의 대영웅이 일싱의 피를 다 ᄶᅩ아도 달ᄒᆞ지 못ᄒᆞ던 세계의 통일을 똥굴앗

---

* 외빈, 『勸業新聞』 100-103, 1914.3.1.-22.

코 죠고만 네가 비로소 일넛도다 ᄒᄂ니, 과연 오늘날 세계ᄂ 거의 경계상 으로 통일이 되고 뚱굴앗고 놀흔 쇠재박이 그대 대황뎨가 되엇스며 렬국 뎨왕은 그의 졔후나 ᄉ환에 못 지나ᄂ 형편이라.

한 나라 법률에도 싱명과 ᄌ산을 우리 인민의 가쟝 즁요흔 두 가지라 ᄒᄂ니 싱명 업시 ᄌ산이 업ᄂ 모양으로 ᄌ산 업ᄂ 싱명도 또흔 싱각홀 수 업ᄂ 일이라.

二, 쓸 줄만 알고 벌 줄 모르ᄂ 우리

그러나 우리나라 사름들은 돈 벌기를 무슴 천역이ᄂ 되ᄂ 드시 실혀ᄒᄂ니, 몹시 량반의 톄면을 차리랴ᄂ 뜻일지나 슈염이 대자라도 먹어야 량반, 손낄만 부여들고 가리춤이ᄂ 고슬으면 무슴 뾰쥭흔 수가 잇스리오. 그러면 우리 ᄉ름은 금젼에ᄂ 아조 담박ᄒ야 길에 금뗑이가 떨어저서도 본 톄 만톄ᄒ고 「오— 량반이 그런 것을 주서 쓰나」ᄒ기나 ᄒ면 그도 제법이련마ᄂ 어듸 그러키나 흔가. 보ᄂ 사름만 업스면 되놈의 먹다 ᄇ린 권연 꽁다리ᄭ지도 주어 물고 「애고 맛죠타」홀 형셰라.

돈 벌기ᄂ 남이 ᄒ고 쓰기만 내가 ᄒ게 싱겻스면 신통ᄒ련마ᄂ 그런 텬동 벌거슝이 나라ᄂ 이 디구상에ᄂ 업스니, 부득불 어느 부쟈의 발바닥을 할텬가* 엇던 못싱긴 부쟈 과부의 아들을 후리던가 그도 못ᄒ면 찬방에 벌거벗고 나무야미타불이나 불을 수밧게. 우리나라 사름이 웨 이러케 가난ᄒ고 ᄒ면 그 ᄭ닭은 꼭 벌기ᄂ 실코 쓰기만 죠하흠이니, 고 따위 속알머리로 앙긔앙긔ᄒ다가 마츰ᄂ 제 둥지와 죠샹의 분묘ᄭ쟝 팔아 듸밀고 꾸역꾸역 누덕이짐을 걸머지고 왜놈 되놈 양인놈의 발바당을 홀케 되지 아니ᄒ엿ᄂ뇨.

---

* 원문에는 '할텬다'로 되어 있다.

三, 제 각금 영웅 노릇을 ᄒ고ᄂᆞᆫ 십허도 되ᄂᆞᆫ 법을 몰나

오늘날 청년들은 것핏ᄒᆞ면 정치, 법률, 교육 (분)야 모도 다 건국영웅인 드시 이리 뛰고 져리 뛰고 가로 뛰고 세로 뛰ᄂᆞ니, 이는 이젼 벼슬만 즁히 녀기고 실디에 직업을 쳔히 녁여 영웅이라면 남을 부리기만 ᄒᆞᆫ 쟈이어니 ᄒᆞ던 유풍일지나 영웅이란 그리히 되ᄂᆞᆫ 것이 안이라. 와싱톤은 칼을 잡ᄂᆞᆫ 날ᄭᅵ지 쇼 곱비를 끌고 졔갈량은 류황슉의 뒤를 따라 삼군을 지휘ᄒᆞᄂᆞᆫ 날ᄭᅵ지 남양 룡중에 탑죠지를 잡게 안이 ᄒᆞ엿ᄂᆞ뇨.

혹 특별ᄒᆞᆫ ᄉᆞ졍이 잇서 내가 안이고ᄂᆞᆫ 무ᄉᆞᆷ ᄉᆞᆼ의 면파 고취라든가 동지의 지도 련락을 홀 수가 업다ᄒᆞ면, 그ᄂᆞᆫ 그가 직업임으로 가루 뛰고 세로 뛰어도 뜻 잇고 갑 잇게 뛰ᄂᆞᆫ 것이라 머리털억을 버혀서 신을 삼아라도 신기고 십지마는, 공연히 돈만 업시ᄒᆞ고 남의 폐만 시기면셔 엉긔엉긔 돌아ᄃᆞ니ᄂᆞᆫ 청년이야 엇지 앗갑지 안이ᄒᆞ리오. 졍, 홀 일이 업거든 집세기를 삼더라도 제 의식벌이와 제 가족 먹여살닐 벌이를 ᄒᆞ여야 홀지라. 하믈며 그러케 돌아ᄃᆞ니는 청년들은 다 샹당ᄒᆞᆫ 지산이 잇ᄂᆞᆫ 집 ᄌᆞ손일지니, 무ᄉᆞᆷ 공부를 졀실히 ᄒᆞᆫ다던가 토디를 개쳑ᄒᆞ여 가난ᄒᆞᆫ 동족에게 싱도를 준다던가 샹업을 경영ᄒᆞ야 일변 돈도 벌고 일변 우리나라 사ᄅᆞᆷ의 세력을 세운다던가 홀 것이니, 만일 미리 아니ᄒᆞ고 허렬에 떠서 아모것도 아니ᄒᆞ고 돌아ᄃᆞ니ᄂᆞᆫ 쟈ᄂᆞᆫ 죽은 나라를 ᄃᆞ시 죽이고 업서지랴는 민족을 즐거 업시ᄒᆞᄂᆞᆫ 쟈—라.

저 각금 영웅되고 십흔 마음이야 다 잇건마는 영웅이라ᄂᆞᆫ 것은 그러케 왈칵 떼무리로 나ᄂᆞᆫ 것이 아니고, 제 몸을 돌아보아 그리 남보담 나ᄒᆞᆫ 데가 아니 보이거든 마음만 하늘 꼭댁이셔 두지 말고 제게 마자 만ᄒᆞᆫ 실디뎍 직업을 퇵ᄒᆞ야 진실히 지켜 나가는 것이 제게 샹칙이오 나라에도 샹칙이라.

四, 저 각금 저 먹을 벌이를 ᄒᆞ면 만ᄉᆞ가 다 되오

만일 우리나라 이쳔만 식구가 졀반만 저마당 저 먹을 벌이를 ᄒᆞᆫ다 ᄒᆞ면

우리나라는 반즘 산 것이오 잘 될 가망도 잇는 것이라. 그러ᄂᆞ 놀고 먹기만 죠하ᄒᆞᄂᆞ 쟈가 십분에 七八이니 과연 딱ᄒᆞ고 긔막힌 일이라.

나라를 사랑ᄒᆞ기 제 몸보담 더욱 간절히 ᄒᆞᄂᆞ 동포들이여, 각각 돈벌이 직업을 가지쇼셔.

남의 등에 파먹ᄂᆞ 구덕이 노릇이 얼마나 붓그럽고 쳔ᄒᆞ 것이며, 마쇼도 더럽다고 나무람쓸 만ᄒᆞ 짐챠를 타고 ᄃᆞ녀셔야 엇지 ᄒᆞ리오. 졔발 각기 챡실ᄒᆞ 직업을 가져 제 의식을 제가 벌고 나아가셔ᄂᆞ 나라를 위ᄒᆞ여셔ᄭᅵ지 쓰도록 ᄒᆞ시ᄋᆞᆸ 쇼셔.

져마당 ᄇᆞ나 챠를 타고 일등이ᄂᆞ 이등에 번젹ᄒᆞ 게 ᄎᆞ리고 나셔도록 ᄒᆞ시ᄋᆞᆸ 쇼셔.

살독에셔 인심이 난다 ᄒᆞ니 살독이 무둑ᄒᆞ여야 아들딸 교육식히고 싱각도 나고, 나라이니 공익이니 ᄒᆞᄂᆞ ᄃᆡ 돈도 벌 수 잇게 되지 맨 공문으로야 졍셩이 ᄒᆞᄂᆞᆯ에 다핫슨들 무슴ᄒᆞ리오.

가난은 죄악이라 ᄒᆞ니 참 그러ᄒᆞ도다. 부모에게 갑지를 밧들지 못ᄒᆞ니 ᄌᆞ식의 의무를 못다 ᄒᆞ고, 아릭로 쳐ᄌᆞ을 먹이고 교육치 못ᄒᆞ니 아비의 의무를 다치 못ᄒᆞ며, 국가에 공익에 ᄃᆡᄒᆞ야 돕지 못ᄒᆞ니 국민된 의무를 다ᄒᆞ지 못ᄒᆞ고, 이 모든 제게 타인 의무를 다ᄒᆞ지 못ᄒᆞ니, 곳 하늘에셔 마튼 사름의 의무를 다ᄒᆞ지 못홈이라.(제100호, 1914.3.1)

五, 그럼으로 □□을 힘쓰시오

(우)리 나라ᄂᆞ 농업국이오 우리 민족의 (특)장도 농업이니, 농업을 힘쓸도 □ᄒᆞ되 지금것 모양으로 손바닥만ᄒᆞ 땅에 쥐농사만ᄒᆞ 농사를 ᄒᆞ지 말고 여간 ᄌᆞ본 잇ᄂᆞ 이ᄂᆞ ᄃᆡ규모로 외국ᄉᆞ름이 혀를 찐찐거리도록 홀 것이라. 아무ᄃᆡ를 가도 남에게 달머ᄒᆞ고 부리워 ᄉᆞ는 우리 신세를 싱각ᄒᆞ면 열이 벌각 오르고 주머귀가 불끈ᄒᆞᄂᆞ지라.

상공업은 수빅 년리로 쳔업이라 ᄒ야 쟝려치 안이 ᄒ엿음으로 한참 젹 아세아쥬를 쥐어다 펏다 ᄒ던 샹공업이 아조 보잘 것 업시 슬어져 ᄇ리고, 그 앙화로 의복, 당셩냥, 바늘끗, 뒤지ᄭᅵ지도 말끔 남의 손에 된 굴건을 쓰게 되며, 제 나라 안에셔 제 나라 물산ᄭᅵ지도 외국샹인의 손을 거쳐 오게 되니, 메투리 집세기를 왜놈의 젼에셔 사고 갓모와 망건을 되놈의 젼에 구ᄒᄂᆞᆫ 우리ᄂᆞᆫ 우리가 싱각ᄒ여 보아도 지지리 지지리 못싱겨 빠지지 아녓ᄂᆞ잇가.

농공업에 ᄃᆡᄒ여셔ᄂᆞᆫ 일후 다시 말슴들일 긔회를 엇기로 ᄒ고 여긔ᄂᆞᆫ 특별히 샹업에 ᄃᆡᄒ야 두어 마ᄃᆡ ᄒ오리다.

六, 그 즁에셔도 샹업을 더 힘쓰시오

고리로 샹업은 그 나라와 제 몸을 가멸게 ᄒᄂᆞᆫ 동시에 이 따의 문명을 져 따에 옴기고 져 따의 문명을 이 따에 옴겨 문명을 젼파ᄒ고 융합ᄒᄂᆞᆫ 작용을 흠으로, 제 몸이ᄂᆞ 그 나라에 부강을 위ᄒ던가 또 외국의 문명을 슈입ᄒ며 제 나라 문명을 젼파흠 이(샹)업에 더 큼이 업ᄂᆞᆫ지라. 그럼으로 문명이 발달ᄒ면 샹업이 발달ᄒ고 샹업이 발달되면 문명도 따라 발달되ᄂᆞ니, 녯날 우리 빅제에셔ᄂᆞᆫ 양ᄌᆞ강 연안에 식민지를 두고 안남, 인도에 무역을 힘씀이 나의 문명은 그네에게 주고 그네의 문명은 내게 실니 들여 나라의 부강흠이 동아에 웃듬이 되엇으니, 우리 민족도 본리 샹업뎍 쳔직가 잇셔 샹업스로 발젼ᄒ던 민족이라.

그러ᄂᆞ 근세에 쇠운을 당ᄒ여 나의 문명을 일허ᄇ리고 또흔 샹업뎍 활동이 업셔져 이제 와셔ᄂᆞᆫ 가쟝 가난ᄒ고 약ᄒ고 어듭은 민족을 일넛으니 엇지 개탄홀 ᄇᆡ이 안이리오.

七, 것치레보담 속살이 필요ᄒ오

대개 국권은 업섯다가도 우리 피로 ᄃᆞ시 차즐 수도 잇을지오 륙해의 병력은 업다가도 시로 세울 수는 잇을지느, 그 국민의 능력(정치덕, 학슐덕, 샹업덕)은 일죠일셕에 회복키도 어렵고 마(련)기도 어려오며 빈혼다고 당쟝에 남만 ᄒ여지는 것이 안이(나), 十년 二十년, 한 대 두 대 힘쓰고 익쓰는 동안에 개아미 둥지 트듯 되는 것이라. 쟝ᄎ 우리 민족이 나라를 광복혼다 ᄒ더리도 일홈만 독립이면 그 무엇이 귀ᄒ리오. 갑오년 이릭에도 그러혼 독립은 잇섯느니 싱각만 ᄒ여도 진저리가 나는 독립이라. 이제 오는 우리 독립도 그러ᄒ야, 만일 우리에게 한 나라를 붓들어 온갓 방면으로 죡히 렬국과 경쥥홀 만혼 능력이 업스면 엇지 능히 영구히 국가의 독립과 번영을 ᄇ라리오.

八, 이 세계는 샹업경쥥시딕라

셔양 엇던 유명혼 력ᄉ가의 말에 우리 인류는 처음 무력 경쥥시딕에 잇다가 정치경쥥시딕*에 옮고 정치경쥥시딕에서 다시 샹업경쥥시딕에 옮앗다 ᄒ니, 과연 지당혼 말이라. 오늘날 국가와 국가의 모든 됴약과 결충이며 민족과 민족의 온갓 경쥥은 거의 다 샹업에 관혼 것이라. 됴약 중에 가장 즁요ᄒ고 힘잇는 됴약이 곳 통샹됴약이니, 공ᄉ와 령ᄉ ᄀᆺ혼 가장 요긴혼 외교관도 다 이 됴약으로 싱겻스며 또 이 됴약을 위ᄒ야 싱긴 것이라. 영국, 덕국의 수빅 만 톤 군함의 ᄒ는 일이 뭇엇이뇨. 정치덕 의미로 소위 국방이라는 직무도 잇슬지느 이는 특히 전시에 ᄒ는 일이오, 평시에 직무는 오직 그 국민의 해외샹업의 보호라.

대뎌 어느 나라가 다른 나라의 령토를 겸령ᄒ여 제 나라 땅을 만듦이 혹 병력으로 ᄒ는 수도 잇스나, 이는 녯날 이야기요 오늘날에 남의 나라나 남의 땅을 겸령ᄒ는 쟈는 륙군도 안이오 해군도 안이오, 손에 륙혈포 한 자루 안이 잡은 쟝ᄉ ᄉᄅᆷ이니, 이만 보아도 오늘날 샹업이라는 것이 그 국가와 국민에 딕ᄒ야 엇더혼 관계가 잇는 것을 ᄭᅵ달을지라.

---

* 원문에는 '정치경치시대'로 되어 있다.

그러면 우리가 쟝ᄎ 한 완젼ᄒ 나라의 국민으로 세계 여러 민족과 씨름ᄒ 준비로 ᄒ던지 쟝ᄎ 우리의 목뎍ᄒᄂ 바를 이룰 예비로 ᄒ던지, 우리 민족을 계발ᄒᆯ 교도의 방면으로 ᄒ던지 ᄀᆡ인의 ᄉᆡᆼ업으로 ᄒ던지, 오늘날 우리 한인에게ᄂ 실업의 경영이 필요ᄒ며 그 즁에 샹업진흥이 가쟝 필요ᄒᆯ지라.

九, 한 걸음 한 걸음 우리도 샹업경ᄶᆼ댱에 나섭시다

그러ᄂ 갑쟉이 큰 ᄌᄇᆫ으로 세계뎍 샹업을 경영ᄒᆫ다든지 젼 국ᄂᆡ 또ᄂ 엇던 디방의 샹권을 한 손에 너기ᄂ 아직ᄭ지ᄂ ᄇᆞ라지 못ᄒᆯ 일이니, 뎨비ᄉᆡᆨ기가 날음 날기와 밋기 잡기를 련습ᄒᄂ 모양으로 힘에 밋ᄂ ᄃᆡ로 죠곰식 죠곰식 경영호ᄃᆡ 샹업학교에 ᄃᆞ니면셔 공부ᄒᄂ 학ᄉᆡᆼ이거니 ᄒᄂ 마음으로 잇ᄂ 졍셩을 다ᄒ야 그 방면의 지식을 넓히고 경험을 싸하 오ᄂ날 크게 크게 뛸 준비를 ᄒ도록 ᄒ여야 ᄒᆯ지라.

그러나 아모리 적게 ᄒᆫ다 ᄒ더라도 권연갑이ᄂ 셩냥가치ᄂ 벌여노흔 움ᄀᆞᆺᄒ 구멍가가로야 ᄇᆡᆨ 년 간들 무슴 지식이나 경험이 늘며 리익이 ᄉᆡᆼ기리오. 못ᄒ야도 수쳔 원 이샹 ᄌᄇᆫ으로 인격과 지식과 능력이 죡히 그만ᄒ 일은 ᄒ여 갈 만ᄒ 사ᄅᆞᆷ으로 식혀야 ᄒᆯ지니, 이ᄂ 결코 조그만 쟝ᄉᆞ를 그르다 ᄒᆷ이 안이라 그것은 문뎨로 삼을 것이 업고 이미 ᄀᆡᄌᆈ의 말ᄒᄂ 바ᄂ 샹업다온 샹업을 닐음이라.

十, 가난타 걱졍말라 힘업다 걱졍말라

엇던 이ᄂ 혹 말ᄒ기를 ᄉᆡᆼ각은 그러ᄒᆯ지나 그러ᄒ 큰 ᄌᄇᆫ과 쓸 만ᄒ ᄉᆞᄅᆞᆷ을 어ᄃᆡ서 구ᄒ리오. 원리 가난ᄒ고 진보치 못ᄒ 우리로 혹 샹당ᄒ 지산이 잇ᄂ 이ᄂ 샹업을 경영ᄒᆯ ᄉᆡᆼ각이 업거ᄂ ᄉᆡᆼ각 잇서도 능력은 업스며, 혹 샹당ᄒ 능력은 잇으되 ᄌᄇᆫ이 업스니 엇지ᄒ리오. ᄒ나 이ᄂ ᄉᆡᆼ각이 못 밋ᄎᆷ이니 대ᄀᆡ 협동이란 것을 모르ᄂ 말이라.

협동이라 흠은 여러 스름의 힘을 모흔다는 뜻이니, 가늘고 약흔 머리카락을 모하 굵고 튼튼흔 동아줄을 만드는 모양으로 적고 약흔 여러 스름의 힘을 모호아 큰 힘을 만듦이니, 이 힘이 죡히 산을 헐고 바다를 메우는지라. 우리 인류의 모든 큰 스업은 다 협동으로 나오느니, 대긔 한 스름의 힘으론 아모리 크다 흐여도 한명이 잇는 것이로딕 여럿의 힘을 모흐면 거의 무한흔 힘을 엇음이라. 원릭 근년 우리나라 스름은 협동의 힘이 업고 모릭알 모양으로 알알이 딍구는 고로 능히 큰 일을 일우지 못흐엿느니, 우리 스름이 하나씩 하나씩 내어 노흐면 그리 남에게 지지 안이흐되 엇지흐야 남과 갓치 나라를 보젼치 못흐고 큰 문명 큰 스업을 일우지 못흐엿느냐 흐면, 그 꼬닭은 여러 가지 잇슬지로딕 그 가장 큰 원인은 협동치 못홈에 잇다 홀지라. (제 101호, 1914.3.8)

十一, 큰 스업은 다 협동으로 되오

실업샹으로 말흐더라도 한 나라의 직정을 두루는 큰 은힝이라든가 수천만 원 즈본으로 큰 쟝스를 버려 제 나라 스름에게 리익과 편리를 주고, 다른 (나)라의 직물을 만히 엇어 들여 제 몸과 제 나라를 가멸게 흐는 큰 회샤도 다 여러 스름의 힘을 모흔 것이라. 삼면에 큰 바다를 두룬 우리나라에 웨 우리 스름의 화륜선 한 척이 업스며, 텰도 광산이 웨 모다 남의 손에 들엇느뇨. 모도 다 우리 사름의 실업스샹이 업고 협동흐는 힘이 업는 연고이라.

아모리 우리 스름이 직조와 직력이 다 가난흐다 흐더라도 여러 스름이 힘을 모흐기만 흐면 남의 나라 스름들보다 아직꾸지 낫게는 못흘망경 그들과 다로지 못흘 것이야 무엇이리오.

아아, 사랑흐는 우리 동포여. 잘 살랴는 우리 동포여. 이 진리를 착념흐쇼셔.

十二, 우리가 협동ᄒ여 이룰 것

혹 셋도 모히고 열도 모히고 빅도 모히고 천도 모혀 샹당흔 ᄌ본을 만들고, 그 즁에서 가쟝 힘이 넉넉ᄒ여 만흔 이를 뽑아 그 일을 쥬쟝ᄒ게 ᄒ기만 ᄒ면 방금이라도 될 일이라. 우리 스룸은 흔히 ᄀᆺ치 돈을 내엇으면 다 각기 쥬인이 되랴ᄒ야 앙웅당웅 다토ᄂ 니, 이ᄂ 우리를 이 디경에 빠지게 흔 괴악흔 못된 셩질이라. 서로 ᄉ양ᄒ야 나보담 능력이 만흔 쟈로 그 일을 맛게 ᄒ여야 피ᄎ의 리익이 되ᄂ 줄을 웨 몰낫던고 이제ᄂ 우리가 우리의 병통도 압히 뉘웃첫고 먹어야 홀 명약도 알앗슨즉 하로 밧비 약을 먹ᄉ이다. 오늘에 이곳에 한 샹뎜이 싱기고 래일에 한 공쟝이 싱기며 모로에 한 은힝 한 회샤가 싱기어, 우리 손으로 집도 번젹, 길도 번젹, 셔울도 번젹, 싀골도 번젹, 벽돌집, 돌집, 쇠다리, 류리기동, 털로도 내것, 화륜션도 내것, 옷감도 내 손으로 만들고 각싀 문품을 말끔 다 내 손으로 만들어 내 손으로 옴겨다 쓰며 남에게 팔아 우리나라도 가멸게 ᄒ고, 셔울대학, 평양대학, 함흥대학, 대구대학 크다랏고 번젹ᄒᄂ 대학교에 수만 명 멀끔흔 학싱이 우글부글 세계 모ᄃ 나라에서 류학싱이 쓸어들어 우리나라로 졍치의 즁심, 샹업의 즁심, 공업의 즁심, 학술의 즁심이 되게 흠이, 아아, 누덕이 닙고 밥을 굶으면서 텬ᄌ 노릇ᄒ쟈ᄂ 공샹이라 홀가 ― 엇지 그러ᄒ리오. 덕국의 부강과 문명이 멧 날에 일넛으며, 일본이 졔법 동양의 강국인 체ᄒ게 된 것이 그 멧 날이뇨.

「못흔다」라ᄂ 말을 우리 법국ᄌ뎐에서 빼어버려라 흔 나폴네온의 웨침이 엇지 다믄 법국스룸에게만 흔 말이리오.(제102호, 1914.3.15)

十三, 아아, 쥰비가 만타 그리고 그 밋쳔은 돈이로다

이졔 우리 민족이 이 불샹ᄒ고 말못된 쳐디를 벗어나 우리가 바라고 그리ᄂ 디경에 이르랴면 교육도 필요ᄒ고, 군딕의 양셩도 필요ᄒ고, 샤회의 기량도 필요ᄒ뒤 그 즁에 졔일 급ᄒ고 필요흔 것은 돈벌이라 ᄒ노니, 대기 돈

은 만亽를 이루는 슈단이오 힘일식라. 이제 빅만 명 목숨을 브리랴는 강병
이 잇다 치고 춍포와 탄약과 군량이 업스면 무엇으로 능히 싸호며, 설혹 독
립을 광복혼다 ᄒ더라도 졔반 시셜을 돈이 안이면 무엇으로 ᄒ리오. 부득불
오늘날 즁화민국과 한 가지로 외쳐의 힘을 빌어야 홀지니, 빗진 죵이라 이
것이 곳 나라를 망케ᄒ는 본쟝이니 그런 독립이야 찰하로 업슴만 ᄀᆺ지 못혼
것이라. 일즉 루스벨트 씨가 이급에 노닐 새 이급 이국쳥년당에게 연셜ᄒ야
ᄀᆯ오딕「그딕네의 국권을 가져간 이는 영국도 안이오 법국도 안이오 오직
그딕네들이라. 이제 셜혹 영국이 그딕네에게 ᄌ쥬독립권을 준다 ᄒ더라도
나는 말ᄒ노니, 그 독립권이 결코 오릭 그딕네 손에 잇지 안이 홀지라. 그러
ᄂ 그딕네에게 한 나라를 일너갈 만혼 실력만 잇스면 힘들이지 안이 ᄒ여도
스스로 독립권이 돌아오리라ᄂ ᄒ엿ᄂ니, 이 말은 죡히 우리의 징계를 삼을
지라. 져 거이*를 보라. 속에 단단혼 살이 져야 젹은 헐을 벗는 것이 안이뇨.
그럼으로 우리 민족에게도 독립이 급혼 것이 안이라 독립홀 쥰비가 급혼 것
이니, 즉 나라를 위ᄒ야 죽을 만혼 국민을 교육ᄒ여야 홀지오, 독립혼 후에
일ᄒ여야 홀 인물을 양셩ᄒ여야 홀지오** 여러 가지에 쓸 직정을 마련ᄒ여
야 홀지라. 이러혼 쥰비도 업시 헛도히 덤벰은 ᄎ 소위 연목구어이니 엇지
이루리오.

    즁국혁명이 쉽게 된 듯ᄒᄂ 그러ᄂ 그 원인은 멀게 잡으면 슈빅 년 젼에
잇고 갓갑게 잡아도 수십 년 젼에 잇는지라. 손일션,*** 황흥**** 졔씨가 텬하

---

* '게'의 강원, 경기, 충남, 평안, 함남, 황해 방언.

** 원문에는 '홀지고'로 되어 있다.

*** 쑨원孫文(1866-1925). 1911년 신해혁명辛亥革命을 이끈 혁명가이자 중국 공산당의 창립자.
삼민주의三民主義를 제창하고 신해혁명 후에 임시 대총통으로 추대되었으나, 위안스카이袁
世凱에게 정권을 양보하였다가 뒤에 중국 국민당을 조직하여 혁명을 추진하였다. 일선逸仙
은 자字, 중선中仙은 호號.

**** 황싱皇興(1874-1916). 중국의 혁명가이자 정치가. 1903년 화흥회華興會를 결성하여 1905년 중
국 동맹회 결성에 참가하였다. 신해혁명을 지도하고 난징南京 임시정부의 육군 총장을 지
냈으나, 제이 혁명에 실패하여 미국으로 망명하였다.

에 동지를 규합ᄒ고 교육ᄒ 게 멧 十년이며 멧 만 명이며, 쟝ᄎ 쓸 인물을 양성ᄒ 지 멧 十년이며 쟝ᄎ 쓸 직정을 준비ᄒ 지 멧 十년이요. 그들의게 여러 十년 가랏친 무관이 업섯던들 무엇으로 부챵항구를 졈령ᄒ며, 그들에게 여러 十년 양셩ᄒ 인물이 업섯던들 무엇으로 싀 제도를 펴며 닉치외교를 능히 ᄒ엿으며, 그들에게 샹해 남경의 익국부쟈가 업섯던들 무엇으로 그 수탄 비용을 썻으리오. 안이라, 그 인직들을 양셩ᄒ 것은 무엇이며 그 운동을 셩취케 ᄒ 것은 무엇이오. 오직 돈이 안이뇨. 이러케 그들이 셩공ᄒᆷ은 결코 우연ᄒᆷ이 안이요 여러 히 동안 익쓰고 준비ᄒ 결과라. 다 썩어져 슬어져가ᄂᆫ 만청 졍부를 뒤쳐 업ᄒᆷ에도 이러ᄒ거든, 하물며 세계가 두려워 ᄒ다ᄂᆫ 강슈로 삼ᄂᆫ 우리에리오. 보라, 아령에 잇ᄂᆫ 동포가 빅만이라 ᄒ건마ᄂᆫ 죡히 외교에 나셜 만ᄒ 아어 통ᄉ 하나이 잇으며, 쥼령 미령에 재쥬ᄒᄂᆫ 동포가 또ᄒ 멧 십빅만이엇마ᄂᆫ 죡히 외교에 나셜 만ᄒ 통ᄉ나 그 나라 문명을 내 나라로 옴길 만ᄒ 쟈가 그 멧 긔뇨. 하물며 그 이샹이야 말히 무슴ᄒ리오.

나라가 된다 ᄒ면 헌법 하나 졔뎡ᄒ 만ᄒ 학쟈가 잇ᄂᆫ가. 교육, 힝졍, 실업졍칙이란 것이 무엇인지를 알아 만ᄒ 인물이 잇슴즉 ᄒ가. 독립젼징을 이르킨다 ᄒ더라도 죡히 빅 명 사름을 거ᄂ리고 제법 싸홀 만ᄒ 이가 멧하나 되며, 셜혹 속샤포, 긔관포, 대포, 군함 갓흔 훌륭ᄒ 무긔가 잇다 ᄒᆫ들 이를 부릴 줄 아ᄂᆫ 이가 누구 누구인가. 네뇨, 내뇨. 례일에 업지 못ᄒᆯ 총포, 탄약, 군량을 당ᄒᆯ 직 누구 누구이뇨. 네뇨, 내뇨.

낸들 엇지 ᄒ기 죠하 이러ᄒ 긔막히ᄂᆫ 소리를 ᄒ리오. 마음 굿ᄒ셔ᄂᆫ 오늘 져녁으로라도 내 나라를 찾고 십흐나 일이 그리 못되겟슴을 엇지ᄒ리오. 안저서 싱각키에ᄂᆫ 만ᄉ가 다 내 뜻되로 될 뜻ᄒ나 실졔ᄂᆫ 그러치 안이ᄒ야, 이만 ᄒ면 넉넉ᄒ거니 ᄒ여도 오히려 부죡ᄒᆷ이 례ᄉ이라. 무론 우리가 모든 것을 넉넉히 준비ᄒ여 가지고 ᄒᆯ 수ᄂᆫ 업고 어츠피 부죡ᄒ 되로 악을 부려야 ᄒᆯ 것은 물론이어니와, 아조 터문이도 업시 맨꽁문이로야 아모리 텬하에 업는 악을 부린들 무엇흐리오.

아아, 동포시어. 큰 집을 지으랄 쩌 먼저 직목을 구흐고 목슈를 기르는 것이 우원흔 소릴가. 철업는 소릴가요.

군인을 길으슈이다, 정치가를 기르슈이다, 법률가 길으슈이다, 교육가를 길으슈이다. 넉넉히는 못흐더라도 죵조흘 만콤이라도 대포를 사슈이다, 긔 관포 속샤포를 사슈이다, 군함, 비힝긔, 총과 검을 사슈이다. 넉넉히는 못흐 더라도 슝녀만 내어도 군량을 마련흐고 군복을 준비흐슈이다. 넉넉히는 못 흐더라도 열흘 먹을 게라도. 이리흐야 十년, 二十년, 三十년 싸홀 경영을 흐 슈이다. 일본도 우리나라를 너여 노흐면 팔다리를 일허버림과 갓흠으로 결 코 여간히서 너어노치 안이 흐오리다. 우리 열 죽고 왜놈 하나 죽어 우리 二 쳔만이 씨도 업시 죽을 쟉뎡흡시다. 그리흐럄에는 도로혀 이러흔 원대흔 준 비가 더욱 필요흐리다.

이 준비를 무엇으로 흘가. 오직 돈이올시다. 모호고, 모호고, 모히고, 모혀 돈벌이흐슈이다.

혹 한 동리끼리 한 집에서 몟 원 몟 十젼식 모호아 한 샹뎜을 만들고, 그 동리에서 나는 물건은 말끔 그 샹뎜에서 사고, 그 동리에서 살 것은 말끔 그 샹뎜에서 팔기로 흐면 동민들도 편흐고 리를 볼지요 그 샹뎜의 조본도 늘어 나갈지니, 이는 모든 문명흔 나라에서 다 흐는 졔도라. 대긔 팔 물건이 잇더 라도 분주흔 몸으로 시쟝에 가지고 갈 틈도 업슬지오, 혹 시셰를 몰나 밋지 기도 흐며 쟉쟈가 업서 묵이기도 흐듸 그 샹뎜에서 도매로 사면 속을 리도 업슬지오 못팔 걱정도 업슬지며, 또 그 샹뎜에서는 물건이 만흠으로 시셰 됴흔 데 실어다가 만흔 리를 엇을 수 잇슬지며, 물건을 살 뗘에도 그러흐야 졔 각기 사쟈면 여러 가지로 불편흔 일도 만코 해를 보는 수도 잇을지나 샹 뎜에서는 신용 확실흔 큰 샹뎜과 계약흐고 흥졍흡으로 물건도 확실흐고 갑 도 헐흘지니, 이리흐면 시지 져도 리흐고 공익에도 클지며, 샹당히 돈이 모히거든 일변으로 학싱도 길으고 확장도 ᄒᆞ얏다가 이후 일 잇ᄂᆞᆫ 날에 크게 쓸지니, 이ᄂᆞᆫ 국ᄂᆡ 국외를 물론ᄒᆞ고 다 실ᄒᆡᆼᄒᆞᆯ 수 잇ᄂᆞᆫ 일이라. 가령 금년에 각 동리가 이 일을 시쟉ᄒᆞ야 삼 년이 지나면 수천만 원 ᄌᆡ산을 모ᄒᆞ기ᄂᆞᆫ 결코 어렵지 안이 ᄒᆞᆯ지며,

이밧게도 개인 개인 혹은 둘씩 세씩 혹은 고본*으로 샹업을 경영ᄒᆞᄃᆡ 이 목뎍으로써ᄒᆞ면 이야말로 진졍ᄒᆞᆫ ᄋᆡ국이라 ᄒᆞ노라.

이에 자셔히 말ᄒᆞ기ᄂᆞᆫ 좀 어려오나 오늘날 ᄋᆞ령은 우리 민족의 샹업뎍 발젼에 가쟝 됴흔 터디요 긔회라 ᄒᆞ노니, 동포들이어 주먹에 춤밧아 주이고 왈칵 닐어날지어다.

이 글의 초를 마초랼 제 소왕령 도비허 ᄒᆡ삼위 등디에 우리 동포의 샹업 경영이 차차 닐어난다 ᄒᆞ니, 나의 깃븜이야 엇지 ᄂᆞ로 말ᄉᆞᆷᄒᆞ오리오 비옵ᄂᆞ니 먼저 경영ᄒᆞᄂᆞᆫ 형님들이어, 참고 힘쓰고 졍셩을 들여 여러 형님네 ᄒᆞ시온** 업이 날로 왕셩ᄒᆞ야 쟝ᄎᆞ 크게 쓸 돈을 만히 벌고, 또 못된 ᄭᅬ를 바리고 뎡당ᄒᆞ게 싸ᄒᆞ아 내외국인의 신용과 동졍을 엇어 일변으로 후에 나오ᄂᆞᆫ 이의 길을 열고 일변으로ᄂᆞᆫ 우리 거룩ᄒᆞᆫ 단군ᄌᆞ손의 거룩흠을 보이쇼서. 여러 형님네ᄂᆞᆫ 이제야 우리 민족의 인격과 긔능을 세계 사름에게 알니ᄂᆞᆫ 자리에 처음 션 쟈이니, 다ᄆᆞᆫ 녜ᄉᆞ 쟝ᄉᆞ로 알지 말고 우리 민족의 ᄃᆡ표쟈로 ᄌᆞ쳐ᄒᆞ시옵소서. 여러 ᄒᆡ 동안 밧던 오해와 텬ᄃᆡ를 풀 쟈가 오직 여러 형님네라 ᄒᆞ노니 만만 ᄌᆞ즁ᄒᆞ시옵소서.(제103호, 1914. 3. 22.)

---

* 股本. 여러 사람이 공동투자로 사업을 할 때 투자자가 각각 내던 자본금.
** 원문에는 '하시오'로 되어 있다.

농촌계발의견(農村啓發意見)*

오늘날 우리 민족의 할 일은

一, 우리 민족에게 민족졍신을 너허주고

二, 외국에 동화하기를 막고

三, 문명한 지식을 주어 생각이나 말이나 행실이 문명한 나라 사람답게 되게 ᄒ야

四, 굿고 쥬의 선 단톄를 일으고 인재와 재정을 모호아 오는 날 할 일을 준비홈이니, 지금 닉외 유지인사가 애쓰시는 여러 가지 행동도 ᄯᅩ한 이 목뎍을 위함이라. 그러나 이 사람의 소견으로는 우리가 오늘날ᄭᅵ지 하여 오던 계획은 얼마콤 인심을 고동시킨 밧게는 그만 실패하엿다 할지라. 이제 그 까닭을 풀어 말하건댄 우리가 지금껏 우에 말한 네 가지 목뎍을 달하기 위하야 하여온 사업은 단톄와 신문 잡지와 학교라. 그러나

단톄로 말ᄒ면

깨지 못ᄒ고 문명에도 어린 우리 동포ᄂ 나라와 나의 관계가 엇더하며 나라 업ᄂ 나의 쳐디가 엇더한지를 알지 못ᄒ며, 혹 소수 동포의 나라를 위ᄒ야 간졀히 슬허하고 아모리 하여서라도 회복하리라는 졍셩이 업지 아니하나 엇지하여야 회복될 줄을 모르며, 따라서 오늘날 우리가 단합할 필요가 잇슬가, 돈을 모흘 필요가 잇슬가 하는 것도 알지 못하나니, 셜혹 지금 엇던 회에 참례하야 규측을 지키고 의무를 리행하는 이라고 반다시 단톄의 뜻을 ᄭᅢ 안다 할 수 업슬지니, 이러한 마음과 뎡도의 회원으로 된 단톄가 엇지 굿

* 『대한인졍교보』 9, 1914.3.1. 무기명으로 발표되었으나 오산시절 용동의 체험을 바탕으로 쓴 「용동 — 농촌문제에 관한 실례」(『학지광』, 1916.3), 「농촌계발」(『매일신보』, 1917.11-1918.2)의 연속선상에 놓인 글이어서 이광수가 집필한 것을 알 수 있다.

건하기를 바라며 설혹 오래 동안 니어간다사 무슨 힘이 잇스리오. 대개 단톄라 함은 명수 만흔 것이 자랑이 아니오 그 회원의 지식과 정성과 통일의 엇더함에 잇는지라. 보라, 우리 즁에 몟하나 능히 이 모든 요소를 구비한 쟈이뇨. 그럼으로 우리는 아직 큰 단톄를 지도할 만한 뎡도에 달치 못하엿스며

학교로 말ᄒ면

교육 즁에 가장 급ᄒ고 긴하고 효력 빨은 것이 학교 교육이라. 학교가 업섯던들 오늘날 문명도 생기지 못하엿슬지오 덕국이나 영국이 성하지 못하엿슬지며, 우리 민족도 오늘날 이 불상한 쳐디를 버서나 남과 갓히 한버 번젹하게 살아 보랴면 새로 나는 젊은이 [이하 네 줄 판독 불가] 우리 정부가 잇서 강계로 식히고 돈과 힘으로 도아 준다던가 그러치 아니 하면 모든 동포가 각각 깨고 문명하야 저마다 교육의 필요를 알아야 하겟거늘, 오늘날 우리 형편을 보면 우리 정부도 업고 또한 저 각금 아들딸을 가라쳐야 하겟다는 생각이 업스니 무엇으로 학교교육을 시행하리오. 밤낫으로 학교교육을 부르지져도 다만 입만 달아질 뿐이며

신문잡지로 말ᄒ면

신문이나 잡지는 문명한 긔관이라. 신문에 요소는 긔쟈와 독쟈로 되나니, 만인의 모범이 될 만한 인격과 속에 일세나 일국을 지도할 만한 사샹이 들어차서 참으랴도 참지 못하야 붓대를 드는 긔쟈와, 글 한편 말 한 마대에 눈을 부릅뜨고 입에 거픔을 날니며 가슴에 피를 ᄭ려 그 글을 오이고 다시 오이고, 생각고 다시 생각하야 그 속에 잇는 뜻으로 제 뜻을 삼아 전국에 뜨르를하게 여론을 니르길 만한 독쟈가 [이하 세 줄 판독 불가] 어듸 잇나뇨. 우리 동포의 긔 대부분은 글을 보고 뜻을 알 만하지 못하며 신문 잡지가 무엇인지를 아는 이조차 업스니, 엇지 그 효력을 바라리오.

우에 말함과 갓히 우리의 계발사업은 시방 쉬는 즁이니, 몟 해 전 타력으로 아ᄆ 현상을 유지하는 모양이나 기실 아모 생긔 잇는 활동이 업는지라.

이대로 얼마를 가면 이때껏 엇은 효력조차 일러 바려 아조 엇지할 수 업게 되리니, 엇지 긔막히고 무섭지 아니 하리오. 이럼으로 이에 새로 우리가 행동할 길을 들어 이 의견셔를 들이노니, 만뎐하 나라와 동족을 제 몸갓히 사랑하는 여러 동포는 귀기우려 들으시고 열 번 백 번 생각하샤 그르거든 공격하시고 올커든 이 일이 되도록 힘쓰실 줄 밋나이다.

이제 우리 의견은

우리 동포는 아조 업는 것으로 치고 쌱리부터 새로 맨들 결심과 슈단을 써야 할지니, 백성은 나라의 밋둥걸이라 이믜 잇는 나라도 그 백성에게 다른 민족과 경쟁ᄒ야 능히 한 나라 붓들어갈 만한 힘이 업시는 그 나라를 보전하기 어렵거든, 하물며 한번 업서젓던 나라를 다시 세움에리오. 엇던 이는 말하대 모든 국민이 다 깨기를 엇지 기다리리오. 그 즁에 멧만 능력 잇는 이가 잇스면 다른 이를 잇글어 갈 수가 잇다 ᄒ나 이는 깁히 생각지 못한 말이라. 만일 아직 우리에게 국가의 쥬권이 잇슬진댄 그 쥬권의 강계력으로 혹여러 백성을 호령지휘할 수도 잇슬지나, 오늘 우리 형편으로 사롬마다 독립국이오 사롬마다 쥬권쟈라. 누가* 능히 위력이나 호령으로 그들을 운동할쟈이뇨. 다만 그들의 마음이 열니고 정셩이 소사 저마다 나라이 업시는 저도 못살 줄을 알아 찰하로 생명과 재산을 통쎨어 대고라도 나라를 회복하리라는 생각이 가슴에 맷혀야 될지니, 이천만이 다는 못하더라도 그 즁에 멧십만이라도 그만한 뎡도에 니르기 젼 결코 우리 목뎍을 달하지 못할 것이니, 오늘날까지 우리가 단톄로 신문잡지로 애써온 것이 쏘한 이를 위흠이 아니뇨. 그러나 지금 형편으로 그런 것으로는 완전한 효력을 엇을 수 업나니, 대개 우리 민족의 잠시도 뎡도가 아직 그러치 못함이라. 쉴 수 업는 우리는 부득불 엇던 새 길을 잡아야 하리로다.

이에 나는 농촌계발쥬의(農村啓發主義)를 뎨창호대 잇는 정셩을 다하야

---

* 원문에는 '누아'로 되어 있다.

흐노니, 대개 나의 소견에 이박에 더 크고 즁하고 급한 길이 업슨 줄로 확신함이로다.

셔북간도나 아령이나 될 수만 잇스면 우리 내디에ㅅ지라도 큼짓큼짓한 촌즁에 한 사름씩 들어 박혀 이태나 삼 년이나 그 촌즁 하나를 열어 내기로 작뎡함이니, 그 방법을 알기 쉽게 갈나 말할진댄

一, 샹당한 교육과 졍셩잇는 사름 하나이나 혹 둘씩 한 촌즁에 둠

二, 그 사름은 몸소 농업이나 기타 동리와 관계 깁흔 직업을 잡음. 농업이 아니면 의원이 가장 죠흘 뜻

三, 제 가뎡과 집 다스림과 몸가짐으로 남의 모범이 됨

四, 넘어 급하여 말고 졈차 졈차 여러 부로형뎨와 친흐기로 쥬지를 삼음

五, 촌즁에 어려온 일이 잇거던 제가 먼져 나서서 졍셩으로 보아 줌

六, 방안과 마당의 쳥결이며 길을 넓게 깨끗이 하고 식목을 쟝려호대 제가 먼져 흐야 촌즁 여러 동포에게 그 사상을 준 후에 권유함

七, 쳥년과 아희들과 친하야 동무가 되어 은연즁 그 언행과 마음을 바로 잡으되 결코 가라치는 태도로 하지 말 것

八, 틈 잇는 대로 세상 니야기며 문명흔 나라 사름의 살아가는 형편과 새새 끼어 나라 업는 사름은 망흘 것을 니야기하여 줄 것

九, 아모죠록 촌즁의 낫분 습관을 고치되 아조 온순히 할 것

十, 이리 하다가 차차 마음이 열녀 나를 신용하게 되거든 교육의 필요와 단합의 필요도 말하여 주며, 몸소 훈쟝이 되어 아희들도 가라치되 부로의 맘에 나지 아니하게 하며, 신문 잡지와 기타 셔젹을 쟝려하고 야학도 시김이 죠흐며

十一, 그리 되거든 계(契) 갓흔 것을 두어 그 동리에서 나는 것을 다 거긔서 사고 동리에서 쓸 것을 거긔서 팔아 일변 동리의 리익을 주는 동시에 일변으로는 단톄의 재졍을 불닐 것

이러케만 되면 발셔 그 동리는 문명한 것이니, 그들에게 총과 칼이 업스되 죡히 한 나라를 세우고 지킬 만한 능력이 생긴 것이라. 갑쟉이 회를 세워라, 학교를 세워라, 돈을 내어라 하기에 아모 것도 모르는 그들이 반항심을 발함이니, 만일 이 모양으로 아모 것도 달나는 것 업시 도로혀 자긔네를 위하야 신부름군이 되어 그들을 깨이면 목셕이 아닌 사름이야 누가 그의 말을 듯지 아니 하리오. 이는 내가 공샹으로만 하는 말이 아니라. 본국에도 이 모양으로 계발 촌즁이 여럿이 잇스니 그 즁에 하나를 례로 들어 이 의견의 확실함을 증명하오리이다.

한 촌즁이 잇는데 원래 천한 사람만 사는 데라. 밤낫 투젼군의 쩌드는 소리, 술쥬졍군의 가장 치는 소리, 부즈 싸흠, 부쳐 싸흠, 며늘이와 싀어미 싸흠, 밤낫 싸흠과 욕셜이 아니 끈씨고, 집에는 비가 쌔고 빗바디는 솟흘 쎄던 촌즁이러니, 엇던 이가 삼사 년간 힘을 씀으로

一, 술과 잡기가 업고

二, 싸흠이 업서지고

三, 언어 행동이 졈지안아지고

四, 나(이) 차지 못한 남녀의 혼사나 돈 밧는 혼사를 금하고

五, 아들쌀 간에 쇼학교 공부는 안이 시키지 못하고

六, 집과 길과 니부자리와 의복을 쌔끗하게 하고

七, 사름 맛나는 대로 졍셩껏 말하여 주고

八, 어려온 일이나 재난을 맛난 이를 도아주고

九, 공익에 쓰기 위하야 그 가난흔 형셰로도 매일 쌀 두 슐과 매삭 신 한 커리를 나이니,

이만하면 아마 어느 나라 사름에나 지지 아니할지며 죡히 나라를 찾고 지지켜가 만하지 아니하뇨.

오늘날 우리 형편으로 하로라도 밧비 우리 동포를 인도하야 나임에는 이에서 더 속한 길이 업다 하노니, 만일 이제붓허 열 사름이 시작하야 이 쥬의를 행한다 하면 멀어도 삼사 년 후이면 젹게 잡고 삼쳔 명 동포를 잇글어 나일지라. 한 긋흐로 일본 사름이 되고, 한 긋흐로 지나 사름이 되고, 한 긋흐로 아조 야만이 되어 바려 날로 우리 민족이 슬어져 가는 오늘날에 이것을 막아 우리 민족을 보젼지도할 것이 이 농촌계발쥬의가 아니면 무엇이리오.

그러나 이는 개인으로 하기는 매오 어려온 일이니 수십 인 동지가 마음으로 단톄가 되어 서로 결심하고 들어서야 할지라. 만흐면 만흘사록 죠흘지나 사오 인이라도 젹지는 아니하니, 일즉 예수의 ᄉ도가 이집 뎌집 숨어 다니며 텬국의 복음을 뎐ᄒ던 본을 밧아 우리 동포를 멸망에서 건져나임이 엇지 나라를 사랑ᄒ는 우리의 할 일이 아니리오. 이를 해외에 잇는 우리 여러 단톄의 합동한 사업으로 하여도 죠코 각 단톄의 사업으로 하여도 죠코, 유지한 몟 동지의 사업으로 하여도 죠흐되, 여러 단톄와 신문잡지의 지도와 후원을 밧음은 우리의 간졀히 바라는 바로소이다.

우리글*

가로쓰기라

우리 민족의 뎨일 큰 보빅가 우리글이오 세계에 가쟝 과학뎍이오 편리흔 것이 우리글이라. 그러나 그 죠흔 우리글도 쓰는 법을 잘못ᄒ야 교육과 인ᄉᆡ 샹에 불편흠이 만핫ᄂᆞ니 날로 문명이 나아가는 오늘날 엇지 그대로 갈 수 잇스리오. 이제는 새로 쓸 법을 연구ᄒ여야 ᄒ리로다.

글이 가장 완젼ᄒ랴면 (一)ᄌᆞ형이 간단ᄒ면서 분명ᄒ고 아름답고 (二)글ᄌᆞ 수효가 젹음이니, 글ᄌᆞ 수효가 만흐면 빅호기에도 곤난할 ᄲᅮᆫ더러 문명의 진보와 관계가 큰 인ᄉᆡ슐에 큰 영향이 잇ᄂᆞᆫ지라. 그런데 ㅏ ㅓ ㅗ ㅜ ㄱ ㄴ ㄷ ㄹ 이만콤 긔하학뎍이오 간단ᄒ고 분명흔 ᄌᆞ형이 달니 어대 잇ᄂᆞᆶ. 이를 아직ᄭᅡ지 가장 완젼ᄒ다 ᄒ던 로마글에 비겨 보라. A B X G P R 얼는 보아도 알 것이 아니ᄂᆢ. 그러나 쓰ᄂᆞᆫ 법을 잘못ᄒ야 「쫽」 이 모양으로 가루 부치고 세로 부쳐 모양도 슝할 ᄲᅮᆫ더러 처음 배호기도 어렵고, ᄯᅩ 활ᄌᆞ도 가, 각, ᄭᅡᆨ, ᄭᅡᆰ, ᄶᆡᆨ, 이 모양으로 한문 글자보담 얼마 지지 아니ᄒ게 수다ᄒ게 사겨야 할지니 경비와 시간에 막대흔 손해를 닙어 왓도다.

그러나 이제 이 모음과 ᄌᆞ음을 가로쓰기로 하면 활ᄌᆞ는 불과 스물에 지나지 못할지오, 채ᄌᆞ 식ᄌᆞ에 엇는 시간이 ᄯᅩ흔 젹지 아니 할지며 그 깨ᄭᅳᆺᄒᆞ고 보기 쉬음이 ᄯᅩ 얼마나 ᄒ리오.

그러나 이리ᄒ랴면 문법도 만들어야 ᄒ겟고 여러 동포가 각각 힘을 써 이 글 보기를 닉혀야 할지니 처음에는 비록 보기 어려온 듯ᄒ나 얼마 아니ᄒ야

* 『대한인졍교보』 9, 1914.3.1. 원문은 무기명으로 되어 있으나, 한글 가로쓰기는 『대한인졍교보』 9·10·11호의 '우리글'이라는 지면을 통해 이광수가 일관되게 시도한 한글 표기 실험 중의 하나였다는 점에서 필자가 이광수인 것을 알 수 있다.

견보담 훨신 보기 쉽고 편리한 줄을 알리이다.

ㅜㄹㅣ ㅓㅣ

ㅜㄹㅣ ㄱㅄㄹ ㅓㅣ ㄴㅂㄴ ㅏㅁㄴㅄㅈ ㅣ ~ㅓㅅㅄㅅ ㅣㅗ ㅅㅜㄴㅄㅈ ㅣ ~ㅓㄹㄴㅓㅣ ㅅㅣㄴㅣ:

ㅏㅁㄴㅄㅈ:ㅏ, ㅓ, ㅗ, ㅜ, ㅄ, ㅣ

ㅅㅜㄴㅄㅈ:ㄱ, ㄴ, ㄷ, ㄹ, ㅁ, ㅂ, ㅅ, ㅇ, ㅈ, ㅋ, ㅌ, ㅊ, ㅎ ㅣㄴㅣ,

ㄱㄱㅆㅌ ㅄㄹㅗ ㄷㅏ ㅄㅅ ㅄㄴ ㄱㅏ ㄱㄱㅏ ㄱ ㄱ, ㄷ, ㅂ, ㅈ, ㅎ(ㅈㅣ ㄱㅄㅁ ㅄㄴ ㅏㄴㅣ ㅅㅄㅗ)ㅄㅣ ㅎㅄㄹㅣㅁ ㅣㄹㅏ.

ㅣ ㅅㅄㅁㅄㄹ ㄴㅄ ㅈ ㅄㄹ ㅌㅗㅇㅄㄹ ㅓㅣ ㄹㅏ ㅎㅏㄴㅏㄴㅣ ㅣㄱㅓㅅㅣ ㅁㅗㅎ ㅣㅓㅅㅗㄹㅣ ㄹㅏ. ㅂㅗㄴㅄㄹ ㅂㅗㅣ ㄱㅓㄷ~ㅣ ㄴ:

ㄱ+ㅏ=ㄱㅏ; ㄱ+ㅗ+ㅏ+ㄹ=ㄱㅗㅏㄹ

ㅅㅗㄹㅣ ㄱㅏ ㅎㅏㄴㅏ ㅣㄴㅏ ㄷㅜㄹ ㅣㅅㅏㅇ ㅁㅗㅎㅎㄴ ㄱㅓㅅ ㅣ ㅅㅅㅣㄴㅣ:

ㄱㅏㅇㅏㅈㅣ, ㅂㅏㅌ(田), ㅂㅣㅅ(債), ㅂㅣㅊ(光), ㄷㅏㅁ(垣), ㄷㅏㅁ(痰), ㅁㅏㅁ, ㅅㅣㅓㅁ(石), ㅅㅣㅓㅁ(島)—ㅁ ㅣㅓㅅㅏ.

ㄴㅗㅍ(高), ㄴㅏㅅ(優), ㄴㅏㅈ(卑), ㅅㅄㄹㅍㅄ—ㅎㅣㅓㅇㅣㅗㅇㅏ

ㅏㄴㅈ(座), ㄷㅏㄹㅎ(耗), ㅜㄴㄷㅗㅇㅎㅏ(運動)—ㄷㅗㅇㅏ

ㅣㅂㅓㅂㅄㄹㅗㅜㄹㅣㅄㅍ(詩) ㅎㅏㄴㅏ ㄹㅄㄹ ㅅㅅㅓ ㅂㅗㄴ ㅣ,

  ㅂㅏ ㄱㄷㅜㅅㅏㄴ ㄱㅣㅁㅈㅗㅇㅓㅅㅓ ㅓㄹㅄㄴ

  ㅏㅍㄷㅜㅣ ㄷㅄㄹ ㄱㅂㅓ ㅂㅗㄴㅣ

  ㄱㅄㅁㅅㅣㅜ ㄱㅏㅇㅏㅅㅏㄴ ㅣㄹㅁㅏㄴㄹㅣ

  ㅎㅜㅓㄴㅊㅄㄹ ㄷㅗ ㅎㅏㄴㅈㅣ ㅓㅣㄱㅗ

ㄱㅏㄴㄴㅣㅁㅣ ㄴㅓㄱㅅㅣ ㄱㅣㅓㅅㅣ ㅁㅓㄴ

ㄴㅜㄴㅁㅜㄹ ㅈㅣㄹ ㄱㅏ ㅎㅏㄴㅗㄹㅏ.*

---

* 원문을 옮기면 다음과 같다.

우리글에는 암늧이 여섯이오 수늧이 열넷이니
암늧 : ㅏ, ㅓ, ㅗ, ㅜ, ㅩ, ㅣ
수늧 : ㄱ, ㄴ, ㄷ, ㄹ, ㅁ, ㅂ, ㅅ, ㅇ, ㅈ, ㅋ, ㅌ, ㅊ, ㅎ 이니
끝으로 다섯은 각각 ㄱ, ㄷ, ㅂ, ㅈ, ㅎ(지금은 아니 쓰오)의 흘림이라.
이 스물 늧을 통틀어 에라 하나니 이것이 모여 소리라. 본을 뵈건댄 :
　　ㄱ+ㅏ=ㄱㅏ ; ㄱ+ㅗ+ㅏ+ㄹ=ㄱㅗㅏ ㄹ
소리가 하나나 둘 이상 모인 것이 씨니 :
　　강아지, 밭(田), 빗(債), 빛(光), 담(垣), 담:(痰), 맘, 섬(石), 섬:(島)—명사
　　높(高), 낫(優), 낮(卑), 슬프—형용사
　　앉(座), 닳(耗), 운동하(運動)—동사

이 법으로 우리 읊(詩) 하나를 써보니
　　백두산 김종서 어른.
　　백두산에 올라 안저
　　앞뒤를 구버보니
　　금수강산 일만 리
　　휜츨도 하여지고
　　간 님이 넉시 계시면
　　눈물질가 하노라.

ㅏㄹㅣㄴㅏㄹㅣ(ㅏㅂㄹㅗㄱㄱㅏㅇ)*

ㅂㅏㅣㄱㄷㅜㅅㅏㄴUㅣ ㄷㅏㅁUㄴ - ㅁㅗㅅㅣ
ㅎㅡㄹUㅓ ㄴㅏㄹㅣㅓ ㅏㄹㅣㄴㅏㄹㅣ
ㅂㅏㅣㄷㅏㄹ ㄷㅗㅇㅅㅏㄴ ㄱㅗㅅ ㅅㅗㄱUㄹㅗ
ㅈㅏㄹ ㅈUㅁUㄴ ㅎㅏㅣ ㅎUㄹUㄹㅣㄹㅗ

ㅈㅜ. ×(·) ㅍㅣㅗㅗㅏ +(°) ㅍㅣㅗ ㄴUㄴ ㅜㄴ
ㅣ ㄴUㄴ ㅅㅐㄹㅗ ㅈㅣㅅㄴUㄴ ㅅㅣ ㄴㅣㄹㅏ.

ㅅㅅㅣ ㅏㄹㅣ(ㅈㅏㄷㅣㅓㄴ)
ㅂㅏㅣㄷㅏㄹ[ㅣㅁ] ㅜㄹㅣ ㄴㅏㄹㅏUㅣ ㄴㅏㅣㅅㅣㄹUㅁ
"ㅂㅏㅣ"ㄴUㄴ ㅅㅏㅣㅂㅏㅣ[曉], "ㄷㅏㄹ"Uㄴ ㅂㅣㅅ.**

---

* 『대한인정교보』 10, 1914.5.1.

** 원문을 옮기면 다음과 같다.

아리나리(압록강)
백두산의 다믄 - 못이
흐르어 나리어 아리나리
배달 동산 곳 속으로
잘 즈믈 해 흐르리로

주. ×(·)표와 +(°)표는 운.
이는 새로 짓는 시니라.

씨아리(자뎐)
배달[임] 우리나라의 넷이름. "배"는 새배[曉], "달"은 빗.

모범촌*

져긔 한 촌즁이 잇스니 집이 한 삼백 호 모다 농ᄉ로 업을 삼다. 한 회가 잇스니 일흠은 동회니 이 촌즁의 정부라. 이 동회의 규측의 대강을 보건댄

一, 직업이 잇서야 ᄒ며 부즈런히 일할 것

二, 술 잡기 등 외도는 엄금흠

三, 아들ᄯᆯ 간에 쇼학교 공부를 시길 의무가 잇고

四, 아들 열닙곱 ᄯᆯ 열다ᄉᆺ 젼에 혼인 못ᄒ고

五, 매호 일 년 오 원씩 회비를 나일 것

六, 식구마다 ᄶᅵ마다 쌀 한 술 날마다 계란 한 개씩 모흘 것

七, 쥬일마다 회당과 쥬일 학교에 츌석흘 것

八, 일 년에 네 번 대쳥결 일 쥬일에 한번 쇼쳥결흘 것. 쳥결을 유지ᄒ기 위ᄒ야 말, 소, 오양을 한곳에 모흐고 도야지 우리와 닭의 홰를 한곳에 모흠

九, 교회와 학교와 병원과 셔젹 죵람소와 농ᄉ 시험쟝을 둠

예산표를 보건댄

교회비 一百元(부죡액은 매 쥬일 연보로 채오다)

학교비 一千元(남녀 쇼학교와 유치원과 로동야학교)

병원비 一百元(약갑슨 본갑대로 밧게 ᄒ고)

토목 쳥결비 一百元(도로 슈츅, 쇼독할 약품 등)

셔젹 죵람비 一百元(신문, 잡지, 신셔젹 등)

---

* 『대한인졍교보』11, 1914.6.1. ‘새지식’란에 무기명으로 실렸으나, 『대한인졍교보』9호에 실린 「농촌계발의견」과 더불어 이광수가 용동 체험을 기반으로 해외 동포 사회에 제시한 모범촌 기획안의 성격을 갖는 글이다.

농수 실험비 一百元(곡식 종주, 나무 종주 등을 시험홈)

회관은 셔적 종람소와 갓흠으로 경비도 업슬 것.

교회에는 쥬일마다 낫에 례빅와 성경공부, 밤에 긔도와 주미잇고 유익흔 통속 강연, 회당은 셔적 종람소와 녀학교를 겸홈.

학교 일람을 보건된 남학싱이 三百二十八人, 여학싱이 一百八十人, 교수 四人, 남학싱에게 농수ᄒᆞ는 법, 여학싱에게 농수와 부엌일, 바느질을 가른치고 각식을 실지로 가른치며, 뎨일 힘쓰는 과뎡은 도덕과 국어, 디리, 력수, 리과며, 영국 쇼년병단*의 본을 밧아 매 쥬일 일ᄎᆞ씩 교외에서 련습ᄒᆞ고 녀름 방학에는 즘싱치기ᄒᆞ며, 작란삼아 속샤판 잡지도 발행ᄒᆞ다. 그 슈업은 룻소의 에밀을 본밧아 아히들이 주미잇는 즁에 스스로 지식 욕심이 나고 스스로 해득ᄒᆞ도록 ᄒᆞ느니 주연히 과뎡은 반남아 산에나 돔에서 가른치게 되며, 싸로 곳동산 속에 유치원을 두어 네다슷 살 된 고은 도령님네 아기님네가 졈지안코 사릉 깁흔 어머니 한 분에게 거느러워 부모의 성화도 아니 시기고 주미잇게 어엿부게 놀더라.

병원에서는 츈츄 량ᄎᆞ 우두와 청결위생에 관흔 일을 도맛하 ᄒᆞ며 강연이나 기타 방법으로 그 지식을 고취홈.

농수시험쟝에서는 그 싸에 뎍당ᄒᆞ여 만흔 곡종, 치죵, 묘목을 시험ᄒᆞ야 쟝려ᄒᆞ며 농가의 부업될 밀짚모주, 집신삼이, 색기쏘기, 몽석, 기타 질그릇 만들기, 집즘싱 치기를 쟝려지도홈. 게에서 세운 샹뎜에서는 곡식, 여러 가지 필목 등 각식 소츌을 사들이고 옷감, 기름, 성냥, 먹을 것, 교과셔 등을 팔며, 그 리익으로 한히 건너 남녀 학싱 하나씩을 류학시기느니, 그 이웃 ▢▢ ▢▢▢▢다슈 동네도 근년에는 ᄎᆞᄎᆞ 이 동네를 본바다 각각 쇼학교가 생겻슴으로 이십 리 이내 학싱 총수가 二千여 명이오 믹년 졸업싱이 남녀 三百여

* 영국의 소년병단에 대해서는 같은 호의 '새지식'란에 자세히 소개되어 있다.

명임으로 이 다슷 동네가 합의ᄒ야 래년부터 남녀 즁학교를 세운다 ᄒ다.

이 촌즁에는 부쟈ᄂ 업스나 가난ᄒ 쟈도 업고, 문쟝은 만치 아니ᄒ나 무식ᄒ 쟈도 업고, 집들이 크지ᄂ 아니ᄒ나 졍소ᄒ고, 압헤 맑은 내가 흐르며 뒷동산이 푸른 나무나 엉킈고, ᄋ히들의 즐겁은 노ᄅ소리 밧게 큰 소리를 못 듯겟더라. 문쟝은 만치 아니ᄒ나 무식ᄒ 쟈도 업고, 각각 제 집업에 힘을 다ᄒ야 부모를 효도로 셤기고 ᄌ녀를 졍셩으로 가ᄅ치며 이웃이 화목ᄒ고 문명ᄒ ᄉ샹을 히득ᄒ야 그 살님의 복스럽음이 비길 데가 업스되, 오직 하나 면치 못ᄒ 것은 망국민의 쳔대를 밧난 슬픔이러라.

재외 동포의 현상을 론ᄒ야 동포 교육의 긴급흠을*

ㄱ. 재외 동포의 현상

일즉 우리 백제 신라 고구려 적 조샹이 산동, 강소, 졀강, 일본 등디로 이 쥬할 제는 가ᄅ치는 쟈, 다ᄉ리는 쟈의 ᄌ격으로 가슴 쑥 내어밀고 ᄃ니엇거니와, 오십 년 젼부터 아령, 지나령, 미령 등디로 이쥬ᄒ 우리 이백여만 동포ᄂ 구챠히 의식이나 엇으려 ᄒ야 남의 죵노릇이나 ᄒ려고 나옴이로다. 영국 사ᄅ이나 덕국 사ᄅ이 이쥬ᄒ엿다 ᄒ면 누구나 그네가 샹업이나 공업이나 뎐도나 기타 여러 가지 문명을 뎐파ᄒ고 어두은 민족을 다ᄉ리러 ᄃ니ᄂ 줄 알것마ᄂ, 우리 나라 사ᄅ이나 지나 사ᄅ이 어디를 이쥬ᄒ엿다ᄒ면 누구나 그네들은 아조 쳔ᄒ 로동이나 ᄒ여 먹으러 다니ᄂ 줄 알지니, 우리 신세를 생각ᄒ면 관연 피눈물이 흐르도다.

보라, 우리네의 재조가 무엇이뇨. 금뎜, 담빗말이, 흙짐지기, 농ᄉᄒ기 ─ 오직 이ᄲ이며 그 즁에 몸이나 씨긋ᄒ게 차리고 ᄃ니ᄂ 이ᄂ 제 동포와 이웃나라 친고를 소겨먹는 협잡군이 아니뇨. 재조도 재조려니와 우리네의 도덕 뎡(도)를 생각ᄒ여 보라. 돈푼이나 생길 일이면 아모리 올치 아니ᄒ 즛이라도 쩨리지 아니ᄒ야 혹 쥬인의 것을 흠치며, 혹 ᄂ외국 사ᄅ을 소겨 잠시의 리익을 엇으랴는 좀쇠로 이쳔만 동포와 거룩ᄒ 조국의 명예를 손샹ᄒ는 일ᄲ이라. 외국 사ᄅ들이 우리의 ᄒ고 ᄃ니는 너줄ᄒ 쏠과 가진 재조와 살아가ᄂ 모양과 ᄒ는 행실을 볼 ᄤ 우리를 엇더한 민족으로 생각ᄒ 염즉 ᄒ뇨. 쏭수리에 걸어 안저 ᄂ 잡이ᄒ ᄂ지나 사ᄅ을 우리가 웃도다. 그러나 생각ᄒ여 보라. 우리가 그네보담 낫은 것이 무엇이뇨.

* 빈, 『대한인졍교보』 11, 1914.6.1.

외국 사름의 눈에 보기에 우리는 학문도 업고, 도덕도 업고 례의도 업고, 재조도 업고 아름답고 칭찬할 만 흔 것은 하나도 업는 아조 너즐흐고 야만 된 종족일지라. 그네가 생각흐기에 우리 갓흔 못싱긴 민족이 저희 싸에 만히 잇서도 리익은 조곰도 업고 도로혀 그 나라에 법률과 도덕을 흐리고 그 나라 사름에게 못된 버릇을 가르칠 쏟이니, 될 수만 잇스면 이러흔 종즈는 모다 국경 밧그로 내어 좃거나 그러치 못흐면 어느 구석에 몰아너코 나와 드니지을 못흐게 흐고 십흐리로다. 오늘날 우리 신세는 도쳐에 쳔대거리요 밀음거리로다.

ㄴ. 덕쟈싱존
덥은 데서 자라던 풀을 칩운 싸에 심어서 살 수 잇슬가. 물고기 잡을 줄 모르는 즘싱을 바다에 노하서 살 수 잇슬가. 기름이 만코 털이 깁흔 놈이라야 눈 구덩이에도 살 수 잇스며, 힘세고 니쌀과 톱이 날카랍은 놈이라야 범과 스즈 속에서도 살아가리니, 이 모양으로 살아갈 만흔 힘이 잇서야 산다 흠을 덕쟈싱존이라 흐느니, 이는 싱물학의 진리나 사름의 세샹도 이러흐니 농스군이 셔울 가서 살지 못할지며 집세기 쟝스가 셔양 가서 살지 못흘지라.

우리나라 녯날 쟝스군이 영국 가서 쟝스흘 수 잇슬가. 우리나라 야쟝*이 미국 가셔 야쟝질 할 수 잇슬가. 우리나라 의원이 덕국 가서 의원 노릇할 수 업슬지오, 우리나라 정승도 법국에 가면 동쟝 노릇도 못흘지니 이 엇짐이뇨. 세계는 날로 문명흐여 나아가되 우리는 가만히 안젓슴이니, 오늘날 야쟝노릇을 흐여 먹으랴면 수증긔와 뎐긔도 부릴 줄 알아야 흐고 물리학과 화학도 빈호야 흘지며 오늘날 농스를 흐여 먹으랴면 토양학, 비료학, 동식물학도 알아야 흐며 밧가는 긔게 김민는 긔게도 부려야 흘지오, 오늘날 나라를 일너 가라면 문명흔 정치가, 학술가, 교육가, 군략가도 잇서야 흘지니, 일본이

---
* 야쟝治匠. 대장장이.

우리나라를 먹은 심쟝은 괘씸ㅎ도다. 그러나 우리 힘이 그를 막아 만ㅎ엿더면 아모리 우리를 먹을여 흔들 엇지 먹으리오. 이억 남은 인도가 웨 수오천 명 영인의 손에 매엇스며, 크나큰 강토에 수억 남는 지나민족이 엇지ㅎ야 몟 천 명 못되는 양인, 일인의 손에 그 죠흔 권리와 그 죠흔 싸를 졸곰졸곰 들여 바치ᄂ뇨. 오직 그네의 문명 뎡도가 어려 그네 사름 천 명이 문명흔 사름 하나를 당ㅎ지 못흠이라.

생각ㅎ라, 우리가 나라만 일코 말을진댄 도로혀 다행이니 이대로 가면 우리 종족ᄭ지 아조 씨가 업서지고 말지니, 가령 시베리아에 금뎜과 담빗말이와 텰로 일이 업서지면 우리 오십만 동포는 무엇으로 살아갈가 보뇨. 우리는 디렁이 모양으로 흙을 먹고 살며 신선 모양으로 바람을 먹고 살겟ᄂ뇨. 먹을 것이 업스면 못살지니, 겨오 죽지는 아니흔다 ㅎ더라도 비 곱흐고 헐벗스면 속은 푹푹 썩고 피는 밧작밧작 말을지니, 어느 겨를에 나라를 싱각ㅎ고 렴치를 헤아리랴. 사흘 굴므면 도적 안될 놈 업다고 ᄌ연히 도적이 나고 싸홈이 나고, 얼어 죽고 굴머 죽고 마자 죽고 옥에서 썩어지고 ᄌ손 못 나코 이렁져렁ㅎ야 다 업서지고 말지니, 엇지 아령 잇는 동포만 이러ㅎ리오.

이대로만 가면 우리 이천만 빅달족 뎐례의 운 [이하 한 줄 해독 불가] (밟)톱이 업는 소와 양은 쓸이 잇고 아조 못싱긴 토씨도 달음질ㅎ는 재조가 잇고 굼뱅이도 긔는 재조가 잇는지라. 어느 동물이나 다 저 먹을 것을 벌고 제 몸을 보호흘 무긔가 잇ᄂ니, 져 유대 족속이 나라 업슨 지 수쳔 년에 아직도 종족을 보젼ㅎ여 옴은 그네게 돈 잘 버는 신통흔 재조가 잇는 ᄭ닭이니, 이 재조만 업섯더면 그네는 벌서 이 세계에서 자취를 ᄭᆞᆫ코 말앗스리라. 그러나 우리네에게 무슨 재조가 잇ᄂ뇨? 만일 이대로 우리민족이 업서지고 만다 ㅎ면 반만 년간 살아오던 수억만 우리 종족은 세계 력ᄉ에 글 한 줄도 못 남기고 말지로다.

아메리카에 가보라. 남북 아메리카를 맛하가지고 번셩ㅎ던 홍색 인종의

자최를 어대서 차즐는가. 겨오 인적 못 밋는 산골쟉에 열식 스물식 남아 잇서 인류학의 표본이 될 쑨이 아니며, 일즉 시베리아에 두루 덥혓던 여러 인죵이 지금에 몟 개나 남앗는가. 우리 민쟉도 만일 눈만 쓰지 못ㅎ면 이러케 아니 되리라고 엇지 담보ㅎ리오.

주려 말ㅎ건댄 오늘날 우리 민족의 형편으로는 이 세샹에서 싱존ㅎ여 만ㅎ 즈격이 업다 할지로다.

ㄷ. 우리나라 사름이 외국에서 쳔대밧는 신둙

넷날은 과거 못ㅎ 놈이 샹놈이어니와 지금 판에 박은 샹놈은 나라 업는 놈이라. 나라 업는 놈은 엇던 수모를 당ㅎ거나 엇던 권리의 침해를 밧아도 그를 보호ㅎ여 줄 공스 령스가 업슴이니, 학스 박스가 되어도 샹놈 틔는 못 버스며 루거만금* 부쟈가 되어도 샹놈 틔는 못 버스며, 쳔ㅎ다 ㅎ야 입적을 시키지도 아니ㅎ거니와 입적을 흔다 ㅎ여도 한국사름 망국민이라는 일흠을 못 벗느니, 유대사름은 그저 유대사름이라 하늘이 뎡ㅎ 민족의 구별은 사름의 힘으로 엇지할 수 업나 보도다. 혹 아라사 말이나 짓거리고 주적거리는 이도 잇스나 등 뒤에서 비웃고 손가락질 ㅎ는 줄을 엇지 모르느뇨.

가는흔 것도 죄니 우흐로 나라와 부모를 섬기지 못ㅎ고 아리로 쳐즈를 기르지 못ㅎ니 제 직분을 다ㅎ지 못ㅎ며, 또 더럽은 옷과 집과 챠를 타도 하등 챠를 타면 즈연히 남의 대졉을 밧지 못홀지며, 너무 추흔 음식을 먹으면 몸이 약ㅎ야 지며 일홀 힘도 업고 즈녀싱지도 몸이 약ㅎ게 될지니 쏘흔 큰 죄라. 그럼으로 술이나 계집이나에 쓸데업시 돈은 삭히지 말고 한푼 두푼 모도와 나라와 부모를 잘 섬기고 안해를 즐겁게 ㅎ며 아들 쏠을 잘 가르쳐야 비로소 사름이라 홀지라. 그러ㅎ거늘 우리 재외 동포는 거의 다 거지며 쏘 돈푼이나 싱기면 되지 못ㅎ게 주적거려 다 업시ㅎ여 브리느니, 이것이 우리

* 누거만금累巨萬金. 매우 많은 액수.

동포가 천대밧는 한 가지 신닭이며

우리 동포의 직업이 천홈도 한가지오.

이 즁에 둘재로 큰 원인은 지식이 부죡홈이니 지금 세샹에서 사름의 층등을 가림에는 지식으로 표준을 삼는지라. 이에 지식이라 홈은 학문과 도덕을 닐음이니, 문명국 사름을 대할 찍에는 말도 공슌히 ᄒ고 대졉도 잘 ᄒ다가 우리사름이나 지나사름을 보거든 놀니랴고 갓흔 우리사름에도 몸집과 얼골에 교육 밧은 표가 들어나고 언어와 행동에 졈지안은 태도가 보이면 대졉이 훨신 륭슝ᄒ지 아니ᄒ뇨. 그 나라에 온 지 멧 해에 그 나라의 문물제도가 엇더ᄒ며 민졍풍쇽이 엇더흔 줄을 모르고 싸이 네모나다 ᄒ며 귀신이 사름을 잡아간다 ᄒ며, 그 나라 말 한 마듸도 바로 옴기지 못ᄒ고 대인졉물과 언어행동이 모다 추잡ᄒ야 아조 야만몽매흔 인죵 갓흘진댄 엇지 남의 대졉을 밧으리오. 또 우애도 잠시 말ᄒ엿고 본 긔쟈의 항샹 애써 쥬쟝ᄒ는 바이어니와 우리 동포는 아죠 도덕과 례의가 어리도다. 챠를 타거나 공회셕에 잇슬 제 슈양ᄒ고 졍슉할 줄을 모르며, 외국 사름을 좀쇠로 소겨 진실치 못홈을 보임도 우리가 외인에게 쳔대밧는 큰 원인이라.

이샹 말흔 여러 가지 원인으로 우리가 외인에게 참지 못홀 쳔대를 밧는 것이니, 우리는 아모리 ᄒ여셔라도 이 모든 누명을 벗어 ᄇ리고 청렴백일의 몸이 되어 세게 다른 나라 민죡과 갓히 배 쑥 내어밀고 드니도록 ᄒ여야 홀지라.

ㄹ. 그 방칙

교육이로다 — 그리ᄒ여 가지고 나라를 차즘이로다.

교육이라 ᄒ면 아동교육만으로 생각홀지나 우리의 오늘날 형편은 어른 교육이 첫재오 ᄋ동 교육이 둘재라. 어른을 가ᄅ쳐 가지고야 ᄋ동도 교육을 시길지오 나라도 광복ᄒ리로다. 지금 재외 동포 즁에 두 큰 단톄가 잇느니 각각 만에 갓가온 회원을 가지고 나라를 위ㅎ야 목숨을 바치는 여러 국수의 손에 지도 되도다. 이 두 단톄는 일홈은 비록 다르고 힝동에 죠곰 틀님이 잇스나 동포를 계발ㅎ야 조국을 광복ㅎ다는 쯧은 갓흔지라. 우리 민죡을 락원으로 쓸어 내이기도 그네들이오 쏘 아조 망치게 ㅎ기도 그네들이니, 이쳔만의 싱명과 반만 년 력수의 명믹이 오직 그네의 손에 달닌지라.

우리 아모 것도 모르던 동포로 ㅎ여금 나라를 알게 ㅎ고 문명을 알게 흔이가 그네들이 아니면 뉘리오. 이제 본 긔쟈는 공경ㅎ는 두 어머니에게 동포 교육의 긴급흠을 말ㅎ엿스니 다시 그 방침을 들이려 ㅎ노라. 이에 교육이라 흠은 여러 가지 학문을 가ㄹ침이 아니오 간단ㅎ게 애국ㅎ는 참사름 ─ 속성흔 문명국인을 만들미니

一, 단톄를 지도ㅎ는 이는 젹어도 한 달에 한 두 번씩 동포계발에 긴요흔 멧 가지 지식을 각 디방회나 지회에 보내어 젼반 회원에게 설명ㅎ야 비호게 ㅎ며, 고쳐야 훌 행실과 행ㅎ여야 훌 새 일을 지시흠이며

二, 긴요흔 신문잡지나 셔젹 보기를 독촉 쟝려흠과 젼국민의 경뎐이 될 만흔 셔젹 흔 권을 편찬ㅎ야 모든 동포로 ㅎ여곰 늘 외오게 흠도 긴급ㅎ도다.

三, 매 통샹회일과 쥬일을 리용ㅎ야 회당에서 교민들을 가ㄹ치는 모양으로 멧 가지씩 죠흔 수샹과 지식을 고취ㅎ야 회에 오는 것을 학교에 다니는 줄 알게 ㅎ고 회원을 학싱으로 녀겨야 훌지니, 이리ㅎ여야 여러 동포가 능히 새나라를 건셜할 만흔 새국민이 될지며 외인에게 밧던 쳔대를 면ㅎ고 그 쌘더러 회와 회원의 관계가 갓갑아질지라. 회적에 일흠은 매왓더라도 가ㄹ치도 아니ㅎ고 자조 회와 통셥이 업스면 진졍흔 회원이 될 만흔 즈격이 업슬 분터러 회와 나라에 대흔 사랑도 식어갈지니 이는 방금 우리 목젼에 보는 바이며, 쏘 진실로 가ㄹ치지 곳 아니ㅎ면 회원이 되나마나 무슴 관계가 잇스리오. 그럼으로 당국쟈의 최대 급션무는 회원을 가ㄹ침이오 최대 급션무는 밤나즈로 배홈이라.

엇던 이는 혹 말호대 원래 아모 지식 업던 동포가 갑쟉이 엇지 배호리오, 나라 ᄉᆞ랑ᄒᆞᆯ 줄만 알면 그만이라 ᄒᆞ나 ᄯᅩ한 모르는 말이로다. 비호지 못ᄒᆞ고는 부모 셤길 줄도 모르며 남을 속이고 히ᄒᆞ는 것이 올치 아닌 줄도 모르며, 술 먹는 것이 엇지ᄒᆞ야 회롭으며, 제 나라의 동포가 엇지ᄒᆞ야 귀ᄒᆞ며 나라이 업스면 엇지ᄒᆞ야 민족이 멸망ᄒᆞ는가를 모르거든, 어듸서 ᄋᆡ국심이 생기며 나라를 광복ᄒᆞ기 위ᄒᆞ야 목슴을 ᄇᆞ리리라는 정성이 소스리오. 처음부터 ᄭᅳᆺ까지 내내 애국심을 ᄇᆞ리지 못ᄒᆞ는 여러 지ᄉᆞ도 잇거늘, 엇지ᄒᆞ야 당초에 애국심이라는 말도 모르며 혹 잠간 애국쟈 노릇을 ᄒᆞ다가도 중도에 원수의 창귀되는 놈도 잇ᄂᆞ뇨. 대개 져는 나라 업시 못살 줄을 ᄭᅵᆻᄭᅵ* 알미오, 이는 아조 모르거나 혹 알아도 어림푸시 알미로다. 우리 동포ᄂᆞᆫ 웬 일인지 몰나 소래치도다 — 웨 우리ᄂᆞᆫ 나라를 위ᄒᆞ야 죽어야 ᄒᆞ겟ᄂᆞ뇨 — 웨 우리ᄂᆞᆫ 앗갑은 돈을 나라 위ᄒᆞ야 바쳐야 ᄒᆞ겟ᄂᆞ뇨. 독립군을 엇으려 ᄒᆞᄂᆞᆫ가 — 그러커든 가ᄅᆞ칠지어다. 우리가 나라 업시 못살 줄을 ᄭᅵᆻᄭᅵ 알기만 ᄒᆞ면, 우리ᄂᆞᆫ 깃버 ᄯᅱ며 달녀 나아가 두만걍가의 죽엄이 되오리다!

ㅁ. 교육ᄒᆞᆯ 쥬지

우리나라 력ᄉᆞ는 빗나도다. 우리ᄂᆞᆫ 가장 오ᄅᆡᆫ 문명국이로다. 우리나라는 뎨일 아름답고 살기 죠흔 나라도다. 지금 원슈가 제것인 톄 날쮜는 우리 동산과 논과 밧흔 우리 조샹이 피쌈흘녀 개쳑한 것이로다. 우리 조샹은 지나족과 왜족을 다스렷고 일즉 남에게 눌녀 본 젹 업는 긔운찬 민족이로다. 우리나라 글과 말은 세계에 가쟝 아름답고 ㅁㅎ도다. 나라 업ᄂᆞᆫ 민족은 이 세상에서 가쟝 천흔 상놈이오 죵이로다. 덕쟈라야 싱존하ᄂᆞ니 나라를 찻지 못ᄒᆞ면 져 아메리카의 홍식 인종과 갓히 업서지고 말리라. 우리가 아령과 지나령에서 밥술이나 엇여먹기도 녯날이 아니 가리웟다. 우리는 멀지 아니ᄒᆞ

---

* 깨깨. '충분히 모자람 업시 넉넉하다'는 뜻의 평북 방언.

야 큰 젼징 —바라고 바라던 독립젼징을 ᄒ여야 ᄒ겟다. 그썬에 병뎡될 이
도 우리, 대쟝될 이도 우리, 군량 마련도 우리, 총검 쟝면도 우리가 ᄒ여야
ᄒ다. 마음으로 쥰비ᄒ고 돈으로 쥰비ᄒ여라. 젼슐도 비호쟈. 남ᄃ려 책을
닑어 달나서라도 싸홈ᄒᄂ 법을 대강 비호쟈. 백두산 우에 긔발 플닝 날거
든 모도 다 우리 달녀 나가쟈.

이다리아, 푸릇시아, 그레시아, 불가리아도 우리와 갓히 불샹ᄒ 신세러니,
이러ᄒ야 그네ᄂ 번젹ᄒᄂ 독립국민이 되엇다. 우리도 원슈를 내어좃고 잘
살 날이 멀지 아니ᄒ다. 거즛을 ᄇ려라. 소기지 말어라. 동포와 이웃나라 사
름을 졍셩으로 대졉ᄒ야 우리민족의 문명홈을 보여라. 말 ᄒ 마듸 행실 하
나라도 민족의 명예를 샹케홀 것을 삼가라.

농업을 ᄒ야라. 샤진 박기, 목슈노릇, 텰공, 인세 이 모든 실속 잇고 고등
ᄒ 직업을 비호고 쳔ᄒ 직업을 ᄇ려라.

이것이 교육 쥬지니 이를 말ᄒ고 곱말ᄒ고 이르고 타닐너 일 년만 지나보
라. 아조 짠 민족이 됨을 볼지며, 우리가 외국인에게 밧는 신용과 대졉이 갑
쟉이 달나지게 되리라.

ㅂ. 결론

오늘날 우리 동포의 현상을 보매 아조 슬프고 락망홀 듯ᄒ나 하늘이 돕으
샤 우리 일반 동포ᄂ 날로 애국심과 비호쟈는 마음이 싱기며, 내가* 졍셩을
다ᄒ야 ᄉ랑ᄒ고 바라ᄂ 두 진실ᄒ 단톄가 쉬지 안코 힘을 다흠을 보매, 쟝
릭의 희망이 바다 갓고 ᄯ 이 희망 달할 날이 멀지 아니ᄒ 줄을 밋어 깃븜을
금치 못ᄒ야 억개을 웃줄ᄒ며 이 붓을 던지노라.

---

* 원문에는 '내기'로 되어 있다.

ㅈㅣ ㅅㅏ ㅂㅣ ㄱㅏ ㅁㅎㅗㅣ*

ㅜㄹㅣ ㄹㅣㄱㅏㅂ ㅅㅓㄴㅅㅏㅣ ㅇ ㄱㅓㅣㅅㅓ ㄷㅓㄱㄱㅜㄱ ㅅㅓㄱㅜㄹ ㅂㅓ
ㄹㄴㅣㄴ ㅓㅣ ㄱㅓㅣㅅㅣㄹ ㅈㅓㅣ ㄱㅂ ㄹㅕㄱㅗㅏㄴ ㅂㅏㄹㅏㅁㅕ ㄱㅓㅣ ㄷ
ㅓㄱㄱㅜㄱ ㅎㅗㅏㅇㄷㅓㅣ ㅗㅏ ㅎㅗㅏㅇㅎㅜㅂㅣ ㅎㅗㅏㅅㅏㅇㅣ ㅣ ㄱㅓㄹㄴㅣ
ㅓㅅㄷㅓㄹㅏ ' ㅗ(ㅎ오를 략흔 것). ㄱㅂㄷㄷㅏ ㅣ ㄴㄴㄴ ㅂㅏㄹㅗ ㅅㅓㄴㅅㅏㅣ ㅇ
ㅂㅣ ㅂㅕㅇㅣ ㅅㅣㅈㅏㄱㅎㅏㄹ ㅈㅓㅣ ㄹㅏ, ㅈㅗㅇㅣㄹ ㅊㅣㅁㅅㅏㅇㅓㅣ ㄴ
ㅜㅂㅓㅅㄴㅗㄹㅏㅁㅕㄴ ㄱㅂ ㅎㅗㅏㅅㅏㅇㅣ ㅣ ㅁㅏㅈㅗㅂㅗㅣㅗ. ㅂㅜㄹㅓㄱㅗㅏ
ㅅㅗㅅㅣㅂ-ㄴㅕㄴ-ㄴㅏㅣ ㅓㅣ ㅅㅓㅇㅁㅕㅇ-ㅓㅂㅅㄴ ㄷㅓㄱㄱㅜㄱ ㅂㄹㅗㅅ
ㅓㅣ ㄱㅓㅣ ㅓㅣ ㅂㅅㄷㅁ-ㄱㅏ ㄴㄴㄴ ㄱㅏ ㅇㄱㅜㄱ ㅂㄹ ㅁㅏㄴㄷㅂㄹㅗㅌㅕㄴㅎ
ㅏ-ㅓㅇㅈㅜㅂㅣ ㅜㅣㅍㅜㅇ ㅂㄹ ㄷㅏㅣ ㅎㅏㄹ ㄸㅜㅏㅣ ㄱㅏ ㅅㅂㅁ ㅓㅣ ㅁㅏㄴ
ㄱㅗㄱ ㅅㅜㅅㅣㅁ ㅂㄹ ㅍㅗㅁㄴ ㅜㄹㅣ ㅅㅓㄴㅅㅏㅣ ㅇㅂ ㄱㅏㅁㅎㅗㅣ ㄱㅏ
ㅓㄹㅁㅏㄴㅏ ㅎㅏㅣ ㅓㅅㄱㅓㅣ ㅅㅅㅗ? ㄱㅏ ㅁㅏㄴㅣ ㄱㅂ ㅎㅗㅏㅅㅏㅇㅂㄹ ㅊ
ㅣㅓㄷㅏ ㅂㅗㄱㅗ ㄴㅜㅂㅓㅅㄹ ㅈㅓㅣ ㅎㅗㅏㅇㄷㅓㅣ ㄱㅔㅅㅓ ㅎㅏㅅㅣㄴㄴ
ㄴ ㅁㅏㄹ: "ㅂㅏㄴㅁㅏㄴ-ㄴㅕㄴ ㅅㅣㄴㅅㅓㅇㅎㅏㄴ ㄹㅕㄱㅅㅏ ㄹㅂㄹ ㄱㄱㅂ
ㄹ-ㄱㅗ-ㅗㅌㅕㄴ ㄱㅗㄱㄱ ㅂㄹ ㄴㅏㅁ-ㅂㅣ-ㅅㅗㄴ ㅓㅣ ㅂㅂㅏㅣㅏㅅㄱㅣㄱ
ㅗㄴㅗㅓㅣㅂㅣ ㄱㅜㄹㄴㅓㅣ ㄹㅂㄹ ㄷㅏㄹㄱㅓㅣ ㅂㅏㄷㄴㄴ ㅁㅗㅅㅅㅏㅇㅇ
ㅣㄴ-ㄴㄴㅁㅏ! ㄴㅓㅣ ㅓㅅㅈㅣ ㄱㅂㄷㅓㄹㅕㅂㄴ ㅂㅏㄹㅂㄹ ㄷㅏㅣ-ㄴㅗㅎ
ㅏ ㄱㅓㄹㅂㄱㅎㅏ ㄱㅗ ㄱㄱㅏㅜㄱㄱㅂㅅㅎㅏㄴ ㄴㅏ'ㅣ ㄴㅏㄹㅏ ㄹㅂㄹ ㄷㅓㄹ
ㅓㅂㅣ ㄴㅏㄴㅛ? ㅜㄹㅣ ㅈㅏ-ㅠ ㄹㅂㄹ ㄴㅗㄹㅏㅣ ㅎㅏㄴㄴㄴ ㅅㅏㄴㅣ ㄴㅓㄹ
ㅂㄹ ㅂㅗㄱㅗ ㄱㅗㄱㅏㅣ ㄹㅂㄹ ㄴㄴㅗㄹㄴㅣ ㄱㅗ ㅊㅠㅇㅈㅕㄹㅂㄹ ㅈㅏㄹㅏㅇㅎ
ㅏㄴㄴㄴ ㅁㅜㄹㅣ ㄴㅓㄹㅂㄹ ㅂㅗㄱㅗ ㄱㅜㅕㄱㅂㄹ ㅎㅏㄹㅑ'ㄴㄷㅏ."
ㅅㅓㄴㅅㅏㅣㅇㅂㄴ ㅊㅏㅁㄷㅏ-ㅁㅗㅅㅎㅏㅣ ㄱㅣㄹㅋㅓㅣ ㅎㅏㄴㅅㅗㅁ
ㅈㅣ ㄱㅗ ㄴㅜㄴ ㅂㄹ ㄱㅏㅁㅏㅅ ㅅㅗ. ㄷㅏㅅㅣ ㄴㄴㄴ ㅂㄹ ㄸㅓ (ㄸㄷㅓ ㅓ
ㅣ ㅂ ㄹㅂㄹ ㄹㅏ ㄱㅎㅏ ㅁ) ㅂㅗㄴ ㅈㅂㄱ ㅣ ㅂㅓㄴㅓㅣ ㄴㄴ ㅎㅗㅏㅇㅎㅜㄱㅏ,

* 외빈, 『대한인정교보』 11, 1914.6.1.

286 이광수 초기 문장집 I

“ㅍㅕㅣㅎㅏ ㅓ!ㅜㅓㅣ ㅂㅜㄹㅅㅏㅇㅎㅏ ㄱㅗㅗㅣㄹㅗㅂㄴ ㅅㅗㄴ ㅓㅣㄱㅓ ㅣ ㄱㄷㅏㅈㅣ ㅂㅏㄱㅈㅕㄹㅣ ㅁㅏㄹㅎㅏㅅㅣ ㄴㅏㅣㄱㅏ(누잇가)? ㅗㄴUㄹU ㄴ ㅂㅣㄹㅗㄱㄴㅏㄹㅏ-ㅣㄹㅎㄴ ㅁㅗㅁ ㅣ ㄷㅗㅣㅓ ㄷㅗㅇㅅㅓㄹㅗ ㅍㅛㄹㅠ ㅎㅏㄱㅓㄴㅣㅗㅏ ㅎㅜㅅㄴㅏㄹ ㄱUㄴㅓㅣ Uㅣ ㅍㅣ ㄹㅗㅂㅣㅅㄴㅏㄴUㄴ ㄴㅏ ㄹㅏ ㄹUㄹ ㅅㅔㅜㄹ ㄴUㄴㅈㅣ ㅓㅅㅈㅣ ㅏㄹㄱㅓㅣㅅ ㅅㅗ?” ㅎㅏ ㄱㅗ, ㅅㅓ ㄴ-ㅅㅏㅣㅇUㄹ ㄷㅗㄹㅏㅂㅗ ㅁㅕ, “ㄱㅗㅏㅣㅎㅣ ㅅㄹㅓㅁㅏㄹ ㄱㅗ ㅁㅏㅁU ㄹ ㄱㅣㄹㄱㅓㅣ ㄱㅜㄷㄱㅓㅣ ㅁㅓㄱ ㄱㅗ ㅎㅗㅣㅌㅕㄴㅎㅏㄱㅣ ㄹUㄹ ㅎㅣㅁ ㅅㅅUㅅㅣㅗ.” ㅎㅏ ㄱㅗ ㅜㅣㄹㅗㅎㅏㄴUㄴ ㄷUㅅㅣ ㅂㅣㅇㄱUㅅ ㅜㅅㅓㅅ ㅅㅗ.

ㅅㅓㄴㅅㅏㅣㅇUㄴ ㅅㅗㄹㅣ ㄹUㄹ ㄴㅏㅣㅓㅜㄹ ㄷㅏㄱㅏ ㄴㅜㄴㅁㅜㄹ ㄱ ㅓㄷㅜ ㄱㅗ ㅅㅗㄹㅣ ㄹUㄹ ㄱㅏㄷㅏㄷㅁㅏ(ㄱㅏㄷㅏㄷUㅁ),

“ㅍㅓㅣㅎㅏ ㅕ! ㅈㅣㄱUㅁㄴ ㄴㅏㄹㅏ-ㅣㄹㅎㄴ ㅈㅗㅣㅣㄴUㅣ ㅁㅗㅁ Uㄹ ㅗㄱㅜㅣㄱㅜㄱ ㅅㅏㄴㅊㅕㄴUㄹ ㄷㅓㄹㅓㅂㅣㅓㅅㄴㅏ ㅎㅜㅅㄴㅏㄹ ㅜㄹㅣ ㄷㅗㄴㅏㄹㅏ ㄹUㄹ ㄱㅗㅇㅂㅗㄱㅎㅏ ㄱㅗㄴㅏㅣㄱㅏ ㄱㅜㅣㄱㅜㄱ ㅓㅣ ㄱㅜ ㄱㅂㅣㄴUㅣ ㅁㅗㅁ ㅣ ㄷㅗㅣㅓ ㅂㅏㄴㄱㅏㅂㄱㅓㅣ ㅍㅓㅣㅎㅏ Uㅣ ㅅㅗㄴUㄹ ㅈㅏㅂㄱㅓㅣ ㄷㅗㅣㄹ ㄴUㄴㅈㅣ ㅓㅅㅈㅣ ㅏㄹㄱㅓㅅ ㅅㅗ? ㄱㅜㅣㄱㅜㄱ ㅣ ㅣㄹㅈUㄱ ㄴㅏㅍㅗㄹㄴㅓㅣㅗㄴ Uㅣ ㅁㅏㄹ-ㅂㅏㄹㄱㅜㅂ ㅓㅣ ㅂㅏㄹㅂㅎㅣ ㄹ ㄷㄷㅏㅣ’ㅅ ㅣㄹ Uㄹ ㅅㅏㅣㅇㄱㅏㄱㅎㅏㅣ-ㅂㅗㅅㅣ ㅗ! ㅍㅓㅣㅎㅏ Uㅣ ㅈ ㅗㅁㅗ ㄱㅔㅅㅓ ㅁㅏㄴㅅUㅇ-ㄱㅜㄱㅁㅗ Uㅣ ㅁㅗㅁ ㄹㅗ(몸으로) “ㅅㄷㅓㅎㅏ ㄴ ㅛㄱ Uㄹ ㅂㅏㄷㅏㅅ ㄴㅏㅣㄱㅏ? ㄱㄹㅓㅋㅓㅣ ㅁㅏㄹㅁㅗㅅㄷㅗㅣㄱㅓㅣ ㄷㅗㅣㅓㅅㄷㅓㄴ ㄱㅜㅣㄱㅜㄱ ㄹㅗㅅㅓ ㅗㄴUㄹㄴㅏㄹ ㅂㅓㅁ-ㄱㅏ-ㅌㄴ ㄴㅏ ㄹㅏ ㅣ ㄷㅗㅣㄴㄱㅓㅅUㄹ ㅅㅏㅣㅇㄱㅏㅎㅏㅣㅓ ㅂㅗㅅㅣ ㅁㅕㄴㅜㄹㅣㄹㅏ ㄱㅗ ㅈㅏㅇㅊㅏ ㅅㅏㅈㅏ-ㄱㅏㅌㄴ ㄴㅏㄹㅏ ㅣ ㅁㅗㅅㄷㅗㅣㄹ ㄹㅣㄹㅏ’ㄴ ㅂㅓㅂ ㅣㅑ ㅓㄷㅓㅣ ㅣㅅㄱㅓㅣㅅ ㅅㅗ? ㅜㄴㅅㅜ ㄹㅏ’ㄴ ㅏㄹㅅㅜ ㅓㅂㅅㄴ Uㄴㄱㅓㅅㅣㅂㄴㅔㄴㄷㅏ.” ㅎㅏ ㄱㅗ ㅎㅏㅎㅏ ㅜㅅㅓㅅ ㅅㅗ.

ㅜㅅㄱㅗ ㅂㅗㄴㅣ ㅈㅣㄱUㅁㄱㅓㅅ ㅁㅏㄹㅎㅏㄴㄱㅓㅅUㄴ ㅎㅗㅏㅇ-ㄷㅕ ㅣ ㄷㅗㅏㄴㅣ ㅗㅎㅗㅏㅇㅎㅜ ㄷㅗㅏㄴㅣㅗㅂㅕㄱ-ㅓㅣ-ㄱㅓㄹㄴㅣㄴ ㅎㅗㅅ ㅏㅇ ㅣㄷㅓㄹㅏ’ㅗ.(ㄱㄱUㅅ)

ㄱㅗㅏ ㅇㅡㅁ ㅣ ㅁㅜㄹ-ㅎㄹㅡㄷㅅ ㅎㅏㄴㅑ ㄴㅏㄹㅏ ㅁㅏㅇㅎㅏㄴㅈㅣ ㄱ
ㅏ ㅂㅏㄹㅅㅓ ㅗㄴㅕㄴ ㅕㄴㅡㄹ ㄱㄷㅗㅇㅏㄴ(ㄱㅜㄷㅗㅇㅏㄴ) ㅜㄹㅣ ㄴㅡㄴ
ㅁㅜㅓㅅㅡㄹ ㅎㅏ ㅣ ㅕㅅㄴㅡㄴ ㄱㅏ? ㅡ ㄱㅡㅁㄴ ㅕㄴ ㄷㅗ ㅣ ㄷㅏ ㅣ ㄹㅗ ㅈㅣㄴ
ㅏ ㄱㅓㅣ ㅅㄴㅡㄴ ㄱㅏ? ㅏ ㅣ!*

---

* 원문을 옮기면 다음과 같다.

우리 이갑 선생께서 덕국 셔울 벌닌에 계실 데 그 려관 바람벽에 덕국 황뎨와 황후의 화상이 걸리엇더라오(ㅎ오를 략흔 것). 그때는 바로 선생의 병이 시작할 제라, 종일 침상에 눕엇노라면 그 화상이 마조 보이오. 불과 사오십 년 내에 성명 업슨 덕국으로 세계에 웃듬가는 강국을 만들은 텬하 영주의 위풍을 대할 때 가슴에 만곡 수심을 품은 우리 선생의 감회가 얼마나 하엿겟소? 가만이 그 화상을 쳐다보고 눕엇슬 제 황뎨게서 하시는 말 ㅡ "반만 년 신성한 력사를 끌고 오던 고국을 남의 손에 빼앗기고 노예의 굴네를 달게 받는 못상긴 놈아! 네 엇지 그 더럽은 발을 드려어 놓아 거룩하고 깨끗한 나의 나라를 더럽히나뇨? 우리 자유를 노래하는 산이 너를 보고 고개를 돌리고 충절을 자랑하는 물이 너를 보고 구역을 하랴ㄴ다."

선생은 참다 못하야 길게 한숨지고 눈을 감앗소. 다시 눈을 떠(뜨어에 ㅡ를 략함)본즉 이번에는 황후가, "폐하여! 웨 불상하고 외롭은 손에게 그다지 박졀이 말하시나이가(ㄴ잇가)? 오늘은 비록 나라 일흔 몸이 되어 동서로 표류하거니와 훗날 그네의 피로 빗나는 나라를 세울는지 엇지 알겟소"하고, 선생을 도라보며, "과히 슬어 말고 마음을 길게 굳게 먹고 회련하기를 힘쓰시오"하고 위로하는 듯이 빙긋 웃엇소.

선생은 소리를 내어 울다가 눈물 거두고 소리를 가다듬아(가다듬),

"폐하여! 지금은 나라 일흔 죄인의 몸으로 귀국산천을 더럽엿스나 훗날 우리도 나라를 공복하고 내가 귀국에 국빈의 몸이 되어 반갑게 폐하의 손을 잡게 될는지 엇지 알것소? 귀국이 일즉 나폴네온의 말발굽에 밟힐 때'ㅅ 일을 생각해어 보시오! 폐하의 조모게서 만승국모의 몸로(몸으로) 어떠한 욕을 받앗나이까? 그러케 말 못되게 되엇던 귀국으로서 오늘날 범 가튼 나라이 된 것을 생각하여 보시면 우리라고 장차 사자 가튼 나라이 못 되리라ㄴ 법이야 어디 잇겟소? 운수라ㄴ 알 수 업는 것입넨다"하고 하하 웃엇소.

웃고 보니 지금것 말한 것은 황뎨도 아니오 황후도 아니오 벽에 걸린 화상이더라오

광음이 물흐르듯 하야 나라 망한 지가 발서 오 년이어늘 그 동안(그 동안) 우리는 무엇을 하엿는가?……금년도 이대로 지나겟는가? 아이!

나라를 떠나는 설음*

빅두산아 잘 잇거라 한강수야 두시 보쟈
나니 졍든 고국 써나려 ᄒ랴마는
힝혀나 주유향 잇슬가 ᄒ야 눈물지고 가노라

몸은 미국에 잇거나 아라사에 잇거나
쑴을 쑤면 고국산천만 알뜰히도 뵈노매라
고국아 네 짐쟉ᄒ야 잘 써나 잠간 니치렴.

* 외빈, 『대한인정교보』 11, 1914.6. '누ㄹㅣ-ㅅㅣ' 지면에 실렸다.

망국민의 셜음*

아모듸 가도 못면홀 것은 망국민의 셜음이데

청동화로 빅탄숫혜 이글이글 텰인(鐵印)을 달나

압니마에 둥두렷ㅎ게 「망국민」 삼쟈를 색인 것은 아니언만

만국 녀석들이 모도 다 림진강 샤공의 쟈식인 양ㅎ야

우리를 보면 용ㅎ게도 킹킹 코우슴만 ㅎ데

무듼 칼로 가슴에 구녁을 데슌 쭐허 노코

억욱새 동아줄을 울툭불툭 본째 잇게 뷔어내어

한편에ᄂ 항우 서고 한편에ᄂ 삼손이 ―두 놈이

홀그뎡 홀적 다리ᄂ 것은 견딀만 ㅎ여도

망국민의 셜음을 참말 못 견딀네데

어차피 못살 몸이니 보국츙혼이나 되리라

* 외비, 『대한인졍교보』 11, 1914.6. 'ㅜㄹㅣ-ㅅㅣ' 지면에 실렸다.

샹부련*

오동지달 눈 샐릴 제 겹옷 입고 써나던 님
오늘 봄 맛 갈 찍엔 단뎡코 오마더니
한불 두불 세불 김을 다 매도록소
느즌 벼 고개 숙고 터앗혜 무를 캐어 김치 잔지 다므도록
기드리고 기드리는 우리님은 아니 오네
일 잇서 아니 오심이야 엇더랴마는
품은 쯧 못 이룬가바 그를 근심ᄒ노라

아해는 아비 업다 울고 나는 님 그립어 울고
빗쟁이는 묵은 빗 내라고 야단싀지 부리네
힝혀 쑴에나 그린 님 뵈려ᄒ야 잔등하에 조잣더니
어듸서 심술구즌 기럭은 내집 우에 우는고
님아 내 고싱이야 말ᄒ 무엇ᄒ랴 마는
텬이만리에 내내 평안ᄒ시다가
독립긔 펄펄 날거든 훌젹 날아오소서

— ㄷ. ㄱ. 4247. □□. 2ㄴ

---

*외비, 『대한인정교보』 11, 1914.6. '누리ㅣ-ㅅㅣ' 지면에 실렸다.

먹적골 가난방이로 한세샹을 들먹들먹흔 허싱원*

△ 억척 가튼 살님에 닥겨 나가는 구슬 △

남산 밋 먹적골에 허싱원이란 이가 살앗슴늬다. 구차흐기 짝이 업서 오막살이 초가 몃간이 비바람을 가리지 못흐고 먹는 것은 끼니를 찾지 못흐나 싱원은 들어안져 글만 닑고 달니 벌이를 아니흐얏슴늬다.

이리흔 지 여러 해 되매 살님이 한껏 억척이 되어 오래두고 바느질 쌜늬질 싸위 품을 팔아 정성으로 남편의 뒤를 거두던 안악도 차차 원망흐는 빗이 생기고 각금 남으라는 일조차 잇서갓슴늬다. 싱원은 집안의 어려움이 저의 허물인 줄을 모름도 아니오, 또 나가서 벌이를 흐면 살님 버틔어 가기에는 걱정 업슬 만흔 재조가 업슴이 아니로대, 이러케 참기 어려움을 참고 견딜 수 업슴을 견듸며 글만 닑음은 압날을 위흐야 크게 쥰비흠이 잇고져 흠이외다. 곳 만흔 리치를 쌔치고 큰 재조를 닥가 한번 쯧잇는 일을 홀 생각이 속에 가득이 잇슴으로 배곮흔 것도 이져버리고 집안 어려움도 생각홀 겨를이 잇지 아니흠이외다. 산아이가 한번 작뎡흠이 잇스니 아모 것이면 이를 엇지 휘며 속에 큰 경륜을 품엇스니 작은 고생이 엇지 마음을 움즉이오릿가.

△ 문을 나서서 대번 찾느니 읏듬 부쟈 △

몃 해를 지냇던지 알 만흔 일을 알앗슴늬다. 홀 만흔 공부를 흐얏슴늬다. 옷을 썰치고 문을 나서매 그윽흔 우음이 쌤에 드러낫슴늬다. 원릭 가난흔

---

*『아이들보이』10호, 新文館, 1914.6. 무기명으로 발표되었으나, 『새별』16호(1915.1)에 실린 이광수의 장편시 「許生傳」의 말미에 덧붙여진 언급 — "이 許生의 事跡은 일찍 『아이들보이』째에 散文으로 한번 揭載한 일이 잇스나 이번에는 韻文으로 다시 지어 여러분의 새 感興을 닐히키고져 하얏노라" — 이 있어 이광수의 작품임을 알 수 있다.

싱원님으로 오래 들어안젓스매 별로 아는 이도 업고 알 이도 업섯습늬다.
바로 종로 네 거리에 가서 길 가운대 사람다려 서울에 지금 웃듬가는 부쟈
가 누구냐고 무르니 변 아모라 하는 이 잇습늬다. 인하야 그 집을 차져가 수
인ㅅ도 업시 무엇을 밋는지 조곰도 서슴지 안코

　『나는 형셰가 구차하고 적이 하야보려 하는 일이 잇스니, 바라건대 그대
에게 만금 한아를 쑤이려 하노라』

하엿습늬다. 변 부쟈가 쏘한 무엇을 보앗는지

　『그리하라』

하고 곳 만금을 내어주니 싱원이 쏘한 고맙단 말도 업시 덤석 바다가지고
갓습늬다. 이쌔 그 자리에 안젓던 부쟈의 ㅈ질이며 손들이 싱원을 보니 한
빌엉방이라, 실쎅는 올이올이 나고 가죽신이란 것은 뒤축이 씨그러지고 갓
은 납작하니 주쟌고 웃거리는 쌔마니 걸고 코물은 조르를 흐르는지라. 간
뒤에 다 놀라 가로대

　『어르신네께서 그가 누군지 아시느잇가』

　『모르노라』

　『이제 잠시 동안에 허무하게 만금 돈을 팔면부지 모르기에게 내주시며
그 셩명도 뭇지 안이흠은 엇지하심이니잇고』

변시 듸답하야 가로대

　『너의들이 엇지 알리오. 대져 남에게 무엇을 달라하는 이가 반듯시 쎠버
려 먼저 밋븜을 자랑하고도 낫빗치 수집고 말이 더듬는 것이어늘, 그를 보
매 옷은 허술하야도 말이 간단하고 틔가 점쟌흐며 얼골에 수집은 긔운이 업
스니 아모것 업시도 스스로 넉넉흔 이라. 그가 나를 밋고 왓기로 나도 그를
밋고 주엇노니, 아니 주면 그만이어니와 이미 줄 바에는 셩명을 알아 무엇
하리오』

하얏습늬다.

△ 만금이면 들머거리는 한나라 장사 △

허싱원이 이러케 만금을 어더가지고는 다시 집으로 돌아가지 아니ᄒ고 안셩(安城)은 경긔(京畿) 충청(忠淸)의 어림이오 삼남(三南) 목쟁이라 ᄒ야 게 다가 집을 ᄒ고 안져 밤, 대초, 배, 감, 귤, 탱ᄌ, 셕류 ᄯ위를 다 곱갑슬 주고 사드렷슴닌다. 싱원이 과죵을 도거리ᄒ 뒤로 왼 나라에서 잔채도 홀 수 업고 졔ᄉ도 지낼 수 업는지라, 얼마 잇다가 곱갑 밧고 싱원에게 갓다 파던 쟝사들 이 도리혀 열곱을 갓다 내면서 가져갓슴닌다. 싱원이 한숨지어 가로대 만금 을 써보고 나라의 주제를 알겟도다, ᄒ고 다시 쇠부치 그릇과 필육 ᄯ위와 솜 실을 가지고 졔쥬(濟州)로 들어가 말총을 도거리ᄒ야 가로대 몃 해가 아 니되어 모다들 머리를 거두지 못ᄒ리라 ᄒ더니 과연 얼마 아니가서 망근 갑 시 열곱이 갓슴닌다.

△ 도적을 도거리ᄒ니 가는 대는 빈 셤 △

이러케 두어 번 시험에 큰돈을 모으고 죠션 안에서는 ᄒ잘것이 업다 ᄒ야 늙은 배사람에게 무러 동남으로 여러 쳔 리 밧 바다 우에 빈 셤이 만히 잇슴 을 알고, 이에 삭슬 만히 주고 그 배사람을 다리고 바람을 ᄯ라 여러 날만에 그곳에 다다라 보니 셤이 만흐되 큰 것이 업는지라, 높흔 대 올라가 나려다 보고 매오 셥셥ᄒ야 가로대

『이까짓 쏠댁이 셤에서 무슨 큰 노름을 ᄒ리오. 흙이 걸고 볏이 ᄯᅳᆸ고 샘 이 맑고 나는 게 만흐니 부쟈노릇이나 ᄒ쟈면 ᄒ리로다』

ᄒ고 씬덥지 못ᄒ야 나왓슴닌다.

이째에 해변골에 도적쎄가 수쳔이라, 여러 골에서 토포를 풀어 잡으려 ᄒ 되 잡히지 아니ᄒ고 그러나 도적들도 잡힐가 무서워 감히 나와서 노략질을 못ᄒ야 바야흐로 주려 죽게 되엇슴닌다. 싱원이 도적의 속에 들어가 그 웃 두머리를 달내어 가로대

『쳔 사람이 쳔금을 쎄아스면 한 사람 압헤 얼마나 돌아가느뇨』

『한 사람 압헤 한 량이니이다』

『그대 안해가 잇느뇨』

『업느이다』

『논밧이 잇느뇨』

도적들이 우서 가로대

『안해가 잇고 논밧이 잇스면 무슨 애로 도적노릇을 ᄒ오릿가』

허싱원이 가로대

『그럴진대 웨 장가 들고 집 지니고 소 매고 녀름 지어, 살메는 도적의 일홈이 업고 다님에는 붓들닐 걱정이 업시, 늘 넉넉ᄒ고 편안ᄒ게 지내지를 아니ᄒ느뇨 』

뭇 도적이 가로대

『누구는 그러키를 바라지 아니ᄒ오리마는 다만 돈이 업서 그리ᄒ노라』

싱원이 우서 가로대

『너희들이 도적질을 ᄒ면서 돈 업는 걱정이 웨 잇느뇨. 내 너희들을 위ᄒ야 만드러 주리로다. 래일 바다 우에 붉은 긔 날리는 배는 다 돈 배니 너의들이 와서 마음대로 가져가라』

허싱원이 도적들과 약속ᄒ고 가매 뭇 도적들이 다 미친 사람으로 알고 웃더니, 이듬날 바다에 나가보니 과연 허싱원이 배에 여러 십만금을 실코 잇는지라. 다 놀라서 나붓이 절ᄒ야 가로대

『ᄒ라시는 대로 ᄒ겟습느이다』

ᄒ거늘 허싱원이

『힘껏들 져가라』

ᄒ니 뭇 도적이 다토아 돈을 질머지는대 한 사람이 빅금에 지나지 못ᄒ는지라. 허싱원이 가로대

『너의들이 빅금도 잘 지지 못ᄒᄂ 주제니 무슨 도적질을 제법 ᄒ리오. 이제 너의들이 비록 평민이 되려 ᄒ야도 일홈이 도적놈 치부에 실넛스니 어딕가 용납ᄒ리오. 내 여긔서 기다릴 것이니 각각 빅금을 가지고 가서 한 놈이 계집 한아와 소 한 바리식 다리고 오나라』

ᄒ니 뭇 도적이 그리ᄒ오리다 ᄒ고 다 헤어져갓습ᄂ다. 허싱원은 스스로 이쳔 사람 한해 량식을 준비ᄒ야 가지고 기다리더니, 뭇 도적이 모이ᄂ대 한아 써러지ᄂ 재가 업ᄂ지라. 드듸어 여러 배에 난호아 실코 저즘게 보아둔 한 외짜론 섬에 들어가니 허싱원이 도적을 도거리ᄒ 뒤에 나라 안에 도적 걱정이 업서젓습ᄂ다.

△ 바다가 마르거든 어더 가라ᄂ 오십만금 △

이에 나무를 버혀 집을 짓고 대를 역거 울을 ᄒ니 짱이 엇지 건지 모든 심음이 무척 잘되어 거름도 아니ᄒ고 김도 아니매되 한 줄기에 아홉 다박식 엽ᄂ다. 삼 년 먹을 것을 남겨두고 남ᄂ 것은 말큼 배에 실코 나가사기(長崎)로 팔라 가니, 나가사기는 일본 셔남 짱이라 인호가 만히 사ᄂ 곳인대 그째 흉년이 크게 들엇거늘 드듸어 곡식을 다 내어 난호아 주고 은 빅만을 어든지라.

허싱원이 한숨지어 가로대

『내 인제 좀 시험ᄒ얏도다』

ᄒ고 다시 섬으로 도라와 산아이 계집 이쳔 사람을 다 불러 령을 나려 가로대

『내 처음에는 너이들로 더부러 이 섬에 들어와 먼저 가멸케 ᄒ 뒤에 글씨도 만들고 옷갓도 만들고 법도 마련ᄒ려 ᄒ얏더니, 짱이 원악 적고 별 자미가 업기로 나는 이제 가노니, 아이가 나거든 몸 다스릴 줄 알고 어른 놉힐 줄 알고 부즈런ᄒ게 버릇안쳐 녀름 지음을 힘쓰게나 ᄒ야 편안ᄒ고 넉넉ᄒ게 지내라』

ᄒ고 다른 배를 다 불질러 가로대

『너이는 다시 나올 생각 말라』

ᄒ며 은 오십만을 바다 속에 던져 가로대

『바다가 마르면 엇는 이가 잇스리라. 빅만금은 우리나라에 가져다가도
쓸 대가 업스니 더군다나 이 작은 섬에서 무엇에 쓰리오』

ᄒ고 돈과 병장긔와 글발과 밋 이것 아는 이를 다 실어 나와 가로대

『이 섬에 걱정거리를 업시 ᄒ노라』

ᄒ얏슴늬다.

△ 직물이 사름노릇홈에 무슨 보탬 △

이에 두로 왼 나라 안에 다니면서 구차ᄒ고 의지 업는 이에게는 지어먹을
거리를 작만ᄒ야 주고, 재조를 품고 쓰지 못ᄒᄂ 이에게는 일홀 터를 가르
쳐 돈을 주어 이리저리 보내니 그래도 십만이 남는지라. 이것은 가져다가
변시에게 갑흐리라 ᄒ고 변시를 가보아 가로대

『그대가 나를 아ᄂ뇨』

변시가 놀라 가로대

『그대 얼골이 별로 피지 못 ᄒ얏스니 그 만금을 랑패ᄒᄂ가 보도다』

싱원이 우서 가로대

『직물로 얼골이 피임은 그대네 일이라 만금이 사람노릇홈에 무슨 보탬이
잇스리오』

ᄒ고 은 십만을 변시에게 내어주어 가로대

『산아이가 남의 힘을 비러 제 쯧을 힝ᄒ얏스니 붓그리노라』

ᄒ거늘 변시가 크게 놀라 절ᄒ고 ᄉ양ᄒ며 열에 한아만 리를 보아지이다 ᄒ
대 허싱원이 노ᄒ야 가로대

『그대 엇(지) 장사치로 나를 보ᄂ뇨』

ᄒ고 옷을 썰치고 갓슴늬다. 변시가 가만히 뒤를 밟아가니 싱원이 남산 밋

흐로 가서 오막살이집으로 들어가거늘, 그 겻 우물가에서 쌀내ᄒᄂᆫ 할미다
려 그 집이 뉘 집인고 무르니 그 할미 대답ᄒ되

『그 집은 허싱원 댁이니 가난ᄒ나 글 닑기를 조하ᄒ다가 어느 날 집에서
나가 돌아오지 안으신 지 이미 다섯 해라. 그 마누라님이 계시어 그 나가신
날로 졔ᄉᆞᄒᄂᆞ니라』

흠으로 비로소 셩이 허인 줄 알고 한숨 쉬고 돌아왓다가, 이듬날 그 은을 말
큼 가지고 가서 들인대 허싱이 ᄉᆞ양ᄒ야 가로대

『내가 가멸*코져 ᄒ면 빅만을 바리고 십만을 취ᄒ랴. 내 인제부터는 그대
를 어더 살아갈지라. 각금 돌보아 먹을 만큼 량식이나 주고 닙을 만큼 필육을
주기나 ᄒ면 그만이리라. 누가 직물로 졍신 허비ᄒ기를 질기리오』

ᄒ고 변시 이말 저말로 싱원을 달래되 엇지 ᄒᄂᆫ 수 업ᄂᆫ지라 은은 그대로
가져오고, 싱원의 집 업서질 것을 헤아려 믄득 몸소 가져다가 주면 싱원이
깃거이 밧고 엇져다가 좀더 가져가면 얼골을 씽겨 가로대

『그대― 엇지 재앙을 가져다 주ᄂᆫ뇨』

ᄒ고 돌려보냇ᄉᆞᆸᄂᆞ다.

△ 셰샹을 널니 쓰면 가ᄂᆫ 대마다 가멸 △

이러케 ᄒ기를 몃 해에 졍이 매오 든지라 일즉 조용ᄒᆫ 틈을 타

『다섯 해 동안에 엇더케 빅만금을 모앗ᄂᆞ뇨』

무르니 허싱원이 ᄃᆡ답ᄒ야 가로대

『이는 알기 쉬우니라. 죠션이 배가 남의 나라에 다니지 아니ᄒ고 수례가
내 나라 안에 다니지 아니홈으로 모든 물건이 제 곳에서 나서 제 곳에서 업
서지고, 잇고 업ᄂᆫ 것을 서로 옴기고 싸고 빗싼 것을 서로 밧고아 남의 재물
로 내 리를 만들지 못ᄒ니 엇지 가멸홈을 어드며, 대뎌 이 셰샹은 이르ᄂᆫ 곳

* '부富'를 예스럽게 이르는 말.

마다 리가 널넛느니 오즉 거둘 줄 알고 늘일 줄 아는 이가 취ᄒ야 가멸을 이루는 것이라. 더욱 죠선은 뒤로 들 한아만 지나면 황하 양ᄌ강 이쪽 저쪽이 모다 내 물건을 펼 곳이오, 압흐로 바다 한아만 나가면 동쪽 남쪽, 이섬 저섬이 모다 내 재물을 거둘 쌍이어늘 쥐코만흔 속에서 량반노릇ᄒ기에 정신이 다 쌔져 하늘이 맛기신 압뒤 고집*을 열고 쓰지 아니ᄒ니 엇지 넉넉ᄒ야 보리오. 그대 비록 가멸이 한 셰샹에 덥힌다 ᄒ나 진실로 우물 안 고기가 줄곳 고긔서만 오비작거리니, 열에 둘셋 남기는 줄만 알고 한아로 열과 빅과 천만듬 모름이 고이치 아니ᄒ도다』

ᄒ고 여러 가지로 장사ᄒᆯ 곳과 도리를 이르니 말마다 신기ᄒ지라. 변시가 비로소 셰샹의 큰 줄을 알고 큰 셰샹을 다 아는 허싱원의 큰 국량과 큰 지식을 깁히 깁히 탄복ᄒ얏습니다.

그러나 허싱원의 본 뜻은 잠시 작은 리를 남김이 아니라 모든 것으로 우리의 왼통을 크게 ᄒ려 홈이엇습니다. ᄒᆯ 수 잇스면 당장 가진 것을 알맹이 삼아 ᄉ방으로 골고로 퍼져나가기를 긔약ᄒ얏습니다. 그러나 쌔가 리롭지 못ᄒ고 일군이 변변치 아니홈으로 마츰내 본 뜻을 이루지 못ᄒ얏습니다. 당신과 남의 서로 샹거됨이 넘어 멀믈 아신 뒤에는 차라리 널은 셰샹에 시연히 놀기로 작뎡ᄒ시고 쓸 만흔 사람을 차져 다리시고 바다 밧그로 나가시어 여러 가지 놀라운 일을 만히 ᄒ시니, 그 ᄌ셰흔 일은 ᄯᅩ 드르실 쌔가 잇스리라 ᄒ노이라.

---

* 곳집. 곳간으로 쓰려고 지은 집을 일컬음.

나라싱각*

동텬을 바라볼 띠
눈물이 웨 솟으며
압길을 싱각홀 띠
가슴이 웨 쓰는고
닛지도 못닛는 님은
죽거느 곳 오거느

* 외빈, 『勸業新聞』123, 1914.8.9.

꼿을 꺽거 관을 겻자[*]

1. 아히들아 산에가쟈
   산에가서 꼿을꺽쟈
   꼿꺽거서 관결어서
   건국영웅 씨어주쟈

2. 이꼿으로 결은관은
   뉘머리에 씨어주랴
   백두산의 상상봉에
   독립긔를 셰인영웅

3. 이꼿으로 결은관은
   뉘머리에 씨여주랴
   둥그럿흔 독립문에
   즈유종을 울닌영웅

4. 이꼿으로 결은관은
   뉘머리에 씨여주랴
   나라위히 원혼되신
   익국지스 무덤압헤

5. 이꼿으로 결은관은
   뉘머리에 씨어주랴
   꼿껏거서 관을겻는
   우리머리에 씨쟈고나

---

[*] 외빅, 『勸業新聞』 124, 1914.8.16.

IV. 오산시절 후반기
(1914~1915)

새 아이*

네눈이 밝고나 엑스빗갓다   [엑스빗] X光線
하늘을 쎄쑬코 쌍을들추어
온가지 眞理를 캐고말란다
네가 「새 아이」로구나

네손이 슬겁고 힘도크도다
불길도 만지고 돌도줍을너   [불길] 火焰
새롭은 누리를 지려는고나   [누리] 世
네가 「새 아이」로구나

네맘이 맑고나 銳敏도하다
하늘과 쌍새에 微妙흔 것이
거울에 더밝게 비최는고나
네가 「새 아이」로구나

네人格 놉고나 정성과사랑
네손발 가는대 和平이잇고
無心흔 微物도 다밋는고나
네가 「새 아이」로구나

---

* 외배, 『靑春』 3, 1914.12. 이 시는 이후 오산학교의 교가가 된다. 오산학교의 교가는 각 연의
마지막 행이 '네가 참 다섯메의 아이로구나'로 바뀌어 있다.

同情*

同情의 定義

同情이란 나의 몸과 맘을 그 사람의 處地와 境遇에 두어 그 사람의 心思와 行爲를 생각하야 줌이니 實로 人類의 靈貴한 特質中에 가장 靈貴한 者—라. 人道에 가장 아름다온 行爲 — 慈善, 獻身, 寬恕, 公益 等 모든 思想과 行爲가 이에서 나오나니 果然 人類가 다른 萬物에 向하야 소리쳐 자랑할 極貴極重한 寶物이로다.

上述한 同情의 定義를 簡略히 說明하건댄 — 엇던 늙은 勞動者가 石材 캐는 일을 하다가 「다이나마이트」에 뛰는 石片에 右脚을 분질려 病에 누은 안해와 可憐한 子女를 먹여살닐 길이 업서젓다 하쟈. 新聞의 雜報에서 이 所聞을 들을 째에 적이 人情 잇는 이는 아모든지 糧食 얼마와 衣服 멧 가지를 가져다 주고 시프리니 이것도 同情이며, 或 누가 무슴 허물을 저즐넛더라도 그 處地를 생각하야 이를 寬恕함도 同情이라. 무릇 同情 잇는 곳에는 和平이 잇고 人類社會의 살아갈 맛이 잇스며 이러한 社會에서야 熱漏의 자릿자릿한 맛도 알고 사랑의 짜숫하고 보드라운 맛도 볼지나, 同情이 업는 곳에는 칼이 잇고 어름이 잇고 爭鬪와 殺伐이 잇서 地獄의 苦土를 現出할지니라.

그러나(同情이란 뜻을 대강 說明하엿스나) 同情이란 말의 意義는 자못 廣闊하고 複雜하야 一言으로 說盡할 수 업는지라. 以下에 말하는 바를 通讀하시면 或 그 槪念을 어드실가 하노라.

---

* 외배, 『靑春』3, 1914.12.

同情 만흔 사람 적은 사람

同情은 精神의 發達에 正比例하나니(精神의 發達은 곳 人道의 發達이니 人類의 根本的 主的 文明이라. 物質的 文明은 精神的 文明에 對하야 枝葉的 從的이니 健全한 精神的 文明을 基礎로 아니한 物質的 文明은 眞되지 못하고 善되지 못하야 人類에게 福利를 줌보다 禍害를 줌이 만흐니라) 精神發達의 度가 노픈 個人이나 民族은 同情의 念이 富하고 精神發達의 度가 나즌 個人이나 民族은 同情의 念이 乏할지라. 이를 現代에 보아도 文明諸國 人士는 同情이 豊富하야 慈善, 獻身, 寬恕, 公益 等 諸美質이 豊富하되, 아직 野蠻未開하거나 精神 程度의 低劣한 民族은 偏狹하고 利己되고 無情하야 마치 선쯧하기 蛇蝎을 對함 갓고 강팍하기 猛禽惡獸 가트며, 個人中에도 精神이 高尙한 이는 同情이 富하야 남의 悲를 나의 悲로 녀기고 남의 不幸을 제 不幸으로 녀기나니, 그를 對할 째엔 春風ㅅ속에서 馥郁한 花香에 醉하는 듯 가슴에 苦痛도 슬어지고 惡意邪念도 흐터지는지라. 그러나 同情 업는 사람을 對하야 보라. 地獄의 뿔난 鬼神을 맛남 가트리니, 同情은 그 容貌를 美하게 하고 風采를 情답게 하며 그 言語에는 一種 不可思議한 魔力이 잇서 能히 남의 맘을 慰勞하고 感化하나니라.

要之컨댄 同情 만흔 이는 精神이 高尙한 이 卽 君子 ― 오, 同情 업는 이는 精神이 卑劣한 이 卽 小人이니라.

同情은 가장 精密한 人格測計 ― 니라.

偉人과 同情

나는 偉人을 野心的 偉人과 博愛的 偉人의 二種으로 난호려 하노니, 純全히 自己 一個人의 欲望을 滿足하야 同胞를 犧牲하는 者는 前者에 屬하니 우리 어론은 그만두고 남에게서 例證을 求하면 支那의 秦始皇과 法國의 奈破崙의 類가 그 例 ― 오, 同胞(一國이나 全世界)를 爲하야 제 몸을 犧牲하는 者는 後者에 屬하니 實로 우리가 感謝하고 渴仰하야 效則코저 하는 偉人이라. 예수, 孔

子, 釋迦 等 諸聖과 린컨, 마지니, 나이팅겔 等 諸賢이 그 例 一 니, 이네는 實로 우리 人類로 하여금 獸性을 바리고 天地에 자랑할 만한 人道를 發揮케 하신 恩人들이시라. 이제 가만히 그네가 이룬 바 事業의 動機를 보건대 오직 熱烈한 同情이로다.

孔子게오서 「累累然 若喪家之狗」의 行色으로 天下를 周遊하심은 禽獸 가튼 支那同胞로 天民을 지으려 하심이오, 釋迦게오서 萬人이 欽羡하는 王子의 位를 바리고 風餐露宿의 難行苦行을 다 격금은 地獄에 苦惱하는 衆生을 볼 째에 滿空의 同情을 禁하지 못함이며, 世界近世史에 一大光彩를 나이는 린컨은 四百萬 奴隷의 矜惻한 狀態를 볼 째 가슴이 터져오고 눈물이 북바쳐 찰하로 五尺 短軀를 가루를 만들지언뎡 그들의 自由를 爲하야 싸호기로 몸을 바친 것이라.

이리 보면 偉人이란 同情의 넓고 쓰거옴을 니름이니, 同情의 쯧이어 참 크고 거룩하도다.

凡人과 同情

凡人에도 同情이 업슴이 아니로대 그 範圍가 極히 좁고 여트며 쏘 一時的이니, 偉人의 同情은 넓고 一國과 世界와 宇宙萬物에 미츠되 凡人은 겨오 제게 密接한 關係가 잇는 이에만 限하는지라. 제 子女가 감긔를 들면 맘에 슬퍼하고 精誠으로 祈願할 줄을 알되 남의 집 외아들이 죽을 地境을 當하더라도 걱정할 줄을 모르며, 車를 탈 적에도 제 親舊에게는 자리를 辭讓할 줄을 알되 모르는 老幼婦女에게는 그리할 줄을 모르며, 萬事를 自己 標準으로 저 一個人의 利益만 채우려 하며 善惡을 判斷함에도 私慾으로 標準을 삼아 남의 行爲가 제 性味나 主義에 合하지 아니하거든 이를 惡이라 하야 嫉視하고 惡罵하나니, 이를 바다가티 넓은 度量으로 人生의 不完全을 생각하야 世人의 罪過를 寬恕하는 同情 만흔 偉人에 비겨 그 差가 얼마나 하뇨.

凡人은 이렇게 同情의 範圍가 偏狹하므로 제 家族이나 親知外에 사랑을 미칠 줄 몰라 慈善이라든가 獻身, 寬恕 — 며 公益의 意味와 貴한 맛을 깨닷지 못하니, 그는 民族이나 人類全體에게 아모 義務도 다할 資格이 업는 者 — 라.

우리의 同情을 試驗하라

사랑하는 讀者시여, 記者와 함씌 우리 各個의 同情 程度를 試驗하사이다.

여러분의 同窓中에 教科書를 못 사는 이가 잇나잇가. 쳘 차자 옷을 못 닙는 이가 잇나잇가. 或 父母의 품을 써나 외롭게 留學하는 몸이 病으로 呻吟하는 이가 잇나잇가. 그것을 볼 쌔 얼마나 그네를 同情하엿나잇가. 그네에게 空冊 한 卷을 사들엿스며, 옷 한 가지를 주엇스며, 알는 이의 머리를 집고 밤을 새인 적이 잇나잇가. 여러분의 집에 부리시는 죵이나 下人이 불샹타는 생각을 하엿스며, 길에서 늙고 病身된 乞人을 볼 쌔에 「더러온 즘생」이라 아니 하엿나잇가. 미친 사람이어든 놀리고 싸리고, 가난한 아해어든 발ㅅ길로 차지 아니 하엿나잇가. 空然히 즘생을 괴롭게 굴고 害하고 죽이며 방장* 자라는 고운 풀과 쏫을 썪거 발로 비비지 아니 하엿나잇가.

길에 헐벗고 彷徨하는 孤兒를 볼 쌔에 그네를 엇지하면 救濟할가, 이 모든 暗黑한 同族을 보고 엇지하면 그네를 文明하게 할가 — 이러한 생각이 낫슨 적이 잇나잇가.

어름 우에 써러져 발발 써는 새 색기를 방 안에 들여노흔 일이 잇나잇가.

우리네 同情 程度는 얼마나 하오닛가.

同情과 寬恕

寬恕는 美德이라. 君子에 必要 不可缺할 美德이라. 어린 아해가 무슨 器具를 쌔터린 쌔에 어른이 눈을 붉혀 辱하고 싸리는 것처럼 賤해 보이는 것이

---

* 방장方長. 한창 자라고 있음.

업스니, 대개 어린 아해를 저와 가티 녀김이 至極히 미욱한 標跡임이라. 何必 어린 아해리오. 어른에 어른이라도 허물 업기는 不可能이니, 다 가티 허물짓는 사람씨리 엇지 善하다 惡하다 判斷하야 남을 唾罵하고 嘲笑하며 怒할 수 잇스리오 하믈며 視之無益할 破甑이곤 웨 남을 辱보이고 誼分을 傷하도록 하리오. 그럼으로 君子의 待人하는 法은 寬恕뿐이니라.

倫理와 風俗이 殊異한 外人의 行動을 제 것과 갓지 안타 하야 嘲罵함은 아조 無知沒覺한 일이니, 易地思之하야 내가 그 外人이 되어 우리 風俗과 倫理를 살피면 또한 그러할지라. 이런 줄을 모름은 固陋하야 同情의 念이 업슴이니, 저 宗敎와 宗敎가 서로 毁謗하며 黨派와 黨派가 서로 嫉媚하며 個人個人이 그 主義의 不同함으로 서로 反目함이 모다 이 同情 업슴에서 나오는지라. 寬恕로 最大 特色을 삼을 宗敎의 信徒가 이 弊害에 싸진다 하면 참 가이업도다.

그럼으로 사람마다 얼골이 다름으로 그 맘도 갓지 아닐 것과 사람이란 完全치 못하매 허물의 絕無는 期치 못할 것을 생각하야 할 수 잇는 대로 寬恕함이 君子의 本色일지니라.

同情과 人道

人道의 基礎는 同情이니, 同情 업는 人道는 想像키 不能할 바 — 라. 人道의 發達이 人類의 理想이라 할진댄 人類의 全心力을 다하야 할 일은 同情의 涵養이라 할지로다.

敬愛하는 靑年諸子 — 여. 諸子는 將次 健全한 中流階級 — 卽 社會의 主人이 되어 腐敗墮落한 낡은 空氣를 불어내고 淸凉新鮮한 새 精神을 建設하야 將次 우리 주장할 이 社會에게 善한 意味의 進化를 주어야 할 우리 靑年이니, 造次顚沛에 大洋 가튼 넓고 기픈 同情을 가질지어다.

上海서

第一信

우리 一行은 龍巖浦 連山 우에 첫눈이 더핀 것을 보고 배에 오른 지 十數日에 營口, 大連, 煙台, 靑島를 두루 거쳐 어제밤을 吳淞砲臺 밋헤 지내고, 아츰 해 쓰재 흐리건만 물결 업는 黃浦江을 거스로 져어 軟黃色으로 서리에 물든 兩岸의 柳色에 反映하는 黃色 만흔 아츰 해볏을 등에 지고 東洋 倫敦의 稱잇는 上海 埠頭를 向하나이다. 아직도 얼마 만에 하나씩 물의 深淺을 標하는 浮標에 채 쓰지지 아니한 電燈이 가물가물 하오며, 浚渫工事에 後事하는 뭉투룩한 배에는 새로 發動機에 물 슬히는 石炭내가 갈 길을 몰라하는 듯 구불구불 서리고 우리 배는 휘임한 물 구비를 아조 살금살금 推進機 소리도 들릴락말락 進行하오며, 船客들은 자리와 짐을 모다 묵거 노코 어대 上海 市街를 보리라고 甲板 우에 나와 或은 船側에 기대어 「저긔는 어대요, 여긔는 어대」라고 新來한 旅客에게 指點하는 이도 잇고, 或은 외롭은 나그네 몸으로 말할 동무 업서 번하니 定處 업시 바라보는 이도 잇고, 或은 喜色이 滿面하야 압뒤로 왓다갓다 하는 이도 잇나이다. 船員들도 옷을 갈아닙고 신을 닥고 船橋로 그닐며 水夫들은 무자위와 뷔를 들고 甲板을 닥노라 야단이 나나이다. 나도 처음 오는 길이라 異常하게 神經이 興奮하야 몸이 들먹들먹 하오며, 한껏 茫茫한 前程을 생각하오매 길게 한숨도 나오나이다.

저편 안개 속으로 엇던 크다란 뭉치가 八稜鏡 모양으로 번적번적 日光

 滬上夢人,『靑春』3-4, 1914.12-1915.1. '滬'는 상해의 동북을 흐르는 강 이름.

 '조금 굽어져 있다'는 뜻의 북방 방언.

 물을 퍼올리는 기계.

 가장자리의 테가 꽃잎이 여덟 개 달린 능화 모양으로 장식된 청동 거울.

을 反射하면서 漸漸 갓갑이 오나이다. 들은즉 長江에 客실이하는 배라는데 크다란 木板 우에 三層樓를 지어노흔 듯하오며, 欄干에 오누인 듯한 西洋 아희 三四人이 雪白色 곱고도 단출한 옷에 帽子를 비스듬이 부치고 우리 배를 向하야 무슨 嘲弄을 하는 모양. 우리 배에 탄 쇠리 달닌 船客들도 무어라고 辱說로 댓구를 하나이다. 돌아본즉 우리 배 뒤에도 서너隻 輪船이 우리 배 모양으로 슬근슬근 뒤싸라 오나이다. 좁은 江이라 밤에는 入港을 禁함으로 吳淞口에서 지나고 아츰에야 上海 埠頭로 올녀 다니는 모양이로소이다.

차차 애나무* 숩 사이로 亭子며 工場과 牧場 가튼 것이 드믓드믓 보이고, 압길에 컴컴한 안개는 더욱 濃厚하오며 얼마만에 中流에 닷 주고 선 배도 한두隻 보이오며, 저편 그리 크지 못한 船埠에 밋싸진 낡은 輪船이 空中에 언치어 修繕하기를 기다리는 모양이오, 그 압헤 檣頭에 거무줄 늘이듯 한 것은 中華民國 軍艦의 無線電信일지며, 좀 더 올나가 휘임한 물구비를 지나니 문득 싼 世界로소이다. 안개 속으로 四五層 高樓巨閣 빗살 박히듯 하고 그 좁은 江 左右언덕에는 輪船과 삼판**이 겹서고 쏘 쏘 겹섯스며, 檣頭 놉히 가온데 흰 靑旗를 날니는 것은 方今 出帆하랴는 배들이로소이다. 이제는 산 都會의 奔走雜踏한 빗과 소리가 亂鳴하는 樂器 모양으로 大氣에 錯雜한 色彩와 波動을 니르키나이다. 한복판에 倨慢하게 웃둑 선 米英法의 鐵甲艦을 스쳐 그리로서 나오는 嘹喨한 軍樂을 들으면서 우리 배는 江南岸 埠頭에 조심히 그 右舷을 다히엇나이다. 禮讓이니 體面이니 하는 것도 閑暇한 째에만 쓰는 노리 감인 양하야, 航海中에는 쇄 점잔헌 紳士淑女도 前後도 돌아보지 아니하고 압선 사람을 밀고 겻헤 사람을 물니치면서 저 각금 먼저 나리려 하는 양은 아마도 人生의 獸性이 發露된 양하야 文明이니 道德이니 짓거리는 人生이 可憐도 可笑도 하여이다. 或 이것이 未開한 東洋이라서 그러한 지도 모르거니

---

* 작고 어린 나무.
** 삼판三板. 항구 안에서 사람이나 짐을 나르는 중국식 작은 배.

와, 同舟하엿던 洋人 하나이 발길로 東洋人을 차고 압서 나리는 것도 그의 強
力이 우리보담 큰 줄을 알겟거니와 道德性이 發達함이라고는 許하지 못하겟
더이다. 元來 敏捷치 못한 나는 한 구석에 우둑하니 섯다가 맨 나종에야 나
리엇나이다. 同行은 엇던 사람들과 짐을 가지고 다토나이다. 그 사람들은 아
조 親切한 소리로

「짐을 제가 바다들이리다.」

「실타 저리 가거라.」

「아 그러실 것 업서요. 제가 잠간 바다들이지요.」

「이놈아 저리 가.」

나는 이처럼 親切하게 하는 이에게 同行의 하는 行動이 넘어 迫切하다 하
엿더니, 엇지 알앗스리오 짐을 한 거름만 옴겨 노하도 一圓 二圓 돈을 쌔앗
는다 하더이다. 그 사람들이 한사코 짐을 달라고 매어달리거늘 내 친고가
우스며 「英語로 辱을 하지 저희 말로 하면 우습게 보는 걸요」 하고 눈을 부릅
쓰며

「꺗댐 껫 아웨」 하고 발을 퉁 구르며 주먹을 둘너메니 그제야 고개를 푹
수기고 무어라고 중얼거리며 다라나더이다. 나는 불상한 그 同胞를 爲하야
매오 속이 不便하엿나이다. 그네가 웨 그리도 廉恥를 일헛나뇨? 그네가 堯
舜과 孔孟을 가지고 四百州의 故疆과 四億萬의 同族과 五千年의 文化를 지닌
國民이 아니뇨. 그네가 엇지하야 「소 쌤」을 天性보담 더 두렵어하게 되고 내
집에 寄留하는 者에게 도로혀 受侮를 달게 녀기에 되엇나뇨. 그네는 이제는
賤待가 닉고 쏘 닉어 맛당히 바들 것인 줄 알 리만큼 닉엇도다. 쏘 그네는 優
秀하고 豊饒한 自然 속에서 生長한 이들이니, 그네가 이러케 腐敗墮落한 第
一 原因은 農村이라는 故鄕을 써나 都會의 華麗한 安逸을 貪함이오, 둘재 原
因은 그네가 現世에 兩班의 標準되는 強國民이라는 門閥이 업슴이며, 셋재는
그네가 都會生活 文明生活의 資格이 文明의 敎育을 바듬에서 나오는 줄을 모

르고 아모든지 文明한 都會에만 나오면 文明人이 누리는 華麗한 安逸을 바들 줄로 妄想함이로다. 이밧게도 上海 市內에서 過度한 勞動과 榮養과 慰安의 不足으로 靈을 獸化케 하고 健康과 목슴을 주리는 數萬名 人力車夫와 晝夜로 盜賊홀 자리만 찻고 돌아다니는 사람들이 다 「耕鑿」을 니저바린 罪障으로 밧는 罰인가 하노이다.

우리는 새우가티 생긴 삼판을 타고 적은 배, 큰 배 사이로 오블고블 흘니저어 法艦 前軸을 스쳐돌아 하마터면 부살*가티 달녀 나려오는 小氣艇에 衝突될 번하면서, 큰 배들이 남겨 노흔 물살에 놀을 격그면서 마즌편 黃浦灘 埠頭에 無事히 上陸하엿나이다.

江岸과 平行하는 大道의 일흠도 黃浦灘이라. 닙 넓죽넓죽한 白楊木이 韻致 잇게 江岸으로 들숭날숭 버리어서고, 그 그림자로 電車, 馬車, 自動車, 人力車, 精神이 횡하게 왓다갓다 하며, 巍峩하게 돌로 지은 會社 銀行의 大宮室은 이곳이 第一이라는데 支那大國의 財政을 줌을럭거리는 滙豊銀行은 더욱 有心하게 보이며, 그 줄로 니억니억 나라는 적어도 돈 만키로 有名한 白耳義銀行과 其他 어느 나라 銀行이고 이곳에 支店 하나라도 아니 둔 이가 업다 하니, 支那의 金融 中心이 이 貓額만한 黃浦灘頭에 잇다 함도 遠來한 客에게는 異常한 感想을 주더이다. 이 銀行들의 주둥이가 四百州 坊坊曲曲에 아니 간 데 업시 支那의 鑛産이니 鐵道이니 하는 것을 물고 四億萬 못생긴 支那人의 膏血을 쪽쪽 쌜아먹거니 할 째에 몸에 소름이 찌치오며, 저 크다란 琉璃窓 안 컴컴한 金櫃ㅅ 속에 支那의 鹽稅, 海關稅, 郵稅 等 支那의 文券이 典當을 자피어 어서 期限이 다하기를 기다리는 양을 想像하매 破産滅亡에 瀕하는 老大國의 情景에 果然 눈물이 지더이다.

얼마를 아니 가서 鐵柵을 구디 두르고 奇樹異草가 조는 듯 盛한 데는 上海에 有名한 黃浦灘公園이오, 門에 서서 졸니는 듯 흔들흔들 그니는 키 크고 얼

---

* '불화살'의 북방 방언.

골 검고 수염을 이 귀 밋헤선 저 귀 밋까지 쇠아 부치고 다홍 수건으로 쌔죽
하게 머리를 동여맨 이는 물을 것 업는 印度巡査라. 英米 兩租界는 每事를 聯
合하야 印度巡査 — 차라리 巡査補 — 로 境內를 護衛하게 하고 西端에 잇는
法租界만 安南人巡査를 쓰나니, 말하자면 앵글로색손族은 앵글로색슨族끼
리 聯合하야 그네의 共同한 榮光인 印度 征服을 表象하기 爲하야 印度人으로
街路와 門戶를 護衛케 함이오, 法人은 라틴族으로 古代 로마의 榮譽를 代表
하고 現代 라틴의 威光을 表하기 爲하야 自己네가 管轄하는 安南人으로 巡査
補를 삼음이로소이다. 더욱 注意할 것은 印度巡査의 斷髮削鬚를 禁하야 印度
古來의 風習을 머리에 두게 하며, 安南人도 削髮을 禁하고 머리에 △ 이러케
생긴 되갓을 씌움과 支那人도 馬車 가튼 데 御者로 쓰랴면 支那 古來의 이상
야릇한 服色을 시김이니, 그것은 마치 洋人들이 自己네는 政丞判書의 威風으
로 奴僕에게 怪常한 차림을 식히어 우슴거리를 삼음과 가트며 쏘 이 불상한
人種을 한 興味잇는 骨董品으로 愛玩함과 가트니이다.

넘어 말이 겻길로 들어갓나이다. 우리는 黃浦灘公園에 들어가 六大州의
自然의 精粹를 모핫다 하리만큼 各各 그 州와 그 氣候帶의 特色 잇는 草木을
옴겨다가 元來 天地開闢 以來로 相關 업던 異土의 草木으로 하여곰 용하게도
손바닥만한 좁은 짜에 造化翁이 配合한 것보담도 더 妙하다 할 만하게 對照
와 調和의 妙를 極하야 過分이라할 만한 人智의 發達에 혀를 차고, 人力車를
몰아 雜沓한 上海中에 第一 雜踏하고 華麗한 上海中에 第一 華麗한 英大碼路
로 달니나이다. 左右에 늘어선 四五層 七八層 벽돌 洋館은 마치 우리로 하여
곰 千仞 좁은 벼래* 미테서 갈 길을 몰라 북적거리는 듯, 坦坦히 쪽바로 쏠
린 숫돌 가튼 磚石길에 쉴 틈 업시 달리는 電車, 自動車 그 속에 탄 사람은 나
가티 할 일 업서 구경 다니는 이가 아니고 그 쌔른 自動車도 더듸어 걱정되
는 奔走한 사람이라. 그 집의 문고리는 摩擦에 불이 닐고 四五六 電話機는 쉴

* 강가나 바닷가에 있는 벼랑.

틈 업시 늘 울며, 籌板 소리, 寫字機 소리 ─ 아아, 奔走한 世上이로소이다. 上海 人口가 不過 百萬이라는데 웬 사람이 이리 만흔가. 아마도 房안에서 낫잠 자거나 바둑 장긔 두는 이는 하나도 업고, 百萬名 잇는 대로 통 썰어나와 東西南北으로 발이 짱에 부틀 새 업시 쮜어다니는가 보오이다.

이中에 모르 모르 「나는 다른 世上 몰라」 하는 듯이 웃둑 서서 점잔케 이 팔을 들엇다 저 팔을 들엇다 하야 人車의 煩雜을 制御하는 印度巡査는 奔走한 장거리 한복판에 돌부처를 세워놓은 듯, 果然 그네는 이 奔走한 가운데 잇건마는 이 奔忙함과 그네와는 아모 關係가 업나이다. 全然히 沒交涉이로소이다.

宏壯한 鴉片塵, 銃砲塵, 肝膽이 서늘하면서 얼마를 다라나니 여긔는 法界라. 어느덧 十餘分이 다 못되어 支那와 英國을 지나 法國에 到達한 셈이로소이다. 法租界는 一街路를 隔흠에 不過하것마는 종용하고 쓸쓸하기가 딴 世界라. 그 本國의 老衰하는 表象인가 하야 슬그면히 설음이 나더이다. 그러나 道路의 淨潔함, 長林과 家屋의 瀟洒함은 輕快하고 詩趣잇는 라틴式을 發揮하엿더이다.

第二信

우리 一行은 客主에 들어 여러날 路困으로 이튿날 늦게까지 잠이 들엇섯나이다. 니불 속에서 어제 구경한 光景을 생각하니 마치 어렴풋한 꿈갓더이다.

果然 上海는 華麗하나이다. 現世文明의 精華의 一角을 遺憾업시 본 듯하더이다. 上海란 一望無際한 벌판이라 흙물 가튼 江과 溫帶 德에 草木의 種類와 色態는 豊富하다 할 만하오나, 景致의 變化가 업고 土地가 卑濕하며 土色까지 썩은 된장 빗이라. 이러한 보잘 것 업는 곳에 이가티 文明의 精彩가 燦爛한 市街를 建設하야 數千年 동안 春夢에 醉하엿던 古文明族에게 「時代가 엇더케 되엇나 보아라」 하고 霹靂 가튼 警鐘을 들녀줌이 感謝하자면 無限히 感

謝할 것이로소이다. 그러나 그 主人되는 老支那人이 눈을 번히 뜰 만한 째에
는 발서 그네의 세간과 衾枕과 糧食은 거의 다 간 곳이 업서지엇나이다. 支那
中에 가장 肥沃한 楊子江 流域의 富는 大部分 론돈과 뉴욕과 파리의 倉庫에
너흔 바 되고, 支那 쌍이면서 支那의 主權 못 밋는 上海라는 무섭은 傷處로서
는 自由로 爆發彈, 毒酒와 鴉片이 들어와 四億萬人의 細胞와 細胞를 魔醉하고
破壞하엿나이다. 上海 市街는 果然 燦爛하여이다. 長江의 交通은 極히 便利하
여젓스며, 國內의 富源은 날로 開發되고 鐵道 電信 等 交通機關은 날로 完備하
며, 四百州 坊坊曲曲이 新文明의 曙光이 아니 미쳐가는 데 업나이다. 그러나
생각하소서. 아아, 이러한 文明의 主人이 누구오잇가. 支那人과 이 文明과 얼
마나 關係가 잇사오리잇가. 그네는 제 집을 쑤며주는 洋人을 感謝할가 마다
할가 엇지할 줄을 모르고 물끄럼이 傍觀할 싸름이로소이다. 남이 제집 일을
處理할 째 傍觀하지 아니치 못할 그네의 身勢야말로 가이업슨가 하노이다.

上海 開市된 지가 발서 六十餘年이니 只今 上海 바닥으로 闊步하는 洋人에
初來者 二三世孫도 잇슬 것이오 처음 上海를 建設하던 祖上은 이미 歷史的 人
物이 되엇슬 것이로소이다. 그러나 그네의 무덤이 적은 것을 보면 아마도 그
네가 아직도 上海를 永住地로 알지 아니하고 年老하면 故國에 歸臥하기가 常
例인 듯하오며, 兒童들도 小學校만 마치면 母國에 보내어 敎育시킨다 하나
이다.

上海는 世界의 縮圖라고 보아 만하나이다. 人種치고 아니 와 사는 이 업스
며 物貨치고 아니 와 노니는 이 업고, 第一 奇觀인 것은 十數個國 通貨가 다
通用됨이로소이다. 그러나 그中에 가장 勢力 잇는 이는 英人이니 그네의 租
界는 三租界 한복판 形勝한 位置를 占하야 그 가장 繁華함이 마치 英帝國의
繁華함이 世界에 웃듬됨과 갓사오며, 쏘 英語는 全市 各色 人種의 通用語라.
洞名이며 모든 것은 自國語로 쓰는 法人도 必須한 用文이나 告示는 모다 英
文으로 하나이다. 果然 英國의 勢力의 宏壯함을 더욱 欽羨하겟나이다. 그밧

게 有名한 種族은 葡萄牙人의 雜種이니, 相貌가 東洋人과 恰似하오며 獨立한 事業의 經營은 업고 대개 英米人의 商舖에 店員 노릇하오며 그 東洋피 섯긴 女子는 매오 姿色이 잇서 顧客을 끄는 廣告가 된다 하니, 일즉 宇內에 雄飛하던 大國民으로 이러케도 쉽게 變遷하는가 實로 世事와 運數는 難測이로소이다. 아지 못게라. 一世紀가 지나지 못하야 主客을 顚倒할는지 뉘가 아노라 하오리잇가.

上海는 쏘한 畸形的 支那의 縮圖로소이다. 한편에 조린* 발이 뒷둑뒷둑 閨門內에서 男子의 奴隷 노릇하는 女子가 잇거늘, 싼 편에는 斷髮男服하고 女子 參政權을 叫號하는 最新式 女權論者가 辯舌로 文筆로 女子의 覺醒을 喚起하나이다. 한편에는 巴里 學士院의 會員과 伯林大學 敎授 가튼 最新式 學者 名士와 社會主義 虛無主義 가튼 最新思潮에 口角에 거품을 날니는 靑年이 잇스며, 싼 편에는 拱手危座하야 堯舜의 道를 講하고 孔孟의 禮를 說하는 舊套 腐儒가 잇나이다. 文明한 空氣中에 잇다고 文明하는 것은 아닌 듯, 만일 그러타 할진댄 上海 市內에 이러한 矛盾된 現象이 업슬 것이로소이다. 이로 보건댄 제가 努力을 아니하면 아모리 文明風潮가 휩쓰는 가운데 잇더라도 努力만 아니하면 그 思想은 如前히 野昧할 것이라, 우리가 數十年來로 外國에 留學生을 보내엇스대 그네가 그 留地의 文明을 理解 吸收치 못하고 그저 野昧 沒覺함도 이 까닭인가 하나이다.

우리가 支那人의 自覺과 努力의 程度를 알고저 할진대 商務印書館이라는 宏壯한 冊肆를 訪問할 것이로소이다. 그 設備의 完全함이 참 놀라오며 그 內容을 보건댄 外國書籍의 具備하고 豊足함은 그네의 新知識慾의 熾盛함을 볼지오, 各階級에 對한 月刊雜誌와 兒童雜誌며 各色 敎育標本類와 中小學校 敎科書가 內容은 姑舍하고 外形만 그만큼 整備하기도 國民敎育의 普及과 學問獨立에 對한 그네의 熱誠을 엿볼지로소이다. 支那는 政治上 經濟上 어느 方

* '조리다'는 '줄이다'의 옛말.

面으로나 完全한 自主가 업건마는 그中에도 가장 痛心할 바는 小中學校가 專혀 英文으로 敎授하고 敎師짜지도 英語로 說明함이니, 불상하고 철업는 그네들은 제 나라 말 모르고 英語 잘 한다는 말 듯기를 榮光으로 녀기어 제 國粹를 일허바리고 두르뭉실이 支那人도 아니오 洋人도 아닌 말하자면 似而非 洋魂에 浸染된 것이로소이다. 그러하오나 그네가 그 배흔 外國語로 新書籍을 博覽하야 新文明을 吸收하려 함이면 오히려 賀할 것이언마는 그네가 英語를 힘씀은 大部分 海外 가튼 데서 英人의 驅使받는 通辭나 되려함이니, 遊子의 傍觀하는 所見에도 참 싹하여이다.

商務印書館에서 쏘 놀난 것은 飜譯과 辭典의 事業이라. 대개 엇던 民族의 文明의 初期는 外國書籍의 飜譯과 辭典의 編纂으로 비롯하나니, 現今 支那에 이것이 必要함은 勿論이로소이다. 書架를 죽 둘너 보건댄 初等 高等의 諸般 科學書類와 哲學 文學 思潮에 關한 書籍이 거의 數十百種이나 支那文으로 飜譯되엇사오며, 辭典類 거의 完備하리만큼 編纂되엇더이다. 西洋人의 손을 빌어 겨오 韓英字典 한 卷을 가지고 全世界가 들써드는 톨스토이, 오이켄, 베륵손이며, 飛行機, 無線電信에 關한 四五百 글도 못 가진 朝鮮人된 나는 남모르게 찬 쌈을 흘니엇나이다.

그리고 支那人에 對하야 쏘 한 가지 부럽은 것은 그네가 勤儉貯蓄性이 만코 商業에 特別한 能力이 잇서 世界到處에 그네의 商舖 업는 데가 업다는 말은 들엇거니와, 이러케 智力 金力 競爭이 熱烈한 上海 市街 한복판에 쏠이와 긴 소매로 宏壯한 商業을 經營하야 넉넉히 洋人과 拮抗함이니 果然 勇士의 風采가 잇스며, 쏘 純洋式 市街 안에 純洋人을 顧客으로 보면서도 廛舖의 結構와 設備를 긔어코 支那式으로 하고 電燈은 켤망정 초불도 바리지 아니하며, 머리는 싹글망정 先王의 衣冠을 바리지 아니하며, 設或 洋裝을 하더라도 同族끼리는 古來의 禮意를 지킴이 이를 保守라든가 完固라든가 낫비 말하자면 말할 수 업슴이 아니로되 제 本色을 일치 아니하자는 美質임을 누라 反對하오리잇가. 원숭이 나라에 生長한 나는 이에 羞恥한 생각을 禁치 못하얏나이다.

또 上海 市街에서 異常한 感想이 생긴 것은 골목골목이 藥廣告가 만흠과 또 그 藥廣告가 모다 梅毒, 痲疾 等 花柳界에 關흠이니, 文明은 梅毒(Civilization= Syphilization*)이라는 俗談도 들엇거니와 이것을 보고 더욱 物質文明이 産出하는 生活難과 道德의 腐敗 ― 그것이 産出하는 여러 가지 害毒中에 가장 치떨니는 花柳病 ― 하믈며 利以外에 아모것도 모르는 烏合亂民이 모혀사는 上海 가튼 港口와 여러 新植民地 두고 더욱 慘酷한 花柳病이 얼마나 무섭은 것을 切實히 깨달앗나이다.

支那 南方은 支那中에 色鄕이오 吳女, 楚喜는 色鄕中에도 읏듬이라. 蘇州, 杭州는 只今도 花柳로 有名하오며, 그리로서 모혀드는 上海는 支那의 美色的 中心일지라. 저녁後에 거리에 나서면 나오기도 나온다. 人力車로 馬車로 綺羅紅裙이 空氣中에 高貴한 美彩와 香氣를 放射할 째 巫山 十二峰에 仙女의 쎄를 본 듯 아모든지 恍然自失 아니할 이 업건마는, 저들이 다 그 무섭은 毒菌의 둥진가 하면 不知不覺에 몸이 썰니며 香내 나는 곳에 毒 잇슴 自然의 矛盾을 원망하얏나이다.

終日 보기에 눈이 困하고 생각하기에 腦가 困하야 舍館에 돌아와 이 편지를 쓰고 나니 夜半 十二点. 집 생각, 동무 생각, 空想으로 그리면서 찬 자리에 들어가나이다. 仔細한 말슴은 後日에 다시 할 次로 이만.

---

* 원문에는 'Cifilization'으로 되어 있다.

中學訪問記[*]

學校生活은 人生의 一生中에 가장 重要하고 興味 만코 變化 만흔 時代니, 따라서 一生에 가장 回憶 만키는 學校生活이라. 고생스러온 實社會의 風波에 부댓기어 얼골에 주름이 쌀니고 白髮이 두 귀 밋헤 흣날닐 째에도 學校生活의 달큼한 記憶을 니르키면 全身이 스르를 풀니며 눈물 석근 微笑를 禁치 못하는 것이라.

現今 近萬名 紅顔熱血의 靑年諸子가 薰陶를 밧는 全半島 十數箇 中學校內의 狀況은 엇더한가. 本誌는 이 興味 만코 有意한 報告를 靑春諸子에게 들이고저 本欄을 두고 每號 一校 或 二校式 專往訪問한 記錄을 揭載하려 하노니, 그中에는 各學校의 特色과 校風이며 職員 教師 諸氏의 人物評이며 校內 名望 잇는 靑年의 感想談도 잇슬지니, 本記者는 아못조록 現代 學生生活의 맛을 諸子 압헤 活躍케 ᄒ기를 힘쓰겟노라.

普成學校

日 火曜에 磚洞 普成學校를 차잣다. 맑은 날이라 나는 길다란 집이 箅가지 모양으로 버려 잇고 좁은 마당에 學徒들이 복작복작하는 光景을 그리엇다 (나는 三年前에 한번 오아 본 적이 잇슬 쑨이라) 六先生^{**}과 學校에 가서 質問할 順序를 의논하면서 普校門에 다알앗다. 나는 놀낫다. 놉다라턴 소슬大門(輊軒 나들던)은 간 곳이 업고 門牌 만히 달닌 벽돌 洋式門 두 기둥 우에 乳白色 球形 電燈이 곤두서고, 아직도 흙빗 새로운 運動場에서 東으로 두어 서호레

---

* 외(배), 『靑春』 3, 1914.12.
** 육공公六 최남선을 가리킨다.

石階를 올나 灰色 木造洋館이 드놉히 웃둑 솟앗다.

上學中인 양하야 運動場은 고요하다. 應接室이라고 木牌에 粉書하야 부친 방에 들어서니 校長 崔麟氏가 懇懃하게 닐어 握手하고 交椅를 權한다. 氏의 嫺熟한 交際態度는 보는 이로 一面如舊한 感이 잇게 한다. 寒暄*을 畢한 뒤에 單刀直入으로 來意를 告하고

「貴校의 敎育 主旨는 무엇이오닛가」

校長은 두 팔구비로 卓子에 기대고 나를 凝視하며 가늘고 부드러운 소리로

「只今 朝鮮 사람은 저 한몸 잇는 줄만 알고 社會라는 思想이 업서서」 조곰 間隔을 두엇다가 「社會性을 注入하기로 힘쓰지오. 卽 個人은 社會의 一分子 닛가 個人의 本務는 社會에 對한 職分을 다함에 잇다는 생각을 注入하는 것 이올시다. 그리고 同時에 個人의 品性을 陶冶하는 一」

「그러면 個人의 品性을 陶冶하는 同時에 公德心을 注入한다는 말슴이시지오」

氏는 벌떡 몸을 일으키어 交椅에 기대며

「그러치오. 알기 쉽게 말하자면 公德心 涵養이지오 ― 엇지 하얏스나 社會를 먼저 하고 저를 後로 함이올시다」

「學課에는 特別히 무엇을 重하게 녀기시나요」

「學課는 數學을 第一 힘쓰게 합내다. 朝鮮 사람은 萬事에 理解力이 不足해요. 理解力을 養成하라면 不得不 數學으로 頭腦를 鍛鍊하여야 하겟기로 數學을 가장 힘씁니다. 그 담에는 地理, 歷史 그 담에는 文學 ― 이럿습니다」

「作文 課程은 엇더케 하십닛가. 우리가 무엇이나 不足지 아님이 업지마는 第一 不足한 것이 作文인 줄 알아요. 現代에는 제 思想을 發表하리 만한 글은 누구에게든지 不可缺이닛가」

「참 그것이 缺乏해요」

「그러닛가 一邊 相當한 사람을 請하야 作文을 가라치게 하고(前 모양으로

---

* 날씨의 춥고 더움을 말하는 인사. 안부 인사.

말고 그야말로 着實하게) 그러고는 校友會報 가튼 것을 發行하야 校友의 親睦과 連絡을 圖하는 同時에 作文 練習機關을 만드는 것이 매오 緊急할 것이올시다. 또 貴校에서는 넉넉이 힘이 잇스실 줄 아옵니다」

校友會報는 故 李秀三氏 主幹으로 二號를 發行하고 仍히 停止하엿다.

「돈이 잇서야 하지오. 財政이 困難하여서」

下學鍾이 울더니 學生들이 무엇이라고 써들면서 쿠드등거리고 나온다. 그네의 幸福된 靑春의 心臟 소리가 들리는 듯하다.

「가아씨이」色 녀름 正服을 입은 學生이 들어오더니 校長게 들일 말슴이 잇다 하야 校長은 挾門으로 校長室에 들어간다.

東窓 밑 冊床에는 아래턱 쌔르고 코마루 놉흔 이가 새로 理髮한 머리를 수기고 數學問題를 푸는 모양이오, 바로 그 뒤에는 조그마한 漆板에 粉筆로 그린 東洋史 地圖가 비스듬하게 壁에 기대어 노히엇다. 나는 胃病 잇는 이 모양으로 볼 쪼글어진 李氏에게

「오늘 東洋史 時間이 잇는가요」

「네, 二年級에」

「이 學校에 第一 工夫로나 品行으로나 名譽 잇는 學徒가 누군가요」

李氏는 한참 생각하더니

「다 性品은 純良해요. 그中에 三年級에 朴淳寬이가 第一이지오. 各學課에 다 부즈런하고 ― 재조로 말하면 그보담 낫은 이도 잇지마는 그 人格이 매우 將來性 잇서요. 말하자면 本校 模範的 學生이지오. 그러나 어린 사람의 일이니 斷言할 수야 잇소. 稱讚이 或 病되는 수가 만흐니」 하고 다른 방에 가더니, 學生이 그린 地圖를 한아름 안고 온다. 夏期放學 동안에 課하엿던 것中에서 秀逸한 者를 쏩아 오는 新校舍 落成式 學校 成績品 陳列에 쓸 것이라는데 아조 精密하게 쌔긋하게 되엇다. 나는 先生의 가르침을 받아 精誠을 드리어 이것을 그린 學生諸君을 感謝하는 同時에 그 地圖 속에서 李氏의 獻身 敎導하는

熱誠을 보앗다. 그 中에서 하나를 골나나이며

「이것이 朴淳寬의 것이오」

나는 校長에게

「上學時間外에 學生과 職員 敎師가 接하는 機會는 만흐십닛가.」

校長은 놀나는 드시 이윽히 보더니

「아직은 그러케 만치를 못해요. 土曜日마다 討論會를 열게 하고 거긔서
敎師 學生이 서로 니야기를 하지오—. 아모조록 接할 機會가 만토록 하랍니
다—. 참말 意思의 疏通과 人格의 感化는 늘 接하는 데서 생기는 것이닛가」

겻헤 안젓던 키 크지 아니하고 얼골 넙적한 校監 어른게서 궁굴은* 목소
리로

「그러고 점심 時間에 主任敎師와 學生이 한데 모히어 안저 먹지오」

校監 바로 뒤 接受口에 石佛가치 쑹쑹한 이가 登記郵便物의 領受圖章을 친
다. 나는 다시

「한 달에 몟 번식 學術講演會 가튼 것을 열고 人格과 學識 잇는 이를 請하
야 講演을 식히엇스면 엇더홀 가오. 그래야 學生의 學術에 對한 趣味도 잇고
聞見도 넓어지고, 쏘 接하여야 만한 이를 갓가이 接하는 동안에 自然 感化도
어들 것이오」

「될 수 잇는 대로 그러케 하려 합니다」

이 學校는 光武 十年에 故 李容翊**氏의 創設한 바니, 우리 사람의 經營하

---

* 겉보기보다 속이 너르다. 웅숭깊다.
** 이용익李容翊(1854-1907). 대한제국 말기의 친러파 정치가. 황실재정 담당 내장원경內藏院
卿으로 정계에 지대한 영향을 미쳤고, 1904년 한일의정서 체결 직후 일본에 납치되었다가
이듬해 귀국하여 보성 소학교와 중학교, 전문학교를 설립하여 인재를 양성하는 한편, 편
집소 보성관普成館과 인쇄소 보성사普成社를 두어 민족계몽에도 기여했다.

는 高等學校中에 가장 오랜 歷史를 가진 것이라. 小學校, 中學校, 專門學校가 모히어 普成館이 되고 그 안에 印刷所와 編譯部가 잇서 여러 가지 新書籍을 만히 發行하야 半島 新文明에 貢獻함이 크엇다. 李容翊氏가 當時 政府의 忌하는 바 되어 海外에 避身한 뒤에는 氏의 令孫 李鍾浩*氏가 後繼하엿더니, 氏도 또한 海外에 亡命하게 되매 此校는 主人을 일허 財政上 管理上 多大한 困難을 격것다. 그러하다가 마츰 四年前에 天道敎會가 此校를 管理하게 되매 한참은 卒業生과 在校學生의 反對가 널어 世人이 다 그 將來를 걱정하더니, 마츰내 學生들도 天道敎會의 敎育과 宗敎를 混同치 아니하는 誠意를 쌔달아 아조 圓滿하게 解決이 되어 今日의 盛況을 보게 되엇다.

卒業生을 나이기 발서 五回요 今日 出席 學生數가 三百二人이라. 校友는 普中親睦會로 連絡이 되며 會報는 二號만에 停止되엇다 하며, 卒業生은 多數는 敎師요 다음엔 高等專門을 修學하는 이요 少數는 무엇을 하는지 모르는 이도 잇다 한다.

校長의 先導로 各年級 敎授를 구경하엿다. 四年級에는 鄭大鉉 先生이 漆板을 슬적 비켜서서 그리를 가라치며 쭉쭉 싣는 소리로

「有限 直線 AB가 直線 MN에 投한(던질 투자) 사영**(射影)은 一」

三年級은 校長의 論理學 時間인데 우리 爲해 멧 十分間 쉬는 모양. 압헤다가 謄寫版에 박은 도련 아니한 책을 놓고 異常한 드시 우리 一行을 본다. 엇던 이는 눈으론 우리를 보면서 입으로만 무어라고 속은속은한다.

一年級 語學時間이라. 先生이 「此は私の一」하면 소리를 마초아 「고레와 와다꾸시노」한다.

二年級은 崔鳴煥氏의 動物時間. 漆板에는 五色 粉筆로 누에의 橫斷圖를 그

---

* 이종호李鍾浩(1887-?). 이용익의 손자로 이용익을 도와 보성학원의 실질적 경영을 맡아 2대째 교주를 지냈고, 1907년 신민회에 가담하여 활동하다가 1910년 망국을 앞두고 블라디보스토크로 망명하여 그곳의 한인 지도자로 활동했다.

** 원문에는 '사형'으로 되어 있다.

리고

「붉게 그린 것은 消化器 푸른 것은 실 쏩는 데」 이러케 한 마듸 한 마듸 쏙
쏙 쎄어 「실은 본래는 液躰. 空氣를 맛나서 구더진다— 말이야」 하며 저편 窓
밋헤 서서 說明을 하다가 손을 툭툭 털며

「그림을 그리고 시픈 사람은 얼는 그리어」

우리는 이 學校의 날로 興旺하고 意義 깁흔 學園되기를 빌면서 敎門을 나
서서 다시금 돌아보앗다.(배)*

---

* 참고로 이광수가 작사한 두 번째 보성학교의 교가를 소개해둔다. 이 교가는 1915년 총독부
의 '개정사립학교규칙'과 더불어 1917년 보성중학이 정규의 고등보통학교로 인가받을 당
시 작사된 것으로 추정된다. 다음은 보성고등보통학교 제7회 졸업생 졸업앨범(下關寫眞印
刷會社, 1929.3)에 수록된 교가의 전문이다.

  1. 구름에 솟은 삼각의 뫼에 높음이 우리 리상이오
     하늘로 오는 한강의 물의 깊음이 우리 뜯이로다
     흐르는 피에 숨은 녯날을 영광에 다시 살리랴고
     씩씩한 우리 모희여 드니 우리의 모교 보성일세

  2. 크기도 클사 우리의 할일 새로운 누리 세우람이
     멀기도 멀사 우리의 길 만대의 업을 비롯음이
     큰일로 먼길 나서는 우리 차림 차림이 크거니와
     인생의 힘이 끊이 없으니 깃븜에 뛰자 보성 건아

물나라의 배판*

한 녯적 한검(大神)계오서 왼 누리를 만들으신 뒤에 물에 살는 모든 動物을 만들으시고 물검(水神)임으로 그 무리를 다슬이시는 임검을 삼으시엇다. 물검임계서 한검임의 命令을 받아 첨 물나라 임검으로 卽位하시는 날 모든 百姓을 모호아 큰 잔치를 베플으시고 終日 즐기신 뒤에 입을 열으시어

「한검임의 크신 은혜로 너의 무리가 다 생기어 이 아름답은 물나라에서 즐겁게 살게 되고, 내가 쏘 너희들 다슬이는 임검이 되어 한검임의 命令으로 오늘 卽位式을 하게 되니, 그 깃븜을 무엇에나 비기리오. 特別히 오늘을 慶祝하기 爲하야 너희게 恩典을 베플 것이니 누구든지 무슨 不足함이 잇든지 더 所願이 잇거든 나서서 말하라」하시엇다.

여러 물짐승들은 무슨 말을 하여야 조흐랴 하고 서로 돌아보며 속살이더니, 고래가 쌈장도곤 나인 몸에 조그마한 눈을 쌈박쌈박 하며 물검임 아페 나아가아

「여러 짐승을 만들으실 제 特別히 저를 크게 만들어 주시니 恩惠罔極하옵나이다마는, 저보담 別로 낫지 못한 범과 사자는 陸地에 살게 하시면서 구태 저를 물에 살게 하시어 平生 물속에만 잇게 하신 것이 맘에 차지 아니 하나이다」

물검임계서 웃으시며

「네 생각에는 陸地가 물보다 나흔 듯하나 陸地에 사는 動物은 쏘 물이 陸地보다 나으려니 하나니라」

하시고 물나라이 決코 다른 나라에 지지 아니함을 曉諭하신대

---

* 외배, 『새별』 15, 1914.12.

「그래도 제 생각에는 여긔 모힌 모든 무리의 생각이 다 저와 가틀가 하나이다 ― 아마도 □ □ □ 우리를 밉게 녀기사 이 나라에 두심인가 하나이다」

이째에 몸에 털 나고 네 발 달린 짐승 五六名이 멀리서 오는 모양으로 疲困하야 들어서더니, 그中에 第一 크고 가죽 두텁고 보기에 愚鈍하엄즉한 짐승이 나서며

「저는 元來 陸地에 살게 생긴 소라는 짐승이옵더니, 어인 일이온지 제 겨레에 다 나는 쓸이 아니 난다 하야 同類의 排斥을 바드오며, 어썬 놈들은 저를 되다 말은 미삭이*라고까지 하오므로 世上이 슬히어 검임의 나라로 오앗나이다」

「오냐, 내가 네 말을 들엇다. 검임계서 첫 솜씨에 말은 만드노라고 쓸이 업시 만들으시다가 넘어 性質이 愚鈍하게 되엇으므로 고치어 소를 만들려 하시더니, 왈패한 그 性質에 쓸을 박지 못하게 하므로 그저 내어버려 두엇다더니 마츰내 이 나라로 오왓구나 ― 너를 이째부터 물소라고 이름하야 아모데나 너 살고 시픈 데 살게 하리라」 하신대 여러 고기가 一齊히 입을 열어,

「못 하리이다. 저러케 몹슬고 더럽게 생긴 ― 게다가 되다 못 된 놈을 저희 나라에 두시면 이 나라 純良한 百姓이 물이 들리이다」 하고 가장 強硬하게 他族 排斥宣言을 한다. 물소가 성을 내어 그 크다란 눈을 부라리며 「호……이」 하고 示威를 한다. 물검임계서 이윽고 생각하시더니

「올타, 그러면 너는 저 鰐魚와 한가지로 아프리카湖에 살아라. 거긔 가면 누구든지 너를 누를 이가 업스리라」

이째에 몸에 짠짠한 鐵甲을 두른 鰐魚가 물소의 미련하고 살이 먹음즉함을 보고 가늘다란 쇠리를 툭툭 치고 크다란 입을 쩍 버티고 씰씰 웃으면서

「여보 물소 老兄! 老兄이나 나나 다 八字가 사납소. 동무 寡婦 私情은 동무

---

* 산 중에서 풀뿌리나 나뭇잎, 열매 따위를 먹고 사는 몸에 털이 많이 난 자연인 곧 원시인을 일컫는 '미사리'를 가리키는 듯하다.

寡婦가 알고……우리 둘이 사철 칩은 줄 모르는 곳에 가 살읍시다그려」하
더니 둘이 물검임계

　「저의는 길이 멀어 只今 하직하나니다」

　「너 이놈들 둘이 誼 조히 지내렷다. 사람을란 害하지 말고 ―」

　「네. 그러나 골 틀리면 아무놈이라도 해대지오」하고 둘이 어깨를 겻고 물
을 헤치며 달아난다.

　至今까지 말 곳나기를 기다리던 물소와 함께 온 다른 짐승이 머리를 곱다
라케 빗고 보드랍은 눈에 방그레 웃음을 씌우고 아장아장 물검임 앞에 나아
가 설입은 목소리로

　「제 몸을 보소서. 이러케 알에동이 病身이 되어서 남과 가티 메와 들에 맘
껏 쒸어 다니지도 못하고 쏘 다른 짐승들이 저를 업시 녀기어 暫時도 편안할
새 업시 가즌 操弄을 다하오매, 견대다 못하와 ― 或 陸地보다 三倍나 되는
물나라에는 저의 가튼 불상한 것도 편안히 살 구석이 잇을가고 오앗나이다」
하고 훌작훌작 운다. 본즉 果然 뒷등이 넙적하게 고기처럼 되엇다. 물검임과
다른 모든 짐승들도 한썻 그 급은 態度를 사랑하며 한것 그 情景을 불상히
녀기어 同情의 눈물을 흘린다. 물검임계서 모든 무리를 나리어 보시며

　「이 짐승을 우리나라에 두랴」하신대 말이 채 곳나기 前에,

　「두시옵소서, 저의가 한 해에 새끼 한 배씩을 주어 먹고 살게 하겟나이다
― 알엣동이 우리와 비슷하게 생기엇으니 ―」

　우둑하니 안젓던 고래가 쑥 나서며

　「그러실 것 업나이다. 저 혼자 그 짐승을 마타 치겟나이다」하고 그 짐승
을 돌아보며 「얘, 나가티 힘쓰는 큰 짐승을 親하여야 하나니라」

　그 짐승은 고개를 푹 수기고 생긋 웃을 쑨. 물검임께서 이윽고 생각하시더니

　「이 짐승아 ― 너를 물아기(膃肭)*라 부르리라. 듯거라. 네 생김이 얌전하

---

* 홋카이도北海에 사는 물개.

야 저마다 제것을 만들러 하니, 여긔 잇는 것이 매오 바드랍은지라.* 다행
이 네 몸에 털이 잇으니 北편 찬 바다에 가 살며, 바다가 바위 우에 네 새끼
와 同生을 모흐아 다리고 옛날 이야기나 하여라」하시고 고래를 시기어 北海
에 다려다 두고 오라 하신대, 고래가 물아기를 등에 지고 北海로 向하더라.

물소하고 물아기하고 함씌 온 수달이라는 짐승이 물아기 잘 되어 간 것을
보고 「제가 먼저 그리하얏더면 조흘 것을」하면서 쌍충쌍충 쒸어 아까 물아
기 하던 말 비슷하게 사뢰엇다. 물임검쎄서 수달이를 자세히 보시며 말을
들으시더니 성을 나이시며

「이놈. 네 몸을 본즉 아모 데 가 아모런 즛을 하야셔라도 벌어먹을 터인데
웨 고리 게을러서 고런 可憎스러운 소리만 하나냐. 네 이후에 代代로 사람한
테 잡히어 신감도 되고 배자**감도 되리라」하고 咀呪하시엇다.

이것을 보고 물도야지(海豚)는 저도 그러케 될가 두렵어 「쉴쉴」소리도 못
하고 處分만 기다리고 헐쎅 헐쎅 하며 안젓다.

물검임쎄서 모든 무리를 돌아보시며

「너의들아 보아라. 누구든지 저를 滿足히 녀기는 이는 업나니라. 남은 다
저보담 낫거니 하거니와 其實 누구든지 다 마찬가지니라. 그러하므로 너희
도 저 된 대로 잇기를 滿足히 녀기고 決코 陸地에나 가면 나흘가 다른 짐승
이나 되면 나흘가 하지 말고 저 생긴 대로 즐겁게 살어라.」

이 말씀이 다 마치기도 前에 어쩐 발 너슬너슬한 대야머리가 시컴한 눈을
뒤룩뒤룩 하면서 발긋마다 싯벍어케 열이 올라,

「아모랴면 이러케 만들으실 수가 어대 잇겟서요? 쌕다기도 업고 비늘도
업고……되지 못한 새우와 곤장이 놈들까지 쓰더 먹으랴고 드니, 이럴 바에
야 차랄히 當場 죽는 게 나하요」하고 게두덜거린다. 저 편에 모히어 안잣던

---

* 바드랍다. 빠듯하게 위태롭다는 뜻.
** 추울 때 저고리 위에 덧입는, 주머니나 소매가 없는 옷.

홀작이 우수레 오증어 패들은 拍手하는 모양으로 발들을 굽실굽실하면서,

「올흔 말이올세다. 무슨 자미에 이 꼴 해가지고 살아요. 차랄히 이제 죽이어 줍시오.」

물검임쎄서도 한참 민망하야 하시더니 어찌할 수 업서 비루를 내어 먹을 갈으시면서

「너의들 듯거라. 내 이 비늘도 업고 쌔도 업는 못생긴 짐승에게 먹點을 찍어 標를 삼을 터이니 누구나 이 標 잇는 짐승을 다치는 이는 罰을 바드리라」하시고 낙지 族屬을 불러 먹點이 지워지지 아니하게 하려고 칼로 어쌔쎄를 쌔고 海綿에 먹을 배우어 한 조각씩 너허 주시엇다. 낙지 族屬이 칼 자리가 아프어 엉엉 울고 야단을 칠 새 海綿에 밴 먹이 울어나와 갑작이 世上이 캄캄하여진다. 낙지 族屬은 이것을 보고 아조 조하서 아픈 줄도 이저 바리고 너훌너훌 쓰어돌아 다니며 「올타 되엇다. 올타 되엇다. 어느 놈이든지 나를 조차 보기만 하여라. 이러케 먹줄을 吐하야 너의 눈쌀을 어둡게 하리라」 한다.

물임검도 더욱 민망하시어

「이 놈들아. 오늘 가티 조흔 날에 이러케 물을 흐리어 典을 쌔터린단 말이냐. 以後란 너의 피가 아조 먹물이 되고 다른 짐승이 너희를 잡아먹으리라」하시며 가즉 거츨거츨한 상어와 무쇠 뭉태기 가튼 게를 시기어 그 놈들을 멀리로 내어 조찻다.

이쌔에 어썬 몸 넙적하고 신수 멀씀한 고기가 숨이 차 달리어 들어오며

「물검임 큰 일 낫나이다. 저의 동무 하나가 무엇한테 쓸리어 올라 가앗나이다」

滿座가 다 놀랐다 — 무슨 凶事가 낫는고 하엿다. 더욱이 물검임쎄서는 얼굴이 變하시어

「그래 어쩌캐 쓸리어 갓단 말이냐. 或 그 곱슬 鰐魚놈이 아프리카에서 나오지 못 하리라는 성풀이로 무슨 못된 작난을 한 게로고나」 하신대 그 고기

가 고개를 흔들며

「아니올시다. 설마 우리 물나라 百姓이야 그러한 악착한 즛을 하오리잇가」하고 쏘리를 치며 쏀족한 입으로 前後始末을 하소거린다.

이 고기의 이름은 준치니 모든 고기 (중)에는 가장 얼골이 잘 나고 살도 맛나게 생긴 고기라. 그의 아오가 노래하는 맑은 물결에 쓰엇다 잠기엇다 明朗한 日光을 戱弄하며 즐겁게 노닐 적에 마츰 세우 하나가 눈압헤 번뜻 하기로 「올치, 이것은 우리 한검임계서 누리를 즐겁이 하는 나에게 許諾하신 머이라」하고 덥석 들이어 물엇다. 그러고는 어찌 된 일인지 그만 물 박그로 쓸리어 올라가고는 다시 消息이 업는데, 後에 생각한즉 무슨 실 가튼 것이 새우에게 달리엇더라 한다. 이 박게도 무슨 말을 더 하려 하더니, 업서진 아우를 생각하고 자식을 일코 슬프어 하는 어버이를 생각하야 그만 울어 쓸어진다. 여러 짐승들은 제 각금 각가지로 그 事件을 臆測한다. 或은 이 고기가 물나라이 슬혀 陸地로 올라감이라 하고, 或은 神仙이 되어 하늘에 오름이라 하고, 쏘 或은 한검임 말슴에 우리는 一生에 한번은 早晩間 죽으리라 하시더니 이것이 죽음이라고도 하야 甲論乙駁에 是非가 紛紛하다. 그中에서 어떤 점잔은 고기가 나서며,

「나는 鯉魚라 하야 漢江 洛東江 가튼 단물가람에 사는 고기인데 [이하 한 줄 해독 불가] 제 言論의 根據의 正確함을 다진 뒤에 천천히 히 말을 니어,

「그 준치는 陸上에 오른 것도 아니오, 神仙이 된 것도 아니오, 쏘한 죽은 것도 아니라. 이는 우리 動物界中에서 가장 무섭고 可憎할 일이니— 卽 陸上 動物中에 사람이라는 놈은 한검임쎄서 特히 생각하사 우리에게 다 아니 주시고 아끼고 아끼어 두시엇던 「슬긔」라는 것까지 물리어 주어 우리 世上의 主人을 삼게 하시엇거늘, 사람이 이 特權을 濫用하야 가즌 惡한 일을 다 하는지라. 元來 그네에게 知識을 줌은 짜 우헤 動物을 調和하고 和合*함이언마

---

* 원문에는 '化合'으로 되어 있다.

는 그는 아니하고 各色 異物스럽은 機械와 쇠를 부리어 或 소와 말을 잡아다가 코도 쩨고 굴레도 쓰이어 부리며, 或 順하고 仁慈한 노루와 사슴을 쏘아 그 피를 밧고 고기를 먹으며, 或 송아지를 소기어 그 젓을 □□□□ 벌을 소기어 그 꿀을 (쌔)앗으며, 或 닭이 내 딸이야 내 아들이야 하는 알을 통으로 삶아 먹으며……」

이쌔에 여러 짐승이 와락 성을 내이며

「이 거즛말하는 놈을 몰아내어라. 남을 誹謗하는 놈을 내어 조차라. 우리가 듯건댄 사람은 우리 動物中에 가장 禮義 잇고 德 잇는 짐승이라 하거늘 그럴 理가 웨 잇으리오」 하고 當場에 鯉魚를 물어트드려 한다. 물검임계오서 손을 두르어 騷擾를 制御하시며,

「이것이 어리석은 이의 하는 즛이다. 鯉魚의 하는 말이 매오 有理하염즉 하니 낫까지 듯고 보리라」

이에 鯉魚가 말을 닛어

「德이 잇서요? 그러리이다. 저의 사람 겨레끼리는 或 德도 잇으리이다. 아니, 가튼 種族끼리는 或 德도 잇으오리다. 그러나 다른 種族에게야 다른 動物에게야 德이 다 무엇이니잇가. 그저 먹을 싸름이로소이다」 하고 훨신 高調에 達하얏던 神經의 興奮을 制御하는듯 소리를 나추어,

「이에 우리 고기의 미련함을 利用하야 우리가 즐기어 먹음즉한 밋기에 곱으린 바늘을 쩨어 우리를 소기어 잡으며 이를 저의 짠엔 아조 興趣잇고 閑雅한 놀이오 有□한 □□이라 하는 것이오이다. 毋論 우리를 잡아먹는 것이 그르다 하는 것이 아니라 즘짓 한 萬物의 靈長이라고 自任하는 사람이라는 것들이 우리 가흔 微物을 소김이 괘씸하다 함이로소이다」 하고 懸河의 口辯*으로 滔滔 數萬言을 나리어 거울은 뒤에 여러 魚族의 覺醒을 切望하노라

* 현하지변懸河之辯. '현하懸河'란 경사가 급하여 물의 흐름이 빠른 개천을 가리키는 것으로, 물이 세차게 흐르듯 거침없이 쏟아내는 언변을 뜻한다.

하고 물러선다. 여러 짐승들은 또 아까 모양으로 써들어 「거즛말이다. 거즛말이다. 鯉魚라도 그런 즛은 아니 하리라」 하고 反駁한다.

물검임계서는 이 일이 왼 누리에 關係한 重大한 일이니 愼重하게 審理함이 可하다 하시고, 「爲先 水陸 各動物界에 이 뜻으로 通文하여야 되리라」 하시고 거북 書記를 부르시어 通文을 지으시니, 그 글에 하얏으되

「우리는 다 가티 왼 누리를 즐겁게 하기 위하야 한검님계서 짓으신지라. 서로 밋고 서로 사랑하야 제게 타인 먹을 것박게는 남을 害하지 아니 하여야 할지라. 그리하거늘 들은즉 只今 사람이 제게 타인 百草와 百葉을 마다하고 좀쇠를 나이어 우리를 소기어 殘害하려 한다 하니, 日後 그 眞相을 探問하야 다시 知委하려니와 爲先 各各 注義할지어다. 첫재 우리는 눈물을 쌕리어 사람겨레를 우리 同族中에서 除外할지니 짜라서 우리는 그네를 밋고 사랑할 義務가 업스며, 둘재 우리는 自衛上 그네에게 對하야 敵對行爲를 하여야 할지니 짜라서 그네의 모든 行爲는 우리를 害할 行爲로 看做하고 不得已한 境遇에는 피를 보기에까지 이를지라. 물임검 우룽」이라 하야 傳令使 바람을 시기어 왼 짜에 펴게 命하신 後 다시 무리를 向하야,

「이제 사람의 行動을 仔細히 探問하여야 할지니, 이 職務를 마틀 이는 不得不 陸上動物과 비슷하게 차리어야 할지라」 하고 自願者를 무르시나 하나도 이 職務를 勘當할 만한 者가 업슨지라. 이에 比較的 그럴쯧한 짐승 메를 쏩을 세 맨첨 올창이를 잡아내어 쇠리를 쩨고 네 발을 달앗다. 그러나 털이 업서 꼴이 메우지 아니 하므로 몸에다 点을 치어 얼른 보기에 털이 난 듯이 만들어 멕자구 一名 개구리라고 改名하얏다. 모든 무리는 「용하다, 쏙 陸上動物가티 되엇다」 하고 혀를 찬다. 그 담에는 자라, 그 담에는 남생이, 또 그 담에는 거북이……이 모양으로 갑작이 초라한 네 발을 달아 各各 사람 偵探으로 보내엇다. 이째에 忠直한 게는 저 혼자 쑤물쑤물 하더니

「저도 나가 보겟나이다」 한다.

물검임계서 웃으시며

「이 놈아 다리는 넷만 잇으면 조흘 것을 웨 鈍하게 열 個씩 달앗단 말이냐」

滿座가 다 치어 웃는다.

「멱자구는 本來 잘 쒸는 놈인지라 네 발만 하야도 넉넉하려니와, 저가티 鈍한 놈이야 발이나 만하야 될가 하고 잇는 대로 주어 다노라는 것이 길은 것 잘은 것 이러케 열 個로소이다.」

「그러면 눈이 저러케 한 여프로 모두 박이어서야 한 아피야 볼 수가 잇나」 하시고 한참 생각하시더니

「가만 잇거라. 눈과 발을 고치어 달자.」

「아니로소이다. 急한데 언제 그것을 고치어 달리잇고 이러케 걸으면 그만이로소이다」 하고 모으로 지축지축 걸어 본다.

滿座가 그 精誠에 운다. 물검임은

「그러면 내 눈을 좀 잡아당긔어 길게 늘이자 ─ 치어 들기만 하면 압뒤가 다 보이게」 하시고 두 눈을 잡아 늘이엇다. 게는 열 다리로 허우적거리고 陸地를 向하야 달아간다.

잔치는 그만 씃낫다.

北海 갓던 고래가 돌아와 이 말을 듯고 사람 아니 된 것을 기쎘어 하얏다. 이째부터 動物과 사람 사이에 怨讐가 마치고 맥자구, 자라, 남생이, 거북이, 게는 눈이 붉애서 사람의 行動을 視察한다.

한검임은 그네에게 特別히 水陸通行 勿禁*을 주시엇다.

---

* 관아官衙에서 금한 일을 특별히 허가하여주던 일.

말 듯거라*

山아 말 듯거라 웃음이 어인 일고
네니 그님 손에 만지우지 아녓던가
그 님을 생각하거드란 울짓기야 웨 못하랴
네 무슨 뜻 잇으료마는 하 아숩어

물아 말 듯거라 노래가 어인 일고
네니 그 님 발을 싯기우지 아녓던가
그 님을 생각하거드란 느끼기야 웨 못하랴
네 무슨 맘 잇으료마는 눈물겨워

꽃아 말 듯거라 단장이 어인 일고
네니 그 님 입에 입마초지 아녓던가
그 님을 생각하거드란 한숨이야 웨 못쉬랴
네 무슨 속 잇으료마는 가슴 쓰려

---

* 외배,『새별』15, 1914.12. 우신사판『이광수전집』에는 출처가 ‘『새별』1913.9’로 되어 있다.
재수록된 것인지 출처 확인이 잘못된 것인지 현재로서는 불분명하다.

님 나신 날*

닭이 운다 닭이 운다 그 닭이 쏘 우노나
한 녜적 한 힌메에 우리 님 나시던 날
그 날에 우리 님의 첫소리 듯던 닭이 쏘 우노나
네 부대 맘썻 울어라 잘 즈믄 해 내어 울어
행혀나 네 소리로나 님의 소리 듯과저

해가 쓴다 해가 쓴다 그 해가 쏘 쓰노나
한 녜적 한 힌메에 우리 님 나시던 날
그 날에 님의 얼굴 비초이던 해가 쏘 쓰노나
네 부대 맘썻 쓰어라 잘 즈믄 해 내어 쓰어
행혀나 네 얼굴로나 님의 얼골 보과저

바람 분다 바람 분다 그 바람 쏘 부노나
한 녜적 한 힌메에 우리 님 나시던 날
그 날에 우리 님의 입김 석긴 바람 쏘 부노나
네 부대 맘썻 불어라 잘 즈믄 해 내어 불어
행혀나 네 입김으로나 님의 입김 맛과저

숨이 온다 숨이 온다 그 숨이 쏘 오노나
한 녜적 한 힌메에 우리 님 나시던 날
그 날에 님의 榮光 讚頌하던 숨이 쏘 오노나

* 외배,『靑春』4, 1915.1.

네 부대 맘껏 오아라 잘 즈믄 해 내어 오아

행여나 네 世上에나 님의 榮光 생각과저

(陰十月三日朝稿)

讀書를 勸함*

　書籍은 思想과 知識을 간직한 倉庫이니, 글이 생긴 以來로 數千代 聖人賢哲의 캐어 놓은 金玉 가튼 眞理와 教訓과 꼿 가튼 情의 美를 그린 것이 다 그 속에 잇는지라. 吾人이 原始적 貧窮하고 陋醜한 野蠻의 狀態를 벗어버리고 豊富, 高尙, 華麗한 文明의 生活을 現出하야 造化翁의 經營에 놀납은 大校正을 준 것은 實로 이 倉庫에 싸하 노힌 寶物의 힘이로다.

　吾人으로 하야금 高尙한 倫理道德 속에서 萬有에 자랑할 만한 眞善美의 生活을 하도록 社會를 組織하고 重修한 이가 누구누구뇨. 이 倉庫 속에 寶物을 잘 調查하야 그것을 이리저리 마초아 준 여러 偉人이 아니뇨. 吾人에게 驚神泣鬼할 各色 新器機를 주어 安樂華麗한 生活을 시겨주는 이가 누구뇨. 곳 이 寶物庫의 임자 되는 여러 學者들이로다.

　吾人은 吾人보다 以上되는 吾人으로 進化되기 爲하야 卽 今日보다 더욱 高尙安樂한 明日을 가지기 爲하야 努力하는 性品을 가져야 하나니, 이 性品이야말로 文明人의 特徵이오 民族의 가장 榮光스러운 天爵이라. 앵글로색손族이 領土가 廣大하고 黃金이 累積하므로 世界에 양반이 아니라 섹스피어와 뉴톤, 에디슨 가튼 이를 내엇슴으로 그러함이니, 녯날에 벼슬 노픔이 량반의 要素이던 모양으로 오늘은 向上하자는 性品 잇슴이 량반의 要素로다. 우리는 이제 文明人인지라. 이 倉庫의 寶物을 말씀 調查하야 各各 適當한 用途에 쓰는 길을 硏究하여야 하겟고, 쪼한 새로온 寶物을 캐어 倉庫에 寄附하여야 하리로다 ― 될 수만 잇스면 우리 손으로 이 宇宙의 未發見된 寶物을 말씀 들추어내어 倉庫의 뷘 자리를 마자 채워야 하리로다. 設或 그는 不可能하더

---

* 외배,『青春』4, 1915.1.

라도 少不下 古來 어느 時代보다도 더 만흔 寶物은 우리 時代의 遺物로 씨쳐야 할지니 우리 靑年은 어서 이 倉庫에 들어가 한손에 촉불을 들고 한 손에 鉛筆을 들고 밤낫 업시 寶物調査에 着手하여야 하리로다.

우리가 小學校, 中學校, 大學校에서 배혼다는 것은 이 寶物中 重要한 것의 이름과 이 寶物 찻고 보는 法을 배홈이니, 卽 小學校에서는 極히 簡略한 目錄을 보여주고 中學校에서는 조곰 더 複雜한 目錄과 極히 重大하고 簡易한 것의 쉬운 說明 멧 개와 大學校에서는 좀더 仔細한 目錄과 그밧게 이를 調査하고 應用하는 方法을 가르침이니, 만일 이 줄을 모르고 조고마한 目錄만 본 것을 가지고 제법 그 寶物의 大綱을 아노라 하면 큰 망발일지라.

讀書는 精神的 糧食이라 하나니, 人體의 健全과 發育이 物質的 營養에서 나옴과 가티 精神의 그것은 오즉 讀書에 잇을지라. 肉體를 重히 녀기어 肉體의 生活機能의 停滯를 슬퍼한다 하면 精神을 肉體와 가티 — 아니 보다 重히 녀기는 우리 文明人은 暫時라도 讀書를 廢하야 精神的 生活 機能의 整體되기를 至極히 슬퍼하여야 할지라. 이럼으로 엇던 處地에서 엇던 業務에 從事하는 이라도 貴한 時間에서 씨니째를 割愛함과 가티 讀書째를 割愛하여야 足히 社會의 趨勢와 步調를 가티하야 眞正한 文明人의 體面을 維持할지라. 이 社會는 活社會라는 그 別名이 잇음과 가티 實로 分秒의 間斷이 업시 推移하는 것이니, 暫時 낫잠 자는 동안에도 우리가 섯것던 行列은 가믈가믈 압서는 것이라. 우리 神經이 恒常 緊張하야 社會에 새로 나는 諸現像 — 모든 學說과 모든 思潮 — 을 探求한다 하여도 오히려 落伍되기 쉬우려든 엇지 一瞬時나 讀書를 廢함이 可하리오

하믈며 文明의 程度가 썰어진 民族으로 남을 싸라가랴는 이는 남보다 數倍의 努力이 잇서야 하나니, 대개 그는 恒常 移動하는 文明의 最高點을 싸라가는 同時에 이 若干 썰어진 距離를 追及할 必要가 잇음이라. 그러고 이 努力은 卽 精誠 잇고 間斷 업는 讀書니, 文明 程度 어린 民族과 讀書의 關係가 더욱

얼마나 크뇨.

 또 하믈며 敎育, 文學, 學術, 宗敎 等 知的 職業에 從事하는 이야 닐러 무엇
하리오. 그네는 맛당히 세 끼 밥을 먹으면 여섯 끼 讀書를 하여야 할지니, 대
개 農夫나 勞動者는 體力이 그의 미천이매 밥을 만히 먹어야 하리로되 그네
는 體力 잇슴으로 有用함이 아니오 그네의 存在價値는 오직 知力에 잇을 쑨
이니, 만일 그네에게서 知力을 쌔다 하면 문득 아모 所用 업는 廢物이 되고
말리니 그네가 엇지 暫時나마 讀書를 廢하고 可하리오.

 讀書는 精神的 營養이매 精神的으로 사는 文明人은 讀書로 살아야 할지오
하믈며 文明 程度 어린 民族은 이것으로 제 地位를 놉혀야 할 것이며, 오는
時代의 主人이 되랴는 靑年은 讀書로 恒常 文明의 最高點과 竝行하여야 하리
로다. 이제야 新智識의 寶庫는 우리 半島에 向하야 손을 혀기도다. 그 貴重한
열쇠는 우리 半島 新靑年의 손에 쥐인 바 되엇도다. 아아, 新朝鮮의 中樞되는
靑年諸君이어. 이 寶庫의 寶物을 辭讓 말고 집어내어 우리 사랑하는 半島를
쑤미고 가장 貴한 寶物을 이 廣庫에 싸하 우리도 이 寶庫에 對한 發言權을 엇
도록 하사이다.

내 소와 개*

(ㄱ)

발서 十數年前 일이라. 내 낳이 아직 어리고 父母께서 生存하야 게실 때에 내 집은 시골 조그마한 가람가에 잇엇다.**

어떤 장마날 나는 내 情들인 소 — 난 지 四五日된 새끼 가진 — 를 가람가에 내어다 매다 글방에 가앗엇다. 아츰에는 좀 개이는 것 같더니 믿지 못할 것은 장마날이라 어느덧 캄캄하게 흐리어지며, 첨에 굵은 비방울이 뚝뚝 떨어지기 비롯더니 점점 天地가 어두워가며 소내기가 두어 번 지나가고 連하야 박으로 푸어 붓는 듯 비발이 나리어 쏟는다. 나는 처마 끝에서 좍좍 드리우는 낙수발과 안개 속에 잠긴 듯한 뭀 山의 얼골을 치어다보며 맘이 愉快하게 글을 외오앗다. 다른 아이들도 다 좋아서 或 고개를 내어 닿이고 비를 마치는 이도 있고, 或은 손도 씻으며 벼루물도 받고 즐기어 하얏다.

해가 낮이 기울엇다.

나는 한참이나 글을 외오다가 갑작이 무슨 소리가 들리는 듯하야 깜작 글을 그치고 귀를 기우리엇다. 그러나 비소리 사이로 先生님의 낮잠 자는 코소리밖에 아니 들린다. 나는 異常하게 눈이 둥글하야지고 몸에 옷삭 소름이 끼친다.

「옳다. 이것 안 되엇구나」 하고 나는 장달음으로 뒤고개를 넘엇다. 베 고의적삼이 살에 착 들어붙고 머리에서는 물이 흘러 눈을 뜰 수가 없다. 나는

---

* 李光洙, 『새별』 16, 1915.1.
** 원문에는 '있엇다'로 되어 있다. 『時文讀本』(신문관, 1918)에 재수록되면서 '잇엇다'로 수정되었다.

三馬場도 훨신 넘을 가람가에 다달앗다. 아아, 내 소는 어찌되엇는가. 가람에 물이 불어 아츰에 소를 매엇든 언덕이 죽벍엏고 결센 물로 둘러싸이고 소 선 데만 조고만한 방안만 하게 남앗을 뿐이라. 비는 아즉 如前히 푸어 붓는다. 나는 우리 소는 죽엇으리라 하얏다. 소는 어린 송아지를 곁에 세우고 어찌할 줄을 몰라 고개를 번적들고 한참이나 영각*을 하더니 내가 온 것을 보고 물꾸럼이 나만 치어다본다. 아마 제 생각에 내가 오면 의례히 저를 살리어 주려니 하엿나 보다. 더구나 방금 죽게 된 줄도 모르고 젖만 먹고 서있는 송아지 꼴은 참아 아처롭아서 못 보겟다. 나는 「누구 오아서 소 좀 살리어 주시오」 하고 울음 섞인 소리로 웨치엇다. 그러나 주먹으로 눈물과 비물을 씻으면서 암만 돌아보아도 사람 하나 그림자도 아니 보인다. 나는 두어 번 더 웨치엇건마는 如前히 아무 反響도 없다.

소 선 땅은 절반이나 더 올라 잠기엇다. 내가 살리어 주려니 믿고 소리를 그치엇든 소는 아까보다 더 높고 슬픈 소리로 영각을 한다. 하도 이상하야 보이매 철없는 송아지도 젖을 놓고 오둑하니 서어서 고개를 갸웃갸웃한다. 내가 三四年 동안이나 情을 들이어 기른 소 — 그의 사랑하는 새끼 — 그뿐 아니라 내가 살리어 주려니 하고 믿든 짐승에게 失望을 주는 나의 身勢의 불상함!

나 내 뛰어들엇다. 나 내 헴을 조곰 알앗다. 나 내 소를 向하고 弱한 팔로 물을 헤치엇다. 뭍으로 말하면 스무 걸음이 될동말동한 넓이를 못 건늘 줄이 잇으랴 하얏다.

그러나 물결이 세다. 내 두 팔이 아무작거리는 것은 물에 對하야 아모 抵抗을 주지 못하고 겨우 中턱쯤까지나 비비어 건느어 게서붙어는 물의 하자는 대로 하게 되엇다. 휙휙 물결에 밀리어 나리어 가면서 소를 치어다보앗다. 아마도 내가 물에 밀리어 감을 보앗음인지 몸을 솟아 뛰며 영각을 한다. 송아지는 보이지 아니한다. 나는 조고만한 힘이 잇서 소 곱비만 잘라 주엇더

---

* 소가 길게 우는 소리.

면 살 것을 ……나는 그저 뜨어나리어간다. 댓 걸음밖에 잡힐 듯 잡힐 듯하는 버들가지를 암만 바들거리어도 잡지 못하고 이제는 氣力이 盡하야 몸을 뜨인 대로 있게 하기도 매우 베차다*. 나는 죽는고나 하얏다. 어버이께서 얼마나 설어할고 하얏다. 내가 업어 주엇든 누이 생각도 하얏다. 또 여긔서 七里쯤 나리어가면 이 가람이 바다에 들어가는 개머리니, 개머리를 지나면 나는 바다에 들어가 그 넓은 바다에 어디로 갈지 모르리라 하얏다. 그러나 나는 게서 얼마를 아니 가서 물구비 잇음을 생각하고 그 물구비에 다달으면 물이 휘는 서슬에 陸地가 잡히려니 하얏다 ― 그것은 잘못 생각이라, 여러 물이 나를 가온데 세우고 前後左右에서 밀고 끌고 하는 듯이 나는 그 물구비를 지내엇다. 그러고는 또 한번 「나는 죽는고나」 하고는 아조 精神을 잃엇다.

(ㄴ)

그後 얼마나 되엇는지 앎 수 업으나 무엇이 엽구리를 푹푹 찌르는 듯하기에 겨우 精神을 차리어 번이 눈을 뜨어 본즉 내가 건지랴든 소는 물 下流에 있어 그 머리로 나의 몸을 밀고 우리 개는 나의 옳은 손목을 물어 언덕으로 끌어 나이려고 애를 쓰는 모양이라. 어떤지는 모르나 물 넓이가 꽤 넓은데 얼마나 이 두 짐승이 애를 쓰엇든지 그 세찬 물결에도 나를 붓잡아 언덕에서 서너 자 되는 데까지 밀어다 놓고는 그 以上 더할 힘이 없어 코로 들어가는 물을 푸……푸 내어뿜으면서 속절없이 발만 허우적거린다. 나는 겨우 차린 熹微한 精神 가지고도 이 두 짐승의 獻身的 사랑에 感激하야 눈물을 흘리엇다. 나는 이에 새 긔운을 얻어 어찌어찌 언덕까지 헤어 오르엇다. 소와 개는 이만 기쁜 일이 없는 듯이 뒤를 딸아 헤어 오른다. 나는 힘껏 소와 개를 안아주고 싶엇다. 그러나 물을 많이 먹고 氣絶하얏든 몸이라 精神이 들지 아니하고 四肢에 脉이 풀리어 땅바닥에 눕은 대로 손을 내어밀어 내 곁에 疲困

---

* 해내거나 견디기에 좀 벅차다는 뜻의 북방 방언.

하야 누운 소의 이마와 개의 목덜미를 만지엇다. 소와 개는 눈을 半쯤 감고
내가 만지는 대로 가만히 잇다.*

　한참이나 이 모양으로 있다가 나는 비가 이미 멋고 구름장 사이로 볏이
번적번적함과 내가 눕은 데는 개머리서 三里쯤 되는 辛村 앞임과 쏘하나 물
에 빠지엇든 사람을 소 길마**에 거꿀로 눕히어 입과 코로 물을 吐케 하던
생각이 나아 나도 뱃속엣 물을 吐하여야 하리라 하얏다. 배를 만지어본즉 果
然 딴딴하게 불르엇다. 그러나 길마도 없고 나를 도와줄 이도 없으니 어찌할
고? 소나 개를 길마에 代用하리라는 생각도 나앗으나 참아 再生의 恩人을
나로 하야 疲困한 몸에 제가 살겠다고 器具로 부릴 수는 없다 하얏다. 옳나
가 축동***에 거꿀로 눕으리라 하고 겨우 몸을 이르키어 벌레벌레 긔어서 축
동까지 나아가아 거꿀로 눕엇다. 그러나 元來 축동이 가파랍은데다가 풀잎
이 비에 젖어 눕으면 미끌어지고 눕으면 미끌어지어 어찌할 수가 없다. 나는
더욱 긔운이 지치어 한참이나 땅바닥에 쓸어지엇다. 소와 개는 고개는 번적
들고 나의 하는 양을 보더니 내가 쓸어지는 것을 보고 함께 일어나아 내 곁
에 오아서 나의 벌어벗은 몸을 이윽고 보다가 그대로 거긔 눕는다. 나는 아
모리 하야서라도 배속에 든 물을 뽑아야 되리라 하얏다 — 아니 뽑으면 죽
으려니 하얏다. 마츰 그 곁에 버드나무 한 그루가 서엇다. 나는 「옳지」 하고
그 나무 밑에 긔어가아 땅 밑에 난 버들가지를 끊어 千辛萬苦로 두어 자 높
이 될 큰 가지에다 내 발 하나를 동이어 매고 거꿀로 매어달리엇다 —

　물이 나온다, 나온다 — 입에서 코에서 — 아마도 한 동이는 넘으리라 하얏
다. 얼마 있노라니 차차 몸이 가볍어지고 精神도 좀 灑落하야진다. 아까 잡
아맬 때만한 수고로 발을 풀고 땅에 나리어 서엇다. 그러나 아직 걸음은 걸

* 원문에는 '있다'로 되어 있다. 『時文讀本』(신문관, 1918)에 재수록되면서 '잇다'로 수정되었다.
** 짐을 싣거나 수레를 끌기 위하야 소나 말 따위의 등에 얹는 안장.
*** 축동築垌. 물을 막기 위해 둑을 크게 쌓은 둑.

을 수 없다. 곁에서 물꾸러미 보고 앉앗든 소와 개는 安心한 듯이 꼬리를 두른다. 나는 다시 그네의 목덜미를 손으로 쓰다듬엇다. 개는 이윽고 나를 처다보다가 슬근슬근 축동 곁으로 걸러 西쪽으로 올라간다. 나는 「워리, 워리」하고 불르엇다. 그래도 돌아보지도 아니하고 차차 걸음을 빠르게 한다. 그러나 딸아갈 氣力이 없어 주먹으로 눈물을 씻엇다. 그 개는 소보다 一年後에 外家에서 강아지로 얻어온 것이라 平生 나와 동무로 지내어 親한 분수로는 이 소보다도 간절하얏다. 그러하더니 엊그제 中伏날 그 개를 잡을 량으로 올개를 감초들고 구유에 물을 주엇다. 개가 大門으로 들어오아 구유 곁으로 가랴 하더니 웬 일인지 고개를 숙이고 한 마디 「컹」 짖고 달아나간 뒤로는 이내 집에 들어오지 아니하얏다. 아마 축동 사이에 이틀 동안이나 숨엇다가 「소 살려주오」 하는 나의 웨침을 듯고 뛰어나아서 제 딴에 반갑은 나를 바라보고 서엇다가 내가 危殆하야짐을 보고 딸아온 모양이라. 간 뒤에 생각한즉 이때껏 내어 굶은 양하야 배가 홀족하고 눈이 움숙 들어간 듯하얏다.

*   *   *   *   *   *

멫날 뒤에 동네에서 미친 개를 따리엇다 하기로 가본즉 이 웬일인가. 바로 그 개로다. 입과 코로 선지피를 吐하고 골이 트어지어 죽어 넘어지엇다. 그 多情스럽든 눈은 검은자위가 거의 半이나 웃눈시울 속에 들어가앗다. 나는 두 주먹으로 얼굴을 가리우고 『으악』 울면서 물매 걸음으로 달아나앗다 ― 그 개는 褐色털이 그리 숯 많지 아니한 개엇다.

그 소는 그 후 내가 어버이를 여히고 東西로 돌아다니는 동안에 팔앗는지 잡아먹엇는지 앓 수 없다.

許生傳(上)*

서울이라 下南村에 선배한분 살더니라
움막사리 단간草屋 食口라고 다만內外
집웅에는 풀엉킈고 섬밋헤는 삵이잔다
五更쇠복 萬戶長安 꿈인듯이 고요한대
가믈가믈 가는초불 그린듯이 도도안저
외오나니 聖經賢傳 글소리만 들리더라

그겻헤서 바늘들고 그덕그덕 졸던안해
깁으랴던 누덕이를 와락집어 내던지며
「여보시오 말좀듯소 아츰밥은 엇지랴오
나는발서 눈어두워 바늘품도 다팔앗소
남들은 十年成就 小科大科 하온後에
出將入相 거들거려 가즌호사 다하는데

二十餘年 글을외어 科擧하나 못하고서
오동지달 칩은밤에 헐벗고 밥굶어도
그래도 如前하게 興也賦也 할터이오
글닑어 배혼재조 바람먹고 살려하오
人生이 죽어가서 저승이 잇다하면
고린선배 죽은鬼神 酆都獄**에 가오리다」

---

* 외배, 『새별』 16, 1915.1. 경희대학교 한국아동문학센터에 복사본이 소장되어 있다.

許生은 못들은체 글소리만 더욱노펴
孟子에 浩然章을 긔운차게 외오더니
하도몹시 쌩쌩대는 쏠난안해 잔소리에
참다못해 돌아안자 길게한숨 쉬이면서
「큰고기는 깁히숨어 道를닥기 一千年에
한번風雲 맛나는날 하늘놉히 올리솟아

소리를 치량이면 우레번개 재오치고
손한번 드놀리면 天地爲해 썰리나니……」
말이아직 맛기前에 그안해 變色하며
「그만두오 듯기실소
잔고기니 큰고기니 打鈴듯기 쏘역하오
다늙어 죽은뒤에 政丞判書 하랴하오

쇠죄한 그몰골에 말을해도 窮相엣말
조굴어진 그쌤다귀 福이왓다 놀라겟소
헐벗고 굶어안자 孔子孟子 찻기보다
설설이 씷는군밤 외오는것 제格이오
쏫가티 곱은靑春 당신일래 다늙은것
생각하면 切痛하오 잘잇스오 나는가오」

許生이 할일업서 鐘路로 나온것은
이튼날 첫밝게에 이른장군 모힐쌔오
냥태업슨 헌갓에다 편자터진 京兆網巾

―――――
** 도가道家에서 지옥을 이르는 말.

춍만남은 메트리에 발뒤꿈치 나오랴오
오고가는 行人들은 머뭇머뭇 이쏠보고
「거지낫다 바보낫다」 손가락질 웃음치오

「長安一富 그누구요」 許生의 뭇는말에
여러사람 쳐웃으며 「卜富者」라 대답하오
량반아닌 卜承業이 當時에는 朝鮮甲富
金權이 王權이라 門前이 常如市오
량반상놈 各等人士 俛首鞠躬 늘어선데
唐突하게 들어선이 그누구리 許生이오

수인사도 아니하고 單刀直入 입을열어
「내只今 稍緊하게 用處잇서 請하노니
만히말고 萬金돈을 許諾하오」 한마듸에
두말업시 卜富者가 許生의 請求대로
五日內로 安城邑內 等待하마 對答하니
안놀란건 두사람쑌 滿座中이 눈이둥글

許生이 그돈으로 各色果實 都買할제
看色도 아니하고 갑다틈도 아니하니
天下의 果實쟝사 눈이붉해 뒤덤비어
한달이 다못하야 열倉庫에 갓득차매
萬戶長安 가가우에 밤한알을 못볼러라
開闢後 첫일이라 全國이 뒤슬컷다

그제야 天下장사 倉庫가에 모혀들어
코흘리는 許生前에 「팔으소서」 哀乞伏乞
許生이 大笑하고 仰天嘆息 하는말이
「가이업다 世上이어 萬金돈에 흔들릴줄」
倉庫門 활작열고 하로안에 다팔으니
갑다토지 아니코도 數萬利를 어덧더라

一年지나 왼天下에 無前大變 쏘닐엇다
망건감투 할것업시 총물*이란 총물凶年
豪富家 새서방의 번적하는 장가길에
아바지의 낡은망건 빌려쓰는 야단이오
天下를 뒤놉게한 이原因은 그무엇고
許生이 濟州안자 총都買를 함일러라

이째에 連年飢饉 大小盜賊 蜂起하니
그中에도 三南各官 人民安堵 못할러라
나라이 힘을다해 가즌計策 다써보되
보람업서 滿朝庭은 밤낮업시 근심이오
하로는 許生이 單身으로 賊窟에가
「뭇노니 너희무리 집과안해 어대두뇨」

盜賊들이 긔이녀겨 이윽하게 보듯더니
「집과안해 잇을진댄 웨구태어 盜賊投身
三生에 罪障짓고 萬民怨讐 되을것고

---
* '총'은 말의 갈기와 꼬리의 털을 일컫는 말로, 말의 갈기와 꼬리털로 만든 물건을 뜻한다.

우리도 鑿井耕田 良民에도 良民으로
孝悌忠信 聖賢의길 싸르노라」 하옵더니

許生이 이말듯고 길게한숨 쉬온뒤에
「애닯다 하늘道가 깨어진지 오래고녀
躬耕力穡 하는天民 飢寒에 부르짓고
優遊行淫 하는무리 酒池肉林 하단말가
長安萬戶 高樓巨閣 부인房이 웨만흐며
富者의 倉庫속에 썩는곡식 어인일고

한편에는 늙은總角 짝을그려 울랴거늘
富貴家 妾媵婢妾 靑春空房 무슴일가
썩는곡식 밥을짓고 늙는寡婦 몰아다가
늙은總角 짝을지어 부인房에 두고지고
某月某日 너의무리 某浦口로 올작시면
물흐르는 金돈銀돈 힘껏등껏 지어주마」
盜賊들은 半信半疑 그날그곳 모혀들어
밀물들기 기다리며 서로공론 하던차에
돗나리며 들이대는 네다섯채 큰당둘이
許生의 弊袍破笠 큰배머리 썩나서며
「이속에 갓득찬돈 너희게 맛기노니
맘껏힘껏 지고메고 주린설치 다하야라」

쌈흘리는 盜賊무리 압헤즈륵 모화노코
「긔껏져야 一千金이 업서道賊 되단말가

내將次 너의무리 仙鄉으로 보낼지니
주리던것 배껏먹고 안해엇고 소사쯜고
아모달 아모날에 물쌔마쳐 예미츠라」
盜賊들이 슈을듯고 돈짐지고 헤어지다

여긔는 南洋속에 四時長春 無人絶島
濟州에도 늙은사공 석달남아 배질한데
盜賊무리 五百餘名 順風으로 下陸하야
나무찍어 집을짓고 풀을비어 밧닐우니
한말심거 열섬나고 山菜海魚 다함업네
얼마아녀 집집마다 아기소리 들리더라

두길세길 돌담싸하 넓은世上 좁게살고
門마다 쇠를잠가 밝은天地 獄삼는줄
좀먹다가 남은나달 쉬쓴고기 할타먹고
쇠조각과 헌겁으로 가즌치례 야릇하게
웃기울기 말을조차 저울에다 쓰는고생
미친世上 지랄장이 가이업슨 살림이나

단간茅屋 이라해도 半間淸風 半間明月
쥐니마에 좀작난한 곷동산은 업거니와
울어蒼天 굽어大地 그네의 마당이오
茂林中에 우는百鳥 同樂하는 벗이로다
철차자 새론五穀 이슬매친 어린나물
心身조차 淸閑하니 부럽을것 乾坤이나

먹고남은 물건을란 日本에 실어내어
三年동안 장사한것 幾十百萬 모르더라
하로아츰 잔듸판에 太平逸民 모하노코
許生이 입을열어 「듯거라 동무들아
나는오늘 이섬써나 故國으로 가려하니
돌아가기 願인者는 이압흐로 나서거라」

「우리는 안가랴오 이極樂을 내어노코
거치는이 쏘업스매 만난대로 즐길지니
우리는 이곳에서 아들나코 딸을길러
질항아리 술닉거든 노래하고 춤추랴오」
許生이 빙긋웃고 다시금 입을열어
「귀담아 들으시오 申申付托 이내말을

얼마아녀 이나라에 妖物들이 생기리니
그妖物 생기거든 집과집에 싸홈나고
쌀독에는 피가뭇고 술항아리 째어지고
노래하던 그입에는 慟哭소리 나리로다
그妖物은 얼굴곱고 말잘하는 두오누니
올아비는 돈이라고 그의누이 글이로다

千年묵은 구미여호 神通하야 오누되니
동굴동굴 오불고불 各色造花 능란하야
곳게생긴 하늘道를 가로채어 휘어쓰매
되다못된 病身바보 英雄되어 주적시고

靈魂에다 갑슬매어 萬物庾에 버리리니
「동굴고불 千里萬里」 呪文외며 把守하라
아들딸 나거드란 논물에다 沐浴감겨
밧귀자기 버들그늘 젓을먹여 누일지니
지나가던 毒蛇전갈 어이돌아 갈터이오
자란뒤에 손발바닥 구든살이 오르거든
구든살은 太乙眞人 손소그린 護身符니
百病百鬼 不侵하고 萬壽無疆 하오리라」

言罷에 그들中에 기억아는 세네사람
불러내어 배에싯고 順風마자 배쩌날제
물가에 가믈가믈 손혀기고 부르는양
배우에 사람들도 굵은눈물 쩌루더라
하로이틀 니어順風 두달이 다못되어
물속에서 솟는해에 쩌나온다 故國멧발

이 許生의 事跡은 일찍『아이들보이』째에 散文으로 한번 揭載한 일이 잇스나
이번에는 韻文으로 다시 지어 여러분의 새 感興을 닐히키고져 하얏노라

海参威로서*

第一信(其一)

저는 좀 오래 留하려하던 上海를 지난 ○日에 써나아 오늘 아츰 無事히 海参威에 上陸하엿나이다.

제가 上海를 써나는 날은 正月 바로 初生 바람 세게 부는 날이러이다. 새로 지은 洋服에 새로 산 구두를 신고 나서니 저도 제법 洋式紳士가 된 양하야 맘이 흐믓하더이다. 게다가 平生 못 타보던 人力車를 疾風가티 몰아 英大碼路 장판 가튼 길로 달릴 째의 맛은 나 가튼 쇠골쭉이에게는 어지간한 호강이러이다. 그러나 路上에서 眞字 洋人을 만나매 나는 至今썻 가지엇던 「푸라이드」가 어느덧 슬어지고 등골에 찬 쌈이 흐르어 不知不覺에 푹 고개를 숙이엇나이다. 洋人의 옷이라고 반드시 내 것보다 나은 것은 아니며 내 옷 닙은 꼴이 반드시 洋人보다 자리가 잡히지 아니함은 아니로대, 自然히 洋人은 富貴의 氣象이 잇고 나는 쌔들쌔들 洋人의 숭내를 내랴는 불상한 貧寒者의 氣象이 잇는 듯하야 羞恥의 情이 저절로 생김이로소이다.

果然 나는 아무 目的도 업고 事業도 업는 遊客이오 그네는 私事 公事에 눈쓸 사이가 업시 분주한 사람이니, 이만하야도 내가 羞恥의 情이 생김은 맛당할가 하노이다. 設或 漫遊를 한다 하여도 그네의 漫遊는 價値가 잇나니, 商業 視察이라든지 地理 歷史的 探檢이라든지, 或은 人情風土와 文化視察이라든지 或 政治的 視察이어나 軍事偵探이라든지 그러치 아니하면 詩人文士의 詩材와 文材蒐集이라든지 다 相當하게 價値가 잇거니와, 나 가튼 놈의 漫遊에 果然 무슨 쯧이 잇사오리잇가. 내가 商業 政治 等 視察을 할 處地오릿가. 쪼는

* 무기명, 『靑春』 6, 1915.3.

그러할 能力이 잇나잇가. 또는 學術的 藝術的으로 무엇을 어더 만한 知識과 眼光이 잇나잇가. 제게 羞恥之心이 생김이 當然한가 하오며, 古聖의 말슴에 知恥는 近乎勇이라 하오니 或 내가 이 羞恥를 알기나 하는 것으로 慰勞를 삼으리잇가.

니마에 찬 쌈이 흘러 黃浦灘 埠頭에 오아 行李*를 待合所에 놓고 「벤치」에 걸어안져 삼판 써나기를 기다리엇나이다. 마츰 米州 가는 「코레아號」가 明朝에 發錨한다 하야 洋人 손님이 만히 往來하나이다. 그中에는 안해를 보내는 지아비와 지아비를 보내는 안해도 잇는 모양이며 子女를 留學 보내는 父母와 浮萍身勢로 서로 만낫다 써나는 친구네도 잇는 모양. 다 무어라고 짓거리고 우스며 右往左來하기도 하고, 三層으로 지은 從船 위에 欄干을 지혀 늘어서서 埠頭에서 치어다보는 이를 나리어다 보면서 큰 소리로 서로 告別하는 修人事를 할 적에 그네의 가슴이 좀 散亂하는 소리가 들리는 듯하나, 그래도 萬里相別에 落淚함을 보지 못함은 果然 世界를 征服하기에 닉숙한 民族의 胸中이 特別히 우리네와 달리 雄壯한 듯하야 感嘆하기를 말지 아니 하엿나이다. 그네는 果然 征服者요 治者인 地位에 서서 宇內 到處에 橫行闊步하는 분네들이니, 그네의 니마의 주름과 머리의 센 털억도 다 무슨 奮鬪의 痕跡과 重大한 意味가 잇는 듯하야 自然히 엄엄하게 보이더이다. 이러케 그네를 보고 한편 구석에 쭈그리고 안즌 얼골에 피쎅 업슨 우리 一行의 身勢를 보오매 미상불 凄凉한 心思를 비길 곳이 업서 저절로 고개를 돌리엇나이다.

이 「코리아號」 從船은 東洋 黃色人種이 오르는 이가 업는 것을 본則 一二等客만 타이는 배인 줄이 分明하다 하엿나이다. 東洋에 航行하는 배들은 대개 二等이 둘이니 하나는 「For Foreigns(洋人 타는 데)」, 또 한아는 「Chinese 2nd class(支那人 二等)」이라 大書하야, 가튼 二等이로되 前者는 甲板上 美麗한 船室이오 後者는 甲板下 어둑침침한 房이로소이다. 업는 말이오나 우리

---

* 길 가는 데 쓰는 여러 가지 물건이나 차림.

가 只今 안젓는 「벤치」에도 豆錫板에 「For Foreigns(洋人만 안는 데)」라 쓰엇
으며, 公園도 法界公園 以外에는 支那服으로는 들어가지 못하오며, 日服과
朝鮮服은 類가 적음으로 禁하지 아니하오며, 支那人이라도 洋服만 닙으면
저 「벤치」에 안즐 수도 잇고 公園에 노닐 수도 잇사오니 洋服의 「時之義大
矣」로소이다. 閑話休題하고 그 從船은 東洋人이 오르지 아니함을 보아 一二
等쌘인 줄을 알아사오며, 그中 엇던 東洋人의 家族 一行이 이 배에 오름을 보
니 그는 물어볼 것 업시 廣東人이로소이다.

대개 廣東은 洋人과 通한 지 발서 三百餘年이오며, 兼하야 廣東人의 性質
이 怜利하야 支那人中에 가장 銳敏한 民族이오며, 布哇, 南洋, 濠洲 等地에 나
아가 豪勢한 洋人과 角逐하면서 能히 優越한 商權을 掌握하는 이도 廣東人이
오며, 孫逸仙 等 여러 錚錚한 名士도 廣東 出身이 만사오니, 勞動者 만키론 山
東省이 웃듬이오 開明人과 商人 만키론 廣東이 웃듬이라 하는지라, 좀 外貌
가 깨끗하면 支那人은 의례히 「他不是東洋人(日本人)麼可是廣東的罷」 하는
것을 보아 支那人이 廣東人에 對한 생각을 알리이다.

「코리아號」 從船을 써나앗이다. 餞送客으로 本船까지 가지 아니하는 이는
다 埠頭에서 帽子와 「한케치프」를 두르고 「후레, 후레」를 부르다가 슬몃슬
몃(우리는 보지도 아니하고) 돌아가나이다. 待合所는 한참 寂寂하게 되고 新
聞 파는 支那少年만 기웃기웃 돌아다니나이다. 나는 낡을 줄은 모르면서도
하도 제 身勢가 초라하야 或 英文新聞이나 보면 人物이 좀 도두설가 하는 可
憐한 생각으로, 拾錢 銀貨를 주고 支那外字報 치고 가장 勢力 잇다는 上海 今
朝 發行 『China Press』 一部를 사아 廣告 그림만 두적두적하다가 外套 호주
머니에 半쯤 밧그로 나오게 집어 너허 몸치레를 삼앗나이다.

이윽고 우리가 탈 俄國 義勇艦隊(上海—長崎—海參威間) 「플라와號」 從船
에서 客 오르라는 고둥소리가 나기로, 나와 나를 餞送하러 나아온 三四 畏友
가 그 從船에 오르엇나이다. 客이라고는 나와 俄人인 듯한 洋人 二人밧게 업

고, 얼마 잇다가 日本 郵便局 官吏가 西比利亞線 經由하는 小包郵便物 한 수레를 싯고 오와 船員과 무슨 文書를 受授하고는, 우리 從船도 埠頭를 써나아 黃浦江 楊水浦 구비를 비스듬이 돌아가나이다. 夕陽 江바람이 十餘日이나 알턴 몸에 매오 苦되게 불어 나는 外套깃에 목을 푹 파뭇고 마즌 편에 안젓는 可人君, 少蘭君, 少滄君, 友血君의 얼골을 번갈아 보앗나이다.

四君의 元來 黃한 顔色은 黃한 上海 落日의 斜光을 바다 아조 햇슥하게 凄凉하게 보이나이다. 아마 病餘의내 얼골도 그만큼 凄凉하게 보이엇슬 것이로소이다. 可人君의 핏긔 업고 아래턱 쑥 내어민 얼골, 少蘭君의 코스마루 놉고 밧삭 여윈 얼골, 其中에 第一 血色 조키는 동그레한 少滄君의 얼골, 그 담에는 볼이 조글고 顴骨은 나왓슬망정 습겁게 생긴 내 얼골이 血色 조흔 차례에 갈 것이로소이다. 그네나 내나 어리어서부터 少年의 단 자미도 보아보지 못하고 실상 아모 것도 하지는 못 하면서도, 所謂 時代의 風波에 부댓기어 남과 가티 煩悶이란 것도 하야 보고 失敗란 맛도 보아 보고 當치 못한 神經衰弱이니 不眠病이니 하는 精神的 疲勞로서 나는 病도 알아 보고, 或 근심도 하고 울기도 하고 別로 目的도 업건마는 或 무엇이 잡힐가 하고 東漂西流하는 身勢! 家庭이 잇서도 家庭의 溫味를 모르고 取醉咏舞하는 咸陽豪傑의 벗을 모름이 아니로대, 알 수 업는 무엇에 얽매어 爲하는 이 업는 孤節을 지키어 오는 身勢가 어디서 얼골에 和氣가 돌리오. 나는 네나 내나 崎嶇 한 八字를 타고 나앗다, 이대로 꼿 가튼 靑春을 보내단 말가. 알지 못케라, 이보다 나은 世上을 볼 날이 잇슬는가 말는가 하고 남모르게 눈물이 흐르어 落日을 보는 체하고 고개를 돌리엇나이다.

黃한 落日과 蕭瑟한 異域 바람과 孤獨轗軻한 失巢한 靑年과 — 아아, 이 무슨 悲慘한 情景이니잇가. 게다가 그리다가 그리다가 만난 친구의 情을 洽足히 풀기도 前에 天涯萬里에 서로 써나는 訣別 가튼 길이로소이다. 내 그네의 胸中을 알 수 업사오나 應當 나와 가튼 感慨를 품엇슬 것이로소이다.

제가 一朔前 이곳 올 째에는 아직도 부텃던 柳葉이 다 떨어지고 앙상한 가지 긋헤 바람만 솔솔 불어 지나오며, 中流에 맨 어느 나라 軍艦에서는 喇叭을 불고 북을 치며 새새 國歌을 알외고 體操도 하나이다. 우리는 멍하니 이 光景에 醉하야 各各 다른 가슴이언마는 거의 가튼 가지 空想을 그리면서 어느새 「플라와」 八千餘噸되는 本船에 오아 다핫나이다.

발서 俄人의 世界에 들엇나이다. 얼는 보아도 水夫까지 다 귀엄성 잇서 보이는 俄人인 듯, 제 船室은 저 甲板 맨 밋층 三等室이라는 데로소이다. 爲先 게다가 짐을 부리고 자리를 펴고 다시 甲板上에 나아오아 慇懃하게 握手 作別하엿나이다. 그 겻헤 엇던 젊은 船員은 우리 모양을 殊常하게 보더니 英語로

"Are You Chinese, or Japanese?"

"No, We are Korean."

船員이 빙긋 웃고 돌아서 가면서

"Oe. You Korean."

우리는 한참이나 먼하니 섯다가 다시 握手 作別하고 헤어지엇나이다.

從船이 船側을 써날 째에 나는 帽子를 두르고 소리를 지르어

「나는 方向 업시 가는 대로 가오」

저편에서도 소리를 지르나 바람 소리에 들리지 아니하더이다. 나는 船室에 들어오아 나즌 天井을 바라보고 옷도 아니 그른 대로 누엇나이다. 몸이 疲困하나이다. 그만 잠이 들엇나이다.

金鏡*

金鏡은 어제밤에 大邱를 쩌나 九月一日 夕陽에 古邑驛에 나리엇다. 그는 서울도 들러지 아니하고 하루라도 사랑하는 學徒들의 學業을 休하지 아닐 양으로 싸른 火車도 더대다 하게 장다름을 하엿다. 驛에 나리어 조고마한 冊 보퉁이를 씨고 鐵道線路를 지나 좁고 풀 깁흔 논틀길**에 들어서며 西北 대하야 포플라숩 사이로 보이는 灰壁한 여러 채 집을 보고 반갑은 듯 빙긋 우섯다. 그는 어대든지 갓다가 古邑驛에 나리어 이 포플라숩과 이 집을 보기를 가장 깃버한다. 더욱이 帝釋山 쏙대기로 누엿누엿 넘어가는 해를 마조 보면서 길다란 동툭***길로 만흔 논 사이로 포플라숩을 바라보며 숨이 차게 걸어가기를 더할 수 업는 즐거움으로 안다. 或 이 즐겁음을 얼른 씃내기를 아깝게 녀기어 일부러 걸음을 느추어 슬글슬근 가기도 하고 或 동툭 버들 그늘에 우둑하니 안져서 마치 情든 사람을 멀리다 세우어두고 보는 모양으로 실컷 간질간질한 단맛을 보다가 해 지게야 어슬넝어슬넝 들어가기도 한다. 이번에도 한 달만에 돌아오는 길이라 가슴이 트럿하도록 반가움과 깃븜이 속에 차 혼자 우스면서 저녁 烟氣 나는 村中째를 向하고 들어온다.

발서 벼갈이 씃나고 여긔저긔 굽을굽을한 벼 배가 싯누런 뱀모양으로 서리엇다. 동툭에 버들입은 아직도 푸른 긔운이 잇서 서늘한 저녁 바람에 살살 썰린다. 南國으로 돌아가는 오리쎄가 이 논에 저 논에 물 잇는 논을 싸르어 푸드득하고 날개 소리를 나이며 왓다갓다 한다. 金鏡은 前보다 더한 반가

---

* 孤舟, 『靑春』 6, 1915.3.
** 논두렁 위로 난 고불고불하고 좁은 길.
*** 큰물이 넘쳐나거나 넘쳐들지 못하게 크게 쌓은 둑.

음과 깃븜으로 前에 늘 안젓던 버들 그늘에 다리를 쭉 뻗고 안져서 담배를 피운다. 포풀라숩 사이로 다니는 사람이 알는알는 보일 쌔마다 저것이 누굴가, 아, 아모개로다 하고 함부로 생각나는 사람을 집어내고는 뭇는다.

金鏡은 굵은 모시 두루막이가 여러 날 車길에 쇠깃쇠깃하게 되고 깃에는 쌈아케 石炭에 석긴 째가 뭇엇다. 어제밤 大邱서 신흔 嶺南 메투리에는 아직도 흙이 말라붓고 무명 고의도 풀이 죽어 다리에 찬찬 감기엇다. 겻헤 버서 노흔 밀집 벙거지는 말이 못되게 새캄아케 걸엇고, 량태가 불거진 것은 부채 代用으로 서엇슴인 듯 金鏡은 衣服凡節을 그리 注意하지 안는 사람인 줄은 얼는 보아도 알겟다. 다만 쌔긋한 것은 책보퉁이라, 그것 한아는 쌍에 굴리지 아니고 무릅 우에 언젓다.

金鏡은 本來 이곳 사람이라. 어리어서 父母를 여희고 그 어린 누이 둘과 함씌 東西로 漂迫하다가 金鏡은 엇지엇지 攀緣을 어더 日本 東京에서 中學校 싸지를 마추고 저 포플라 그늘에 보이는 灰壁한 ○○學校의 敎師로 延聘되기는 距今 五年前 일이라. 그러나 그가 이 學校에 敎師로 옴은 當時에 流行하던 愛國熱로 그러함은 아니오, 故鄕 學校라는 私情으로 그러함도 아니라. 마춤 某處에서 나던 學費도 싿허지고, 쏘 故鄕에는 八旬이나 된 老祖父가 계시매 얼마 아니 되는 餘年을 갓갑게 모시리라 함과, 그쑨 아니어 大學은 마추어 무엇하나, 獨學이 웃듬이오 쏘 나의 長技는 詩人인 則 詩人은 天成이라 엇지 배홈을 기다리리오, 배호라 함이 도로혀 天才를 束縛케 하는 張本이니 차랄이 故園에 돌아가 田園에 숨어 아직 캐어보지 못한 朝鮮民族의 人情의 幾微와 實社會 人生의 살아가는 맛을 探究하리라 하는 종작 업고 철 업슨 생각과, 게다가 ○○校主의 懇請이 잇슴을 다행으로 斷然히 이곳에 오기로 決하니, 쌔는 金鏡의 나히 겨오 十九歲되는 三月末이러라.

元來 金鏡은 少年期에 感化를 바든 데가 업슨 故로 만이 자리를 잡지 못하고 자리를 잡는다 하면 오직 제 생각으로 定할 수밧게 업는 處地니, 조케 말

하면 自由로 發達하기도 便하거니와 다르게 보면 아조 남의 말 아니 듯고 제 맘대로만 하랴는 倨傲固執한 危險한 境遇라. 다행히 金鏡은 先天的으로 向上하랴는 美質을 타아 아즉까지 墮落에 싸지지는 아니하엿으나, 軟弱한 心身으로 主定업는 길을 가려 함이 얼마나 괴롭앗스리오. 그가 東京에 잇서서도 어느 先輩나 長者의 訓戒나 指導를 바다보지 못하고(或 無意識中 社會的 感化는 바닷슬지나) 저 자랄 대로 자랏나니, 그 言行과 思想이 規模 잇기가 매오 어렵다. 그러나 그의 배호지 못함은 아니 배호랴서 그러함이 아니오 가르치는 이가 업서서 배호지 못함이니, 그럼으로 그가 오늘 매우 後悔하는 것은 先輩 업시 자라남이라. 恒常 말하기를 「나는 이제라도 畏敬할 嚴師 門下에 一年만 지냇스면」 하는 것을 보아 얼마나 그가 修養할 欲望이 간절한 줄을 알 것이라.

그가 첨 精神上으로 影響을 바든 이는 톨스토이와 木下尚江*과 德富蘆花**니, 이도 어느 先輩나 朋友가 紹介하여 준 것이 아니라, 하로 學費를 타가지고 돌아오는 길에 冊肆에 들럿다가 「火の柱」라는 木下尚江氏의 小說을 보고 그 이름이 自然 맘에 들어 二十錢인가 주고 사아가지고 돌아오아 그날 밤으로 그 한 卷을 通讀할 세, 더할 수 업시 마르엇던 섭에 불이 떨어지매 갑작이 와락 불길이 닐어나는 모양으로 金鏡의 어린 가슴은 高熱한 불바다가 되엇다. 社會의 不公平함 — 腐敗함 — 凶惡함과 古理想家의 맑은 맘과 熱火 가튼 精誠이며, 그네의 피 만코 눈물 만흠이며, 게다가 德과 美를 兼해 사랑하는 情人으로 수를 노흐니, 純潔한 이 少年의 피를 끌힘도 偶然한 일은 아닐지라. 그째부터 나도 이 小說中 人物이 되리라는 생각이 나니, 이 小說 한 卷이

---

* 키노시타 나오에木下尚江(1869-1937). 기독교 사회주의 언론인이자 소설가. 대표작인 『불기둥 火の柱』(1904)은 메이지 말기 기독교 사회주의 소설로 잘 알려져 있다.
** 토쿠토미 로카德富蘆花(1868-1927). 메이지 말기에서 타이쇼 시대에 걸쳐 활동한 소설가. 여러 해 동안 형 토쿠토미 소호德富蘇峰의 출판사에서 일하다가 『호토토기스不如歸』(1898)의 성공 이후 독립적인 길을 걸었다. 『호토토기스』는 메이지 말기의 대표적인 가정소설이며, 신파극으로도 공연되어 대중의 인기를 끌었다.

至極히 적으되 金鏡이라는 새 사람으로 하여곰 「主義」의 高尙한 甘味와 「奮鬪」의 欲望과 「戀愛」의 醇味를 알게 하며, 아울러 至今토록 抱負하는 古理想家的 色彩를 씐 그의 倫理觀은 實로 이 小說 한 卷에서 나왓더라. 그後 니어 「良人の告白」, 「靈力悶力」, 「飢渴」 等 木下氏의 熱烈하던 情을 吐露한 作物을 夜以繼日하야 耽讀하매, 동키호테는 아니언마는 金鏡 제 몸이 거위 小說中 人物이 되다십히 되어 言語와 行動이 아조 溫順謙遜하게 되고, 각금 무슨 黙想에 茫然히 自失하기도 하며, 或 夜半에 집을 쩌나아 郊外에 逍遙도 하야 보며 밤이 새도록 書案에 지혀 붓도 들어 글도 지어 보고, 或 비스테리的으로 울기도 하야 보니, 어느덧 同輩間에는 少年哲人이라고 綽號가 생기고 同窓中 年富한 이는 金鏡의 瘦瘠하여 감을 근심하니, 그의 多年 辛苦하던 不眠症도 當時의 所得이오 病中에 또 病되는 雜念도 그째부터 어든 바러라.

그後 어느 親舊가 金鏡의 讀書慾 잇슴을 奇特히 녀기어 杜翁*의 「我宗敎」** 一冊을 빌리니, 文章의 難澁함이 小說에 비길 수 업고 또 思想이 生疎하고 高尙하야 單純하고 幼稚한 金鏡의 十分 理解할 바이 아니나, 마츰 그가 다니던 學校는 예수敎會 所立이라 聖經課程이 잇서 聖經의 智識은 如干 잇스며, 또 敎師의 牽强臆說에 恒常 疑訝하야 하고 不滿하여 하던 터이므로, 「我宗敎」에서 비로소 聖書가 조흔 글인 것과 예수의 가르침이 正大하다는 맛을 시언히 보고 아울러 木下氏에게서 어든 예수敎的 理想에 더 힘잇는 意義를 加하고, 當時부터 世所謂 예수敎會의 虛僞됨을 슬혀하야 敎會에 다니기를 廢하니라.

이리하야 幼稚하고 薄弱하나마 金鏡君의 性格이 처음 基礎를 잡은 것은 그가 中學校 三年級 적 卽 十六歲時러라.

이後에 다른 일이 업섯던들 少年 金鏡의 靈은 或 즐겁고 安穩하엿스리라.

---

* 톨스토이의 음역어音譯語. 레프 니콜라예비치 톨스토이Lev Nikolayevich Tolstoy(1829-1910). 러시아의 소설가이자 시인, 개혁가, 사상가. 사실주의 문학의 대가로서, 대표작으로 『전쟁과 평화』(1869), 『안나 카레니나』(1877), 『부활』(1899) 등이 있다.
** 원문에는 '「宗敎」'로 되어 있다.

그러나 造物은 그에게 安穩하기를 許하지 아니하야 洪이라는 사람으로 하여곰 바이론의 「海賊」과 「天魔의 怨」을 보이게 하야 安穩하던 이 少年의 靈을 散亂케 한 뒤에, 「文界의 大魔王」이라는 바이론의 傳記를 빌니어 일즉 「火의 柱」로 불 닐던 속 그 모양으로 金鏡의 가슴에 불길을 닐히엇다. 이에 少年 金鏡의 靈에 善天使와 惡天使가 政權을 다토게 되니, 이에 비로소 새 少年은 크피드의 살을 마져 內的 苦悶이란 맛을 보게 되고 그의 日記에는 「煩悶」이니 「苦痛」이니 「死」니 하는 글자가 자조 나오게 되얏더라. 그后부터 金鏡은 각금 술을 마시고 異性의 愛를 求하니 「바이론이즘」이오, 그러다가도 正과 義의 勇士되기를 渴求하니 「톨스토이즘」이라. 이 두 正反對되는 主義가 晝夜로 다토는 中에 洪君은 傍觀冷笑하면서 쏘리키 모팟산 가튼 이를 불어 너흐니 少年 金鏡의 靈에 暴風狂瀾에 雷雨까지 더하야 거의 狂할 번하얏더라. 金鏡이 이곳에 오기는 바로 이째니, 그럼으로 敎師로 赴任하자말자 學課나 畢하고는 連日 長醉에 果然 바이론으로 自處하얏더라.

그러나 李白과 바이론은 酒色을 耽하대 詩를 지엇거늘 나는 엇지하야 詩도 小說도 못 짓는고, 大器는 晩成이라 하야 그러한가, 아직 째가 니르지 못하얏는가 ― 이에 自稱 바이론은 좀 落望하얏다. 或 李白의게는 술 먹기만 배호고 바이론의게는 好色만 배호고 톨스토이에게서는 맘 고생만 배홈이 아닌가 反省이 생기며, 兼하야 남의 嗤笑와 擯斥도 當하고, 또 朝鮮에 돌아와 一朔 二朔 지나아보니 「四疊半」에서 空中樓閣 싸키와는 다르어 或 발등에 썰어진 불덩어리도 잇는 듯하고 爲先 하지 아니치 못할 急한 일도 잇는 듯하야 아조 寄宿舍에 한 房을 잡고 쫙 들어안게 되매, 校務에도 奔走하게 되고 奔走하노라면 더욱 精誠도 생기고 이럭저럭 이 學校에 쐐 有用한 敎師가 되니, 그가 말하되 「나는 〇〇學校에 오아서 비로소 사람노릇 하기를 조곰 배호앗노라」 하나니 實로 오늘날 金鏡의 性格은 이 學校에서 어든 바라 할 만하다.

말하자면 金鏡의 至今까지의 歷史에 根據地 둘이 잇스니, 한아는 그가 工

夫하던 — 쏘는 「火の柱」와 「我宗敎」와 「海賊」을 닑던 東京 白金과 또 한아
는 健全한 朝鮮人이 되게 된 이 五山이라. 그가 五山을 반갑아함이 이만하여
도 十分 그 理由가 되려든, 하믈며 學校에서 배호는 四五十名 큼짓큼짓한 아
이들은 그네가 코를 흘릴 열 살 열한 살 적부터 가르치어 五六年을 함씌 지
낫스니 情인들 얼마나 들엇스랴. 그네가 쓰는 말도 제가 가르친 바요 아는
知識도 제가 니르어 들린 것이며, 그네의 옷고름을 제가 매여주엇고 그네의
머리를 제 손으로 싹가 주엇스니, 本是 兄弟姊妹의 家庭的 溫味를 모로고 자
란 金鏡은 오직 그네에게서 아오의 사랑도 맛보고 누이의 곱음도 經驗하며
多情한 동무의 살음한 맛도 보는 것이라. 이 少年들은 그에게 두고 다만 弟子
될 쁜만 아니라 實로 兄弟요 姊妹요 情人이라. 그가 일직 이 情을 읍조리어
가로대

「곰곰이 생각하면 그리 그립을 것도 업스련만, 잠만 들면 야속히도 고것
들 쑴만 쑤노매라. 말아라, 작난에 醉한 아이들이야 무슨 생각」
하엿스니 이것이 그의 學徒에게 對한 그리운 맘을 그리어 나인 것이라.

金鏡은 卷烟 꽁다기를 발로 썩썩 비비며 혼잣말로

「果然 나와 五山과는 무슨 緣分이 잇는 게야. 空然히 끌리고 愛着하는
걸……부처의 말슴에 愛着은 罪라더니 그럴 듯도 하거든. 나도 五山이란 것
이 繫累가 되어 곳잘 조흔 機會를 노치어 가며 工夫도 더 못 하고 이름 벌이
돈 벌이도 못 하는 걸……」하고는, 別로 큰 쯧 업는 五山에 붙들리어 슴겁은
語學이나 數學 敎授로 貴重한 時間과 努力을 다 虛費하거니 하는 생각이 또
북받쳐 오르어

「내가 內弱해 이러타. 웨 五山 따위를 쎄어노치 못하고 거긔 매달리어 언
제싸지든지 이 無意味한 것을 繼續하랴는고 웨 이번 길에 다시 東京으로 달
아나지 아니하고 어슬렁어슬렁 긔어들어 오앗는고」하고 當場 닐어나 停車
場으로 되돌아 나가 담번 車를 타고 달아나고 십다 한다. 그러나 또 생각하

야 본즉

「五山은 가난하고 외롭은 學校라 내가 가면 다시 敎師를 求하기 어렵으려니, 다시 敎師를 求하지 못하면 그 學校들은 엇지 되나. 쏘 가티 四五年 고생하여 오던 同僚, 내게는 어른되는 분들은 얼마나 落膽하야 할가. 올타, 이것이 나를 犧牲할 곳이로다. 自己犧牲 工夫를 여긔서 할 것이로다」 하고 겨우 쓰어 오르는 가슴을 鎭靜한다. 金鏡은 제 行爲에 무엇이든지 高尙한 意義를 부치고야 마는 버릇이 잇다. 이번도 이 「自己犧牲」이라는 말에 그만 속아 넘어간 것이다. 그러나 이는 決코 제 過失을 辯護하려 하는 쐬가 아니오, 아모조록 自覺 잇는 意義 잇는 生活을 하리라 하는 可憐한 생각으로라. 그러나 한번 부친 意義가 終始一貫하느냐 하면 각금 利害와 苦樂에 흔들리는 바 되나니, 假令 至今 「自己犧牲」이란 것으로 이번 五山에 오는 意義를 삼으나 쏘 얼마를 지내어 무슨 不滿이 생기면 或 나로 하야금 五山에 잇지 못하게 함은 다른 原因이 잇다 ─ 卽 내가 불상하고 情든 五山을 爲하야 自己를 犧牲하랴 하지 아니함이 아니로대 다른 原因이 잇서 이를 못하게 한다든지, 쏘는 내가 五山 싸위를 爲하야 自由를 犧牲함이 넘어 無價値하지 아니한가 하든지를 理由로 삼아 달리 意義잇는 生活을 求하려 한다.

이 모양으로 金鏡은 맘을 牢定치 못하야 五山을 쮜어남이 二三次로대 마츰내는 다시 五山으로 돌아 들어왓다.

대개 金鏡은 意義 잇는 生活을 하리라, 自覺 잇는 生活을 하리라 ─ 밝히어 말하면 成功欲을 滿足할 만한 事業을 붓들리라, 一生을 쏙 들이어 바치어도 後悔 업슬 事業에 着手를 하리라, 그것이 아직 이르거던 實力을 기르는 일을 하리라 하는 欲望이 잇다. 그런데 五山은 이 欲望의 對象이 되기에는 넘어 적다, 無意義하다 하는 不滿이 잇서 어느 구석에 시언한 것이 잇슬가 하고 或 셔울도 가보고, 이번에 嶠南*도 周遊하야 보고 或 支那 等地로 遊歷도 하여

* 경상북도 문경시와 충청북도 괴산군 사이에 있는 고개 새재 혹은 조령鳥嶺 남쪽이라는 뜻

보앗다. 그러나 가아보면 그곳도 그곳이라 別로 시언한 데도 업스매, 멀다야 二三朔이 못해서 다시 五山으로 긔어들고 하엿다.

그가 五山을 써나 다른 곳으로 向할 째에 의례히 멧 가지 새 計劃이 잇는 모양으로 다른 곳에 갓다가 五山에 돌아올 째에도 의례히 새 計劃이 잇는 法. 그리고 그 所謂 새 計劃이라는 것이 決코 成功치 아니하는 것도 의례히라. 그가 이번 嶺南에 갈 적에도 (一)沈默할 것, (二)敬肅할 것, (三)仔細히 모르는 바를 말하지 말을 것, (四)每日 文이나 詩 一篇을 짓고 一百頁 以上 讀書할 것. 其他 數條의 작정이 잇서 車中에서부터 이를 實行하기 시작하엿스나 信地에 간 지 一週日이 못하야 버릇잇 弄談과 冗言이 터지고, 기대어 안씨, 걸음 빨리 것기, 節制 업시 웃기가 다시 시작되고 作文과 讀書도 豫定의 三分一도 차지 못하엿다. 卽 이번 작뎡도 失敗하엿다. 이에 五山에 돌아오는 車中에서 쏘 새롭은 작정을 하엿다. 첫재는 毋論 人格完成에 關한 것이니, (一)重(論語에 君子 不重則不威學則不固), (二)認(論語에 君子 其言也訒) 이 두 가지는 果然 金鏡君의 가장 애쓰는 바이라. (三)안해를 사랑하리라(中庸에 君子之道 造端乎夫婦), (四)豫習 업시는 敎授를 아니 하리라, (五)亂讀을 廢하고 規範科學을 넑으리라 等과 其他 數條니, 三은 金鏡은 家庭 맛을 모르어 안해를 平生 親庭에 두고 저 혼자 寄宿舍 한 房에 잇서 오앗다. 그러나 이번 길에 夫婦各居함이 서로 作罪함이 크럇다, 저는 무슨 자미가 잇서 獨居를 取호대 안해야 무엇을 바라고 살리오 함과, 쏘 天下事를 가르치리라는 쯧는 품는 者는 몬저 그 안해를 가르치어야 할지니 어듸 한번 試驗하야 少不下 나만한 知識 程度에까지는 올리어 보리라 하는 두 가지 쯧으로 나가는 것이오, (五)는 벩손의 哲學을 외오다가 理解치 못할 學理와 術語 만음을 보고 비로소 規範科學을 硏究함이 硏學의 初步임을 깨달아 心理, 論理, 倫理, 哲學, 數學 等을 硏究하려 함이니, 그의 日記를 보건대

으로, 경상남도와 경상북도를 가리킨다.

「나는 「베손의 哲學」이라는 冊을 한 四十頁 넑엇다 ─ 한 마대도 모르겟다. 나는 이째껏 무엇을 배호앗는고 하엿다. 올타, 이째껏 보앗다는 書籍 뜻도 十分一도 모르고 지냇고나. 果然 「파우스트」니 하는 大傑作도 엇지해 자미가 업는고 하얏더니 그럴 것이로다, 볼 줄을 모르니 무슨 자미가 나리오 나는 배호지를 못 하엿다. 或 讀書를 하엿다는 것도 다 躐等이로다. 爲先 智識의 基礎되는 科學으로부터 들어가자」

이것을 보아도 金鏡의 생각을 알 것이라.

그러나 이번 이 計劃은 成功이 되는지 엇지 되는지 차차 보아야 알 것이라.

그 포풀라 속에서 鍾소리가 난다. 저녁밥 먹으러 가라는 鍾이로다. 좀 잇스면 「압 고개」로 올망졸망한 學徒들이 넘어 오려니, 하고 金鏡이 그리로 고개를 돌리고 빙그레 우스면서 기다린다. 果然 쓸어 넘어온다. 어느새 帝釋山 머리에 오르어안즌 해의 붉은 光線이 學徒들의 帽子 遮陽에 반짝반짝 비초인다. 金鏡은 기다리든 임을 보는 듯이 가슴이 두근거린다. 얼른 쮀어가아 그 아이들을 한 팔에 꼭 끼어안고 쌤을 마조 다히고 울고 십다 하엿다. 엇더케도 이러케도 반갑은고 하엿다. 그리고 아조 精神을 모호아 한 사람식 한 사람식 그 누군가를 생각하여 보앗다. 毋論 距離가 멀어 仔細히 알 수는 업스되, 金鏡의 머리 속에 나아서는 行列과 實在한 行列과는 서로 一致하려니 하고 스스로 滿足하엿다. 金鏡이 벌덕 닐어서서 速步로 간다. 쌜리 가면 學徒들이 가름길을 지나기 前에 반갑게 맛나려니 함이라. 만날 째 여러 어리고 곱은 學徒들이 반갑아 쮀어오아 인사하고 매어달릴 것을 생각하매 金鏡의 가슴은 터지는 듯 깃브다. 얼마를 쮀어가다가 고개를 드니 學徒들은 벌서 지나가고 말앗다. 金鏡은 한참이나 얼짜진 듯이 서 잇다가 그 자리에 펄석 주저안젓다.

「그들과 나와의 關係가 무엇이뇨? 師弟? 그저 오랜 동안 가튼 집에 가튼 마당에 가티 놀앗스니, 그래서 情이 든 것이 마치 한 풀밧헤 매어 노흔 송아지들이 서로 갸닥질하고 노닐음과 다름이 업슨지라. 나와 저들과의 連鎖가 무엇이뇨? 가르치는 語學? 하야 들리는 이약이? 그것이 무슨 씀직한 連鎖리오. 果然 그네가 나를 부르어 「先生님, 先生님」 하나 내가 그네에게 「君師父」라는 師의 意味로 師된 바 — 업스니 나의 「先生님」이라는 稱號는 마치 동네 사람들이 나를 보고 「나리, 나리」 함과 다름이 업는지라. 내 속에 굿게 선 人格이 업고 품은 智識經綸이 업스니, 내 그네에게 師 되잘 것이 무엇이리오. 慣習을 짜르어 「先生님, 先生님」 하는 소리야 참아 엇지 들으랴. 連鎖 업는 情交라 一年二年 後에 東西로 각각 흐터지면 그째야 서로 생각이나 하야 주랴. 或 만난다사 홀 말이 업슬지오, 편지를 하려 하야도 形式的 問安밧게 무슨 말이 잇스리오. 내가 온 후 三四次 卒業生이 나아가앗으되 내가 그를 못 니저하고 그가 나를 못 니저할 만한 사람이 그 누구뇨. 隔年하야 만나더라도 路傍 사람과 다름이 업도다. 내 四五年 동안에 두 볼에 살이 다 싹기고 아레 웃 턱에 수염이 자라도록 하온 일이 무엇인고.

올토다, 虛空이로다. 다만 心身의 疲勞만 사앗슬 짜름이로다.

내 만일 五年前에 이 自覺을 어덧거나 쏘는 五年前에 德과 智가 相當하게 서엇더면 그만한 勤勞가 足히 보아 만한 結果를 어덧스리라」

하고는 쌘허니 다 지나간 아이들의 발뒤축을 바라본다.

沈默의 美*

그의 입술은 꼭 다믈엇다

— 그 입술이야 붉거나 검푸르거나

마치 무슨 거륵한 실이 그 속에 잇는 씀직한 무엇이

들어나기를 저허 촘촘 호아만 듯하다

萬人의 視線은 이 입술에만 모이엇다

눈이나 코나 귀 가튼 것에는 視線의 한 줄기 餘波도 가지 못하고

集注한 萬人의 視線은 화살 모양으로 그 입술 엽헤만 둘러 박히엇다

그 입술이 한번 방긋 열리거든 그 속에 감초앗던 무엇을

얼는만 보아도 恨이 업스려 하는 듯하다

그러나 그 입술은 가다가다 파르르 썰릴 쑨 열릴 긔미는 아니 보인다

萬人의 視線은 至極한 精誠과 渴望으로

참다 참다 못하야 「열리어지이다」 한다

그래도 입술은 잠잠하다

萬人의 얼굴에는 피가 오르고 눈에 눈물이 고이며

더 간절한 소리로 「열리어지이다」

그제야 입술에 핏기가 돌며 熱이 나더니 바르르 썰리며

두 입술 사이로 훈훈하고 향긔롭은 김이 가는 실 가티 소르르 나온다

萬人은 더욱 醉하야 「열리어지이다, 열리어지이다」

이쌔 그 입이 벙싯 열리며 속으로 맑은 불길이 활활 나온다

萬人은 무릅을 쑬고 손을 비비며

* 외배, 『靑春』 6, 1915.3.

「그 속에 이 만한 불이 잇는 줄 알앗나이다. 저희에게 그 불을 난호아 주소서」

그 입의 불길 속으로서

「잠잠하라!」

萬人은 잠잠하엿다……그린 듯이 섯다

멧 해 뒤에 그 입이

「입을 버리어라」

萬人은 입을 버리엇다……萬人의 입으로서는 불길이 나오앗다

한 그믐*

(一口韻 믐, 금, 늠, 듬, 름)

다달앗다 쏜한그믐 지나노나 스물세금
압뒤생각 잠못일제 窓을친다 하늬늠
지나온길 헤어보니 치**업는배 大洋에쯤
늣기는것 그무엇고 일더대고 세월쌔름

쏜

쏜첫든물 주어다믐 달에올라 桂樹꺽금
야속할사 뉘우츔아 나를복기 그리늠
애타는불 집어내어 쏜오리라 맹셔의쯤
오는그믐 다치거든 쏜잇슬다 오늘서름

쏜

또오느냐 원수그믐 녑통에다 단근격금
낫못들든 보리동지 오늘와선 威風늠
비나이다 저해님아 뒷거름쳐 東으로듬
다른날은 길고지고 한그믐만 그저짜름

---

* 올보리, 『靑春』 6, 1915.3.
** 배를 조종하는 장치인 '키'의 각 지역 방언.

내 소원*

（ㅏ韻 가, 나, 다, 라, 아）

가멸**일샌 맘이랄가 이름일샌 바다라나
다비최고 다바드되 고요키론 업슬갓다
튼튼한몸 나은心情 詩를읇고 밧흘가라
大宇宙의 理와運을 占쳐웃는 저선비아

* 올보리,『靑春』6, 1915.3.
** ‘富’를 예스럽게 이르는 말.

生活難*

(ㅏㄴ韻 간, 난, 단, 란, 만)

생각수록 설기여간 네나내나 태운간난
밥그릇은 깨어지고 빗나든님 묵은비단
젓을베라 당부하소 西國처녀 보거드란
멍멍허니 안젓고나 살도리도 잇스련만

---

* 올보리, 『靑春』6, 1915.3.

벗*

(韻 니, 지, 이, 기, 리)

그무엇고 벗이라니 아는이야 오즉알지

눈물가티 우슴가티 나를알기 나와가티

金과玉을 보배라랴 참보배는 참벗두기

어찌하면 내맘닥가 놉흔벗을 사괴오리

쏘

괴롭은째 지는눈물 싯어줄이 오직네지

기쁨잇서 웃는우슴 웃어줄이 쏘너샌이

말을함도 네듯기로 일을함도 네가알기

텬하사람 날몰아도 네잇으니 어쩌하리

---

* 올보리, 『靑春』7, 1917.5. 이하 「벗」, 「양고자」, 「청춘」, 「궁한 선비」 시편은 오산시절 후반기에 씌어졌으나 『청춘』 6호의 정간으로 발표되지 못하다가, 『청춘』 7호가 속간되면서 발표되었던 것으로 보인다. '올보리'라는 필명과 시의 내용으로 미루어 짐작할 수 있다.

양고자*

(韻은 아, 밥, 다, 나, 라)

무섭을사 양고자아 횡행텬하 하단말가
간대족족 약한동포 밥을앗고 피를쌘다
즘승가튼 몸쭝이에 비게지고 기름도나
못민을손 운수의힘 바쇠칠줄 그도몰라

쏘

하늘이 빙빙돌아 안쉬는줄 모르는가
한창피던 양인문명 저녁쌔가 되엇도다
어수선에 지치어서 머리집고 우는고나
오래자던 밤나라에 새배된줄 네알아라

* 올보리, 『靑春』 8, 1917.6.

청춘*

(韻 고, 오, 도, 로, 노)

붉은얼굴 그멧날고 봄나비의 꼿꿈이오

째를찔는 바늘소리 창자구비 싣는듯도

이세상을 지나갓단 갑진긔넘 무엇으로

센털억이 훗날려든 대경탄을 어찌하노

* 올보리, 『靑春』 8, 1917.6.

窮한 선비*

지아비는 쭈구리고 창구녕 둘러째고
지어미는 「칩어」 하며 洋襪바닥 깁노매라
「이것도 집이오?」 하거늘 「둥지외다」 하더라

기침증을 핑계삼아 알엣목에 니불펴고
선비와 안해둘이 자리밋헤 발을너코
안해는 저고리짓고 선비는 글짓더라

두달만에 처음타온 百兩月給 압헤노코
선비님은 책을사리 안해는 무명사리
楚漢이 으르던次에 쌀갑내라 하더라

中學校에 으쓤敎師 老學者로 自處턴몸
論理學 心理學맛 이제야 처음들여
한손에 담배대들고 쑤덕쑤덕 파더라

---

* 외배, 『靑春』 8, 1917.6.

공화국의 멸망*

　우리가 자라아난 村中은 다 小共和國이러니라. 各各 嚴正한 不文律이 잇어 이를 强行시키는 權力이 업셔도 저마다 眞正으로 지키어 오앗나니, 가다가 或 犯하는 이가 잇거든 嚴而寬한 그 制裁를 으례 바들 것으로 알앗나니라. 이 나라의 憲法에 條目이 업스대, 條目이 업스므로 도로혀 條目이 具備網羅하야 어썬 行爲고 이 法網을 벗어나지 못 하나니라. 이러므로 主權의 所在도 자못 未分明하나 그러나 그 國民은 無形한 神權의 實在를 넉넉히 認識하야 그네의 두려워함도 오즉 이 神權이로대, 한갓 두렵어할 쑨 아니라 이 神權을 慈父慈母와 가티 情들게 녀기어 만일 그의 制裁를 바들지라도 悚懼하는 맘과 함씌 感謝하고 喜悅하는 情이 잇엇나니, 이 神權은 卽 우리 祖上 代代로 여러 千年을 흐르어 나리어 넉시 몸에서 썰어질 슈 업슴과 가티 이 神權은 곧 우리 몸과 썰어질 슈 업는 것이라 하리로다. 우리 宗敎의 敎理요 種族的 規約이오 家憲이니, 實로 이 속에 우리 先人의 人生觀, 社會觀과 處世律의 모든 倫理的 規條와 安心, 立命하는 神奧한 哲理를 품은 것이러라.

　이 共和國의 立權者는 選擧로 됨도 아니오 世襲으로 함도 아니오 그야말로 天命이 나림과 가트니, 洞中에 가장 德이 놉고 年齒 만흔 어른이 不識不知間에 그 主權者가 되는 것이라. 말하자면 人心이 그 德을 바라고 모히어 듬과 가트니, 萬事를 반드시 이 어른에게 물어서 하며, 집에 맛나는 飮食이 잇어든 몬져 이 어른에게 들이고, 무슨 허물이 잇서 이 어른의 책망을 바다든 무릅를 쑬고** 손을 揖하야 眞情의 눈물로써 하며, 철업는 아이들이라도 이 어

---

* 孤舟, 『學之光』 5, 1915.5.
** 원문에는 '쑬고'로 되어 있다.

른의 말슴이어든 唯唯 服從할 즐을 알더라. 그러타고 그 어른이 威 잇고 識 잇서 그러함이 아니라 그도 亦是 허미 들고 도채* 메는 푸수한 農老언마는 다만 天眞한 德이 足히 사람을 感化하는 힘이 잇음이니, 이러다가 그 어른이 百歲하면 別로 會議도 輿論도 업시 天命이 스사로 그 돌아갈 데로 돌아가아 그 어른의 葬式에셔부터 繼承者의 事務를 보게 되나니라.

條目 업는 그 憲法을 가지 들어 말하기 어렵으되 대강 그 重要한 것을 쏩으면

一, 너희 몸은 祖上에서 나앗고 너희 衣食宮室과 禮儀文物이 모도 祖上의 주신 배니 祖上을 사모하고 모도 祖上 공경하야 니즘이 업슬지어다.

二, 너희에게 몸에 손과 발이 달리엇으니 이는 제 손과 발로 제 몸을 치라 함이라. 무슨 핑게로든지 남의 짬을 어더먹는 이가 되지 말리엇다.

三, 各各 몸가짐을 조심하야 가깝게 너희 父母의 아들됨을 부끄럽게 말고, 멀리 어질으신 祖上의 後裔됨을 더럽히지 말리엇다.

四, 父母同氣와 妻子는 이르지 말고 一門은 한 피를 나눈 肢體와 가트니 마쌍히 愛憐으로써 서로 돌아볼지며, 鄰里는 準一門이라 一門과 가티 녀길지면 設或 一門도 아니오 鄰里도 아니라도 옷과 말을 가티하는 이는 모다 멀기는 멀어도 血族은 한 血族이며, 坐한 興亡盛衰에 休戚을 가티 함인즉 자별하게 눈물과 피로써 사랑할지어다.

이 네 가지가 아마 憲法의 精神일지니 於于萬事에 이 精神을 演繹할 것이라.

그럼으로 이 國中에 不忠不孝가 나지 아니하며 酒色雜技가 잇지 아니하고 鑿井畊田에 배를 불리고 絃歌之聲이 禮儀를 빗나이니, 이것이 일즉 槿花江山 君子國의 讚頌을 밧던 녯 배달의 遺風이라. 그러나 이제는 깨어지엇도다.

동네에 술집이 생기거늘 淳風을 깨터린다 하야 禁하면 이것도 營業이라 法律이 許하는 營業을 누가 禁하랴 하며, 투전판을 열거늘 惡習을 助成한다

* 茶菜. 씀바귀나물.

하야 말라 하면 그대가 警官이 아니어든 禁하는 權利를 누가 주어 하고 갈보를 사다 노커늘, 올치 아니하다 하면 이도 稅納 바치고 官許 마튼 것이니 네가 官令을 막을소냐 하며, 어떤 農夫가 生業을 돌아보지 안이하고 酒色에 잠기거늘 父老가 그러지 말라 하면 自由世上에 엇지 남의 干參을 하나뇨 하야, 面面靑樓요 村村酒肆오 家家투전에 田野는 거츨고저 하고 社會의 美風은 터문이 업시 깨어지엇도다.

大抵 어느 나라나 어느 時代나 法令으로만 다슬어지는 것이 아니라 其實 社會를 다슬이어 가는 것은 無形한 社會的 道德心과 有德人士의 威嚴이라. 各個人에 鞏固健全한 道德心이 잇으면 社會는 스사로 잘 다슬어 家給人足하고 福瑞充滿할지니 所謂 無訟에 이를지오, 各個人이 이 地境까지는 못 갓더라도 社會가 그中 有德한 人士에게 相當한 尊敬과 活動의 自由를 주어 野에 잇어 言으로 行으로 衆民을 敎化하게 하면 足히 健全한 社會 道德을 感發할 수 잇을지라. 그러나 돌아보건댄 오늘 우리는 거의 道德心이 다 업다 하리만콤 腐敗하고 社會에 有德한 人士(업기도 하거니와 或 잇더라도)를 尊敬할 줄 모르어 그의 忠告를 두렵어 한다든가 그의 德을 欽慕하는 맘이 업고, 오즉 警官에게 붓들리어 가지만 아니 하면 올흔 일이어니 하게 되니, 만일 警官의 눈만 벗어날 수 잇으면 무슨 凶과 아모 惡이라도 못할 것이 업게 될지라. 그리 되면 사람마다에 警官 하나씩을 달아도 오히려 쓸어나는 罪惡을 防遏치 못할지니, 그 社會가 엇지 寒心하지 아니 하리오. 대개 法令은 消極的이라 이믜 罪惡을 犯한 뒤에 이를 다슬이는 能力이 잇을 쑨이니, 애초에 罪를 犯치 못하게 하는 힘은 오즉 道德的 感化에 잇고 道德的 感化는 民間 有德人士의 尊敬에 잇는지라. 或 낡은 道德이 이믜 깨어지고 새 道德이 서지 못함을 恨嘆하는 곳도 잇으나 只今 우리 狀態는 道德이 깨어진 것이 아니라 道德의 根源인 道義心이 어떤 原因으로 痲痺함이니, 아마 東西古今에 文明國 치고 오늘날 우리처

럼 無道德 狀態에 잇는 亂民은 다시 차자보기 어렵으리로다.

아들이 아비에게 對하야 權利를 다토고 아이가 어른에게 向하야 平等을 說하며 弟子가 스승을 雇傭으로 녀기고, 우리 道德의 根基되는 家庭制度가 쌔어지어 將次 從兄妹가 婚姻을 하러 들고 아오가 兄嫂의 改嫁를 勸하고 선비가 돈과 權 압헤 무릅흘 굽히니, 아비도 업고 어른도 업고 師弟도 업고 親戚도 업고 鄰里도 업는 世上이 그 무엇이리오. 아아, 우리는 皮相的 文明에 中毒하야 이 오래고 情들은 共和國을 쌔틀이엇도다.

V. 참고자료

중학시절(1908~1910)

도쿄도중학 우등생 방문기 都下中學優等生訪問記*

    토쿄도都의 각 학교에 한국 유학생은 수백 명이나 될 것이다. 그러나 이군 李君과 같은 경우는 과연 다섯 손가락 안에 꼽힐 정도라고 할까. 관비생官費生으로 뽑혀 유학와서 메이지학원의 5학년에 적을 두고 있다. 영어와 수학에 매우 뛰어나 일본인邦人과 동등한 시험을 치름에도 불구하고 항상 1, 2, 3등의 석차를 다투고 있다. 일본어 연설은 또 군이 매우 자신 있어 하는 바로, 일찍이 학원의 문예회에서 한인韓人의 연설을 일본어邦語로 번역한 일이 있는데, 본래 연설보다도 통역 쪽이 뛰어나서 대단한 평판이 있었던 모양이다.

    시로가네白金 이마사토초今里町로 군을 방문한 것은 하늘의 별조차 날려 떨어질까 생각될 정도로 초겨울의 찬바람이 세게 부는 밤이었다. 토쿄라고 해도 시로가네 근처는 한적한 곳이라 집집마다 문을 굳게 닫아 물어보려도 방법이 없어 몇 번이나 같은 곳을 왔다 갔다 했다. 우연히 아이를 등에 업은 여인을 만나 77번지를 물으니, 여인은 나를 이국인異國人으로 잘못 여기는 눈치였다.

    대문에 쿄우란샤狂瀾舍라고 문패가 걸린 새 집, 안에서는 처량한 찬미가 소리가 흘러나왔다. 안내를 청하자 나온 것은 역시 이국異國의 소년이었다. 명함을 건네고 이 군을 찾아왔다고 말하니, 곧 눈동자가 아름답고 입술을 꾹 다문 청년이 나왔다. 나는 찾아온 뜻을 이야기했다. 옆방에서는 한어韓語 회화가 떠들석하게 시작되었다.

---

* 원문 일본어. 李寶鏡君(韓國留學生), 『中學世界』13-2, 1910.2.

"태어난 곳은 평안도 정주입니다 ― 일러전쟁터가 되었던 곳입니다 ― 11살 때 부모님을 여의고 말았고, 일본에 온 것은 6년 전입니다. 공부 ― 나는 공부는 전혀 하지 않습니다. 우등생도 뭣도 아닙니다. 시험은 운에 따르는 것이니까요. 언제나 시시한 소설만 읽고 있습니다."

군의 일본어는 나보다도 유창했다. 옆 방에서 무슨 얘긴지 소근거렸다. 미닫이에 커다란 그림자가 비쳤다. 일본의 학생에게 요구하고 싶은 게 있다면 ― 하고 물으니,

"좀 더 허물없이 대해주길 바랍니다. 아무래도 국가라는 관념이 있기 때문이기도 하겠지만, 우리들을 대하는 태도가 너무 냉담한 것은 아닐까 생각되기도 합니다."

이렇게 학원에 와 있자니, 선생을 비롯한 학생은 물론 학교 건물, 나무, 길가의 돌멩이까지도 정겨운데 마음을 이야기할 친구가 없으니 슬픈 일이 아닌가, 라며 이 군은 지그시 램프를 응시했다. 시선이 떨어진 근처, 램프 갓에는 뭔가 기다란 시가 적혀 있다. 고향을 그리워하는 시편일 것이다. 이향인 異鄕人의 적막 ― 우리들로서는 도저히 알 수 없을 것이다. 담화는 다시 오늘날의 종교 문제로 이어졌다. 이 군은 말한다. 지금 일본에서 행해지고 있는 것은 참된 기독교가 아니라고.

담화는 다시 이런 저런 이야기로 꽃을 피웠지만, 너무 오랫동안 앉아 있다는 생각이 들어 일어서려고 하자,

"아니, 저를 방문했더니 책상 위에 책이 흩어져 있더라고, 그저 이 정도로 충분합니다."

마지막으로 이 군이 쓴 소설 「사랑인가愛か」의 한 대목을 『시로가네학보 白金學報』에서 발췌하여 이곳에 실어둔다. 이것이 일본인이 쓴 것이라면 몰라도 한인韓人의 작품이라니 실로 놀랍지 않은가.

사랑인가

李寶鏡

문길은 시부야로 미사오를 찾아갔다. 무한한 기쁨과 즐거움과 희망이 그의 가슴에 넘치는 것이었다. 밤은 으슥하고 길은 질퍽했지만, 그런 것에 개의치 않고 문길은 미사오를 방문했던 것이다. -중략-

우물가로 나오자 온몸에 땀이 줄줄 흘러 코쿠라小倉 학생복 상의는 마치 물에 젖은 것 같다. 그가 휴-하고 한숨을 쉬자, 여름의 밤바람이 빨갛게 달아오른 그의 얼굴을 가볍게 스쳤다. 그는 발걸음을 떼지 못했다. 그는 다시 뒤를 돌아보았지만, 역시 덧문은 닫혀 있고 램프의 불빛이 희미하게 어둠 속에서 새어나오고 있을 뿐이었다. 이제 끝이다. 그가 할 수 있는 것은 다했던 것이다. 그는 두어 번 비틀거렸다. 언덕을 반쯤 내려가다 그는 무슨 생각에선지 우뚝 섰다. 눈앞 큰 길의 전봇대 끝에 외로이 빛나고 있는 붉은 전등은 여름밤의 고요함을 더하고 있는 것이었다. -중략-

동쪽 레일을 베고 누워 다음 기차가 오기를 이젠가 저젠가 기다리며, 구름 사이로 흘러나오는 별빛을 응시하고 있었다. 아아, 18년 간의 내 생명은 이것으로 끝인 것이다, 부디 죽은 후에는 스러져 버려라, 그렇지 않으면 무감각해져라, 아아, 이것이 나의 마지막이다. 작은 머릿속에 품고 있던 이상은 지금 어디에, 아아, 이것이 나의 최후다. 아아, 쓸쓸하다, 한 번이라도 좋으니 누군가에게 안겨 보고 싶다, 아아, 단 한번이라도 좋으니 - 이하 생략한다.

군은 어디로君は何處に*

　금강석도 연마하지 않으면 옥빛을 내지 못한다. 일상에 쓰이는 철조차 단련하지 않으면 불필요한 물건이 되어버릴 뿐. 이것은 진리라 천지개벽과 동시에 세상에 존재하는 것일까. 적어도 공기를 호흡하여 목숨을 보존하는 것, 어느 누구도 이 진리에서 벗어날 수 없는 것 같다. 똑바로 생각을 집중하여 인생을 돌아보라. 누가 고통을 느끼지 않고 일생을 보내랴. 아이는 세상에 태어나자마자 맨손을 가슴에 품고 응애응애 운다. 이미 고통을 느끼는 게 아닌가. 그렇다면 고통을 면할 수 없다는 것은 말할 것도 없다. 금강석이 연마되어 옥빛을 발하고 철이 단련되어 일상적인 쓰임이 되는 것처럼, 고통을 능히 인내하는 자는 위인이 되고 고통을 능히 인내하지 못하는 자는 범인이 된다. 옛 성현과 위인은 고통을 면하기 위해 도덕·법률·풍속 등을 만들었다는 것이 내 의견이지만, 이 도덕·법률 등의 인공물은 고통을 줄이는 게 아니라 도리어 고통을 늘리고 옹색함을 증가시켰다. 그러니까 세상살이는 나이를 먹어감과 더불어 점점 고통이 느는 것이다.

　들으니 군은 유년시절 부모를 잃었다고. 이것은 군의 생애가 고통임을 증거하는 것으로 가장 큰 고통이었다. 한쪽 부모를 잃는 것조차 어린아이에게는 무한한 슬픔이라고 하지 않는가. 하물며 양친을 모두 잃고 황야에서 길을 잃고 다니는 몸이 되었으니, 그 신세는 생각건대 누가 소매를 적시지 않으랴. 그가 받은 고통은 혹심하여 성장함에 따라 줄어드는 것이 아니라 나날이 거듭되면서 군의 몸에 쌓여갔다. 나는 군의 유년시절의 경황을 알지 못하지만, 현재 군의 비참한 정경을 보면 유년의 처지는 보지 않았어도 눈

* 원문 일본어. 孤峰,『新韓自由鐘』3, 1910.4.

에 선하여 자연히 가련한 생각이 가슴에 차올라 심장이 고동친다.

12세가 되어 그리운 고향을 떠나 경성으로 가 동가숙서가식하던 군의 모양이 눈에 역력히 보여 그 애달픔은 말로 표현할 수 없지만, 군의 천재는 일찍부터 드러난 까닭에 경성에 머무른 지 2년도 되지 않아 어떤 사관士官에게 주목받고 14세에 일본에 유학할 수 있었다고 예수가 마구간에서 태어나 가난한 집에서 자랐음에도 불구하고 12세 때 성전 안에서 학사들과 신을 논하여 천재를 드러낸 것과 서로 비교해 볼 때, 누가 군을 흠모하지 않으랴. 일본에 와서 공부할 때도 1년이 못되어 벌써 일본어를 익히고 타이세이중학大成中學에 입학했고, 도착지를 알 수 없는 생애의 바다로 나가려는 데 사악한 마신魔神에게 방해받아 퇴학하고 슬픈 눈물을 흘렸다고 세상은 모두 이와 같은 것임을 깊이 느끼고 있을 때 이 이야기를 듣고 더더욱 그러한 느낌이 들었다.

다행하도다. 무정한 저 정부도 때로는 유정한 일을 하는도다. 군을 도와 3년 학비를 주었다니. 아! 비참이라고도 행복이라고도 할 수 있는 잊을 수 없는 시로가네白金의 삶은 여기서 시작되었다. 시로가네의 삶은 군의 천재를 더더욱 진전시켜 더더욱 견고하게 만들어주었다. 메이지학원明治學院 3학년에 들어서는 마음도 좀 안정되어 무취미한 기숙사의 더러운 방에서 독서로 날을 보냈고, 또 친구를 사랑하는 정이 많아서 군에게는 가장 친한 친구가 한 사람 있었다고 들었다. 그러나 기숙사 생활을 꺼리게 되어 셋방으로 옮기고 음식점에서 배를 채우는 생활을 했고, 고통을 겪음과 동시에 천재도 드러내게 되었다고 생각된다. 셋집에 머무르면서는 톨스토이의 인격을 숭배하고 예수를 믿었으며, 아침저녁으로 기도를 게을리하지 않았다. 깜깜한 밤, 죽음과 같이 조용한 숲속에 엎드려 거세게 부는 바람소리를 들으며 기도한 적이 있었다. 그러나 어찌하랴. 군의 천재가 드러남을. 이윽고 바이런의 시를 손에 들자 마음이 완전히 변하여 믿음을 저버리더니, 즐겨 소설을 읽고 애정도 깊어져 지난봄에는 미사오操를 사랑했으며, 이 때문에 글을 짓고 시를 지어 우선『시로가네학보白金學報』에 이름을 높이고, 이어서『츄가쿠세이中學世界』와『토미노니혼富の日本』등의 잡지에 군의 명성을 날렸다.

아, 군의 기량을 세상에 소개할 적에 비통한 물결이 밀려온다. 군으로 하여금 배움의 바다에서 떠나게 만든 군의 앞길을 어디로 ……어디로……생각건대……우리 소년회는 군과 같은 천재를 배출한 것을 자랑으로 여긴다. 원컨대 호랑이의 기세로 마음껏 나아가고 나아가서 하루빨리 도착지를 찾아내기를. 아! 외로운 배인 군은 어디로……어디로……생각건대……

대륙방랑시절(1914)

ㅈㅓㅓㅇㅣㄱㅛㅂㅗ 편집인이 독쟈에게*

　　한 호마다 죠곰식이라도 잘ᄒ여 가도록 힘쓰오리다. △새로 고명ᄒᆫ 긔쟈 한 분을 모셔 올 터이오니 쇳소리** 나는 글과 진쥬 갓흔 ᄉ샹을 졉ᄒ실 날 이 멀지 아니 ᄒ오리이다. △다음 호에ᄂᆫ 아름답고 간졀ᄒᆫ 셔간도 동포의 ᄉ졍과 수십년 릭로 조국을 위ᄒ야 몸을 바치신 여러 열혈지ᄉ의 력ᄉ가 호 마다 하나씩과 밤나졔 그립고 듯고 십흔 본국 소문과 알아두어 만한 세계 소문과 보ᄂᆫ 쟈의 가슴을 우뮈ᄂᆫ 듯ᄒᆫ 바른 소리와 우리 민족의 압길을 지 도홀 힘 잇고 졍셩 잇고 긴급ᄒᆫ 우리쥬쟝 등 진실로 글자마다 피방울이 흘 으고 글귀마다 쇳소리가 날 것이외다 ― 편집실 등불 알에서 ―

---

* 『대한인졍교보』9, 1914.3.1.
** 쨍쨍 울릴 정도로 날카롭고 야무진 목소리를 비유하는 말.

자리잡고 사옵쇠다*

로동ᄒ시는 여러 동포들이어

졍든 고국을 쎠나 ᄉ철 눈 아니 녹는 시베리아 벌판으로 돌아다니시는 지가 발서 三四年이로구려. 본국에 게신 부모와 쳐ᄌ들은 엇더케 지나시는지 동편에 ᄯᆫ구름조각에 창자 ᄭᆫᄂ 눈물을 흘니고 겨울밤 한뎃숨에 고국에 노닐다가 무졍한 찬바람이 달게 든 잠을 쌔일 제 겻잡을 수 업는 긴 한숨에 몟 번이나 가삼이 막혓ᄂ잇가. 본국을 쎠나실 쌔에ᄂ 일이 년 닉에 돈을 만히 벌어 가지고 우리 졍든 집에 돌아와 우흐로 부모를 공양ᄒ고 아릭로 쳐ᄌ를 편히 먹여 살으려 ᄒ엿건마는 세상이란 쯧 갓히 되지 아니ᄒᄂ지라. 오늘이나 내일이나 ᄒ다가 해가 가고 달이 흘너 어언간 수십 년이 지나버렷스니 밤에 찬 자리에 홀로 누어 지나간 일을 생각ᄒ면 엇지 긔기막히지 아니ᄒ오릿가.

슬픈 즁에 더 가삼 쏘는 것은

여러분이 본국을 쎠나실 쩍에는 우리나라는 우리 사ᄅᆷ의 나라이라. 피를 난흔 단군 하나바지 자손끼리 의죠케 태평ᄒ게 살아갓더니, 시운이 불행함인지 여러분이 시베리아로 돌아다니시ᄂ 동안에 우리나라는 원수의 손에 들어 논과 밧도 우리 것이 아니오 산과들도 우리 것이 아니며, 여러분의 ᄉ랑ᄒ는 부모는 무리한 발길과 매에 피가 흐르고 어엿분 여러분의 형뎨와 ᄌ매는 악독한 원수의 손에 죄업시 악한 형벌을 밧아 살아 ᄯᅮᆺ기고 쎄가 부서지니, 오쳔여 년 피로 지켜오던 우리 고국에는 이제야 우리 민족이 살아서 발을 붓힐 곳이 업고 죽어서 몸을 뭇을 곳이 업게 되엇구려. 아아 여러분이

*『대한인졍교보』 9, 1914.3.1. '우리쥬쟝'란에 실렸다.

이제 본국으로 가고 십흔들 갈 곳이 어듸오닛가. 내 싸이라고 아들쫄 나코 살 데가 어대 잇스며, 집업는 거지녁시라 우리가 어는 누에게 마자 죽는다 사 말하야 줄 이가 누구오닛가. 이놈에게 엇어 맛고 져놈에게 엇어 채이다가 얼마 아니 되어 망하고 말 것이로구려. 여러분이 아직씃지는 시베리아에 붓허 살지마는 그것이나 몟 날 될 줄 아느잇가. 리 잇슬 일이라고는 하나도 우리 손에 돌아오지 아니하고 금뎜이라도 겨오 남이 ㅎ여먹다가 남은 씨쌔기나 엇어ㅎ게 되니, 이것도 잠시잠간이라 차ᄎ 이곳에 다른 사름이 만히 와 살게 되면 그것인들 우리 손에 돌아올 쯧ㅎ오닛가. 무엇이 셜다 하야도 나라 업는 백셩밧게 셜은 것이 업느니, 가라 하면 좃겨가고 마자라 ㅎ면 찍 소리 못ㅎ고 마즐밧게 업는 것이라. 방금이라도 우리를 나가라 ㅎ면 무삼 대답할 말이 있수오닛가.

우리는 아모리 ㅎ여셔라도

우리나라를 차즐 수밖에 업소이다. 여러분이 사는 싸에 우리나라 공사와 령ᄉ사가 오기 젼 결코 붓혀살지 못하오리다. 여러분이 수십 년 동안 한데 잠을 자시고 가즌 고생으로 몸을 단련ㅎ야 겁나는 일이 업고 목슴 앗가운 줄을 닛게 됨이 쏘한 하늘이 우리나라를 회복하는 독립군이 되게 하랴심이 아니오릿가. 여러 만 명 여러 동포가 우리 이쳔만을 건져주실 직분을 맛ㅎ심이 아니릿가. 여러분이 긔를 들고 압셔시면 다른 동포도 여러분의 뒤를 싸르오리다. 그리하야 우리 고국을 원수의 손에서 차자 나인 뒤에 즐거운 개션가를 소리쯧 웨치면서 압록강 두만강으로 집 일헛던 동포를 맛게 ㅎᄉ이다.

나라를 차즐 이가

우리밧게 업나이다. 여러분이 아니 차즈시면 우리는 억 년 가도 집업는 사름으로 개색기 대졉을 밧다가 말 것이로소이다. 술을 잡수시다가도 내가 독립군이다, 몸이 약하게 되어서는 아니 되겟다 하시고, 돈을 쓰시다가도 내가 본국신지 나갈 차비와 총 한 자루 갑슨 평생 몸에 지녀야 할 것을 생각하시옵쇼서.

피쌈 흘녀 벌은 돈을

술이나 약담빗*에 다 업시 흠이 엇지 애셕한 일이 아니오릿가. 여러분의 돈은 피쌈 흘녀 벌은 것이니 독립젼쟁에 쓰기에 맛당한 것이로소이다. 혹 야오회**라는 것에 돈을 대고 갑작 리를 보려ㅎ나 투젼ㅎ야 본 돈이 업삽니다. 백 번에 한번이나 나올가 말가 한데다가 피로 엇은 귀한 돈을 대ᄂ 것이 엇지 쳘업는 즛이 아니오릿가. 웨 앗가은 줄을 모로고 간사한 되놈의 사리를 하시나잇가. 여러 쳠존***과 동생들은 약조하고 야회를 금하쇼서. 그리하시면 얼마 아니하야 돈도 모히고 마음도 쌔씃ㅎ여지오리다. 술과 약담배와 야회를 말지 아니하면 억 년 가도 돈 모힐 날이 업슬지니, 나라일을 생각하야 당쟝 ᄯᅥ허바리소서.

돈을 넘어 헐히 알지 말으시고

한 닙 두 닙흘 앗겨 모호고 모호소셔. 쓰기는 쉽어도 벌기는 어려온 것이라. 당쟝에 금덩이가 쑥 베어질 ᄯᅳᆺ하나 그러케 저마다 바라는 대로 되는 것이 아니니, 매일 얼마식이라도 쏙쏙 모와 두엇다가 은행이나 우편국에 맛기던가 여럿이 모와 농사할 싸를 쟝만하소셔.

지금 싸갑시 눅은**** 데가 만하

일이백 량어치면 이삼 식구가 평안히 벌어먹을 만ㅎ니, 어디나 자리를 잡고 아달쏠 나코 사름답게 살아볼 궁리도 하여야 되지 안켓ᄂ잇가. 젊은 쩍에는 금일 동 명일 셔에 아모 걱정도 업는 듯하나 사졍 업는 것은 세월이라. 일 년이 가고 이태 지나 오륙십이 되고 보면 어덧케 하시랴오. 독립젼쟁은

---

* '양귀비'의 함경도 방언. 아편.
** 돈이나 재물을 걸고 따먹기 하던 노름판의 하나.
*** 쳠존僉尊. 제위諸位와 같은 뜻으로 '여러분'을 문어적으로 이르는 말.
**** 값이나 이자 따위가 싸다는 뜻.

큰일이라 오늘 내일에 될 것이 아니며, 된다 ᄒ여도 총 한 자루와 본국까지 갈 로즈도 잇서야 할지며, 튼튼한 독립슌도 만히 나하야 하지 아니하겟나잇가. 그리 하쟈면 샹당한 밋쳔을 잡아 두어야 할지니 여러분의 걸으만* 속에 지닌 돈이 몃 날이나 갈 쯧하오닛가.

돈을 모와 쌍만 장만하시면

그곳에 집을 짓고 본국셔 쳐녀들을 다려다가 집안을 이루고 일변 싸홈ᄒ기도 배호며 일변 돈도 모호면 그 얼마나 편안ᄒ고 ᄌ미잇섬즉 ᄒ오닛가. 금뎜이란 사름 속기 죠흔 것이라 내일이나 내일이나 ᄒ다가 마는 것이니, 공연히 되지 못할 욕심만 ᄽᅡ라 고생ᄒ지 말으시고 챡실한 일을 잡아 돈 백이나 잡히거든 술도 말고 야회도 말고 갈보에 마챠에 되지 못ᄒ게 바리지 말으시고 즉시 밋어 만한 이를 차자 쌍을 잡게 ᄒ옵소셔.

제 몸을 생각ᄒ고 나라를 생각ᄒ야

이 사름의 정성으로 권ᄒ는 말삼을 들으시고 서로 이니기하고 권ᄒ야 하로 밧비 바른 길로 들으시기를 눈물 흘녀 비나이다.

---

* 거르망. '호주머니'의 함경도 방언.

불샹흔 우리 ᄋᆞ기들*

　부모를 여의고 의지홀 곳 업서 길가에서 우짓는 어엿븐 우리 ᄋᆞ기들! 몸은 튼튼ᄒᆞ고 얼골은 멀씀ᄒᆞ고 재조 잇고 ,게다가 진졍의 눈물로 아직 구경도 못흔 본국을 스모ᄒᆞ며 제 압도 못 거누어 돌아보아 주지도 아니ᄒᆞ는 동포를 따라 알쓸히 알쓸히 아바지나라 사름이 되랴는 그들! 내 일쯕 열남은 살 된 어엿븐 쳐녀를 맛나 「너 아라사 사름이지」ᄒᆞ였더니, 크고 파라우리흔** 눈에 눈물을 두르며 「니엣드 야 쇠레이츄(아니오, 나는 한인이오)」 「그러면 웨 한국말을 몰으냐」 「슷도 메냐 우치우(누가 나를 가ᄅᆞ쳣소?)」 이 애는 아바지가 죽고 그 어머니 아라사 부인은 아라사 사름에게 개가를 갓건마는 그리로 조치가지 아니ᄒᆞ고 홀로 우리사름을 따르는 애쳐름은 쫄. 「아즈씨 나를 드려다 길너주시오」 ᄒᆞ고 매어달리며 우는 양을 보앗노라. 아아, 그들은 수십 년간 만리 타국에 가진 고생을 다ᄒᆞ던 우리 동포의 혈육이로다. 엇지 참아 온갓 못된 감회를 밧아 마츰내 쳔ᄒᆞ고 쳔흔 물건이 되게 바려 두리오 동포들이어, 그들을 본국으로 드려다가 교회 학교에서 사름되도록 가ᄅᆞ치스이다.

---

* 『대한인정교보』 9, 1914.3.1. '우리쥬쟝'란에 실렸다.
** 파란빛이 은은하다는 뜻.

새 지식*

공중시대

넷날은 륙샹에서만 살앗슴으로 각국이 륙샹의 판도를 만히 차지ᄒ고 륙샹의 권세만 엇으려 하더니, 차차 인종이 붓고 학문이 열니믹 바다속에 잇ᄂ 섬들을 차지ᄒ고 다른 나라에 가서 쟝사도 ᄒ며 고기잡이도 홀 양으로 해샹의 세력을 다토아 뎨일 군함 만코 샹션 만흔 민족이 가장 문명ᄒ고 부강ᄒ다 ᄒ엿거니와, 지금에ᄂ 이 시대도 넘어가고 공중시대가 다달아 각국이 공중 비행긔 만히 만들고 잘 만들기로 서로 다토아 발셔 공중에 대포질ᄒᄂ 긔계ᄭ지 발명되니 얼마 아니ᄒ야 공중에서 와즈ᄯ 퉁탕 젼징이 닐어날지오, 그리 되면 각국이 공중에 세력을 펴려ᄒ야 국경을 만들고 군대를 쥬둔ᄒ고 해관을 짓게 되리로다. 발셔 아라사 셔율에서ᄂ 공중우편이라ᄂ 것을 셜시ᄒ야 우편물을 비행긔로 날을 경영이 잇다 ᄒ니 미구에 화륜거** 도 쓸 데 업고 화륜션도 쓸 데 업서지리로다.

손으로 사ᄅ을 만들어

오스트리아 나라 어느 학쟈는 화학을 은용하야 쇼고기를 만들엇ᄂ대 졍말 쇼고기보담 맛도 죠코 삭기도 잘 ᄒ다 ᄒ야 얼마 아니 되면 알뜰히 살겟다 ᄒᄂ 즘생을 죽이지 아니ᄒ고도 고기를 먹게 되리라 ᄒ더라.

ᄯ 들은즉 엇던 학쟈는 긔계로 사ᄅ을 만들엇ᄂ대 웃기도 울기도 니야기도 운동도 다 ᄒ나 다믄 못 맨들 것은 령혼이라 ᄒ엿스니, 아주 졍말 사ᄅ과

---

* 『대한인졍교보』9, 1914.3.1.
** 火輪車. 기차를 이르는 말.

갓흔 사름은 말들게 될는지 못 될는지 몰나도 여간한 하기 실흔 일과 힘들고 위태흔 일은 이 긔계 사름을 시켜 ᄒ고 정말 사름은 가만히 먹기나 ᄒ고 놀기나 ᄒ게 되리니, 정말 팔즈 죠흘 날이 멀지 아니할 쏫.

그리 되면 나라와 나라끼리 싸흠을 ᄒ더라도 사름은 죽지 아니할지오 돈만코 문명흔 나라이 이긔게 될지며, 그리 된 뒤에는 아조 전징이란 것이 업서지고 말리로다.

로동쟈 문뎨

과학이 진보ᄒ야 슈공업(手工業)이 업서지고 긔계공업(機械工業)이 셩ᄒ야지믜 즈본 만흔 이는 더욱 만하지고 가난한 이는 평생 가도 부쟈되어 볼 수가 업스매 차차 부쟈의 계급과 가난흔 쟈의 계급이 생겨 녯날 귀한 쟈의 계급과 천한 쟈의 계급 모양으로 서로 눈을 흘기게 되니, 곳 부쟈는 가난한 쟈를 다스히려 ᄒ고 가난한 쟈는 그리 아니ᄒ리라 ᄒ야 오늘날 샤회문뎨 즁에 뎨일 큰 것인 로동쟈 문뎨니, 졍치가 경졔가 샤회학쟈의 가장 애쓰고 근심ᄒ는 것도 이 문뎨라. 녯날에는 샤회의 즁류 이샹 계급되는 쟈가 하류 사름을 종갓치 부렷스나 차차 즈유사샹이 퍼지고 교육이 보급되여 하류 샤회서도 문명한 지식을 엇어 텬하 사름은 다갓흔 사름이라. 즈유 평등이니 사름 우에 사름도 업고 사름 아리 사름도 업다 ᄒ야 결코 샹류라는 계급의 압제를 밧으려 아니ᄒ고, 또 량식을 짓는 이도 우리고 모든 긔계나 물품을 만드는 것도 우리니 이 셰샹에 잇는 모든 재산은 말씀 우리 것이라. 샹류라는 쟈가 제것인 톄 ᄒ믄 우리를 억지로 누르고 우리것을 도적ᄒ믄이라는 생각이 팽챵ᄒ야 아조 이 샤회제도를 뒤집어 업고 텬하 재산을 쏙 갓히 난호쟈 ᄒ믄이 곳 그들의 리샹이니, 이것이 곧 샤회쥬의라 ᄒ는 것이라. 이 리샹은 아직 달할 수 업스나 위션 우리의 디위를 놉히고 생활의 안락을 엇으려 ᄒ야 여러 가지로 활동ᄒ나니, 이제 그것을 간단히 말ᄒ건댄

一, 삭슬 만히 달나 홈이오

二, 대졉을 잘 ᄒ여 달나 홈이오

三, 병이 들거나 늘근 뒤에도 걱정 업시 살게 ᄒ여 달나 홈이오

四, 아달쏠을 교육시겨 달나 홈이오

五, 정치샹으로 평등 권리를 달나 홈이며

이를 달ᄒᄂ 방법은

一, 담판이니 말로 그 리유를 셜명ᄒ야 쥬인에게 쳥구홈이오

二, 시위운동이니 여러 백 명 여러 쳔 명이 모혀 긔를 들고 돌아 다니며 혹은 노릭로 혹은 연셜로 만일 우리 「말을 아니 들으면 우리ᄂ 일졔히 너희 일을 아니 ᄒ 것다」 ᄒ다든가 심ᄒ면 「너히 공장과 집을 즉치리라」 홈이며

三, 동맹파공이니 이것이 오늘날 문명국에 뎨일 흔ᄒ고 큰 것이며 쏘 마즈막 슈단이오 무섭은 슈단이라. 젹은 것이면 한 공장이나 한 일터에 일ᄒᄂ 로동쟈들이 일졔히 동맹ᄒ고 일을 쉼이오 크게 되면 젼국 로동쟈들이 일졔히 쉼이니 덕국, 법국, 영국에 흔히 잇ᄂ 일이라.

이리ᄒ야 그들이 이믜 엇은 리익은

一, 삭이 비싸지고

二, 하로 몟 시간(보통 여듧 시간) 씩 로동시간을 뎡홈으로 몸이 샹ᄒ지 아니ᄒ며

三, 큰 공장 내에ᄂ 반다시 병원과 양로원이 잇서 병든 쟈나 늙은 쟈를 구졔ᄒ며

四, 학교를 세워 그들의 ᄌ녀를 교육ᄒ며 도셔관을 두어 그들의 지식과 위안을 엇게 ᄒ고

五, 공원이며 놀이터가 잇서 그들에게 ᄌ미를 주고

六, 대의ᄉ를 쏩ᄂ 권리가 잇서 ᄌ긔네를 위ᄒ야 죠흔 법률을 지어 주마 ᄒᄂ 사름을 쏩을 수가 잇게 됨이니(이럼으로 문명흔 각국에ᄂ 로동당이라는

큰 졍당이 잇ᄂ니라), 그들은 비록 로동쟈로대 우리보담 나흔 ᄌ유와 복락을 누리지 아니ᄒᄂ가.

녀ᄌ 교육

녀ᄌ 교육이라 ᄒ면 「게집년이 글은 ᄒ서」 ᄒ고 웃고 마시ᄂ 것이 우리 부로들이라. 그러나 남ᄌ를 교육ᄒ여야 되리라 ᄒ면 녀ᄌ도 교육ᄒ여야 ᄒ지니 그 리유ᄂ

一, 교육 밧은 남ᄌ의 빅필이 되랴면 부득불 샹당ᄒ 교육 밧은 녀ᄌ가 필요ᄒᄂ니, 쇽담 말에도 짝에 기운 부부는 잘 살지 못ᄒ다 ᄒ엿스며 집세기에ᄂ 제날이 죠코 메트리에ᄂ 피날이 제격이라 ᄒ지 안ᄂ뇨. 안해ᄂ 가쟝 정답고 갓가온 친고라 서로 반족이 되어 통졍도 ᄒ고 의론도 ᄒ여 괴롭을 계란 위로ᄒ여 주며 어려운 일이 잇을 쌔란 지아비를 도와주ᄂ니, 안히란 결코 밥이나 짓고 쌜내나 ᄒ고 아히나 나아 주ᄂ 싹일군이 아니라. 오늘날 우리 나라에서도 짝이 기운 부부 ᄉ이에 얼마나 만히 슬픈 일이 생기ᄂ뇨. 지아비 속에 무삼 생각이 잇ᄂ지 지아비가 무삼 ᄉ업을 경영ᄒᄂ지도 모르고 위로ᄒ여 주기ᄂ커녕 박아지나 긁고 앙탈이나 ᄒ지 아니ᄒᄂ뇨.

二, 아달쌀도 조흔 사름을 만들려 할진댄 첫재 아기 배기 젼부터 부모가 마음과 몸을 삼가 사특ᄒ고 음란ᄒ 생각과 몸의 병을 물리고 예비ᄒ지 아니ᄒ면 그 속으로 나오ᄂ ᄌ녀ᄂ 결코 션량ᄒ고 건장ᄒ지 못ᄒ 것이니, 셔양 사름의 말에 교육은 배기 이빅 년 젼부터 시작ᄒ여야 ᄒ다 ᄒ엿스며 ᄯᅩ 세 살 젓 버릇이 죽도록 간다고 젓쪽에서붓허 가라지지 아니ᄒ면 자란 뒤에 아모리 힘을 써도 교육의 완젼ᄒ 호력을 엇지 못ᄒ지니, 원측으로 말ᄒ면 아비와 어미가 갓히 그 즁ᄒ 칙임을 질 것이로듸 오늘날 샤회졔도로ᄂ 아비가 집에 빅여 젼혀 아달쌀만 붓들고 잇슬 형편이 되지 못ᄒᆷ으로 어렷슬 쌔를 가라치ᄂ 책임은 젼혀 어미에게 잇다 ᄒ여도 가ᄒ며, ᄯᅩ 육신샹으로 보아도 어렷슬 쌔 잘못 기르면 일생에 몸이 츙실치 못ᄒ야 아모 일도 일으지 못ᄒ고 불샹ᄒ고 갑업ᄂ 사람이 되고 말지니, 이 모든 것을 능히 ᄒ랴면 교육 밧은 녀ᄌ가 아니고 엇지 ᄒ리오. 보라, 고래로 큰 사ᄅ 두고 조흔 어미 아니 둔 쟈 어대 잇ᄂ뇨. 우리 나라를 일흔 못 생긴 우리는 진실로 무지몽매ᄒᆫ 어머니의 아들이라.

셔간도의 슬픈 소식*

　재작년 런흐야 조상강**으로 흉년이 들어 셔간도 젼폭 수십만 가련흔 동포는 지난 겨울붓허 량식 썰어져 굶는 이가 만타흐니 봄과 녀름에야 얼마나 곤난흐리오.

　셔간도를 개쳑흔 우리 은인 리동령*** 션생은 소유 가산을 말씀 공익에 바치고 지금은 수다흔 가족이 끼씩를 번듸는**** 지경에 잇다 흐니 동포여 쌔에 삭여 긔억할지어다.

　우리 이쳔만이나 되는 한 피 난흔 동포는 이러흔 스졍을 아는 이도 업스며 안다사 이를 구제할 방침을 연구흐지도 못흐고 다만 강 건넷 불구경흐듯 흐니, 이는 우리를 보호흐여 주는 나라이 업슴이나 또흔 우리 동포의 동족을 스랑흐는 마음이 부죡흠인가 흐노니, 다 갓히 집 일코 부모 여윈 불샹흔 형뎨의 신세로는 서로 옷을 난호고 밥을 난호아야 헐지어늘, 이제 수십만 동포가 닙을 옷이 업고 끼니 쓸일 량식이 업서 스고무친흔 만리타향에 갈 바를 모로고 부르짓거늘 우리는 이 줄을 알지도 못흐고 알고도 모르는 톄흐니, 슬프다, 이 무삼 일인고?

---

* 『대한인졍교보』 9, 1914.3.1.
** 早霜降. 일쯕 서리가 내림.
*** 이동녕李東寧(1869-1940). 대한제국의 계몽운동가 언론인이자 일제 강점기의 독립운동가. 1911년 셔간도에 독립군 양성을 위한 신흥무관학교를 설립하여 초대 교장을 역임하였고, 임시정부 수립에 참여한 후에는 1926년부터 1927년까지 제4대 대한민국 임시정부의 국무령을, 1939년부터 1940년까지 제6대 대한민국 임시정부의 주석을 지냈다.
**** 번갈아든다는 뜻인 듯하다.

본국소문*

청년들은 목쟈 일흔 양 — 굴네 벗은 망아지

사오 년 전싯지도 여러 어른들이 게서서 직접 간접으로 그네의 지도를 밧앗스나 우리 나라이 아조 업서지민 혹은 죽고 혹은 징역지고 뎡비**가고 혹은 왜놈에 등살에 해외로 도망ㅎ고 여간 씨레기 지사들은 혹 핑계조케 술에 계집에 불우영웅(不遇英雄) 자처ㅎ며 혹은 아조 환양ㅎ야 왜놈의 발바닥이나 할케 되니, 그 수만흔 청년들 — 우리 나라와 민족을 건질 짐 무거은 청년들 — 그 쏙 붓들고 잘 가라쳐 주노라 하여도 가로 다라나기 쉬운 청년들은 이제야 존경하는 스승도 업고 무서워하는 어른도 업서 한참은 섭섭하여 우는 듯도 하더니, 지금 와서는 목쟈 업는 양과 굴네 벗은 망아지로 저 될 대로 되어가니 아아 웃으랴 울랴. 그 중에도 오동지달 찬바람에 홀로 웃둑 솔나무의 외로은 졀을 지켜 울고불고 애쓰는 아름다온 청년도 업지는 아니호대 그들을 가라쳐 인도할 쟈 업스니 홀로 하날을 우럴어 눈물지을 쑨이오, 대부분 청년은 「아노네」 「소오네노」로 되야지 발쪽 버선 나막씬 쌀쌀 쓸고 평생에 소원이 금줄 번적 칼 썰넝 왜놈의 종이 되어 불상한 동포에게 「고라 이놈아」 한 마듸 불너봄이라.

관리계에 배일사샹

아모리 발가리 되 발가리라도 갑쟉이 우리 사름 벼슬아치를 말씀 내어 조츨 수도 업고, 쏘 우리사름은 갑도 싸고 말 잘듯고 부려먹기가 죠흘 쑨더러

---

* 『대한인졍교보』 9, 1914.3.1.
** 졍배正配. 귀양지를 정하여 죄인을 유배시킴.

우리 사정을 잘 아는 데는 아모리 흐여도 우리 사름이 나흠으로 아직도 신부름이나 하여줄 너즐한 판임관에는 우리 사름을 쓰나니 이제 그 형편을 간단히 말하건댄

一, 벼슬 죵류는 슌사보 헌병 보조원이 뎨일 만코, 군셔긔, 너즐한 재판소 셔긔, 죠고마한 골 군수, 아직 채 쫓차 내지 못한 판검사, 도쟝관 몟 개

二, 벼슬아치의 자격은 왜말 잘 하고 졔 말 잘듯기를 긔계 갓히 하고 유지한 동포를 미워함

三, 월급은 왜의 사분지일인데 송별회니 텬쟝졀이니 환영회니 하고 저 배부른 생각만 하고 한번에 사 원 오 원씩 밧아내며, 내기는 내고 챠 한 잔 엇어 먹지 못하는 수도 잇서 「나무가 잇서야 아니하나」 흐는 군수도 잇고 「무엇으로 겨울옷을 산담」 하는 판사 녕감도 잇스며

四. (배)우는 군셔긔가 우리사름 군수다려 「여보게 웨 그런 쳘업는 즛을 햇나」 하고 소리 쌕 찌르고, 슌사가 우리사름 경부다려 「저긔 가셔 셩냥 가져오게」 하면 우리사름은 두 손으로 담배불ᄉ지 붓혀주는 형편 즁에도 불샹한 것은 뎡탐군과 슌사, 헌병 보조원이라. 걸핏하면 「고라, 바가야로」 하고 주머구, 구주발이 투드락 투드락 이럼으로 아조 개색기 아닌 사름은 가슴에 원통한 선지피가 아니 맷힌 사름이 업나니, 나의 친고 되는 관리에도 집에 돌아와 술먹고 우는 이도 만히 보앗고 경부 하나는 술이 취하야 가슴을 치며 울다가 욱하고 군도를 썩거바린 죄로 벼슬도 쎄이고 매ᄉ지 엇어마즌 이도 잇스며, 가장 열나고 불샹한 것은 각 학교 교원들이니 관등도 갓고 학식이나 인격도 그놈보담 나흐면 나아도 질 것은 업것건마는 의례히 「여보게」 하고 「자네」 라 하며 제 자식이나 죵의 색기 모양으로 욕설을 담아부으니, 쳘업는 어린 학도들도 우리사름 교원은 선생으로 녀기지도 아니하야 왜의 말이면 두려워 하면서도 우리 교원이 무어라 하면 「흥」 코우슴이라. 젼국 이백 남은 보통학교에 이천여 명 교원과 팔천여 명 슌사, 헌병 보조원과 이

삼천 명 기타 관리 중에 아조 배알 싸진 놈을 젓겨 노코야 애국심은 잇는지 몰으거니와 누가 가삼에 쓰거은 배일열 업슬 자이리오 마는 다만 무서온 것은 그들의 정신이 차차 썩어져가지 아닐가 함이라.

교육경황

一, 사립학교들은 왜놈의 협박 방해와 경비 곤난과 우리사룸들이 쏘한 관공립학교에만 보내기를 죠하홈으로 거의 다 슬어지고 남아잇는 것은 견문학교에 보셩, 숭신이오, 양정의숙은 왜가 「너희가 법률은 배호아 무엇ᄒ나냐」하야 돈 쎽앗고 학생과 교사를 내어조츰으로 쌔어지고, 즁학교가 셔울에 휘문, 보셩, 경신, 오셩, 빗재, 그밧게 셩명업는 한둘과 평양에 숭실, 명주에 오산, 션쳔에 신셩, 충충 주서모아 열이 못차고, 쇼학교는 겨오 예수교, 텬쥬교의 교회학교이며, 찬셩쟈도 젹고 학생도 만히 아니오고, 발가리 셩화에 모다 곤난이 막심하며

二, 관공립은 셔울에 공업 련습소, 총독부의원 의학강습소, 남녀 고등보통학교, 법률 전슈학교와 평양, 대구, 함흥에 고등보통학교, 슈원 공립학교와 기타 각디에 명도 나즌 실업학교와 골마다 한둘씩 잇는 공립보통학교이니, 그 교육하는 방침은 소위 국어보급과 실업과 뎌축사상 고취라. 국어라 함은 왜말을 닐음이니 죠션어라는 졍말 우리 국어ᄂᆞᆫ 덧부치라. 한 긴치 아니한 외국말 갓히 녀겨 한 쥬일이면 한 시간쯤 너코 왜말 과정은 한 쥬일에 칠팔 시간으로 십여 시간이며 다른 과뎡도 말씀 왜말로 가라쳐 우리 국어를 멸졀시키려 함이오, 실업사상 고취라 하면 얼는 듣기에 매오 죠흔 말이나 그 속살은 우리 사룸으로 다만 농사나 하고 닙도쟝사*나 하급공업이나 하게 ᄒ야 정치, 법률, 철학, 문학, 종교 등 인류의 쟈랑이라 할 만한 졍신뎍 학슐과 국가문뎨, 샤회문뎨, 인류문뎨 등 크고 고상한 활동은 일졀 금하려 함

* 입도매매立稻賣買. 아직 논에서 자라고 있는 벼를 미리 돈을 받고 파는 것.

이니, 그럼으로 갓흔 수신을 가라치되 저희 학생에 가라치는 고샹한 사샹 줄 만한 교과서로 아니ᄒ고 무슨 학과나 다 부리기 죠흔 사름 만들기만 힘 쓰는 것이라. 그들은 동화, 동화하나 동화는 입으로 하는 사셜이오 기실 저희 보담 한층 썰어지는 민족을 만들려 함이라. 그러나 고등한 학교에 잇는 학생 들은 스스로 쌔어 분하고 절통한 마암이 생겨 사사로이 국어와 국문 연구도 하고 우리 력사 공부도 하게 되엇나니, 아아, 에엿분 동생들아 범한테 물녀가 면서도 정신만 차려라.

가치가 튼 둥지에 왜가리가 와 잔다

오십여 년 슈츌 툐과와 십여 년 왜놈에게 쌜니어 우리 민족은 가난할 대 로 가난하야진데다가 이등박문이가 쥬쟝하야 세운 동양쳑식회사(東洋拓植會 社)에서는 사오 년래로 논밧흘 들입다 사서 지금은 우리 둥지 십삼도에 그 회샤 싸 업는 곳이 업게 되고, 쏘 돈 만흔 왜들도 년년이 싸을 삼으로 도모지 얼마나 되는지는 알 수 업스나 젹어도 수백만 셕어치 될지라. 그리고 그 싸 은 왜놈의 농사꾼에만 주어 파먹게 하니 그 수백만 석으로 살던 우리 동포 는 엇지 되엇스리오. 할일업시 누덕이 짐을 지고 알쓸ᄒ고 정다온 고국을 써나 즘생도 타지 못할 남만쥬 동쳥텰도 짐 싯는 챠에 실녀 기럭이 알 낫는 남북만쥬에 류리개걸*하게 되엇도다. 신문을 본즉 금년 안으로 왜놈 농부 오천 호를 실어 건너온다 하니 한거번에 오는 것이 오천 호라 하면 제각금 건너오는 것인들 얼마나 되리오. 젹게 잡고 한집에 다슷 식구라 하여도 삼 사만 명 왜 죵자가 우리의 둥지와 밥그릇을 앗을 형편이니, 금년도 그러하 고 내년도 그러하고 쏘 내년도 그러하면 슬프다, 백두산 밋 오천 년 지내오 던 배달족의 둥지는 아조 왜 죵자에게 쌔앗기고 말단말가.

농사만 아니라 술, 메토리, 집세기, 심지에 망근, 탕근, 얼게, 찬빗까지도

---

* 유리개걸流離丐乞. 유리걸식과 같은 말.

돈 만코 지식 만흔 그들이 죠흔 긔계로 만히 만들어 나이며 우리나라 사름이 맨든 것보다 갑도 싸고 물건도 죠흠으로 사서 쓰는 이는 왜놈의 것만 사게 되니, 그것으로 업을 삼던 여러 빅만 동포는 박아지 긋은 닙흘 쎄어 찰 수 밧게. 아아, 지지골콜이도 우리를 못살게 구는 발가리도 발가리려니와 지지리 지지리 못생겨 쌔진 우리 신세야말로.

일본신문의 우리나라 비평

일본 잇던 신문을 보니 하엿스대, 일본이 한국을 합병한 이릭로 것흐로 보기에는 죠선인이 다 일본의 다스림을 달게 복종하는 듯하나, 속살로는 여러 방면으로 일본을 빅척하고 국권을 회복하랴고 일변으로 인심을 고동하며 긔회 니르기를 기다리고 죠선 내디와 즁령, 아령으로 숨어 활동하는 쟈 만타 하니, 맛당히 그럴 것이라. 죠고마코 어두운 대만 민족도 남의 긔반을 달게 녀기지 아니하야 혁명을 니르키려 하엿거든 하몰며 되나 못되나 사쳔 여 년 력사를 가지고 오던 민족으로 그러케 일죠일석에 이족의 지빅를 달게 밧게 될 리가 잇스리오. 「일본이 한국을 합병한 것은 아직 형식쑨이니 아조 합병이 되랴면 여러 해 동안 죠선사름을 동화하고 여러 번 피를 흘녀 독립군을 진멸한 후에야 되리라」 흐고, 쏘 말을 니어 갈오대 「신민회니 국민회니 흐는 비밀단톄가 잇는 줄은 세상이 다 아는 바여니와 그 내용은 아직 자세히 알 수 업는지라. 희외에 잇는 죠선인쑨 아니라 죠선 내디에도 동류가 퍽 만흐며 비밀한 련락과 동지의 규합도 쓴씨지 아니하는 모양이니, 원릭 미욱 흐고 목슴과 돈을 앗기고 단합셩 업는 죠선 사름이라 크게 근심할 것은 업스되 쏘한 아조 안심할 수도 업는 것이라」 하엿고, 쏘 정부의 정책을 공격흐야 「대만총독부와 죠선총독부의 시정방침을 보건대 아조 어리고 리에 틀닌지라. 혹 토인을 넘어 얼녀 못된 버릇을 가라치다가는 혹 넘우 눌너 반항심을 기르기도 흐고, 쏘 내디 사름에게만 리흔 법률을 내어 토인으로 하여금 생업을 일코 생활이 곤난케 하니, 궁하면 쥐색기도 고양이를 무는 법이라. 그들이 비록 애국이라든가 애족이라든가 하는 고상한 생각은 업다 하더라도 생활이 어려우면 자연히 내디인을 원망하게 되어 불온한 생동을 니르킬 것이 아니뇨」 하엿고, 또 하는 말을 들은즉

「죠선 총독부에서는 명탐을 방방곡곡이 널어노코 샹을 걸고 불평한 사샹을 뎐파ᄒᆞᄂᆞᆫ 쟈를 수색하는 즁이라. 그럼으로 젹이 샹당한 교육을 밧고 사회에 신용과 존경을 밧는 쟈는 화단이 몸에 밋츨가 두려워 가만히 외국으로 쌔져 나가는 쟈 쓴지 아니 한다더라」 하엿스니, 만일 그럴진댄 동포를 가라쳐 만한 이가 다 본국에서 나온다 하면 남아잇는 씩기야 장차 엇지하리오. 이 말을 긔록하는 나는 아모죠록 여러 지사는 몸이 위험하더라도 본국에 박여 잇서 한 사름 두 사름 동포를 건지고 가라치기를 바라노라.

바른소리*

셔간도 사름의 동요에

「애국지스 찍게기는 아메리카로 건너가고, 주머구 츌세 찍게기는 해삼위로 모혀들고, 머저리 쌍다리는 셔북간도로 긔어든다」 흔다니, 꼭 올흔 말이라고는 못흐겟스되 쏘흔 들어 두어 만흔 말이라.

참으로 속에 동포를 지도할 만흔 능력이 잇는 이면 내디에도 할 일이 들어찬 것이라. 내디에서는 아조 할 일이 업는 듯이 말흐는 이는 제게 아모 능력 업슴을 즈백흠이 아니고 무엇이리오. 본국서 소용업던 인물이 외국에 나온다사 갑쟉이 무슨 별수가 싱기리오.

아모리 해외에 지류흐는 동포가 만타흐더라도 본국에 잇는 동포의 수십 분지 일에 지나지 못할지며, 쏘 완급으로 말흐더라도 본국 동포가 다 썩어지는 날에야 무삼 일이 되리오.

외국으로 나오는 것은 암만흐여도 피난흐랴는 생각이니, 즉 제 몸을 몹시 앗김이라. 넷날 이달니** 익국쟈들은 그 몸이 아조 위험흔 쳐디에 잇스면셔도 몸소 슛구이가 되어 본국으로 두르 다니며 쥬의를 견도흐고 인심을 고동하지 아니흐엿느뇨.

* 『대한인정교보』 9, 1914.3.1.
** 이탈리아.

졍교보샤 활ᄌ 살 의연을 쳥ᄒᄂ이다*

세계가 무엇으로 문명ᄒ며 나라가 무엇으로 튼튼ᄒ여지며 개인이 무엇으로 훌륭ᄒ 사름이 되ᄂ잇가. 교육이로소이다. 우리 동포가 엇지ᄒ면 문명ᄒ 나라 사름갓히 되어 남과 갓히 죠흔 나라를 이르겟ᄂ잇가. 교육이로소이다. 두시 뭇ᄂ니 엇지ᄒ면 우리가 이 불샹ᄒ 쳐디를 버서나 오쳔 년 지켜오던 조국을 차자노코 즐겁게 살암즉ᄒ니잇가. 교육이로소이다. 모도 다 교육이로다.

교육이란 말은 밧고아 말ᄒ면 배홈이니 여러 동포ᄂ 나라 회복ᄒ기를 바라ᄂ잇가. 그러커든 문명ᄒ 사름이 되소서. 문명ᄒ 사름이 되시라ᄂ잇가. 그러커든 배호소서. 나라이 무엇이며 나라와 나의 관계가 엇더ᄒ며 다른 나라 사름들은 엇더케 살아가ᄂ가도 배호고 우리가 엇지ᄒ면 조흔 국민이 될ᄂ가, 엇지ᄒ면 내 나라 정신을 보젼ᄒ고 발달ᄒᄅᄂ가, 쏘ᄂ 엇지ᄒ면 나도 남다온 사름이 될ᄂ가도 배호소서 —그저 배호소서. 나라를 훌륭ᄒ게 지켜가는 이들은 다 문명ᄒ 이니 영, 미, 법, 덕을 보시며, 제 나라를 일허바린 남의 죵이 된 쟈ᄂ 문명치 못ᄒ 쟈이니 인도, 안남을 보소서.

배호소서. 배호랴시거든 책을 닑으소서. 신문과 잡지를 닑으소서. 아참마다 밤마다 틈 잇는 대로 작고 닑고 닑으소서. 얼마 아니ᄒ야 제가 ᄎᄎ 문명ᄒ 사름이 되는 길을 알지오, 쏘 얼마 아니ᄒ야 아조 문명ᄒ 사름이 되고 말리이다. 아히들의 배호ᄂ 데ᄂ 학교요 어른들의 배호ᄂ 데ᄂ 칙과 신문잡지로소이다. 셔양 문명ᄒ 사름들은 어려서 학교에 비호고 죽도록 칙과 신문

---

* 『대한인졍교보』 9, 1914.3.1. 의연義捐은 사회적 공익이나 자선을 위하여 돈이나 물품을 낸다는 뜻.

잡지에 배호아 평생에 빅홈으로 오늘날 전세게의 쥬인이 되고 션생이 되엇ᄂ이다. 아아, 이러ᄒ거늘 우리는 학교에서도 빅호지 못ᄒ엿고 칙과 신문잡지에서도 빅호지 못ᄒ엿스니 무엇을 가지고 빅흔 쟈를 대뎍ᄒ고 우리나라를 세우오리잇가. ᄯ 신문잡지를 함ᄭ 부르나 신문은 소문을 ᄲᆯ리 뎐ᄒᄂ 것이 직분이니 뎐문으로 가ᄅ치ᄂ 것은 잡지라. 이에 정교보가 생겨 발서 구호를 발행홈에 니르럿ᄉ오나 활ᄌ가 업서 석판에 인쇄ᄒᄆ 돈은 곱들고도 일은 ᄯᅳᆮ갓히 아니 되며, 그도 정부에서 쓰는 셕판이라 얼마 오ᄅ 부탁할 수 업스니, 이리 되면 우리 수백만 동포의 함ᄭ 빅홀 큰 학교 정교보가 폐할 수밧게 업시 되니 곳 우리 민족의 살 길이 막힘이라. 이에 우리 몟 사름이 먼져 의논ᄒ고 이 글을 들이오니, 오오 사랑ᄒᄂ 동포시어 힘을 모흐시옵소서.

발긔인

김원셔 졍룡준 리셔봉 박남근 김수려 김셩락 김도전

최경셕 김인랑 김수일 젼남익 엄진국 쟝봉일 한순표 윤양길

리사현 김하일 안룡학 함군심 쟝긔룡 심광보 리셩인

고래 익국쟈의 ᄒ던 손씨[*]

△지나에 월나라 님금 구쳔은 오왕 부ᄎ에게 나라를 쌔앗기고 님금의 몸
으로 원수의 신하가 되고 그 ᄉ랑ᄒᄂ 쳐ᄌ로 원수의 종이 되게 ᄒ니 그 분
흠이 얼마나 ᄒ엿스리오. 이에 자리에 말은 섭흘 쌀아 왓삭 소리가 날 ᄯᅥ마
다 원통ᄒ 생각을 시롭히고 ᄯᅥᄯᅥ로 쓸개를 할아 쓸 ᄯᅥ마다 나라 회복흘 결
심을 굿게 하디 마음만으로 일이 될 수 업ᄂᆫ지라. 이에 십 년 동안 각식 실업
을 장려ᄒ야 빅셩을 가멸게 ᄒ고 십년 동안 국민을 교육ᄒ고 장뎡을 길너
마ᄎ내 오ᄉ나라를 즈치고 큰 나라를 이로니라.

△이태리는 한참 적 구라파 전폭과 아시아와 아프리카 일부를 점령ᄒ야
권력과 문명이 프르럿던 로마뎨국의 밋둥거리러니, 즁고에 니르러 젼국이
여러 죠고마ᄒ 나라로 난호이고 ᄯᅩ 그 나라들은 법국과 오스트리아와 이스
파니야 등 여러 강국의 졔재를 밧음으로 그ᄯᅥ 이타리아의 말못된 형편은 오
늘날 우리 나라보담 심ᄒ면 심ᄒ여도 들ᄒ지는 아니 ᄒ엿더니, 만근[**] ᄉ오
십 년래로 새로 션 이태리아는 이제야 당당ᄒ 세계 강국이 되엇도다. 이 나
라를 이리ᄒ게 흠은 맛지니, 가리발디, 카부르[***] 졔씨 이하 목슴을 바치고
이쓰던 여러 익국쟈의 힘이라. 그 즁에 못 닛힐 것은 숫구이당이니, 적이 익
국ᄉ상을 품은 쟈면 외국과 제 나라 정부에서 막 잡아 가두고 죽임으로 여
간ᄒ 익국쟈들은 모다 아메리카 등디로 도망ᄒ엿스나 맛지니 션싱이 거ᄂ
린 익국쟈 한패는 몸소 숫구이가 되어 산에 숨어 숫흘 굽다가는 숫흘 팔러

---

[*] 『대한인정교보』10, 1914.5.1. ‘우리쥬쟝’란에 실렸다. ‘손씨’는 솜씨의 평북 방언.

[**] 만근晩近. 몇 해 전부터 현재까지의 기간.

[***] 주세폐 마치니Giuseppe Mazzini(1805-1872), 주세폐 가리발디Giuseppe Garibaldi(1807-1882),
카밀로 카보르Camillo Cavour(1810-1861). 이탈리아 통일운동의 3걸로 불린다.

세샹에 나와 동지를 모호고 동포를 가르치며 격동ㅎ엿스니, 그네의 목슴은 과연 풍전의 등불이라. 그러나 그네는 끝끝내 위험을 생각지 아니ㅎ고 조국을 회복할 쥰비에 몸을 밧혓스니 만일 그네가 국내 동포를 씌오고 가르치고 격동치 아니ㅎ엿던들 갈니발디가 아모리 군수를 잘 쓰는 명쟝이오 카부르가 아모리 외교에 능난흔 대정치가인들 무엇으로 새 이태리아를 세엇스리오. 숫구이 픠가 여러 십 년 동안 쥰비를 ㅎ엿기로 가리발디가 시칠니 셤에서 건너설 제 젼국민이 일졔히 닐어나 빗나는 목뎍을 달흔 것이라.

△칼타고는 아프리카에 아조 문명ㅎ고 부강ㅎ던 나라이러니, 불행히 호랑 갓흔 로마에게 먹힌 바 되어 즈유를 목슴보담 더스랑ㅎ던 칼타고 국민이 참지 못할 욕을 당ㅎ엿더라. 이 씌에 「알프스산 남편을 쑥밧흘 만들고야 말리라」ㅎ고 신명 압헤 맹세흔 열 살 못 넘은 어린 아이가 잇스니, 곳 칼타고 국민의 용쟝흔 정신을 대표ㅎ야 쳔츄만세에 나라 스랑ㅎ는 이의 공경할 스승이 된 우리 한니발*이라. 그가 그 나라를 회복ㅎ려 ㅎ야 엇더케 ㅎ엿던가. 그는 홋몸으로 엉쑹한 에스파니아에 건너가 일변 은을 파서 돈을 만들고 일변 동포를 모호며, 일변 즈유를 못 찾거든 죽음을 챷쟈는 쯧으로 동포를 격동ㅎ고 쥰비 이르기(긔회라 흠은 쥰비 다 된 씌를 닐음이라)를 기드리다가 렬렬흔 일개 청년으로 수십만 대군을 거느리고 그 험흔 알프쓰를 몰아넘어 로마를 즈치니, 그리도 강ㅎ던 로마의 문명이 경각에 달니게 되엇더라. 그러나 로마는 쇠를 부려 한니발과는 대뎍지 으니ㅎ고** 살쟉 칼타고 본국을 즈치매 한니발은 할일업시 거의 다 겸령ㅎ엿던 로마를 바리고 본국으로 건너가니, 이에 대스가 틀니니라. 그러나 승패는 운수이니 엇지할 수 업거니와, 한번 실컨 원수의 나라를 즈르밟아 주고 칼타고의 군민으로 ㅎ여곰 씨가 업서지도록 나라를 위ㅎ야 싸호아 쳔츄 후스 젼세계 사람으로 ㅎ여곰 그

---

* 한니발Hannibal(기원전 247-183). 고대 카르타고의 장군이자 정치가.
** 원문에는 '흐니ㅎ고'로 되어 있다.

들의 용장한 정신을 우럴어 보게 홈이 또흔 한니발의 올케 경영흔 힘이 아니뇨.

△수십 명 무식ㅎ고 어린 청년이 얼골에 검앙을 바르고 몸에 흉물스러은 옷을 닙고 보스톤 항구에 들어와 션 영국 차 배에 올나가 그 「우리는 영국놈이 가저온 차를 마시지 아니 하리라」ㅎ고 배에 실은 챠를 말씀 바다에 집어 던진 것이 우리가 항상 흠모ㅎ는 미국 독립전쟁의 시초라. 이러케 무식흔 막버리쑨신지도 「독닙ㅎ지 못ㅎ고는 못 살리라」는 ㅅ샹을 쌔에 사기게 되노라면 여러 익국쟈가 얼마나 매를 맛고 피를 흘리고 목숨을 일흐면서 동포를 씨엇겟느뇨. 남녀 로유와 빈부 귀쳔이 말씀이 우리 ㅈ유를 위ㅎ야서는 목숨을 앗기지 아니ㅎ리라는 생각이 깁히 깁히 골수에 박이지 아니ㅎ엿던들 엇지 오늘 미국이 생겻스리오.

△한국은 엇지ㅎ야 독립하엿느뇨. 그들도 또한 이와 갓핫느니라. 처음에는 모다 영웅노릇만 ㅎ랴던 익국지ㅅ들이 마츰내는 슛구이도 되고 엿쟝수와 필공이*도 되며, 지게군, 순검, 헌병, 백쟝놈도 되어 보고 농ㅅ군, 산양군, 고기잡이도 되어서 욕도 엇어먹고 매도 엇어맛고 쫏겨나기도 ㅎ고, 원수에게 잡혀가 가즌 쥬리 가즌 악형에 쌔다귀가 붉어지고 헐도 벗고 굴머도 보면셔, 그들에게 「나라이 업시는 살 수 없느니라. 다른 나라 사름들은 이리이리 잘 사느니라. 이대로 가면 얼마 아니ㅎ야 우리 종족이 아조 업서지고 말리라. 술도 그치고 투젼, 야바위, 약담배**도 그치고 쌈도 말고 욕도 말고 아들쌀 잘 가르치고 나라 찻기 위ㅎ야 우리 목숨을 들여 바치자」는 쯧으로 몸소 모범을 보이며, 말ㅎ고 또 말ㅎ고 니르고 타닐너 마춤닉 어딕서 총소리 한 방만 퉁ㅎ면 늙은이 젊은이 아히 어른 남녀 귀쳔을 물론ㅎ고 호뮈, 도끼, 낫, 식칼, 부지씽이, 쟝쪅기, 되는 대로 주어들고 소릭치고 달녀나가며

---

* 필공筆工이. 붓을 만드는 일을 직업으로 하는 사람.
** 양귀비의 함경도 방언. 아편.

「원수여 우리 나라와 ᄌ유를 돌오 내어라. 그러치 안커든 우리를 죽여라」 ᄒ야 십년 싸홈에 천만 동포가 죽어 죽엄이 삼천리를 덥고 피가 산천을 물들이니, 이에 한국이 ᄃ시 살아 빗난 력ᄉ가 닛게 되니라.

그네가 만일 일미젼쟁이나 일아젼쟁을 기ᄃ리고 기생집이나 외국으로 살금살금 몸이나 피ᄒ야 ᄃ니면서 쥐둥이만 살아 ᄉ셜영웅이나 되엇던들 영원히 한국은 업서지고 말앗스리라. 그러나 다행히 우리 ᄋ국지ᄉ들은 올흔 길을 밟앗슴으로 나라를 회복ᄒ야 우리가 ᄌ유의 행복을 누리게 되엇스니 깃븐 소ᄅ로 만세나 부르쟈 —「신대한 만세! 만세! 만만세!」

당파론*

　당파는 업기만 ᄒᆞ엿스면 게서 더 죠흔 것은 업스련마는 사ᄅᆞᆷ 사ᄅᆞᆷ이 각기 생각이 다르매 ᄌᆞ연 그 뜻ᄒᆞᄂᆞᆫ 바도 다를지라. 갓ᄒᆞᆫ 한 가지 일을 흠에 엇던 이는 이러케 ᄒᆞ쟈 ᄒᆞ고 엇던 이는 져러케 ᄒᆞ쟈 ᄒᆞ나니, 이에 비교뎍 뜻이 맛ᄂᆞᆫ 이ᄭᅵ리 한 편이 되리니 이리ᄒᆞ야 당파가 생기는 것이라. 가령 우리 민족이 나라를 회복ᄒᆞ라는 ᄉᆞᆺ 목뎍은 다 갓흘지라도 혹은 오늘이라도 의병을 니르켜 되나 아니 되나 한번 후닥닥거려 봄이 가ᄒᆞ다 ᄒᆞ고, 혹은 그러치 아니ᄒᆞ다, 쥰비 업시 무ᄉᆞᆷ 일이 되는 법 업스니 위선 어린이를 가ᄅᆞ치고 어른들을 ᄭᅵ와 상당ᄒᆞᆫ 쥰비가 잇슨 후에 ᄉᆞ생을 결단흠이 올타 ᄒᆞ면, 몟은 급진파라든가 졈진파라던가 ᄒᆞᄂᆞᆫ 전자를 올타 ᄒᆞ고 몟은 후쟈를 올타 흘지니, 이에 ᄌᆞ연히 당파가 생기는지라. 그러나 이리ᄒᆞ야 생긴 당파는 아무 ᄉᆞᄉᆞ로온 뜻이 잇슴이 아니오 오직 그 쥬의가 다름으로 엇지흘 수 업시 그리 됨이니, 이는 조곰도 허물할 바가 아니오 도로혀 크게 찬성할지라. 대개 각각 제가 올케 넉이는 바를 실행ᄒᆞ쟈고 각각 힘쓰는 동안에 ᄌᆞ연히 서로 토론이 생기고 배호는 바가 만하 마츰내 참말 올흔 것을 ᄭᅢ닷게 되면 어제ᄭᅠ지 짠 당파로 잇던 쟈도 오늘부터 한데 합ᄒᆞ야여 갓히 힘쓰게 될 수가 잇슬지며, 그러치 아니ᄒᆞ더라도 당파가 잇서야 세상에서 엇던 당파를 신용ᄒᆞ고 아니ᄒᆞᄂᆞᆫ 것으로 인심의 추향을 뎡흘 수가 잇스며, ᄯᅩ 둘 이샹이 서로 제 목뎍을 달ᄒᆞ려 흠에ᄂᆞᆫ ᄌᆞ연히 경쟁이 생기리니 경쟁이 생기면 서로 남에게 지지 아니ᄒᆞ려 ᄒᆞ야 더욱 힘을 쓰게 될지라.

　이럼으로 문명흔 나라에ᄂᆞᆫ 다 정당이라는 것이 잇서 서로 ᄌᆞ긔네 쥬의를

* 『대한인정교보』 10, 1914.5.1. '우리쥬장'란에 실렸다.

백성에게 설명ᄒ면 백성은 ᄌ긔 뜻에 맞는 사ᄅᆞᆷ을 대의ᄉᆞ로 ᄲᅡᆸ을지니, 이리 ᄒᆞ야 가장 대의ᄉᆞ 만히 엇은 당파는 곳 그 국민 다수의 의견을 대표ᄒᆞᆫ ᄌᆞ라 ᄒᆞ야 얼마동안 그 나라 정치를 맛ᄒᆞ고 ᄯᅩ 다른 당파는 이 당파보담 더 죠흔 의견을 만들어 백성에게 설명ᄒᆞ야 제 당파의 세력을 세우려 ᄒᆞ야 이리ᄒᆞ야 서로 경쟁ᄒᆞᄂᆞᆫ 즁에 ᄌᆞ연히 나라이 문명ᄒᆞ고 부강ᄒᆞ게 되는 것이니, 영국에 보수당과 진보당이며 미국에 공화당과 ᄌᆞ유당 갓흔 것은 다 이러ᄒᆞᆫ 당파이라. 그럼으로 이러ᄒᆞᆫ 당파는 결코 허물할 것이 아니므로 도로혀 죠흔 일이나 이에 아조 야만되고 나라를 망치게 ᄒᆞᄂᆞᆫ 당파가 잇스니, 곳 ᄉᆞᄉᆞ로 온 뜻으로 된 당파이라.

우리나라 사ᄅᆞᆷ에게 아조 흔한 디방뎍 당파 갓흔 것이 이 죠흔 표본이니, 셔울사ᄅᆞᆷ은 셔울사ᄅᆞᆷ만 올타 ᄒᆞ야 다른 사ᄅᆞᆷ을 미워ᄒᆞ고 평안도는 함경도에 셔북은 긔호나 삼남에 대ᄒᆞ야 각각 디방뎍 감정을 품어 마치 큰 원수나 잇는 듯이 ᄶᅩᆨ ᄶᅩᆨ을 가름이, 가령 엇던 회에서 회장을 ᄲᅡᆸ으랄 제도 인물의 여하는 졋겨 노코 그저 제 디방 사ᄅᆞᆷ으로만 내려 ᄒᆞ야 눈에 피가 서서 덤비다가 마ᄎᆞᆷ내 뜻갓히 되지 못ᄒᆞ면 주먹질이 나고 야단을 치고 심지에는 우리는 너희에 밋지 아니 ᄒᆞ리라 ᄒᆞ야 ᄌᆞ긔네 디방ᄭᅵ리 갈나가지고 나가면서도 스ᄉᆞ로 올흔 톄ᄒᆞᆷ 갓흐니, 이것이 올흔지 그른지는 삼척동ᄌᆞ라도 ᄶᅩᆨ히 알 것이라.

더욱이 긔막히ᄂᆞᆫ 것은 나라를 위ᄒᆞ야 목슴을 바리랴는 이ᄭᅵ리도 아모개는 셔북이국ᄌᆞ 아모개ᄂᆞᆫ 긔호이국ᄌᆞ라 ᄒᆞ야 ᄶᅩᆨ을 가르니, 이후 독립젼쟁을 니르키ᄂᆞᆫ 날에도 셔도독립군 북도독립군 긔호, 삼남독립군 ᄒᆞ고 편을 갈나 북도 독립군에 량식이 써러져도 셔도 독립군은 아른 톄도 아니 ᄒᆞ랴는가. 발서붓허 독립ᄒᆞᆫ 후에 대통령이나 정승판셔 다톰을 ᄒᆞᆫ다 ᄒᆞ면, 아아, 이것이 우슬 일일가 울 일일가. 나라일은 거록ᄒᆞᆫ지라. 몸이 법국에 귀족이 된 라파이엣트*갓흔 량반은 제게 아모 샹관업ᄂᆞᆫ 미국 독립젼쟁에 목슴을 내어부

---

* 라파예트 후작Marquis de La Fayette(1757-1834). 프랑스의 샤바냐크 출신으로 미국 독립혁

치고 싸홧거든, 다갓히 한 나라에 사름으로 되어 일헛던 나라를 회복ᄒ려 할
제 평안도는 무엇이며 황희도, 셔울, 삼남, 함경도가 다 무엇이뇨. 만일 이러
ᄒ 편협ᄒ 당파를 세우랴ᄂ 이가 잇다 ᄒ면 그ᄂ 란신적ᄌ라. 우리는 맛당
히 정의의 칼로 그 요마를 버혀야 할지로다.

　그러나 이러ᄒ 당파는 견톄 사름의 생각으로 되는 것이 아니라 흔히 몟
기 쳘 모르고 간ᄉᄒ고 좀쇠 만코 제 명예를 탐ᄒᄂ 마귀의 츙동으로 생기
ᄂ 것이니, 가령 엇던 평안도 사름 이 다른 평안도 사름 들을 대ᄒ야 「긔호사
름은 오백 년 동안 우리를 압제ᄒ고 나라ᄭ지 팔아먹은 놈들이니 간샤ᄒ고
교만ᄒ니라. 실샹 우리 힘으로 독립을 ᄒ다 ᄒ더라도 마ᅐ막에ᄂ 그놈들이
세력을 앗으리라」 ᄒ다 ᄒ면 오늘날ᄭ지ᄂ 그런 생각 업던 이도 듯고 보면
그럴 쯧ᄒ야 한 사름에 옮고 두 사름에 옮아 마츰내 가증ᄒ 당파가 생길지
며, 그와 반대로 혹 이러ᄒ 감정이 잇던 이에게라도 누가 「갓히 나라를 사ᄅ
ᄒᄂ 이는 다 우리 동지가 아니뇨」 ᄒ면 그의 속에 품엇던 편견이 풀녀 아조
디방뎍 감정이 슬러지고 정성으로 애국만 ᄒᄂ 이면 누구가 ᄉ랑ᄒ고 공경
ᄒ게 될지라. 나ᄂ 이러ᄒ 죠흔 친구도 여러 분 가졋거니와 불행히 이 진리
를 ᄭ닷지 못ᄒᄂ 몟 형뎨 잇슴을 슬허ᄒ노니, 말 한 마대의 힘이란 무섭은
것이라. 능히 한 나라를 망ᄒ게 ᄒ고 흥ᄒ게 홀지니, 그네는 이 무서온 혀를
삼감 업시 둘너 수십만 동포를 미혹ᄒ야 우리 전도를 암담케 ᄒᄂ도다.

　생각할지어다. 이 글을 쓰는 나는 아조 아모 수단이나 능력 업는 쟈이로
대 불과 몟 달에 죡히 여러 샤회를 리간ᄒ고 여러 지ᄉ를 모함ᄒ야 모든 동
포의 미움과 원망을 밧게 ᄒ야.해외 동포계에 큰 파란을 니르킬 수가 잇슬
줄을 확신ᄒ며, 또 방법은 다른 것 아무것도 아니오 오직 제어 못하ᄂ 이 혀
한 조각일 줄을 확신ᄒ노라. 돌아보니 우리 민족에도 당파가 업다 ᄒ지 못
할지니 그 당파가 과연 쥬의로 된 문명뎍 당파인가 혹은 몟 개 요망ᄒ 란신

명, 프랑스 대혁명 당시 활약하여 두 세계의 영웅으로 추앙받았다.

적즈의 좀쇠로 된 망국뎍 당파인가. 내 이를 말ᄒᆞ고져 아니ᄒᆞ고 오직 어려 동포의 판단에 맛기러니와, 우리는 어대ᄭᅡ지든지 쓰거운 졍셩과 졍졍당당 ᄒᆞᆫ 마음으로 나라를 위ᄒᆞ야 목슴 바치는 쟈 되기를 긔약할지며, 혹 요망ᄒᆞᆫ 것들의 쇠임이 잇더라도 「나라를 ᄉᆞ랑ᄒᆞ는 이는 다 내 ᄉᆞ랑ᄒᆞ고 공경할 동지니 그가 나의 부모 형뎨라」는 생각을 가지도록 할지오, 제 명예를 위ᄒᆞ야 여러 동포에게 진졍ᄒᆞᆫ 지ᄉᆞ를 훼방ᄒᆞ게 ᄒᆞ랴고 온갓 좀쇠를 부리며 슌실ᄒᆞᆫ 동포에게 샤특ᄒᆞᆫ 지방감졍을 고취ᄒᆞ는 요귀에게 대ᄒᆞ야는 졍의의 칼을 그 목에 언저야 ᄒᆞ리로다.

애국심을 잘못 고취ᄒᆞ엿다*

어느 나라이 싸호아 이긔엇다 ᄒᆞ면 그 이긘 공이 군인의 것일가. 무론 몸을 앗기지 아니ᄒᆞ고 나라를 위ᄒᆞ야 싸혼 군인의 공이야 클지라. 그러나 만일 그 군인들로 ᄒᆞ여곰 이러케 싸호도록 가ᄅ친 이가 잇고 그에게 배홈으로 그들이 이러케 싸호게 되엇다 ᄒᆞ면 가ᄅ친 그의 공은 어마나 클까.

민츙졍**은 츙신이라. 안즁근 씨는 의ᄉᆞ라. 그네는 과연 우리가 백 번 절ᄒᆞ고 공경ᄒᆞᆯ 이들이라. 그러나 여긔 수백 명 되는 한 촌즁을 ᄭᅵ오기에 일생을 바쳐 그 수백 명 동포로 ᄒᆞ여곰 다 민츙졍 안의ᄉᆞ 갓ᄒᆞᆫ 애국쟈를 만들엇다 ᄒᆞ면 그의 공은 얼마나 된다 ᄒᆞᆯ가. 이러ᄒᆞᆫ 이가 업스면 민츙졍, 안의ᄉᆞ가 어대서 생기리오. 일인이 죠곰씩 죠곰씩 우리사ᄅᆷ을 가ᄅ쳐 아조 한국을 니저 ᄇᆞ리고 일본의 죵이 되게 ᄒᆞᆯ 수 잇다 ᄒᆞ면, 우리도 죠곰식 죠곰식 가ᄅ쳐 아조 한국을 ᄉᆞ랑ᄒᆞ고 일본에게 원수를 갑흐랴는 우리 사ᄅᆷ을 기를 수 잇지 아니ᄒᆞᆯ가. 우리 애국ᄒᆞᄂᆞᆫ 청년 즁에 민츙졍, 안의ᄉᆞ 되랴는 청년은 혹 잇다 ᄒᆞ더라도 죠곰씩 죠곰씩 초학 훈쟝이나 동네 집ᄉᆞ 노릇 ᄒᆞ랴는 이는 하나도 업도다.

민츙졍, 안의ᄉᆞ 한번 간 후에 엇지ᄒᆞ야 뒤를 니을 만한 열혈덕 애국쟈가 업는고 나는 생각ᄒᆞ니 그러ᄒᆞᆫ 초학 훈쟝과 동네 집ᄉᆞ된 이가 업슴이라 ᄒᆞ노라.

아령과 남북 만쥬와 미국 등디로 돌아ᄃᆞ니ᄂᆞᆫ 청년은 다 얼마식이라도 애

---

* 『대한인졍교보』 10, 1914.5.1. '우리쥬쟝'란에 실렸다.
** 민영환閔泳煥(1861-1905). 조선과 대한제국의 대신大臣으로 1905년 을사늑약에 반대하여 자결했다.

국심을 품은 이들이라. 그들이 웨 그러케 돌아드니느뇨. 민츙졍이나 안의ᄉᆞ
될 긔회를 차즘이로다. 의병대쟝이 되기를 바람이로다. 그러나 일본 사ᄅᆞᆷ
하나를 죽이쟈도 본국에나 잇셔야 ᄒᆞᆯ지니 입에 발닌 소리로나 형가 셥졍*
이 노릇도 ᄒᆞ고 맛지니 카리발디 노릇이나 ᄒᆞᆯ 수밧게 무엇이며, 독립군이
업스면 독립군 대장은 무엇으로 되리오. 풍운과 신병을 부리ᄂᆞᆫ 권룡셩 소대
셩**의 재조를 배호랴면 모르거니와.

그네는 웨 독립군 대쟝은 되랴면서 독립군은 만들랴고는 아니 ᄒᆞᄂᆞᆫ고 누
가 다 만들어 노코 대쟝되어 줍시오 ᄒᆞᆯ 째에 세 번 ᄉᆞ양ᄒᆞ고 나셔 되는 것도
팔즈 죠코 멋도 잇스련마는, 로형네 내어 노코는 독립군 만들 이가 업슴을
엇지 할이오. 그대네는 엇지ᄒᆞ야 초학 훈쟝이 아니 되며 엇지ᄒᆞ야 동네 집
ᄉᆞ가 아니 되ᄂᆞᆫ뇨.

우리 션비 어른들은 웨 우리를 이 길로 지도ᄒᆞ지 아니ᄒᆞ엿던가. 그네가 지
도ᄒᆞ엿건만은 우리가 듯지를 아니ᄒᆞ엿던가. 엇지 ᄒᆞ엿스나 잘못된 애국심
을 쎄어 던지고 참말 애국쟈 될 날이 오늘이로다. 스ᄉᆞ로 을허 갈오대

져 형님 기동 되오 이 아오야 보 되어라
나ᄂᆞᆫ 밧최쑥***에 진흙으로 생겻스니
조고만 흙쥐억이나 되어 담벽이나 싸흐리다

---

* 형가荊軻와 섭정聶政. 춘추전국시대 의협심 있는 5대 자객에 속했던 이들. 사마천은 『사기』
  가운데 '자객열전'편을 따로 두어 이들 5대 자객에 대해 자세히 다루고 있다.
** 조선 후기의 영웅소설 『소대성전蘇大成傳』의 주인공.
*** 밭최둑. 밭과 밭 사이의 경계를 이루거나 밭가에 둘러 있는 둑을 가리키는 평안도 방언.

새 지식*

공즁비행긔(나는 비)

공즁비행긔는 군수샹 크게 관계 잇는 것임으로 각국 정부와 민간에서 열심이 발달을 도모ᄒᆫ 결과 날로 완젼ᄒᆫ 지경에 니르러 지금은 쾌히 되포와 수오 명 사롬을 싯고 한 시간 일백이삼십 마일(약 수백 리)의 속력으로 공즁을 비행할 수 잇다 ᄒᆞ며, 각국 군대에서는 다 비행긔대를 두어 실지 전쟁에 쓸 련습을 힘으로 이후에 오는 전쟁에는 공즁 싸홈이 닐어날지며, ᄯᅩ 얼마 후에는 우편물과 려객을 비행긔로 옴기게 되어 세계 교통긔관의 즁요ᄒᆫ 하나이 될지며, 명년 미국 상항**에서 보이는 파나마운하 개통 긔념 박람회에서 세계일쥬 경쟁을 거행할 터인디 일쥬홀 긔한은 륙십일이라 ᄒᆞ며 아마 우리나라 백두산 우흐로 지나갈 모양이라.

배에서 신문을 내어

무션뎐신(줄 업시 놋는 뎐신)이 발달되어 여간ᄒᆫ 큰 배에는 다 이를 셜비ᄒᆞ엿슴으로 바다 우흐로 다라나면서도 마음 대로 륙디에 뎐신을 노코 밧을 수 잇느니, 이를 응용ᄒᆞ야 날마다 륙디에서 오는 뎐신을 밧아 배 속에서 신문을 발행ᄒᆞ야 승객에게 파느니라.

무션뎐등

무션뎐신을 발명ᄒᆫ 이다리아 사롬 말코니씨는 요사이 ᄯᅩ 무션뎐등을 발

---

* 『대한인졍교보』 10, 1914.5.1.

** 桑港. 샌프란시스코 San Francisco의 음역어.

명ᄒᆞ야 시험ᄒᆞ엿다는데, 이십 리 밧게서 줄 업시 불을 켜게 ᄒᆞ엿다 ᄒᆞ며 얼마 아니ᄒᆞ야 완전히 실용ᄒᆞ게 되리라고 말코니씨의 말ᄉᆞᆷ

치식쥬의

녯날붓허 불교나 선교에서는 식물셩 식료 즉 나물 부치와 열매만 먹고 동물셩 식료 즉 고기 부치를 아니 먹엇거니와 지금 셔양 여러 나라에도 이 치식쥬의라는 것이 잇스니 그 까닭은

一, 참아 슬피 소리 씨르고 깁히 졍든 즘생을 죽일 수 업다는 것과   .

二, 고기 부치를 먹으면 육식류(범, ᄉᆞ주 갓히 고기만 먹는 동물)과 갓흔 남을 해ᄒᆞ랴는 욕심과 각식 죄악을 범홀 욕심이 닐어나며 또 몸에도 죠치 아니ᄒᆞ다 ᄒᆞ는 것과

三, 이 두 가지를 다 합흔 것이니, 엇지 ᄒᆞ엿스나 고기 부치를 먹지 아니ᄒᆞᆫ다. 아직 확실흔 단뎡은 업스나 불가와 선가의 말에 비최어 보아도 몸과 마음에 매오 리할 ᄯᅳᆺ하며, 또 풀만 먹는 소와 양(초식류)과 육식류를 비겨보고 식물을 만히 먹는 농부와 고기 부치를 만히 먹는 도회 사름을 비겨 보아도 육식과 치식이 셩질의 션악에 관계가 잇슴은 참일 ᄯᅳᆺ. 근대 위인으로 치식으로 유명한 이는 아라사 돌스도이 션생이니라.

우리 민족의 식민디

지나 고젹에 긔록흔 바를 거흔즉 백제가 금 즁국 산동셩 독해안과 강소 졀강 등디에 식민디가 잇다 ᄒᆞ엿스니, 지금 영, 미, 법 세 나라 조차디인 샹히와 덕국 조차디 교쥬만과 영국 조차디 위히위는 일즉 우리 민족의 활동ᄒᆞ던 녯 터이며, 남북 만쥬와 아령 연히 흑룡쥬 등디가 일즉 우리 민족의 령디이던 것은 ᄃᆞ시 의심홀 여디가 업는 사실이니, 그 ᄶᅡ에서 만일 녯 무덤의 백골을 엇거든 그것이 우리 조샹의 기치신 것인 줄 알지며, 또 일본의 한복판

무사시(武藏)과 동북디방에도 신라의 식민디가 잇엇다 ᄒ니, 슬프다 우리 쳐디의 변ᄒ 것을 생각ᄒ여 보라.

료동반도에

고구려 사름의 벽돌굿*과 류리굿이 잇다 ᄒ니, 벽돌과 류리의 조샹이 우리나라라. 지금 즁국 북방 사름이 벽돌 굽ᄂ 특재가 잇슴도 쏘ᄒ 우리 고구려족의 영향이 아닌지. 쏘 그 류리와 벽돌에 여러 가지 화학뎍 약품을 응용ᄒ야 아조 졍교ᄒ 치식을 노핫다 ᄒ니 과학의 발달도 에집트 바빌논에 지지 아니 할지며, 고구려에서 텰쥬ᄌ(鐵鑄字)로 국수 오십 권을 박앗다 ᄒ니 이 것이 아마 세계 쥬ᄌ의 시조일지오, 쏘 수쳔 년 젼에 오십여 권 국수를 가진 나라이 세계에 ᄃ시 업슬지니 ᄉ학(史學)의 발달이 쏘ᄒ 웃듬일지며, 빅졔ᄂ 세계에 공화와 립헌의 조샹이오 단군 적에 하늘에 제ᄉᄒ엿다 ᄒ니 종교 즁 가장 문명ᄒ엿다ᄂ 일신교(一神敎)의 조샹이며, 단국 적에 신지가 글과 법률을 만들엇다 ᄒ니 글과 법률의 조샹이며(우리 국문은 세종대왕이 지은 것이라 ᄒ나 아마도 훨신 녯날로붓허 뎐ᄒ여 온 것인 듯), 임진왜란에 공즁비행선을 타고 덕진을 뎡탐ᄒ 이가 잇다 ᄒ니 비행긔의 조샹이며, 오십여 년 젼에 지금 활동샤진을 발명ᄒ 에디손이가 나기도 젼에 셔울 누구ᄂ 활동샤진을 발명ᄒ엿다가 요슐이라 ᄒ야 잘혀 죽엿다 ᄒ며, 신라 셔울에 인구가 이백만이라 ᄒ니 쏘ᄒ 당시 문명에 상태를 취측ᄒ지라. 이 모든 훌륭ᄒ 력ᄉ를 황희, 김부식 갓흔 지나만 놉히는 ᄌ식들이 불살나 업시ᄒ고 말앗스니 우리는 그ᄶ대를 벌기쳐야 홀지라. 그러나 조샹 적 잘 살던 말 히 무엇ᄒ리오 다ᄆ 우리도 이러ᄒ 능력잇던 ᄲᅢ난 민족인 줄만 알면 그만이라.

---

* '굿은 묘를 쓸 때 널을 집어넣으려고 파서 다듬어놓은 구덩이를 가리킨다.

뎐원도시(田園都市)

십구세긔 이린 과학의 발달은 아조 녯날 샤회졔도를 씩터리고 새로은 세계를 일넛도다. 그 과학이 발달홈을 짜라 인류의 행복도 훨신 증진되엇스나 한편에 빗히 비초이면 한편에 그늘이 질 것은 뎡흔 리치라. 여러 가지 새 문명의 폐히가 만흔 즁에 가장 큰 것이 젼호 본란에 긔록흔 빈부의 현격과 날로 늘어가는 도회문뎨라. 긔게공업과 샹업이 발달될소록 도회가 날로 팽창ᄒ야 수백만 수십만 인구 가진 도회가 졈졈 만하져 영국 갓흔 나라에는 도회 인구가 젼국 인구 삼분이가 넘는다 ᄒ니, 이 모양으로 나아가면 젼세계가 다 이 모양으로 도회에서만 살게 될지라. 그러면 도회 생활에 무삼 히가 잇느뇨. 이를 졍신뎍 육톄뎍으로 갈나 말ᄒ건딘

一, 육톄뎍으로 — 공긔가 불결ᄒ고 더럽은 냄새와 못된 병균이 만흐며 요란흔 소리와 잡답흔 광경이 신경을 과히 ᄌ격ᄒ며, ᄒ는 일이 대개 몸을 쓰지 아니홈으로 건강이 졈졈 쇠ᄒ고 넘우 분주ᄒ여 늘 피곤ᄒ며, 쳘 차자 신션흔 음식을 먹지 못ᄒ고 흔히 묵은 것이나 샹흔 것을 먹게 되며, 건강에 가장 긴요흔 ᄌ연흔 산쳔과 초목의 경치를 보지 못ᄒ야 이 모든 리유로 몸이 ᄎᄎ 약ᄒ야져서 병도 자조 나고 오래 살지도 못ᄒ며

二, 졍신샹으로 — 항샹 화려흔 것만 보고 들음으로 허영심이 만하져 요행으로 단번 만량부쟈 되기나 단번 큰 량반 되기를 ᄇ람으로 사름의 성질이 간ᄉᄒ고 부허ᄒ고 음흉ᄒ고 비렬ᄒ고 교만ᄒ게 되며, 농업과 갓히 쌍 집고 혜용ᄒ듯 ᄒ지 아니ᄒ야 시패가 만흠으로 ᄌ포ᄌ기에 ᄲ지기 쉬오며, 오직 리로만 사름을 대ᄒ야 인졍이 업서지고 생존경징이 심ᄒ야 싱활이 극히 어려움으로 여러 가지 악흔 싱각이 싱기느니, 어느 나라이나 악인과 범죄인이 대부분은 도회라.

이리ᄒ야 원래 건강ᄒ고 션량ᄒ던 사름도 도회생활 몃 해에 아조 병씌 잇고 괴악흔 사름이 되고 마느니 이러흔 폐히를 구ᄒ기 위ᄒ야 더구나 가장

불샹ᄒ고 수효 만흔 도회빈민의 생활을 구제ᄒ기 위ᄒ야 공원, 병원, 기타 소위 ᄌ션ᄉ업과 위싱셜비며 교회, 학교, 연극쟝 갓흔 교화(敎化) 오락(娛樂) 긔관의 셜비가 잇스나 이것으로 죡히 이 히를 구홀 수 업서 일변 뎐원싱활을 쟝려ᄒ며 뎐원도시의 셜립을 힘쓰ᄂ니.

우리나라 명질*

설 정월 초하룻날이니, 이날붓허 나(이) 흔 살을 더 먹으며 스당과 어른씌
세비를 드니며

보름 정월 열닷시 날이니, 이히 두고 첫 번 달 밝은 날이라. 청어, 도야지
고기, 고사리, 콩나물, 가지나물, 버슷 등 치소와 니찹쌀, 조찹쌀, 기장쌀, 쉬
수찹쌀, 팟, 다슷 가지를 석거 오곡찰밥을 지어 먹으며, 열나흔날은 뉴더름
날**이라 ᄒ야 가장 즐거이 노나니, 어른들은 귀밝이술, 아히나 부인네는 니
박기***라 ᄒ야 복근 콩과 엿과 잣을 먹고 명국수를 먹으며, 이날은 거즛말로
서로 소기며 놀며, 더위를 팔고(일홈을 부르고 대답ᄒ면 얼는 「내 더위 사오」 흠
으로 불너도 대답 아니 ᄒᄂ니라), 윳노리와 널을 쮜며, 사나히 아희ᄂ 년을 날
니며, 밤에ᄂ 닭이 잘 되라 ᄒ야 솔송이를 주어다가 마당에 뿌리고 누에를
만히 치라 ᄒ야 벽에 썩가로로 고치를 씩으며, 울 안에 쟝대기를 세우고 사
방으로 줄을 매고 게다가 각식 곡식과 목화를 달아 금년 농ᄉ 잘 되기를 비
ᄂ니 이를 다물이라 ᄒ고(다물은 우리나라 녯날 말로 나라를 회복ᄒᄃᄂ 쯧이
라 ᄒ니 우리나라를 이갓히 세우리라ᄂ 쯧으로 ᄒ면 더 맛 잇슬 쯧), 이날은 복이
돌아ᄃᄂ니다가 예일 부지런흔 집에 들어간다 ᄒ야 곡간과 방안과 부억을 쌔
끗이 쓸고 불을 혀 노흐며 밤에 자지 아니ᄒ고, 만일 이날 자면 눈섭이 세고
굴머죽ᄂ다 ᄒ며, 싀벽에 남보담 먼져 물 한동에와 새**** 한 짐과 소ᄽ 한 삼
치를 주어 오며

*『대한인정교보』 10, 1914.5.1. '명질'은 명일名日·명절名節의 함남 방언.
** 누더름날. 음력 정월 열나흗날을 이르는 소망일小望日의 평북 방언.
*** 이박기. 음력 정월 대보름에 부럼을 깨무는 일을 가리키는 평안도 방언.
**** 땔나무의 평북 방언.

그 잇흔날 즉 한 보름날에ᄂᆞᆫ 찰밥 아홉 그릇 먹고 새 아홉 짐 ᄒᆞᄂᆞᆫ 날이라 집집이 돌아 ᄃᆞ니며 음식을 난호아 먹고, 이날 달 만져 보ᄂᆞᆫ 이ᄂᆞᆫ 싀집장가를 가거나 아들을 나커나 돈을 모호거나 소원셩취흔다 ᄒᆞ야 남녀로쇼가 해 지기 젼부터 산에 올나 기ᄃᆞ리ᄂᆞ니, 이 보름 열졀이 가장 큰 명질이라. 대개 일년 동안에 ᄒᆞᆯ 모든 일의 결심과 실험을 ᄒᆞᆷ이니라.

한식은 이월 그믐께나 삼월 초ᄉᆡᆼ이니, 이ᄯᆡᄂᆞᆫ 새 봄빗이 텬디에 찰 ᄯᆡ며 금년 농ᄉᆞ를 시작ᄒᆞᆯ ᄯᆡ라. 새봄을 맛ᄂᆞᆫ 깃븜도 깃블지오 산과 들에 ᄃᆞ니며 새로 나오ᄂᆞᆫ 풀엄과 새로 흐르ᄂᆞᆫ 물소리도 들으며, 겨울을 지ᄂᆞᆫ 조상님의 모덤도 뵈올 겸 약간 음식을 엿투고 호ᄆᆡ와 가ᄅᆡ를 들고 산에 올나 무덤에 쟌듸와 산에 나무도 심고 산 녑 맑은 섐가에 음식을 먹은 후 ᄌᆞ손에게 조샹님의 력ᄉᆞ도 들니며, 조샹과 부모를 공경ᄒᆞᆯ 것과 봄쳘에 ᄒᆞᆯ 일과 일년 동안 잘 살고 못 살미 봄에 달님과 봄경치의 아름다은 맛과 산에 나무 심어야 될 것도 알녀 줌이 이 한식 명졀*이라.

수리(단오) 오월 초닷쉿날이니, 이믜 힘드ᄂᆞᆫ 부죵**을 다 마초고 아직 김도 분주ᄒᆞ지 아니ᄒᆞ며 록음방초에 텬디에 화긔가 가득ᄒᆞᆫ ᄯᆡ라. 집에 쟝풍***을 쓧고 무덤에 심엇던 나무를 돌아보며 수양버들 무르닉은 그늘 속에 넘노ᄂᆞᆫ 록의홍샹은 아름답고 덕 놉흔 이팔가인의 그네ᄯᅱᆷ이며, ᄉᆡ입 돗ᄂᆞᆫ 넓은 쟌듸판에 초한****이 서드ᄂᆞᆫ 듯 룡과 범이 다토ᄂᆞᆫ 듯ᄒᆞᄂᆞᆫ 것은 나라 직히ᄂᆞᆫ 쟝부의 씨름ᄒᆞᆷ이라. 이날에 부류*****쌈을 먹으면 더위******를 안 먹고

칠셕 칠월 초니례날이니, 괴로은 김도 이믜 숫나고 속에 담북 이삭을 밴

* 원문에는 '명쳘'로 되어 있다.

** 付種. 씨를 뿌린다는 '파종播種'의 뜻.

*** 여러해살이 풀인 '창포菖蒲'의 방언. 오월 단오에는 창포 삶은 물로 머리를 감았다.

**** 楚漢. 초나라와 한나라.

***** 부루. '상추'를 가리키는 각 지역의 방언.

****** 원문에는 '뒤워'로 되어 있다.

각식 곡식이 논과 밧헤 흐느젹일 씨라. 이씩 깁숙흔 산골쟉 맑고 한 시내가 무르녹은 나무그늘에 하로 청흥*을 도모흠이 쏘흔맛당흘지라. 이날은 은하수를 새에 두고 한히 한 번 맛나보는 견우직녀의 다리를 노흐랴고 가막가치가 씀적 아니흔다 흐며, 견우직녀 다시 리별흐는 눈물이라 흐야 져녁씩면 소낙비가 느린다 흐며, 이날은 흔히 약물 먹으러 가느니라.

가우(츄셕) 팔월 보름날이니, 오곡백과가 거의 다 닉엇고 서늘흔 바름에 맑은 즁츄 달이 실로 일년에 웃듬이라. 시 곡식, 시 실과, 시 나무, 시 고기로 엿툰 시 음식도 죠커니와, 새로 짠 비옷 니분 일년 동안 벌은 것이 우슌풍됴** 풍년 들어 논밧히 쌕듯흐게 휘늘어진 누른 이삭 그 더욱 죠흔지라. 한식은 봄 맛는 명질 가우는 가을 맛는 명질, 한식은 심으는 명질 가우는 거두는 명질이로다. 한 집안이 웃으며 여간흔 음식과 낫을 들고 산에 올나 한식에 심은 남기 얼마 자란지도 보며, 무덤가에 풀을 뷔여 가을 일을 가르치고 지나간 일 년 동안 흐던 일을 례로 들어 길어나는 즈녀에게 사름의 직분과 세샹의 즐거움을 가르칠 씨도 이써라.

이는 우리나라에 녜로부터 직켜 느려오는 큰 명절이니, 우리는 그 쌕리를 캘 필요가 업고 오직 수천백 년 우리 조샹이 즐겁게 지켜오던 것만 생각흐여도 졍이 들지라. 조샹을 공경흐고 나라를 스랑흐는 쟈 맛당히 지킬 것이 온 하믈며 그 뜻이 믹오 큼에리오. 혹 예수교 신쟈는 이를 우샹 셤기는 날이라 흐야 빅쳑흐거니와 그럴 필요는 업느니, 졔스에 쓰던 것이라 흐야 누가 밥 먹기를 그만두리오. 음식을 차려 노코 절만 아니흐엿스면 그만일지니, 츈츄로 조션***의 무덤을 돌아봄은 향긔롭은 일일지며 쏘 녜로부터 쏘 씩먹여

---

* 淸興. 맑은 흥과 운치.
** 雨順風調. 비가 때맞추어 알맞게 내리고 바람이 고르게 분다는 뜻으로, 농사에 알맞게 기후가 순조로움을 이르는 말.
*** 祖先. 조상.

참고자료 **429**

지켜 오던 것을 보존홈이 그 국민셩을 보존ᄒ고 익국심을 빙양ᄒᄂᆫ 대 매오 영향이 큰지라. 우리나라 사름갓히 제것 귀ᄒᆫ 줄을 모르고 왜나라에 가면 왜 본을 밧고 되나라에 가면 되 본을 밧ᄂᆫ 졍신 썩지고 졀개 업ᄂᆫ 머저리가 어듸 잇스리오. 나ᄂᆫ 이 아름다은 명질을 보존홈이 우리 민족을 보존홈에 큰 도음이 잇스리라 ᄒ야 여러 동포에게 물음이로라.

한인 아령 이쥬 오십년 긔념에 대ᄒᆞ야*

우리ᄂᆞᆫ 졍셩을 기우려 찬셩ᄒᆞ노라.

이쥬에 두 가지 잇스니 줄어드ᄂᆞᆫ 이쥬와 늘어나ᄂᆞᆫ 이쥬와. 제 나라이 부
강ᄒᆞ야 약ᄒᆞ고 어두은 나라를 다ᄉᆞ릴 ᄎᆞ로 이쥬ᄒᆞᆷ은 늘어나ᄂᆞᆫ 이쥬오 제 나
라를 ᄲᅢᆺ기고 이족의 압박을 견ᄃᆡ지 못ᄒᆞ야 ᄶᅩᆺ겨가ᄂᆞᆫ 이쥬ᄂᆞᆫ 줄어드ᄂᆞᆫ 이
쥬니, 우리 민족의 오늘날 이쥬ᄂᆞᆫ 이러ᄒᆞᆫ 이쥬라. 늘어나ᄂᆞᆫ 이쥬에ᄂᆞᆫ 영광
과 복락이 ᄯᆞ르고 줄어드ᄂᆞᆫ 이쥬에ᄂᆞᆫ 슈치와 쳔대와 고샹**이 ᄯᆞ르나니, 우
리ᄂᆞᆫ 지나간 오십 년에 실로 이 붓그럽고 불샹ᄒᆞᆫ 싱활을 ᄒᆞ여 왓도다.

우리가 이러ᄒᆞᆫ 싱활을 ᄒᆞᄂᆞᆫ 동안에 다른 민족은 무엇을 ᄒᆞ엿ᄂᆞᆫ가. 영국
미국이 큰 령토를 엇엇고, 덕국이 새로 싱겨 졍치, 군대, 학슐, 샹공업이 셰
계에 읏듬이 되엇고, 이틔리가 독립ᄒᆞ야 셰계 강국에 참예ᄒᆞ엿고, 뎐긔, 슈
즁긔 등 굉쟝ᄒᆞᆫ 긔계가 만히 발명되엇고, 녯날에 ᄭᅮᆷ도 못 ᄭᅮ던 공즁비행도
발명되엇고, 긔타 각식 긔긔묘묘ᄒᆞᆫ 학슐 긔예가 휘황찬란ᄒᆞ게 여러 민족의
손에 발달되엇도다. 지나간 반 셰긔ᄂᆞᆫ 소위 십구셰긔 후반과 이십셰긔 초엽
이라 ᄒᆞ야 인류의 력ᄉᆞ샹에 가장 일 만코 진보 ᄲᆞ른 시대니, 이 오십 년이 녯
날 오백 년 맛잡이라. 그 동안에 우리 ᄒᆞᆫ 일이 무엇인고.

우리나라로 보아도 왕국이 되엇다 뎨국이 되엇다 온 가지 풍파와 변쳔을
지나 반만 년의 녁ᄉᆞ가 아조 ᄯᅳᆯ허진다ᄂᆞᆫ 큰 ᄉᆞ건이 싱기고, 샤회 샹틱의 변
쳔도 눈이 어리게 획획 돌아가 샹투가 업서지고 도복***이 업서지고 털도가

---

* 『대한인졍교보』 10, 1914.5.1.
** '고생'의 강원, 젼남, 충남, 함경 방언.
*** 道袍. 옛날 평소 예복으로 입던 남자의 겉옷.

생기고 왜말이 퍼지는 둥 넷날 죠선은 기름자도 업서지고 어듸서 쉬어 나왓 는지 알 수 업는 새세샹이 되엇도다. 그러나 이러케 변쳔홈도 우리 힘이 아 니오 엉쭝흔 외국놈의 바람에 졍신도 못치리고 뒹굴뒹굴 굴엇슴이니, 우리 의 흔 일이 무엇인고.

아령 잇는 동포는 어느 민족 어느 나라에 속흐엿는고. 한인도 아니오 아 인도 아니라 소위 얼마우직*라는 긔긔괴괴흔 한 새종족이니 아마도 아라 사에 잇는 여러 민족 줌에 가장 못싱긴 두르뭉실이라. 예부레이는 예부레이 빗이 잇고 쏠냑크는 쏠냑크 내가 나되, 소위 얼마우재는 아라사 갓기도 되 갓기도 한인 갓기도 흔 무엇인지 알 슈 업는 종즈라. 이대로 가면 영원히 아 라사 줌에 가장 쳔흔 종족이 되어 아조 민멸**흐고 말리러니 텬행***으로 이 동포들에게 새 즈각이 생기니 참 깃븐 일이로다.

이번 긔념식에 오십만 우리 동포로 흐여금

一, 한족이라는 관념과

二, 이대로 가면 아조 멸망흐고 말지니 즈뎨에게 새로은 교육과 새로은 생각을 너허 주어 완젼히 독립흔 대한국 국민이 되던가 아라사 사름이 되더 라도 아인과 평등될 국민이 되어야 할 생각을 주고

三, 지나간 오십 년 동안에 다른 여러 민족이 엇더케 활동흐엿는가를 알 녀 우리도 이후 오십 년 동안 활동흐면 죡히 남 부럽지 안케 될 줄을 확신케 홀지라.

이후 오십 년을 지나며 아령 빅년 긔념을 홀 찌에는 우리 공스관이나 령 스관 태극긔 아레서 지나게 되고 동시에 우리 본국서는 독립 오십 년 긔념 에 각국의 대표쟈와 군함의 뎨포 소리가 삼쳔리 반도국에 쯔르를 흐게 되기

* '마우재毛子'는 러시아인. '얼마우재'는 서양 사람의 흉내를 내면서 경망스럽게 구는 사람을 뜻하는 함북 방언.
** 泯滅. 자취나 흔적이 아예 없어짐.
*** 원문에는 '텅행'으로 되어 있다.

를 브라노라

당국쟈 제씨는 의례히 정성을 다ㅎ시려니와 재류동포께셔도 아모죠록 돈과 마음으로 돕고 될 수 잇는 딕로 참예ㅎ기를 힘쓰심이 죠흘지라.

一, 씩는 아력 구월

二, 곳은 연희쥬 희삼위

三, 참렬ㅎ는 사름은 유지 동포와 학생 젼톄와 군민

四, 경비는 삼만팔쳔 원

새 지식*

스팔타의 교육

스팔타는 그레시아 반도의 남편 씃헤 잇던 죠고마흔 나라이라. 원리 셩명 업는 나라이러니, 수십 녀 교육의 힘으로 드듸어 그레시아 전토에 패권을 잡고 한참 왕셩ᄒ던 페르샤를 지웟느니라.

그 교육법은 — 아히가 난 쩌 즈세히 검수ᄒ야 보아 몸이 튼튼ᄒ고 얼골이 멀슴ᄒ거든 기르고 그러치 못흔 것은 나무숩헤 ᄇ려 즘싱의 밋기가 되게 ᄒ느니, 대개 그 싸위는 나라에 도로혀 ᄒ가 될가 홈이라. 부모의 손에 맛겨 기르다가 칠팔 세가 되면 나라에셔 지어노흔 큰 긔슉샤에 몰아 너코 한 솟밥 한 자리잠에 한 학교에 글을 가르치느니, 이제 그 살아가는 모양을 보건대 수쳘 홋옷 한 가지에 잠자리라고는 제 손으로 뷔어 말닌 풀 한 단과 얄짜란 담요 하나쑨. 가르치는 쥬지는 — 남에게 지지 아니홀 것, 엇더흔 곤난이나 참을 것, 나라에 몸을 바칠 것이니, 산에서 범을 맛나도 두 주먹 부르쥐고 달녀들어야 ᄒ고 톱으로 다리를 잘나도 얼골도 지쿳ᄒ지 아니ᄒ며 나라일에 죽기를 우리 사름 벼슬 죠아ᄒ듯 하느니,

이제 멧 가지 례를 들건듸 — 학교에서 여러 아히가 글을 빅홀 제 그즁에 한 아히가 갑작이 죽거늘 모다 놀나(다른 나라 사름 굿흐면) 검수ᄒ여 보니 품속에 살기** 하나이 나오는지라. 즈세히 본즉 글 빅호는 동안에 그 살기가 가슴에 구녁을 쑬코 내장을 물어 씃음이러라 — 쏘 한 과부가 아들 형데를 다 전쟝에 내어 보늬고 날마다 긔별 오기를 기드릴 제 하로는 과연 긔별 뎐

---

* 『대한인졍교보』 11, 1914.6.1.
** '살쾡이'의 경남·강원·함남 방언.

흐는 사롬이 오거늘 근심흐는 낫빗츠로 「엇지 되엇는가」, 「아드님 두 분이 다 죽엇소」. 부인이 낫빗츨 변흐며 「누가 아들의 소식을 물엇는가. 싸흠이 엇지 되엇가를 물엇노라」, 「우리나라가 이긔엇소」. 이 말을 듯쟈 곳 우스며 춤을 추더라.

쌀 겨가 피로 간다

무슨 곡식에나 진쯧 즈양분(피로 가는 것)은 그 속겨에 잇느니, 사롬들이 겨를 말끔 볏기고 먹는 것은 물고기에 살을 발나 ᄇ리고 먹는 세음이라. 이럼으로 여러 가지로 병이 나고 일즉 죽느니 무슨 곡식이나 것겁더기만 볏겨 바리고 먹으면 무병쟝슈흔다 흐며, 또 닉혀 먹으면 즈양분도 업서지고 삭이기도 어렵은 것이니 될 수만 잇스면 무엇이나 날로 먹는 것이 죠타 흐며, 우유와 닭의 알도 슬여 먹으면 아모 효험이 업다 흐며, 아모 즈양분도 업다 흐던 치소에도 사롬에게 아조 필요흔 즈양분이 잇다 흐며, 지금ᄭ지는 지방, 란빅질, 뎐분 등 열 만히 싱기는 물건을 죠흔 식료라 흐야 칼노리로 식료의 품질을 뎡흐엿스나 이는 낡은 소리라. 사롬에게 가장 필요흔 즈양분은 뷔짜민이라는 것이니 곡식의 겨와 치소에 만히 잇다 흐며, 뷔짜민 업는 쓸은 쌀만 먹으면 일년이 못흐야 각식 병이 난다 흐얏더라. 이는 여러 학쟈가 오릭 실험흐야 엇은 결론이니 방금 실힝즁이라 매오 셩적이 죠타 흐도.

쇼년병단(少年兵團)

영국 젼국에 업는 곳 업는 건쟝흔 쇼년은 거의 키치나* 원슈의 거느린 쇼년병단이라. 십수년 젼 남아 젼쟁** 적에 영국 쇼년이 용감흐게 덕군의 수졍

---

* 호레이쇼 허버트 키치너Horatio Herbert Kitchener(1850-1916). 1914년 제1차 세계대전 초기 영국의 육군 원수. 당시 긴 전쟁을 예견하고 대규모의 의용군을 조직했으며, 그의 모병 포스터 "조국은 당신을 필요로 한다BRITONS WANTS YOU"는 오늘날까지 유명하다.
** 남아프리카 전쟁South African War(1899-1902). 네덜란드계 보어인이 세운 트란스발 공화국 및

을 뎡탐ᄒ야 영국 군대에 큰 돕음을 줌으로부터 이 병단이 시작되니, 학교에 ᄃ니ᄂ 쇼년에게 실졔뎍 군대교육을 시켜 일변 국가를 지키ᄂ 용ᄉ가 되ᄂ 동시에 긔운차고 겁 업고 규률 잇고 부지런ᄒ고 겸지아니ᄒ 국민을 만들녀 홈이라. 그 헌쟝은 매오 간단ᄒ니

一, 대영뎨국을 지키ᄂ 츙량ᄒ고 용장흔 신민이 될 것

二, 어느 나라이나 어느 민족을 몰론ᄒ고 졍의를 위ᄒ야 힘쓰ᄂ 이를 친고로 삼을 것

이라. 그 규측은 매오 엄ᄒ야 만일 규측을 범ᄒ거나 졍의 남아의 톄면을 손샹홀 일을 ᄒᄂ 이어든 곳 젹에서 뎨명ᄒ야 용납홀 곳이 업게 ᄒᄂ 명예의 즁벌을 주며

매쥬 일ᄎ식 모호아 여러 가지 강연도 듯고 실지의 련습도 ᄒᄂ니, 쟝막 치기, 딘자리 잡기, 뎡탐ᄒ기, 말 달니기, 텬긔 보기, 음식 만들기, 향방 찻기, 다름질ᄒ기, 총과 칼 쓰기 등이라.

이즁에 뎨일 ᄌ미잇ᄂ 것이 뎡탐이니, 가령 한번 십 리고 이십 리를 갓다가 그 길가에 잇ᄂ 산 일홈, 촌 일홈, 길 싱긴 모양, 나무숩 갓흔 것을 말씀 긔억ᄒ고 지도를 만들며 ᄯᅩ 그 거리를 ᄌ세히 알도록 홈이니, 처음에 어렵어도 여러 번 닉히면 쉽게 되며, 거리를 아ᄂ 법은 제가 한 시간에 멧 걸음 것ᄂ 것과 한 거름이 멧 자인 것을 알게 ᄒ면 될지오 자ᄂ 디닐 수 업스니 손짐쟉으로 외와두며, 발자귀를 보고 무엇인가 엇던 신을 신고 엇던 걸음으로 어느 ᄶᅳᆷ 간 사름인가를 판단ᄒ기와 차림차림과 얼골과 걸음거리를 보고 엇던 사름인가를 알아내기를 가ᄅ침이니, 이 모양으로 젼시나 평시에 실용홀 ᄌ조를 배호며 아울너 마음을 졍밀ᄒ게 ᄒ며 쥬의성을 깁게 ᄒᄂ니라.

이 쇼년병단은 아모ᄶᅢ에 병명이 되어도 아조 ᄌ조 능ᄒ고 용쟝흔 졍병이

오렌지 자유국의 연합군과 영국군 간의 전쟁으로, 일명 보어전쟁Boer War이라고도 한다. 전쟁의 발발 원인은 이 지역에서의 다이아몬드 및 금광 발견 때문이며, 1902년 5월 영국이 승리를 거둠에 따라 트란스발공화국과 오렌지 자유국은 영국의 식민지가 되었다.

될지니, 세계가 다 이를 부럽어ᄒᆞ야 제 나라에도 세우기를 운동ᄒᆞᄂᆞᆫ 즁이며, 덕국 갓흔 나라에서는 발셔 시작ᄒᆞ엿다 ᄒᆞ니 우리 재외 동포도 아히 어른 ᄒᆞᆯ 것 업시 힘써 볼 일이며, 더구나 학교에서는 유희삼아 ᄌᆞ미잇게 ᄒᆞ여가ᄂᆞᆫ 동시에 큰 리익을 엇을지라. 이를 ᄌᆞ세히 긔록ᄒᆞᆫ 책은 영문도 잇고 일문도 잇스니 사다 봄이 죠흐리로다. 누가 우리말로 번역ᄒᆞ면 더욱 죠흐리로다.

바른소리*

중국이나 아라사나 우리나라 사롬을 만히 대ᄒᆞᄂᆞ 나라 사롬들은 모다 우리사롬을 소기기 잘ᄒᆞᄂᆞ 사롬이라 ᄒᆞ나니, 이ᄂᆞ 실로 우리사롬 전톄의 신용을 세계에 일케 홈이라. 혹 금뎜군은 금을 소기고 일군 패쟝은 일군 수효를 소기고 약쟝ᄉᆞᄂᆞ 약을 소기고, 제 나흘 소기고 이름을 소기고 ᄒᆞ야 외국 사롬은 소겨도 관계치 아니ᄒᆞᆫ 것이어니 ᄒᆞᄂᆞ 것이 우리 ᄒᆡ외 동포의 생각이니, 혹 고부의 돈을 잘나 먹고 혹 져을 위ᄒᆞ야 밋쳔을 대어 주ᄂᆞ 물쥬를 소기ᄂᆞ 일은 흔히 보ᄂᆞ 바이라. 이ᄂᆞ 아조 야만된 ᄉᆞ샹이니 실로 제 동포를 죽이는 행위라 할지로다.

△아령에 와 잇ᄂᆞ 이ᄂᆞ 아라사사롬이 우리를 ᄉᆞ랑ᄒᆞᆫ다 ᄒᆞ고 즁령에 와 잇ᄂᆞ 이ᄂᆞ 중국사롬이 우리를 ᄉᆞ랑ᄒᆞᆫ다 ᄒᆞ도다. 그러나 그네의 ᄉᆞ랑이 우리를 아조 공경ᄒᆞᆯ 만ᄒᆞᆫ 사롬이라 ᄒᆞ야 ᄉᆞ랑홈인가 ᄯᅩᄂᆞ 불샹ᄒᆞ고 어리석은 죵ᄌᆞ라 ᄒᆞ여 어엿비 녀김인가, 스스로 제 몸을 돌아보아 생각ᄒᆞᆯ지어다.

△아라사사롬이 어리석다, 중국사롬이 어리석다 ᄒᆞ야 나ᄂᆞ 그보담 훨신 문명ᄒᆞᆫ 사롬이거니 ᄒᆞᄂᆞ 것이 우리 사롬의 생각이라. 심지여 셔양 유명ᄒᆞᆫ 션비의 말도 그저 그러코 그러타 ᄒᆞ야 킹ᄒᆞ고 코우슴ᄒᆞᄂᆞ 이조차 잇ᄂᆞ니, 과연 우리가 그 사롬네보다 나흠이 잇슬가. 내게 그네만ᄒᆞᆫ 나라이 잇스며 지식이 잇스며 인격이 잇스며 돈이 있ᄂᆞ뇨. 지금 형편으로ᄂᆞ 우리ᄂᆞ 그네의 심부름군이오 죵이오 데ᄌᆞ라. 그러면서 제가 그보담 나흔 톄ᄒᆞᄂᆞ 것이 도로혀 어리석은 생각이 아니뇨.

△되지 못ᄒᆞᆫ 사람에 닐흔두 가지 톄가 잇다 ᄒᆞᄂᆞ니, 제가 못ᄂᆞ고 잘ᄂᆞ 톄,

---

*『대한인졍교보』 10, 1914.5.1.

모르고 아는 톄, 업고도 잇는 톄, 제 어느 쟝관의 심부름이나 두어 번 ᄒ엿스면 그 쟝관과 친구인 톄, 넉마젼에서 사온 멧 량자리 옷을 닙고 수십 량자리 마침인 톄, 본국 잇서—는 순검이 눈도 거들떠 보지 안는 주제에 총독의 지목이나 밧앗는 톄, 뭇노니 우리 즁에 톄 업는 이가 멧멧힌고 톄는 되지 못ᄒ 사름의 벼슬이니라.

△다리 불거진 쟝수 성 안에서 호통ᄒ다고 본국에서는 찍소리도 못ᄒ다가 즈유로은 해외에 나와서는 아조 단손으로 왜놈의 종즈를 업시ᄒ기나 흘드시 호통을 쏩느니, 참말 해외는 애국쟈되기 쉬운 데라. 왜놈이란 말이나 두어 마대ᄒ면 곳 애국쟈 행세를 ᄒ느니 모르괘라. 해외에서 응앙응앙 호통ᄒ는 애국쟈를 본국으로 실어가기만 ᄒ는 날에 「녕감이샹* 하하」 아니흘 이가 멧치뇨.

△해외에 잇서서 텬하를 한손에 쥐밀적쥐밀적흘 경영을 ᄒ다면 그 말을 들을 쟈가 멧멧치뇨. 해외에 잇서서 눈을 부르대면서 경국경세의 대졍치가 행세ᄒ는 이보다 내디에 쏙 들어박여 텬황폐하 만세를 부르면서도 코 흘니는 어린아기들을 대ᄒ야 「가갸거겨」를 가르치는 이가 진졍흔 애국쟈가 아닐가.

△우리나라 사름은 투젼군의 넉시라. 무슨 일이나 대패 쓰듯 ᄒ기를 죠하ᄒ느니, 나라 찻기도 대패 쓰듯 돈 모흐기도 대패 쓰듯 성공ᄒ기도 대패 쓰듯 이리ᄒ야 동포를 씩오지도 아니ᄒ면서 이쳔만민이 갑쟉이 독립군 되기를 ᄇ라며, 일도 아니ᄒ고 하늘에서 크다라흔 금송아지 떨어지기를 ᄇ라며, 공부도 아니 ᄒ고도 세샹에 일홈는 사름 되기만 ᄇ라도다. 아령에서 수십 년간 금뎜으(로)만 돌아ᄃ니는 동포들이 만일 진실흔 수업에만 챡수ᄒ엿더면 지금은 모다 제쌍 잡고 제집 잡고 아들쏠 안고 씌고 에헴 큰 기츰ᄒ게 되어스리라. 그러나 대패 쓰듯 ᄒ기만 ᄇ라는 이는 늙어 죽도록 흙물 뭇은 바

---
* 영감이샹さん.

지를 벗어볼 날 업스리라.

△우리사룸은 북의 넉시라. 속은 텡텡 부이고도 소리 크기만 죠하ᄒᆞᄂᆞ니, 담빅말이나 ᄒᆞ야 한 달에 겨오 돈 십 원이나 버는 주제에 ᄉᆞ오십 원자리 양복에다 시게 번젹, 구두 번젹, 도금ᄒᆞᆫ 안경 번젹, 그리고 나서면 남들이 훌륭ᄒᆞᆫ 신ᄉᆞ로나 녀길 ᄯᅳᆺ하나 림진강 배샤공만은 못ᄒᆞ여도 사룸 볼 줄은 다 아ᄂᆞᆫ 것이라. 챠 가온데 만일 영인이나 법인으로 잘 차린 사룸이 잇스면 「올치 져 사룸은 훌륭ᄒᆞᆫ 신ᄉᆞ렷다」 ᄒᆞ려니와, 만일 우리사룸으로 금안경이나 버쎠 린 이가 잇스면 「흥, 되지 못ᄒᆞ게 져것은 아마 밥을 굶거나 협잡군이렷다」 ᄒᆞ리라.

△미국이나 아라사에 오면 갑쟉이 무슨 쏫족ᄒᆞᆫ 수가 생기거니 ᄒᆞ야 여간ᄒᆞᆫ 젊은이는 미국이나 아라사 구경을 못ᄒᆞ고ᄂᆞᆫ 사룸 구실을 못할 ᄯᅳᆺ시 열이 나서 부모를 소기고 친구를 소겨서ᄭᅡ지라도 애써 목뎍을 달ᄒᆞ랴는 양이 마치 미국이나 아라사에 가기 위ᄒᆞ야 난 것 같도다. 이 쳘 업는 사룸들아, 미국도 하늘 아레라. 금송아지나 명예 쌈지가 길바닥에 듸글듸글 구ᄂᆞᆫ 것이 아니라. 공부를 ᄒᆞ랴거든 일본이 낫고 돈벌이를 ᄒᆞ랴거든 ᄉᆞ오백 려비로 그 흔한 쌍을 사서 농사ᄂᆞᆫ ᄒᆞ여라. 수탄 돈에 수탄 고생을 다ᄒᆞ고 가서 담배말이, 금뎜군, 류리창 닥기 갓흔 종노룻을 ᄒᆞ쟈고 쌔들거리ᄂᆞᆫ 그 심ᄉᆞ를 알 수 업도다.

△혹 동포를 위ᄒᆞ야 힘쓰랴거든 이쳔만이나 되ᄂᆞᆫ 본국을 ᄇᆞ리고 쏘는 백여만 되ᄂᆞᆫ 즁령을 바리고 무엇이 안타까와서 몃 쳔 명 아니 되ᄂᆞᆫ 동포를 차자 드니ᄂᆞᆄ. 그들의 생각에는 본국 동포는 다 왜놈으로 치고 미국이나 아령에 잇ᄂᆞᆫ 이만 동포로 녀기ᄂᆞᆫ 듯ᄒᆞ나 쏘흔 큰 잘못이로다. 무어니 무어니 ᄒᆞ여도 정말 나라를 찾고 세울 이ᄂᆞᆫ 그래도 본국 동포리라. 모도 다 「체」 ᄒᆞ기 죠하서 그럼이어든 속히 씰지어다.

△벼슬 죠하ᄒᆞ고 록 먹기 죠하흠이 우리 통병이라. 해외에 온 이도 아직

이 병을 벗지 못하야 여러 동포의 벌어 바치는 돈으로 곱게 입고 곱게 먹으려 하기만 힘쓰느니, 또한 불샹하고 가증한 생각이로다. 여러 동포의 위임한 소무를 맛하 다른 일을 할 스 업는 이는 일군이 먹을 것 밧는 것은 맛당한지라 용서도 홀려니와, 공연히 기울기울 돌아드니면서 남의 폐만 씨치는 이도 또한 적지 아니한 듯하다. 가석한 일이로다.

△우리사름은 북의 넉시라 하엿거니와 해외에 잇는 한인의 단톄에서도 넘어 쓸데업는 형식만 위하야 여러 동포의 피쌈으로 엇은 돈을 랑비하는 폐단이 잇는 듯하니, 엇느 회에서는 일 년 경비가 소오쳔 원에 교계비가 멧 백 원. 아아, 과연 큰 회에 경비로다. 일 년 동안에 이러한 경비를 씀으로 얼마나한 리익을 우리 민족에게 기쳣는고. 이 돈으로 ㅇ동을 교육하거나 기타 동포를 게발하는 소업에 던졋던들 그 얼마나 유효하엿스리오.

△단톄는 업지 못홀지라. 그러나 한 공화국이나 되는 듯이 왓삭 써들어 쓸데업는 직원을 만히 두고 쓸데업시 소리만 크게 하고 돈만 만히 쓰니, 또한 망하여가던 우리 나라의 형편에나 비길가.

본국소문*

△돈이란 돈은 왜 당신이 말씀 글거가고 재정이 밧작 말나서 이백 원자리 논 한말 지기가 칠팔십 원에도 작쟈가 업다고

△경원 철도는 오는 팔월이면 아조 준역되고 구월부터는 짐과 객을 싯는다고

△텰도, 륜선, 뎐신, 뎐화, 도로, 교량 등 교통 긔관은 날로 완비ᄒᆞ야 문명ᄒᆞᆫ 나라와 다름이 업시 되나, 그 편리ᄒᆞᆫ 긔관을 쓸 사ᄅᆞᆷ은 우리가 아니오 남이니, 쟝님 잠 자나마나

△셔양 머저리들은 얼는 우리 나라의 겉치레나 보고 총독부의 술이나 한 잔 엇어 먹고는 ᄒᆞᆫ 소리 「참 일본은 죠선에 션졍을 펴오」 다 그 놈이 그놈이지. 또 생각ᄒᆞ면 다 내 타시지.

△일본사ᄅᆞᆷ의 이쥬ᄒᆞᆫ는 수효는 일 년에 오만 명, 그러고도 부쥭타 ᄒᆞ야 하로밧비 만히 들여오기를 힘쓴다 ᄒᆞ니, 그 리유는 (一)죠선의 부원(富源)은 토인(죠선인)의 힘으로는 개쳑홀 수 업ᄂᆞ니 이를 죠선인에게 맛겨둠이 국가의 히라 불가불 우슈(優秀)ᄒᆞᆫ 모국(母國) 사ᄅᆞᆷ에게 맛겨야 ᄒᆞ겟고, (二)모국에는 히마다 인구가 불어 싱활이 곤난ᄒᆞ니 먹을 것 만흔 식 식민디에 내어 조쳐야 ᄒᆞ겟고, (三)모국 사ᄅᆞᆷ이 만히 잇서야 야만된 토인을 교화(敎化)시기겟고, (四)모국 사ᄅᆞᆷ이 만하야 죠선의 령토권이 공고ᄒᆞ겟다 홈이라.

△팔즈가 사나오면 이붓이비 몽상**이 열두 해 라더니, 또 식민디의 토인 된 우리는 녯날 우리 행랑사리로 두엇던 이붓에미 몽상을 입어 이쳔만 남녀

---

* 『대한인졍교보』 10, 1914.5.1.
** 몽상蒙喪. 상복喪服을 입음.

로소의 가슴에 검은 헌겁이 붓헛다 ᄒᆞ니, 팔월 스므아흐릿날 표로나 여겨라.

△이번 일본 동경 대정 박람회 구경 갓다 온 관광단 패들은 쳡왈* 「모국, 모국」 ᄒᆞ니, 고로케 아쳠 아니ᄒᆞᆫ들 누가 불알 밝을나고. 아모리 보아도 절개 업ᄂᆞᆫ 죠선놈 쌔쌔 썩어져라.

△금년은 이상ᄒᆞ게 봄날엔 바람이 만코 칩어서 농가에서는 매오 걱정ᄒᆞᆫ 다고

△우리나라에ᄂᆞᆫ 량심과 도덕이 아조 부패ᄒᆞ야 헌병, 순검에게 잡혀가지만 안ᄂᆞᆫ 일이면 무슨 짓이나 다 ᄒᆞᆫ다 ᄒᆞ니, 이ᄂᆞᆫ 넘어 법률과 규측만 위쥬ᄒᆞ고 샤회에 어른이 되어 동포를 도덕 방면으로 지도ᄒᆞᆫᄂᆞᆫ 이를 관리가 쳔ᄃᆡᄒᆞ고 핍박ᄒᆞ야 사회도덕의 권위를 업시ᄒᆞᆫ 까닭이니, 그 죄ᄂᆞᆫ 물어볼 것 업시 왜 총독부에 잇ᄂᆞᆫ이라. 우리 례의지인으로 ᄒᆞ여곰 부ᄌᆞ와 부부, 형뎨가 인륜에 어그리는 숑ᄉᆞ를 ᄒᆞ게 ᄒᆞ도록 우리 량심과 도덕을 부패케 ᄒᆞᆫ 죄가 얼마나 크뇨.

△우리나라에 가장 리악ᄒᆞᆫ 마귀가 변호ᄉᆞ의 무리니, 그 놈들의 다수ᄂᆞᆫ 량심도 업고 도덕도 업고, 아ᄒᆡ와 어른도 업고, 오직 쬐야기 법률 조각이나 모아 노코 윈 더러온 쌉댁이를 씌운 이샹ᄒᆞᆫ 마귀라. 원리 변호ᄉᆞ의 직칙은 빅성과 법관을 도아 법률의 뎍용을 바르게 ᄒᆞ야 국가와 인민 질셔, 행복을 유지할 쟈이어늘, 오직 눈에 잇ᄂᆞᆫ 것이 돈이라. 지어미를 추커 지아비를 ᄇᆞ리게 ᄒᆞ고, 아들을 시겨 아비를 걸어 배상 청구를 ᄒᆞ게 ᄒᆞ며, 학교의 긔본금을 혈게 ᄒᆞᄂᆞᆫ 게 이 마귀들이니, 만일 악ᄒᆞᆫ 놈을 죽이ᄂᆞᆫ 날이 잇다 ᄒᆞ면 먼져 칼을 언즐 놈은 이 마귀니라. 그러ᄒᆞ거늘 이 변호ᄉᆞ는 우리나라 관청에서 죠선 사름 즁에 가장 상류계급으로 인뎡ᄒᆞ나니, 그럼으로 청년과 그 부모의 리샹은 한번 변호ᄉᆞ 노릇ᄒᆞᆷ이라. 법뎡에서 일인 판ᄉᆞᄒᆞᄃᆡ 「얘, 준소리 좀 그만두어라」 소리를 들으면서 서슬이 프른 신ᄉᆞ는 변호사라.

* 輒曰. 대수롭지 않게 이르기를.

△통감시딕부터 오륙 년 동안 우리 동포에게 가진 주리와 악형을 다ᄒ고 수탄 지ᄉ를 죽인 공으로 륙군 즁쟝이 된 경무총쟝 아까시(明石元二郞)는 이번 데라우찌(寺內)의 청으로 참모 츙쟝이 되어가고 륙군 쇼쟝 다씨바나(豆花)가 후임이 되엇다ᄂᆞᆫ대, 이 군은 아까시보다 좀 온후ᄒ고 순흔 사람이라 ᄒ야 일인들은 깃버흔다 ᄒ며, 일인의 언론게에 얼마큼 ᄌᆞ유를 주리라더라.

△회샤, 은행, 관쳥, 텰도, 륜선, 우편국, 이런 데ᄂᆞᆫ 새로 학교를 마초고 세샹에 나오ᄂᆞᆫ 쳥년의 직업 엇을 자리라. 그러ᄒ거늘 이 모든 곳에 다 일인만 씀으로 우리사ᄅᆞᆷ 쳥년으로 학교 츌신은 ᄒ여 먹을 노릇이 업서 걱정.

바른소리*

▲우리가 즁국사롬을 맛나면 놀니려 ᄒ도다. 아마 우리 싱각에 그네는 우리보담 훨신 어리석은 머저리로 아ᄂ는가 보도다. 그럼으로 즁국사롬은 우리를 매오 낫비 싱각ᄒᄂ니, 동포들아 엇지ᄒ야 그들을 놀니려 ᄒᄂ뇨. 그들과 우리는 갓흔 인죵으로 이웃나라로 녜로브터 친ᄒ여 오던 사이가 아니뇨. ᄯᅩ 지금 신세로 보아도 동무과부니, 우리는 서로 손을 붓들고 눈물을 흘녀야 될 쳐디가 아니뇨. ᄯᅩ 그네들의 나라에 우리 동포가 백여만이 우졉ᄒ야 사ᄂ니, 그네가 만일 우리를 배쳑ᄒᄂ는 날이면 우리게백게 얼마나흔 희가 돌아오겟ᄂ는가. ᄯᅩ 생각ᄒ여 보라. 강흔 놈에게는 아쳠을 ᄒ면서 약흔 쟈를 비우슴은 아조 못싱기고 얄밉은 셩질이니, 동포여 알아 듯는가.

▲제 동포를 더욱 ᄉ랑흠은 텬연흔 인졍이나 외국사롬이라고 소기고 괄시ᄒᄂ는 것은 참 졈지안치 못흔 행실이라. 더구나 아라사와 지나와 미국은 반갑게 나라 일흔 우리를 마자 우졍홀 ᄊ을 주며 쟝ᄎ 독립을 준비홀 근거를 빌니ᄂ니, 우리는 졍셩껏 진실흠과 화목흠과 감사흠으로 그네를 대ᄒ여야 할지며 ᄯᅩ 그리ᄒ여야 그네의 동졍을 밧을 것이 아니뇨.

▲우리 가온대 엇지ᄒ야 진실치 못흔 쟈가 잇나뇨. 엇지ᄒ야 다갓히 불샹흔 형뎨끼리 서로 졍의를 통치 못홀 쟈가 잇ᄂ뇨. 엇지ᄒ야 살살 우스면서 남을 모해ᄒ라는 쟈가 잇스며, 엇지ᄒ야 졍셩으로ᄒ노라는 말에도 의심을 두지 아니치 못홀 쟈가 잇ᄂ뇨. 한아버지시어, 져희 맘을 깨ᄭᅳ게 ᄒ소서.

▲무섭은 것은 뒷공론이라. 이리 가서는 요리 말ᄒ고 져리 가서는 죠리 말ᄒ야 살살 리간을 부리는 쟈는 칼을 품은 미친 사롬보담도 무섭고 남귀, 녀

*『대한인졍교보』11, 1914.6.1.

귀, 아귀, 령산*보담도 얄밉도다. 그 독흐고 간사흔 혀끗히 나불나불 홀 제 나라도 망흐고 동포도 망호대, 뎨일 지지리 망흐는 이는 젠 줄을 모르도다.

▲죠흔 말은 굴어갈스록 젹어가고 막흔 말은 굴어갈스록 커지느니, 대개 죠흔 말은 마음 착흐고 입 무거은 사람들만 견흠이오 악흔 말은 간사흐고 거짓말 잘흐는 사름이 젼흐기 죠아흠이라. 넛날 두 나라이 싸흘 제 한편 나라 신하가 뎍국 님금한테 달아가 제 나라 형편의 어즈러옴과 제 님금의 못 싱긴 것을 낫낫치 말흔대, 님금이 대노흐야 칼을 쎕으며 갈오대 「네가 네 님금의 시비를 내게 흐니 쟝츠는 내의 시비를 남에게 흐리로다」흐고 당쟝 목을 버혓다 흐니, 아마도 만고에 드믄 명군인가 하노라.

▲권업신문에 하긔방학을 리용흐야 국어을 공부흐여라 흐엿스니, 과연 긴급흔 말이로다. 그러나 국어를 공부홀 쟤 엇지 학싱만이리오. 아들쫄을 기르고 가르칠 어른들도 시각이 급흐게 빅호아야 할지라. 통샹회일마다 멧 마듸씩 모르던 말을 가르칠 것이며, 신문과 잡지를 교과셔로 삼아 쥬일마다 닑힐 것이라.

▲저의 동포의 쳐소에 세운 학교는 여러 동포의 불붓는 듯흐는 졍셩과 피 쌈 모호아 된 것이라. 그러나 이를 맛하 다스릴 사룸이 결핍흐야 걱졍이니 누구나 힘잇는 쟈는 즈당**흐고 나셜 것이로다. 과뎡을 여러 가지로 넛는 것은 우리 힘에 비칠 쑨더러 그러홀 필요도 업느니, 국어와 력수와 아어와 톄조면 그만이니 교수 한 사름이 넷날 셔당법으로 가르치는 것이 죠흘지라. 쏘 이러흔 교슈법은 식로 난 교육가들도 쥬쟝흐는 바이니, 이리흐면 경비도 젹게 들고 교육의 효과도 쌔를 것이니라.

▲돈 빅 원을 벌엇스면 샤진 박기, 양복 짓기, 야장노릇, 목슈 로릇, 쌀내 흐기, 머리 깍기, 음식 만들기, 구무 짓기— 이러흔 재조 하나를 빅호앗스면

---

* 영산靈山. 참혹하고 억울하게 죽은 사람의 넋.
** 자당自當. 스스로 맡아서 하거나 부담함. 자담自擔과 같은 뜻.

일쯩 자리잡고 살 큰 밋쳔이 될지오, 삼빅 원만 잇스면 쌍을 사고 소를 사고 집을 짓고 농스홀이라. 엇지ㅎ엿스나 주머니에 너흔 돈에는 날개가 돗앗느니라.

▲엇던 분네는 졍치가라 ㅎ면 좀꾀와 슈단 만흔 사름으로 알도다. 이러흔 졍치가는 망ㅎ여 가는 나라에만 싱기느니, 나라를 세운다든가 흥ㅎ게 ㅎ는 졍치가도 졍셩스럽지 아니흔 쟈 업느니라. 비스막을 보고 이달니아 건국 삼걸을 보고 미국을 세운 워싱톤과 린컨을 보라. 혹 우리 동포 즁에 이러흔 졍치가가 잇는가 업는가.

▲졍셩스럽은 인격은 즈셕과 갓흐니, 가만히 안저서도 여러 쇠재박*이 스방으로 모혀들어 붓느니라. 부지쌩이가 즈셕인 체ㅎ고 쇠리 회젓고 돌아 두니며 쇠를 부치려ㅎ여도 쇠가 그 쇠리에 마즈면 멀니로 달아나느니, 이째 부지씽이가 열을 내어 한탄ㅎ야 갈오대 「사름을 모로도다. 아모것도 아니 ㅎ는 즈셕으로만 돌아가고 이러케 애쓰는 내게는 아니 오도다」ㅎ고 즈셕을 싸리니, 불탄 쏭다리 부지씽이만 쏙 붉어지고 즈셕은 그대로 텬연터라.

▲혹 입쟝권 업시 뎡거쟝에 들어가며 챠포 업시 챠를 타며 여러 가지 법률에 어그러지는 일을 ㅎ면서 핑계ㅎ기를 이 나라 사름들도 다 그러흔다 ㅎ나, 우리는 평싱 남 ㅎ는 뒤로만 ㅎ는 사름인가. 우리는 다른 나라 사름의 모범 노릇은 평싱 못ㅎ여 볼 것인가. 될 수만 잇스면 챠를 타도 일이들을 타고 려관에 들어도 샹등에 들 것이어늘, 아직 그는 못ㅎ여도 우리 힘에 밋는 일이야 웨 못ㅎ리오.

▲우리나라 사름인 줄 알면 히관에서 짐 검수도 아니ㅎ고, 샹뎜에 술이나 담빅 뒤지려도 아니 오고, 만 량자리 금뎡어리라도 우리 사름에게 맛기면 의심치 아니ㅎ고, 길에 나서 두닐 적에 다른 사름들이 「참 뎌 사름네는 량반이야」 소리야 웨 못 듯겟는가.

---

* 쇳조각. '재박'은 '조각'의 평안도 방언.

▲례의지국! 례의지민! 아아, 엇더케 명예롭은 일흠이뇨. 이는 우리 조샹이 세게 사름에게 엇은 영광이로다. ᄌ손된 우리가 만일 이 일흠을 더럽힌다 ᄒ면 그 죄가 죽어 맛당ᄒ도다.

▲셔양사름은 일하다 쉬ᄂᆞᆫ 틈에 담ᄇᆡ를 먹고 동양사름은 담ᄇᆡ 먹다 쉬ᄂᆞᆫ 틈에 일을 ᄒᆫ다 ᄒ도다. 그 중에도 뎨일 게으른 것이 우리니, 보라, 아령 십년에 말 ᄒᆫ 마대 바로 못 옴기고 하로 벌어 열흘 누워 먹을 도리만 ᄒ도다. 잡작이 만금을 엇으려 흠은 게으른 쟈의 ᄒᆞᄂᆞᆫ 즛이니라.

▲되놈, 관쟝놈, 양부놈 ᄒ니, 이 엇지 례의지방 사름의 할 말이리오. 하물며 꼬부는 아ᄇᆞ지의 관계를 매즌 이니 맛당히 부모와 갓히 공경ᄒᆞ여야 할지오 쩨쩨로 문안도 들임이 맛당ᄒ도다. 아무죠록 말에나 행실에나 례의지방의 톄면을 싱각할지니라. 우리가 그리ᄒ면 남도 그마큼 우리를 대접할 것이라.

▲좀쇠 잘 부리고 남의 흠만 집어 내려ᄒᆞᄂᆞᆫ 이는 남의 말을 들으ᄃᆡ 젼톄 뜻은 싱각지 아니ᄒ고 책잡을 구멸만 찻다가 한 마ᄃᆡ 벗쯧ᄒ기만 ᄒ면 천금을 엇은 드시, 게다가 싞치를 돗히고 살을 부쳐 바늘만한 것을 몽동이마큼 만들어 세상에 부ᄂᆞ니, 세상일을 틀어지게 ᄒᆞᄂᆞᆫ 쟈ᄂᆞᆫ 대개 요짜윗 사름이니라.

▲맛잇는 고기에도 가시가 잇ᄂᆞ이, 가시는 골나 노코 살코기만 먹으면 살이 질 것이어늘 하특 가시만 집어 들고 고기 흠을 ᄒᆞᄂᆞᆫ고 옥에도 틔가 잇ᄂᆞ니 사름이 엇지 조조마흔 허물이 업스리오. 마음이 졍셩되어 힘껏 일ᄒᆞᄂᆞᆫ 이어든 여간흔 허물이 잇더라도 용셔할 것이어늘 세샹 사름은 죠고마흔 허믈만 엇어내면 아조 그 사름을 업시ᄒ고 말녀 ᄒᆞᄂᆞ니, 대개 싀긔ᄒ던 마음이 잇섯슴이라. 쏘 아모리 죠흔 사름도 간혹 실수할 ᄯᅢ가 잇ᄂᆞ니, 한번 실수를 보고 「어, 그 사름 괴흔 놈」이라 ᄒ지 말 것이니라.

저마다 제 직분이 잇다[*]

하로는 입과 귀와 코와 눈과 손과 발이 모혀 회를 열엇소. 입이 회장이 되고 눈이 ㅅ챨이 되엇더라오. 입 회쟝이 개회 취지를 셜명ㅎ되,

「오늘 여러분을 이러케 모히게 ㅎ 것은 다름이 아니오. 우리가 모혀만 안즈면 늘 ㅎᄂ 말이어니와 져 배갓히 괘심ᄒ 놈이야 어듸 잇겟소. 우리가 죽도록 벌어 바치면 저는 가만히 놀고 안저 먹기만 ㅎ고 고맙다는 말 한 마듸 업스니, 텬하에 그런 법이 어듸 잇겟소. 언제ᄭ지 우리가 그 놈의 죵노릇을 ㅎ겟소. 오늘은 여러분이 란샹공의^{**} ㅎ야 이후에 홀 행동을 뎡ᄒ시다」

이 말이 그치기도 젼에 만쟝이 박슈갈취ㅎ엿소. 눈이 피가 서서 입을 크게 버리고 연단에 오르더니

「나는 아춤부터 져녁ᄭ지 쉴 틈 업시 일ᄒᄂ 사람이오. 내가 아니면 길에 업더져 코도 깨어질지오 먹을 것도 엇어먹지 못홀지며, 세샹 사람이 모다 소경이 되어 이리 밧좁고 져리 부두쳐 란판이 될 것이오. 나는 이 모양으로 눈에 곱이 끼도록 일ᄒᄂ니, ㅅ지백쳬 즁에 나만큼 일ᄒᄂ 이가 업거늘 져 빈댁이 놈은 아모것도 아니ᄒ고 우리 등만 긁어먹으니 그런 놈은 당쟝 싸려 죽여야 홀 것이오」 ᄒ며 입에 거픔을 날닐 ᄉ, 코가 썩 나서며

「눈 ㅅ챨의 말ᄉ을 들은즉 당신만 영웅인 듯ᄒ나 나 갓히 일 만히ᄒᄂ 이야 어대 쏘 잇겟소. 나는 쉴 틈 업시 숨을 쉬며 쏘 각ᄉ 냄새를 마트니, 나 곳 아니면 곳 숨이 막혀 여러분도 다 죽을지오. 쏘 입회쟝에서도 나만 업스면 똥을 기쟝ロ이라고 먹을 것이올세다」 ᄒ며 서로 한참이나 앙웅당웅ᄒ더니,

* 『대한인졍교보』 11, 1914.6. 'ᄌ미잇ᄂ 이야기'란에 실렸다.
** 爛商公議. 여러 사람이 모여 충분히 의논함.

마츰내 발이 텅 구르고 나서며 졈지안케

「여러분의 ㅎ시는 말슴이 다 그럴 쯧ㅎ오마는 단지기일이오 미지기인가[*] ㅎ오. 내 곳 업스면 여러분도 다 안즘방이가 되리니 뎨일 일 만히 ㅎ는 이는 낸 줄 아오」

이썩 손이 넛들넛들 흔들며

「여보시오. 우리네가 쓸데업는 말다툼만 ㅎ노라고 회의 본지를 니저ㅂ렷구려. 엇지ㅎ엿스나 배딕이 놈을 괘씸히 녀기는 쯧은 다 갓흐니 우리가 이제부터는 아모 일도 ㅎ지 말아 빈딕이 놈을 골니는 것이 조흘 줄 동의ㅎ오」

지금것 가만히 잇던 귀 초시가 닐어나며

「과연 죠흔 말슴이오 — 재청하오」

입 회장이 회즁에 가부를 무르니 만쟝일치로 가결되엇소 그썩부터 눈은 보기를 그만두고, 다리는 것기를 그만두고, 코는 맛기를 그만두고, 입은 먹기를 그만두엇소 이렁그렁 삼수 일을 지나니 귀는 왕왕 울고 눈은 횟득 번쯧ㅎ고 팔다리는 느른나른 ㅎ고 코와 입에는 낫구무줄을 틀게 되엇소.

싱각다 못ㅎ야 두시 회를 열고 빈쌔기를 쳥ㅎ야 이 셜명을 쳥ㅎ엿소 빈쌕기가가 말ㅎ기를

「여러분은 내가 아모것도 아니ㅎ고 먹기만 ㅎ는 줄로 아시고 이번 일을 ㅎ신 듯 ㅎ오마는 이는 잘못 알으신 것이오. 나도 여러분이 벌어 보닉신 것을 살로 가게 만들어 보닉노라고 밤낫 쉴틈이 업소 여러분은 넓은 세샹 구경도 ㅎ고 각금 편안히 쉬고 놀기도 ㅎ건마는 나는 캄캄흔 방속에 틀어박여 잠시도 쉴틈이 업는 것이오」 ㅎ고 에헴흔 뒤에

「나 혼자 일을 잘흔다는 말이 아니라 우리가 각각 써러져서는 살 수가 업는나니, 서로 모혀 단톄를 이루고 각각 제 직분만 다ㅎ면 즈연히 잘 살아가게 되는 것이오. 직분에 귀ㅎ고 쳔흔 것이 업슴네다. 이믜 여러분도 이번에

---

[*] 단지기일 미지기이但知其一 未知其二. 하나만 알고 둘은 모른다는 뜻.

지나 보앗스니 이후란 서로 마음을 모호아 잘 일ᄒᆞ옵세다」

ᄒᆞᆫ딕, 여럿이 듯고 다 감격ᄒᆞ야 ᄃᆞ시 깃브게 일을 시작ᄒᆞ니 멧 날이 못ᄒᆞ야 몸이 건강ᄒᆞ야지더라.

VI. 일본어자료

愛か*

　文吉は操を渋谷に訪ふた。無限の喜と樂と望とは彼の胸に漲るのであつた。途中一二人の友人を訪問したのは只此が口實を作る爲である。夜は更け途は濘んで居るが、其にも頓着せず文吉は操を訪問したのである。

　彼が表門に着いた時の心持と云つたら實に何とも云へなかつた。嬉しいのだか悲しいのだか恥しいのだか、心臓は早鐘を打つ如く、息は荒かつた。何んでも其の時の状態は三分間も彼の記憶に止まらなかつたのである。

　彼は門を入つて格子戸の方へ進んだが動悸は愈早まり身體はブルブルと顫えた。雨戸は閉つて四方は死の如く静かである。もう寝るのだろうか、イや然ではない、いまヤツト九時を少過ぎた計である。其に試験中だから未だ寝ないのには定つて居る。多分淋しい處だから早くから戸締をしたのだろう。戸を叩かうか、叩いたら屹度開けて呉れるには相違ない。併、彼は此の事をなすことが出來なかつた。彼は木像の様に息を凝らして突立つ[て]居る。何故だらう？何故彼は遥々友を訪問して戸を叩くことが出來

＊ 韓國留學生　李寶鏡、『白金學報』第19號、明治學院同窓會、明治42(1909)年12月15日、35-41頁。

ないのだらう？叩いたからと云つて咎められるのでもなければ、彼が叩こうとする手を止めるのでもない。只、彼は叩く勇氣がないのである。あゝ、彼は今、明日の試驗準備に餘念ないのであらう。彼は、吾が今此處に立て居ると云ふことは夢想しないのであろう。彼と吾と、唯二重の壁に隔たれて萬里の外の 思 をするのである。あゝ何しよう、折角の望も喜も春の 雪 と消え失せて了つた。あゝ此の儘此處を辭[さ]ねばならぬのか。彼の胸には失望と苦痛とが沸き立つた。仕方なく彼は 踵 を返して忍 足 で此處を退つた。

　井戸端に出ると汗はダラダラと全身に流れて、小倉の上服はさも氷に浸した樣である。彼はホツト溜息を洩らすと、夏の夜風は輕く赤熱せる彼が顔を甞めた。彼の足は進まなかつた。彼は今度は裏から廻つて見たが、矢張雨戸は閉つて、ランプの光が微かに闇を漏れるのみであつた。モウ最後である。彼の手頼は盡きたのである。彼は決心したらしく脇目も振らずにズンズンと歩き出した。彼は表門を出て坂を下りかけてみたが、先刻は何の苦もなくスラスラと登つて來た坂が今度は大分下り難い。彼は二三度踉めいた。半許下りかけたが、彼は何と思つてかハタと立止つた。行き度ないからである。何か好い方法を 考 へたからである。前なる 通 の電柱の先に淋しく 瞬 いて居る赤い電燈は、夏の夜の静けさを増すのであつた。

　彼は此處に立つて考えて居るのである。吾は明日歸るではないか、明日歸れば來學期にならないと彼の顔を見ることが出來ないのである。あゝ何

しよう？何！此んな處へまで來て逢はずに歸る奴があるものか。吾は弱い、弱いけれども此んな事が出來なくて何する？是から少し強くならう。よし今度は是非戸を叩かう。勿論、這入つた處で面白い話をするでもなければ用があるのでもない、唯彼の顔を見る計りだ。其で彼は再踵を返した。今度は勇氣天を衝く様で足は輕くて早い。餘り早過ぎたものだ[か]ら、遂、門を通り越した。滑稽と云はゞ云はれよう。三四歩戻つて、彼は表門を這入つた。今度は態と飛石を踏んでバタバタと靴音をさせた。此は手段なのである。自分では手段でありながらも、人には知られぬ手段である。彼は此手段には成功を期したが格子戸の處まで達しても、何等の便もない。モウ幾何靴音をさせようと思つても場所がないのである。眞逆體操の時の様に、足踏をするわけにも行かず。あゝ又もや失敗した。今度こそは本當に歸らざるを得ないのだ。彼は第二の溜息を突いた。併、窮すれば策はあるもので、彼は又一策を案出したのである。其は歸りに一層高く靴音をさせることである。そうすれば或は室内の人が其と氣が附いて開けて呉れるかも知れない。彼は實行して見た。すると果して内から下女の寢ぼけた聲が聞えた、「操様」と云ふ様である、彼は聊成功を期したが無益であつた。彼は暫時息を殺して立ち止つて居た。若巡査にでも見られた日には盗賊の名を負は[さ]れたかも知れない。彼は最後の冒險を試みた――然り冒險である。今度は忍足ではない、彼は堂々と裏へ廻つ

たが、果して光は大きかつた、是實に暗黒洞中の一道の光明！渇虎の清泉！

「何方ですか」と誰かゞ縁側で問ふ。

「僕です」と答えた彼の調子は慄へるのであつた。彼は彼なることを知らせんが爲に態と顔を光の方へ向けつゝ、「モウ御休みになるのかと思ひまして……」よ

「や！貴公でしたか、暗いのにまあ、さあ、御上りなさい」

主人が勸むるに任せて彼は靴を脱いで上つた。主人は座布團を勸めたが、彼は難有いとも思はない様である。

「試驗は御濟みになりましたか」と、主人は讀んで居た雑誌を本立に立てながら聞いた。

「ハイ、今朝までに濟みました。で、貴公方は？」此は上部の挨拶に過ぎぬのである。斯様な會話は固より彼の好む處ではない、寧厭ふ方である。彼は單刀直入、「操君は居りますか」と聞き度かつた、而も彼は此が出來ない、力めて己の胸中を相手に知らせまいとする、併し顔は心の間者で、如何に平氣を裝はうとしても必ず現はれるのである。主人は訝しそうに彼の横顔を見詰め居た。

「私共は未だ未だ。今週の土曜日までゝなくちや。何も厭になつちまひますよ」と一寸顔を顰める。蚊群は襲うて來る、汗は流れる。

「何うも今年は格別蒸暑う御座いますね」と文吉は、「操に僕の來たことを知らせ度い、併、知られるのは恥しい」と思ひ乍ら答へた。直接知らせないで知つて貰ふのが彼の希望なのである。操は襖を一枚隔てた室に居る、文吉は頭の中で操の像を画きつゝ、「もう知りそうなものだ、彼[は]來て居ることを知りながらも出て來ないのであらうか」と思つた。

やがて彼と同室の生徒が入つて來た、文吉は何となく喜んで態と聲を高くして「御勉強ですか」と問ふた。彼は「ハイ」と答へて自分の室へ歸つた、多分僕が來たと云ふことを知らせる爲だろうと文吉は思つた、而して喜んだ、が何等の便もない、彼は居ないのであらうかと疑つて見た、併確かに居る、今何か囁いて居るのを聴いた。彼は確かに居るのだ。而も彼は知らん顔して澄まして居るのであらうか、何したのだらう、人間にして何して此んな残酷なことが出來るのだらう[、]實に残酷である。

彼はブルブルと慄へた。彼の身體は熱湯を浴びせかけられた様で、息は益々荒く、眼は凄みを帯びて來た。主人は愈訝かしげに彼の顔を見詰めて居た。彼はモウ居たゝまらなくなつた。あゝ、胸よ裂けよ、血よほとばしれ、身體よ冷えよ、吾は爾の爲に血を流した、爾は吾に顔をも見せぬのか。

彼が主人の止めるのも聞かないで此處を出たのは、十時を少過ぎた頃であつた。

彼は失望、悲哀、憤怒の爲に夢中になり、狂氣になつて歸途に就いた。薄暗い町の中はヒツソリと寝静まつて、憐れな按摩の不調子な笛の音のみ、湿つぽい夏の夜の空氣を揺[す]るのであつた。

文吉は十一の時に父母に死なれて、隻身世の中の辛酸を嘗めた。彼は親戚を有せぬでもなかつたが、彼の家の富裕であつた時こそ親戚ではあつたけれど、一旦彼が零落の身になつてから、誰一人彼を省みるものはなかつた。彼の身に附き添ひたる貧困の神は、彼をして早く浮世を味はしめたのである。彼が十四頃には已に大人びて來て、紅なす彼の顔から無邪氣の色は褪めて了つた。

彼は聡明の方で、彼の父は彼に小學等教へては其の覺の好いことを無上の喜樂として、時々は貧困の苦痛をも忘れて居た。彼が父に死なれて、後二三年間と云ふものは、東漂西流實に憐なものであつた、併其の中にも彼は友人より書籍を借りて讀み、順序ある學校教育は受けることが出來なかつた[]けれども、彼の年輩[の]少年に負は取らなかつた。彼は家庭の影響と貧苦の影響とで至つて柔和な少年であつた、──寧弱い少年であつた。にも拘はらず彼は非常な野心を抱いて居た。何んとかして一度世間を驚かし度い、萬世後の人をして吾が名を慕はしめ度いと云ふのは、恒に彼の胸に深く潜んで離れない所であつた。此が爲に彼は一層苦んだのである。彼は何の爲す所なく死することを恐れた。此に一道の光明は彼に見はれた、其は或高官の世話で東京に留學することになつたこと

である。實に彼の喜は一通でなかつた、彼は理想に達するの門を見附けた様に雀躍したのである。

彼は早速東京へ出て芝なる或中學の三年に入學した。成績も好い方で皆にも有望の青年視せられた、云わば彼は暗黒より光明に出た様なものである。併其の實彼は幸福ではなかつた、彼は漸く寂寞孤独の念を萌して來た、日々何十人何百人と云ふ人に逢ふけれども一人も彼に友たる人は無かつた、それがために彼は歎いた。泣いた。悲哀の種類多しと雖、友を有せぬ程の悲哀はないとは彼の悲哀觀であつた。

彼は夢中になつて友を探した、けれども彼に來るものは一人もなかつた。往々無いでもなかつたが、一人も彼に滿足を與へる者はなかつた、即、彼の胸中を聽いて呉れる人は無かつた。彼の渇は益々激しく、苦は益々其の度を高めるのみである。十六億あまりの人類の中、吾が胸を聽いて呉れる人ははなきかと彼は歎聲を吐いた。斯くて彼は益々弱くなり、益々沈鬱になつて、話好の彼も漸く口をきかない様になり、人と交わることさえ厭う様になつて來たのである。彼は日記帳に彼の胸中を説いて、やつと自慰めた位である。彼は断念めようと思つた、而し此は彼のなし得る所ではなかつた。其處に無限の苦は存するのだ。斯くて二歳は流れた。

今年の一月、彼は或運動會で一少年を見た、其の時の其の少年の顔には愛の色漲り、眼には天使の笑浮んで居た、彼は恍惚として暫く吾を

忘れ、彼の胸中に燃ゆる 焔 に油を注いだのである。此の少年は即ち 操 である。彼は此こそと思つた。

　彼は書面もて己の胸中を操に語り、且愛を求めた、すると操も己の孤独なること、彼の愛を悟りたること、自分[も]彼を愛するとのことを書いて送つた。文吉が此の書を受けた時の 心 持 は如何であつたらうか。文吉は喜んだ、非常に 喜 んだ、併胸中の煩悶は消えない、消える所か 新 しい煩悶は加はつたのである。操は至つて無口の方である。此を文吉は無 上 の苦痛として居つた。文吉は操が自分を愛して呉れない様に感じた。如何にも彼には冷淡である様に感じた、彼は操を 疑 つても見たが、疑ひたくはないので、無理に彼は自分を愛して居るものと定めて居た。其處に苦痛は存するのである。彼は操を 命 とまで思つて居た。日夜操を思はん時はない、授業中すらも思はざるを得なかつた。

　彼は思つた、彼は苦んだ、思つては苦しみ、 苦 んでは思ふ、是、彼の操に逢ひし以外の状 態 である。一 月 以後の彼の日記には操のことを除くの外は何もなかつた。又操の顔を見れば 喜 ぶのである。此、何が故だらう、何の爲だらう、彼自身すらも解らなかつた。「我は何故彼を愛するのだらう、何故彼に愛せられたのだらう、我は何等の彼に要求すべきものはないのに」とは、彼の日記の一節である。彼は操に逢へば、帝王の席にでも出された様に顔も上げられぬ、口も利けぬ、極めて冷淡の風を装ふの

が常である、彼は又此の理由をも知らぬ、唯本能的なのである、其で彼は筆を口に代へた。三日前に彼は指を切つて血書を送つた。

　一學期の試驗も濟み、明日歸國もするので、必死の勇を奮うて今晩彼は操を訪問したのである。

　彼は無感覚に歩を移しつゝ考へて居るのである。あゝ死に度なつた。モウ此の世に居度ない、玉川電車の線路か、早十一時——、モウ電車は通ふまい、ヨシ瀆車がある、轟々たる音一度 轟 けば、我は已に此の世に居ないのだ。我も自殺を 卑 んだ一人である、自殺の記事を見ては、何時も唾 し 罵 つた一人である。然るに今になつては、我自身が自殺しようとする、妙 ではないか。我は大いなる理想を抱いて居た、此を遂げることが出來ずに死ぬのは實に残念だ、我れ死んだら、老いたる祖 父や 幼 ない 妹 は如何に歎くであらう、併此の瞬 間に於いて我が死を止めて呉れる者がないから仕方がないのだ。今や死すると生きるとは 全 く我が 力 以 外 にあるのである。

　彼は渋谷の踏切さして急いだ。闇の中からピューと瀆笛が聞える。此奴[は] 旨 いと 驅 けて 來 ると、黒い人が出て 來 てガラガラと通行[を] 止 めた、馬鹿馬鹿しい、死ぬ時迄も邪魔の神は附纏ふ。瀆車は無心にゴロゴロと唸りながら過ぎ去つた。彼は線路に附いて三間許往つて、 東 の方のレールを 枕 に仰向けになつて、次の瀆車の來るのを今か今かと待ちつ、雲間を漏れる星の光を見詰めて居た。あゝ十八年間の我が命は此が終焉なのであ

る、何卒死んで後は消えて了へ、さもなくば無感覚なものとなれ、あゝ此が我が最後である[、]少き脳に抱いて居た理想は今何處ぞ、あゝ此が我が最後である、あゝ淋しい、一度でも好いから誰かに抱かれて見度い、あゝたつた一度でも好いから。星は無情だ。滊車は何故來ないのだらう、何故早く來て我が此の頭を砕いて呉れないのだらう。熱き涙は止めどなく流れるのであつた。

李寶鏡君（韓國留學生）、『中學世界』第13巻　第2号、博文館、明治43（1910）年　2月9日、68-69頁。

都下中學優等生訪問記*

　都下各學校に韓國留學生は幾百と云ふであろう。然し乍ら、李君の如きは果して五本の指を屈する程もあらうか。撰まれて官費生となり來つて學院の五年に籍を置いて居る。英数學に最も秀で、邦人と同等の試験を受くるにかゝはらず、直ほ常に一二三番の席次を爭つて居る。日本語演説は又君の非常に得意とする所で、曾て院の文藝會に於て韓人の演説を邦語に譯した事があるところが本物よりも通譯の方が優つて居たので、非常な評判になつたそうだ。

　白金今里町に同君を訪ふのは、空の星さえ吹き落されはしまいかと思ふ程木枯の強く吹く夜であつた。東京と云つても、白金邊は淋しい處で、家々は門を固く閉して問ふに由なし、幾度か同じ處を行つたり來たりした。ふと、児を背負うた女に逢つて、七十七番地をたづねると、女は私を異國の人と間違ひて居た。

　門に狂瀾舎と札の懸つた新しい家、戸内では哀つぽい讃美歌の聲が聞えて居た。案内をこうと出て來たのは、やはり異國の少年であつた。刺を通じて李君にと云へば、やがて瞳美しく、唇しまりたる青年は出て

李寶鏡君（韓國留學生）、『中學世界』第13巻　第2号、博文館、明治43（1910）年　2月9日、68-69頁。

일본어자료　**465**

來られた。私は來意を告げた。次の室では韓語の會話が、聲高らかに始まつた。

　「生れましたのは平安道の定州です——日露戰爭の有つた處です——、十一の時に父母を失いました。日本に來たのは六年以前です。勉強——私は勉強は少しもしませぬよ、優等生でもなんでも有りませぬ、試驗は僥倖ですからねえ。いつもつまらぬ小説ばかし讀んで居ます。」君の日本語は私よりも流暢であつた。次の室で何か囁いた。障子に大きい影が映つた。日本の學生に對する要求と云ふ樣な事は——、とお尋ねすると、

　「今少し打解けて貰いたいです。其はどうしても國家と云ふ樣な觀念があるからでも有りましようが、餘りに私達に對する態度が冷淡ぢやあるまいかとも思ひます。」

　這うして學院に來て居れば、先生初め生徒は勿論、校舍、樹木、道の礫までも懷かしい氣がするのに、心を語る友がない樣では悲しくなるではないか、と李君は昵とランプを睜めた。瞳の落る邊、ランプのかさには何か長詩が書いてある、懷郷の詩篇であろう。異鄉の人の寂寞——吾吾に到底わかるまい。談は更に現今の宗教問題に轉じた。李君は云ふ、今日本に於て行はれて居るのは、眞のキリスト教ではあるまい、と。

　談は更に其れから其れにと花を咲かしたが、餘り長座をするのもと思つて辭して去らうとすると、

「何に、僕を訪問したら、机の上に本が散ばつて居た、と只其れだけ書けば充分です。」

　終りに李君の作にかゝる小説『愛か』の一節を白金學報から抜粹して此處に掲げて置く、これが日本人なら兎も角も。韓人の作として見る時には實に驚くではないか。

愛か

李寶鏡

　文吉は操を渋谷に訪ふた。無限の喜と樂と望とは彼の胸に漲るのであつた。夜は更け途は澪んで居るが、其にも頓着せず文吉は操を訪問したのである。──中略──

　井戸端に出ると、汗はダラダラと全身に流れて、小倉の上服はさも氷に浸した様である。彼はホツト溜息を洩らすと、夏の夜風は輕く赤熱せる彼が顔を甞めた。彼の足は進まなかつた。彼は今度は裏から廻つて見たが、矢張雨戸は閉つて、ランプの光が微かに闇を漏れるのみであつた。モウ最後である。彼の手頼は盡きたのである。彼は二三度跟めいた。半許下りかけたが、彼は何と思つてか、ハタと立ち止つた。前なる通の電柱の先に淋しく瞬いて居る赤い電燈は、夏の夜の静けさを増すのであつた。──中略──東の方のレールを

枕に仰向けになつて、次の瀧車の來るのを今か今かと待ちつゝ、雲間を漏れる星の光を見詰めて居た。あゝ十八年間の我が命は此が終焉なのである、何卒死んで後は消えて了え、さもなくば無感覚なものとなれ、あゝ此が我が最後である。少き脳に抱いて居た理想は今何處ぞ、あゝこれが我が最後である、あゝ淋しい、一度でも好いから誰かに抱かれて見度い、あゝたつた一度でも好いから―― 以下略す。

特別寄贈作文*

「前略」一體、此んな不了見なことをする氣になつたのは『人は萬物の靈長なり』なんと云ふ誤つた己惚心が動機なので[、]『人は萬物の靈長なり』と云ふかわりには、萬物に異る點がなくてはならぬ。そこで道徳なるものを拵へる。法律なるものを拵へる。家屋なるものを拵へる。機械なるものを拵へる。其れで文明だの野蛮だのと騒ぐ。其處から神聖だの、卑劣だの、善だの、悪だのと勝手なものを拵へ、勝手な名前を附け、勝手な意味を附して、滑稽なまねを遣り出す。其れで貧者を生ずる。富者を生ずる。性慾の満足を節減する。人生の生命なる快樂を減ずる。しては[即]ち、苦み、泣き、呻く。所謂自業自得である。何を以て善悪の標準を立てたのだらう。神聖卑劣の標準を立てたのだらう。實に可笑しいではないか。若し神の旨を行ふのが、生の本務であるとせば[、]彼等は益々罪を作つて居るのだ。而して神よ神よと呼ぶ[、]其の神に背向けて走りながら神を呼ぶ[、]滑稽である。余は決して本能に従えば全く苦痛というものが無く、幸福ばかりがあるといふのではない。只此れ吾人の自然であつて、而して思ふ存分[、]時間は短かろうが長かろうが快樂を味ふことが出來るのだと云ふだ

---

* 明治學院普通部第五年(秀才) 韓國留學生　李寶鏡、『富の日本』第 1 巻 第 2 号、富の日本社、明治 43(1910) 年 3 月 5 日、64 頁。

けのことさ。快樂は吾人生存中の最大、否全體の目的であるからである。然るに人間は動物でありながら、動物たらざらんとする。其處により多き苦痛が有るのだ。克己——果して何の價値がある。恰も蛙が人のまねをして両足で歩く様なものさ。

　『自然に歸れ!』此處は吾人の處るべき所ではない。此處は吾人の自由を束縛する所である。天賦の性を傷[つ]くる所である。自然に歸れ！（下略）

君は伊處へ*

　金剛石も磨かされは玉の光を放たす。日用の鉄さえ、鍛練せされば不要物たらんのみ、これ眞理となりて、天地開闢と同時に空氣に含まれて世の中を満し居るのか苟も空氣を呼吸して命をつなくもの一人たりともこの眞理に脱する能はさるか如し、まことに思を凝らして人生を顧みよ、何人か苦痛を感せすして一生を送るものそ、

　小供の世に生まるるや、赤手を胸に懐き、ゴガゴガと叫ぐ既に苦痛を覚へたるにあらすや、されば苦痛を免るる能はさるは、言を待たさざるなり、金剛石の磨かれて玉の光を放ち、鉄の鍛練せられて日用物となるか如く苦を能く忍ふものは偉人となり、苦を能く忍はさるものは凡人となるなり、古の聖賢偉人は苦痛を免れんため、道徳法律風俗等を作りたりとは余の意見なれども、この道徳法律等の作り物は苦痛を減するにあらす返つて苦痛を増したり窮屈を増したり、されと世の生活は年を経るとともに益々苦痛を増すなるへし

　聞けは君は幼時に父母を失へりと、これ既に君の生涯は苦痛なるを証せしものにして第一の苦痛なりき、片親を失ふさへ小供に取りては無上の悲

---

* 孤峰、『新韓自由鍾』第 1 巻　第 3 号、大韓少年会、隆熙 4(1910)年 4 月 1 日、9-12 頁。
　「伊處」は「何處」の誤記。

哀と云ふにあらすや、況や両親悉く失ひて曠野に路を失ひて歩く者となり
しその身は思ふもの誰か袖を濡らささる、其受くる苦痛たるや甚酷にして
成長するに従ひて減ることなく日々重なれは苦痛も君の身に重なりぬ、余
は君の幼時の景況を知らすと云へど、現時の君の悲境を見るに幼時の境遇
は見さりしも心に写り自然に可憐の念胸に集り鼓動を増さしむ、君十二歳
になるや、なつかしき故郷を離れて京城に赴き東宿西食の有様、目にあり
ありと見てその哀なる言葉を知らすと云へと君の天才は早より顯はれたれ
は住京二年ならすして或る士官に注目せられ十四歳に日本に留學するを得
たりと[、]耶蘇の厩に生まれ貧家に育てられたるにも拘はらす、十二歳の
時聖殿の中にて學士と神を論して天才を顯はせしと相比へて考ふる時は、
何人か君を羨慕せさる

　日本に渡り學ふも一年ならすしてモハや日本語に通し大成中學校へ入り
到着地の知れさる生涯の海を乗り出たんとしたるに邪魔の神に妨害せられ
て退學し悲涙を流せりと、世の中は丸て斯様のものなりとは余の深く感し
居りしにこれを聞きて益々感に打たれぬ

　幸なるかな、無情なる彼の政府も時には情ある仕事をするかな。君を補
助として三年の學費を與へりとは、噫！悲惨とも幸福とも云ふへき、忘れ
能はさる白金のライフはここにて始まりぬ、白金のライフは君の天才をし
て益々進ましめ、益々堅固ならしめたり明治學院三年級へ入るや心も稍々
落着きたれは無趣味なる寄宿舎の汚き房にて讀書を以て日を暮らせり又友

を愛する情多くして君には一人の最も親友のありきと聞きたり寄宿舎生活
を忌むに至り貸間に身を安め、飯屋に腹を充たすと云ふ生活をしたり、苦
を重ぬると同時に天才も發起せりと思はるなり、貸家に住むに至りては、
ドルスドイの人物を崇拝し耶蘇を信し朝夕に祈祷を怠らす眞暗き夜の中に
死の様に静なる林樹の中に伏し驚くほと吹く風の音を聞きつつ祈りしこと
ありきされど如何にせん君の天才あら[は]るを、暫らくしてバイロンの詩
を手にするや心全く易りて不信者となり喜んて小説を讀み愛情も深くなり
昨春には操を愛し此か爲め文を作り詩を作り等しく先つ名を「白金學報」
に高め次きて中學世界富の日本等の雑誌に君の聲名を耀かしぬ

　噫君の技量[を]世に紹介するにあたつて悲痛の波は寄せ來り君をして學
の海より去君の前途は何處へ………何處へ………思へは…………我少年會
は君の如き天才を出すを誇とす願はくば虎の勢を以て思ふうまま進み進み
て早く到着地を見附けられよ噫！孤舟たる君は何処へ…………何處………
…思へは…………

旅行の雑感*

◎三月二十三日午後三時車中にて

此を書くのは海田市[かいたいち]と廣島との間た[、]空はカラット晴れ渡りて熱い日は夏の様に車窓にカンカンと迫り附ける、一日中の天氣の変易としては呆れるほとてはないか。

僕は朝の中には餘程元氣附いて居たけれともモーウンザリして了つた、何して西比利亜の旅行か出來たろうと思つた、一体僕は、東京に居る時分から大層身体を悪くしたせいたろう此んなちや愛相か盡きて了ふた

名にし負う瀬戸内海の景氣も餘り僕の興を索かなかつたね─アヽも広島へ着いたから止さう

今晩搭乗する積た

◎三月二十三日午后八時半下の關に於て

餘り度々なのてさそやかましく思はれるでしよ然しこれは僕に取つて最も紀念すへき旅行たから

────────────────────

＊孤舟、『新韓自由鍾』第1巻 第3号、大韓少年会、隆熙4(1910)年 4月1日、17-20頁。

ソラ海か見えた、濃き緑の海たよ、眞青くて眞青くて黒い程た寝ほけて居つた人の顔か又々南へ向ふた、宮嶋たと口にしやへつたお可笑しくて仕様かない何たか、馬鹿々々しいよふな氣かする

「古ひ」*と云ふステイションかあるんた。ソコへ來かゝる、小供等か萬萬歳を唱へてくれた。古ひをラブと解すると面白ひ、なるほと田甫の中には小屋か沢山あつて、戀するに適して居そーた、アーハー馬鹿なことを云つたね—

下關埠頭月色蒼（アー何時又之を見るたらう）

◎廿四日釜山驛にて

朗らかな朝た、空は何處まても眞蒼に晴れ渡つて鮮い日の光線は天地に満ち溢れて居る、遥かにボウット霞んた韓山か目に入つた時の我心持は何うてあつたらう、何たか、韓山には太陽の光線も宇宙に充ち溢れる太陽の光線も此韓山には照らない様た

◎同二十四日　京釜線中にて

本日は釜山鎮の市日とかて多くの白衣の國人の牛を索きて集るを目撃致候

---

* 正しくは「己斐」と書く。

白衣は着したれとも心は白からざる様見受けられ候且亦特に感し候は牛
と國人とに就いてに候他にあらす牛は能くも國人の状態性質（皆今日の）
を表するものと存し候換言すれは牛は國人のシムボルと思はれ情けなき次
第に候嗚呼牛のシンボルを棄てて虎のシムボルを得るは何時なるべきか。
起て！我少年諸君！

　韓山は老いたるにて候青色黄毛に変じ黄毛さへも又禿けかゝりて幾何な
らすして、数千の韓山は全く赤沙に成り果つへきや疑なく候

　斯くして結局、韓士ハ熱沙漠々たる沙漠になり青邱は空しき歴史的名称
となりて後人の好奇心をのみ動かすに過きさるに至り候へし朝鮮民族の生
命は韓山の草木と其生死興亡を共にすへきに候早々

　◎少年諸君よ、此を聞いて如何なる感を呼起したるか、天帝、人生を造
る時皆等しく二目二手二脚を賜はりたるにあらすや何の不足する所有りて
彼の倭國の爲に壓制を受くるか耳目口鼻を倶有する新韓少年諸子は之を思
ひ歳月を徒費せすして自己の目的と自己の天才を發揮して彼の目的地に急
け、新韓を肩に負へる大韓少年等よ

서강한국학자료총서를 내면서

우리 인문과학연구소는 인문과학 부문 학과 간의 학문적 유대를 강화하여 인문과학 전반에 걸쳐 종합적 연구를 촉진시킬 목적으로 1967년 9월에 설치되었다. 연구소는 인문계 학과의 소속 교수들로 구성되며, 동서양의 문화·역사·철학·종교 등 전반에 대한 연구를 진행하고 있다.

우리 연구소는 '서강인문정신', '인문연구전간', '인문연구논집', '서강인문논총' 등의 발간을 통해 인문학 연구에 기여해왔다. 그러는 한편 연구자들이 쉽게 접하기 어려운 귀중 자료들을 모아서 '국학자료'라는 이름으로 간행하기도 했다. 그렇지만 국학자료는 1992년 제7집 발간 이후 더 이상 발간되지 못했다.

이제 우리 연구소는 '서강한국학자료총서'라는 새로운 총서 시리즈를 마련하여 '국학자료'의 전통을 잇는 새로운 연구 자료집을 선보이게 되었다. 『이광수 초기 문장집』 I권과 II권의 간행으로 시작하는 이와 같은 일련의 작업은 학계에 연구를 위한 기초자료를 제공함으로써 기존 연구의 공백을 메우고 연구의 새로운 지평을 여는 데 기여할 수 있을 것으로 생각한다.

연구의 기초 자료들을 집약적으로 정리·간행하기 위해 마련된 '서강한국학자료총서'는 우리 시대 연구자들뿐만 아니라 학문 후속 세대들에게도 유용하게 쓰일 것이다. 새롭게 시작한 서강한국학자료총서가 맡은 바 역할을 충분히 할 수 있도록 학계의 관심과 애정을 기대한다.

2015년 10월 14일
서강대학교 인문과학연구소